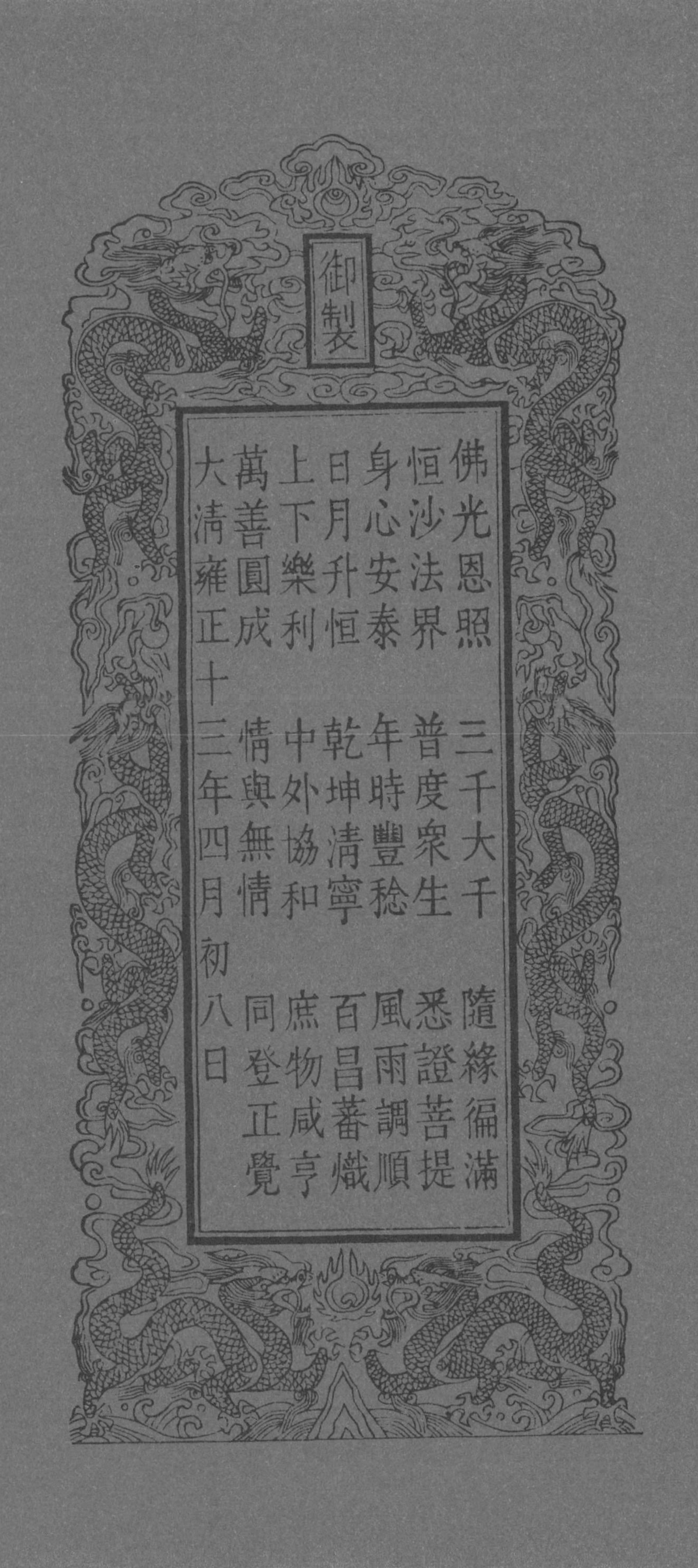
御製
佛光恩照　三千大千　隨緣徧滿
恒沙法界　普度衆生　悉證菩提
身心安泰　年時豐稔　風雨調順
日月升恒　乾坤清寧　百昌蕃熾
上下樂利　中外協和　庶物咸亨
萬善圓成　情與無情　同登正覺
大清雍正十三年四月初八日

第八六册　大乘論（九）

文殊師利菩薩問菩提經論

元魏三藏法師菩提留支譯

清刻龍藏佛說法變相圖

文殊師利菩薩問菩提經論卷上 一名伽耶山頂經論

論師婆藪槃豆此云天親造

元魏三藏法師菩提留支譯

見諸衆生煩惱縛　起菩提願爲救拔
如是正覺慈悲尊　頂禮造論釋經故
我論能盡煩惱怨　救護諸有斷惡道
如是二種最勝利　一切外道論中無

此修多羅所攝有九分一序分二所應聞弟子成就分三三昧分四能觀清淨分五所觀法分六起分七說分八菩薩功德勢力分九菩薩行差別分

如是我聞一時婆伽婆住伽耶城伽耶山頂塔初得菩提與大比丘衆滿足千人俱其先悉是編髮梵志應作已作所作已辦棄捨重擔逮得已利盡諸有結正智心得解脫一切

心得自在已到彼岸皆是阿羅漢諸菩薩摩訶薩無量無邊皆從十方世界來集有大威德皆得諸忍諸陀羅尼諸深三昧具諸神通其名曰文殊師利菩薩觀世音菩薩得大勢菩薩香象菩薩勇施菩薩勇修行智菩薩等而爲上首如是諸菩薩摩訶薩其數無量并諸天龍夜叉乾闥婆阿脩羅迦樓羅緊那羅摩睺羅伽人非人等大衆圍繞

論曰如是我聞一時等集法者語住伽耶城者示現所住處成就故伽耶山頂者示現彼形相大衆行住處故塔者示現爲彼能供養者與供養故初得菩提者即彼成佛時故與大比丘衆者以其大故以不增不損故滿足千比丘編髮梵志者此明學無學比丘是名聽者成就餘者次說諸菩薩行差別彼菩薩行有二種攝法所攝何等爲二一者因攝二者果攝又伽耶山頂塔者根本序分以無量諸佛所住處故示現彼處諸佛如來集故此法門者諸佛如來所攝護故應聞此修多羅者攝取成就學無學其先悉是編髮梵志又無學者有八種德何等爲八一者所作畢竟如經應作已作故二者畢竟過於應作已作如經所作已辦故三者遠離三昧障如經棄捨重擔故四者捨離所受重擔如經逮得已利故彼重擔者所謂五陰五者證涅槃如經盡諸有結故六者過三界如經正智心得解脫故七者依不顛倒受教修行如經一切心得自在已到彼岸故以善遠離諸煩惱故八者如實修行四如意足如經皆是阿羅漢故又阿羅漢者能受信者所施物故故名應供

又學有二種何等爲二一者善畢竟持戒學道故二者如心所求畢竟滿足故

次說三昧分

經曰爾時世尊獨靜無人入於諸佛甚深三昧觀察法界

論曰入三昧觀察者示現非是思量境界故又入三昧者示現不同聲聞辟支佛故此明非聲聞辟支佛境界故

已說三昧分次說能觀清淨分

經曰而作是念我得阿耨多羅三藐三菩提得一切智慧所作已辦除諸重擔度諸有險道滅無明得眞明拔諸箭斷渴愛成法船擊法鼓吹法螺建法幢轉生死種示涅槃性閉塞邪道開於正路離諸罪田示于福田

論曰能觀清淨者示現已得菩提故如經而作是念我得阿耨多羅三藐三菩提故得菩提者示現勝彼聲聞辟支佛證智故如經得一切智慧故彼得一切智慧者有十七種何等十七一者本願滿足如經所作已辦故二者捨離所取重擔如經除諸重擔故又重擔者所謂五陰三者善斷一切諸煩惱障如經度諸有險道故四者善斷一切智障如經滅無明故五者證如實妙法如經得眞明故六者離一切邪箭如經拔諸箭故七者離諸願如經斷渴愛故八者成就出世間慧如經成法船故九者轉妙法輪如經擊法鼓故十者出無我妙聲善能降伏一切諸魔如經吹法螺故十一者善能降伏一切外道如經建法幢故十二者善斷一切諸結因緣如經轉生死種故十三者說世間出世間妙法如經示

現涅槃性故十四者善能遠離顛倒取相如經閉塞邪道故十五者轉入聖道如經開於正路故十六者善能遠離外道福田如經離諸罪田故十七者示現三寶福田如經示于福田故

已說能觀清淨分次說所觀法分

經曰我今當觀彼法誰得阿耨多羅三藐三菩提以何等智得阿耨多羅三藐三菩提何者是所證阿耨多羅三藐三菩提

論曰以何等人能證菩提以何等智能證菩提何者是所證菩提觀彼三法於三世中虛妄分别無有實體

經曰爲以身得爲以心得若以身得身則無知無覺如草如木如塊如影無所識知四大所造從父母生其性無常假以衣服飲食臥具澡浴而得存立此法必歸敗壞磨滅

論曰經言爲以身得爲以心得者示現身心不證菩提故此明何義以離身心更無實者如愚癡人虛妄分别無有如是證菩提者故以何等人能證菩提彼法於三世中虛妄分别無實體者以非身得菩提示現有八種法示現彼身不證菩提何等爲八一者無作者如經若以身得身則無知無覺故二者虛妄取相成就如經如草如木如塊如影故三者遠離諸想如經無所識知故四者以諸因緣和合故生如經四大所造故五者體本不淨如經從父母生故六者念不住如經其性無常故七者如危朽物不可常保如經假以衣服飲食臥具澡浴而得存立故八者體是不實如經此法必歸敗壞磨滅故

已說非身得菩提示現以何等人得菩提者彼法於三世中虛妄分別無有實體次說以何等智能證菩提彼法於三世中虛妄分別無實體者以非心得菩提示現

經曰若以心得心則如幻從衆緣生無處無相無物無所有

論曰有六種法示現彼心不得菩提何等爲六一者見顛倒法虛妄誑惑愚癡凡夫如經心如幻故二者依善不善諸因緣生如經從衆緣生故三者無定住處如經無處故四者虛妄分別取相實不可得如經無相故五者自性空如經無物故六者遠行如經無所有故已說非心得菩提示現以何等智得菩提者彼法於三世中虛妄分別無有實體次說何者是所證菩提彼法於三世中虛妄分別無有實體

經曰菩提者但有名字世俗故說無聲無色無成無行無入不可見不可依去來道斷過諸言說出於三界無見無聞無覺無著無觀離戲論無諍無示不可觀不可見無響無字離言語道

論曰經言菩提者但有名字世俗故說者示現可證法但有名用虛妄分別其體無實故彼但有名字世俗故說有二十三種何等二十三一者無事如經無聲故二者過覺境界如經無色故三者諸法體空如經無成故四者離諸相如經無行故五者過一切世間凡夫境界如經無入故六者過識境界如經不可見故七者無可依處如經不可依故八者不生滅如經去來道斷故九者過一切世間

名字如經過諸言說故十者善不善行諸法不可得如經出於三界故十一者離見者如經無見故十二者過耳識境界如經無聞故十三者過意識境界如經無覺故十四者不住如經無著故十五者如虛空如經無觀故十六者無爲如經離戲論故十七者無諸患離諸漏如經無諍故十八者過小智境界如經無示故十九者無量如經不可觀故二十者他不能見如經不可見故二十一者內心無知如經無響故二十二者無物可見如經無字故二十三者不可說如經離言語故

經曰如是能證菩提者以何等智證菩提者所證菩提法者如是諸法但有名字但假名說但和合名說依世俗名說無分別分別說假成無成無物離物無取不可說無著彼處無人證無所用證亦無法可證如是通達是則名爲得阿耨多羅三藐三菩提無異離異無菩提相

論曰次說云何證菩提者彼亦但有假名名字依世俗說虛妄分別無實體故彼依世俗名說有六種何等爲六一者不實分別如經無分別分別說故二者體空如經假成無成故三者我不可得如經無物離物故四者過世間慧如經無取故五者過言語道如經不可說故六者遠離我我所如經無著故又經言彼處無人證無所用證亦無法可證如是通達是則名爲得阿耨多羅三藐三菩提者此明何義明能證人明所用證智明所證境界彼如是法以何等法用妙正智慧如實知所見所知所證是名得阿耨多羅三藐三菩

提故又經言無異離異無菩提相者此明何義無異離異二句明彼證法清淨寂靜故無菩提相義如向所說已說所觀事分起分者此中復有何義以三昧事說故以說時至故是故應起又於此中有二種義一者以三昧中所觀察義欲爲文殊師利說故二者文殊師利問如來答故何故如來唯告文殊師利而不告餘者以依對文殊師利說此法故又復何故唯對文殊師利說此法門以此所說法門深故是故告彼深智慧菩薩又何以故唯文殊師利問以如來但告文殊師利故是故文殊師利問隨順義故彼所發問以心清淨問答清淨故

次顯說分

經曰爾時文殊師利法王子在大會中立佛右面執大寶蓋以覆佛上時文殊師利默知世尊所念如是即白佛言世尊若菩提如是相者善男子善女人云何於菩提發心住佛告文殊師利善男子善女人應如是知彼菩提相而發心住文殊師利言世尊菩提相者當云何知佛告文殊師利菩提相者出於三界過一切世俗名字語言過一切響無發心發滅諸發是發菩提心住是故文殊師利諸菩薩摩訶薩過一切發是發心住文殊師利無發是發菩提心住文殊師利發菩提心者無物發住是發菩提心住文殊師利發菩提心者無障礙住是發菩提心住文殊師利發菩提心者如法性住是發菩提心住文殊師利發菩提心者不執著一切法是發菩提心住文殊師利發菩提心者不破壞如實際是

發菩提心住文殊師利發菩提心者不移不益不異不一是發菩提心住文殊師利發菩提心者如鏡中像如熱時燄如影如響如虛空如水中月應當如是發菩提心住

論曰彼發清淨有九種何等爲九一者捨一切戲論如經文殊師利無發是發菩提心住故二者捨取諸法如經文殊師利發菩提心者無物發住是發菩提心住故三者如虛空如經文殊師利發菩提心者無障礙住是發菩提心住故四者寂靜如經文殊師利發菩提心者如法性住是發菩提心住故五者捨取常無常相如經文殊師利發菩提心者不執著一切法是發菩提心住故六者不毀道不捨道如經文殊師利發菩提心者不破壞如實際是發菩提心住故七者離謗離著如經文殊師利發菩提心者不移不益不異不一是發菩提心住故八者入一切法一相如經文殊師利發菩提心者如鏡中像如熱時燄如影如響如虛空如水中月應當如是發菩提心住故又如實修行般若波羅蜜餘四句過三界等者如前所說應知已顯說分

次說菩薩功德勢力分

經曰爾時會中有天子名月淨光德得不退阿耨多羅三藐三菩提心問文殊師利言諸菩薩摩訶薩初觀何法故行菩薩行依何法故行菩薩行文殊師利答言天子諸菩薩摩訶薩行以大悲爲本爲諸衆生天子又問文殊師利諸菩薩摩訶薩大悲以何爲本文殊師利答曰天子諸菩薩摩訶薩大悲以直心爲本天子又問文殊師利諸菩薩摩訶薩直

心以何爲本文殊師利答言天子諸菩薩摩訶薩直心以於一切衆生平等心爲本天子又問文殊師利諸菩薩摩訶薩於一切衆生平等心以何爲本文殊師利答言天子諸菩薩摩訶薩於一切衆生平等心以無異離異行爲本天子又問文殊師利諸菩薩摩訶薩無異離異行以何爲本文殊師利答言天子諸菩薩摩訶薩無異離異行以深淨心爲本天子又問文殊師利諸菩薩摩訶薩深淨心以何爲本文殊師利答言天子諸菩薩摩訶薩深淨心以阿耨多羅三藐三菩提心爲本天子又問文殊師利諸菩薩摩訶薩阿耨多羅三藐三菩提心以何爲本文殊師利答言天子諸菩薩摩訶薩阿耨多羅三藐三菩提心以六波羅蜜爲本天子又問文殊師利諸菩薩摩訶薩六波羅蜜以何爲本文殊師利答言天子諸菩薩摩訶薩六波羅蜜以方便慧爲本天子又問文殊師利諸菩薩摩訶薩方便慧以何爲本文殊師利答言天子諸菩薩摩訶薩方便慧以不放逸爲本天子又問文殊師利諸菩薩摩訶薩不放逸以何爲本文殊師利答言天子諸菩薩摩訶薩不放逸以三善行爲本天子又問文殊師利諸菩薩摩訶薩三善行以何爲本文殊師利答言天子諸菩薩摩訶薩三善行以十善業道爲本天子又問文殊師利諸菩薩摩訶薩十善業道以何爲本文殊師利答言天子諸菩薩摩訶薩十善業道以持戒爲本天子又問文殊師利諸菩薩摩訶薩持戒以何爲本文殊師利答言天子諸菩薩摩訶薩持戒以正憶念

爲本天子又問文殊師利諸菩薩摩訶薩正憶念以何爲本文殊師利答言天子諸菩薩摩訶薩正憶念以正觀爲本天子又問文殊師利諸菩薩摩訶薩正觀以何爲本文殊師利答言天子諸菩薩摩訶薩正觀以堅念不忘爲本

論曰諸菩薩摩訶薩功德勢力有二種何等爲二一者如心所求一切滿足二者無障礙樂說辯才說法如心所求一切滿足者以起上上勝勝法故彼起上上勝勝法者有十四種何等十四一者受教不忘如經天子又問文殊師利諸菩薩摩訶薩正觀以何爲本文殊師利答言天子諸菩薩摩訶薩正觀以堅念不忘爲本故二者善取正教觀有爲法如經天子又問文殊師利諸菩薩摩訶薩正憶念以何爲本文殊師利答言天子諸菩薩摩訶薩正憶念以正觀爲本故三者無彼處過如經天子又問文殊師利諸菩薩摩訶薩持戒以何爲本文殊師利答言天子諸菩薩摩訶薩持戒以正憶念爲本故四者不隨順諸過如經天子又問文殊師利諸菩薩摩訶薩十善業道以何爲本文殊師利答言天子諸菩薩摩訶薩十善業道以持戒爲本故五者善修十善業道如經天子又問文殊師利諸菩薩摩訶薩三善行以何爲本文殊師利答言天子諸菩薩摩訶薩三善行以十善業道爲本故六者身口意業三法清淨如經天子又問文殊師利諸菩薩摩訶薩不放逸以何爲本文殊師利答言天子諸菩薩摩訶薩不放逸以三善行爲本故七者戒清淨如經天

子又問文殊師利諸菩薩摩訶薩方便慧以何爲本文殊師利答言天子諸菩薩摩訶薩方便慧以不放逸爲本故八者隨順利益一切衆生如經天子又問文殊師利諸菩薩摩訶薩六波羅蜜以何爲本文殊師利答言天子諸菩薩摩訶薩六波羅蜜以方便慧爲本故九者滿足一切助菩提法如經天子又問文殊師利諸菩薩摩訶薩阿耨多羅三藐三菩提心以何爲本文殊師利答言天子諸菩薩摩訶薩阿耨多羅三藐三菩提心以六波羅蜜爲本故十者不疲倦如經天子又問文殊師利諸菩薩摩訶薩深淨心以何爲本文殊師利答言天子諸菩薩摩訶薩深淨心以阿耨多羅三藐三菩提心爲本故十一者業果清淨如經天子又問文殊師利諸菩薩摩訶薩無異離異行以何爲本文殊師利答言天子諸菩薩摩訶薩無異離異行以深淨心爲本故十二者修行清淨如經天子又問文殊師利諸菩薩摩訶薩於諸衆生平等心以何爲本文殊師利答言天子諸菩薩摩訶薩於諸衆生平等心以無異離異行爲本故十三者作利益一切衆生清淨如經天子又問文殊師利諸菩薩摩訶薩直心以何爲本文殊師利答言天子諸菩薩摩訶薩直心以於一切衆生平等心爲本故十四者心清淨如經天子又問文殊師利諸菩薩摩訶薩大悲以何爲本文殊師利答言天子諸菩薩摩訶薩大悲以直心爲本故又經言爾時會中有天子名月淨光德得不退阿耨多羅三藐三菩提心問文殊師利言諸菩薩摩訶薩初緣

何法故行菩薩行依何法故行菩薩行文殊師利答言諸菩薩摩訶薩行大悲爲本爲諸衆生如是等修多羅從後向前解釋應知已說如心所求一切滿足次說無障礙樂說辯才說法

經曰天子又問文殊師利諸菩薩摩訶薩有幾種心能成就因能成就果文殊師利答言天子諸菩薩摩訶薩有四種心能成就因能成就果何等爲四一者初發心二者行發心三者不退發心四者一生補處發心復次天子初發心如種種子第二行發心如芽生增長第三不退發心如莖葉華果初始成就第四一生補處發心如果等有用復次天子初發心如車匠集材智第二行發心如斫治材木淨智第三不退發心如安施材木智第四一生補處發心如車成運載智復次天子初發心如月始生第二行發心如月五日第三不退發心如月十日第四一生補處發心如月十四日如來智慧如月十五日復次天子初發心能過聲聞地第二行發心能過辟支佛地第三不退發心能過不定地第四一生補處發心安住定地復次天子初發心如學初章智第二行發心如差別諸章智第三不退發心如筭數智第四一生補處發心如通達諸論智復次天子初發心從因生第二行發心從智生第三不退發心從斷生第四一生補處發心從果生復次天子初發心因攝第二行發心智攝第三不退發心斷攝第四一生補處發心果攝復次天子初發心因生第二行發心智生第三不退發心斷生第四

一生補處發心果生復次天子初發心因差別分第二行發心智差別分第三不退發心斷差別分第四一生補處發心果差別分復次天子初發心如取藥草方便第二行發心如分別藥草方便第三不退發心如病服藥方便第四一生補處發心如病得差方便復次天子初發心學法王家生第二行發心學法王法第三不退發心能具足學法王法第四一生補處發心學法王法能得自在

論曰無礙樂說辯才說法有四種發菩提心攝取十地以種種差別說故彼種種差別有十二句經言天子又問文殊師利諸菩薩摩訶薩有幾種心能成就因能成就果文殊師利答言天子諸菩薩摩訶薩有四種心能成就因能成就果何等爲四一者初發心二者行發心三者不退發心四者一生補處發心者初發心能與第二行發心作因第二行發心能與第三不退發心作因第三不退發心能與第四一生補處發心作因此句明上上因勝不失故又經言復次天子初發心如種種子第二行發心如芽增長第三不退發心如莖葉華果初始成就第四一生補處發心如果等有用等者示現從清淨因成就清淨果故又經言復次天子初發心如車匠集材智者以依諸願則能攝取一切佛法故第二行發心如斫治材木淨智者以成就清淨戒故第三不退發心如安施材木智者以依慧方便修一切行皆相應故第四一生補處發心如車成運載智等者以不捨先許重擔又經言復次天子初發心如月始生第二行發

心如月五日第三不退發心如月十日第四一生補處發心如月十四日如來智慧如月十五日等者以示現上上大力精進故又經言復次天子初發心能過聲聞地者以初地前菩薩利根觀察一切菩提分法故第二行發心能過辟支佛地者以初地前菩薩依般若勝智能集諸菩薩無量行故第三不退發心能過不定地者此已入初地得證智故又過聲聞辟支佛地者以過一切用功行故第四一生補處發心安住定地者以善住王子地故又經言復次天子初發心如學初禪智者以觀下地法故第二行發心如差別諸章智者以智慧增長差別故第三不退發心如筭數智者以方便智能數一切法故第四一生補處發心如通達諸論智者以得證智故

又經言復次天子初發心從因生者以自性清淨本來成就故第二行發心從智生者以攝取世間出世間聞慧方便故第三不退發心從斷生者以過一切世間戲論故第四一生補處發心從果生者以自然成就一切行故又經言復次天子初發心因攝者以信行助道淳熟故又以觀初地境界故第二行發心智攝者以依境界淳熟觀功用行故第三不退發心斷攝者以依修行境界未得佛法觀故第四一生補處發心果攝者以依果淳熟隨所有佛國土應成佛處即成佛又經言復次天子初發心因生者以不顛倒修行善根性故第二行發心智生者以不顛倒法究竟性故第三不退發心斷生者以不顛倒修行性故第四一生補處發心果生者以得心

自在故又經言復次天子初發心因差別分者以攝取無量善根故第二行發心智差別分者以無量無邊法門畢竟究竟故第三不退發心斷差別分者以入無量三昧門故第四一生補處發心果差別分者以無量神通奮迅隨意自在用故又經言復次天子初發心如取藥草方便者以攝取對治煩惱病法故第二行發心如分別藥草方便者以知對治煩惱病隨相應藥故第三不退發心如病服藥方便者以依智諸方便隨相應受用故第四一生補處發心如病得差方便者以煩惱病滅故又經言復次天子初發心學法王家生者以降伏一切聲聞辟支佛故第二行發心學法王法者以學一切得勝處故第三不退發心能具足學法王法者以得修道勝果故第四一生補處發心學法王法能得自在者以於一切法中能得自在無障礙故

文殊師利菩薩問菩提經論卷上

文殊師利菩薩問菩提經論卷下

論師婆數槃豆此云天親造

元魏三藏法師菩提留支譯

論曰已說菩薩功德勢力分次說菩薩行差別分

經曰爾時大衆中有天子名定光明主不退阿耨多羅三藐三菩提心時定光明主天子問文殊師利法王子言何等是諸菩薩摩訶薩畢竟略道諸菩薩摩訶薩以是略道疾得阿耨多羅三藐三菩提文殊師利答言天子諸菩薩摩訶薩略道有二種諸菩薩摩訶薩以是二道疾得阿耨多羅三藐三菩提何等爲二一者方便道二者智慧道方便者知攝善法智慧者如實知諸法智又方便者觀諸衆生智慧者離諸法智又方便者知諸法相應智慧者知諸法不相應智又方便者觀因道智慧者滅因道智

論曰法王世尊親在衆中何故乃問文殊師利以爲示現諸菩薩摩訶薩功德故此以何義以諸衆生於菩薩所起輕慢心令生尊重恭敬心故諸菩薩摩訶薩行差別有二種道何等爲二一者因清淨道二者功德清淨道因清淨道者以示現勝因清淨故彼勝因清淨者以四種發心說何等爲四一者說助清淨道二者說功德智道三者說實際證道四者說如實修行道功德清淨道者有八種何等爲八一者攝取智教化一切衆生如經又方便者知攝善法智故二者能忍一切衆生諸不善行如經慧者如實知諸法故三者集諸白淨法如經又方便者觀一切衆生智故

四者觀一切菩提分法如經慧者離諸法智故五者知諸法和合相如經又方便者知諸法相應智故六者知諸法不同相如經慧者知諸法不相應智故又慧者知諸法不相應智者以種種願故七者如實知可化衆生如經又方便者觀因道智故八者集種種助道如經慧者滅因道智故

已說功德清淨道次說因清淨道

經曰又方便者知諸法差别智慧者知諸法無差别智又方便者莊嚴佛土智慧者莊嚴佛土平等無差别智又方便者入衆生諸根行智慧者不見衆生智又方便者得至道場智慧者能證一切佛菩提法智

論曰因清淨道亦有八種何等爲八一者觀善不善法如經又方便者知諸法差别智故二者離諸因縁一切法根本如經慧者知諸法無差别智故三者離一切障礙如經又方便者莊嚴佛土智故四者斷一切和合如經慧者莊嚴佛土平等無差别智故五者如實知如經又方便者入衆生諸根行智故六者入一法門如經慧者不見衆生智故七者如實知一切凡夫虚妄分别如經又方便者得至道場智故八者證寂靜界如經慧者能證一切佛菩提法智故

經曰復次天子諸菩薩摩訶薩復有二種略道諸菩薩摩訶薩以是二道疾得阿耨多羅三藐三菩提何等爲二一者助道二者斷道助道者五波羅蜜斷道者般若波羅蜜復有二種略道何等爲二一者有礙道二者無礙道有礙道者五波羅蜜無礙道者般若波羅

蜜復有二種略道何等爲二一者有漏道二者無漏道有漏道者五波羅蜜無漏道者般若波羅蜜復有二種略道何等爲二一者有量道二者無量道有量道者取相分別無量道者不取相分別復有二種略道何等爲二一者智道二者斷道智道者謂從初地乃至七地斷道者謂從八地乃至十地

論曰復有二種略道何等爲二一者功德道二者智道功德道者集種種善根如經助道者五波羅蜜故智道者通達一切法如經斷道者般若波羅蜜故又經言復有二種略道何等爲二一者有礙道二者無礙道有礙道者五波羅蜜者以行三界故此初地已前無礙道者般若波羅蜜者以過三界入初地證智故又經言復有二種略道何等爲二一者有漏道二者無漏道有漏道者五波羅蜜者以成就世間果故此初地已前無漏道者般若波羅蜜者以成就出世間果故此已得出世間智故又經言復有二種略道何等爲二一者有量道二者無量道有量道者取相分別者以徧取識境界故無量道者不取相分別者以過識境界不見徧取故又經言復有二種略道何等爲二一者智道二者斷道智道者謂從初地乃至七地者以如實知有爲界故斷道者謂從八地乃至十地者以如實知無爲法界故

經曰爾時會中有菩薩摩訶薩名勇修行智問文殊師利法王子言何謂菩薩摩訶薩義何謂菩薩摩訶薩智文殊師利答言善男子義名不相應智名相應勇修行智菩薩言文

殊師利何謂義名不相應何謂智名相應文殊師利言善男子義名無爲彼義無有一法共相應無有一法不共相應何以故以無變無相故義者無有一法共相應無有一法不共相應以本不成就義故是故無有一法共相應無有一法不共相應義者不移不益無有一法共相應無有一法不共相應故

論曰經言善男子義名不相應智名相應者示現實際有四種又經言善男子義名無爲彼義無有一法共相應無有一法不共相應何以故以無變無相故者以離諸無常過故是故經言義者無有一法共相應無有一法不共相應故以自體性住故如經以本不成就義故是故經言無有一法共相應無有一法不共相應故以常眞如法界實體住故是故經言義者不移不益無有一法共相應無有一法不共相應故又無有一法不移不益者以法界不增不減故

經曰善男子智者名道道者心共相應非不相應善男子以是義故智名相應非不相應復次善男子智名斷相應是故善男子智名相應法非不相應法復次善男子智名善觀五陰十二入十八界十二因緣是處非處善男子以是義故智名相應非不相應

論曰經言善男子智者名道道者心共相應非不相應者自此巳下次說爲證法界有三種句六種十法此明何義以何等智云何證爲何義何處住能證法界以何等智者以三種句六種十法示現云何三種句示現何等智智者謂道道者心相應法非不相應法是

故經言善男子以是義故智名相應非不相應故又智共眷屬能證法界何以故以心清淨故道清淨以道清淨故心清淨故又經言復次善男子智名斷相應是故善男子智名相應法非不相應法者以迭共依止故又經言復次善男子智名善觀五陰十二入十八界十二因緣是處非處善男子是故智名相應非不相應者以如實知可知境界故

已說三種句次說六種十法

初說十種智

經曰復次善男子諸菩薩摩訶薩有十種智何等爲十一者因智二者果智三者義智四者方便智五者慧智六者攝智七者波羅蜜智八者大悲智九者敎化衆生智十者不著一切法智善男子是名諸菩薩摩訶薩十種智

論曰經言諸菩薩摩訶薩有十種智何等爲十一因智者以善知無始世來解脫種子故二果智者以如實知無始世來種種業報故三義智者以善知自利利他故四方便智者以能增長微少善根令無量故五慧智者以能觀察善不善法故六攝智者以攝取法施資生施故七波羅蜜智者以善知成就種種善根故八大悲智者以依善根能起善行故九敎化衆生智者以善觀察時非時故十不著一切法智者以離二邊修行中道故如經善男子是名諸菩薩摩訶薩十種智

已說初十種智次說第二十種發

經曰復次善男子諸菩薩摩訶薩有十種發何等爲十一者身發欲令一切衆生身業清

淨故二者口發欲令一切衆生口業清淨故三者意發欲令一切衆生意業清淨故四者内發以不虛妄分別一切諸衆生故五者外發以於一切衆生平等行故六者智發以具足佛智清淨故七者清淨國土發以示一切諸佛國土功德莊嚴故八者教化衆生發以知一切煩惱病藥故九者實發以成就定聚故十者無爲智滿足心發以不著一切三界故善男子是名諸菩薩摩訶薩十種發

論曰經言諸菩薩摩訶薩有十種發何等爲十一者身發欲令一切衆生身業清淨故二者口發欲令一切衆生口業清淨故三者意發欲令一切衆生意業清淨故者以爲遠離身口意業一切惡行發大精進故四者内發以化一切衆生令學彼處故不虛妄分別一切衆生故者以不著諸法故五者外發於一切衆生平等行故者以遠離憎愛故六者智發以具足佛智清淨故者以平等教化一切衆生故七者清淨國土發以示一切佛國土功德莊嚴故者以聞慧智不顛倒求法故八者教化衆生發以知一切煩惱病藥故者以於一切法中得自在故九者實發以成就定聚故者以如實知心使隨相應說法故十者無爲智滿足心發者以證實法故不著一切三界故者以心不著虛妄法故又實不實心離虛妄取相故如經善男子是名諸菩薩摩訶薩十種發

已說第二十種發次說第三十種行

經曰復次善男子諸菩薩摩訶薩有十種行何等為十一者波羅蜜行二者攝事行三者

慧行四者方便行五者大悲行六者求助慧法行七者求助智法行八者心清淨行九者觀諸諦行十者於一切愛不愛事不貪著行善男子是名諸菩薩摩訶薩十種行

論曰經言諸菩薩摩訶薩有十種行何等爲十一波羅蜜行者以助菩提法滿足故二攝事行者以能教化諸衆生故三慧行者以如實觀生滅法故四方便行者以如實知一切法故五大悲行者以心不求證涅槃故六求助慧法行者以爲得四無畏故七求助智法行者以爲自然得一切法故八心清淨行者以於一切法中無疑惑故九觀諸諦行者以入第一義諦故十於一切愛不愛事不貪著行者如前所說離憎愛故如經善男子是名諸菩薩摩訶薩十種行

已說何等智次說云何證第四十一種無盡觀示現

經曰復次善男子諸菩薩摩訶薩有十一種無盡觀何等爲十一一者身無盡觀二者事無盡觀三者煩惱無盡觀四者法無盡觀五者愛無盡觀六者見無盡觀七者助道無盡觀八者取無盡觀九者不著無盡觀十者相應無盡觀十一者道塲智性無盡觀善男子是名諸菩薩摩訶薩十一種無盡觀

論曰經言諸菩薩摩訶薩有十一種無盡觀何等爲十一一身無盡觀者以如實觀聖非聖有爲無爲身故二事無盡觀者以如實觀實不實義故三煩惱無盡觀者以如實觀淨涂法故四法無盡觀者以如實觀上中下一切諸法故五愛無盡觀者以如實觀善不善

法故六見無盡觀者以如實觀顛倒不顛倒
見故七助道無盡觀者以如實觀種種門修
集善根迴向大菩提故八取無盡觀者以如
實觀無邊衆生界故九不著無盡觀者不著
義如向所説十相應無盡觀者以如實觀是
義非義故十一道場智性無盡觀者以隨衆
生信示現坐道場故如經善男子是名諸菩
薩摩訶薩十一種無盡觀
已説云何證次説爲何義第五十種對治法
示現
經曰復次善男子諸菩薩摩訶薩有十種對
治法何等爲十一者對治慳貪心雨布施雨
故二者對治破戒心身口意業三法清淨故
三者對治瞋恚心修行清淨大慈悲故四者
對治懈怠心求諸佛法無疲倦故五者對治
不善覺觀心得禪定解脱奮迅自在故六者
對治愚癡心生助決定慧方便法故七者對
治諸煩惱心生助道法故八者對治顛倒道
集實諦助道生不顛倒道故九者對治不自
在心法時非時得自在故十者對治有我相
觀諸法無我故善男子是名諸菩薩摩訶薩
十種對治法
論曰經言諸菩薩摩訶薩有十種對治法者
以十波羅蜜清淨故何等爲十一者檀波羅
蜜清淨如經對治慳貪心雨布施雨故二者
尸波羅蜜清淨如經對治破戒心身口意業
三法清淨故三者羼提波羅蜜清淨如經對
治瞋恚心修行清淨大慈悲故四者毗離耶
波羅蜜清淨如經對治懈怠心求諸佛法無
疲倦故五者禪波羅蜜清淨如經對治不善

覺觀心得禪定解脱奮迅自在故六者般若波羅蜜清淨如經對治愚癡心生助決定慧方便法故七者方便波羅蜜清淨如經對治諸煩惱心生助道法故八者願波羅蜜清淨如經對治顛倒道集實諦助道生不顛倒道故九者力波羅蜜清淨如經對治不自在心法時非時得自在故十者智波羅蜜清淨如經對治有我相觀諸法無我故如經善男子是名諸菩薩摩訶薩十種對治法故

已說爲何義次說何處住第六十種寂靜地示現

經曰復次善男子諸菩薩摩訶薩有十種寂靜地何等爲十一者身寂靜以離三種身不善業故二者口寂靜以清淨四種口業故三者心寂靜以離三種意惡行故四者内寂靜以不著自身故五者外境界寂靜以不著一切法故六者智功德寂靜以不著道故七者勝寂靜以如實觀聖地故八者未來際寂靜以彼岸慧助行故九者所行世事寂靜以不誑一切衆生故十者不惜身心寂靜以大慈悲心教化一切衆生故善男子是名諸菩薩摩訶薩十種寂靜地

論曰經言諸菩薩摩訶薩有十種寂靜地何等爲十一者身寂靜以離三種身不善業道故二者口寂靜以清淨四種口業故三者心寂靜以離三種意惡行故者以三種戒善清淨故四者内寂靜以不著自身故者以離邪我見故五者外境界寂靜以不著一切法故者以離常無常法故六者智功德寂靜以不著道故者以不著有物無物故七者勝寂靜

以如實觀聖地故者以不見聲聞辟支佛地如實觀察諸佛菩薩聖地故八者未來際寂靜以彼岸慧助行故者以遠離一切虛妄取相故九者所行世事寂靜以不誑一切衆生故者以如實知世諦第一義諦不顛倒說法故十者不惜身心寂靜以大慈悲心教化一切衆生故者以爲教化衆生一切處生不疲倦故如經善男子是名諸菩薩摩訶薩十種寂靜地

已說證法界自此已下次說諸菩薩摩訶薩隨順如實修行義

經曰復次善男子諸菩薩摩訶薩如實修行得菩提非不如實修行得菩提善男子云何名爲諸菩薩摩訶薩如實修行善男子如實修行者如說能行故不如實修行者但有言說不能如實修行故復次善男子諸菩薩摩訶薩復有二種如實修行何等爲二一者智如實修行道二者斷如實修行道善男子是名諸菩薩摩訶薩二種如實修行復次善男子諸菩薩摩訶薩復有二種如實修行何等爲二一者調伏自身如實修行二者教化衆生如實修行善男子是名諸菩薩摩訶薩二種如實修行復次善男子諸菩薩摩訶薩復有二種如實修行何等爲二一者功用智如實修行二者無功用智如實修行善男子是名諸菩薩摩訶薩二種如實修行復次善男子諸菩薩摩訶薩復有二種如實修行何等爲二一者善知分別諸地如實修行二者善知諸地無差別方便如實修行善男子是名諸菩薩摩訶薩二種如實修行復次善男子

諸菩薩摩訶薩復有二種如實修行何等爲二一者離諸地過如實修行二者善知地地轉方便如實修行善男子是名諸菩薩摩訶薩二種如實修行復次善男子諸菩薩摩訶薩復有二種如實修行何等爲二一者能說聲聞辟支佛地如實修行二者善知佛菩提不退轉方便如實修行善男子是名諸菩薩摩訶薩二種如實修行

論曰經言復次善男子諸菩薩摩訶薩如實修行得菩提非不如實修行得菩提善男子云何名爲諸菩薩摩訶薩如實修行如實修行者如說能行故不如實修行者但有言說不能如實修行故者以如所說如是修行以不違先言故又經言復次善男子諸菩薩摩訶薩復有二種如實修行何等爲二一者智如實修行道二者斷如實修行道善男子是名諸菩薩摩訶薩二種如實修行者以如實智證聲聞辟支佛智而不取彼處以爲究竟故又經言復次善男子諸菩薩摩訶薩復有二種如實修行何等爲二一者調伏自身如實修行者以自取妙道如實修行故二者教化衆生如實修行者以化餘衆生令入正道如實說法故如經善男子是名諸菩薩摩訶薩二種如實修行故又經言復次善男子諸菩薩摩訶薩復有二種如實修行何等爲二一者功用智如實修行者以作心行菩薩行功用智故二者無功用行智如實修行者菩薩於修道中住以無作心行菩薩行無功用行智故如經善男子是名諸菩薩摩訶薩二種如實修行故又經言復次善男子諸菩薩

摩訶薩復有二種如實修行何等爲二一者善知分别諸地如實修行者以善智慧方便故二者善知諸地無差别方便如實修行者以入一相故如經善男子是名諸菩薩摩訶薩二種如實修行故又經言復次善男子諸菩薩摩訶薩復有二種如實修行何等爲二一者離諸地過如實修行者以離二邊故二者善知地地轉方便如實修行者以修行善法不休息精進故如經善男子是名諸菩薩摩訶薩二種如實修行故又經言復次善男子諸菩薩摩訶薩復有二種如實修行何等爲二一者能說聲聞辟支佛地如實修行者以善知一切法故二者善知佛菩提不退轉方便如實修行者以證眞如法如實知修行方便故如經善男子是名諸菩薩摩訶薩二種如實修行

經曰善男子諸菩薩摩訶薩有如是等無量無邊如實修行諸菩薩摩訶薩應如是學如實修行諸菩薩摩訶薩若能如是如實修行者速得阿耨多羅三藐三菩提不以爲難

論曰修行四種勝因成就四種勝果及餘如實修行故彼勝果者謂如來智於一念中知三世事皆相應故

經曰爾時佛讃文殊師利法王子言善哉善哉文殊師利汝今善能爲諸菩薩摩訶薩說本業道識如汝所說

論曰善哉者以不顚倒說法故隨順如來所說法故

經曰說是法時十千菩薩得無生法忍文殊師利法王子等一切世間天人阿脩羅等聞

佛所說皆大歡喜信受奉行

論曰有三種義是故歡喜何等爲三一說者清淨以於諸法得自在故二所說法得清淨以如實證知清淨法體故三依所說法得果清淨以得淨妙境界故如經皆大歡喜信受奉行故

文殊師利菩薩問菩提經論卷下

音釋

羼 初限切

金剛般若波羅蜜經破取著不壞假名論
中天竺國沙門地婆訶羅奉 勑譯

清刻龍藏佛說法變相圖

金剛般若波羅蜜經破取著不壞假名論卷上

功德施菩薩造

中天竺國沙門地婆訶羅奉勑譯

稽首能悟真實法　離諸分別及戲論
欲令世間出淤泥　無言說中言說者
一切異道之所作　不能壞於諸想見
彼難壞見金剛斷　故我歸心此法門
諸句義中秘密義　世間智慧莫能測
開喻我等及羣生　彼菩薩衆今敬禮

佛所說法咸歸二諦一者俗諦二者真諦俗諦者謂諸凡夫聲聞獨覺菩薩如來乃至名義智境業果相屬真諦者謂即於此都無所得如說第一義非智之所行何況文字乃至無業無業果是諸聖種性是故此般若波羅

蜜中説不住布施一切法無相不可取不可説生法無我無所得無能證無成就無來無去等此釋眞諦又説内外世間出世間一切法相及諸功德此建立俗諦如是應知

如是我聞者顯示此經是世尊現覺而演非自所作一時者説此經時餘時復説無量經故在舍衞城等説處也辯處何義利益衆生云何利益令知此地佛曾遊止心淨尊崇種福因故一切經首列衆者何示現如來大威德故又結集者證已所傳無異説故諸大乘經中廣説世尊菩薩功德須菩提於彼已生淨信是故言希有等此中世尊者謂何能永蠲夷四魔畏故善逝者於第一義一切法皆無所得自證知故如來者三無數劫福智圓滿如是而來成正覺故應者諸煩惱怨已永害故正者不顛倒義等者遍及滿義故名正等覺護念有二種如來攝受令悟眞實護念也又令轉化無量衆生第一護念也已知護念何故付囑爲有未能見眞實者此亦有二彼諸菩薩普於世間當成如來獨尊體相如是讚美付善知識俾其贍護令已生佛法住及增長付囑也爲未生勝法付之令生第一付囑也復以何因捨見眞者讚於未見哀彼未得勝智善品誘勸其心令勇進故

善男子善女人發菩薩乘等者謂所護念付囑菩薩趣向佛乘應云何住等

云何住者於何相果心住願求云何修行者當修何行而得其果云何降伏其心者降何等心使因清淨諸法先因而後果何故先説果先讚果德令彼欣求而修因故諦聽者心

專一境善者於如理義生信無疑思念者敬持不忘應如是住等者如其次第於如是果而住其心修如是行克證彼果降如是心即因清淨

此中顯示菩薩果四種利益相應之心何者爲四一無邊二最上三愛攝四正智云何無邊心經曰所有一切衆生之類如是等言衆生類謂稟息風含情覺者此復云何所謂卵生諸鳥等胎生諸人等濕生諸蟲等化生諸天等如是四種各多族類此諸衆生住於何處以何爲體經曰若有色若無色有色者謂有形無色者無有形三界衆生此皆攝盡有形者謂欲界二十依止處色界十七依止處無形者謂無色界此復幾種經曰若有想若無想若非有想非無想有想者謂空無邊處識無邊處起空想識想故無想者謂無所有處離少想故名爲無想非有想非無想者謂有頂所攝衆生之聚如是一切我皆攝受云何最上心經曰我皆令入無餘涅槃而滅度之無餘涅槃者何義謂了諸法無生性空永息一切有患諸蘊資用無邊希有功德清淨色相圓滿莊嚴廣利羣生妙業無盡云何愛攝心經曰如是滅度無量衆生實無衆生得滅度者此義云何菩薩慈愛一切衆生同於已故衆生滅度即我非他是名愛攝若第一義入初地等諸菩薩無衆生想以衆生不可得如預流人不起身見非彼菩薩見一衆生是我所度

云何正智心經曰若有衆生想即不名菩薩等名何等耶所謂凡夫何以故以必迷於第

一義起我想衆生想命想取者想故若證眞實第一義者衆生等想決定不生此中以般若力證第一義一切衆生皆不可得大悲心故恒逐衆生處於生死隨宜誘度如是四種利衆生果應以俗諦而住其心此四種心圓滿果因次應顯示是故經言復次須菩提菩薩不住於事行於布施如是等此布施名中具六波羅蜜施有三種攝於六故何等爲三一者資生施二者無畏施三者法施此中資生施攝檀那波羅蜜無畏施攝尸羅羼提二波羅蜜於未作已作惡不生怖畏故法施攝餘三波羅蜜精勤不倦引諸神通如無所得爲人說故或彼一切諸波羅蜜爲他開演皆成法施事等是何云何不住事者自身此身常有苦樂等無邊事故不住者謂於是中心無愛著無所住者不望報恩不住色等者心不希求可意諸境復以何義不住彼耶心存於己不能惠施故若有希求退失菩提故復次不住於事者依資生施說謂惠施者於所施財不應愛著愛而行施心必生苦或復施已還追悔故無所住者依無畏施說謂諸菩薩修戒忍時不應生心求彼果報不住色等者依法施說法施有二果謂現生他生於此二中不應貪著現生果者謂所資用色等五境此復云何說法之人衆所瞻敬以妙色等妓樂香華飲食衣服而供養故他生果者依法境說云何此中而亦不住若諸菩薩證眞實時乃至法身亦無得故

云何修行六波羅蜜因得清淨經曰須菩提菩薩應如是布施不住於相想如是等此義

云何謂諸菩薩第一義中施者受者及以施物名義智境諸想不生是即伏心因以清淨或曰有施者等可生福聚三事並忌福於何有禍哉斯言第一義故不住於想俗諦故行施如是福聚難可度量如十方虛空廣徧無盡前因行處應讃其福此說者何降伏於心想不生故不生於想施方淨故由清淨因福無邊故

自下一切修多羅問答遣疑持正法福德威力此威力成就一切法修行修行任運果因清淨相一切衆生如來藏性佛境界見佛法身法界相無住涅槃觀察有爲世尊說巳聖者須菩提疑曰若菩薩施時法亦不住云何以相好故行於施耶百福相等功德法聚名爲世尊若不住法云何得成諸佛體相爲遣此疑經曰須菩提於意云何可以相成就見如來不不也世尊如是等相成就者是無常故如經凡所有相皆是虛妄諸相非相即非虛妄非虛妄者所謂眞實以眞實故名曰如來諸相若存是虛誑矣如經應以諸相非相而見如來即相徵求無所得故若能遠離衆生希望乃至法身亦無所得然恒如是行不住施即於佛身速致成滿須菩提復疑曰若三種施皆無所得爲清淨因了相空性爲眞實果於後世中誰其信樂將無空說同乎石女是故問言頗有衆生於未來世後五十歲法欲滅時聞此等經生實想不爲遣此疑經曰須菩提莫作是說如是等後五十歲者人壽百齡開爲二分初分五十教力增強後漸衰滅佛涅槃巳名未來世此中正法將滅之

時敎力漸微是故說爲後五十歲菩薩摩訶薩其義云何於菩提處有決定心菩薩也於一切衆生誓興利益摩訶薩也

云何復名有尸羅者過去生中見無量佛咸供養故供養有三種一者給侍左右二者嚴辦所須三者詢承法要能守護故名曰尸羅謂能善守六情根故彼復有三一能離尸羅離於十不善業故二能作尸羅作於菩提分業故三能趣尸羅趣於第一義諦故

云何復名有功德者種無貪等三善根故質直柔和及智悲等是名功德

云何復名有智慧者了知生法二無我故如是了知離於八想生法各有四種想故離生想者經曰是諸菩薩無我想無衆生想無命想無取者想此義云何有主宰用名之爲我

諦觀諸蘊無彼體想故無我想安住常性名曰衆生諸蘊無常相續流轉無有一法是安住性故無衆生想如有經說汝今剎那亦生亦老亦死故無命想諸蘊循環受諸異趣名爲取者是中無人能取諸趣捨於現蘊而受後蘊如去故衣而著新衣然依俗諦譬如因質而現於像質不至像而有像現由前蘊故後蘊續生前不至後而後相續是故菩薩無取者想此謂了知生無我性離法想者經曰無法想亦無非法想無想亦無非想此復云何第一義法本不生故無法想以不生故亦無有滅故無非法想法非法分別離故無想此言無想但顯想無非謂有法而名非想復次雖第一義離一切想而隨世間言語想說是故菩薩亦無非想此謂了知法無我性云

何但說有尸羅等持戒種善能起深信智慧見眞生於實想一切功德此俱攝故復以何義言知見彼令諸菩薩心勇勵故彼作是言我今信解如來知見應更專勤修諸善法何故知見二俱說耶爲欲開顯一切智故此復云何一切智者於諸境界朗然現覺非如此智見煙知火不能照了諸相差別亦非如肉眼見麤近物細障遠處則不能知但隨說一或如彼故若諸菩薩起我等想及法等想有何過失因此生於我等執故云何我等想生我等執若生此執有其想故云何法等想生我等執我我所蘊中起法非法想非於無我土木等故經曰不應取法不應取非法此何義耶捨二邊故法有性相尚不應取何況非法本無性相復次無分別者善如法尚不取況不善非法或念言不善不應取何故不取善若善法亦不取者佛何故三無數劫積集資糧是故經言以是義故如來常說如筏喻者法尚應捨何況非法此義云何如欲濟川先應取筏至彼岸已捨而去之世尊亦爾欲度苦流假資糧筏超一切果登涅槃岸樂因尚離何況苦因如象脅經說若出生死證涅槃界愛非愛果法非法因一切皆捨復次疑曰若證時法非法皆捨何故世尊以一念相應正智現覺諸法有所說耶爲遣此疑經曰須菩提於意云何如來得阿耨多羅三藐三菩提耶如來有所說法耶如是等此明何義顯示世尊證於眞實無法可取言諸法者順俗名言非第一義若法非法皆無所取即依俗諦說名菩提非有實物如

說大梵諸佛如來證菩提者謂無所得若無所得云何世尊有諸能事如來本願普利羣生我成正覺離諸分別不由作意乃至衆生生死未盡隨其種類欲樂不同形相言音差別應現於諸法性皆無所得是得菩提亦名法身菩提法身無所得故雖無動念仍先誓力無邊色像以嚴其身十方國土周行不礙凡有見聞靡不蒙益聖者須菩提以菩提無生故密意答言無有少法如來所得非於無生而不現證如經如來所說法皆不可取不可說非法非非法此義云何無生者非是法亦非非法法非法分別境故不可取不可說者無能取說故證無所得故如經以無爲相說名聖人無爲者無所得義無爲相者無所得自性義聖人者見眞實義

須菩提復念言有尸羅等於經深信其福幾何是故廣明持法威力經曰須菩提於意云何若滿三千大千世界七寶以用布施乃至爲他人說如是等爲他說者謂於二諦有所得無所得理善能開演不顛倒故其福勝彼無量阿僧祇者非心所量無量也六十位數所不能及阿僧祇也福德聚即非福德聚者財施雖多比持經福即爲少故持經福多二門成立謂教及理云何爲教如有經言施中最者所謂法施今此寶施是財施攝云何爲理財施雖獲富饒之果住於生死無常敗壞法施能成究竟功德永斷一切生死苦因如經阿耨多羅三藐三菩提從此經出諸佛如來從此經生云何出生依此法門心無所得證無生理妙菩提故又說諸法無生等義是

語律儀從此生於衆德身故由身律儀相圓滿業生化身故復以何義財施唯得大財位果非諸佛因經曰佛法者即非佛法是名佛法其義云何諸法體性空無所有此若開顯是佛法身見有性者於法未悟依此密意説非佛法若知法無性覺故名佛此法佛有餘人無是名佛法由持正法了法無性行於財施不能如是法施福多以斯義故復次疑曰若所證法無有性者四聖果云何得成不見世間無物有果爲遣此疑經曰須菩提於意云何須陀洹能作是念我得須陀洹果不須菩提言不也世尊如是等何故名爲須陀洹以預於無得流故云何無得於色等境皆無得故十有五念爲見道乘此向果名彼是向第十六念説爲住果人天二別極七返生何故七生餘七結故七結者何謂欲貪及瞋色無色愛掉慢無明從此復斷欲界中修所斷惑乃至五品名斯陀含向是中復説二種家家謂天及人天家家者謂於天趣或於一天或二三天諸家流轉而般涅槃人家家者謂於人趣或於此洲或餘洲中諸家流轉而般涅槃盡第六品名住此果更一來生此世間故如是次第復斷二品一生爲間當般涅槃是即名阿那含向九品永離名住此果更不還生於欲界故如是復斷初禪地欲乃至有頂第九品無間道時一切説名阿羅漢向此無間道亦名金剛喻定以能永壞諸惑隨眠至解脱道名盡智與漏盡得同時生故如是名住阿羅漢果應作自他利益事故應爲一切有貪著者所供養故如是四人皆不作念

我能得果何以故在證時無所得故如經實無有法名須陀洹乃至實無有法名阿羅漢何故不欲得果念耶若是念生有我等取離身見者無彼取故是故先說以無爲相說名聖人無爲相者空性相義須菩提述已所得證無是念曰如來說我無諍行第一我是離欲阿羅漢我不作是念如是等此義云何若須菩提行於無諍不悟即空何故如來讚言第一言第一者悟即空故如經以須菩提實無所行諍者是何所謂煩惱離彼煩惱名無諍定須菩提住於此定障及諍皆不與俱故隨俗言無諍行無諍行也復次疑曰若預流等不得自果云何世尊遇然燈佛獲無生忍爲遣此疑經曰須菩提於意云何如來昔在然燈佛所於法有所取不須菩提言不也世尊如是等此明何義顯示昔遇然燈佛時以悟無生無法可取言獲忍者以俗諦故如說得菩提者謂無所得復有經說文殊師利我坐道場無得而起金剛場經又作是說我所有法皆不可得若聲聞獨覺及以如來或曰言語不能取於證法非智不取此說違經經說第一義非智之所行何況文字故復次智所知境名所詮境是二差別智之所證名初不行何義須說語不能取斯或太簡應具說牙齒手足諸身分等不能取故復次有餘經中世尊自釋然燈佛所得無生智不取於法如彼經言海慧當知菩薩有四所謂初發心菩薩修行菩薩不退轉菩薩一生補處菩薩此中初發心菩薩見色相如來修行菩薩見功德成就如來不退轉菩薩見法身如來海

慧一生補處菩薩非色相見非功德成就見非法身見何以故彼菩薩以淨慧眼而觀察故依淨慧住依淨慧行淨慧者無所行非戲論不復是見何以故見非見是二邊遠離二邊是即見佛若見於佛即見自身見身清淨見佛清淨見佛清淨者見一切法皆悉清淨是中見清淨智亦復清淨是名見佛海慧我如是見然燈如來得無生忍證無得無所得理即於此時上昇虛空高七多羅樹一切智智明了現前斷衆見品超諸分別異分別徧分別不住一切識之境界得六萬三昧然燈如來即授我記汝於來世當得作佛號釋迦牟尼是授記聲不至於耳亦非餘智之所能知亦非我惛懵都無所覺然無所得亦無佛想無我想無授記說授記想乃至廣說言無想者顯是智證而無所取想者心法非是語故當知此中說智之境界是故言以淨慧眼而觀察故復次無生忍者是心法非語法故復次證於無得無所得者以法無性無能取得此無得理有可得耶都無所得豈智能取復次斷衆見品超諸分別見品分別智法非語復次不住一切識之境界不言不住一切語境故無所取是智境界云何餘師固謂遮語復次疑曰若智亦不能取諸佛法何故菩薩以智取佛土功德而與誓願爲遣此疑經曰須菩提若菩薩作是言我成就莊嚴佛國土是人不實語如是等衆妙珍奇悅可於心名爲莊嚴彼有體相色等性故第一義中斯不可得說非莊嚴也而依俗諦以智成就是名莊嚴也菩薩應如是不生有住心者我作

我成就如是住心不應生故不應住色等生心者於色等果不應求故應無所住而生其心者以智成就而不住彼如是心應生故復次疑曰若不取一切法云何諸佛取徧滿自在身耶爲遣此疑經曰須菩提譬如有人身如須彌山王如是等此喻顯示彼相似法自在之身其義云何如須彌山由共業力雖無分別而生大體如來亦爾於無量劫修諸福行雖獲大身不由分別如來何故同須彌山無分別耶第一義中山及色身無體性故是形相者皆有爲故如經何以故佛說非身是名爲身非謂有身名爲大身

復次顯示受持正法其福甚多是故此中重說譬喻經曰如恒河中所有沙數如是沙等恒河於意云何是諸恒河沙寧爲多不如是等此之勝喻何不先舉以諸凡夫未見眞實先爲廣說不生信解漸次聞之乃生信故復次受持福多以十三種因而得成福所謂處可恭敬故人可尊崇故一切勝因故彼義無上故越外内多故勝佛色因故超内施福故同佛出現故希能信解故難有修行故信修果大故信解成就故威力無上故世尊何故慇懃說此諸因相耶以諸衆生行資生施求財位果不持正法斷諸苦因

此中處可恭敬者經曰復次須菩提隨所有處說是法門乃至一四句頌當知此處即是支提如是等

人可尊崇者經曰當知是人成就最上希有之法如是等

一切勝因者經曰當何名此法門乃至名爲

般若波羅蜜如是等此義云何諸佛菩薩以般若波羅蜜於世出世最勝了知今此法門如是教故云何知然如經即非波羅蜜故此復云何智功德岸無能量者復次非彼岸者謂三界法智能稱量知不堅固以第一義本性無生是故說言非波羅蜜

彼義無上者即如是義無有上故如經須菩提於意云何如來有所說法不如是等此義云何以般若波羅蜜中無法可得是故如來亦不能以文字而說唯此分量說名菩提如有經言空中鳥跡不可得菩提性亦復如是言菩薩者於無得中能覺了故

越外多者經曰三千大千世界所有微塵是爲多不如是等此中舉大千界微塵數多爲欲對顯受持之福云何顯耶比持經福即非多故如經是諸微塵如來說非微塵非微塵者顯非多義若以非多名非塵者云何復說是名微塵依自分限是一大千微塵數故

越內多者經曰所有世界如來說非世界等此中世界者謂衆生界大千界中一一衆生出息入息微塵刹那皆亦多故非世界等如微塵說

勝佛色因者經曰可以三十二相見如來不如是等此明何義顯示法身無相爲體如經三十二相即是非相非相者非法身相是名相者是佛色身丈夫之相受持等福是法身因非諸相因是故此福最爲殊勝

超內施福者經曰若善男子善女人以恒河沙等身布施乃至其福勝彼無量阿僧祇比何所因是財施故捨身尚爾況外物耶

云何名爲同佛出現佛興于世薄福難逢此經亦然預聞者少如經爾時須菩提聞此法門深生信解悲泣雨淚捫淚而白佛言希有世尊如是等須菩提阿羅漢人隨佛覺悟於此正法昔尚不聞是故希有同於佛現希能信解者經曰若復有人得聞此經生於實想當知成就最上希有如是等實想者謂聞此法門是無邊福因以爲實故復次謂聞難得同於佛與以爲實故復次謂聞此說一切法無生無所得等以爲實故若一切法無生何故言當生實想雖生實想不壞無生如經實想者即是非想是故當知生實想者依俗諦說第一義即非實想復次俗諦名實實想者俗諦之想是人雖信諸法無生而不捨俗諦法故以是當得最上希有

難有修行者經曰我今得聞如是法門信解受持不足爲難如是等信修果大者經曰是諸衆生無復我想衆生想命想取者想如是等此義云何以於此經信及行故了生無我性不生我等想何以故有所取我是中乃生能取想故彼能取想隨俗言說第一義即是非想何以故諸佛世尊證法無我遠離一切分別想故諸佛體相名爲大果

信解成就者經曰若復有人得聞是經不驚不怖不畏如是等此中不驚者謂於諸法無生之理心不驚愕趣生道故不怖者謂於諸法無和合相心不怖懼而於世俗和合相中相續分別執爲實故不畏者心不如是永決定故復次不驚等者如其次第謂聞法時思

惟時修習時心安不動衆生等想已遠離故威力無上者經曰須菩提如來説第一波羅蜜須菩提此第一波羅蜜如來説彼無量諸佛亦如是説如是等云何名第一無與等者故云何無與等一切佛法中威力最勝故一切諸佛同演説故以如是等十三種因持經之福多於寶施復次疑曰若一切佛法中般若波羅蜜最爲上者何用勤苦行餘度耶爲遣此疑示現般若攝持餘度經曰須菩提如來忍辱波羅蜜即非波羅蜜如是等非波羅蜜者遠離有此分別心故云何無分別經曰如我昔爲歌利王割截支體我於爾時無我想無衆生想無命想無取者想如是等此義云何若有我等想即見有自他他來犯已必生瞋恨若謂無分別想是愚癡心癡心作因瞋念還起於彼王所孰能不校以不校故證知無想亦非無想無想者所謂無我等想無自他想及瞋恨想非無想者謂非愚癡何故愚癡名爲無想不能觀察是應作是不應作故復次無想亦非無想者離於想無想染著分別故此已説被虐害時攝持忍辱復欲顯示餘時攝持經曰又念過去於五百世作忍辱仙人如是等此顯往昔未遇惡王已於多生斷我等想皆由般若攝持力故復欲顯示攝持菩提經曰菩薩應離一切想發阿耨多羅三藐三菩提心以離諸想得菩提故如説坐於菩提座永斷一切想云何離想耶經曰不應住色生心不應住聲香味觸法生心應生無所住心若生無所住心者云何住菩提而發心耶以住菩提故無所住如經何以故

如是住者即爲非住此義云何如是住者俗諦故非住者第一義故復次言住菩提即是非住如有經說菩提無住處是故非住是住菩提之異名也已說般若攝持忍辱攝持餘度其相云何經曰是故佛說菩薩心不住色布施不住聲香味觸法布施三施攝六如前說故五波羅蜜離於施物施者受者三種分別即是般若波羅蜜相故持餘度其義得成如說五波羅蜜若離般若如闕目者而無導師爲顯示彼方便故經曰菩薩爲利益一切衆生應如是布施或念言若不住法而行施者云何爲利益衆生是故經言一切衆生想即是非想爲利益者俗諦言說第一義即是非想何以故以衆生想取諸衆生計與蘊異或不異等第一義中皆不可得如經是諸衆生即非衆生此顯遠離智及所知二種分別言非想者顯智無性非衆生者所知無性彼二無性如來證了諸想永除證無性故

金剛般若波羅蜜經破取著不壞假名論卷上

音釋

蠲（圭淵切潔也除也）詢（須倫切咨也）筏（房滑切箄也）惛（呼昆切心不明也）愕（逆各切驚遽貌）

金剛般若波羅蜜經破取著不壞假名論卷下

功德施菩薩造

中天竺國沙門地婆訶羅奉勅譯

須菩提復念言諸佛離一切想證法無性世間以何相故而信知耶是故經言如來是真語者實語者如語者不異如語者何故但以如是四句顯示諸佛證實離想以世間中求名利者於上人法未證言證佛異彼人故說真語復有貪鄙情多矯妄曾獲神通自知已失有人來問但云先得遠離是心說於實語又有修得世間之定心暫不生相同寂滅而向人說我證涅槃永除此謬故說如語此言如取如是義所隨如字應可比知必同行故如說義時相同行相違乃至廣說是中同行者如母牛來子亦隨至如與如是應知亦然此顯如來斷一切障如彼明證如是而說不同學得世間禪者言證涅槃尋復退失何爲復說不異如語以諸凡夫於乾闥婆城夢幻響像熱時之焰旋火之輪如其所對如是取著名爲異如諸佛不然是故說不異如語此復云何諸凡夫人所取城等非城等有名爲異如如來所證非虛妄有不誑性故名不異如是故所言未甞虛妄云何知然佛已淨除一切障故有證及教可辯明故云何爲證譬如說色是無常等色法現是無常等故云何爲教如有經言童子我一切知一切見也復次真等四諦之名如來證知此四深理是以能說說而不知無是處故此中真語者說於苦諦色等諸蘊真是苦故實語者說於集諦

愛實苦因非自在等能爲因故如語者說於滅諦無爲涅槃有爲虛妄無爲反是如說無爲之法非虛妄性名之爲如不異如語者說於道諦離八支道言得涅槃虛誑不實此道能得實非妄故或念言若諸佛離一切想云何於法現證而說言八支道是實入水火等爲妄說實妄故有分別想是故經言須菩提如來所得法所說法無實無妄此義云何如來證第一義一切法本性無生無生故不曾是有云何名實既無生豈有滅是故非妄實妄二境皆不可得於何而生彼分別想所說之法是文字性文字有爲故非實依而證實故非妄復次疑曰若所證法無生無性非實非妄是即諸佛第一義身從此爲因二身成滿菩薩何故捨所證法住於事等而行施耶爲遣此疑經曰須菩提譬如有人入闇即無所見若菩薩心住於事而行布施如是等此闇明二喻示有住無住過失功德其義云何如人闇中捨平坦路行於非道顛墜艱險受諸苦難於所樂處近而不達若諸菩薩住事行施捨無得性平疾之道行於有得險難之路於生死中受諸困厄涅槃之所何時可至如人有目者得無生忍也夜分已盡者捨於果愛也日光明照者決定了知諸法無性見種種色者悟一切法不滅不生不斷不常不一不異不來不出無所得等菩薩如是行不住施速成正覺得大涅槃此一切法修行中有自他二利自利復有教義修行敎修行者謂受持讀誦義修行者聽聞思惟利他者謂爲人演說如經須菩提若善男子善女人於

此法門受持讀誦修習演説如來悉知是人悉見是人生如是無量福德聚取如是無量福德此中受者作心領納故持者温記不忘故讀誦者披諷其文故修習者謂聽聞及思惟故無量福聚其相云何經曰若善男子善女人初日分以恒河沙等身布施乃至於此法門信心不謗如是等此布施福轉勝於前以事與時二種大故事大者如經以恒河沙等身布施故時大者如經百千億那由他劫故

修行任運果令説云何名爲任運果謂修行者從初乃至未成正覺此生餘生獲諸功德本所期者是佛果故功德是何所謂魔及異道不能沮亂功德大故殊勝無等堅牢福果最上法器圓滿資糧能荷難勝深大信解福因之處拔一切罪速疾證地此中魔及異道不能沮亂者經曰此法門不可思議其義云何以法威力不思議故斯人福慧超諸智境是故邪徒莫能沮亂功德大故殊勝無等者經曰不可稱量以能受持不可量法功德威力餘無與等是故此人最爲殊勝堅牢福果者經曰無量果報耶莫能沮故功德廣大故於天人中受諸勝福無能逼奪令其不受最上法器者經曰此法門如來爲發大乘者説爲發最上乘者説法豈虚行授之以器圓滿資糧者經曰若有人受持讀誦修習演説如是等此中受持讀誦爲他説故福德增長聽聞思惟故智慧增長云何增長如經皆成就不可思不可稱無有邊無量功德聚言無量者顯此功德非是一切心量之境是故思所

不能知不可取而稱無邊際可得能荷難勝者經曰如是人等即爲荷擔如來阿耨多羅三藐三菩提此義云何如佛成就難思妙法博濟羣苦無復遺餘持經之人當如是故廣大甚深信解者經曰若樂小法者即於此經不能受持讀誦如是等此中廣大信解者無小意樂故甚深信解者無我等見故福因之處者經曰在在處處若說此經如是等集福捨罪故名支提人能演法功與之等地雖無思持說者故拔一切罪者經曰若善男子善女人受持讀誦此經爲人輕賤如是等受持此經方致成佛反被輕賤其故者何經曰是人先世罪業應墮惡道以今世人輕賤故先世罪業即爲消滅如來品說若復有人受持此經乃至演說是人現世或作惡夢或遭重

疾或被驅逼强使遠行駡辱鞭打乃至殞命所有惡業咸得消除復有頌言

若人造惡業　作巳生怖畏　自悔若向人
永拔其根本

怖心悔過尚除根本何況有人受持正法此豈不與餘教相違如說

業雖經百劫　而終無失壞　衆緣會遇時
要必生於果

非有相違此復云何且十不善惡趣之業由持正法及悔先罪惡趣果雖永不生然於現身受諸苦報現受諸苦豈失壞耶不生惡趣非拔根耶若有無間決定業者命終之後定生彼故應住劫受須史出故如阿闍王等是故無違速疾證地者經曰我念過去無量阿僧祇劫乃至若復有人於後末世能受持讀

誦此經廣爲人說我所供養諸佛功德於此百分不及一如是等此義云何無邊佛所供養之福不證眞實持此法門速疾能證是故受持功德威力設爲百分彼前福聚不及其一如是千分百千分數分不及取類應知數者謂六十位過斯已往數不能及歌羅不及校計不及者此依歌羅微細義說謂受持福最微細性功德已多非前所及窮於校計終無與等微細尚爾況一切耶優波尼沙者因也其義云何此少分福於最勝果即成因性總前福聚亦不成因不能得眞實果故譬喻不及者如有童女稱爲月面女面豈能全類於月以有光潔少分相同彼前福聚即不如是無少相似可爲譬喻此復云何謂但受持文字之福前福於此無相似性匪薄福人而能聽受此文字故如經若我具說者或有人聞心則迷惑而生輕賤謂聞此功德威力思惟時不信時也如經此法門不可思議果報亦不可思議二俱難思威力勝故

須菩提何故復言發菩提乘應云何住等欲具顯因清淨相故何者不具云何具顯謂所修因非但離於三事相想即名清淨要當遠離我住我修我降伏心如是諸想方得淨故如經應生如是心乃至實無有法名爲發菩薩乘者此復云何第一義無有衆生得般涅槃亦無有法名爲菩薩發心住果修行降伏於無有中而起有想是顚倒行非清淨因復次疑曰若無菩薩發趣大乘則無有因證於佛果成滿四種利益之業云何世尊然燈佛所而得授記汝於來世當得作佛號釋迦牟

尼能成四種利衆生事爲遣此疑經曰須菩提於意云何如來昔在然燈佛所頗有法得阿耨多羅三藐三菩提不如是等此中意説佛於往昔證眞實義得授記時不見少法而是無上菩提因體以無所得得授尊記此即證知一切法皆無所得如經須菩提言如來者以眞如故眞如者無所得義須菩提心念我於此説雖復無疑然有人言然燈佛所不見有法能得菩提昇于覺座豈亦如是是故經言須菩提若有人言如來得阿耨多羅三藐三菩提是人不實語乃至如來所得法是中無實無妄此義云何夫實妄者生於有得有時言實壞時知妄無所得中此二俱遣復有念言若如來但證無所得者佛法即一非是無邊是故經言如來説一切法皆是佛法

佛法謂何即無所得未曾一法有可得性是故一切無非佛法云何一切皆無所得經曰一切法者即非一切法云何非耶無生性故若無生即無性云何名一切法於無性中假言説故一切法無有性者即是衆生如來藏性是故世尊乘次開顯經曰須菩提譬如有人其身妙大如是等妙大身者謂空性身云何妙大隨於所在而不異故一切衆生咸共有故如説此一衆生空性彼一切衆生空性如來有之衆生亦有何故但説如來藏一切衆生有不説衆生藏如來有耶以諸衆生未證空理如來證故如有經説衆生身內有如來藏具相莊嚴豈不同於妄計神我雖如是説然了空性名爲法身法身爲因乃生色相非與外道所説我同如楞伽經大慧菩薩白

佛言世尊修多羅中說如來藏本性清淨具三十二相在於一切衆生身中常住不變爲貪瞋癡妄分別垢蘊界處衣之所纏裹如無價寶垢衣所纏世尊此說云何不同外道邪論外道說我是常作者體非求那周徧無盡佛言大慧我所宣說如來藏義不同外道所說之義如來藏者即是空性實際涅槃不生不滅無相無願如是等義如來爲欲止息愚人無我怖畏說無分別無虛妄境如來藏門大慧現在未來諸菩薩摩訶薩不應於此計著生於我見乃至廣說須菩提爲欲闡明妙身大身是空性義經曰如來說人身妙大即是非身非身者謂以色身依實義說無生性故說無生性爲妙大身非色身也

上所說因清淨相義未圓滿爲滿足故經曰須菩提菩薩亦如是若作是言我當滅度無量衆生即非菩薩如是等以要除能度所度一切分別菩薩修因方得淨故復爲成就無分別心經曰頗有法名爲菩薩不須菩提言不也世尊乃至佛說一切法無我無衆生等第一義無菩薩無凡夫故我當莊嚴佛國土不名菩薩者染著因故於色等聚所成佛土如是取故即非莊嚴者實義無生故是名莊嚴者俗諦言說故通達無我無我法說名菩薩者離一切想因清淨故復次疑曰若清淨因離諸想者有境可得爲無有耶是故此中說佛境界經曰須菩提於意云何如來有肉眼不須菩提言如是世尊如來有肉眼乃至如來有佛眼不須菩提言如是世尊如來有佛眼如是等何故世尊說具五眼示於境界

無不了知此中有衆生數境非衆生數境如經所有衆生若干種心住等顯示了知衆生數境恒河沙數世界等顯示了知非衆生數境若干種心者欲樂不同故住者相續而轉故或作是念心若能住斯應有體是故經言如來說諸心住皆爲非心住非心住者第一義無相續故如經何以故須菩提過去心不可得現在心不可得未來心不可得此復云何過去心已滅故未來心未生故現在心不住故無形故寶積經言迦葉一切佛不見過去心不見未來心不見現在心乃至廣說經曰若福德聚有實如來即不說福德聚此意云何聚者蘊義假名不實實即非蘊於何說聚云何知假名不實第一義無積聚故俗諦中有言說故如是五眼都無所得是佛境界以是應知離想淨因無境可得是故大般若波羅蜜中如是言須菩提如來五眼於第一義都無所得若言有得愚人謗我復次疑曰若第一義佛境界是無所得色相如來豈亦非有爲遣此疑經曰須菩提於意云何如來可以具足色身見不須菩提言不也世尊如是等此顯示見佛法身云何見耶如經如來說具足色身即非具足色身等此依實義即於色相而見法身非具足者是法身故如說無生性是常住如來乃至廣說復次疑曰若第一義佛境界及色相身皆見有體豈具足衆德言說相身亦復非有遣此疑故經曰須菩提於意云何如來作是念我有所說法耶如是等欲使定除有說執故經曰若人言如來有所說法即爲謗佛乃至無法可說是名

說法此義云何說無體故不見內外漏無漏法少有眞實而可說故

須菩提復次顯示於此所說信受者難是故言頗有衆生於未來世聞說是法生信心不乃至彼非衆生非不衆生等云何非衆生第一義即蘊異蘊推求其體不可得故如經說非衆生云何非不衆生以俗諦依於五蘊業果相應而施設故如經是名衆生復次疑曰若第一義佛境界色身言說身皆不可得法身體性豈亦然耶爲遣此疑經曰須菩提於意云何頗有法如來得阿耨多羅三藐三菩提耶須菩提言不也世尊如是等此義云何佛證眞實不見少法是所得故以無所得是故說名阿耨多羅三藐三菩提何故無所得經曰是法平等無有高下何故平等經曰以無我無衆生無命無取者如生無我中平等故無所得法無我亦如是此無得理以何因證經曰一切善法云何善法有體可得而能證無所得理法不相似豈得成因經曰善法者如來說爲非法云何非法第一義無生性故當知此因即無所得善法者俗諦言說非眞實義何故復以須彌塵量寶施之福而校量耶令修行者心勇進故復次疑曰若如來說非衆生者云何不與餘教相違如有經言無量衆生以得我爲善知識故生等諸苦並皆解脫爲遣此疑經曰須菩提於意云何如來作是念我度衆生耶乃至實無有衆生如來度者如是等無衆生者第一義故復次以大悲心攝同已故若實有衆生異於如來是所度者如來即有我等四取何以故若見有

已能度衆生是我取故何故不欲我等取耶經曰我取者如來說爲非取非者何義所謂不善云何不善縛諸衆生住生死故復次非者無體性義此復云何以無所取我亦無能取故若我等取無體可得何用遣我言非取耶以諸凡夫顛倒妄取言非取者令彼解故如經但無智凡夫生之所妄取如是等未得聖者各封於我差別而生名凡夫生彼即非生不善生故如不善人說爲非人復次法從緣起無我造作故名非生是故說名凡夫生者隨俗言故以諸衆生於佛色身多生取著是故復說色身無性經曰須菩提於意云何可以相成就見如來不乃至轉輪聖王應是如來如是等佛欲令於色等身見法身義受持時易故說頌言

若以色見我　以音聲求我　是人行邪道
不能見如來　如來法爲身　但應觀法性
法性非所見　彼亦不能知

以色見我等其義云何謂有見光明相好言見於佛及有聽受經等文字言我隨逐而得如來彼作是言於相好身及言說身攀緣修習當斷煩惱爲除此見經曰是人行邪道不能見如來此義云何色及文字性非真實於中取著是邪道故行於此道何能見佛云何見耶經曰如來法爲身但應觀法性法性者所謂空性無自性無生性等此即諸佛第一義身若見於此名爲見佛如有經說不生不滅是如來故十萬頌經復作是說慈氏以見空性名見如來薩遮經中又作是說無取著見名爲見佛若無取著名見佛者攀緣法性

將非取著以淨智心了知法性法性豈是所了知耶是故經言法性非所見彼亦不能知法性之處無有一物可名所知由是彼智亦不能知如有經言大王一切法性猶如虛空等與衆物爲所依止而其體性非是有物亦非無物能於此中寂然無知名爲了知名爲知者隨俗言說復次疑曰若智亦不能知法性者云何諸佛具丈夫相而證菩提以見具足丈夫相者得菩提故爲遣此疑經曰須菩提於意云何如來諸相成就得阿耨多羅三藐三菩提耶如是等此中顯示法界相其義云何若相成就是眞實有此相滅時即名爲斷無有菩薩見法斷故何以故以生故即有斷一切法是無生性所以遠離常斷二邊遠離二邊是法界相是故於此說能信解無生之福多於寶施如經須菩提若善男子善女人以恒河沙等世界七寶持用布施若菩薩得無我無生法忍如是等但於無生受樂修習福多彼故如有頌言

若人持正法　及發菩提心　不如解於空十六分之一

或念言若一切法無生者云何而有福德生耶是故經言須菩提菩薩不應取福德如是等不應取福者非第一義中有福可取故須菩提白佛言世尊菩薩不取福德者菩薩於福應圓滿故佛言須菩提菩薩應取者俗諦故不應貪著者第一義諦故復次疑曰若第一義無福可取何故餘經作如是說如來福智資糧圓滿坐菩提座趣於涅槃爲遣此疑經曰須菩提若有人言如來若去若來若住

若坐若卧是人不解我所説義如是等涅槃無有眞實處所而至於彼名之爲去生死亦無眞實處所而從彼出名之爲來不去不來是如來義此即顯示無住涅槃雖生死涅槃無有一異而於三界牢獄引喻衆生盡未來際而爲利益復次疑曰若生死涅槃不可得故無去來者如來豈如須彌山等積聚一合而安住耶爲遣此中是一是常無分有分一合見故經曰須菩提若善男子善女人以三千大千世界碎爲微塵是微塵衆寧爲多不如是等此中微塵衆多者遣無分一合見非微塵衆者遣有分一合見是名微塵衆我非有分物説之爲衆復爲遣積聚見故經曰如來説三千大千世界即非世界如是等何故復説非世界耶經曰若世界實有即是一合見何故不欲一合見耶經曰即爲非見云何非見於非有中而妄見故如經一合者即是不可説但我見凡夫而取其事此義云何一合者是俗諦相非眞實有何以故第一義一切法本性無生無生故不可得不可得故離於言説而我執凡夫於中妄取若不欲我見與教相違如有頌言

我以已爲依　詎以他爲依　智者能調我
生天受安樂

爲遣此疑經曰須菩提若有人言如來説我見衆生見命見取者見爲正語不如是等佛何故説見我耶爲謗攝信樂者故此於五蘊隨俗名言非謂眞實是故諸佛所見我者是遠離性如經即非我見等世尊以離生死涅槃我等合見而得菩提復愍諸含識欲令同

證是故言須菩提發菩薩乘者於一切法應如是知如是見如是信解不生法想知見者謂證時信解者修學時信解之人法想尚不生況非法想此云法想非法想者謂如法分別不如法分別法想如法何故不生經曰法想者如來說爲非想此復云何一切法無生性故若無生即非有於何知見以俗諦故如經是名法想何故復說受持之福欲令衆生畢竟信故經曰如無演說是名爲說此何說耶第一義無世出世若法若物少有可說能如實義如是說者乃名爲說此無住涅槃觀察有爲然後方證云何觀察經曰爾時世尊而說頌言

一切有爲法　如星翳燈幻　露泡夢電雲
應作如是觀

今此頌中觀察有爲九種體相何謂爲九所謂觀察自在觀察境物觀察遷動觀察體性觀察少盛觀察壽觀察作者觀察心觀察有無此中觀察自在如星譬如星等著象於空隨方運行光色熾盛假令久住終隨劫盡如是人天受諸福報豐財重位衆所瞻仰雖久自在會亦歸空觀察境物如翳譬如翳目於淨空中見有毛輪飛華二月無明翳識亦復如是於眞實理無物之處而見内外世出世間種種諸法觀察遷動如燈譬如燈焰即生處滅不至餘處然因此焰餘處焰生念念相續如有遷動衆生亦爾前趣諸蘊即前趣滅不往餘趣然因前蘊後趣蘊生以相續故狀如遷動言諸凡夫數往餘趣觀察體性如幻如因幻力變作女人容貌可觀體性非有不

了之者取爲眞實一切法亦復如是從妄緣生初無實體末了實者生有體見觀察少盛如露譬如朝露見日即晞盛年容色亦復如是一遇無常已從衰謝觀察壽如泡譬如水泡或有始生未成體相或纔生已或暫停住即歸散滅壽亦如是或始託生在於胎藏正生生已從作嬰兒少年中年乃至衰老歸於壞滅觀察作者如夢譬如夢中隨先見聞憶念分別熏習住故雖無作者種種境界分明現前如是衆生無始時來有諸煩惱善不善業熏習而住雖無有我是能作者而現無涯生死等事觀察心如電譬如電光生時即滅心亦如是刹那必謝觀察有無如雲如空中雲先無後有須臾復滅有爲諸法亦復如是體性本空從妄緣有有緣既散還復歸無復

次先依俗諦以星等九喻安立有爲後依中論第一義一切法不滅不生不斷不常不一不異不來不去及般若波羅蜜中一切法非積住性解釋此頌其義云何譬如星光自體常滅有爲亦爾性恒遷謝如人目翳雖無作者病緣故生有爲亦然但從緣起譬如燈焰念念恒斷有爲如是刹那不住如幻所作不了之者取爲實常愚夫迷實取有爲法亦復如是譬如泫露在物雖繁體唯是一所謂滋潤有爲内蘊生生有別本性亦同咸資變故如因積水雨滴成泡各別而生各別而滅衆生諸行亦復如是八萬四千別生別滅如夢中境來無所從而彼夢心妄見來處有爲亦爾來不可得無明夢識妄見爲來譬如奔電性非遷動前處前滅後處後生以相相似說

之爲去有爲諸法去亦如是譬如空雲非恒積住有爲之相類此應知如是名爲依俗諦故安立有爲如中論中成立眞實不生等義於有爲法應如是知此復云何彼論中以自他共無因觀察諸法本無生義如是似翳有爲生法應知不生以不生故星光有滅違於道理有爲亦然應知不滅復次不生故彼燈自體尚不可得何有刹那而說爲斷有爲不斷類此應知復次不生故似幻所作有爲之法無有常義應知不常復次不生故似於朝露有爲諸法一義不成愛能潤生不契理故應知不一復次不生故似泡差別有爲之法異性不成應知不異復次不生故似夢中境有爲之法本無來義應知不來復次不生故似於電光生滅之法以相似故說爲去者理不相應應知不去復次不生故如雲之法體尚非有豈積住耶如是應知頌曰

我今功德施　爲破諸迷取　開於中觀門
略述此經義　願諸羣生類　見聞若受持
照眞不壞俗　明了心無礙

金剛般若波羅蜜經破取著不壞假名論卷下

音釋

闥 他達切　沮 再呂切 壞也　殞 羽敏切 歿也　晞 虛宜切 乾也　泫 胡犬切 露光也

勝思惟梵天所問經論

元魏天竺三藏法師菩提留支譯

清刻龍藏佛說法變相圖

勝思惟梵天所問經論卷上

元魏天竺三藏法師菩提留支譯

歸命釋迦牟尼佛四句之義於諸經首有論解釋如彼應知於大衆中說此法門者示現法勝大衆攝在說法住處依彼山等勝處說故六萬四千比丘僧者示現莊嚴如來大衆故此經法門快妙甚深出過一切聲聞境界示現如來能說勝義故七萬二千諸菩薩者何故菩薩多於聲聞以此經典為諸菩薩摩訶薩說甚深法故

皆是智者之所識知者何故重說依世間法故世間說言勝中勝者如言於端正中最端正者乃可將來於有德中有勝德者乃可將來彼諸菩薩各別有智非共有故復更有義皆是智者之所識知者入地菩薩之所知故

此明何義以諸菩薩摩訶薩先行菩薩行者知彼菩薩故以是故言皆是智者之所識知彼諸菩薩智者所知有七種德皆依樂說辯才應知何等爲七一者種種樂說辯才二者無滯樂說辯才三者堅固樂說辯才四者了了樂說辯才五者不怯弱樂說辯才六者相應樂說辯才七者任放樂說辯才此諸辯才如經得具足陀羅尼乃至得無生法忍如是七句次第而說此義應知應云何知陀羅尼者以多聞慧樂說種種諸法門故故名種種樂說辯才速疾不住故名無滯樂說辯才以得攝受諸三昧故無有忘失故名堅固樂說辯才以諸菩薩摩訶薩等依勝通力之所住持不畏一切諸魔等故故名了了樂說辯才菩薩攝得四無所畏威德快妙於自他衆無所怖畏故名不怯弱樂說辯才依於假名他力成就三法體相而不顛倒故名相應樂說辯才得八地中無生法忍任意說法離說法障故名任放樂說辯才

聖者文殊師利諸菩薩等以何義故名法王子以初發心來常斷婬欲法故初發心者已入菩薩定心正位應如是知

一切菩薩皆是大賢士何故唯說聖者跋陀婆羅等名爲大賢士以爲示現心行勝故彼跋陀婆羅等菩薩有如是心我所教化衆生皆化令得阿耨多羅三藐三菩提心既如是復化衆生令得阿耨多羅三藐三菩提是故自利利他行勝如實修行自求菩提亦化衆生令得菩提是故說彼跋陀婆羅等名爲大賢士

有百千萬大衆圍遶者示現如來大眷屬故一切皆是得心定者此以如來能領大衆於大衆中最爲勝故以百千萬衆示現大事是故圍也所言遶者示現大衆皆悉善伏諸煩惱故言說法者示現如來常說諸法而不斷絶離諸過故

右膝著地者示現欲問威儀相故復爲示現諸大衆等一心之相故雙膝著地者不成禮拜相亦不成問相以諸世間右膝著地敬重相故

動此三千大千世界者以諸魔等與說法者而作留難爲令諸魔生驚怖故又爲說法時大衆不起散亂心故又爲可化衆生若放逸者令覺知故又爲令衆生念法相故

又復有義動此三千大千世界諸衆生等令其觀察此諸大衆說法處故又爲敎化純淑衆生令得解脫故又爲令隨順問正義故

佛言網明恣汝所問我當解說悅可爾心者如來聽問示現自身我是一切智人爲令聽者聞如來說法生尊重心故

能見佛身者隨觀如來何等身分不能捨離更觀餘分以如來身相微妙故超百千萬日月光明者示現勝相快妙相相應故示現如來出世間相以如來身有如是相故如來爲與衆生安隱與衆生樂示現正直心相應知修行智果相應應知應云何知應知如來依彼色相放諸光明能作衆生二種利益謂與衆生安隱及樂與智相應照諸佛土我自惟念若有衆生能見佛身及思惟者此中見者初覩色相也言思惟者次後觀察也說諸光

明依三種法差別應知三者所謂一因二名三成辦所言因者即彼與樂與安隱智相應修行此義應知名者如經名寂莊嚴乃至名曰示現一切種色如是等也依自各各作業差別此義應知言成辦者所成辦事略有四種依彼義故略說則有四種光明所謂受用增長功德止惡令信言受用者諸佛如來可化衆生共受法樂故彼受用樂謂見如來供養如來禮拜如來問如來應知見如來供養如來者依第一光明得見如來思惟如來也見如來供養如來者第一光明說禮拜如來者示現身業供養見如來者非供養應知問如來者第二光明說於所問中以有世間及出世間果報差別次第復有六種光明世間果報勝妙差別依二種地一非定地二依定地非定地中以願攝取二種果報一者轉輪聖王勝妙果報二者天帝釋王勝妙果報依定地者謂梵天王勝妙果報何故不取夜摩天等諸果報者以世間諸經皆不說故佛放光明亦應照彼而諸經中無是故不明言出世間果報差別者謂依三乘三種差別此義應知增長功德者所謂增長三種功德一者惡道衆生令出彼處於未來世生善道中二者受苦衆生即現身中與彼安樂令得歡喜三者能令放逸衆生生於善法言止惡者謂令衆生離諸趣故離諸地故離諸難故離諸障故名爲止惡諸趣二種一者惡道二者善道惡道三種令諸衆生離諸難者謂令衆生離三惡道種種苦難令諸衆生離諸障者謂令衆生離善道中諸根不具盲聾惡業心見

迷惑種種諸障離諸地中種種諸障諸地有三一菩薩地二聲聞地三凡夫地菩薩地中謂令衆生遠離六種諸波羅蜜所對治障聲聞地中謂令衆生離三種障不恭敬障及無智障增上煩惱不能禁止而起煩惱故名爲障又不恭敬者謂不信障又無智者無多聞慧障又增上煩惱不能禁止而起煩惱故名障者無慚愧障凡夫地中謂令衆生離四種障依本修集貪瞋癡等煩惱現行障謂邪念等現行故一切煩惱現行障謂離煩惱現行故此是止惡依二十一光明次第說應知言令信者見如來身種種光明微妙殊勝是故生信悕望欲見故種種異色者見種種色也見者悕望欲見也又種種異色者青黃赤白等各各差別也無量種色者青等各各有無量種也過百千萬色者餘青等色中過勝光明也過者謂青黃等中復過無量無邊也若餘殘劫者過於一劫乃至無量無邊劫說也光明功德無量無邊不可窮盡者光明功德無量無邊筭數譬喻所不能及乃至無餘涅槃界不盡應知一切光明乃至阿僧祇阿僧祇光不出受用等四種光明相應如是知如來示現無量無邊身光莊嚴不可思議方便善巧相應說法者示現說者所說令可化衆生生尊重心故示現希有令生勝因敬重心故世尊我未聞此諸光明名者示現如來無量無邊光明功德所不說者不讚歎者若如是者令何故說示現無上功德因故是以次言世尊如我解佛所說法義世尊若有衆生得聞如此諸光明名能生淨信恭敬心者彼

諸衆生畢竟定得如來如是光明之身也先放光明網明菩薩巳知一切如來所作利益衆生業受種種法樂欲共無量餘諸菩薩同受法樂故請如來令放光明如經世尊唯願今日放請菩薩光覺諸菩薩故此光不出前四種中受法樂光令餘世界菩薩覺知者此光入前分散光明亦入增長功德光明應知是知以何等光明照於無量無邊世界此中示現過於可數故名無量去到他方猶如虛空邊不可得故名無邊

言現住者更餘世界彼處不去故名現住不入涅槃故名現命以無諸病故名現在復說諸法清淨相應是故名爲無病應知

奉見彼佛者以現見釋迦牟尼佛故供養彼佛者一切所應供養之具盡以給施故問彼佛者如法諮請故答彼佛者如法對故深細意問者斷諸疑網故

又復有義現見面故供養佛故依本行威儀故聽問以不故如是次第依法依義問法問義故

自此巳下依問答義應如是知十種清淨堅固心略依二種心說一依不染心說二依恭敬心說

依不染心者依染淨世界七種差別染離染法應知

七種差別者所謂法差別以淨法不淨法差別故受差別以受苦受樂差別故業差別以下中上姓家生差別故以惡行善行雜行差別故心差別以諸衆生於佛法中信法不信法差別故行差別以正行邪行差別故心修

行差別以三乘願行差別故道差別以善道惡道差別故如是等惡心等染此對治無染相故說八種清淨堅固心此義應知應云何知法差別染者此有二種一者依義謂善說相不善說相如是分別二者依法謂聞善相聞不善相如是分別對治者初句以不瞋恨心對治瞋恨心謂於善語於不善語不起心故於惡語中不生心念言我能忍此義應知第二句言等以慈心者以諸文字性如是故以說非顛倒法令衆生住安隱處故受差別染對治者所有諸受皆悉是苦如是一切事中等生悲心憐愍衆生故業差別染對治者謂正修行如是一切處心皆平等與樂修行智故

心差別染對治者於供養輕毀離高下心故行差別染對治者不見諸過故不生利益心故心修行差別染對治者等一味故以彼此三乘不相是非故道差別染對治者不生驚怖隨順自業如是善知以觀察法體故是名八種清淨堅固心依於七種不染心說應如是知依恭敬心者此有二種一者於一切菩薩生世尊想故此明何義謂於此界生五濁中諸菩薩所生如來想故如是佛國土中見諸菩薩行於苦行求大菩提不生疲倦畢竟如實修行於是菩薩生如來想以是故言生世尊想復生希有想此義應知應云何知如佛出世難甚爲希有菩薩摩訶薩亦復如是以不捨離發菩提心亦名希有是故於彼生世尊

想二者於佛生希有想故此有何義如無染世界生彼衆生無量百千萬劫壽命諸佛如來常作無量衆生利益如是多煩惱過世界中生於少時間能作無量衆生利益此中見佛生希有想此義應知清淨堅固心能增長成就此義應知

入寂靜行依清淨堅固心與菩薩念菩薩受取於彼世界百千萬劫不離正念常修梵行娑婆世界從旦至中堅持禁戒不染心行示現勝故此明何義如治重病爲令速差但與妙藥令服則愈如是衆生多煩惱過爲速滅故令得勝法對治則滅此義應知示現生在惡國衆生多有諸苦多有煩惱汙染世界故爲令諸餘菩薩見世尊釋迦牟尼佛禮拜供養問答如來故聖者勝思惟梵天以爲上首爲問問答依勝思惟梵天生於大衆恭敬心故示現勝思惟梵天畢竟得何等樂說辯才得何等樂說辯才果依此二種說正問中爲最第一此義應知初說得何等樂說辯才以一切處問記相應故以巧能令衆生解故以言語最勝故以尊重言語故以說正因故以依實義說故以依安隱說故是名美妙以有人情故以於大天人邊得清淨心供養故以一切諸魔怨敵不能降伏故以說深密意義故以此八句說勝思惟梵天美妙言語樂說辯才此義應知應云何知所謂一者相應二者令解三者尊重四者安隱五者人情六者大清淨至到七者不可降伏八者甚深

次說樂說辯才因示現如是多種功德言語說法時若諸衆生有不如實修正行者而不

捨彼諸衆生故以與勝樂善相應故以求衆生離於諸苦得勝樂故以與樂等勝功德時歡喜慶彼故以求不染等與勝樂安隱心故以此五句說勝思惟梵天彼美妙言語樂說辯才因此義應知應云何知示現三種心一者不捨心二者與樂心三者安隱心如是一三一次第說應知次說得何等樂說辯才果所謂爲彼一切衆生於一切義中能斷疑故

偈義如經

爾時世尊讚勝思惟梵天言善哉善哉梵天復善哉梵天者以其發問儀式詣佛於此三時中事相應故應知善哉梵天汝今至心諦聽我爲汝說者如是次第不顛倒心正念心故其心堅固而不疲倦者是正直心此中大菩提信心爲本是作願相依彼願故則能具足得如來地一切功德依菩提心堅固方便有第一問於大乘中略有四種疲倦之事依彼四種疲倦事故菩薩雖發菩提之心作菩提願而失彼心何等爲四一者以諸衆生不如實修行故二者多作衆事故三者多時在有中行故四者等解脫中心常欲得速解脫故爲彼有力故此四種障對治法者謂於衆生起大悲心等如是四種法次第而說此義應知應云何知謂諸菩薩依大悲心如是如是見諸衆生不能如實修正行時如是如是轉轉增上生憐愍心爲彼衆生令得解脫如是如是轉轉增上增長作願又諸菩薩常勤精進而不疲倦所作多事而悉能作又諸菩薩無始世來過去諸苦信解如夢不計後時未來世苦又諸菩薩爲一切智雖同二乘解

脱煩惱雖取無量不共功德爲彼有力斷彼欲得速解脱心言無等者不共功德無有等故所言等者二乘少分斷煩惱等是故名等以是義故名無等等如是四種不疲倦心對治四種疲倦心障是故菩薩於大乘中其心堅固而不疲倦

如是其心堅固而不疲倦依於自身佛法純淑如實修行正説法已次依爲他如實修行略説四法所言決定而不中悔者於二種義一者無義二者有義言無義者以無我故彼無我者離於法故言無法者無彼相故是菩薩畢竟説言諸法無我諸菩薩等如是畢竟説一切法悉皆無有我言有義者有三種義一有過義二功德義三者二義以差別故有過義者謂一切生處以攝一切諸煩惱故不願彼處故不樂説是故菩薩畢竟説彼一切生處無有樂者諸菩薩等如是畢竟説諸生處無有樂者功德義者謂讃大乘無上之法以諸功德一切相應故是故菩薩畢竟決定常讃大乘諸菩薩等如是畢竟常讃大乘言二義者彼過功德二法不空故是故菩薩畢竟説彼二法不空諸菩薩等如是畢竟説彼罪福二法不空此明何義雖無量時得因緣相應能與果報故

如是依自利他利如實修行畢竟説法已次説增長諸善根依世間果報出世間果報因善根增長説依出世間果報因善根增長説世間果報因有二種一者自妙身成就因二者資生成就因自妙身成就因有二種一者不定地中自妙身成就因謂戒善根增長二

者定地中自妙身成就因謂智善根增長彼上地下地智功德過以依智根本離欲得彼故資生成就因者捨一切物謂布施因善根增長出世間果報因者謂解脫因是出家相說離貪著因以因彼故得解脫因一切功德善根增長又增長者此諸善根依世辯說有五種增上義故名增長何等爲五一者降伏諸善根增上故名增長以此善根勝出聲聞辟支佛等諸善根故二者不違增上故名增長以不退故以堅固故三者不畏增上故名增長以依此善根過地獄等惡道怖畏故四者不偏增上故名增長以能等破所治法故五者無差別增上故名增長以作自利他利無異相故

如是增長諸善根已於不信佛法不如實修行衆生不生恨心於讀誦等善行分中如法而說無所恐畏威儀不轉是故次第說彼法相謂於不信佛法不如實修行衆生無所恐畏威儀不轉彼有三種謂輭中上輭者爲命常畏自身不得資生中者有二一者常畏毀辱二者常畏惡名現前說惡屏處說惡上者常畏苦惱於身中受

如是無所恐畏威儀不轉隨順白法是故次說增長諸白法依四種白法說一者欲白法二者行白法三者滿足功德白法四者證白法欲白法者謂諸菩薩以大菩提教化衆生生彼欲心令諸衆生於未來世諸白法中得自體相欲行白法者謂諸菩薩捨已資生珍寶等物以用布施不求未來自身果報滿足功德白法者謂諸菩薩依彼捨珍寶因得好

妙法成就心不貪著而復修行白法攝取妙法以多聞相應故一切白法熏習滿足是故菩薩諸功德滿足證白法者謂諸菩薩摩訶薩依彼證智爲於自身大菩提故說智方便得彼白法證智勝法

如是增長諸白法已隨順善知從一地至一地是故次下說彼法相謂依四種法說何等爲四一者滿足功德二者清淨諸障三者成就心四者具足修行集諸善根者爲得從地至地功德滿足故離諸過者爲清淨彼一切諸過故迴向方便者離有資生及離小乘速解脫心故所有善根一切迴向取大菩提故勤精進者至心修行一切時中常不斷絕以依根本取勝處故

如是說方便已次說方便法相善知方便教化衆生者依四種法說一者能教化衆生二者集無量智功德三者集無量智慧四者方便能攝取衆生者謂依布施愛語等隨順諸衆生攝取諸衆生是故菩薩能教化衆生集無量智功德者雖離定不定地而依布施等行於三世中一切衆生一切種功德悉皆隨喜是故菩薩得無量智功德集無量智慧者雖無智障對治而常修行發露懺悔是故菩薩集無量智慧方便者依一切菩薩修行對治勸請諸佛依爲諸衆生與智慧光明集諸智慧以善方便爲根本故是故菩薩得無量智慧如是已說修行方便次說爲彼說法之相隨順諸衆生者爲之說法故謂依四種諸衆生說一者依中間衆生二者依入法衆生三者依謗法衆生四者依所尊重衆生隨順

彼衆生威儀方便故依中間衆生者謂依未信佛法衆生菩薩修行隨彼衆生所信佛法而爲說之與彼衆生安隱事門不但與彼供養恭敬虛妄誑之菩薩行如是依入法衆生者謂菩薩心爲令衆生得入法義故供給之令彼衆生貪著利養親近菩薩得入法義於如是法有未度者令得度故爲求衣食資生之具不生疲倦不爲自身貪著已樂菩薩行如是依謗法衆生者菩薩自行無諸過失依柔和忍辱不計彼罪教令懺悔菩薩行如是依所尊重衆生者菩薩於彼屈伏順從隨語而受菩薩行如是如是已說隨順衆生如實修行而不疲倦爲之說法已次說不失菩提之心以爲不失菩提之心隨順說法故見佛妙果以爲最勝依四種法說一者依不奪他物二者依定因三者依緣力四者依因力常憶念佛者心常憶念佛菩提心果故以見佛果成就無量不共功德此依不奪他物是故不失菩提之心所作善根不離菩提心者一切善根皆菩提心以爲根本依菩提心無量世中長遠因故依彼定因世間種種受果報處所不能牽此依定因吹之而去是故不失菩提之心親近善知識者以正修行依外緣力善知識等此依緣力是故不失菩提之心讚歎大乘者爲諸衆生發菩提心讚歎大乘生生世世爲於自身增長一切善根種子爲因力大因力堅固此依因力是故不失菩提之心

如是不失菩提心故畢竟一心行菩薩行是故次第說彼法相能一其心而不散亂者以

對四種散亂心障故說四種不散亂心何等四種散亂心障一者乘障二者教化衆生障三者聚集佛法滿足功德障四者畢竟聚集一切佛法障何等四種不散亂心云何對治一者遠離聲聞心者對治乘障不墮聲聞小乘心故是故菩薩於大乘中心不散亂二者捨辟支佛心念者對治教化衆生障不著自身三昧樂行故是故菩薩教化衆生心不散亂三者求法無有厭足者對治聚集佛法滿足功德障以求佛法無厭足故爲集一切諸佛法故增長種種諸善根故滿足佛法諸功德故是故菩薩聚集佛法滿足功德心不散亂四者如所聞法廣爲人說者對治畢竟聚集一切佛法障如所聞法如是如是正念觀察以正覺知畢竟聚集一切佛法故是故菩薩畢竟聚集一切佛法心不散亂是名四種不散亂心對治四種散亂心障此義應知如是畢竟得一心已善求於法是故次說善求於法以對世間四種果報成就相似說出世間四種果報成就應知示現菩薩求出世間果報成就故求於法何等名爲世間四種果報成就一者快妙端正成就二者無病成就三者富貴成就四者不畏他人成就云何相對治如世間人以爲成就自身端正作希有因故求珍寶如是菩薩爲諸相好快妙成就於善法因生於實想生希有想故求諸法如世間人爲無病故求妙藥草菩薩如是爲斷一切諸煩惱病於佛法中生妙藥想故求諸法如世間人爲富貴故求於財利菩薩如是爲求諸通成就不退爲求義相令得不失於

佛法中生財利想故求諸法如世間人爲離賊等成就不畏故求財寶菩薩如是爲離一切諸障煩惱令彼不能降伏菩薩菩薩不畏一切諸處菩薩不畏一切處者所謂世間一切諸苦以爲欲過一切世間離諸世間一切苦相得寂靜相爲得涅槃成就不畏於佛法中生無苦想故求諸法復有異義依世間珍寶四種功德相似相對說出世間法寶應知何等名爲世間珍寶四種功德云何復名相似相對一者最上大價貴重如世間人得彼寶故則能出生無量財寶菩薩如是得出世間佛法寶故能生出世無量善根二者最勝法相應如世間人得彼寶故則能療治種種諸病菩薩如是得出世間佛法寶故則能斷除一切諸煩惱病如彼妙藥三者如意如世間人得彼摩尼寶體依彼寶故如心所須求之皆得菩薩如是得出世間佛法寶故依法思惟一切善根功德具足四者寶體如世間人得彼摩尼寶故隨心所須求得無盡菩薩如是爲過世間一切諸苦得出世間佛法寶故得果無盡得爲衆生說不生不死寶又復有義世間衆生得無量寶寶在手故則能隨意成就無量殊勝之事菩薩如是得出世間大乘法寶則能隨意成就一切世間及出世間一切功德殊勝果報如是得無量寶治諸病等依初句釋餘句應知

如是求法隨順多聞有巧方便能離諸過是故次第說彼法相善出毀禁之罪者依如實觀不取不捨依不生滅不去不來依未來世不復作惡依能遠離一切所疑得無生忍者

謂内心忍滅諸法忍如實觀察不取不捨故得無滅忍者如實觀察罪過之體虛妄分別不生不滅以不去不來故得因緣忍者觀察因緣本來不生以他體攝故如實觀察毀禁染體離生因故於未來世不復作惡得無住忍者以異異心展轉生悔如實觀察諸罪根本即在身中不離於心不見彼罪過如是不見一切罪過遠離一切心中所疑能滅悔故善出過罪

如是諸過根本是虛妄染法若欲斷過要斷過本是故次說斷彼過本善斷諸煩惱者依三世說正觀察者如實正念依邪念行現起煩惱如實正觀不見彼體故遠離未來諸障增長諸白法者於未來世更不作惡以是至心不作惡故得清淨心得善法力者觀察虛妄煩惱諸過不見過去一切煩惱以得白法力故獨處遠離者以得寂靜心種子故如是次第善根增上故隨順不生煩惱境界護諸煩惱故得因緣力故未來世中煩惱不起故如是折伏諸煩惱已善往諸大衆是故次第說彼法相善往諸大衆者有二種差別依人差別依心差別依人差別者往何等人何所爲往何義故往云何而往此明何義貴人出家有多聞慧爲求法故生貴重心往詣彼人不見其過此人如是不見彼人過失故往云何往彼人者賤人出家有多聞慧爲求法故生尊重心往詣彼人非憍慢心此人如是非憍慢心往詣彼入阿蘭若人無多聞慧非輕賤心求少善法往詣彼人不自顯故此人如是不自顯故往詣彼人憒閙處人無多聞慧

不爲欺彼不爲自身我是高勝何所爲往以爲自身爲於他身求善根故往詣彼人不爲自身供養恭敬名稱讚歎此人如是不爲自身供養恭敬名稱讚歎故往彼人依心差別者以依四種心成就故一者求法心成就以見法勝猶如眞寶爲求彼法故往大衆二者威儀心成就脱去金冠寶履傘等威儀柔輭而往大衆三者求上上義善根心成就雖得上法不以爲足更求上上勝中勝法爲與法施故往大衆四者本願心成就不求自身供養恭敬名稱讚歎爲自他利故往大衆

如是往諸大衆應行法施是故次第說彼法相善開法施者以何法說以何義說依何事說云何而說因彼事說故以何法說者以法攝取法故如得聞慧如是說法以何義說者以得義故自作誓願已畢竟故內自思惟爲他人說依何事說者以作妙事作賢事故如所說法如是作事以諸言語不虛妄故云何而說者示現染淨法故示現二二諦法相次第故如是爲他說法令生善根增長堅固自身因力是故次第說彼法相得先因力不失善根者依四種法說一者教化衆生二者能忍諸苦三者遠離邪見四者修行一切功德善根依止因力堅固說故於他闕失不見其過者不見他過護自身過應衆生過故得化衆生因力堅固生生世世常能教化一切衆生因力增長現前堅固依止如是堅固因力於未來世教化衆生堅固增長而得成就是名菩薩得先因力不失善根於瞋怒人常修慈心者樂修大慈以能忍彼瞋恨衆生作苦

惱事能忍諸苦因力堅固生生世世樂修大慈常能忍彼故瞋恨衆生作苦惱事因力增長現前堅固菩薩依彼依止如是堅固因力於未來世能忍諸苦堅固增長而得成就是名菩薩得先因力不失善根常說諸法因緣者於諸法中爲他示現非顛倒因因力得果爲離邪見樂正見事因力堅固生生世世於諸法中爲他示現非顛倒因因力得果爲離邪見樂正見事因力增長現前堅固菩薩依彼堅固因力於未來世自身正見不樂邪見堅固增長而得成就是名菩薩得先因力不失善根常念菩提者不捨菩提心願力故常不捨離菩提之心修行一切功德善根見大菩薩心願力堅固生生世世常修一切功德善根因力增長現前堅固菩薩依彼堅固因力於未來世修行一切功德善根堅固增長悉得成就是名具足得先因力不失善根如是以有先因力故雖未有人說波羅蜜行而有方便波羅蜜行是故次說不由他教而能自行波羅蜜行法以施導人者謂於布施波羅蜜中最爲上首初自修行後爲他人令入修行菩薩如是修行布施故於未來施行成就生生世世不由他教而能自行檀波羅蜜故不說他人毀禁之罪者示現不見他人過失故善住持戒菩薩如是善住持戒故於未來不失一切諸禁戒行生生世世不由他教而能自行尸波羅蜜故善知攝法教化衆生者以爲教化諸衆生故爲諸衆生令得安隱忍彼衆生不修諸行勤說諸法不生疲倦知心知使攝取衆生菩薩如是修行忍辱精

進禪定故於未來忍辱精進禪定成就生生世世如是次第不由他敎而能自行忍辱精進禪波羅蜜故解達深法者善知一切諸法無我菩薩如是信解深法故於未來智慧成就生生世世不由他敎而能自行般若波羅蜜故如是修行波羅蜜行得柔輭勝行能迴轉諸禪還生欲界是故次第說彼法相其心柔輭者謂諸菩薩以得三昧三摩跋提有自在力以巧方便而能轉起勝妙境界以彼菩薩於禪定中得自在力不爲禪定生於色界故得諸善根力者謂諸菩薩能勝處去而不取勝處雖生下地於彼禪定亦不退失故善修智慧方便力者謂諸菩薩以有方便般若力故善修諸行是故不退下地厭中不受彼地亦不修行生彼處行示現正因故不捨一切諸衆生謂諸菩薩以不捨離諸衆生故捨勝妙處取下處生示現敎化諸衆生故

勝思惟梵天所問經論卷上

音釋

悕虛宜切望也　輭乳兗切　療力弔切治也　憒閙憒古外切心亂也閙女教切不靜也

勝思惟梵天所問經論卷中

元魏天竺三藏法師菩提留支譯

如是不著自樂爲與他樂示現與衆生樂以得不退法輪地故是以次下說彼法相得不退轉法輪地者以對三種所治退法故說四種對治之法此義應知應云何知所謂修行菩薩行中有三種法令菩薩退何等爲三一者時節無量久遠以不能忍生等無量諸苦惱故而生退心二者功德智慧少故而生退心三者捨棄一切衆生無慈悲心故而生退心堪受無量生死者所謂菩薩畢竟心取無量久遠時節雖有無量生等諸苦堪能忍受而不怖畏不生疲惓供養無量諸佛者所謂菩薩供養恭敬無量諸佛如來從佛聞法獲得無量功德智慧是故菩薩快妙功德智慧成就修行無量大慈修行無量大悲者所謂菩薩如是次第爲與一切衆生安隱爲與一切諸衆生樂以不捨離諸衆生故如是以得不退地故不斷佛種如實修行是故次第說彼法相不斷佛種如實修行者爲得第一義佛地故爲得世間佛地故第一義佛地者有三種因得一者根本欲心二者至心欲得三者上欲心不退本願者以不失根本欲是名根本欲心如是示現根本欲心示現本願力相故如說修行者此有如來如法如說如是修行是名如說修行示現諸菩薩至心欲得故於諸善法大欲精進者是上欲心雖得少分不以爲足更求勝法故深心行於佛道者示現假名佛地因故假名佛者入涅槃時生佛示現言深心者示現求彼生佛心故行於

佛道者如實修行故生佛示現住持佛故又爲示現彼生佛時復有說法轉法輪等攝取衆生故爲受何等法義樂故佛放光明攝取聖者勝思惟梵天爲欲受彼種種法樂故聖者網明童子菩薩依彼先說問中勝故問彼種種勝說法相自此已下勝思惟梵天廣說應知彼問有八種邪問正問記爲說彼法如經梵天言網明若菩薩見我故問名爲邪問非爲正問爲如是等故何等八種一者依二者體三者依止四者依事五者過六者利益七者起八者根本

所言依者謂依大乘以依彼乘此中正問故

所言體者邪問爲體彼體有三種一者外道二者聲聞三者始發心菩薩

所言依止者有三種無智謂麤中微彼三種闇謂外道等次第應知應云何知外道之人依麤無智是故不識無我體相自他身中執著有我以不能知諸法相故依自心見所說邪論隨彼句義執著法相如是次第自身他身虛妄見問如是一切非正念問悉是邪問聲聞分知無我法相復有不知是故名爲中無智闇依中無智取自業等造作諸業即因彼業受於果報不於餘處及著自體同相異相成就色等諸法必有彼如是問執著自身及他身法以有隨順斷煩惱障依於自乘名爲正念依斷煩惱障名爲邪念以不隨順斷智障故依於大乘名爲邪問始發心菩薩少分能知諸法無我復有不知有微無智依微無智依有無物離於有相取於無相於二法中一向取無法取無法相問是不正問

依事者事有六種一者陰入界事二者因緣集事三者諦事四者證智事五者對對治事六者佛法事依陰入界事者依我我問故依因緣集事者依順問故依逆問故以生故問以滅故問以是處非處故問即彼因緣集問生滅即是是處非處如經中說身口等業修行諸善若生惡道無有是處依諦事者順因緣集逆因緣集順因緣集者染體二諦有因有果是有漏行法之體故逆因緣集者淨體二諦依道能滅是故道諦名爲滅諦如是依二二諦爲染淨問依二種諦染法體故有生死世間問依二種諦淨法體故有寂滅涅槃問如是次第生於世間過於世間獲得涅槃如是世間涅槃二種差別依有餘涅槃無餘涅槃故如是問世間等事依實諦問此義應知以是義故依諦四種事遮法無我依證智事者依知依離問爲得爲修問如是次第彼智於見道時得智名以證智者自此已上得修道名以得彼證知依證智問得智名修行名此義應知以離彼集得出世間正道果故以離諸使煩惱身故依離彼事問如經是故絧明以何處無得無取無證無分別無知無依止無修無修見問是爲正問故此明何義於眞如中如所說字句說無如是智爲遮彼處無如是法亦分別一一句分別之處亦遮彼句一一之處無如是故無取者以不虛妄分別我已得故無分別者以不虛妄分別我已證故無依止者以不虛妄分別我已知涅槃故不分別者是第一義依止者依止見道見道爲修道依止說故無修見者不見我修

道故如是說法則名爲正依對對治事者所謂善不善等法不善法名爲對善法名爲對治又彼善法二種差別謂有漏無漏差別又諸外道以邪見濁長夜有過此義應知無過者亦有二種差別謂有爲無爲差別善法復有二種差別謂世間出世間差別彼有分別以無分別依彼所治治能治事問網明若菩薩不見二不見不二者不見二數不見一數以遮可取法無我故無明無相平等行問名爲正問者爲取彼法相遮彼能取可取相故又無相無相平等行問者遮彼能說可說相故又能說者說名平等可說名相以一切事平等知故彼可說法亦名平等多種法相同名說故依佛法事者依佛依法依修行依處依可化衆生依進取證智如是次第佛等示現因彼差別故問佛等種種應知佛種種者謂時家性命差別故法種種者謂修多羅祇夜等差別故修行僧種種者謂一向菩薩聲聞雜僧多少差別故國土種種者謂一向清淨染雜國土差別故可化衆生種種者謂貪瞋癡雜等差別故乘種種者謂聲聞乘等差別故

所言過者諸外道等爲主法滅法是處非處問見生法問見滅法問見染法問見淨法問如是等問皆是染問是故名過聲聞之人如是等一切問爲滅爲淨爲成涅槃而不得大菩提是故名過始發菩提心菩薩亦不正念問以不成就如實淨智是故名過

所言利益者若如是不問者即名利益此義應知如是等問非正問等如是等問名正問

等示現彼義
所言起者即非正問及正問等示現彼義如經復次綱明一切法正一切法邪故此以何義陰界入等皆悉攝在佛法中說如向所說陰界入等事相諸法如說不可思議名爲正而起思議名爲邪者是不正問及正問事如經梵天言綱明以何義故諸法不可思議故一切法名爲正若不可思議而思議者一切法名爲邪故以何義故一切諸法不可思議如經一切法寂靜名爲正思惟故以離虛妄分別體故名爲寂靜以離戲論故亦名寂靜以不信寂靜法無我故墮增上慢邊虛妄分別可分別法而修諸行以分別四大故起彼問法示現非正問法正性者離自境界離餘欲際是名法性此以示現正問因故此以何

義以何等觀而能離欲以何等智知於彼法彼二不二名爲眞如此中如是無分別智眞如智相名爲實際言實際者謂離餘欲之勝際也言實際者離於諸欲謂無分別眞如智相此謂内心自境界中如實觀察地觀相故如是次第明爲法性寂靜應知地者自心境界成就及觀眞如是所觀地何等法上謂如所說陰界等事彼陰等事離於眞如以彼眞如無戲論故觀彼眞如無分別智彼智寂靜以彼眞如離於能取可取處故如是說甚深法知此正法甚深難解如經綱明菩薩言梵天少有衆生能解如是諸法正性故如此中說諸法正性離正法性更求智者則不可得以彼法性出過世間一異數故遮有法體所言少者依一數故離彼一數更無少分如是

爲遮取有物體非彼法體一向是無不覺不知遮無法相此明何義此中謂說信此三世諸法根本不見法相非謂實證遮諸菩薩摩訶薩等有實證法示現此義以隨順此義故名爲信非證此法證者名爲不見一事綱明若有善男子善女人得聞如是諸法正性勤行精進是名如實修行者依聞思慧於智慧中說彼法相如向所說以依何心以依何意故如來說法此義應知不戲一切法故是名證法以如實知故是故彼人不住世間不住涅槃以彼世間煩惱染中無一法捨是故不滅以涅槃中無一法取是故不增示現諸菩薩摩訶薩不住世間涅槃相故如是聞說正法相者次第從他聞法然後内心自正思惟次第能生出世正見獲得彼果離於諸相示

現實體不住相故示現不住涅槃因故此以如來見法無我等一味故示現菩薩世間涅槃諸過功德無有分別平等相故如是諸菩薩得不住世間不住涅槃故

說法次第至此已竟復依異義次下更問此明何義如來說法不能異過於者不能異過於身不能異過世間更有一法是故世間無一法滅於涅槃中無一法增遮離一物遮得一物故此明何義非謂一向不過世間有過世間以是遮彼見無物故此明何義以爲示現過二相故此義云何言二相者一者世間行二者涅槃分别世間過分別功德過彼二種過菩薩摩訶薩畢竟遠離此義云何平等法中無染無淨以依離欲實際法性故如是說以彼實際一向不同生死世間以其常故

是故無有入涅槃者以是義故不染不淨如是次第不必說法默然而住亦得如法修行諸行若欲說者應當如彼梵天所說是故讚言善哉善哉法不可說而能說之是故如來重讚善哉我不得生死不得涅槃如是等者領先說義更無有法而可說也如來何故重說此法以五百比丘聞說此法生於驚怖如來爲欲令彼比丘於此義中畢竟定故此以何義示現如來意亦如是非獨梵天如是衆生墮無物邊是故如來同梵天說空修梵行者不解深意義虛妄分別故何者梵行謂受持戒如實修行而不毀犯故修行正道者修行四諦差別觀也諸禪者初禪等四禪也三昧者有覺有觀等種種行也三摩跋提者無色四定也彼諸比丘以見有法見無法故聞

上說已謂如來說一向無物亦無如是修行梵行故生驚怖以彼比丘見有法故見無法故爲斷比丘有見無見則於其人佛不出世等者彼人乃至涅槃以爲有物故求得涅槃爲對治此有物見故如經彼人乃至求決定相故如是依無名相正說法已爲呵責彼驚怖比丘故以二喻此二種喻者令生二種念因謂生厭念因生歡喜念因因彼二因獲得涅槃是故呵責此以何義示現依彼求法見過逼惱心故起於厭觀初喻相似相對治示現利益觀故共樂身轉故生歡喜觀第二譬喻相似相對治法次明彼人雖行正相而是邪行相以起生相以起滅相以得涅槃相以證道相故向來說法諸比丘聞微損惡行自此已下爲令諸比丘入於法中是故綱明謂

於梵天令入法者此中示現二種法相一者示現實體二者示現得果言實體者令信法故所言果者令離邪見得解脱故畢竟示現正見相故爲比丘身此間說法能生種子餘佛國土諸佛如來亦說此法明彼比丘以何處畏而無去處不能遠離所說法相以一切處不離於法以不可避示如是相令彼不去故說虛空以爲譬喻示現此義何處怖畏捨之而去終不遠離所怖畏處如畏空者不能過空有無空處而可求也依彼證法示現得相

空無相無願者是眞如應知欲求涅槃行涅槃中而不得涅槃者涅槃是眞如清淨相故此以何義以彼眞如一切法中悉平等故名爲涅槃口中言說不可取故此明何義遮彼實體是可取故如是遠離有無物法能如實知諸法體相彼諸比丘如是見已心得解脱得心解脱已則得實法得實法已自說法相彼諸比丘先是凡夫次作學人次成羅漢以此義故於三時後依先不成而作是言世尊我等今者非凡夫非學非無學非阿羅漢也不在世間者謂彼無餘涅槃界中永斷一切受生處故不在涅槃者有餘涅槃中取陰相未盡故如實示現有佛出世現覺知相

所言動者散亂心也謂我想者我見也發者謂能起作行心相也戲者動等三句分別心也如是因果或盡示現彼人有佛出世也聖者舍利弗依道依得依滅依證問諸比丘諸比丘應如是答如舍利弗說而諸比丘如是誑言我已得七不可作而作言語問答此爲

示現實答返答故此有二種一者所證答二者說答以有如是者所立記故同行諸比丘說法不能至到大生尊重心以彼比丘說彼法體生尊重心故住於福田能消供養者依福田地住於羅漢道堪受供養故大師世尊猶尚不能消諸供養何況我等能消供養者此明何義如實知法性本來清淨故以是故言大師世尊猶尚不能消諸供養何況我等此明何義離於法界更無有人受供養者故以彼法界本來清淨故此以何義以住福田地者住羅漢地堪受供養以如實知清淨法界故以諸世間不知如來是勝福田是故說言大師世尊猶尚不能消諸供養也此明何義離於法界更無別有清淨法相以彼法界自性清淨故依受供養故問福田故次問應受供養福田之人何等是耶如經次言不爲世法之所牽者故世尊如是依諸菩薩是世福田說受供養福田之相是故答言不爲世法之所牽故此以何義以諸菩薩摩訶薩常在世間行世間法不爲世法之所染汙雖有勝負得失毀譽稱譏苦樂世法等門皆不能牽菩薩心體不得不失不毀不譽不稱不譏不苦不樂其心堅固不隨如是八種世法於如是等心堅不動貪欲瞋癡所不能牽如是人者是受供養福田人也是名福田能受供養是爲清淨以是義故因福田人故問清淨福田之相以諸菩薩雖復多受眷屬利養而不起心攝取一法執著一法以是義故能消供養是勝福田能消供養示現此義是故次問能消供養無所取著者示現能受福田勝

相是故得彼二相功德福田之名以諸菩薩爲諸衆生不失安隱起菩提心爲諸衆生修行彼處諸功德故得彼功德供養恭敬福田中勝示現此義是故次問清淨福田以彼不壞菩提心故是能受供清淨福田以是菩薩能作福田攝取衆生作善知識示現此義是故次問善知識直心修行如是次第入於禪定從禪定起與諸衆生安隱之樂不捨一切諸衆生故示現菩薩勝善知識菩薩如是能作善友依如來教自利利他修行諸行不失師恩示現此義是故次問能報佛恩爲得佛菩提不斷佛種故心爲利益他故於如來自作所作勝報恩行以報恩者有諸功德供養等行示現此義是故次問供養於佛以法身實際自體不生於如來身能知不生實際證相爲求彼法必得不失於一切時供養如來是故菩薩以勝供養供養諸佛以爲供養諸如來故親近諸佛示現此義是故次問親近於佛謂諸菩薩寧捨身命終不捨於十地諸行以爲攝取十地行故不捨禁戒得如法體親近諸佛及諸菩薩示現勝行故以近諸佛及諸菩薩生尊重心供養恭敬示現此義是故次問恭敬於佛以無差別一切諸根爲一切根修行諸行是故不生煩惱之心以能修行善護諸根是故得彼尊重勝心菩薩如是正修行已得大果報示現此義是故次問於財富得出世間信等七種最勝法財示現於此勝法大財而得上上勝欲心相已得斷除障行諸欲離諸欲相受於法樂受飲食樂得證如實法如實修行信戒慚愧聞捨慧等說

財物施如次第說又慚與愧二種法財此依斷除煩惱熱法應如是知菩薩摩訶薩雖有七種法財不生心念我足不足示現此義是故次問於知足以爲攝取諸衆生故菩薩雖求供養恭敬而心常求無上般若不以爲足不生具足心名爲知足既知足已離於諸欲示現此義是故次問於遠離菩薩雖於三界中行而不求彼處以得寂靜勝上心故既獲寂靜勝上心已遠離身心示現此義是故次問無諸惡行菩薩雖復受用種種勝妙境界而心不爲煩惱所染以得勝心護諸根故菩薩既得護諸根已於一切處皆不怖畏不怖畏故得受安樂示現此義是故次問於樂人菩薩雖受供養恭敬而不貪著常不捨一切衆生如實善知諸有爲行離諸煩惱故得勝樂如是不著離諸煩惱得勝樂已則得不捨受樂衆生如是則得到於彼岸示現此義是故次問能到彼岸以諸菩薩示現諸趣六入之身攝取一切六入衆生爲斷彼欲令得彼岸故離貪欲心是故名爲能捨六入捨六入故則得勝心得到彼岸菩薩如是得勝心故到彼岸故彼處正住示現此義是故次問住於彼岸以不分別世間涅槃道無分別智證無我法住於無住涅槃得無生法忍以是義故第八地中得同不同智是故名爲到於彼岸住於勝處菩薩如是住於彼岸滿足出世間諸波羅蜜示現此義是故次問云何增長諸波羅蜜以求一切智心故施等增長以爲施等展轉增長是故菩薩爲諸衆生說一切智心諸菩薩等爲令衆生發菩提心增長施

行是故菩薩先世已曾令諸衆生發菩提心修行布施菩薩如是自行布施教人行施餘者復施教化衆生令行布施彼諸菩薩亦令衆生發菩提心修行布施彼諸菩薩復令衆生發心行施如是展轉自心住施令他住施以是義故施彼波羅蜜展轉增長以常不捨菩提心故說持戒波羅蜜餘毀禁者令得持戒以不捨離菩提行心爲得大菩提故爲令住持戒故以見一切智心不退故說忍辱波羅蜜於菩提心中說菩薩名爲令餘處諸餘衆生生忍心故忍一切罪忍一切惡思惟一切智心不得故說精進波羅蜜依精進波羅蜜不見彼岸不取苦行相是故不生疲倦之心以證一切智心寂靜故說禪波羅蜜法所謂心自性清淨不生不滅以知寂靜智以散亂心一切不行故不戲一切法故說般若波羅蜜以攝取無分別智故以爲示現餘波羅蜜善清淨故爲餘波羅蜜依一切智心說唯彼障行煩惱對治法故其惟如是見波羅蜜勝行無我爲佛法淳熟故爲教化衆生故依於彼法次問無量於諸衆生不生有心而生慈心此明何義無異自身安隱心故不生異身他衆生想菩薩依彼不生法想行於悲心以見苦苦法不成就故以諸衆生著彼苦苦故生悲心菩薩依彼不生我想行於喜心依彼見自身相離於喜心見他資生具足成就起貪嫉意心不生喜菩薩不爾更無貪想隨喜於彼是故遠離所治嫉妬依離嫉妬行於喜心菩薩依彼不生彼我想行於捨心依見彼我想此對治故行於捨心第八地中無功

用行以得無分別智力故以得同不同智慧力故能遠離自他心相故於諸衆生與彼染因快方便故

如是依波羅蜜依於無量爲利自身亦利他身而修行者復依上上欲心依受法樂依斷煩惱爲如所說一切功德得增長故次問云何住於信等如彼次第能信無言之法住於信法信第一法甚深法無我已餘甚深法難信得信以不執著一切音聲住聞慧中如所聞法無有如是執著之心異求於法雖少聞慧而能多作事故但聞一偈說多聞慧故以依內心相故有慚謂依他身自身不以法行以知過失離於彼處捨外入故愧行成就他人說法不如法行離彼過失以他人身是外入故嫉妬入說彼人如是捨於彼法名捨外入此義應知身口意業三種清淨遍一切處成就功德能受供養淨福田等乃至慚愧如是所說諸功德等對治所治身口意業善惡相應以是義故名爲清淨依彼至諸功德具足是故名爲遍行一切功德處也如是應知又復有義遍至一切功德處者於彼所說一切功德法中住故

十偈之義一一如經

如是依世間法說能受供勝福田等諸功德已即依彼義如是次第梵天發問此義應知云何菩薩過世間法者以諸聲聞亦過世間是故如來示現勝法過諸聲聞出世間法是故說言出過世間法又復示現雖在世間行世間法而過世間又而不爲彼世法之所染著現行世間化衆生故如經如實善知世間

諸法故又爲聚集諸衆生故現巧方便爲彼衆生攝取令入世間法故知世間集諦知世間所去而依願智生於彼處不爲世間集所生故取如是生示現世間成就世諦依世諦故爲衆生說法令諸衆生出過世間故菩薩雖於世間中行而終不爲世間所染得法無我住無住道以爲教化一切衆生是故雖生於世間爲彼攝取世間道故

三十五偈如經所說

依說世間法如來亦依自身世間法世間識知境界以樂說辯才說入世間法相以如來法出過聲聞出世間法聲聞亦過世間境界如來過彼聲聞境界復說勝法說彼法者爲餘衆生過世間故示現如是出世間方便梵天言世間者我說五陰名爲世間者此中示現五取陰應知依世間說故貪著五陰者貪著愛故名爲世間集者以依彼愛世間聚集過去未來現在諸陰故滅者以未來世陰因盡故以更不種未來種子故名爲滅觀察五陰不見二法名爲世間滅道者求道不求道二一向不得聖道示現勝故此名何義世間對治非一向定若有對治則能厭苦若無對治則退彼法若有一法爲對治此法則不對治餘法若有一法爲對治下地則非上地對治聖道對治則不如是以一切時一切法對治故

如是依聲聞乘對治之義說世間等差別相已次依大乘對治法之義差別相說依於大乘差別相說法相者如經復次梵天如是等故所言五陰五陰者但有言說者於五陰中

見聞知等但是名字分别說故以依無始久遠集來依分别體是故執著彼法菩薩觀察若依如是名字分别是言語世間若如言語名字分别貪著相者彼爲邪見離隨順行名世間集如彼世間寂滅之相如實觀察滅相之體如實觀察所緣滅故名世間滅以何等道不取彼見名世間滅道向說分别能治分别示現無分别智如是等世間境界如來已過如來已得大涅槃故攝取非過世間非離世間道故如是依世間世間等說苦諦等已依勝世諦次下復問如來所說四聖諦法者以彼聖人虚妄分别苦等諸諦如來示現真實聖諦則不如是此以何義諦有二種一者相諦二者心諦以依如是二種諦故依相諦者說苦諦等所有法相所有法體所有實體依彼非聖諦聖諦無差别故說道聖諦依心諦者說勝聖諦彼聖諦中知顛倒心不顛倒心故此以何義又非聖者說苦諦者彼但受苦不知苦諦說集諦者彼人但聞虚妄集法不知集諦說滅諦者彼聞滅名墮於斷見不知滅諦說道諦者彼人但聞業與煩惱有爲之法如是法但是有爲世間集故不知道諦如是分别苦諦等四諦若如是等皆有諦者生三惡道諸衆生等皆應有諦而彼無諦以爲示現如是義故如經梵天若彼苦是實聖諦者一切牛豬諸畜生等應有實諦何以故以彼皆受種種苦故以是義故苦非實諦如是等故以何義故諸畜生中唯說牛豬餘不說者以畜生中唯牛與豬最愚癡故以諸世間皆知牛豬最爲鈍故如是非聖虚妄分别

謂以爲苦諦此義應知以世間人依於苦門虛妄執著以爲苦諦依於集門虛妄執著以爲集諦依於滅門欲離有漏法虛妄執著以爲滅諦依道對治門虛妄執著以爲道諦又苦集二諦無彼體相以彼自體不成就故以彼自體本來不生無和合故以依彼虛妄執著心對治故說知不生不和合故是故說名聖人聖諦諸有漏法亦一切時無如是體以彼法體無可離故以依彼虛妄執著心對治依眞如清淨彼一切法本來寂滅故說不生不滅是故說名聖人聖諦對治對治亦無彼體相以彼自體不成就故以彼道諦非對治諦故以依彼虛妄執著心對治依自性清淨心依平等觀可觀依淳熟智依觀察智依彼諸法一切諸法平等無二無修道故說不二

法得道是故名爲聖人聖諦以說第一聖諦涅槃異名名爲道諦是故說名聖人聖諦以不誑故以不生故說爲聖諦又從無生乃至不二謂依涅槃所修之道依聖道諦一切法平等故說一切法不二說涅槃者以眞如法清淨得名以彼涅槃離於可取能取法故以依彼法而得名故如是如是次第又彼諦者因不正念名爲虛妄語非實聖諦又即彼諦因正念故名爲實語亦非實聖諦是故示現妄語實語皆不成就如經梵天實聖諦實聖諦者非妄語非實語故彼非正念取我相等示現應知如是諸句於一一法中生執著故以異異義相縛應知謂有一我我體是有以爲根本依根本我故有種種以我不斷是名衆生依命根住故名爲命數墮六道故名丈

夫如是等見自身是一虛妄執著取我相等即依彼我虛妄分別常與無常墮於常見墮於斷見見我是色我是無色如是種種虛妄分別異異執著著我是一以是我物以虛妄分別是故取相依彼我虛妄分別取無明等生故虛妄分別而取我相即依彼我虛妄分別取無明等滅虛妄分別取斷滅相如是生滅依於我相次第成彼虛妄分別取世間相取涅槃相取彼世間取涅槃者如前所說諸取相等所謂取者希樂信等虛妄分別堅執定取唯此是實餘者虛妄是名爲著以彼諸見不可遠離虛妄執著是名爲觸不離彼觸是名爲取如是次第不取不觸不執著者是名實語示現正念知如是依丈夫無我非妄語非實語說法已次依法無我說苦等分別離無分別智是故名誑以是誑故名爲妄語是故示現彼二乘諦虛妄不實分別三世一切法故彼念虛妄是故示現無分別智此明何義以憶過去一切法門分別現在一切諸法念未來世一切法門以是義故離於正念菩薩住彼無分別智中不戲一切法相觀法無我得無住涅槃以不住世間涅槃中故得平等見菩薩如是善知法已諸諦如說示現不見成就諦故聖人諦者彼處無實語無妄語以是義故示現彼義雖有正念不正念心二種差別而彼聖諦猶不成就若住實相成就諦者則一切時古今常爾恒如是住自此已下示現彼義如經梵天言實者古今實故此明何義彼法性法體示現勝法體聖法體因世間涅槃無差別故是故名爲常聖諦也

依世間涅槃示現二而聖諦成就如是依眞如相聖諦示現不離世間聖諦示現不取涅槃聖諦如是說法相諦證已而說音示現彼人名爲實說彼人說聖諦名爲邪說自此已下次說彼義示現彼人無增上戒學因是人不能守護諸根示現少因故示現彼無增上戒學無彼增上定學因示現彼無增上定學無彼增上慧學因示現彼無增上慧學示是生相是苦諦等執著虛妄法次第自配此義應知

勝思惟梵天所問經論卷中

音釋

豬（專於切與猪同）

勝思惟梵天所問經論卷下

元魏天竺三藏法師菩提留支譯

如是彼婆伽婆以爲世尊而彼聲聞但是外道次下示現彼聲聞人成於外道以彼愚人失物爲諦說物爲諦示現彼人墮於惡道故以自不證以如來得無言語法故苦等諸諦自體不成示現說諦相我如是證示現不立有法相故示現他不取故菩提不可得以無分別體故不取我已得菩提法無如是取離一切有以離三界離五道故以過彼法得出世間聖道法故如是不見一切諸法是菩提相不證一法而證諸法是故說言應正遍知若如來於法無所得者以何義故說如來坐道場名爲佛者此問如來遮有物得故如來說言我不得物聞說法名世諦攝故分別相故以是義故依無體相法無我義此依法無我問彼法相彼法無我以一切法無體爲體遮有無二法示現何義示現彼法非有物可證非無物可證以彼法離於二相是故說證如是說已自下次說非謂一向不證實法以見無法虛妄執著故如實善知自性不生以依顛倒他體而生染等所謂分別體性常一切時自性不生知眞如我如是證法云何知如常不知不覺而知言知識者此爲示現彼眞如相亦不分別以不見彼眞實法體以彼法體一切言語不可得說是故示現彼證智因不知不識不可見等法者於見聞覺識墮四種語此諸句等上上起問示現應知不可取等如彼法體如是彼法不可以彼見等取故此以何義以諸名字不可得故過心境界

故以無戲論事故相應法中不可相當故以諸言語不能至到故相應法中不可相當故不可問答故過六根故過名字故内身一切皆不可說故無世間相故世間法不行故離於所作以有爲法所不行故以無世間心意意識分别相故出過世間以無彼體故過諸戲論無可對事故

如是所說示現說法體無有一切諸分别已示現彼法虚空相似應知彼法虚空相似有二種相應知一者遮去以離有無戲論法故以得諸佛不可思議畢竟法故二者無礙以大慈心第一忍苦所不可作而能作故以無言法依言說故以依彼法令諸衆生得入法故爲示何義所有衆生依於黠慧我慢心故此義不能信此所說法相以爲示現彼諸衆生善根微薄故說彼法相此明何義明此法門一切世間之所難信故以世間意故於同法中常顛倒故此明何義世間人意念云我等應證實諦依三學法修行滿足我依彼法應得涅槃一向修善法以依彼法現受法樂此善行次第依佛出世以爲根本次有說法次有如實修行次有伴侶衆僧如是此法實諦等如實而住以無戲論故以諸世間人所不能信此義應知世尊譬如水中出火火中出水者爲示何義以爲示現煩惱如火以非寂靜體遠離彼體故菩提如水以其能滅煩惱火故以彼不信與信相違相應不相應法此義應知言煩惱者所謂一切愚癡凡夫如是執著戲論言有煩惱染我爲彼愚人遮煩惱體不成就故以觀察法不可得故以出世

間智乃證得故以識不能分別知故以對治所治學修道故以不執著所治能治二相法故以得眞如清淨法故以無有心取得法故能令彼障無勢力故以彼障法本性不生故如說法相若人能信諸法不生如所說者則得遠離一切邪見而得解脫以得遠離取不實相能治所治分別心故

自此已下依諸菩薩摩訶薩信法功德讃歎彼菩薩有七種功德此義應知何等爲七一者所作諸行滿足功德二者修行功德三者入位功德四者以自在心生有功德五者善練功德六者能集佛法修行功德七者得果功德云何所作諸行滿足功德示現過去於諸佛所能作種種功德皆悉已辦故復有何義依二種義一依功德二依智慧以能供養恭敬給侍諸修行等如威儀故聞正法故如是次第菩薩如是滿足功德智慧行已次應修行入地諸行是故次說修行功德四句示現有諸功德智慧增上以飲食法食二種攝故以依善知識復修諸行能於義中能於法中作巧方便隨順正法如實修行故以得上妙善根力故依巧方便故妙有二種二者能作所作妙二者深妙能信彼處以聞如是二種大妙不驚不怖故以善護如來妙法藏故以如說法一一隨順如實修行故以不自見以不自觸法故

菩薩如是如實修行自身畢竟入菩薩位是故次說入位功德二十五句示現此義云何名爲生如來家以是菩薩依佛家生得佛法故以能捨於分別煩惱爾時攝取無分別智

故示現修行施等行故以斷所治破戒法故此明何義以持戒故對於破戒能起破戒諸煩惱滅是故持戒治彼所治以得對治惜身命故以得對治懈怠心故以對欲界惡不善故以對一切諸不正見乃至對於小乘見故如是名爲入位功德是出世間波羅蜜行功德應知以於如來如實所說甚深之法正入功德不顛倒故以彼不能作諸功德障所謂天魔煩惱魔等不能作障如是次第以能說法入功德故以深意說不顛倒法功德入故說法功德以如世諦第一義諦眞實說故如次第說此明何義法自性者所謂諸法自體相等入彼應知住持功德入法門流位得清淨法故以依如來住持之力能作所作故是諸菩薩不共住功德同梵行故以得持戒平等行故以是菩薩有善法分增長功德以出世間信等功德皆現前故此是以彼不觸諸食功德此明何義隨宜而得說依乞食住處卧具及湯藥等故知足功德聖人所行隨何資生皆不觸樂離諸欲修行之相不觸功德對觸應知此復何義不依於他智慧命活是故易滿易養應知以能隨順證智功德自身畢竟得阿耨多羅三藐三菩提故以心畢竟我定得故當知是人爲能度者以是人能度未度者如是等八句爲他利益修行功德應如是知以能安慰煩惱所縛諸衆生等令入道故能安衆生解脫法中故能令衆生得解脫故二句次第示現勝處能爲說道故能與解脫故能知對治法故能與所治能治法故菩薩如是入菩薩位已以爲利益一切衆生

心生有故攝諸趣生是故次說菩薩摩訶薩以自在心生於三有是故名爲攝取功德四句示現以自在力攝勝處生雖生彼處而不爲彼之所染故以長遠時攝取生處不疲倦故以不爲彼煩惱業等他力而生自在如意攝取生故以諸菩薩一切處生不畏彼處所受種種諸苦惱故菩薩如是以爲利益一切衆生修行諸行常爲一切衆生上首是故次說能爲上首能領大衆能辦功德有十五句示現此義菩薩自身如佛所說修行之法勤而學之教他無過故以長遠時學習禁戒受持不毀守慎堅固故如是則有二種功德於先後時自善住故以是義故能領大衆此義應知以爲衆生能作上首令降伏故以是菩薩能領大衆諸魔不能與作障難遠離一切

諸魔業故以有不護身口意業畢竟得故不畏他人說我過故以其現見甚深之法能答問難不怯弱故以說法勝巧方便故以領大衆行於大事修行諸行不退自身善根分故二句示現可化衆生生於明故可化衆生離無明故與作因緣如是次第此義應知以諸衆生有隨順者不隨順者而心堅固雖有相違有不相違諸煩惱等心不異故以於衆生無差別故爲彼衆生成就一切種種功德能受一切功德數故以作他恩他人不作報恩障縛不住心故以爲除滅一切諸使與諸衆生對治法故以其雖爲大衆圍遶而不高心故菩薩如是自利利他修行諸行以爲成就佛法修行是故次說爲成就佛法修行功德二十九句示現此義當知是人如須彌山以

其堅固不可動者以依一切諸勝功德無分別智餘七地等一切分別不能動故以依彼法一切聲聞辟支佛念不能破壞以堅固故以依如來内法修行違佛法者所不能壞以得勝力故以入第一甚深之義法無我故以是人得轉身勝法依彼法故得勝解脱滅煩惱故以依修行轉身得身以一切種諸煩惱染依身滅故以於一切佛所常聞正法不猒足故以證實際更無境界未證可證更不求故以爲衆生演説正法轉法輪故以諸相好莊嚴其身住持可樂如帝釋王爲諸衆生之所樂故以得八地中十自在力故二句示現於九地中依於樂説辯才説法與諸衆生相應正念如次第説此義應知以於菩薩第十地中得能治法善增長故以得遠離所治障法故所言弱者所對治法説名爲弱以諸菩薩住如是處説名佛地以是菩薩雖有障地而無障故以諸菩薩勝住餘地諸菩薩故以是菩薩無等地住菩薩平等又復無等無差別等復有差别説修多羅等法無我平等一味證故以諸菩薩住於彼處他不能以覺觀測量故以樂説辯説一切密無滯著故以於無量諸佛如來無量説法而能持能受故以不去而去即次聞慧受大法雨後以如實覺入所覺故以覺彼法隨順正入徹諸法故以入衆生八萬四千諸行門故以如彼行與對治法不疲倦故以諸菩薩雖見世間而離世間故以得失等世間諸法憎愛貪恚諸使煩惱不能增長故以彼菩薩雖有得等大利益事而於修行諸善根分不能滅壞故

菩薩如是修習佛法正修諸行得彼彼勝果是故次說得果功德二十六句示現此義依未解成就依色成就依業成就依菩薩地盡具足成就依入佛地盡成就如是次第此義應知當知是人爲得快愛以諸黠慧之所愛者以是菩薩如實證諦是故菩薩爲彼同伴侶者之所恭敬心愛念故以依法句依解法相知彼法重而供養故如次第說以尊重佛法者能供養故以依中間人以依不信佛法人見彼菩薩有大勝事歸依菩薩禮拜等故以進究竟修菩薩行餘諸菩薩於此菩薩亦供養故餘二乘人雖復進得彼二乘道以是菩薩有勝功德爲彼二乘人求此功德故以是菩薩依彼勝行不求小乘故此是心成就得果功德相當知是人爲不諂曲以無黠汙諂曲法者以離有爲世間法相諸諂曲故以其能生世間歡喜去來坐卧諸威儀故以成就妙色形相上下故以威具足爲諸世間生敬重故以身具足三十二相故以彼菩薩八十種妙好一切種種身顯現故此是色成就得果功德相依佛法僧等住持業成就得果功德相是人諸佛見者以一切佛皆現見故即彼佛諸功德故如實見故以得現見如來法身故以得無量證法受位故以奥中上得法忍故言奥忍者於七地中言中忍者於八地九地中言上忍者於第十地中此是菩薩地盡具足成就得果功德相是人滿足道場者以證一切種一切功德皆滿足故是人能降伏衆魔乃至是人能作佛所作事者以降伏魔如是次第佛作衆生利益應知此是入

佛地盡成就得果功德相不驚等者云何爲驚以聞深法謂爲異道故名爲驚因彼驚故轉更增上相續不斷名增上驚驚不斷絶相應執著名上上驚以墮驚怖中故以在驚怖故以怖無物故如是次第彼人不驚不增上驚不上上驚此義應知説彼功德猶不可盡者依如説修行七種功德種種差别不可數故佛菩提者如先所説以彼菩提難可知故難見難覺二句示現以出世間智依世間因得智境界餘世間智則不能知彼境界故能信者依取受持讀誦解釋能自隨法如説修行爲令他知故名爲信所謂令他如實修行巧方便智此義應知以彼受持讀誦信等功德不可稱量故以是一切智境界故次依梵天不能盡知彼具足智如經爾時如來告勝思惟大梵天言梵天汝少分知彼諸菩薩摩訶薩色及功德而讃歎之故此明何義以依讃歎以依功德以依於事如是次第依甚深義説謂於義中句中字中甚深應知示現知彼進趣去處知深意故此以何義知深意者知能説者説法意故示現依量相應法故前後義法相應知以不隨順文字義故以依於義不依字故以依正問依正語故以五種力修行説故是故即説五力言語名爲樂説此義應知此五力者云何名力以有四種力相應故何等爲四一者住持佛所作力二者降伏一切諸外道力三者能知一切魔業知已則能遠離彼力四者三乘畢竟取力於彼法中一一相應以依彼法如來能説善相應故此五力者依五甚深説何等爲五一者依相

甚深二者依意甚深三者依時處甚深四者依進取甚深五者依常說法隨順甚深如是次第依相甚深者一切諸法三世等差別相難覺故過去等法依四種說何等爲四一者依事說二者依對對治說三者依世諦義說四者依進取乘差別說此明何義依事說者謂三世事以說三世事相法故三世事者所謂過去未來現在即此名爲說三世說以依如來無障礙智說三世事名三世說依對對治說者所治煩惱染能治法清淨又彼煩惱二種差別謂善不善差別又彼善法亦有二種差別謂世間出世間差別世間亦有二種差別謂有漏無漏差別有漏亦有二種差別謂有過無過差別無過亦有二種差別謂有爲無爲差別依世諦義說者依假名名字說

我衆生等差別相故依進取乘差別說者得第一義證眞如正智依清淨故如次第證如是進取世間涅槃此明何義世間之人所進取者即是世間二乘攝取異地證法以爲涅槃以取寂滅際涅槃故諸菩薩摩訶薩不住二處故爲彼初力說不執著無過失故說幻等喻此明何義如幻所作象等身體皆不成就如是言語所說法義色等身體不成就故如彼夢中夢見受用種種境界而彼夢中種種境界顛倒故見如是言說所說法義受用樂門唯是虛妄分別故有如彼響聲言語說身虛空中聞而無住處如是說法言語音聲第一義中無住善住故猶如彼影現見唯相雖見有色等種種形相彼形相等共彼法體非是相應而依彼法隨順而生如是言說一

切諸法亦唯是相雖有種種名字差別而諸名字共所說法非是相應而依彼法隨順相應如以衆印印於泥等見第二印而諸印體不轉不入而如是見如是言語說於諸法雖因言語聞色等義差別異相而諸言語不在法義而如是聞故如彼陽焰實無有水而亦見水如是言語說於法義無彼所說諸法體相而亦見彼法體相故如彼虛空本來不生本來不滅雖以言語說於虛空而彼虛空無體可說如是言語說於法義第一義諦不可說故以一切法無彼言語可以說故如是言說無說一法以言說法如幻等故故以幻等譬喻示現如是不著言說法義得無障礙智樂說辯才是名利益此義應知此明何義一切言語法不離法界說不差別法界說此以何義一切說法色等差別不離法界說以法界和合故以說色等諸法差別而不執著故依意甚深者以依如來六種密意能知如來有甚深意此義應知何等爲六一者念密意二者無說密意三者對對治密意四者法密意五者心密意六者字轉密意梵天如我或染法說淨等此示現念密意此義云何以不見煩惱染法體故以執著淨法體故以染正念染淨無體故以不搖動執著此是染法體相故以心搖動執著此是淨法體相故以彼染法雖非正念而彼染法不成染法故是名如來念密意復次梵天我依布施即示涅槃等此示現無說密意此明何義以佛無起心而說諸法以一切法無如是力能從此世轉至彼世我法無體是故無有一法可轉以是

義故無一毫法轉至異世是故依施說得涅槃無有是處是故如來無說密意持戒乃至般若以示現涅槃此明何義此明對對治密意以斷戒等所治之法依波羅蜜樂行行故說持戒等名爲涅槃以斷能起破戒煩惱身口意等不行惡行故以離一切殺害等心依彼害心空空故以不復生忍辱心故以離懈怠常精進爲善增長爲滅惡行無如是心爲善不增惡行不滅無如是心故又復更無摇動心故以無覺觀故此以何義以離一切摇動心故以無分別散亂心故以離一切所見境界是故不生我已得心以無所得而名爲得以不見法故是名如來對對治密意貪欲是實際法性無欲相故乃至愚癡是實際法性無癡相故此示現法密意此明何義離於

眞如貪等實際等無法可說應知是名如來法密意世間是涅槃無退無生故乃至虛妄是實語爲增上慢人故此示現心密意此明何義以解世間本來不生本來不滅即是涅槃執著涅槃涅槃身體取如是相以此心過即是世間實言語者依言語說門若見是實即是虛妄言虛妄者是我慢人虛妄分別以之爲實取於實相而不實故是名如來心密意復次梵天如來以隨意故或自說言我是說常邊者等此示現字轉密意此明何義以說涅槃等是常法故以說煩惱等諸染法故以說斷貪等諸使煩惱故以說不作惡行法故以說不作身等業故以見一切戲論諸邪見故以一切智不隨他因緣故以證無爲涅槃法界法故以不依業煩惱一切趣中生以

無生縛故以得畢竟斷愛業故以不住三界不屬三界故如經而如來無有如此諸事故此以何義此以如來依常邊等無常等見故又言無有如此諸事者以一切佛法中無如是說如是所說不可見故梵天當知是爲如來隨意以依何意憍慢衆生能捨我慢者此明何義即於如是所說法中示現異義執著如名義亦如是故梵天若菩薩知如來隨意方便說者依離如是名義執著次下復說此明何義以說法中有二種行一者字行二者義行此明何義如是名字於義中行如是義於名字中行此是如來甚深之意依此深意如是善知巧方便相字義行智應知此行即名爲行菩薩進取如意行故如彼所說甚深之意善巧方便集諸法故則能善知一切所說種種諸法是故菩薩能於諸佛一切說法言語音聲不驚不怖應如是知以諸衆生隨種種心是故菩薩依彼方便則能信受聞佛出世不出世等以異異相如彼出世不出世等一一示現不執不著以巧方便令彼衆生信入諸法故以可化衆生身未淳熟令彼衆生身淳熟故爲說麤淺法依樂示樂爲身受樂身淳熟故爲說深法是故次第依時說法此義應知應云何知先爲衆生說麤淺法此明何義攝取因果故攝取彼觀故攝取彼業故以教化方便攝取衆生故攝取修行故攝取修行果故布施得大富乃至慧捨諸煩惱者依善法修行攝取因果也以忍爲對對治醜陋以忍能生歡喜心故以忍能作端正因故以聞慧等修行諸行能作智因故以過苦

苦因故以慧如實觀能離諸煩惱以煩惱因散滅不集故又此聞慧行修善法觀何者是觀因以多聞慧爲攝取彼觀故攝取彼觀也以修行身等行攝取十善業道依十種業攝取天人中成就諸功德故攝取彼業也無量攝取業憐愍衆生故以教化方便攝取衆生也攝取衆生淳熟方便以依止奢摩他修行一切善法是故奢摩他得毗婆舍那修行故此攝取修行也以依三乘得三乘涅槃故攝取修行果也以攝取乞丐少欲頭陀等爲諸衆生少作利益故不能説法故爲令衆生隨順入故如來如是説淺法已然後方乃説深法此明何義説麤淺法明因果事爲根不熟可化衆生自心覺知明因果事衆生攝取能作所作我等相見是故如來先明因果次説

對對治法能治所治示現自身令離邪見如來實不得我衆生壽命及丈夫等故此義云何有我衆生壽命丈夫義如先説應如是知以不見彼能治所治因果法故略説依隨世間果報以不見施等愛果報故以不見慳等不愛果報故以得遠離能治所治修行法故以不見彼離世間果得涅槃果有無法相故梵天如來常爲衆生説法而諸衆生依如來教如所説法如實修行勤修諸行爲何義修行勤行彼行乃至不得涅槃不見涅槃此明何義如淺説法衆生攝取見諸法相如是修行出世間果不見彼果如來示現如是説法是世間因此有何義依佛説法而修行者此是根本隨順善法修諸行者此是解釋以依不得法依不見法次第説故不得法者以慧

觀察不能得故不見法者以身不能證涅槃故爲令衆生攝取妙法者此明何義彼淺說法及深說法爲令衆生入彼深淺二種法故以爲示現入法相故此明何義令入法者依四種入爲可化衆生示現解脱令證彼法此義應知四種入者相行說得眼等諸根離我我所體二相空故解彼相已則不能誑得入解脱故名相入依眼等相能入解脱是故說爲入解脱相如是彼空相中修正行故得入解脱相所不誑與誑相違以是義故依修行入說諸衆生入解脱相是故依此相行二法示現對治業煩惱染及生等染空等門者此明何義對治所治見相願染業煩惱染及生等染對治法故此明何義以空無相無願等門對治業染及煩惱染以不行門對生死故對治生染不生不滅門此明何義即彼生染中間差別對治法故即彼所治復有對治以無所從來無所至去門復有對治以不退不去門入解脱相如彼次第自性清淨方靖門者此明何義以彼法退自性寂靜故示現何義示現彼染一切寂靜故以何故說自性寂靜以依性淨說法入故是以次言復次梵天如來於一切名字示是解脱門如是等此以何義以有迭共無相應故以自性頑故此明何義以依異異法說異異名字以諸名字前字後字不相到故復有差別以言語義不相到故如是說者爲明何義以說諸法無彼言語可以說故依無言語名字法相如是說已示現一切言語名字如來說言名爲解脱因故此明何義說實諦故彼依如實正說法已

云何得解脱是故次言梵天如來說法無有法染此明何義爲身淳熟淺說法已以爲隨順斷諸煩惱染法等因依入法門故言一切所說法中示解脱門此示現何義示現涅槃故此明何義見諦學人餘殘煩惱示現學人離彼煩惱得解脱故未見實諦者爲令彼人入一切法平等眞如方便說法示現涅槃有二種義應知大悲一者畢竟治彼所治之法二者謂一切種大悲之心此明何義遠離一切所治之法及離一切習氣煩惱以得如來身故以得一切種故略依四種大悲心故何等爲四一者遠離相應大悲之心二者相應大悲之心三者謂心大悲之心四者修行大悲之心遠離相應者以識離識不相應故以見我等心相應故此明何義示現遠離相應

大悲之心示現相應大悲之心如是次第一切法無我乃至一切法無丈夫依人無我說一切法無所有依法無我說即彼二種人無我相法無我相名爲無住言無住者以不執著諸法體等是故不住一切諸法應如是知此明何義所言住者住諸入故依我見愛門住彼處故夫無住者則無歸處無歸處者云何有歸歸三界故歸六道故以依彼入攝取身故依彼生故以於彼處常沉沒故言沉沒者我我所故以彼彼處生於身故以生我心故有生故無歸處者則無我想無我想者則無我所有歸處者則著我想著我想者則有我所著我所者諸法平等既共有之而諸衆生虛妄分則我是增上故此明何義所謂依事攝取執著言依事者依田依宅依園林等

依於父母及妻子等依衣服飲食及卧具等依攝取者攝取一切受用之事依執著者執著以爲自己所有以田宅等我别有故如是著生著於退生言著生者自於此處自異處去以取著故業煩惱染增上滿足來去生染滿時處故依貪瞋癡三種所纏染隨所染此義云何貪瞋癡隨所染者以何義故二種名說依根本染謂過去世來至此世從此世中還彼世去以爲上首故如是說如是示現世世生生相續不斷有所有作爲是衆生如是生不斷絶輪轉彼彼學種種術學種種業丈夫力相作有爲法諸戲論等集得境界受用境界衆生如是虚妄分别如是一切依俗人分此義應知又復次有依出家分謂外道等邪見之相邪見相顯此明何義言邪見者謂見我等所言相者虚妄分别彼彼義相所言願者心常樂求生世間等即此上說遠離悲心不遠離悲心示現心悲心此義應知爲彼遠離不遠離故說法修行依於欲求依於有求依梵行求諸顛倒道爲彼所治能治法故是以次說修行悲心此明何義依於欲求顛倒道者以攝取故遮共闘諍爲諸欲故自於父母及妻子等共相闘諍依於瞋恨競訟等過如是次第依於有求顛倒道者顛倒相應求梵天等常見顛倒顛倒取故故言顛倒爲顛倒者離顛倒道令得入於非顛倒道又依有求顛倒道者住於異道爲教化彼異道衆生令入佛道不可得故依梵行求顛倒道者略有三種所謂不求邪求下求此復何義一切世間不自在過及邪命過作親相過諸煩

惱染業苦染法俗人樂家是故衆生不求梵行不求梵行者不求解脱故此所謂慳及慳押没行慳行貪行誑行懈怠習氣如是次第一一拔濟不知猒足奪他財物者以自資生非法求故施等不足衆生當財物屋宅妻子恩愛而作僮僕者示現彼心不在故於此危脆無堅之物生堅固想者以於彼無常資生等中生常想故供養恭敬者此爲何義爲飲食所縛不成就故衆生雖謂是善知識而是衆生惡知識者示現怨家故邪命自活者以㪷秤等欺誑他故一切行中勤修諸行則能畢竟得大菩提而彼衆生懈怠疲倦故聖人最勝解脱處者非顛倒因修行者得而諸衆生求邪梵行依顛倒因而修諸行所望得者是人乃求外道解脱爲令不行彼邪道故何以故以彼不得聖人解脱故衆生棄捨最上大乘無礙等者以彼求於下梵行故捨於無上第一大乘而求下分小乘法故

勝思惟梵天所問經論卷下

音釋

黠　胡八切慧也　溺　女力切　遞　大計切更迭也

十地經論
元魏三藏法師菩提留支奉　詔譯

清刻龍藏佛說法變相圖

十地經論序

侍中崔光撰

十地經者蓋是神覺之玄苑靈慧之妙宅億善之基輿萬度之綱統理包羣藏之祕義冠衆典之奥積漸心行窮忍學之源崇廣住德極道慧之府所以厚集肇慮朗成圓種離怖首念赫爲雷威其爲教也微密精遠究淨照之宗融冶瑩練盡性靈之妙自寂場啓旭固林輟暉雖復聖訓充感金言滿世而淵猷冲賾莫不網羅於其中矣至于光宣眞軌融暢玄門如自信仁終泯空寂因果既周化業彌顯嘿耀大方影煥八極豈直日月麗天洞燭千象溟壑帶地混納百川而已哉既理富瀛岳局言靡測廓明洪旨是係淵儒北天竺大士婆藪般豆此云天親挺高悟於像運抜英

規於季俗故能徽蹤馬鳴繼迹龍樹每恨此經文約而義豐言邇而旨遠乃超然遐慨邈爾悠想慕釋迦之餘範追剛藏之遺軌誠復歲踰五百處非六天人梵乖遼正像差迥而妙契寰中神協靡外通法貫玄莫愧往列遂乃准傍大宗爰製茲論發趣精微根由睿哲旨奧音殊宣譯俟賢固以義屬中興時憑聖代大魏皇帝雋神天凝玄情漢遠揚治風於宇縣之外敷道化於千載之下每以佛經爲遊心之場釋典爲栖照之囿搜隱訪缺務乎照揚有教必申無籍不備以永平元年歲次玄枵四月上日命三藏法師北天竺菩提留支此云道希中天竺勒那摩提此云寶意及傳譯沙門北天竺伏陀扇多并義學緇儒一十餘人在太極紫庭譯出斯論十有餘卷所二三藏並以邁俗之量高步道門羣藏淵部罔不研覽善會地情妙盡論旨皆手執梵文口自敷唱片辭隻說辯詣蔑遺于時皇上親紆玄藻飛翰輪首臣僚僧徒毗贊下風四年首夏翻譯周訖洋洋疊疊莫得其門義富趣玄孰云窺測剛藏妙說更興於像世天親玄旨再光於季運忝廁末筵敢竊祗記耳

十地經論卷第一

天親菩薩造

元魏三藏法師菩提留支奉　詔譯

初歡喜地第一之一

說此法門者　及諸勸請法　分别義藏人
受持流通等　法門等最勝　頂禮解妙義
欲令法久住　自利利他故

十地法門初地所攝八分一序分二三昧分三加分四起分五本分六請分七說分八校量勝分

如是我聞一時婆伽婆成道未久第二七日在他化自在天中自在天王宫摩尼寶藏殿與大菩薩衆俱一切不退轉皆一生得阿耨多羅三藐三菩提從他方佛世界俱來集會此諸菩薩一切菩薩智慧境界悉得自在一切如來智慧境界悉皆得入勤行不息善能教化一切世間隨時普示一切神通等事於刹那中皆能成辦具足不捨一切菩薩所起大願於一切世一切劫一切國土常修一切諸菩薩行具足菩薩福德智慧如意神足而無窮盡能爲一切而作饒益能到一切菩薩智慧方便彼岸能令衆生背世間道向涅槃門不斷一切菩薩所行善遊一切菩薩禪定解脱三昧神通明慧諸所施爲善能示現一切菩薩無作自在如意神足皆悉已得於一念頃能至十方諸佛大會勸發諮請受持一切諸佛法輪常以大心供養諸佛常能修習諸大菩薩所行事業其身普現無量世界其音遍聞無所不至其心通達明見三世一切菩薩所有功德具足修習如是諸菩薩摩訶

薩功德無量無邊於無數劫說不可盡其名曰金剛藏菩薩寶藏菩薩蓮華藏菩薩勝藏菩薩蓮華勝藏菩薩日藏菩薩月藏菩薩淨月藏菩薩照一切世間莊嚴藏菩薩智慧普照明藏菩薩妙勝藏菩薩栴檀勝藏菩薩華勝藏菩薩俱素摩勝藏菩薩優鉢羅華勝藏菩薩天勝藏菩薩福德勝藏菩薩無礙清淨智藏菩薩功德藏菩薩那羅延德藏菩薩無垢藏菩薩離垢藏菩薩種種樂說莊嚴藏菩薩大光明網照藏菩薩淨明勝照威德王藏菩薩大金山淨光明威德王藏菩薩一切相莊嚴淨勝藏菩薩金剛燄勝胷相莊嚴藏菩薩燄熾藏菩薩宿王光照藏菩薩虛空庫無礙智藏菩薩無礙妙音遠藏菩薩陀羅尼功德持一切世間願藏菩薩海莊嚴藏菩薩須彌勝藏菩薩淨一切功德藏菩薩如來藏菩薩佛勝藏菩薩解脫月菩薩如是等菩薩摩訶薩無量無邊阿僧祇不可思議不可稱不可量無有分齊不可說不可說種種佛國土集金剛藏菩薩而爲上首

論曰時處等校量顯示勝故此法勝故在於初時及勝處說此處宮殿等勝是名處勝何故不色界說此處感果故何故不初七日說思惟行因緣行故本爲利他成道何故七日思惟不說顯示自樂大法樂故何故顯已法樂爲令衆生於如來所增長愛敬心故復捨如是妙樂悲愍衆生爲說法故何故唯行因緣行是因緣行顯示不共法故何故菩薩說此法門爲令增長諸菩薩力故何故唯金剛藏說一切煩惱難壞此法能破善根堅實猶

如金剛故不異名說何故名金剛藏藏即名堅其猶樹藏又如懷孕在藏是故堅如金剛如金剛藏是諸善根一切餘善根中其力最上猶如金剛亦能生成人天道行諸餘善根所不能壞故名金剛藏已說序分次說三昧分

經曰爾時金剛藏菩薩摩訶薩承佛威神入菩薩大乘光明三昧

論曰入三昧者顯示此法非思量境界故已說三昧分次說加分

經曰爾時金剛藏菩薩入是菩薩大乘光明三昧即時十方過十億佛土微塵數等諸佛世界有十億佛土微塵數諸佛皆現其身同名金剛藏是諸佛如是讚言善哉善哉金剛藏乃能入是菩薩大乘光明三昧復次善男子如是十方十億佛土微塵數等諸佛皆同一號加汝威神此是盧舍那佛本願力故加

論曰何故多佛加顯法及法師增長恭敬心故何故同號金剛藏加本願力故何故如來作如是願顯示多佛故此三昧是法體本行菩薩時皆名金剛藏同說此法今成正覺亦名金剛藏故不異名加又是菩薩聞諸如來同已名已增踊悅故何故不言過無量世界方便顯多佛故何故定言十億佛土爲說十地故此經如是多說十數彼佛先作是願今復自加後餘佛加故言盧舍那佛本願力故加何故加爲說此法故加復云何加

經曰又一切菩薩不可思議諸佛法明說今入智慧地故攝一切善根故善分別選擇一切佛法故廣知諸法故善決定說諸法故無

分別智清淨不雜故一切魔法不能染故出世間法善根清淨故得不可思議智境界故乃至得一切智人智境界故又得菩薩十地始終故如實說菩薩十地差別方便故念隨順一切佛法故觀達分別無漏法故善擇大智慧光明方便故令入具足智門故隨所住處正說無畏辯才明故得大無礙智地故憶念不忘菩提心故教化成就一切衆生界故得通達分別一切處法故

論曰此二十句依一切菩薩自利利他故加如是初十句依自利行後十句依利他行是中一切菩薩者謂住信行地不可思議諸佛法者是出世間道品明者見智得證說者於中分別入者信樂得證智慧地者謂十地智如本分中說此是根本入如經又一切菩薩不可思議諸佛法明說令入智慧地故此修多羅中說依根本入有九種入一者攝入聞慧中攝一切善根故如經攝一切善根故二者思義入思慧於一切道品中智方便故如經善分別選擇一切佛法故三者法相入彼彼義中無量種種知故如經廣知諸法故四者教化入隨所思義名字具足善說法故如經善決定說諸法故五者證入於一切法平等智見道時中善清淨故如經無分別智清淨不雜故菩薩教化衆生即是自成佛法是故利他亦名自利六者不放逸入於修道時中遠離一切煩惱障故如經一切魔法不能染故七者地地轉入出世間道品無貪等善根淨故如經出世間法善根清淨故復有善根能爲出世間道品因故八者菩薩盡入於

第十地中入一切如來祕密智故如經得不可思議智境界故九者佛盡入於一切智入智故如經乃至得一切智人智境界故是諸入爲校量智義差別次第轉勝非根本入一切所說十句中皆有六種差別相門此言說解釋應知除事事者謂陰界入等六種相者謂總相別相同相異相成相壞相總相者是根本入別相者餘九入別依止本滿彼本故同相者入故異相者增相故成相者略說故壞相者廣說故如世間成壞餘一切十句中隨義類知第二十句所謂得菩薩十地始終故此根本始終是中始者信欲親近等終者念持諸地復有阿含及證如是次第依初相應知依根本始終有十種始終一者攝始終思慧智隨所聞義受持說故如經如實說菩薩十地差別方便故二者欲始終令證一切佛法故如經念隨順一切佛法故三者行始終觀分時中無漏道品分別修相覺故如經觀達分別無漏法故四者證始終見道時中法無我智方便故如經善擇大智慧光明方便故是中善擇者擇中最勝最勝者法無我智故大智慧者過小乘故光明者對治無明故此事中彼時中皆善知故五者修道始終出世間智智力得入法義故如經令入具足智門故此處菩薩於菩提有五種障一者不能破諸邪論障已說正義他言能壞復眷屬離散二者不能答難障於他問中茫然無對設有言說人不信受三者樂著小乘障自不能得大菩提復捨利益衆生四者化衆生懈怠障於中捨利他行不助他善復自善根不

增長故五者無方便智障不能善化衆生復自善提行不滿足故對治是障有五始終一者能破邪論障始終隨彼所著顯已正義對治邪執無畏辯才性不闇故如經隨所住處正説無畏辯才明故二者能善答難始終證大無礙智地故如經得大無礙智地故三者樂著小乘對治始終大善提願大菩提念不忘失故如經憶念不忘菩提心故四者化衆生懈怠對治始終利益衆生無疲倦故如經教化成就一切衆生界故五者無方便智對治始終於五明處通達分別故如經通達分別一切處法故已説何故加復云何加謂口意身加云何口加

經曰復次善男子汝當辯説此諸法門差別方便法故承諸佛神力如來智明加故自善根清淨故法界淨故饒益衆生界故法身智身故正受一切佛位故得一切世間最高大身故過一切世間道故出世間法道清淨故得一切智人智滿足故

論曰此十句中辯才者隨所得法義憶持不忘説故諸法門者謂十地法差別者種種名相故此法善巧成是故名方便依根本辯才有二種辯才一者他力辯才二者自力辯才他力辯才者承佛神力故云何承佛神力如來智力不闇加故如經承諸佛神力如來智明加故自力辯才者有四種一者有作善法淨辯才如經自善根清淨故二者無作法淨辯才如經法界淨故三者化衆生淨辯才如經饒益衆生界故四者身淨辯才是身淨中顯三種盡一者菩薩盡有二種利益二者聲

聞辟支佛不同盡三者佛盡菩薩盡者法身離心意識唯智依止如經法身智身故二種利益者現報利益受佛位故後報利益摩醯首羅智處生故如經正受一切佛位故得一切世間最高大身故二乘不同盡者度五道復涅槃道淨故如經過一切世間道故出世間法道清淨故佛盡者入一切智智滿足故如經得一切智人智滿足故自力辯才校量轉勝上上故已說口加云何意加

經曰爾時諸佛與金剛藏菩薩眞實無畏身與無障礙樂說辯才與善淨智差別入與善憶念不忘加與善決定意方便與遍至一切智處與諸佛不壞力與如來無所畏不怯弱與一切智人智無礙分別法正見與一切如來善分別身口意莊嚴起故

論曰此十句意加無畏身者有二種一者與無上勝威德身如王處衆自在無畏二者與辯才無畏身前色身勝後名身勝是名身有九種一者不著辯才說法不斷無滯礙故如經與無障礙樂說辯才故二者堪辯才善淨堪智有四種一者緣二者法三者作四者成善知此義成不成相故如經與善淨智差別入故三者任放辯才說不待次言辭不斷處處隨意不忘名義故如經與善憶念不忘加故是不忘加意力加故四者能說辯才隨所應度種種譬喻能斷疑故如經與善決定意方便故五者不雜辯才三種同相智常現前故如經與遍至一切智處故六者教出辯才得佛十力不壞於可度者令斷煩惱故如經與諸佛不壞力故七者不畏辯才得佛決定

無畏於他言說不怯弱故如經與如來無所畏不怯弱故八者無畏辯才於一切智隨順宣說修多羅等法六種正見故如經與一切智人智無礙分別法正見故九者同化辯才得一切佛無畏身等三種教化隨所度者顯示殊勝三業神化故如經與一切如來善分別身口意莊嚴起故又諸佛有力有慈悲何故以十種無畏身唯加金剛藏而不加餘者經曰何以故以得菩薩大乘光明三昧法故亦是菩薩本願起故善淨深心故善淨智圓滿故善集助道法故善修本業故念持無量法故信解清淨光明法故善得陀羅尼門不壞故法界智印善印故

論曰以是菩薩得大乘光明三昧法餘者不得故得三昧法有二種一者本願成就現前故如經亦是菩薩本願起故二者三昧身攝功德故此三昧身攝功德有八種依自利利他故一者因淨深心趣菩薩地盡清淨故如經善淨深心故深心者信樂等復是一切善法根本故二者智淨趣菩薩地盡修道眞如觀智故如經善淨智圓滿故此眞如觀內智圓滿普照法界猶如日輪光徧世界故三者身轉淨生生轉勝善行成滿故如經善集助道法故四者心調伏淨善斷煩惱習故如經善修本業故五者聞攝淨堪能受持一切如來所說祕密法故如經念持無量法故六者通淨得勝通自在故如經信解清淨光明法故以決定信力攝取通故七者辯才淨善知陀羅尼門不相違故如經善得陀羅尼門不壞故於中所有初章字者是陀羅尼門一一

字門攝持無量名句字身故不壞者前後不相違故八者離慢淨謂眞實智教授不異故如經法界智印善印故於中三昧身攝功德有四種依自利因善淨深心故善淨智圓滿故善集助道法故善修本業故此修多羅中四句次第說精進因不忘因勢力因彼不染因復依利他因有四種念持無量法故斷疑因信解清淨光明法故敬重因以神通力示現不思議處令諸見者決定信入故善得陀羅尼門不壞故轉法理因法若壞時假餘尊法誦持故法界智印善印故教授出離因如是化者得自利不忘故已說意加云何身加摩頂覺故

經曰爾時十方諸佛不離本處以神通力皆伸右手善摩金剛藏菩薩摩訶薩頂

論曰不離本處而摩此者顯示殊勝神力若來此處則非奇異是如意通力非餘通等已說加分云何起分

經曰諸佛摩金剛藏菩薩頂已爾時金剛藏菩薩即從三昧起

論曰即從三昧起者以三昧事訖故又得勝力說時復至定無言說故已說起分云何本分

經曰起三昧已告諸菩薩言諸佛子是諸菩薩願善決定無雜不可見廣大如法界究竟如虛空盡未來際覆護一切衆生界佛子是諸菩薩乃能入過去諸佛智地乃能入未來諸佛智地乃能入現在諸佛智地諸佛子此菩薩十地是過去未來現在諸佛已說今說當說我因是事故如是說何等爲十一名歡

喜地二名離垢地三名明地四名燄地五名難勝地六名現前地七名遠行地八名不動地九名善慧地十名法雲地諸佛子此菩薩十地過去未來現在諸佛已說今說當說佛子我不見有諸佛世界是諸如來不嘆說此菩薩十地者何以故此是菩薩摩訶薩增上勝妙法故亦是菩薩光明法門所謂分別十地事諸佛子是事不可思議所謂菩薩摩訶薩諸地智慧

論曰何故不請而說若不自說衆則不知爲說不說又復不知欲說何法願善決定者如初地中說發菩提心即此本分中願應知善決定者眞實智攝故善決定者即是善決定此已入初地非信地所攝此善決定有六種一者觀相善決定眞如觀一味相故如經無雜故二者眞實善決定非一切世間境界出世間故如經不可見故三者勝善決定大法界故一切佛根本故如經廣大如法界故大勝高廣一體異名法相義故一切法法爾故復法界大眞如觀勝諸凡夫二乘智等淨法法爾故復法界大方便集地謂說大乘法法爾故復法界大白法界善法法爾故四者因善決定有二種一成無常愛果因善決定是因如虛空依是生諸色色不盡故如經究竟如虛空故二常果因善決定得涅槃道如經盡未來際故五者大善決定隨順作利益他行如經覆護一切衆生界故次前善決定此願世間涅槃中非一向住故六者不怯弱善決定入一切諸佛智地不怯弱故如經佛子諸菩薩乃至入現在諸佛智地故復此十地

生成佛智住持故如經諸佛子是此菩薩十地是過去未來現在諸佛已說今說當說故於中善決定者是總相餘者是別相同相者善決定異相者別相故成相者是略說壞相者廣說故如世界成壞何故定說菩薩十地對治十種障故何者十種一者凡夫我相障二者邪行於衆生身等障三者闇相於聞思修等諸法忘障四者解法慢障五者身淨我慢障六者微煩惱習障七者細相習障八者於無相有行障九者不能善利益衆生障十者於諸法中不得自在障何故十地初名歡喜乃至十名法雲成就無上自利利他行初證聖處多生歡喜故名歡喜地離能起誤心犯戒煩惱垢等清淨戒具足故名離垢地隨聞思修等照法顯現故名明地不忘煩惱薪智火能燒故名燄地得出世間智方便善巧能度難度故名難勝地般若波羅蜜行有間大智現前故名現前地善修無相行功用究竟能過世間二乘出世間道故名遠行地報行純熟無相無間故名不退地無礙力說法成就利他行故名善慧地得大法身具足自在故名法雲地如是受法王位猶如太子於諸王子而得自在是處有微智障故不自在對治此障故說佛地又如孕在藏菩薩十地亦復如是以諸地有障故如子生時佛時亦爾事究竟故又如生時諸根覺了佛亦如是於一切境界智明了故藏有十時一者陀羅婆身時二者捭羅婆身時三者尸羅他身時四者堅身時五者形相似色身時六者性相似身時七者業動身時八者滿足身時於中

有三種根滿足時男女相别滿足時廣長諸相滿足時如是十時諸地相似故佛子我不見有諸佛世界是諸如來不嘆說此菩薩十地者顯此勝法爲令時衆增渴仰故佛世界者於中成佛喻如稻田往作佛事者亦名佛世界歎說者於中有二種一者爲說阿含義二者爲證入義摩訶薩者有三種大一願大二行大三利益衆生大勝妙法者諸法門中最殊勝故光明者此大乘法顯照一切餘法門故法門者名爲法故分别十地事者顯示世間智所知法故是事不可思議所謂菩薩摩訶薩諸地智慧者顯示出世間智故非此世間分别地智能成菩薩清淨道故已說本分云何請分

經曰爾時金剛藏菩薩說諸菩薩十地名已默然而住不復分别是時一切菩薩衆聞說菩薩十地名已咸皆渴仰欲聞解說各作是念何因何緣是金剛藏菩薩說諸菩薩十地名已默然而住不更解釋時大菩薩衆中有菩薩名解脫月知諸菩薩心深生疑已即以偈頌問金剛藏菩薩曰

何故淨覺人　念智功德具　說諸上妙地
有力不解釋　決定此一切　菩薩大名稱
何故說地名　而不演其義　此衆皆樂聞
佛子智無畏　如是諸地義　願爲分别說
此衆皆清淨　離懈怠嚴淨　安住堅固中
功德智具足　迭共相瞻住　一切咸恭敬
如蜂欲熟蜜　如渴思甘露

論曰何故默然住欲令大衆渴仰請說故復增菩薩尊敬法故何故解脫月菩薩初請彼

衆上首故餘問則亂衆調伏故何故偈頌請少字攝多義故諸讚歎者多以偈頌故此五偈說何等義顯示說者聽者無諸過故若有過者則不應說是中顯示說者淨覺無過故復顯聽者同法決定故有樂聞故復示餘者淨心故又顯此衆皆堪聞法故偈言迭共相瞻住故云何歎說者偈言

何故淨覺人　念智功德具　說諸上妙地

有力不解釋

何故唯歎淨覺淨覺是說因故覺名覺觀是口言行有淨說因何故不說歎淨覺有二種一攝對治二離諸過是中念智具者攝對治故所治有二種一者雜覺二者雜覺因憶想分別故念者四念處對治雜覺故智者眞如無相智對治雜覺因憶想分別故餘者顯示離諸過是過有三種有三過者則不能說何者爲三一慳嫉二說法懈怠三不樂說慳者其心恪法嫉者忌他勝智功德具者不瞋等功德具示無初過故說上地者示無第二過故有力者示無第三過故如是二種淨覺歎說者已次嘆聽者偈言

決定此一切　菩薩大名稱　何故說地名

而不演其義

決定者黠慧明了故決定有三種一上決定願大菩提故二名聞決定他善敬重故三攝受決定彼說者善知故偈言菩薩故大名稱故說地名故如是次第應知雖有決定堪受法器心不欲聞亦不得說偈言

此衆皆樂聞　佛子智無畏　如是諸地義

願爲分別說

決定者是中有阿含決定非證決定有非現前決定無現前決定如是決定法器不滿足故不能聽受示現此衆具足決定故能聽受偈言佛子智無畏故智有二種一證法故二現受故如是善知法器滿足請金剛藏如是諸地義願爲分别說已嘆同法衆決定樂聞功德次復歎異衆偈言

此衆皆清淨　離懈怠嚴淨　安住堅固中功德智具足

清淨者不濁故濁有六種離此諸濁故言清淨何者爲六一不欲濁二威儀濁三蓋濁四異想濁妬勝心破壞心故五不足功德濁善根微少故是故於彼說中心不樂住六癡濁謂愚闇等故此對治有六種不濁安住堅固者於所說法修行堅固如是次第相對離懈怠者對不欲濁嚴者對威儀濁淨者對蓋濁堅固者對異想濁功德具者對不足功德濁智具者對癡濁此六句示現是二偈顯同生衆淨次一偈顯異生衆淨後一偈顯二衆清淨偈言

迭共相瞻住　一切咸恭敬　如蜂欲熟蜜如渴思甘露

迭共相瞻者示無雜染心故咸恭敬者示敬重法非妬心故下半偈喻敬法轉深此偈迭共相瞻是總相一切咸恭敬是别相如是餘偈初句總相餘句别相同異成壞如上所說偈言

大智無所畏　金剛藏聞已　欲令大衆悅即時說頌言　難第一希有　菩薩所行示地事分别上　諸佛之根本　微難見離念

非心地難得　境界智無漏　若聞則迷悶
持心如金剛　深信佛智慧　心地無我智
能聞智微細　如彩畫虛空　如虛空風相
智如是分別　難見佛無漏　我念佛智慧
第一世難知　難信希有法　是故我默然

論曰此初偈中欲令大衆悅是總正訓答相訓答有二種一堪訓答二不怯弱訓答偈言大智故無所畏故離不堪答離不正答此二示現自他無過故何者是正答相此法難說復難聞故云何難說偈言

難第一希有　菩薩所行示　地事分別上
諸佛之根本

難者難得故難有二種一最難二未曾有難偈言第一故希有故此二示現所說難何者是難偈言菩薩所行示地事分別上菩薩行者是出世間智示者顯示故地事者謂諸地菩薩行事分別上說勝故何者菩薩行偈言諸佛之根本佛者覺佛智故已說當說復說所以難何者是難彼菩薩行事義住不可如是說云何彼義住偈言

微難見離念　非心地難得　境界智無漏
若聞則迷悶

此偈中難得者是總餘者是別難得者難證故是難得有四種一微難得二難見難得三離念難得四非心地難得微難得者非聞慧境界故麤事不須思惟難見難得者非思慧境界故離念難得者非世間修慧境界故示現三界心心數法分別世間修道智非境界故非心地難得者示現報生善得修道智非境界故此示現心境界者是心地此誰境界

偈言智境界何者是智見實義故何故非餘境界無漏故無漏者出世間義是義非世間智境界如是甚深義如是可解如是不可說若聞則迷悶者云何迷悶隨取即聞非是不聞已辯說復顯難聞偈言

持心如金剛　深信佛智慧　心地無我智能聞智微細

如金剛者堅如金剛堅有二種一決定信堅二證得堅此二句示現堅者是總餘者是別云何深信佛智慧唯佛所知非我境界佛菩提無邊佛化衆生所說法門種種信故何者是心地云何無我智心地者隨心所受三界中報又隨心所行一切境界亦名心地無我智者有二種我空法空如實知故能聞智微細者難知如是微細如前所說復以譬喻顯微細義偈言

如彩畫虛空　如虛空風相　智如是分別難見佛無漏

此偈示現如虛空畫色如壁是中不住故不可見如空中風如樹葉是中不住故不可見此動作者非不空中有是二事如是虛空處事不可說處是畫風如說以非自性不可得見是不住故以其容故非不於中有此言說如是佛智言說顯示地校量勝分別難見畫者喻名字句身何以故依相說故風者以喻音聲說者以此二事說聽者以此二事聞若如是可說如是可聞如是難見何故不說

我念佛智慧　第一世難知　難信希有法是故我默然

難知者難證故難信者難生決定心故此偈

示現有證有信可說可聞世間難得證信故我不說

經曰爾時解脫月菩薩聞說此已請金剛藏菩薩言佛子是大菩薩善淨衆集善清淨深心善清淨諸念善集諸行多親近諸佛善集助道法具足無量功德離癡疑悔無有染汚善住深心信於佛法中不隨他教善哉佛子敷演此義是諸菩薩於是深法皆能證知

論曰聖者解脫月何故復嘆此衆上言世間證信者難得示現此衆有堪能故善淨深心者是總此善淨深心有二種一阿含淨二證淨是阿含淨有五種一者欲淨隨所念阿含得方便念覺淨如經善清淨諸念故二者求淨得隨順身口敬行如經善集諸行故三者受持淨於無量世多聞憶持不謬故如經多親近諸佛故四者生得淨願得上上生勝念勝如經善集助道法故五者行淨求善證法習少欲頭陀等成就多功德如經具足無量功德故證淨者有四種一者得淨現智善決定故如經離癡疑悔故二者不行淨修道中一切煩惱不行故如經無有染汚故三者無猒足淨不樂小乘得上勝希望心如經善住深心信故深心者希欲故信者決定故復念持彼功德故四者不隨他教淨趣盡道中自正行故如經於佛法中不隨他教故

經曰爾時金剛藏菩薩言佛子雖此菩薩衆善清淨深心善清淨諸念善集諸行多親近諸佛善集助道法具足無量功德離癡疑悔無有染汚善住深心信於佛法中不隨他教其餘樂小法者聞是甚深難思議事多生疑

惑是人長夜受諸無利衰惱我愍此等是故默然

論曰是聖者金剛藏領彼解脫月菩薩所嘆衆清淨功德已於所說法中不見法器聞增疑惑是故不說於一法中有二種過疑者正行相違猶豫義故惑者心迷義故能壞善法遠離善法故如是顯示不受行因受行退因

經曰爾時解脫月菩薩請金剛藏菩薩言善哉佛子重請此事願承佛神力善分別此不可思議法佛所護念事令人易信解所以者何善說十地義十方諸佛法應護念一切菩薩護是智地勤行方便何以故此是菩薩最初所行成就一切諸佛法故佛子譬如一切書字數說皆初章所攝初章爲本無有書字數說不入初章者如是佛子十地者是一切佛法之根本菩薩具足行是十地能得一切智慧是故佛子願說此義諸佛護念加以神力令人信受不可破壞

論曰聖者解脫月何故復重請示復疑惑此不可避若不說者有多過咎不得成就一切佛法故以是義故重請金剛藏菩薩若諸佛有力能令生信何故衆生於彼法中猶起謗意有二種定一感報定二作業定此二種定諸佛威力所不能轉最初所行者依阿含行故成就一切佛法者謂是證智書者是字相如嘶字師子形相等字者惡阿等音數者名句此二是數義說者是語一切書字數說等皆初章爲本

經曰爾時諸菩薩衆一時同聲以偈頌請金剛藏菩薩言

上妙無垢智　堪無量義辯　演説美妙言
眞實義相應　念堅清淨慧　爲十力淨心
無礙分別義　説此十地法　定戒深正意
離我慢妄見　此衆無疑心　惟願聞善説
如渴思冷水　如飢思美食　如病思良藥
如衆蜂依蜜　我等亦如是　願聞甘露法
善哉清淨智　説勝地無垢　具十力無礙
盡説善逝道

論曰初偈嘆證力辯才成就第二偈上句嘆阿含力辯才成就以證力阿含力故能有所説是故讃嘆上者是總又復上者顯證力辯才勝故嘆辯才有三種一眞實智二體性三者果眞實智者是無漏智勝聲聞緣覺智等偈言妙無垢智故體性者成就無量義辯才偈言堪無量義辯故果者字義成就復是滑利勝上字義成就偈言演説美妙言眞實義相應故第二偈上句嘆阿含力偈言

念堅清淨慧　爲十力淨心　無礙分別義
説此十地法

念堅者受持顯説故是菩薩於阿含中淨慧無疑故如是嘆證力阿含力已次令聽者入證入阿含是故請説云何入證已入地者令得佛力故未入地者令得入地故偈言爲十力故爲淨心故云何爲阿含無礙分別義令受持十地法故如是嘆説者成就證力阿含力已次復嘆衆堪受阿含及證力故偈言

定戒深正意　離我慢妄見　是衆無疑心
惟願聞善説

此偈中惟願者是總惟願有二種一求阿含二求正證有二種妄想不堪聞阿含一我二

慢以我慢故於法法師不生恭敬復有二種妄想不堪得證一見二疑見者顛倒見故疑者於不思議處不生信故妄者謂妄想見中同使故有二種對治堪聞阿含一定二戒定者心調伏故戒者善住威儀故次有二種對治堪能得證一正見二正意正見者善思義故正意者得歡喜故深者細意善思惟故復以諸喻顯示大衆求法轉深偈言

如渴思冷水　如飢思美食　如病思良藥
如衆蜂依蜜　我等亦如是　願聞甘露法

此四喻者喻四種義門示現正受彼所說義何等爲四一受持二助力三遠離四安樂行此義云何如水不嚼隨得而飲如是聞慧初聞即受隨聞受持如食咀嚼身力助成如是思慧嚼所聞法智力助成如服良藥藥行除病如是具聞思慧隨順正義如法修行遠離一切煩惱習患如蜜衆蜂所依藥行住處如是聞思修慧果聖所依處現法受味受樂行故如是讚嘆說者聽者請說已次嘆所說法利益咸皆共請偈言

善哉清淨智　說勝地無垢　具十力無礙
盡說善逝道

善哉者所說法中善具足故善哉有三種一所依二體性三果所依者謂淨慧體性者謂說諸地未曾說法勝地者地校量勝無垢者說不違義違義說者有三種垢一百倒說二謗如來三誑聞者果者謂具十力無障礙佛菩提故如是請已猶故不說何故不說請不滿故

十地經論卷第一

音釋

贖助竿切深也　亹音尾猶不絶也　玄枵枵許嬌切屬子位也　捭北買切

十地經論卷第二

天親菩薩造

元魏三藏法師菩提留支奉　詔譯

初歡喜地第一之二

論曰此菩薩前同生衆上首請次大衆請復侍諸佛法王加請何以故爲增敬重法故

經曰爾時釋迦牟尼佛從眉間白毫放菩薩力明光餤阿僧祇阿僧祇光以爲眷屬放斯光已普照十方諸佛世界靡不周遍照已還住本處三惡道苦皆得休息一切魔宮隱蔽不現悉照十方諸佛衆會顯現如來境界不思議力是光遍照十方世界加一切如來所加說法者及諸菩薩衆於上虛空中成大光明雲網臺而住彼十方諸佛亦復如是從眉間白毫俱放菩薩力明光餤阿僧祇阿僧祇光網以爲眷屬放斯光已普照十方諸佛世界靡不周遍照已還住本處三惡道苦皆得休息一切魔宮隱蔽不現悉照十方諸佛衆會顯現如來境界不思議力是光遍照十方世界加一切如來所加說法者及諸菩薩衆於上虛空中亦顯現如來境界不思議力并照釋迦牟尼佛大會之衆及金剛藏菩薩身於上虛空中亦復成大光明雲網臺而住爾時釋迦牟尼佛從眉間放白毫光明照彼十方世界諸佛大會諸菩薩身及師子座此諸大衆皆悉現見彼十方世界諸佛從眉間放白毫光明照此三千大千娑婆世界釋迦牟尼佛大會并金剛藏菩薩身及師子座彼諸大衆皆悉現見時大光明雲網臺中諸佛神力故而說頌曰

論曰何故如來現神通力放光同請是如來

前已意加未身口加異於餘佛是故今欲具身口加何故不以常口常身加爲重法故不輕自身故此光有八種業二種身云何八種業一者覺業是光照諸菩薩身已自覺如來力加如經放菩薩力明光燄故二者因業阿僧祇光皆有無量光明眷屬如經阿僧祇阿僧祇光以爲眷屬故三者卷舒業舒則遍至阿僧祇世界卷則還入常光如經放斯光已普照十方諸佛世界靡不周遍照已還住本處故四者止業除滅一切惡道種種苦惱如經三惡道苦皆得休息故五者降伏業令一切魔宮威光不現驚怖恐懼不能壞亂可化衆生如經一切魔宮隱蔽不現故六者敬業現不思議佛神力故如經悉照十方諸佛衆會顯現如來境界不思議力故七者示現業加十方世界諸佛所加菩薩大會令此衆見如經是光遍照十方世界加一切如來所加說法者及諸菩薩衆故八者請業發聲說偈如經時大光明雲網臺中諸佛神力而說頌曰故云何二身一如流星身往他方世界故二如日身處於虛空如經於上虛空中成大光明雲網臺而住故於一切處一時遍照故如是彼此諸衆生迭互相見猶如一會聽說亦爾是名身加何者口加偈曰

諸佛無等等　功德如虛空　十力無畏等
無量諸衆首　釋迦姓法生　天人上作加
承諸佛神力　爲開法王藏　諸地上妙行
分別智地義　是諸如來加　護於諸菩薩
此人能聞持　如是微妙法　諸地淨無垢
漸次而滿足　證佛十種力　成無上菩提

雖在於大海　及劫盡火中　決定信無疑
必得聞此經　諸地勝智道　入地住展轉
漸次而演說　無量行境界
論曰是初二偈顯能加者及加所爲此二加示現何義故加若請非尊者法非殊勝聖者則不說云何初偈顯能加者偈言天人上作加故何者天八上謂諸佛如來此有何義法王義故云何知彼是法王成就四種勝故一自在勝二力勝三眷屬勝四種姓勝何者諸佛自在勝於煩惱障智障得解脫自在彼於此處心智無礙隨意所受無上樂故此云何知偈言諸佛無等等故謂一切智故復如虛空世間法不能染無明煩惱習氣滅故無等者諸佛比餘衆生彼非等故等者此彼法身等故何故不但說無等示現等正覺故何者諸佛力勝具足十力故能伏一切邪智壞魔怨故此云何知偈言十力無畏等故何者諸佛眷屬勝具攝菩薩聲聞諸衆故此云何知偈言無量諸衆首故彼菩薩是初衆故無量者阿僧祇故諸衆首者佛於世間最勝上故何者佛種姓勝謂家姓勝故此云何知偈言釋迦姓法生故何故唯嘆此佛種姓以現見故復以法爲家非但生家法家者如法中住故作加者是總相加有二種一具身加依法身故二具果加證佛果故天人上者亦總亦別餘者唯別云何第二偈顯加所爲此菩薩彼諸佛法王爲開現法藏義故加偈言
承諸佛神力　爲開法王藏　諸地上妙行
分別智地義
嘆此法藏有二種一義藏成就二字藏成就

云何義藏偈言諸地上妙行行者諸菩薩行所謂助道法故妙者眞實智故上者神力勝故如是顯示深妙勝上故云何字藏偈言分別智地義分別者說十地差別故此偈中何故顯承佛神力說或有衆生於如來所生輕慢想已自不能請他而說爲遮此故如是請說法已次顯說法利他有三時益於中有三偈三時益者一聞時益二修行時益三轉生時益何者聞時益偈言

是諸如來加　護於諸菩薩　此人能聞持
如是微妙法

菩薩聞持者佛力加故是名聞時益何者修行時益偈言

諸地淨無垢　漸次而滿足　證佛十種力
成無上菩提

漸次滿十地自身得十力成無上菩提故是名修行時益何者轉生時益偈言

雖在於大海　及劫盡火中　決定信無疑
必得聞此經

惡道善道難處生必得聞此法龍世界長壽亦得聞此經偈言雖在於大海故雖在色界光音天等亦得聞此經偈言及劫盡火中故聞此法者爲皆得利益有不得者不也何者能得決定不疑信此法者是人能得偈言決定信無疑必得聞此經故如是顯示請說利益已上言分別智地義者此所說法有三種漸次第六偈教分別此事偈言

諸地勝智道　入地住展轉　漸次而演說
無量行境界

何者三漸次一觀漸次二證漸次三修行漸

次第一第二第四句皆說漸次勝智道者謂十地勝智道說此十地若觀若漸止能生諸地智故入者入地故住者未轉向餘地故展轉者地地轉所住處故行者謂入住展轉成就故境界者此行種種異行境界故漸者次第故說者授與故如是教說何義故顯一切因如來能有所說生後正信義故

經曰爾時金剛藏菩薩摩訶薩觀察十方欲令大衆重增踊悦生正信故以偈頌曰

微難知聖道　非分別離念　難得無垢濁
智者智行處　自性常寂滅　不滅亦不生
自體本來空　有不二不盡　遠離於諸趣
等同涅槃相　非初非中後　非言辭所說
出過於三世　其相如虚空　定滅佛所行
言說不能及　地行亦如是　難說復難聞
離念及心道　智起佛境界　非陰界入說
心意所不及　如空中鳥跡　難說不可見
十地義如是　不可得說聞　我但說一分
慈悲及願力　漸次非心境　智滿如淨心
是境界難見　難說自心知　我承佛力說
咸共恭敬聽　如是智入行　億劫說不盡
今如是略說　如實滿足住　一心恭敬待
承佛力善說　說上法妙音　喻相應善字
是言說甚難　無量佛神力　光燄入我身
是力我能說

論曰何故觀察十方示無我慢無偏心故欲令大衆重增踊悦深生正信是故說偈示說正他增益聞者堪受義故踊悦者心清不濁故踊悦有二種一義大踊悦爲得義故二說大踊悦因此說大能得彼義故是中前五偈

顯義大踊悅云何義大彼義深故何者深義偈言

微難知聖道　非分別離念

此偈依何義說依智地故云何知依智地上來所說皆依智地後復所說亦依智地第四偈言智起佛境界故微者云何微偈言難知聖道故云何難知謂說時難知復云何難知大聖道難知大聖者所謂諸佛是故言微道者是因修行此道能到聖處故言難知聖道此微有二種一說時甚微二證時甚微如是次第何故復難知偈言非分別離念故非分別者離分別境界故離念者自體無念故如是聖道名爲甚微何故甚難得難得者難證故是名甚微何故復甚難得偈言

難得無垢濁　智者智行處　自性常寂滅

不滅亦不生

無垢濁者智中無無明故有無明雜智是名爲濁智者智行處者自證智故自證知者依彼生故於中智者見實諦義故復增上善解法故增上善寂滅故復有世間智隨聞明了知故自性常寂滅者自性離煩惱故非先有染後時離故不滅者非一往滅爲不捨利益衆生故不生者出世間故如是此智不住涅槃世間中故如是觀行甚微依止甚微清淨甚微功德甚微故言甚難得於中第一甚微不同世間三昧故第二第三不同外道自言尊者故第四不同聲聞辟支佛故於此偈中微者是總二種微是別復顯難得得時甚微是總餘四種甚微是別此甚微智復有何相偈言

自體本來空　有不二不盡　遠離於諸趣
等同涅槃相　非初非中後　非言辭所説
出過於三世　其相如虛空

是智相有二種所謂同相不同相是中同相者云何相彼智相故偈言自體本來空智自空故云何同相一切諸法如説自體空自體空者可如是取如兎角耶不也可如是取異此空智更有異空耶不也可如是取有彼此自體彼此轉滅耶不也云何取此自體空有不二不盡如是取此句顯離三種空攝一離謗攝二離異攝三離盡滅攝有二種頌一有不二不盡二定不二不盡此頌雖異同明實有若非實有不得言定此云何定此定能滅諸煩惱故是名同相何者不同相謂淨相解脱此復有二種一何處得解脱二云何解脱何處得解脱者偈言遠離於諸趣此顯諸道解脱遠離煩惱業生故云何解脱者偈言等同涅槃相世間涅槃平等攝取故非如聲聞一向背世間故此智盡漏爲初智斷爲中爲後非初智斷亦非中後偈言非初非中後故云何斷如燈燄非唯初中後前中後取故如是解脱可同他音聲觀耶不也云何觀偈言非言辭所説離語言故可同世間智依世間耶不也云何依偈言出過於三世轉依止依止常身故非如無常意識智依止無常因緣法如修多羅中決定説此解脱可同聲聞緣覺智有障解脱得解脱耶不也云何解脱偈言其相如虛空無一切煩惱障礙故如是觀智如是所煩惱如是觀觀如是依止依止如是解脱得解脱如是説已於中自體空是總

三種空是別解脱是總五種解脱是別偈言

定滅佛所行　言說不能及　地行亦如是

難說復難聞

此偈云何彼智以顯方便壞涅槃復示性淨涅槃偈言定滅故定者成同相涅槃自性寂滅故滅者成不同相方便壞涅槃示現智緣滅故此智是誰證偈言佛所行故誰說誰聽無說無聽偈言言說不能及故言說者口音言導謂名句字身何故不但說無言示現依言求解故依智既如是地行復何相偈言地行亦如是難說復難聞地者境界觀行者智眷屬智眷屬者謂同行同行者謂檀等諸波羅蜜何故復難說難聞偈言

離念及心道　智起佛境界　非陰界入說

心意所不及

此偈示現思慧及報生識智是則可說此智非彼境界以不同故偈言智起佛境界故如陰界入可說此智不爾離文字故是故不可說偈言非陰界入說故非耳識所知非意識思量是故不可聞偈言心意所不及故智者是地智起者以何觀以何同行能起此智云何可證而不可說而不可聞今復以喻證成此義偈言

如空中鳥跡　難說不可見　十地義如是

不可得說聞

此偈示何義如鳥行空中跡處不可說相亦不可見何以故虛空處鳥跡相不可分別故非無虛空行跡如是鳥跡住處名句字身住處菩薩地證智所攝不可得說不可得聞何以故非如聲性故非無地智名句字身此中

深故示義大踊悅何故我復說此汝等不應如聲取義隨聲取義有五種過一不正信二退勇猛三誑他四謗佛五輕法大衆自知無此五過已說深義復顯說大令生正信次說五偈

我但說一分　慈悲及願力　漸次非心境
智滿如淨心　是境界難見　難說自心知
我承佛力說　咸共恭敬聽　如是智入行
億劫說不盡　今如是略說　如實滿足住
一心恭敬待　承佛力善說　說上法妙音
喻相應善字　是言說甚難　無量佛神力
光燄入我身　是力我能說

前言十地義如是不可得說聞今言我但說一分此言有何義是地所攝有二種一因分二果分說者謂解釋一分者是因分於果分爲一分故言我但說一分此說大有三種一因成就大二因漸成就大三教說修成就大何者因成就大偈言慈悲及願力故慈者同與喜樂因果故悲者同拔憂苦因果故願者發心期大菩提故此慈悲願長夜熏修不同二乘故何者因漸成就大偈言漸次故漸者說聞思慧等次第乃至能生出世間智因故何者教說修成就大有二種一滿足修二觀修滿足修者偈言非心境故非心境者此句示現聞思慧等心境界處唯是智因能生出世間智而此不能滿彼出世間智地偈言智滿如淨心故如淨心者如出世間清淨心能滿彼地智故觀修者偈言

是境界難見　難說自心知　我承佛力說
咸共恭敬聽

此偈顯何義是境界難見自心清淨可見此境界不可說如是教說修成就已於說法中有二種過不能得證一說者過二聽者過說者過有二種一佛不隨喜說二不平等說聽者亦有二種過一見諍過我法是彼法非如是執著種種諸見二於說法者不生恭敬於中示現說者自身無過我非諸佛不隨喜說偈言我承佛力說咸聽故次教聽者防二種過偈言共恭敬聽故如是次第如是許說而衆未知廣說略說不可廣說唯許略說地義滿足如第三偈說

如是智入行　億劫說不盡　今如是略說

如實滿足住

智入者此所說地法衆生以智入云何入如實滿足攝取入如行修故如行修滿足故示彼廣說義攝取故住者如來家決定住故我如是說前言恭敬聽不說云何恭敬是故示現偈言

一心恭敬待　承佛力善說　說上法妙音

喻相應善字

一心恭敬待者有二種一身正恭敬待如威儀住堪受說法故二心正恭敬待如心決定堪能憶持故此句勸誡二種恭敬待所謂身心故善說者示已無諂無有憍慢故承佛力者示已無增上慢故下半偈說上法妙音喻相應善字示現何事以何事云何事依止何事示現何事者所謂上法以何事者謂妙音聲云何事者譬喻相應依止何事者謂依止善字我一切善說又相應者譬喻共相應善字者有二種相一隨方言音善隨順故二字

句圓滿不增不減與理相應故言善字前言承佛神力未說云何力第五偈示現佛神力事偈言

是言說甚難　無量佛神力　光燄入我身是力我能說

已說請分自此以後正說初地此說分中說何等事分别有三一住二釋名三安住住中有四種依何身爲何義以何因有何相彼心生時即住初地是名爲住於中諸佛子善集善根故如是等四十句說此住事初說依何身生如是心

經曰諸佛子若有衆生厚集善根故善集諸善行故善集諸三昧行故善供養諸佛故善集清白法故善知識善護故善清淨心故入深廣心故信樂大法好求佛智慧故現大慈悲故如是衆生乃能發阿耨多羅三藐三菩提心

論曰如是十句說依何身此集有九種一者行集善作眷屬持戒如經善集諸善行故二者定集善作眷屬三昧如經善集諸三昧行故三昧行者觀行增上故三者親近集善習聞慧智如經善供養諸佛故四者聚集思慧智善思量波羅蜜等諸善法如經善集清白法故五者護集修行實證善得教授如經善知識善護故六者淨心集得出世間正智如經善清淨心故七者廣集深心作利益一切衆生如經入深廣心故八者信心集求一切智智如經信樂大法好求佛智慧故九者現集多行慈悲如經現大慈悲故於中慈念依苦苦壞苦悲依行苦是中初二種集顯增上

戒學增上定學行集善作眷屬持戒故定集善作眷屬三昧故次有四集顯增上慧學親近集善習聞慧智故聚集思慧智善思量波羅蜜等諸善法故護集修行實證善得教授故淨心集得出世間正智故後三集顯勝聲聞辟支佛等故廣集深心作利益一切衆生故信心集求一切智智故現集多行慈悲故此十句中厚集善根是總餘九種是別集者是同相別者是異相成者略說故壞者廣說故已說依何身生如是心次說爲何義故生如是心

經曰爲得佛智故爲得十力力故爲得大無畏故爲得佛平等法故爲救一切世間故爲淨大慈悲故爲得十方無餘智故爲得一切世界無障淨智故爲得一念中覺三世事故爲得轉大法輪無所畏故菩薩摩訶薩生如是心

論曰於中佛智者謂無上智知斷證修故此佛智有九種業差別爲求彼故生如是心一者力佛智問記業此如來是處非處智力問記故如修多羅中說如經爲得十力力故二者無畏佛智破邪說業如經爲得大無畏故三者平等佛智得人法無我教授衆生證入業如經爲得佛平等法故四者救佛智以四攝法化衆生業如經爲救一切世間故五者淨佛智是淨爲救攝因業如經爲淨大慈悲故六者無餘智佛智常以佛眼觀世間衆生業如經爲得十方無餘智故七者無染佛智一切世界無障無染自然應化令信作業智心無礙如經爲得一切世界無障淨智故八

者覺佛智於一念中知三世衆生心心數法業如經爲得一念中覺三世衆事故九者轉法輪佛智解脱方便善巧業故於百億閻浮提同時轉大法輪如經爲得轉大法輪無所畏故生如是心者即是本分中説諸佛子是菩薩願善決定故何故唯言生心不言生智及餘心數法心中即攝知斷證修一切助道法故已説爲何義故生如是心次説以何因生如是心

經曰是心以大悲爲首智慧增上方便善巧所攝直心深心淳至如來力無量善決定衆生力智力隨順自然智能受一切佛法以智慧教化廣大如法界究竟如虚空盡未來際

論曰此大悲爲首於中悲大有九種一者增上大細苦智增上生故如經智慧增上故智者因果逆順染淨觀故慧者自相同相差別觀故二者攝大救苦衆生方便善巧所攝如經方便善巧所攝故三者淳至大向時許乃至盡衆生界作利益衆生悲心增上如經直心深心淳至故四者無量大攝取如來無量力如經如來力無量故五者決定大上妙決定信深智勝對治如經善決定衆生力智力故六者隨順大隨順菩提正覺如經隨順自然智故七者正受大能取大勝法教授衆生如經能受一切佛法以智慧教化故八者最妙大攝受勝妙功德如經廣大如法界故九者住盡大無量愛果因盡涅槃際如經究竟如虚空盡未來際故已説以何因生如是心次説是心生時有何等相

經曰菩薩生如是心即時過凡夫地入菩薩

位生在佛家種姓尊貴無可譏嫌過一切世間道入出世間道住菩薩法中住在菩薩正處入三世真如法中如來種中畢定究竟阿耨多羅三藐三菩提菩薩住如是法名住菩薩歡喜地以不動法故

論曰過凡夫地者以過凡夫地故示現得出世間聖道此過有八種一者入位過初成出世間心如始住胎相似法故如經入菩薩位故二者家過家生相似法故如經生在佛家故三者種姓過子相似法大乘行生故如經種姓尊貴無可譏嫌故四者道過世間出世間道不攝攝故異道生相似法故如經過一切世間道入出世間道故五者法體過以大悲為體於作他事即是己事自身體相似法故如經住菩薩法中故六者處過不捨世間方便不染善巧住故住處相似法故如經住在菩薩正處故七者業過順空聖智生命相似法故如經入三世真如法中故八者畢定過佛種不斷究竟涅槃道成就相似法故如經如來種中畢定究竟阿耨多羅三藐三菩提故如是示現凡夫生菩薩生入胎不相似有煩惱無煩惱故如是次第家不相似種姓不相似道不相似體不相似處不相似生業不相似成就不相似如是說住此地中是名為住如經菩薩住如是法名住菩薩歡喜地以不動法故已說住義次說釋名云何說多歡喜故示名歡喜以何歡喜此地中菩薩歡喜復以何念初說十句後說二十句

經曰諸佛子是菩薩住菩薩歡喜地中成就多歡喜多信敬多愛念多慶悦多調柔多踊

躍多堪受多不壞他意多不惱衆生多不瞋恨

論曰歡喜者名爲心喜體喜根喜是歡喜有九種一者敬歡喜於三寶中恭敬故如經多信敬故二者愛歡喜樂觀眞如法如經多愛念故三者慶歡喜自覺所證校量勝如經多慶悅故四者調柔歡喜自身心遍益成就如經多調柔故五者踊躍歡喜自身心遍益增上滿足如經多踊躍故六者堪受歡喜自見至菩提近如經多堪受故七者不壞歡喜自心調伏論義解說時心不擾動如經多不壞他意故八者不惱歡喜教化攝取衆生時慈悲調柔如經多不惱衆生故九者不瞋歡喜見諸衆生不如說修行威儀不正時忍不瞋故如經多不瞋恨故已說多歡喜次說以何念故歡喜成是第二十第三十句說是念有二種一念當得二念現得何者念當得

經曰諸佛子菩薩住是歡喜地中念諸佛故生歡喜心念諸佛法故生歡喜心念諸菩薩摩訶薩故生歡喜心念諸菩薩所行故生歡喜心念諸波羅蜜清淨相故生歡喜心念諸菩薩地校量勝故生歡喜心念諸菩薩力不退故生歡喜心念諸如來教化法故生歡喜心念能利益衆生故生歡喜心念入一切如來智行故生歡喜心

論曰云何念如佛所得我亦當得如是念此念佛有九種一者念佛法如經念諸佛法故生歡喜心二者念佛菩薩如經念諸菩薩摩訶薩故生歡喜心三者念佛行如經念諸菩薩所行故生歡喜心四者念佛淨如經念諸

波羅蜜清淨相故生歡喜心五者念佛勝如經念諸菩薩地校量勝故生歡喜心六者念佛不退如經念諸菩薩力不退故生歡喜心七者念佛教化如經念諸如來教化法故生歡喜心八者念佛利益如經念能利益衆生故生歡喜心九者念佛入如經念入一切如來智行故生歡喜心於中初二念共念佛如佛所得我亦當得故念佛法念諸佛法故佛佛法二故念佛菩薩二念諸菩薩故念佛行念諸菩薩行故如是次第餘有六句念佛淨念諸波羅蜜清淨相故念佛勝念諸菩薩地校量勝故念佛不退念諸菩薩力不退故念佛教化念諸如來教化法故念佛利益念能利益衆生故念佛入念入一切如來智行故隨所顯彼菩薩行以何顯如是諸念應知復何顯彼波羅蜜淨顯云何顯彼菩薩行地校量勝轉去故地盡去故於中餘者得教化法故作利益衆生行不虛故入如來地行故是中念佛行者亦總亦別已說念當得故生歡喜心次說念現得故生歡喜心

經曰諸佛子菩薩復作是念我轉離一切世間境界故生歡喜心近入如來所故生歡喜心遠離凡夫地故生歡喜心近到智慧地故生歡喜心斷一切惡道故生歡喜心與一切衆生作依止故生歡喜心近見一切諸佛故生歡喜心生諸佛境界故生歡喜心入一切菩薩眞如法故生歡喜心我離一切怖畏毛竪等事故生歡喜心

論曰我轉離一切世間境界者轉離一切凡夫取著事此轉離有九種一者入轉離如經

近入如來所故生歡喜心二者遠轉離如經遠離凡夫地故生歡喜心三者近至轉離如經近到智慧地故生歡喜心四者斷轉離如經斷一切惡道故生歡喜心五者依止轉離如經與一切衆生作依止故生歡喜心六者近見轉離如經近見一切諸佛故生歡喜心七者生轉離如經生諸佛境界故生歡喜心八者平等轉離如經入一切菩薩眞如法故生歡喜心九者捨轉離如經我離一切怖畏毛竪等事故生歡喜心於中入轉離者顯事不相似故遠轉離近至轉離者示自身不相似故餘有六句斷轉離依止轉離近見轉離生轉離平等轉離捨轉離如是次第行不相似故迭相依止不相似故他力不相似故處不相似故生業不相似故成就不相似故怖畏者不愛疑慮憂想共心相應故復身相差別謂毛竪等事次說何者是怖畏云何怖畏因遠離此因無怖畏故

經曰所以者何是菩薩摩訶薩得歡喜地已所有諸怖畏即皆遠離所謂不活畏惡名畏死畏墮惡道畏大衆威德畏離如是等一切諸畏何以故是菩薩離我相故尚不貪身何況所用之事是故無有不活畏心不悕望供養恭敬我應供養一切衆生供給一切所須之具是故無有惡名畏遠離我見無我相故無有死畏又作是念我若死已生必不離諸佛菩薩是故無有墮惡道畏我所志樂一切世間身心無與等者何況有勝是故無有大衆威德畏諸佛子菩薩如是離諸怖畏毛竪等事

論曰此五怖畏是初地障復說地利益勝是五怖畏第一第二第五依身口意第三第四依身依身者愛憎善道惡道捨得依身故何故但說五怖畏打縛等諸畏皆五所攝故此怖畏因略有二種一邪智妄取想見愛著故二善根微少故此對治如經離我想故尚不貪身乃至無有大衆威德畏故無怖畏毛豎等事何故二處說前說身怖畏後說異身怖畏故

經曰諸佛子是菩薩以大悲爲首深大心堅固轉復勤修一切善根成就故

論曰深大心堅固者煩惱小乘不能壞此觀故轉復勤修一切善根成就者諸所說善根此地攝受故云何勤修於中有三種成就一信心成就二修行成就三迴向成就有三十句示現初十句說信心成就

經曰所謂信心增上故多恭敬故信清淨故多以信分別故起悲愍心故成就大慈故心無疲懈故以慚愧莊嚴故成就忍辱安樂故敬順諸佛教法信重尊貴故

論曰信心增上者隨所有事於中信增上成就此信增上有九種一者敬信增上尊敬三寶如經多恭敬故二者淨信增上自證眞淨智如經信清淨故三者分別信增上令他證淨智如經多以信分別故四者悲信增上五者慈信增上教化衆生如經起悲愍心故成就大慈故悲者除苦想決定救濟故慈者與樂相永與無量樂故起者轉復現前故六者不疲倦信增上教化無量衆生久處世間能利益故如經心無疲懈故七者慚愧信增上

不著世間故於慳等波羅蜜障法深慚愧故如經以慚愧莊嚴故八者安樂信增上於同法者不惱亂故如經成就忍辱安樂故九者敬法信增上敬信殊勝心故如經敬順諸佛教法信重尊貴故後三句示修何等行波羅蜜行故誰爲等侶同事安樂故入何法中謂諸佛教法如是信心成就云何修行成就經曰日夜修集善根無猒足故親近善知識故常愛樂法故求多聞無猒故如所聞法正觀故心不貪著故不著利養名聞恭敬故不求一切資生之物故常生如實心無猒足故論曰此十句說修行成就云何修行成就集諸善根無休息故如經日夜修集善根無猒足故此集有八種一者親近集不忘諸法如經親近善知識故二者樂法集於問答中論

義解釋心喜樂故如經常愛樂法故三者多聞集如經求多聞無猒故四者正觀集如經如所聞法正觀故五者不著集如經心不貪著故向說多聞集等三句是聞思修慧如是次第不著者於三昧中無愛著故六者不貪集七者不求集於已得利養不貪未得利養不求障菩薩戒退菩薩戒如經不著利養名聞恭敬故不求一切資生之物故八者如實心集出世間心念念現前如經常生如實心無猒足故如是修行成就云何迴向成就經曰求一切智地故求諸佛力無畏不共法故求諸波羅蜜無著法故離諸諂曲故如說能行故常護實語故不汙諸佛家故不捨菩薩戒故不動如大山王生薩婆若心故不捨一切世間事成就出世間道故集助菩提分

法無猒足故常求上上勝道故諸佛子菩薩摩訶薩成就如是淨治地法名爲安住菩薩歡喜地

論曰求一切智地等說何等事示現迴向成就故求一切智地是總求如來力等於一切智地是別一者觀求一切智地二者無障求一切智地三者離求一切智地故四者如說能行求一切智地五者護求一切智地六者不汙求一切智地七者不捨求一切智地八者不動求一切智地九者不捨成就求一切智地十者集求一切智地十一者常求求一切智地於中求何等事求一切智地故以何觀求觀諸佛力無畏不共法故云何求求諸波羅蜜無著法故此三求者是家依家無障求著別異求於中檀波羅蜜有二種垢一者諂曲見乞求者詐設方便無心許與二者不隨先言許而不與對治是垢如經離諸諂曲故如說能行故尸波羅蜜有一種垢不護實語違本所受犯已覆藏對治是垢如經常護實語故羼提波羅蜜有一種垢汙如來家云何菩薩汙如來家惱亂他業故利益他業即是如來家是故菩薩生此家者惱亂他業非善事故對治是垢如經不汙諸佛家故毗棃耶波羅蜜有一種垢菩薩戒無量劫數長遠難持難行生退轉心對治是垢如經不捨菩薩戒故禪波羅蜜有二種垢一者亂心二不能調伏憶想分別對治是垢如經不動如大山王生薩婆若心故般若波羅蜜有三種垢一無善巧方便世間涅槃一向不現現故二不修集出世間道故三於勝上證法中願欲

心薄故如是次第對治是垢如經不捨一切世間事成就出世間道故集助菩提分法無猒足故常求上上勝道故如是迴向成就是名勤行具足成就是勤行有四種一信二欲三精進四方便初十句示現信增上成就是信增上即攝受欲第二十句日夜修集善根無猒示現精進故第三十句求一切智地示現方便故是名此地說中安住何以故如經諸佛子菩薩摩訶薩成就如是淨治地法名爲安住菩薩歡喜地故如是說分訖

十地經論卷第二

十地經論卷第三

天親菩薩造

元魏三藏法師菩提留支奉　詔譯

初歡喜地第一之三

論曰已顯說分次說校量勝分云何校量勝菩薩住此地中勝聲聞辟支佛故校量勝有三種一願勝二修行勝三果利益勝何者願勝所謂十大願

經曰菩薩如是安住菩薩歡喜地發諸大願起如是大方便如是大行成就所謂無餘一切諸佛一切供養一切恭敬故一切種具足上深信清淨廣大如法界究竟如虛空盡未來際盡一切劫數一切佛成道數大供養恭敬無有休息

論曰是初大願無餘者有三種一者一切佛無餘二者一切供養無餘三者一切恭敬無餘一切佛者有三種佛一應身佛二報身佛三法身佛一切供養者有三種供養一者利養供養謂衣服卧具等二者恭敬供養謂香華旛蓋等三者行供養謂修行信戒行等一切恭敬者有三種恭敬一給侍恭敬二迎送恭敬三修行恭敬是故作願供養恭敬如經所謂無餘一切諸佛一切供養一切恭敬故一切種具足者無量種種復勝事等供養故上深信清淨者增上敬重故願迴向菩提決定信故廣大如法界者一切餘善根中勝故究竟如虛空者無常愛果無量因故盡未來際者此因得涅槃常果故一切劫數一切佛成道數大供養恭敬無有休息故此初願中有六種大名爲大願一者福田大如經所謂

無餘一切諸佛一切供養一切恭敬故二者供事大如經一切種具足故三者心大如經上深信清淨故四者攝功德大如經廣大如法界故五者因大如經究竟如虛空故六者時大如經盡未來際故

經曰又發大願所謂一切諸佛所說法輪皆悉受持故攝受一切佛菩提故一切諸佛所教化法皆悉守護故廣大如法界究竟如虛空盡未來際盡一切劫數一切佛成道數攝護正法無有休息

論曰第二大願有三種法一切諸佛所說法輪皆悉受持者謂教法修多羅等書寫供養讀誦受持爲他演說故攝受一切佛菩提者所謂證法證三種佛菩提法攝受此證法教化轉授故一切諸佛所教化法皆悉守護者謂修行法於修行時有諸障難攝護救濟故復名三種成就一者於諸佛所說修多羅等阿含次第令法輪不斷成就故二者證三種正覺得證成就故三者修行乃至如實修行正覺成就故是名三種成就三種佛菩提者聲聞辟支佛亦名爲佛故

經曰又發大願所謂一切成佛無餘一切世界住處從兜率天來下入胎及在胎中初生時出家時成佛道時請轉法輪時示入大涅槃我於爾時盡往供養攝法爲首一切處一時成一時轉故廣大如法界究竟如虛空盡未來際盡一切劫數一切佛成道數盡往攝法無有休息

論曰第三大願一切成佛無餘一切世界住處者一切應佛無邊遍滿一切世界住處故

隨何等世界諸佛住處應感相順衆生見故從兜率天來下乃至示入大涅槃我於爾時盡往供養攝法爲首者隨彼衆生供養佛方便以如來所說攝法方便集功德智慧助菩提法故一切處一時成一時轉者非前後故何故示現彼處住不在色無色處此難處來不爲我故起於輕心不生恭敬爲遮此等故何故不住他化自在天等如來有力能勝處生捨而不生爲念衆生故來生兜率如是生大恭敬心故何故人中捨上天樂愍我等故來生人中生增上敬重心故何故處胎示現同生增長力故何故自成正覺示非餘佛教化現丈夫力成就非因他得菩提故何故示入大涅槃爲令懈怠衆生勤心修道故

經曰又發大願所謂一切菩薩所行廣大無量不雜諸波羅蜜所攝諸地所淨生諸助道法總相別相同相異相成相壞相說一切菩薩所行如實地道及諸波羅蜜方便業教化一切令其受行心得增長故廣大如法界究竟如虚空盡未來際盡一切劫數行數增長無有休息

論曰第四大願心得增長者以何等行令心增長一切菩薩所行教化一切令其受行心得增長故彼菩薩行有四種一種種二體三業四方便以此四種教化令其受行何者是菩薩行種種世間行有三種廣者從初地乃至六地大者七地無量者從八地乃至十地不雜者法無我平等觀出世間智故如經一切菩薩所行廣大無量不雜故體者如經諸波羅蜜所攝故業者如經諸地所淨生諸助

道法故方便者如經總相別相同相異相成相壞相故說一切菩薩所行如實地道及諸波羅蜜方便業故

經曰又發大願所謂無餘一切衆生界有色無色有想無想非有想非無想卵生胎生濕生化生三界所繫雜入六道一切生處名色所攝爲教化成就一切衆生界令信入諸佛法故斷一切世間數道故令住一切智智處故廣大如法界究竟如虛空盡未來際盡一切劫數一切衆生界數教化一切衆生無有休息

論曰第五大願教化衆生故何者是衆生爲何義故化一切衆生有六種差別一麤細差別二生依止差別三不淨淨處差別四苦樂差別五自業差別六自體差別何者麤細差別麤者有色細者無色色中麤者有想細者無想無色中麤者非無想細者非想非非想是名麤細差別如經有色無色有想無想非有想非無想故生依止差別者如經卵生胎生濕生化生故化生者云何依止依止業生故不淨淨處差別者如經三界所繫故苦樂差別者種種身故如經雜入六道故自業差別者如經一切生處故自體差別者如經名色所攝故是名衆生爲何義化者爲三義故一者爲信入諸佛所說法中如經爲教化成就一切衆生界令信入諸佛法故二者已入佛法中令入二乘菩提故如經斷一切世間數道故三者已入二乘菩提令入無上菩提故如經令住一切智智處故

經曰又發大願所謂無餘一切世界廣大無

量麤細亂住倒住正住如帝網差別十方世界無量差別入皆現前知故廣大如法界究竟如虛空盡未來際盡一切劫數一切世界數信入無有休息

論曰第六大願無餘一切世界者有三種相隨入如是世界智皆現前知一者一切相二者眞實義相三者無量相一切相者如經廣大無量乃至正住故廣大無量者一千世界二千世界三千世界故細者隨何等世界意識身故麤者隨何等世界意識身故亂住者非次第住故倒住者不造舍宅住故正住者造舍宅住故是名一切相如帝網差別者眞實義相故如業幻作故無量相者十方世界無量差別入故無量相故眞實義相者唯智能知餘相者可現見故

經曰又發大願所謂一切佛土一佛土一佛土一切佛土一切國土平等清淨一切佛土神通莊嚴光相具足離一切煩惱成就清淨道有無量智慧衆生悉滿其中入佛上妙平等境界故隨諸衆生心之所樂而爲示現故廣大如法界究竟如虛空盡未來際盡一切劫數佛國土數清淨一切佛土無有休息

論曰第七大願淨佛國土相有七種一者同體淨如經一切佛土一佛土一佛土一切佛土故二者自在淨如經一切國土平等清淨故三者莊嚴淨如經一切佛土神通莊嚴光相具足故光明莊嚴衆寶等莊嚴故四者受用淨如經離一切煩惱成就清淨道故五者住處衆生淨如經有無量智慧衆生悉滿其中故六者因淨如經入佛上妙平等境界故

七者果淨如經隨諸衆生心之所樂而爲示現故顯智神力等故

經曰又發大願所謂一切菩薩同心同行故共集善根無怨嫉故一切菩薩平等一觀故常親近諸佛菩薩不捨離故隨意能現佛身故自於心中悉能解知諸佛神力智力故得不退隨意神通故悉能遊行一切世界故一切佛會皆現身相故一切生處普生其中故成就不可思議大乘故具足行菩薩行故廣大如法界究竟如虛空盡未來際盡一切劫數一切行數入大乘道無有休息

論曰第八大願不念餘乘故如經一切菩薩同心同行故菩薩行有十種一者共集善根無怨嫉故二者一切菩薩平等一觀故三者常親近諸佛菩薩不捨離故四者隨意能現佛身故五者自於心中悉能解知諸佛神力智力故六者得不退隨意神通故七者悉能遊行一切世界故八者一切佛會皆現身相故九者一切生處普生其中故十者成就不可思議大乘故具足行菩薩行故於中初句顯功德行故第二住寂靜等觀故第三聚集解說論佛法故第四隨心示現成佛故第五自發勝心念如來法身故第六得常不退神通故餘四者以通業得名一往餘世界二自餘異身示現三同生往故四入不可思議大乘故

經曰又發大願所謂乘不退輪行菩薩行故身口意業所作不空衆生見者即必定佛法故聞我音聲即得真實智慧故心喜恭敬即斷煩惱故得如藥樹王身故得如如意寶身

故行大菩薩行故廣大如法界究竟如虛空盡未來際盡一切劫數一切行數所作利益不空無有休息

論曰第九大願顯不空行菩薩行復行菩薩行顯乘不退輪行菩薩行故於中不空有二種一作業必定不空身口意業所作不空故如是次第三句說應知衆生見者即必定佛法故者明身業不空聞我音聲即得眞實智慧者明口業不空心喜恭敬即斷煩惱者明意業不空二作利益不空一切衆生有二種苦一種種諸苦二貧窮苦對治是二如經得如藥樹王身故得如如意寶身故

經曰又發大願所謂於一切世界處成阿耨多羅三藐三菩提故於一凡夫道不離一切凡夫道處示身初生坐道場成佛道轉法輪度衆生示大涅槃現諸佛境界大神通智力隨一切衆生界所應度者於念念中示得佛道度諸衆生滅苦惱故以一三菩提遍知一切法如涅槃性故以一音說令一切衆生心皆歡喜故示大涅槃而不斷菩薩所行故示大智慧地發起一切法故法智遍如意神通幻通遍一切世界故廣大如法界究竟如虛空盡未來際盡一切劫數成三菩提數求大智慧大神通等無有休息諸佛子菩薩如是安住菩薩歡喜地發諸大願起如是大方便如是大行以十願門爲首生如是等滿足十百千萬阿僧祇大願是菩薩住菩薩歡喜地起如是等願

論曰第十大願起大乘行云何大菩提云何作業大菩提者如經成阿耨多羅三藐三菩

提故作業者有七種一示正覺業二說實諦業三證教化業四種種說法業五不斷佛種業六法輪復住業七自在業初業者於一凡夫道不離一切凡夫道處乃至示大涅槃故一凡夫道者一閻浮提義閻浮提凡夫道者可化衆生住處名爲凡夫道第二業者現諸佛境界大神通智力故隨一切衆生界所應度者於念念中示得佛道度諸衆生滅苦惱故隨諸世界一切可化者隨心示現佛身示現佛身者除諸難處彼彼勝處生示除苦斷集證滅修道第三業者以一三菩提觀法無我一切法性淨涅槃令衆生信解故第四業者以一音聲隨種種信解可化衆生一時皆令心歡喜故第五業者示現大涅槃而不斷菩薩所行力故第六業者復智地一切修多羅等所說法軌則不失故第七業法智通者觀一切法無性相故如意神通者自身現生住滅脩短隨心自在故幻通者轉變外事無不隨意故初法智通不住世間故如意神通幻通幻不住涅槃故何故唯說此十大願初願功德行滿足故第二願智慧行滿足故次五願爲教化衆生故一以何身二以何心三何者衆生四衆生住何處五自身住何處能教化衆生後三願顯自身一得地校量勝故二得菩薩地盡校量勝故三得一切地盡究竟故此三示現如實教化衆生故發諸大願者隨心求義故起如是大方便者成彼所作方便勇猛故如是大行者彼所作行成就故菩薩住此地漸次久習起此三行非一時故何以故此十大願一一願中有百千萬阿僧

祇大願以爲眷屬故如經諸佛子菩薩如是
安住菩薩歡喜地發諸大願起如是大方便
如是大行以十願門爲首生如是等滿足十
百千萬阿僧祇大願是菩薩住菩薩歡喜地
起如是等願故何故名大願光明善根轉勝
增廣故此校量菩薩願勝有二種勝聲聞辟
支佛一常勤修習無量行故二與一切衆生
同行故同行者十盡句示現
經曰以十盡句成諸大願何等爲十所謂一
衆生界盡二世界盡三虚空界盡四法界盡
五涅槃界盡六佛出世界盡七如來智界盡
八心所緣界盡九佛境界智入界盡十世間
轉法轉智轉界盡如衆生界盡我願乃盡如
世界盡如虚空界盡如法界盡如涅槃界盡
如佛出世界盡如佛智界盡如心所緣界盡
如佛境界智入界盡如世間轉法轉智轉界
盡若彼界盡我願乃盡如是衆生界盡不盡
我此善根亦不可盡世界盡不盡虚空界盡
不盡法界盡不盡涅槃界盡不盡佛出世界
盡不盡如來智界盡不盡心所緣界盡不盡
佛境界智入界盡不盡世間轉法轉智轉界
盡不盡我此諸願善根亦不可盡
論曰於中衆生界盡是總世界盡乃至智轉
界盡是别何等是衆生界衆生界盡故何處
住世界盡故所有虚空界虚空界盡故説何
法教化法界盡故隨化衆生置何處涅槃界
盡故佛出世界盡故以何方便善巧如來智
界盡故復隨所緣心緣界盡故復隨以何界
佛境界智入界盡故此事已説盡者示現不
斷盡非念念盡故此九種盡略説三種三轉

示現此十盡句增上力故諸佛以此力常爲衆生作利益故如是已說願校量勝云何行校量勝

經曰諸佛子菩薩決定發如是諸大願已則得調順心柔輭心如是則成信者信諸佛如來本所行入集諸波羅蜜而得增長善成就諸地具足無畏力不共佛法不壞故不可思議佛法無中無邊如來境界起無量行門諸如來境界入信成就果舉要言之信一切菩薩行乃至得如來智地說加故

論曰發如是諸大願已則得調順心者彼諸善根中得自在勝故柔輭心者得勝樂行故如是則成信者於中本行入者從菩薩行入乃至成菩提覺故中信菩薩行所攝本行入有二種相一云何菩薩行二云何次第成如經集諸波羅蜜而得增長故善成就諸地故此菩薩所攝本行入有六種勝是故信勝一者外道魔怨聲聞緣覺對治等勝如經具足無畏力不共佛法不壞故二者不思議神通力上勝如經不可思議佛法故三者不離深勝如經無中無邊如來境界起故四者一切種智勝如經無量行門諸如來境界入故五者離勝一切煩惱習常遠離故如經信成就果故復略說彼菩薩本行入示現如經舉要言之信一切菩薩行乃至得如來智地說加故說者所說加者證故此菩薩三種觀於諸衆生起大慈悲一遠離最上第一義樂二具足諸苦三於彼二顛倒云何遠離最上第一義樂

經曰諸佛子彼菩薩作是念諸佛正法如是

甚深如是寂靜如是寂滅如是空如是無相如是無願如是無染如是無量如是上此諸佛法如是難得

論曰諸佛正法如是甚深者有九種一寂靜甚深二寂滅甚深三空甚深四無相甚深五無願甚深六無染甚深七無量甚深八上甚深九難得甚深寂靜者離妄計實有故妄計正取故寂滅者法義定故空無相無願者三障對治解脫門觀故何者三障一分別二相三取捨願故無染者離雜染法觀故無量者不可筭數不可思量生善根觀故上者依自利他利增上智觀故難得者三阿僧祇劫證智觀故云何具足諸苦

經曰而諸凡夫心墮邪見爲無明癡闇蔽其意識常立憍慢幢墮在念欲渴愛網中隨順諂曲林常懷嫉妬而作後身生處因緣多集貪欲瞋癡起諸業行嫌恨猛風吹罪心火常令熾然有所作業皆與顛倒相應隨順欲漏有漏無明漏相續起心意識種子

論曰而諸凡夫心墮邪見者邪見有九種一者蔽意邪見如經爲無明癡闇蔽其意識故二者憍慢邪見如經常立憍慢幢故三者愛念邪見如經墮在念欲渴愛網中故四者諂曲心邪見如經隨順諂曲林故五者嫉妬行邪見如經常懷嫉妬而作後身生處因緣故六者集業邪見如經多集貪欲瞋癡起諸業行故七者欲心熾然邪見如經嫌恨猛風吹罪心火常令熾然故八者起業邪見如經有所作業皆與顛倒相應故九者心意識種子邪見如經隨順欲漏有漏無明漏相續起心

意識種子故是中蔽意邪見憍慢邪見愛念邪見此三邪見依法義妄計如是次第諂曲心邪見嫉妬行邪見此二邪見於追求時心行過故嫉者於身起邪行故妬者於資財等是故生生之處墮卑賤中形貌鄙陋資生不足故第六集業邪見愛諸受時憎愛彼二顛倒境界故第七吹心熾然邪見於怨恨時互相追念欲起報惡業故第八起業邪見於作惡時迭相加害故第九心意識種子邪見於作善業時所有布施持戒修行善根等業皆是有漏故

經曰於三界地復有芽生所謂名色共生不離此名色增長已成六入聚成六入已內外相對生觸觸因緣故生受深樂受故生渴愛渴愛增長故生取取增長故復起後有有因緣故有生老死憂悲苦惱如是衆生生長苦聚是中皆空離我我所無知無覺如草木石壁又亦如響然諸衆生不知不覺而受苦惱

論曰是中因緣有三種一自相從復有芽生乃至於有二同相謂生老病死等過三顛倒相離我我所等自相者有三種一者報相名色共阿棃耶識生如經於三界地復有芽生所謂名色共生故名色共生者名色共彼生故二者彼因相是名色不離彼依彼共生故如經不離故三者彼果次第相從六入乃至於有如經此名色增長已成六入聚成六入已內外相對生觸觸因緣故生受深樂受故生渴愛渴愛增長故生取取增長故復起後有有因緣故有生老死憂悲苦惱如是衆生生長苦聚故是中離我我所者此二示現空

無知無覺者自體無我故彼無知無覺示非衆生數動不動事如經如草木石壁又亦如響故因緣相似相類法故云何於彼二顛倒如經然諸衆生不知不覺而受苦惱故

經曰菩薩如是見諸衆生不離苦聚是故即生大悲智慧是諸衆生我應教化令住涅槃畢竟之樂是故即生大慈悲智慧

論曰云何具諸苦聚云何遠離最上第一義樂此先巳說示現大慈悲等故

經曰諸佛子菩薩摩訶薩隨順如是大慈悲法住在初地以深妙心於一切物無所悋惜以智求佛大妙智故修行大捨即時所有可施之物皆悉能捨所謂一切財穀庫藏等捨或以金銀摩尼眞珠瑠璃珂貝硨磲碼碯生金等捨或以寶莊嚴具瓔珞等捨或以象馬車乘輦輿等捨或以寺舍園林樓觀流泉浴池等捨或以奴婢僮僕等捨或以國土聚落城邑王都等捨或以妻子男女等捨或以一切所愛之事皆悉能捨或以頭目耳鼻肢節手足一切身分等捨如是一切可捨之物而不悋惜唯求無上佛智慧故而行大捨如是菩薩摩訶薩住於初地能成大捨

論曰是時所有可施之物皆悉能捨者求佛無上大妙智故是中一切物者略有二種一外二内外者復有二種一所用二貯積如經所謂一切財穀庫藏等故如是次第於中廣有八種從金銀等乃至一切所愛之事内者自身所攝是外事捨中初捨是總餘九捨是別依二種喜一藏攝喜二利益喜藏攝喜者謂金銀等利益喜者復有八種一者嚴飾利

益喜謂寶莊嚴等二者代步利益喜謂象馬等三者戲樂利益喜謂園林樓觀等四者代苦利益喜謂奴婢等五者自在利益喜謂國土聚落等六者眷屬利益喜謂妻子等七者堅著利益喜謂一切所愛等八者稱意利益喜謂頭目耳鼻等

經曰菩薩如是以大施心救一切衆生故轉轉推求世間出世間利益勝事彼推求利益勝事時心不疲倦是故菩薩成不疲倦心成不疲倦已於一切經論心無怯弱是名成一切經論智如是成一切經論智已善能籌量應作不應作於上中下衆生隨宜隨宜而行隨力隨成是故菩薩成就世智成世智已知時知量慙愧莊嚴修習自利利他之道是故菩薩成慙愧莊嚴如是行中精勤修行得不退不轉力如是菩薩成堅固力得堅固力已勤行供養諸佛隨所聞法如說修行諸佛子是菩薩悉知已起如是清淨諸地法所謂信悲慈捨不疲倦知諸經論善解世法慙愧堅固力供養諸佛如說修行

論曰是中依此世智隨宜隨宜而行者如論中說隨自已力隨彼能受故依慙愧知時知量者示三種時一者念時二者日夜時三者所作必得不斷時依堅固力如是彼行中者如上所說信等故精勤修行者有二種一不退力不捨行故二不轉力精進不息故供養諸佛如說修行者有二種一利養供養二修行供養此十種行顯二種勝成就一深心成就謂信悲慈等二修行成就謂捨不疲倦知諸經論善解世法慙愧堅固力供養諸佛如

說修行等於中依自利行謂信能信菩薩行故諸佛法求必能得故依利他行所謂慈悲能安隱與樂心故捨者以財攝他行故不疲倦者自攝法行故知諸經論善解世法者以法攝他行故餘有三行攝護信等一者不著行以慚愧對治障信等不著行故二者不動行有堅固力信等不可動故三者修行彼垢清淨依上行供養諸佛攝信等善根故是中有二種供養故得二種身一者上妙身所可見者心生敬重利益不空故二者調柔心自性善根成就樂行法故前所說三十句從信增上等乃至常求上上勝道得清淨地法今此十句從信等乃至供養諸佛盡是障地淨法是名修行校量勝云何果利益校量勝

經曰諸佛子是菩薩住此菩薩歡喜地已多見諸佛以大神通力大願力故見多百佛多千佛多百千佛多百千那由他佛多億佛多百億佛多千億佛多百千億佛多百千億那由他佛以大神通力大願力故是菩薩見諸佛時以上心深心供養恭敬尊重讚嘆衣服飲食卧具湯藥一切供具悉以奉施以諸菩薩上妙樂具供養衆僧以此善根皆願迴向阿耨多羅三藐三菩提是菩薩因供養諸佛故成教化利益衆生法是菩薩多以二攝攝取衆生所謂布施愛語後二攝法但以信解力行未善通達是菩薩十波羅蜜中檀波羅蜜增上餘波羅蜜非不修集隨力隨分是菩薩隨所供養諸佛教化衆生皆能受行清淨地法如是如是彼諸善根皆願迴向薩婆若轉復明淨調柔成就隨意所用諸佛子譬如

金師善巧鍊金數數入火如是如是轉復明淨調柔成就隨意所用諸佛子菩薩亦復如是如是如是供養諸佛教化衆生皆能修行清淨地法正修行已如是如是彼諸善根皆願迴向薩婆若轉復明淨調柔成就隨意所用

論曰果利益校量勝有四種一調柔果利益勝二發趣果利益勝三攝報果利益勝四願智果利益勝調柔果利益勝者金相似法信等善法猶如真金數數入火者有三種入一功德入供養佛僧故二悲心入教化衆生故三無上果入願迴向大菩提故以大神通力見諸佛者以勝神通力見色身佛大願力者以内正願力見法身佛多百佛乃至百千億那由他佛者方便善巧示現多佛顯多數故

供養者有三種一恭敬供養謂讚嘆等顯佛功德故二尊重供養謂禮拜等三奉施供養謂華香塗香末香旛蓋等以諸菩薩上妙樂具者是諸菩薩所有世間不共之物具足奉施一切衆僧故云何發趣果利益勝

經曰復次諸佛子菩薩摩訶薩住此菩薩歡喜地於初地中諸相得果應從諸佛菩薩善知識所推求請問成地諸法無有猒足如是菩薩住初地中應從諸佛菩薩善知識所推求請問第二地中諸相得果成地諸法無有猒足如是第三第四第五第六第七第八第九第十地中諸相得果應從諸佛菩薩善知識所推求請問成十地法無有猒足是菩薩善知諸地障對治善知地成壞善知地相善知地得修善知地清淨分善知地地轉行善

知地地住處善知地地校量勝智善知地得不退轉善知一切菩薩地清淨轉入如來智地諸佛子菩薩如是善起地相發於初地不住意成乃至轉入十地無障礙故以得十地智慧光明故能得諸佛智慧光明諸佛子譬如善巧導師多將人衆向彼大城未發之時應先問道中利益諸事復問道中退患過咎復問道處中間勝事復問道處中間退患過咎具道資粮作所應作推求請問未發初處是大導師乃至善知到彼大城未發初處此導師能以智慧思惟籌量具諸資用令無所乏正導衆人乃至得到大城於嶮道中免諸患難身及衆人皆無憂惱諸佛子菩薩摩訶薩善巧導師亦復如是住於初地善知地障對治乃至善知一切菩薩地清淨轉入如來智地爾時菩薩具大福德助道資粮善擇智慧助道欲將一切衆生向薩婆若大城未發初處應先問地道功德復問諸地退患復問地道處中間勝事復問地道處中間退患具大功德智慧資粮作所應作應從諸佛菩薩善知識所推求請問未發初處是菩薩善知地障對治乃至善知能到薩婆若大城未發初處菩薩如是智慧分別具大功德智慧資粮將一切衆生如應教化出過世間嶮難惡處乃至令住薩婆若大城不爲世間生死嶮過所染身及衆生無諸衰惱諸佛子是故菩薩摩訶薩常應心不疲倦勤修諸地業勝智本行諸佛子是名略説菩薩摩訶薩入初菩薩歡喜地門廣説則有無量百千萬億阿僧祇事

論曰諸相者隨諸地中所有諸障及對治相故得者證出世間智故果者因證智力得世間出世間智故成地諸法者所謂信等爲滿足彼故有五種方便一觀方便二得方便三增上方便四不退方便五盡至方便觀方便者障對治成壞善巧如經是菩薩善知諸地障對治故善知地成壞故十種地障對治故名爲十地如本分中說如是次第集故成散故壞得方便者欲入方便已入方便彼勝進方便如經善知地相故善知地得修故善知地清淨分故增上方便者地地轉行地地住處地地增長善巧如經善知地地轉行故善知地地住處故善知地地校量勝智故不退方便者如經善知地得不退轉故盡至方便者菩薩地盡入如來地善巧如經善知一切菩薩地清淨轉入如來智地故諸佛子譬如善巧導師多將人衆向彼大城者令得正行故於中導師者有二種方便一者不迷道方便於道路中是利是退患於道路處是勝是過咎皆善巧知如經先問道中利益諸事故復問道中退患過咎故復問道處中間勝事故復問道處中間退患過咎故二者資具利益方便如經具道資粮作所應作故云何攝報果利益勝

經曰菩薩摩訶薩住此初地多作閻浮提王豪貴自在常護正法能以大施攝取衆生善除衆生慳貪妬嫉之垢常行大捨而無窮盡所作善業布施愛語利益同事是諸福德皆不離念佛不離念法不離念僧不離念諸菩薩不離念菩薩行不離念諸波羅蜜不離念

十地不離念不壞力不離念無畏不離念佛不共法乃至不離念具足一切種一切智智常生是心我當於一切衆生中爲首爲勝爲大爲妙爲微妙爲上爲無上爲導爲將爲師爲尊乃至爲一切智智依止者諸佛子是菩薩摩訶薩若欲捨家勤行精進於佛法中便能捨家妻子五欲得出家已勤行精進於一念間得百三昧得見百佛知百佛神力能動百佛世界能入百佛世界能照百佛世界能教化百佛世界衆生能住壽百劫能知過去未來世各百劫事能善入百法門能變身爲百於一一身能示百菩薩以爲眷屬

論曰攝報果利益勝者有二種一在家果二出家果在家果復有二種一者上勝身閻浮提王等如經菩薩摩訶薩住此初地多作閻浮提王豪貴自在常護正法故二者上勝果善巧調伏慳貪嫉妬等如經能以大施攝取衆生善除衆生慳貪嫉妬垢等能以大施攝取衆生者自行布施善勸他施攝取衆生善轉衆生慳嫉之垢方便善巧以四攝法攝取衆生故不離念佛等者示現不離自利益如是諸念於事中行已成大恭敬除諸妄想此念略有四種一者上念念三寶故二者同法念念諸菩薩故三者功德念念自身他身菩薩行自體轉勝故四者求義念念諸力等此是眞實究竟故何者是上念念佛等念佛法等故於施者受者財物及菩提不生分別不取著故如是一切所作業中作者不著境界不著作事不著果報不著以此一切諸行皆願迴向大菩提故爲上首者有二種一者勝

首光明功德故二者大首獨無二故勝者有二種一者妙智自在勝故二者微妙離一切煩惱自在勝故大者有二種一者上無與等故二者無上無能過故如是顯示自體功德故導者於阿含中分別法義正說故將者令他證得義滅諸煩惱故師者教授令入正道故乃至一切智智依止者以大菩提道教化故是名在家菩薩攝報果利益勝復次出家菩薩禪定勝業勝業有二種一者三昧勝所謂於一念間得百三昧得三昧自在力故二者三昧所作勝謂見百佛等以得是三昧故於十方諸佛及佛所加諸菩薩所修習智慧故能動百佛世界者令可化衆生生正信故能入百佛世界能照百佛世界能教化百佛世界衆生者往至及見正化衆生故能住壽百劫者攝取勝生故能知過去未來世各百劫事者化諸衆生作離惡上首說善惡業道故能善入百法門者爲增長自智慧思惟種種法門義故能變身爲百於一一身能示百菩薩以爲眷屬者多作利益速疾行故云何願智果利益勝

經曰若以願力自在勝上菩薩願力示現過於此數示種種神通或身或光明或神通或眼或境界或音聲或行或莊嚴或加或信或業是諸神通乃至無量百千萬億那由他劫不可數知

論曰於中身者是一切菩薩行根本所依故依彼身故有光明及神通依光明有天眼以有天眼見前境界一切眼有五種應知依神通有音聲及行莊嚴加信等音聲者應彼言

說故行者遍至十方故莊嚴者作種種應現故加者神力加彼故信者依三昧門現神通力隨衆生信利益成就故業者依慧眼所攝陀羅尼門現說法故略說一切諸地各有因體果相應知

十地經論卷第三

十地經論卷第四

天　親　菩　薩　造

元魏三藏法師菩提留支奉　詔譯

離垢地第二

論曰菩薩如是已證正位依出世間道因清淨戒説第二菩薩離垢地此清淨戒有二種淨一發起淨二自體淨發起淨者説十種直心

經曰爾時金剛藏菩薩摩訶薩言諸佛子若菩薩已具足初地欲得第二地者當生十種直心何等爲十一直心二柔輭心三調柔心四善心五寂滅心六眞心七不雜心八不悕望心九勝心十大心菩薩生是十心得入第二菩薩離垢地

論曰十種直心者依清淨戒直心性戒成就隨所應作自然行故直心復有九種一者柔輭直心共喜樂意持戒行故二者調柔直心自在力故性善持戒煩惱不雜故三者善直心守護諸根不誤犯戒猶如良馬性調伏故四者寂滅直心調伏柔輭不生高心故五者眞直心能忍諸惱如眞金故六者不雜直心所得功德不生猒足依清淨戒更求勝戒樂寂靜故七者不悕望直心不願諸有勢力自在故八者勝直心爲利益衆生不斷有願故九者大直心隨順有果而不染故自體淨者有三種戒一離戒淨二攝善法戒淨三利益衆生戒淨離戒淨者謂十善業道從離殺生乃至正見亦名正受戒淨攝善法戒淨者於離戒淨爲上從菩薩作是思惟衆生隨諸惡道皆由十不善業道集因緣乃至是故我應

等行十善業道一切種清淨故利益衆生戒淨者於攝善法戒爲上從菩薩復作是念我遠離十不善業道樂行法行乃至生尊心等

經曰諸佛子菩薩住菩薩離垢地自性成就十善業道遠離一切殺生捨棄刀杖無瞋恨心有慚有愧具足憐愍於一切衆生生安隱心慈心是菩薩尚不惡心惱諸衆生何況於他衆生起衆生想故起重心身行加害

論曰說十善業道遠離一切殺生者示現遠離勝利益勝故依離殺生有三種離一者因離如經捨棄刀杖無瞋恨心有慚有愧具足憐愍故二者對治離如經於一切衆生生安隱心慈心故三者果行離如經尚不惡心惱諸衆生何況於他衆生起衆生想故起重心身行加害故於中殺生有二種因一受畜因二起因受畜因有二種所謂刀杖刀者斫截事杖者捶打事如經捨棄刀杖故乃至呪術諸藥能殺之具悉皆遠離起因有二種所謂貪瞋爲財利故造諸惡業乃至没命心無恥悔對治是等如經有慚有愧故爲貪衆生捕養籠繫令生苦惱對治是等如經具足憐愍故離此二種故言因離對治離有二種一者安隱心於一切衆生而作利益以善法教化令住善道涅槃因故二者慈心令彼衆生得人天報涅槃樂果故如經於一切衆生生安隱心慈心故如是於因果中不顛倒求離愚癡心殺生祭祠等對治者即名爲離故名對治離彼能離故言衆生者示諸衆生非常非斷隨命根因緣乃至現得壽命住世死則依業煩惱力未來還生故果行離有二種一者

微細心念害故二者麤重身行惱害故如經是菩薩尚不惡心惱諸衆生何況於他衆生起衆生想故起重心身行加害故於中麤行有五種一者身如經他故二者事如經衆生故三者想如經衆生想故四者行如經故起重心故五者體如經身行加害故

經曰離諸劫盜資生之物常自滿足不壞他財若物屬他他所用事他守護想不生盜心是菩薩乃至草葉不與不取何況其餘資生之具

論曰依離劫盜有三種離一因離二對治離三果行離因離者自資生不足此對治如經資生之物常自滿足故對治離者所謂布施於自資生捨而不著以無貪故不壞當來資生如經不壞他財故果行離者有二種一者

微細物不與不取二者麤重物不與不取此五種示現一者身如經若物屬他故二者事如經他所用事故三者想如經他守護想故四者行盜心取故如經不生盜心故五者體所謂微塵如經乃至草葉不與不取何況其餘資生之具故

經曰離於邪婬自足妻色不求他妻他守護女人及以他妻姓親標護戒法所護是菩薩乃至不生貪求念想之心何況彼此三形從事況復非處

論曰依離邪婬有三種離一因離二對治離三果行離因離者自妻不足此對治如經自足妻色故對治離者現在梵行淨故不求未來妻色如經不求他妻故果行離者有二種一者微細如經所謂心中二者麤重謂身相

中身相有三種一不正二非時三非處不正者他守護女共不共等共者他守護故不共者他妻故如經他守護女人及以他妻故姓親標護者所謂父毋親族姓護及已許他標識所護故如經姓親標護故女人者示現遠離非衆生數女名故非時者謂修梵行時如經戒法所護故非處者謂非道行婬如經况復非處故細麤者謂意業身業二種遠離故如經乃至不生貪求念想之心何況彼此二形從事故

經曰離於妄語常作實語諦語時語是菩薩乃至夢中不起覆見忍見無心欲作誑他語何況故妄語

論曰依離妄語有二種離一對治離二果行離對治離者即是因離何以故彼身業有二種離妄語中無外事故復無異因故如離殺生中受畜因有二種謂刀杖外事如彼中說離棄捨刀杖故離妄語中無後身業二種外事故無異因者殺生因貪瞋癡等妄語因者謂誑他心遠離彼故即實語成如是實語對治誑他心即是因離依彼生此故言無異因如是對治離即是因離復對治離有三種一者隨想語如經常作實語故二者善思量如事語如經諦語故三者知時語不起自身他身衰惱故如經時語故果行離者一細二麤如經是菩薩乃至夢中不起覆見忍見無心欲作誑他語何況故作妄語夢中者是細故作者是麤覆見忍見易解智見名爲見

經曰離於兩舌無破壞心不恐怖心不惱亂心此聞不向彼說此壞故彼聞不向此說彼

壞故不破同意者已破者不令增長不善離別心不樂離別心不樂說離別語不作離別語若實若不實

論曰依離兩舌有二種離一對治離二果行離對治離者謂不破壞行一者心一者差別隨其所聞往異處說此二種明心受憶持口業言說破壞心故如經此聞不向彼說此壞故彼聞之向此說彼壞故差別者有三種一身壞二心壞三業壞身壞有二種一未壞二已壞此對治如經不破同意者已破者不令增長故心壞亦有二種一未破者欲破二已破者隨喜此對治如經不喜離別心故不樂離別心故業壞亦有二種一細二麤實不實語此對治如經不樂說離別語不作離別語若實若不實故

經曰離於惡口所有語言侵惱語麤獷語苦他語令他瞋恨語現前語不現前語鄙惡語不斷語不喜聞語聞不悅語瞋惱語心火能燒語心熱惱語不愛語不樂語不善自壞身亦壞他人語如是等語皆悉捨離所有語言美妙悅耳所謂潤益語輭語妙語喜聞語樂聞語入心語順理語多人愛念語多人喜樂語和悅語心徧喜語能生自心他心歡喜敬信語常說如是種種美妙語

論曰依離惡口有二種離一果行離二對治離果行離者謂損他語能令他瞋如經侵惱語麤獷語苦他語令他瞋恨語故此句次第以後釋前此等義一名異復有相對語不相對語麤惡語常行故如經現前語不現前語鄙惡語不斷語故於中現前語者麤而不斷

不現前語者微而有斷如是說者與戒相違能生他苦令他瞋故如經不喜聞語聞不悅語故作不利益語因瞋妬心起令他戒相違如經瞋惱語故令他瞋惱有二種無饒益事一未起瞋者能令生瞋聞時憶時不愛不樂胷中閉塞故如經心火能燒語心熱惱語不愛語不樂語故二者巳有同意樂事自身失壞令他失壞如經不善自壞身亦壞他人語故離如是等惡語故言果行離對治離者謂潤益語於中有二種一者不麤不疾語二者可樂語如經輭語妙語故是中不麤不疾者戒分所攝受行不斷故喜者名爲可樂故可樂有二種一者樂可樂二者安隱可樂樂者隨順人天故安隱者隨順涅槃城如經喜聞語樂聞語入心語順理語故又復怨親中人聞時憶時能生歡喜如經多人愛念語多人喜樂語故此語如是能作二種益一者他未生瞋恨令其不生生歡喜故復能生三昧故二者未生親友令生故自身現故令他現作故如經心和悅語心徧喜語能生自心他心歡喜敬信語當說如是種種美妙語故

經曰離於綺語常善思語時語實語義語法語順道語毗尼語隨時籌量語善知心所樂語是菩薩乃至戲笑尚不綺語何況故作綺語

論曰依離綺語有二種離一對治離二果行離對治離者善知言說時依彼此語勸發憶念修行若見非善處衆生令捨不善安住善法彼時教化語故如經常善思語故時語故復不顛倒語依展轉教誨隨順修行時義言

法言故如經實語義語法語故復依展轉舉罪滅諍學行時如法語及阿含語如經順道語毗尼語故復依攝受語說法攝受修行如威儀住語故譬喻順義語故如經隨時籌量語善知心所樂語故果行離有二種一細二麤遠離此二故言果行離細麤者如經是菩薩乃至戲笑尚不綺語何況故作綺語故

經曰離於貪心於他所有一切財物他所用財不生貪心不求不願不生貪心

論曰依不貪有三種一事二體三差別事者攝受用於中有二種一已攝受用二攝護想如經於他所有一切財物故體者有二種一所用事謂金銀等二資用事謂飲食衣服等如經他所用財故不貪性者對治貪心故如經不生貪心故此差別對治三種貪三種貪者一欲門行二得門行三奪門行對治是等如經不求不願不生貪心故於中初二細第三麤

經曰離於瞋心於一切衆生常起慈心安隱心憐愍心樂心利潤心攝饒益一切衆生心所有瞋恨妬害妄想垢等悉皆遠離所有一切隨順慈悲善修成就一切行故

論曰依離瞋障對治爲五種衆生說一於怨讎所生慈愍心如經常起慈心故二於惡行衆生所如經生安隱心故三於貧窮乞匃及苦衆生所如經生憐愍心樂心故四於樂衆生所煩惱染著處如經利潤心故五於發菩提心衆生所無量利益行中勤勞疲倦故如經攝饒益一切衆生心故此慈心等有六種障此非分別亦非一一對於未生怨者能生

已生者隨順增長未生親者令不生已生者令不增長自身中善法未生者令不生已生者令滅於不善法未生者能生已生者令增長於他身中不愛事未生者令生已生者令增長愛事未生者令不生已生者不令隨順如經所有瞋恨妬害妄想垢等皆悉遠離故此修多羅文句次第說此瞋恨等無量惡行根本故言等彼悉捨離故餘隨所念一切盡以慈心利益如經所有一切隨順慈悲善修成就一切行故

經曰離於邪見隨順正道捨於種種占相吉凶離惡戒見修正直見不誑欺不諂曲決定誠信佛法僧寶菩薩如是日夜常護十善業道

論曰依正見有七種見對治何者七種見一者異乘見此對治如經隨順正道故二者虛妄分別見三者戒取淨見此對治如經捨於種種占相吉凶離惡戒見故惡戒見者自取所見故四者自謂正見此對治如經修正直見故五者覆藏見六者詐現不實見此對治如經不誑欺不諂曲故七者非清淨見謂世間見此對治如經決定誠信佛法僧寶故如是已說一切種離戒復說離戒增上清淨不斷不闕常護持故如經菩薩如是日夜常護十善業道故如是具足一切種離戒性成就故復示不斷不闕故次說攝善法戒淨謂菩薩作是思惟等修多羅次第說

經曰菩薩作是思惟一切衆生墮諸惡道皆由不離十不善業道集因緣故是故我當先住善法亦令他人住於善法何以故若人自

不行善不具善行爲他說法令住善者無有是處

論曰墮諸惡道者有三種義一者乘惡行往故二者依止自身能生苦惱故三者常墮種種苦相處故何故言十不善業道謂攝到一切惡果數故言十不善業道攝到一切惡果數者說十不善業道故數者攝取十名故惡者不善故果者墮地獄畜生餓鬼等可毀故到者攝取業故集因者受行故菩薩如是遠離無因顛倒因善解衆生自行惡業住非法處不能遠離菩薩思惟深寂靜已欲救彼衆生自知堪能復觀察障對治不善業道及果善業道及果及上上清淨起增上心求學修行攝善法戒清淨行故

經曰是菩薩復深思惟行十不善業道集因緣故則墮地獄畜生餓鬼行十善業道集因緣故則生人中乃至生有頂處又是上十善業道與智慧觀和合修行其心狹劣故心猒畏三界故遠離大悲故從他聞聲而通達故聞聲意解成聲聞乘

論曰智慧觀者實相觀故惡道者是苦不善業道是集彼離是滅彼對治是道又善道者是苦善業道是集離彼使是滅彼對治是道智慧同觀修行無分別聲聞有五種相一因集二猒苦三捨心四依止五觀如是狹劣等是聲聞心因集者修行微少善根故但依自身利益如經其心狹劣故猒苦者如經心猒畏三界故捨心者捨諸衆生如經遠離大悲故依止者依師教授故觀者念音聲故何者音聲我衆生等但有名故如是彼者從音聲

解故入衆生無我非法無我如經從他聞聲而通達故聞聲意解成聲聞乘故

經曰又是上十善清淨業道不從他聞故自正覺故不能具足大悲方便故而能通達深因緣法成辟支佛乘

論曰辟支佛有三種相一者自覺二不能說法三觀少境界不假佛說法及諸菩薩唯自覺悟如經不從他聞故自正覺故不起心說不堪說法故如經不能具足大悲方便故觀微細因緣境界行故如經而能通達深因緣法成辟支佛乘故因集畏苦捨衆生辟支佛亦有此法所有勝事此中已說

經曰又是上上十善業道清淨具足其心廣大無量故於諸衆生起悲愍故方便所攝故善起大願故不捨一切衆生故觀佛智廣大故菩薩地清淨波羅蜜清淨入深廣行成

論曰菩薩有四種相一者因集二者用三者彼力四者地依一切善根起行故依一切衆生利益行故大乘心廣無量故此是因集如經又是上上十善業道清淨具足其心廣大無量故見諸衆生習行苦因及受苦時起悲愍心依彼衆生利益是菩薩用如經於諸衆生起悲愍故彼力者謂四攝法如經方便所攝故地者有三種一者淨深心地十大願得名如經善起大願故二者不退轉地得寂滅行已不捨解脫衆生如經不捨一切衆生故三者受大位地是故求證佛廣大智如經觀佛智廣大故菩薩地清淨波羅蜜清淨入深廣行成此中但說菩薩地廣成便足何故復說地淨波羅蜜淨有上上清淨故第一法清

淨故顯示菩薩深廣行成第一義者波羅蜜義故

經曰又是上上十善業道一切種清淨十力力故集一切佛法令成就故是故我應等行十善業道修行一切種令清淨具足

論曰上上者有四種義顯上上事一者滅二者捨三者方便四者無猒足不善業道共習氣滅故善業自在成就故聲聞辟支佛捨故方便者於菩薩乘善巧故餘殘無猒足故一切智中得自在智故一切種令清淨故如經又是上上十善業道一切種清淨故十力力故集一切佛法令成就故是故我應等行十善業道修行一切種令清淨具足故降伏魔怨小乘作增上故顯示力佛法應知次上依大悲利益衆生戒增上有五種義一者智二者願三者修行四者集五者集果智者有三種相一者時差別二者報果差別三者習氣果差别

經曰是菩薩復作是思惟此十不善業道上者地獄因緣中者畜生因緣下者餓鬼因緣於中殺生之罪能令衆生墮於地獄畜生餓鬼若生人中得二種果報一者短命二者多病劫盜之罪亦令衆生墮於地獄畜生餓鬼若生人中得二種果報一者貧窮二者共財不得自在邪婬之罪亦令衆生墮於地獄畜生餓鬼若生人中得二種果報一者婦不貞良二者二妻相諍不隨巳心妄語之罪亦令衆生墮於地獄畜生餓鬼若生人中得二種果報一者多被誹謗二者恒爲多人所誑兩舌之罪亦令衆生墮於地獄畜生餓鬼若生

人中得二種果報一者得破壞眷屬二者得弊惡眷屬惡口之罪亦令衆生墮於地獄畜生餓鬼若生人中得二種果報一者常聞惡聲二者所有言說恒有諍訟綺語之罪亦令衆生墮於地獄畜生餓鬼若生人中得二種果報一者所說正語人不信受二者所有言說不能辯了貪欲之罪亦令衆生墮於地獄畜生餓鬼若生人中得二種果報一者貪財無有猒足二者多求恒不從意瞋恚之罪亦令衆生墮於地獄畜生餓鬼若生人中得二種果報一者常爲他人求其長短二者常爲他人惱害邪見之罪亦令衆生墮於地獄畜生餓鬼若生人中得二種果報一者常生邪見家二者心恒諂曲諸佛子如是十不善業道皆是衆苦大聚因緣

論曰時差別者依不善業道因果上中下差別如經是菩薩作是思惟此十不善業道上者地獄因緣中者畜生因緣下者餓鬼因緣故前總觀不善業道因今別觀報果一切諸惡處如經殺生之罪能令衆生墮於地獄畜生餓鬼乃至邪見之罪亦令衆生墮於地獄畜生餓鬼故習氣果者人中一一各有二種果如經若生人中得二種果報一者短命二者多病乃至若生人中得二種果報一者常生邪見家二者心恒諂曲故是中時報差別者示現苦深重故云何示現下者餓鬼中深故中者復轉深故上者轉轉重深故習氣果差別者隨順至善道中故總別合觀惡道中無量大苦如經諸佛子如是十不善業道皆是衆苦大聚因緣云何爲願

經曰菩薩復作是念我當遠離十不善業道樂行法行

論曰願者復樂行大乘法作利益衆生義故攝善法故如經菩薩復作是念乃至樂行法行故云何修行

經曰菩薩遠離十不善業道安住十善業道亦令他人住於十善業道

論曰修行者自住善法遠離彼障修行對治亦令衆生住善法故如經菩薩遠離十不善業道乃至亦令他人住於十善業道故云何爲集

經曰是菩薩復於一切衆生中生安隱心樂心慈心悲心憐愍心利益心守護心我心師心生尊心

論曰集者依增上悲復爲念衆生故生十種心復次此心爲八種衆生故生一者於惡行衆生欲令住善行故如經安隱心故二者於苦衆生欲令樂具不盡故如經樂心故三者於怨憎衆生不念加報如經慈心故四者於貧窮衆生欲令遠離彼苦如經悲心故五者於樂衆生欲令不放逸如經憐愍心故六者於外道衆生欲令現信佛法故如經利益心故七者於同行衆生欲令不退轉如經守護心故八者於一切攝菩提願衆生取如巳身是諸衆生即是我身如經我心故生餘二心者觀彼衆生乘大乘道進趣集具足功德如經師心故生尊心故集果者勝悲所攝欲勝復次依增上顛倒爲首於三種衆生一欲求二有求三梵行求欲求衆生者有二種一受用時二追求時受用有三種一受不共財二

受無猒足財三受貯積財追求有二種一追求現報習惡行故二追求後報習善行故有求衆生亦有二種一者道差別二者界差別梵行求衆生亦有二種一者邪見諸外道等二者正見同法小乘等彼諸衆生趣如是道隨順對治令住如所應處云何顛倒爲首

經曰菩薩復作此念是諸衆生墮於邪見惡意惡心行惡道稠林我應令彼衆生行眞實道住正見道如實法中

論曰邪見者謂四顛倒此顛倒者二倒名爲惡意專念行故二倒名爲惡心非專念行謂我淨想故彼非正道稠林行因非正道者是諸煩惱稠林者煩惱使故如經菩薩復作此念是諸衆生墮於邪見惡意惡心行惡道稠林故彼諸衆生隨順對治妙法正念正見出世間法如經我應令彼衆生行眞實道住正見道如實法中故云何受不共財

經曰是諸衆生共相破壞分別彼我常共鬬諍日夜瞋恨熾然不息我應令彼衆生住於無上大慈中

論曰受不共財者互相破壞破壞有二種一對怨於心中二鬬諍於言中如是破壞思念作報增長行熾如經是諸衆生共相破壞乃至日夜瞋恨熾然不息故對怨於心中分別彼我此言示現鬬諍於言中常共鬬諍此言示現思念作報增長行熾日夜瞋恨熾然不息此言示現彼諸衆生隨順對治與大慈益如經我應令彼衆生住於無上大慈中故云何受無猒足財

經曰是諸衆生心無猒足常求他財邪命自

活我應令彼衆生住於清淨身口意業正命法中

論曰受無猒足財者有二種一貪於心中二於身口中斗秤妄語等方便奪故如經是諸衆生心無猒足常求他財邪命自活故彼諸衆生隨順對治清淨身口意業正命自活如經我應令彼衆生住於清淨身口意業正命法中故云何受貯積財

經曰是諸衆生因隨逐貪欲瞋恚愚癡常爲種種煩惱熾火之所燒然不能志求出要方便我應令彼衆生滅除一切煩惱大火安置清涼無畏之處

論曰受貯積財者貪等因體過彼染著故於彼散用起瞋心故彼寶翫受用中多樂境界數爲煩惱火之所燒然過不見彼過無求出意如經是諸衆生因隨逐貪欲瞋恚愚癡常爲種種煩惱熾火之所燒然不能志求出要方便故彼諸衆生隨順對治除一切煩惱置清涼處如經我應令彼衆生滅除一切煩惱大火安置清涼無畏之處故云何追求現報習諸惡行

經曰是諸衆生常爲愚癡闇冥妄見厚翳無明黑闇所覆入大黑闇稠林遠離智慧光明墮大黑闇處隨其所見到種種嶮道我應令彼衆生得無障礙清淨慧眼以是眼故知一切法如實相得不隨他一切如實無障礙智

論曰追求現報習惡行者既有愚癡闇冥妄見厚翳黑闇所覆過妄見樂故不見未來實果報過故亦不見現在實果報過故如經是諸衆生常爲愚癡闇冥妄見厚翳無明黑闇

所覆故又愚癡者名爲闇冥故妄見者顛倒樂見故厚翳者不見未來實果報過故黒闇者不見現在實果報過故是愚癡因滿足使事是過及遠離無漏智處故彼善行障順不善行故如經入大黒闇稠林故遠離智慧光明故稠林者是愚癡因使故大者滿足故受至大對過患如經墮大黒闇處故是中對者黒闇示現如闇中行處處障礙如是相似法故受大對事成至諸惡趣是故名墮多作罪因於臨終時見惡報相心生悔見過如經隨其所見到種種嶮道故見嶮道者悔見故見本罪相不能集彼對治正見隨其所見者於死時故彼諸衆生隨順對治以如實法令得無障礙清淨慧眼如經我應令彼衆生得無障礙清淨慧眼以是眼故知一切法如實相得不隨他一切如實無障礙智故云何追求後報習諸善行

經曰是諸衆生隨順世間生死嶮道墜地獄畜生餓鬼深坑隨順入惡見網中爲種種愚癡稠林所覆隨逐虛妄道行顛倒行常盲冥故遠離有智導師非出要道處謂出要想隨逐魔道怨賊所攝遠離善巧導師入魔意稠林遠離佛意我應拔濟彼諸衆生種種諸若度於世間嶮道艱難安置無畏處令住薩婆若大城

論曰追求後報習善行者隨順嶮道過如經是諸衆生隨順世間生死嶮道故彼嶮道有三種一自體二障礙三者失自體者世間乏少善根本故障礙者有八種一者求出而隨順世間墮三惡趣如經將墜地獄畜生餓鬼

深坑故二者入網於苦果中妄生樂故如經隨順入惡見網中故三者黑闇稠林所覆因彼癡使所覆故爲說苦因而不知覺如經爲種種愚癡稠林所覆故四者行顛倒道捨眞實樂妄行邪道故如經隨逐虛妄道行顛倒行故五者盲冥得果貪著愛欲所盲故如經常盲冥故六者遠離導師生惡道中及放逸等過雖值佛世而不見不聞故如經遠離有智導師故七者希求涅槃而趣彼異處謂梵天等梵世間等以爲出世正見如經非出要道處謂出要想故八者怨賊行魔境界貪著諸欲劫功德盡令不集故如經隨逐魔道怨賊所攝故失者有三種一者離善導師依不善地如經遠離善巧導師故二者依止怨地如經入魔意稠林故三者遠離作善知識地如經遠離佛意故彼諸衆生隨順對治以如實法令出世間住一切智地如經我應拔濟彼諸衆生種種諸苦度於世間嶮道艱難安置無畏處令住薩婆若大城故云何道差別

經曰是諸衆生爲大暴水波浪所沒隨順欲流有流見流無明流隨順世間漂流沒大愛河在大駛流不能正觀常有欲覺瞋覺惱覺惡行廣故愛見水中羅刹所執順入欲林迴復求欲事中深愛著故我慢陸地之所焦枯無能救者於六入聚落不能動發自離善行無正度者我應於彼衆生生大悲心以善根力而拔濟之令得無畏不染寂靜離諸恐怖住於一切智慧寶洲

論曰有求衆生道差別者沒在大河過如經是諸衆生爲大暴水波浪所沒故彼大暴水

波浪有三種一自體二起難三者失自體者有五種相一者深無量水故如經隨順欲流有流見流無明流故二者流隨順世間常流不斷如經隨順世間漂流故三者爲愛水所没如經没大愛河故四者漂念念不住不見岸故如經在大駃流不能正觀故五者廣隨順欲等念覺廣故如經常有欲覺瞋覺惱覺惡行廣故起難有四種一者執執著我我所窟宅不能動離故如經愛見水中羅刹所執故二者入迴先捨欲已還復轉入欲念中故如經順入欲林迴復故三者中著於受用時求欲等樂著故如經求欲事中深愛著故四者洲於用事時中我等最勝三種我慢自高輕彼如經我慢陸地之所焦枯故失者有三種一者無救失處惡道中無人濟拔如經無能救者故二者無出意失處善道中無出離心如經於六入聚落不能動發故三者異處去失生諸難處不值佛世如經自離善行無正度者故彼諸衆生隨順對治以如實法令住一切智洲如經我應於彼衆生生大悲心以善根力而拔濟之令得無畏不染寂靜離諸恐怖住於一切智慧寶洲故云何界差別

經曰是諸衆生閉在世間牢獄之處衆多患苦多惱妄想愛憎繫縛憂悲共行愛鎖所繫入於三界無明稠林所覆我應令彼衆生遠離一切三界所著令住離相無礙涅槃

論曰有求衆生界差別者閉在牢獄過如經是諸衆生閉在世間牢獄之處故此牢獄過有五種隨逐應知一苦事二財盡三愛離四著縛五障礙此示五種難差別一者無病難

多種病苦妄想愁惱如經衆多患苦多惱妄想故二者資生難於愛不愛事中憎愛所縛如經愛憎繫縛故三者親難親愛離壞憂悲增長如經憂悲共行故四者戒難雖生色無色中暫離犯戒不勉戒行相違愛欲使縛如經愛鎖所繫故五者見難得世間智彼相違無明使之所覆蔽如經入於三界無明稠林所覆故彼諸衆生隨順對治以如實法令住離相無礙涅槃如經我應令彼衆生遠離一切三界所著令住離相無礙涅槃故云何邪見諸外道等

經曰是諸衆生深著我相於五陰檈窟不能自出行四顛倒依六入空聚常爲四大毒蛇之所侵惱爲五陰怨賊之所殺害受此一切無量苦惱我應令彼衆生離一切障礙令住空無我智道所謂涅槃滅一切障礙

論曰邪梵行諸外道等者執取我相過此餘見根本如經是諸衆生深著我相故彼諸衆生欲趣涅槃城以有我故於五陰舍不能動發如經於五陰檈窟不能自出故欲行正道以顛倒故行彼邪道如經行四顛倒故依恃我想故趣涅槃虚妄我見住六入聚如經依六入空聚故受老病死等諸苦意欲遠離而不得離恒隨已身如經常爲四大毒蛇之所侵惱故陰怨隨逐而不放捨如經爲五陰怨賊之所殺害故常爲種種諸苦隨逐如經受此一切無量苦惱故彼諸衆生隨順對治以如實法離一切障令住涅槃如經我應令彼衆生離一切障礙令住空無我智道所謂涅槃滅一切障礙故云何正梵行同法小乘等

經曰是諸衆生小心狹劣不求大乘其心遠離無上一切智智等有出行而樂聲聞辟支佛乘我應令彼衆生安住微妙無上佛法深廣大意諸佛子菩薩如是隨順持戒力善能廣起方便行故

論曰正行梵行求小乘過此小乘意有二種一者小心佛法微妙廣大無量其心退沒而不能證故二者狹心於無量衆生作利益懈怠故如經是諸衆生小心狹劣不求大乘法故復依小乘心願過願小乘故如經其心遠離無上一切智智故修行過不定聚衆生實有大乘出法而修行小乘如經等有出行而樂聲聞辟支佛乘故彼諸衆生隨順對治以如實法令住微妙無上佛法廣大心故如經我應令彼衆生安住微妙無上佛法深廣大意故依持戒行故得此戒力能作善法善巧起諸善行故如經諸佛子菩薩如是隨順持戒力善能廣起方便行故

經曰諸佛子是菩薩住此菩薩離垢地已多見諸佛以大神通力大願力故見多百佛多千佛多百千佛多百千那由他佛多億佛多百億佛多千億佛多百千億佛多百千億那由他佛以大神通力大願力故是菩薩見諸佛時以上心深心供養恭敬尊重讃嘆衣服飲食卧具湯藥一切供具悉以奉施以諸菩薩上妙樂具供養衆僧以此善根皆願迴向阿耨多羅三藐三菩提於諸佛所生上恭敬心復受十善法受善法已乃至得阿耨多羅三藐三菩提終不中失是菩薩於無量劫無量百劫無量千劫無量百千劫無量億劫無

量百億劫無量千億劫無量百千億劫無量百千億那由他劫遠離慳嫉破戒垢心習行布施持戒清淨諸佛子譬如成鍊真金置礬石中煮已離一切垢轉復明淨諸佛子菩薩住此離垢地中亦復如是於無量劫乃至無量百千億那由他劫遠離慳嫉破戒垢心成就布施持戒清淨菩薩爾時於四攝法中愛語偏多十波羅蜜中戒波羅蜜增上餘波羅蜜非不修集隨力隨分諸佛子是名略說菩薩摩訶薩第二菩薩離垢地菩薩住是地中多作轉輪聖王得法自在七寶具足有自在力能除一切衆生破戒等垢以善方便令諸衆生修行十善業道所作善業布施愛語利益同事是諸福德皆不離念佛念法念僧念菩薩念菩薩行念波羅蜜念十地念不壞力念無畏念不共佛法乃至不離念具足一切種一切智智常生是心我當於一切衆生中爲首爲勝爲大爲妙爲微妙爲上爲無上爲導爲將爲師爲尊乃至爲一切智智依止者諸佛子是菩薩摩訶薩若欲捨家勤行精進於佛法中便能捨家妻子五欲得出家已勤行精進於一念間得千三昧得見千佛知千佛神力能動千佛世界能入千佛世界能照千佛世界能教化千佛世界衆生能住壽千劫能知過去未來世各千劫事能善入千法門能變身爲千於一一身能示千菩薩以爲眷屬若以願力自在勝上菩薩願力過於此數示種種神通或身或光明或神通或眼或境界或音聲或行或莊嚴或加或信或業是諸神通乃至無量百千萬億那由他劫不可

數知

論曰此中果利益校量勝事者如初地説此地亦如是有者同無者應知此中勝事者於無量劫遠離慳嫉破戒垢心成就布施持戒清淨等諸事勝故於初地中戒未淨故施亦未淨若爾何故初地中説檀波羅蜜增上餘者不如然彼檀波羅蜜等此地中轉勝清淨故以離慳嫉破戒等垢是故此地釋名離垢初地中金但以火鍊除外貪等麤垢故説鍊金清淨今於此地復置礬石中煑除自體明垢故自性眞淨故説性戒清淨義

十地經論卷第四

音釋

獷（古猛切惡也）駛（爽士切）礬（符鄭切）

十地經論卷第五

天親菩薩造

元魏三藏法師菩提留支奉　詔譯

明地第三

論曰依第三明地差別有四分一起猒行分二猒行分三猒分四猒果分起猒行者謂十種深念心猒行者觀一切行無常乃至未入禪猒者四禪四空三摩跋提猒果者四無量等淨深心應知

經曰諸佛子菩薩善清淨心行第二地已欲得第三菩薩地當起十種深念心何等爲十一淨心二不動心三猒心四離欲心五不退心六堅心七明盛心八淳厚心九快心十大心菩薩以是十種深念心得入第三地

論曰是中十種深念心者依彼起淨深念心如經淨心故二依不捨自乘如經不動心故三志求勝法起善方便此能猒患當來貪欲四依現欲不貪如經猒心故離欲心故五依不捨自乘進行如經不退心故六依自地煩惱不能破壞如經堅心故七依三摩跋提自在如經明盛心故八依禪定自在有力雖生下地而不退失如經淳厚心故九依彼生煩惱不能染如經快心故十依利益衆生不斷諸有如經大心故已說起猒行分次說猒行分猒行有三種一修行護煩惱行二修行護小乘行三修行方便攝行修行護煩惱行者觀一切行無常無有救者此二十句示現云何觀一切行無常

經曰諸佛子是菩薩住第三菩薩地已正觀有爲法一切行無常苦不淨無常敗壞不久

住念念生滅不從前際來不去至後際現在不住如是正觀一切諸行

論曰是中命行不住故總明無常觀如經正觀有爲法一切行無常故云何此無常何者是無常如是正觀云何此無常者依身轉時力生三種苦如經苦故依飲食力形色增損等如經不淨故依不護諸惡力横夭壽等如經無常故依世界成力滅壞故如經敗壞故資生依主無有定力一處不住如經不久住故何者是無常者無常有二種一者少時如經念念生滅故二者自性不成實過去未來現在三世中不生不轉不住如經不從前際來不去至後際現在不住故如是正觀一切諸行故如是觀一切有爲法無常行中無有救者

經曰是菩薩如是眞實觀見一切行無有救者無所依止共憂共悲共熱惱憎愛所繫憂惱轉多無有停積常爲貪瞋癡火所然見身無量病苦增長

論曰是菩薩如是眞實觀見一切行無有救者第二十句說此無救有九種一者於無常未至中無所依告如經無所依止故二者無常既至無能救者以無常至故多共憂苦如經共憂故三者中間同悲如經共悲故四者同苦惱事中憂悲隨逐其力虛弱轉增熱惱如經共熱惱故五者追求資生時欲所愛事不欲不愛如是妄想愛憎常縛如經憎愛所繫故六者受用時中樂少苦多如經憂惱轉多故七者於身老時中少壯盛色不可復集如經無有停積故八者於少壯時具三種受

貪等常燒如經常爲貪瞋癡火所然故九者於年衰時無量病苦增長如經見身無量病苦增長故後三句皆明身患事何故不在初說示身數數患事故云何修行護小乘行經曰是菩薩見如是已於一切行轉復猒離趣如來智慧是菩薩見如來智慧不可思議無等無量難得無雜無惱無憂能至無畏安隱大城不復轉還見能救無量苦惱衆生論曰修行護小乘者於一切有爲行生猒離已趣向佛智慧依如來智有二種大一攝功德大二清淨大攝功德大者有五種一者神力攝功德大如經是菩薩見如來智慧不可思議故二者無比攝功德大無有敵對如經無等故三者大義攝功德大廣能利益無量衆生如經無量故四者無譏嫌攝功德大希

有難得如經難得故五者不同攝功德大諸外道不雜如經無雜故清淨大者離煩惱使苦得涅槃故離煩惱使者離煩惱習無明不雜如經無惱故離苦者苦根本盡憂悲隨盡如經無憂故得涅槃者如經能至無畏安隱大城故菩薩至涅槃城不復退還而能利益衆生得世間出世間涅槃勝事如經不復轉還故見能救無量苦惱衆生故依無救衆生起十種殊勝心

經曰菩薩如是見如來智無量見一切有爲行無量苦惱復於一切衆生轉生殊勝十心何等爲十所謂衆生可愍孤獨無救生殊勝心恒常貧窮生殊勝心三毒之火熾然不息生殊勝心閉在三有牢固之獄生殊勝心常爲煩惱諸惡稠林所覆生殊勝心無正觀力

生殊勝心遠離善法心無喜樂生殊勝心失諸佛妙法生殊勝心而常隨順世間水流生殊勝心失涅槃方便生殊勝心是名生殊勝十心

論曰是中無救者以孤獨故孤獨無救有九種一恒常貧窮孤獨無救二三毒之火熾然不息孤獨無救三閉在三有牢固之獄孤獨無救四常爲煩惱諸惡稠林所覆孤獨無救五無正觀力孤獨無救六遠離善法心無喜樂孤獨無救七失諸佛妙法孤獨無救八而常隨順世間水流孤獨無救九失涅槃方便孤獨無救是中依欲求衆生心無猒足於他資財求無休息此二應知如經恒常貧窮生殊勝心故三毒之火熾然不息生殊勝心故依有求衆生六道世間輪轉故彼因煩惱所覆故常生難處故如是三句次第應知如經閉在三有牢固之獄生殊勝心故常爲煩惱諸惡稠林所覆生殊勝心故無正觀力生殊勝心故依梵行求衆生不起勝念者懷增上慢者無入涅槃心者妄行外道者如是四句次第應知如經遠離善法心無喜樂生殊勝心故失諸佛妙法生殊勝心故而常隨順世間水流生殊勝心故失涅槃方便生殊勝心故次說救度衆生精進行發此十心

經曰是菩薩見諸衆生界如是具受種種苦惱已發大精進行是諸衆生我應救我應解應令清淨應令得脱應著善處應令安住應令歡喜應知所宜應令得度應令涅槃

論曰何處救度以何救度云何救度成此分別救度衆生差別何處救度者於業妄想中

煩惱妄想中生妄想中如經我應解故應令清淨故應令得脫故如是次第我應救度故以何救度者授三學攝取故勸置持戒處故勸住定慧處故如經應著善處故應令安住故如是次第三昧地故定慧合說復勸置持戒處有二種一除疑網令信戒故如經應令歡喜故二已入戒者令心樂住安固不動如經應知所宜故復勸住定慧處滅除掉沒隨煩使如經應令得度故云何救度成者令得二種涅槃界如經應令涅槃故是名修行護小乘行云何修行方便攝行

經曰菩薩如是善猒離一切有爲行已深念一切衆生界趣一切智智無量利益即時依如來智慧救度衆生作是思惟此諸衆生墮在大苦煩惱業中以何方便行而拔濟之令住涅槃畢竟之樂

論曰是中猒離深念利益示現三種因一者遠離妄想因善猒離一切有爲行故二者不捨世間因深念一切衆生界故三者發精進因趣一切智智無量利益故於中趣利益處者能修行彼道故深念者能善化衆生故依如來智慧救度衆生此言示現發起方便攝行如經作是思惟此諸衆生墮在大苦煩惱業中以何方便行而拔濟之令住涅槃畢竟之樂故墮在大苦煩惱業中者苦者生妄想煩惱者煩惱妄想業者業妄想涅槃畢竟樂者無上涅槃故是中方便攝行有三種一證畢竟盡二起上上證畢竟盡三彼起依止行

經曰是菩薩作如是念不離無障礙解脫智處彼無障礙解脫智處不離一切法如實覺

彼一切法如實覺不離無行無生行慧如是智慧光明不離禪方便決定智慧觀彼禪方便決定智慧觀不離聞慧方便

論曰證畢竟盡者住無障礙解脫智中如經是菩薩作如是念不離無障礙解脫智處故彼盡以如來所說一切法隨順如實覺起以此如實覺起彼無障礙解脫智如經彼無障礙解脫智處不離一切法如實覺故此自相同相無分別行慧如經彼一切法如實覺不離無行無生行慧故如是智慧光明不離禪方便決定智慧觀者彼慧此中名光明依是光明故名明地彼菩薩於禪定中方便決定智慧觀如經彼禪方便決定智慧觀不離聞慧方便故彼禪方便者得勝進禪故決定者於他決定故智慧觀者自智慧觀故是名起上上證畢竟盡彼如是智慧觀依聞慧方便得此是彼起依止行聞慧方便是起所依是故修行是名彼起依止行是中行者日夜求法聞法如是次第依教依義

經曰菩薩如是正觀知已轉復勤修求正法行日夜常求聞法喜法樂法依法隨法益法思法究竟法歸依法隨順行法

論曰是中求正法行者依經教依義如前說日夜常求聞法喜法樂法者無慢心無妬心無折伏他心問義故依法者依大乘教法自見正取不忘失故隨法益法思法者依讀誦依爲他說依靜處思義故究竟法者依定修行故歸依法者依出世間智故隨順行法者依解脫於諸佛解脫法隨順彼行故是中求正法行常求聞法此初二句示現常勤行故

善法等九句示現正修行故彼常勤行以何爲因示現恭敬重法畢竟盡故彼菩薩以財爲首於財寶中及王位處或生天處世間淨中及以已身以法爲重

經曰菩薩如是方便求佛法故無有諸財錢穀倉庫寶藏等事而不能捨於此物中不生難想但於說法者生難遭想是菩薩爲求佛法故無有所用外財而不能捨無有內財而不能捨無有所作供給尊事而不能行無有憍慢我慢大慢等而不能捨質直柔輭故無有身苦而不能受是菩薩得成就勝財心若聞一句未曾聞法勝得滿三千大千世界珍寶是菩薩得聞一偈正法生上財想勝得轉輪聖王位復得勝財心若得未曾聞法能淨菩薩行勝得釋提桓因梵天王處無量劫住是菩薩若有人來作如是言我與汝佛所說法一句能淨菩薩行汝今若能入大熾然火坑受大苦者當以相與是菩薩作如是念我受一句佛所說法能淨菩薩行故尚於三千大千世界滿中大火從梵天投下何況入小火坑我等法應盡受一切諸地獄苦猶應求法何況人中諸小苦惱菩薩如是發精進行修諸正法隨所聞法於寂靜處悉能正觀

論曰彼菩薩爲重法故能捨一切財物如經菩薩如是方便求佛法乃至但於說法者生難遭想故彼財所得處田宅等外財彼亦能捨如經是菩薩爲求佛法故無有所用外財而不能捨故及彼財所爲內法此亦能捨如經無有內財而不能捨故及彼所爲是亦能捨身行恭敬奉給等如經無有所作供給尊

事而不能行故誰於此物能得能捨彼高大意此亦能捨如經無有憍慢我慢大慢等而不能捨質直柔輭故所應護者彼亦能捨種種身苦而無不受如經無有身苦而不能受故於得衆多勝妙財寶然不愛樂重法心成故如經是菩薩得成就勝財心乃至勝得滿三千大千世界珍寶故是名於財中勝云何王位等中勝是菩薩得法轉生喜心成就勝得轉輪王位釋梵天王等如經是菩薩得聞一偈正法生上財想乃至勝得釋提桓因梵天上處無量劫住故爲求法故投身滿三千大千世界熾然火中及地獄中久受苦惱如經是菩薩若有人來作如是言我與汝佛所說法一句乃至何況人中諸小苦惱故是中聞一句法者謂聞字句法得聞一偈法者謂聞偈法故能淨菩薩行者謂聞義故此正修行以何爲因示現依寂靜處思惟正觀故如經菩薩如是發精進行乃至悉能正觀故云何猒分是菩薩聞諸法已知如說修行乃得佛法入禪無色無量神通彼非樂處於中不染必定應作故

經曰是菩薩聞諸法已降伏其心於空閑處心作是念如說行者乃得佛法不可但以口之所言而得清淨是菩薩住此明地因如說行故即離諸欲惡不善法有覺有觀離生喜樂入初禪行是菩薩滅覺觀內清淨心一處無覺無觀定生喜樂入二禪行是菩薩離喜行捨憶念安慧身受樂諸賢聖能說能捨念受樂入三禪行是菩薩斷苦斷樂先滅憂喜不苦不樂捨念清淨入四禪行是菩薩過一

切色想滅一切有對想不念一切別異想知無邊虛空即入無邊虛空處行是菩薩過一切無邊虛空想知無邊識即入無邊識處行是菩薩過一切無邊識想知無所有即入無所有處行是菩薩過一切無所有處知非有想非無想安隱即入非有想非無想處行但隨順法行故而不樂著

論曰以何義故入禪無色無量神通爲五種衆生故一爲禪樂憍慢衆生故入諸禪二爲無色解脱憍慢衆生故入無色定三爲苦惱衆生令安善處永與樂故應解彼苦令不受故入慈悲無量四爲得解脱衆生故入喜捨無量五爲邪歸依衆生故入勝神通力令正信義故此地得不退禪故名爲三昧地前地非無三昧此地勝故是中禪無色差別有四種一離障二修行對治三修行利益四彼二依止三昧是初禪中離諸欲惡不善法是名離障如經即離諸欲惡不善法故有覺有觀是名修行對治如經有覺有觀故喜樂是名修行利益如經離生喜樂故入初禪行是名彼二依止三昧如經入初禪行故第二禪中滅覺觀是名離障如經滅覺觀故内淨是名修行對治滅覺觀障如經内清淨心一處無覺無觀故心一處者修無漏不斷三昧行一境故定生喜樂是名修行利益如經定生喜樂故入二禪行是名彼二依止三昧如經入二禪行故第三禪中離喜是名離障如經離喜故行捨憶念安慧是名修行對治如經行捨憶念安慧故身受樂是名修行利益如經身受樂故入三禪行是名彼二依止三昧如

經入三禪行故第四禪中斷苦斷樂先滅憂喜是名離障如經斷苦斷樂先滅憂喜故捨念清淨是名修行對治如經捨念清淨故不苦不樂是名修行利益如經不苦不樂故入四禪行是名彼二依正三昧如經入四禪行故無色三摩跋提亦有四種一離障二修行對治三修行利益四彼二依止三昧過一切色想者過眼識想故滅一切有對想者耳鼻舌身識和合想滅故不念一切別異想者不念意識和合想故意識分別一切法故説別異想是名離障如是對治過色等境界想不分別色等境界見無我故是名修行對治知無邊虛空者是名修行利益即入無邊虛空行者是名彼二依止三昧過一切無邊虛空想者是名離障如是對治過彼無邊虛空見外念麤分別過患是名修行對治知無邊識者是名修行利益即入無邊識行者是名彼二依止三昧過一切無邊識想者是名離障如是對治過彼無邊識見麤事念分別過患是名修行對治知無所有者是名修行利益即入無所有行者是名彼二依止三昧過一切無所有想者是名離障如是對治過彼無所有見麤念分別過患是名修行對治知非有想非無想安隱者是名修行利益即入非有想非無想行者是名彼二依止三昧已説猒分云何猒果謂四無量五神通等云何四無量

經曰是菩薩慈心隨順廣大無量不二無瞋恨無對無障無惱害徧至一切世間處法界世間最究竟虛空界徧覆一切世間行如是

菩薩慈悲心隨順喜心隨順捨心隨順廣大無量不二無瞋恨無對無障無惱害徧至一切世間處法界世間最究竟虛空界徧覆一切世間行

論曰無量有三種一衆生念二法念三無念衆生念者有四種相差別一與樂二障對治三清淨四攝果云何與樂與三種樂一與欲界樂二與色界同喜樂三與不同喜樂彼離苦離喜故不二者亦是廣大無量如經是菩薩慈心隨順廣大無量不二故云何障對治與不愛者與愛此障對治如經無瞋恨無對故云何清淨正斷身心不調睡眠掉悔諸蓋等如經無障故云何攝果欲色界中受正果習果無苦事故如經無惱害故云何法念徧一切處所有欲色無色界凡夫有學無學衆生等法及衆生所有分別作者皆能念知如經徧至一切世間處故無念者有二種一自相無念觀法無我世間中最如經法界世間最故二徧至無盡觀如經究竟虛空界故一切世間者一切世界普行故如經徧覆一切世間行故諸神通者四通明智第五明見初一神通身業清淨天耳他心智二通口業清淨宿命生死智二通意業清淨一身通能到衆生所天耳他心二通能知說法音聲義故以知他心故隨種種言音皆能盡知依於此義種種異名說隨衆生用故去來二通盡知衆生過去未來所應受化故云何身通

經曰是菩薩現無量神通力能動大地一身爲多身多身爲一身現沒還出石壁山障皆能徹過如行虛空於虛空中跏趺而去猶如

飛鳥入出於地如水無異履水如地身出烟
燄如大火聚身中出水猶如大雲日月有大
神德有大威力而能以手捫摸摩之身力自
在乃至梵世是菩薩以天耳界清淨過人悉
聞人天二種音聲若近若遠乃至蚊寅蠅等
悉聞其聲是菩薩以他心智如實知他衆生
心及心數法有貪心如實知有貪心離貪心
如實知離貪心如實知有瞋心離瞋心有癡
心離癡心如實知有染心離染心小心廣心
大心無量心攝心不攝心住定心不住定心
解脫心不解脫心求心不求心上心如實知
上心非上心如實知非上心如是以他心智
如實知他衆生心及心數法是菩薩如實念
知無量宿命諸所生處亦能念知一生二三
四五乃至十二十三十四十五十亦能念知

百生念知無量百生無量千生無量百千生
念知成劫壞劫及成壞劫無量成壞劫乃至
念知百劫千劫百千劫億劫百億劫千億劫
百千億劫乃至念知無量百千萬億那由他
劫我本在某處如是名如是姓如是生如是
色如是飲食如是壽命如是久住如是受苦
樂我於彼死生於此間於此間死生於彼間
如是過去世種種相貌說姓相等皆能念知
是菩薩天眼界清淨過人見諸衆生若生若
死形色好醜善行不善行貧賤富貴是諸衆
生隨所造業皆如實知是諸衆生成就身惡
業成就口惡業成就意惡業謗諸賢聖成就
邪見及邪見業因緣故身壞命終必墮惡道
生地獄中是諸衆生成就身善業成就口善
業成就意善業不謗賢聖成就正見及正見

善業因緣故身壞命終必生善道及諸天中如是菩薩天眼界清淨過人相貌姓名見諸衆生若生若死形色好醜善行不善行貧賤富貴是諸衆生隨業受報皆如實知是菩薩於禪解脱三昧三摩跋提能入能出而不隨禪解脱力生隨見能滿菩提分法處以願力故而生其中

論曰身通者得勝自在應知自在有三種一世界自在能動大地如經是菩薩現無量神通力能動大地故二身自在彼能散合隱顯如經一身爲多身多身爲一身現沒還出故三作業自在作業有八種一者傍行無礙如經石壁山障皆能徹過如行虛空故二者上行如經於虛空中跏趺而去猶如飛鳥故三者上下行如經入出於地如水無異故四者涉水不沒如經履水如地故五者其身熾然如經身出烟焰如大火聚故六者身能注水如經身中出水猶如大雲故七者身能摩捫如經日月有大神德有大威力而能以手捫摸摩之故八者自在乃至梵世間器世間隨意轉變得自在故如經身力自在乃至梵世故天耳通者隨能聞所聞如實示現清淨諦聞故過人者遠聞故過人聲者下乃至阿鼻地獄等聲悉能聞故如經是菩薩以天耳界清淨過人故隨人天等所作音聲現聞明了乃至蚊虻蠅等微細音聲亦能聞故如經悉聞人天二種音聲若近若遠乃至蚊虻蠅等悉聞音聲故他心通者他心差別有八種一隨煩惱二使三生四學三昧行五得三昧六得解脱七妄行正行八餘凡夫增上慢隨煩

惱者與貪瞋等和合如經是菩薩以他心智如實知他衆生心及心數法有貪心如實知有貪心乃至離癡心故使者有煩惱離煩惱等如經如實知有染心離染心故生者人中小欲天中廣色天中大無色二解脫中無量如經小心廣心大心無量心故學三昧行者散心不散心如經攝心不攝心故得三昧者入定不入定時及在定起時如經住定心不住定心故得解脫者有縛無縛如經解脫心不解脫心故妄行正行者於名聞中現起悕望順不順故如經求心不求心故餘凡夫增上慢者麤細習行故如經上心如實知上心非上心如實知非上心故宿命智通者誰能念智能念故如經是菩薩如實念知無量宿命諸所生處念何等事如經亦能念知一生乃至念知無量百千萬億那由他劫故云何念因名字差別如經我本在某處如是名故家差別如經如是姓故貴賤差別如經如是生故好醜差別如經如是色故供饍差別如經如是飲食故業行差別如經如是壽命如是久住故衰利成壞差別如經如是受苦樂我於彼死生於此間於此間死生於彼間故是中家差別者謂父毋差別貴賤差別者剎利婆羅門等差別業行差別者命差別時非時死故是中種種相貌者一切諸相差別如經種種相貌故說者名稱如經說故姓相者家姓等故如經姓相等皆能念知故復有異義亦能念知一生二生如是等是名相貌說者名等故相者我於彼死生於此間如是等皆能念知故生死智通者誰能見以天眼見

故清淨者審見故過人者遠見故如經是菩薩以天眼界清淨過人故見何等事謂衆生生死等如經見諸衆生若生若死乃至隨所造業皆如實知故云何見如經是諸衆生成就身惡業乃至隨業受報皆如實知故餘者如前二地中說善惡業報此亦如是應知是中禪者四禪解脫者四無色定三昧者四無量三摩跋提者五神通能入能出者即生心時隨心用現在前故而不隨禪解脫力生者彼淳厚深念心此成就示現隨見能滿菩提分法處者與諸佛大菩薩共生一處故如經是菩薩於禪解脫乃至以願力故而生其中故

經曰是菩薩住菩薩明地已多見諸佛以大神通力大願力故見多百佛多千佛多百千佛多百千那由他佛多億佛多百億佛多千億佛多百千億佛多百千萬億那由他佛以大神通力大願力故是菩薩見諸佛時以上心深心供養恭敬尊重讚嘆衣服飲食卧具湯藥一切供具悉以奉施以諸菩薩上妙樂具供養衆僧以此善根皆願迴向阿耨多羅三藐三菩提於諸佛所生上恭敬心專心聽法聞已受持如說修行是菩薩觀一切法不生不滅因緣而有

論曰一切法不生不滅者於清淨法中不見增於煩惱妄想中不見減因緣集生故彼清淨中無一法可增彼煩惱妄想中無一法可減然依對治因緣故離煩惱妄想轉勝清淨般若現前如經觀一切法不生不滅因緣而有故

經曰是菩薩一切欲縛轉復微薄一切色縛一切有縛一切無明縛皆悉微薄諸見縛者先已除滅是菩薩住菩薩明地已無量百劫無量千劫無量百千劫無量百千那由他劫無量億劫無量百億劫無量千億劫無量百千億劫無量百千萬億那由他劫不復現集斷於妄貪不復現集斷於妄瞋不復現集斷於妄癡是菩薩彼諸善根轉增明淨諸佛子譬如本眞金巧師錬治稱兩等住轉更精妙光明倍勝諸佛子菩薩亦復如是住菩薩明地已無量百劫乃至無量百千萬億那由他劫不復現集斷於妄貪不復現集斷於妄瞋不復現集斷於妄癡彼諸善根轉增明淨是菩薩忍辱安樂心轉復明淨同和心柔輭心不瞋心不動心不濁心不高下我心衆生所作不希望心有所施作不望報心不諂曲心不稠林心轉復清淨是菩薩四攝法中利益增上十波羅蜜中忍辱波羅蜜增上餘波羅蜜非不修習隨力隨分諸佛子是名略說菩薩第三菩薩明地

論曰一切欲縛轉復微薄者斷一切修道欲色無色界所有煩惱及彼因同無明習氣皆悉微薄遠離故諸見縛者於初地中見道時已斷如經是菩薩一切欲縛轉復微薄乃至諸見縛者先已除滅故不復現集斷於妄貪等者斷不善根使習氣行非斷麤煩惱麤煩惱前地已斷如經是菩薩住菩薩明地已無量百劫乃至彼諸善根轉增明淨故眞金喻者示現不減稱兩等住故菩薩住明地猒離世間勝於前地自在不失故如經諸佛子譬

如本眞金乃至彼諸善根轉增明淨故是菩薩忍辱安樂心轉復明淨者他人加惡心能忍受善護他心 如經是菩薩忍辱安樂心轉復明淨故加惡不改善護他心分別示現作惡懷疑現同伴侶愛語謗誘如經同和心故柔輭心故加惡不瞋鬪罵不報不生憂惱如經不瞋心故不動心故不濁心故過去不憍慢自與善語如經不高下我心故心不希望他人恭敬如經衆生所作不希望心故於所作事心不求報如經有所施作不望報心故非不實心作利益行及無偏心等作利益故如經不諂曲心故微細隱覆垢心皆悉遠離如經不稠林心轉復清淨故

經曰菩薩住是地中多作忉利天王得法自在能除衆生貪欲等諸煩惱垢以善方便力拔濟衆生諸欲淤泥所作善業布施愛語利益同事是諸福德皆不離念佛念法念僧念菩薩念菩薩行念波羅蜜念十地念不壞力念無畏念不共佛法乃至不離念具足一切種一切智智常生是心我當於一切衆生中爲首爲勝爲大爲妙爲微妙爲上爲無上爲導爲將爲師爲尊乃至爲一切智智依止者復從是念發精進行以精進力故於一念間得百千三昧得見百千佛知百千佛神力能動百千佛世界能入百千佛世界能照百千佛世界能教化百千佛世界衆生能住壽百千劫能知過去未來世各百千劫事能善入百千法門能變身爲百千於一一身能示百千菩薩以爲眷屬若以願力自在勝上菩薩願力過於此數示種種神通力或身或光明

或神通或眼或境界或音聲或行或莊嚴或加或信或業是諸神通乃至無量百千萬億那由他劫不可數知

論曰此地攝報果願智力果如初地中釋

十地經論卷第五

十地經論卷第六

天親菩薩造

元魏三藏法師菩提留支奉　詔譯

燄地第四

論曰第四燄地依彼淨三昧聞持如實智淨顯示故此地差別有四分一清淨對治修行增長因分二清淨分三對治修行增長分四彼果分清淨對治修行增長因者謂十法明入

經曰爾時金剛藏菩薩言諸佛子若菩薩得第三菩薩地具足清淨明已欲得第四菩薩地者當以十法明入得入第四地何等爲十一思量衆生界明入二思量世界明入三思量法界明入四思量虛空界明入五思量識界明入六思量欲界明入七思量色界明入八思量無色界明入九思量勝心決定信界明入十思量大心決定信界明入菩薩以此十法明入得入第四地

論曰法明入者得證地智光明依彼智明入如來所說法中彼智名法明入彼所說法正觀思量如實知二處順行故此思量有十種差別思量分別衆生界假名差別如經思量衆生界明入故依住分別如經思量世界明入故無盡分別如經思量法界明入故染淨依止分別如經思量虛空界明入故染淨分別如經思量識界明入故煩惱使染分別如經思量欲界明入故思量色界明入故思量無色界明入故淨分別如經思量勝心決定信界明入故思量大心決定信界明入故是中煩惱使染者謂三界淨者後二句一依煩惱

不染二依不捨衆生聲聞等同不同義故云何清淨分即於如來家轉有勢力故

經曰諸佛子是菩薩得菩薩𦘕地即於如來家轉有勢力得彼内法故以十種法智教化成熟故何等爲十一不退轉心故二於三寶中決定恭敬畢竟盡故三分別觀生滅行故四分別觀諸法自性不生故五分別觀世間成壞故六分別觀業有生故七分別觀世間涅槃故八分別觀衆生世界業差別故九分別觀前際後際差別故十分別觀無所有盡故諸佛子菩薩如是十種法智教化成熟即於如來家轉有勢力得彼内法故

論曰云何即於如來家轉有勢力依止多聞智究竟故除滅智障攝勝故此如是淨勝如來家是故名得彼内法如來自身所有諸法以是諸法顯示如來謂十種法智教化成熟故此法明入同時得應知彼復四種智教化故名法智教化成熟四種智者一自住處畢竟智如經不退轉心故二同敬三寶畢竟智如經於三寶中決定恭敬畢竟盡故三眞如智如經分別觀生滅行故分別觀諸法自性不生故四分別所説智如經分別觀世間成壞故分別觀業有生故分別觀世間涅槃故分別觀衆生世界業差別故分別觀前際後際差別故分別觀無所有盡故菩薩自住處者謂大乘法是中初二法者不退轉心於三寶中決定恭敬畢竟盡心是初二智自住處畢竟智同敬三寶畢竟智教化成熟故次二法分別觀生滅行分別觀諸法自性不生是眞如智謂衆生法無我觀如是次第分別應

知餘者是分别所説智彼復依煩惱染淨故隨煩惱染以何煩惱染所有淨隨所淨云何隨煩惱染順器世間故如經分别觀世間成壞故衆生世間生同因受生故如經分别觀業有生故何者煩惱染謂世間何者所有淨謂涅槃如經分别觀世間涅槃故云何隨所淨諸佛世界中教化衆生自業成熟故如經分别觀衆生世界業差别故煩惱染及淨謂前際後際如經分别觀前際後際差别故彼前際後際不損不益如經分别觀無所有益故於染法中不見一法可滅於淨法中不見一法可增故云何對治修行增長有二種一修行護煩惱染二修行護小乘何者護煩惱染修行菩提分法故

經曰諸佛子是菩薩住此菩薩燄地已觀内身循身觀精勤一心除世間貪憂觀外身循身觀精勤一心除世間貪憂觀内外身循身觀精勤一心除世間貪憂如是觀内受外受内外受如是觀内心外心内外心如是觀内法循法觀精勤一心除世間貪憂觀外法循法觀精勤一心除世間貪憂觀内外法循法觀精勤一心除世間貪憂是菩薩未生諸惡不善法爲不生故欲生勤精進發心正斷已生諸惡不善法爲斷故欲生勤精進發心正斷未生諸善法爲生故欲生勤精進發心正行已生諸善法爲住不失修滿增廣故欲生勤精進發心正行是菩薩修行四如意分欲定斷行成就修如意分依止猒依止離依止滅迴向於捨精進定斷行成就修如意分依止猒依止離依止滅迴向於捨心定斷行成

就修如意分依止猒依止離依止滅迴向於捨思惟定斷行成就修如意分依止猒依止離依止滅迴向於捨是菩薩修行信根依止猒依止離依止滅迴向於捨修行精進根依止猒依止離依止滅迴向於捨修行念根依止猒依止離依止滅迴向於捨修行定根依止猒依止離依止滅迴向於捨修行慧根依止猒依止離依止滅迴向於捨是菩薩修行信力依止猒依止離依止滅迴向於捨修行精進力依止猒依止離依止滅迴向於捨修行念力依止猒依止離依止滅迴向於捨修行定力依止猒依止離依止滅迴向於捨修行慧力依止猒依止離依止滅迴向於捨是菩薩修行念覺分依止猒依止離依止滅迴向於捨修行擇法覺分依止猒依止離依止滅迴向於捨修行精進覺分依止猒依止離依止滅迴向於捨修行喜覺分依止猒依止離依止滅迴向於捨修行猗覺分依止猒依止離依止滅迴向於捨修行定覺分依止猒依止離依止滅迴向於捨修行捨覺分依止猒依止離依止滅迴向於捨是菩薩修行正見依止猒依止離依止滅迴向於捨修行正思惟依止猒依止離依止滅迴向於捨修行正語依止猒依止離依止滅迴向於捨修行正業依止猒依止離依止滅迴向於捨修行正命依止猒依止離依止滅迴向於捨修行正精進依止猒依止離依止滅迴向於捨修行正念依止猒依止離依止滅迴向於捨修行正定依止猒依止離依止滅迴向於捨

論曰何者修行護小乘不捨一切衆生故修

行助菩提分法

經曰是菩薩以不捨一切衆生心故行以本願起淳至故大悲爲首故大慈成就故觀一切智智故爲起莊嚴佛國故爲具佛諸力無畏不共佛法相好莊嚴具足妙聲故爲求上上勝行故爲隨順聞甚深佛法解脱故爲思惟大方便故行

論曰不捨一切衆生心者此不捨衆生心有四種一始二益三悕四行始者本願故如經以本願起淳至故益者憐愍故如經大悲爲首故大慈成就故悕者求佛智故如經觀一切智智故行者修行故修行有五種一者修淨土行如經爲起莊嚴佛國故二者修起佛法行如經爲起如來力無畏不共佛法相好莊嚴具足妙聲故妙聲者法螺聲故三者修彼地方便無猒足行如經爲求上上勝行故四者修入不退轉地行如經爲隨順聞甚深佛法解脱故五者修教化衆生行如經爲思惟大方便故行是名對治修行增長分云何對治修行增長果分

經曰是菩薩所有身見爲首我人衆生壽命陰界入我慢所起出没等事思惟多觀治故我故護故貪著處故是菩薩如是等事皆悉斷滅

論曰對治修行增長果者我智大智我修是我所修如是等出没等事皆悉滅故出者三昧起義故没者三昧滅義故彼復有五種一本二起三行四護五過是中本者依身見爲本故衆生我慢法我慢如是差别如經是菩薩所有身見爲首我人衆生壽命陰界入我

慢所起出沒等事故起者起不正思惟如經思惟故行者令他知如經多觀故護者數數觀故起我想故受持故如經治故我故護故過者心安處諸事等如經貪著處故如是學行事中出沒等皆悉遠離如經是菩薩如是等事皆悉斷滅故此是依煩惱染生遠離果經曰是菩薩所有不可作業如來所呵諸煩惱染一切不行所有可作業隨順菩薩行如來所讚一切正修行

論曰所有不可作業者有二種事故不應作一尊敬如來佛不讚嘆故二畏惡名聞生煩惱故如經是菩薩所有不可作業乃至一切不行故所有可作業者有二種事是故應作一見無惡名利隨順菩薩行故二尊敬如來佛讚嘆故如經所有可作業乃至一切正修行故此是依業染生遠離果是菩薩轉復隨所隨所方便智所起修行助道分如是如是成潤益心如是等四十句顯示四種果一者於勝功德中生增上欲心二者彼說法尊中起報恩行三者彼方便行中發勤精進四者彼增上欲本心界滿足云何於勝功德中生增上欲心

經曰是菩薩轉復隨所隨所方便智所起修行助道分如是如是成潤益心輭心調心安隱樂心不染心轉求上上勝行心轉求勝智心救一切世間心恭敬諸師隨順受教心隨所聞法修行心

論曰是中隨所隨所方便智所起修行者不捨一切衆生修行故如前說助道分者謂一切菩提分法道支故如是如是成潤益心者

深欲愛敬故彼潤益心有三種相一樂行勝如經輭心故二三昧自在勝如經調心故三離過對治勝如經安隱樂心故彼過復有六種一爲食過或說法尊中妬心過此對治如經不染心故二少欲功德過不樂多布施頭陀等此對治如經轉求上上勝行心故三少欲智過不好求勝智此對治如經轉求勝智心故四懈怠過不勤化衆生此對治如經救一切世間心故五自見取過於尊教法心不隨順此對治如經恭敬諸師隨順受教心故六捨爲首過不隨說行此對治如經隨所聞法修行心故如是成潤益心此十句是名於勝功德中生增上欲心果云何彼說法尊中起報恩行

經曰是菩薩如是成知恩心知報恩心轉柔和同止安樂直心輭心無稠林行無有諂曲無有我慢善受教誨得說者意如是善心成就如是寂滅心成就如是善寂滅心成就

論曰彼說法尊中起報恩行彼知恩心第二十句示現是中彼成知恩心者隨順行報恩行報恩行者有九種依尊起報恩心如經知報恩故依同法者起將護心如經心轉柔和故同止安樂故依法行隨順受教發事能忍如經直心故輭心故依受用食於施主所自過不覆不妄說已德如經無稠林行故無有諂曲故依自勝功德不起高心如經無有我慢故依教正受語如經善受教誨故依教不顛倒受如經得說者意故菩薩如是於彼尊所修報恩行成如是善心成就者是對治修行增長故如是寂滅心成就者是初對治修

行增長力故如是善寂滅心成就者彼果前二句顯是名彼說法尊中起報恩行果云何彼方便行中發勤精進

經曰是菩薩如是成不休息精進不雜染精進不退精進廣精進無邊精進光明精進無等精進不壞精進教化一切衆生精進善分別是道非道精進

論曰彼方便行中發勤精進成不休息精進第三十句示現不休息精進有九種一彼精進行平等流注如經不雜染精進故雜染者共懈怠共染若過若不及故二自乘不動如經不退精進故三廣念如經廣精進故四爲無量衆生作利益願攝取故如經無邊精進故五常至心順行如經光明精進故六修習過餘精進如經無等精進故七一切魔煩惱

行不能破壞如經不壞精進故八攝取故如經教化一切衆生精進故九能斷疑惑降伏他言正修習故如經善分別是道非道精進故是名彼方便行中發勤精進果云何彼本心界滿足

經曰是菩薩深心界轉清淨深心界不失信解界轉明利生善根增長遠離世間垢濁斷諸疑心無有疑網現前具足成就喜樂如來現前加無量深心現前成就

論曰彼心界轉清淨第四十句示現心界者依菩提分心初句示現心界清淨有九種一彼道心修行增益如經深心界不失故二於勝上證中轉生決定心如經信解界轉明利故三彼因對治增長如經生善根增長故四滅除諸障如經遠離世間垢濁故五除此地

秘密疑事如經斷諸疑心故六以斷疑故於餘處決定如經無有疑網現前具足故七依勝樂行如經成就喜樂故八依化衆生力如經如來現前加故九依現無量三昧心智障清淨如經無量心現前成就故是名本心界滿足果

經曰是菩薩住菩薩燄地已多見諸佛以大神通力大願力故見多百佛多千佛多百千佛多百千那由他佛多億佛多百億佛多千億佛多百千億佛多百千萬億那由他佛以大神通力大願力故是菩薩見諸佛時以上心深心供養恭敬尊重讚嘆衣服飲食卧具湯藥一切供具悉以奉施以諸菩薩上妙樂具供養衆僧以此善根皆願迴向阿耨多羅三藐三菩提於諸佛所生上恭敬專心聽法聞已受持隨力修行於諸佛法中出家修道是菩薩深心決定信解轉復明淨是菩薩住此菩薩燄地無量百千萬億那由他劫深心決定信解平等清淨彼諸善根轉勝明淨諸佛子譬如本眞金巧師鍊治作莊嚴具成就不失餘非莊嚴具眞金所不能及諸佛子菩薩如是住此菩薩燄地中彼諸善根成就不退下地善根所不能及諸佛子譬如摩尼寶珠生光清淨光輪能放光明成就不壞餘寶光明所不能奪一切風飄雨漬水澆光明不滅諸佛子如是菩薩住此菩薩燄地中下地菩薩所不能及一切衆魔及諸煩惱皆不能壞是菩薩四攝法中同事偏勝十波羅蜜中精進波羅蜜增上餘波羅蜜非不修習隨力隨分諸佛子是名略説菩薩第四菩薩燄地

若菩薩住此地中多作須夜摩天王所作自在破諸衆生身見等事方便善巧令諸衆生住正見等事所作善業布施愛語利益同事是諸福德皆不離念佛念法念僧念菩薩念菩薩行念波羅蜜念十地念不壞力念無畏念不共佛法乃至不離念具足一切種一切智智常生是心我當於一切衆生中爲首爲勝爲大爲妙爲微妙爲上爲無上爲導爲將爲師爲尊乃至爲一切智智依止者復從是念發精進行以精進力故於一念間得億三昧能見億佛知億佛神力能動億佛世界能入億佛世界能照億佛世界能化億佛世界衆生能住壽億劫能知過去未來世各億劫事能善入億法門能變身爲億於一一身能示億菩薩以爲眷屬若以願力自在勝上菩薩願力過於此數示種種神通或身或光明或神通或眼或境界或音聲或行或莊嚴或加或信或業是諸神通乃至無量百千萬億那由他劫不可數知

論曰是菩薩深心決定信解平等清淨彼諸善根轉勝明淨者如餘淨地諸菩薩眞金作莊嚴具譬者喻阿含現作證智莊嚴示現得證智故如經譬如本眞金巧師鍊治作莊嚴具成就不失故摩尼寶生光喻者彼證智法明摩尼寶光中放阿含光明入無量法門義光明智處普照示現以是義故此地釋名爲餤如經諸佛子譬如摩尼寶珠生光清淨光輪能放光明成就不壞餘寶光明所不能奪故生光者有光明具足故清淨光輪者光明圓滿無垢故所作自在者破諸衆生身見等

事故是中作者所作故自在者能力故餘如前說應知

十地經論卷第六

十地經論卷第七

天親菩薩造
元魏三藏法師菩提留支奉 詔譯

難勝地第五

論曰第五地中分別有三一勝慢對治二不住道行勝三彼果勝云何勝慢對治

經曰爾時金剛藏菩薩言諸佛子若菩薩得第四菩薩地善滿諸行已欲入第五菩薩地當以十平等深淨心得入第五地何等為十一過去佛法平等深淨心故二未來佛法平等深淨心故三現在佛法平等深淨心故四戒淨平等深淨心故五心淨平等深淨心故六除見疑悔淨平等深淨心故七道非道智淨平等深淨心故八行斷智淨平等深淨心故九思量一切菩提分法上上淨平等深淨心故十化度一切衆生淨平等深淨心故諸佛子菩薩以是十種平等深淨心得入第五菩薩地

論曰勝慢對治者謂十平等深淨心同念不退轉心故前已說解法慢對治今此地中說身淨分別慢對治是中平等深淨心者於平等中心得清淨此深淨心分別有十種十種深淨心者是諸佛法及隨順諸佛法彼分別應知何者是諸佛法謂三世力等如經過去佛法平等深淨心故未來佛法平等深淨心故現在佛法平等深淨心故如是三世佛法力等已說次說隨順諸佛法彼諸佛法云何得成因戒定智及化衆生故是中依戒淨如經戒淨平等深淨心故依定淨如經心淨平等深淨心故依智淨如經除見疑悔淨平等

深淨心故道非道智淨平等深淨心故行斷智淨平等深淨心故思量一切菩提分法上上淨平等深淨心故是中行斷智者思量一切菩提分法上上轉勝故依教化衆生如經化度一切衆生淨平等深淨心故

經曰諸佛子是菩薩住第五菩薩地已善修行菩提分法故善深淨心故轉求上勝行故隨順如道行故得大願力故以慈悲心不捨一切衆生故修習功德智慧行故不休息諸行故起方便善巧故照見上上地故正受如來加故得念意去智力故成就不退轉心故

論曰是中善修行菩提分法乃至隨順如道行者皆是正修諸行善修行菩提分法者第四菩薩地中修菩提分法善清淨深心故彼深淨心等希求勝行如是不住道行勝破彼慢故隨順如道行者彼平等中深淨心不退轉心現成就故隨彼平等清淨法住如是菩薩深心安住名爲隨順如道行故是中隨順如道行有八種一修習菩提心如經得大願力故二不疲倦如經以慈悲心不捨一切衆生故三得善根力如經修習功德智慧行故四不捨衆行如經不休息諸行故五正修行如經起方便善巧故六無猒足如經照見上上地故七得他勝力如經正受如來加故八自身得勝力故勝念等三慧故如經得念意去智力故成就不退轉心故去者修慧觀無障礙義故云何不住道行勝不住道行勝有二種觀一所知法中智清淨勝二利益衆生勤方便勝以是二法故不住世間不住涅槃云何所知法中智清淨勝

經曰是菩薩如實知是苦聖諦是苦集諦是苦滅諦如實知是至滅苦道聖諦是菩薩善知世諦善知第一義諦善知相諦善知差別諦善知說成諦善知事諦善知生諦善知盡無生智諦善知令入道智諦善知一切菩薩地次第成就諦及善知集如來智諦是菩薩隨衆生意令歡喜故善知世諦通達一切法一相故善知第一義諦覺法自相同相故善知相諦覺法差別故善知差別諦覺分別陰界入故善知說成諦覺身心苦惱故善知事諦覺諸道生相續故善知生諦畢竟滅一切熱惱故善知盡無生智諦起不二行故善知令入道智諦正覺一切法相故善知一切菩薩地次第成就諦及善知集如來智諦以信解力故知非得一切究竟智知

論曰彼所知法中智清淨勝有二種一實法分別如實知四諦如經是菩薩如實知苦聖諦乃至如實知至滅苦道聖諦故二化衆生方便差別十諦差別方便智如經是菩薩善知世諦乃至及善知集如來智諦故是中實法分別者有佛無佛苦集二諦果因差別體是妄想染故滅道二諦果因差別體是淨法故化衆生方便差別者所化衆生差別故方便差別應知所化衆生有七種小乘可化有六種一爲根未熟衆生故知世諦方便二爲根熟衆生故知第一義諦方便三爲疑惑深法衆生故知相諦方便四爲謬解迷惑深法衆生故知差別諦方便五爲離正念衆生故知說成諦方便六爲正見衆生義故知事諦方便知生諦方便知盡無生智諦方便知令

入道智諦方便事諦等四諦苦諦等所攝七
爲大乘可化衆生故善知一切菩薩地次第
成就諦方便及善知集如來智諦方便如經
是菩薩隨衆生意令歡喜故善知世諦乃至
非得一切究竟智知故是中菩薩地次第者
地地中間如自地次第入應知一切生處身
心受苦惱故知事諦苦者所有受者皆是苦
事故起不二行者一行故正覺一切相者五
明論處善巧知故信解力故知者鏡像觀知
力非成就觀智力故如是所知法中智清淨
勝巳說云何利益衆生勤方便勝以知一切
有爲法虛妄相故起憐愍衆生念
經曰是菩薩如是善起諸諦智巳如實知一
切有爲行皆是虛妄誑詐誑惑凡夫菩薩爾
時復於衆生中大悲轉勝而現在前及生大
慈光明
論曰是菩薩如是善起諸諦智巳乃至及生
大慈光明者是中妄想常等不相似無故虛
常作我想慢事故妄世法盡壞故誑世法牽
取愚癡凡夫故詐常等相無非有似有故虛
事中意正取我想慢事正取故妄事是患世
法利盡故誑事牽心世法愚癡凡夫牽取故
詐事相現故言誑惑凡夫此諸句義應知凡
夫者依止彼正取我慢身大悲大慈者憐愍
彼衆生勝利益示現勝彼前地悲故言大悲
不住道行勝故救衆生方便智成就故言大
慈光明
經曰是菩薩得如是智慧力不捨一切衆生
常求佛智慧如實觀一切有爲行先際後際
知諸衆生從先際無明有愛故生流轉世間

歸五陰家不能動發增長苦陰聚是中無我無壽命無衆生離我我所皆如實知後際亦如是此無所有虛妄貪著分段盡出有無皆如實知

論曰是菩薩得如是智慧力者如前說不捨一切衆生者大悲大慈光明亦如前說求佛智慧者救一切衆生義故如實觀一切有爲行先際後際者隨彼大悲觀示二種相一如實觀苦因緣集故如經知諸衆生從先際無明有愛故生乃至有無皆如實知故是中從先際無明有愛故生者此顯凡夫生非菩薩生菩薩以善巧方便生何故不言餘因緣分無明有愛是有分根本故彼生者說有三種衆生欲求衆生妄梵行求衆生有求衆生乃至依有頂五陰苦聚是無我事是中自身無我及彼無我事第一義故無然彼無我依命根力住數數受生衆生身心相續非常非斷故說有命有衆生破彼慢取意故說無命無衆生遠離能取所取我慢意故說離我我所前際以何因隨所有衆生隨所有苦行彼正觀已後際亦如是隨彼苦因名無明愛事盡者名滅勝世間滅故出者名道無亦如實有亦如實知是名一種大悲正觀因緣集念如實苦故次說第二種大悲正觀深重苦無量世隨逐及種種苦事

經曰菩薩爾時作如是念此諸凡夫甚爲可怪愚癡無智有無量無邊阿僧祇身已滅今滅當滅如是盡滅已不能於身生猒離想轉更增長機關苦身常隨世間漂流不能得返歸五陰舍不能捨離不畏四大毒蛇不能拔

出我慢見箭不能滅除貪恚癡火不能破壞無明黑闇不能乾竭愛著大河不求十力大聖導師常入魔意稠林於生死海中常爲諸惡覺觀所轉

論曰大悲正觀深重苦者無量世隨逐種種苦故有無量無邊阿僧祇身滅者無量世隨逐故云何種種苦觀生苦故彼集故離彼滅道故如是觀老病死苦故彼集故離彼滅道故是中此身依因緣有機關苦身者生苦示現常隨世間漂流不能得返者集愛示現歸五陰舍不能捨離者離彼滅道示現不畏四大毒蛇者謂病苦彼增損生故妄梵行求衆生欲求衆生受欲者行惡行者有求衆生者不能拔出我慢見箭示現不能滅除貪恚癡火不能破壞無明黑闇不能乾竭愛著大河如是次第彼集示現趣無畏處不求十力大聖導師遠離彼滅示現常入魔意稠林隨順惡道遠離彼道示現於生死海中常爲諸惡覺觀所轉者一切三界心心數相虛妄分別應知次說上大慈光明觀行

經曰我見彼諸衆生受如是苦惱孤獨無救無有依者無有舍者無有洲者無究竟者盲無目者無明翳藏所纏愚癡所覆爲此衆生發如是心唯我一人獨無等侶修集功德智慧助道以是功德智慧助道資粮令一切衆生得住畢竟清淨乃至使得佛十力無障礙智盡

論曰彼受如是苦惱者如前所說孤獨者於彼苦中無救拔故復次孤獨者於已受苦未受苦中故言無救無依者離善知識故言無

有舍者離聞正法故言無有洲者離寂靜思惟故言無究竟者離於正見故言盲無目者彼障諸舊煩惱及客塵煩惱常起邪念不聞正法等故言無明翳藏所纏愚癡所覆唯我一人獨無等侶者顯示勇猛勝事修集功德智慧助道者顯示修行增長依彼教化衆生作人天因乃至涅槃因故畢竟清淨者勝世間清淨故得佛十力者降伏諸魔怨故無障礙智盡者勝聲聞辟支佛淨智故

經曰菩薩如是善觀起智慧力所修諸善發願爲救一切衆生故爲一切衆生作利益故爲一切衆生得安樂故慜念一切衆生故爲令一切衆生無苦惱故爲令一切衆生得解脱故爲攝一切衆生故爲一切衆生心清淨故爲調伏一切衆生故發願爲一切衆生令入大涅槃故

論曰是中善觀起智慧力者以正觀智調伏衆生故皆爲救度一切衆生者拔一切苦惱故救度有九種一住不善衆生令住善法如經爲一切衆生作利益故二住善法衆生令得樂果如經爲一切衆生得安樂故三住貧乏衆生與一切資生之具如經慜念一切衆生故四住病苦及諸外緣所惱衆生皆令除斷如經爲令一切衆生無苦惱故五世間繫閉衆生令得出離如經爲令一切衆生得解脱故有四種相令諸外道信解正法如經爲攝一切衆生故疑惑衆生善決定斷疑如經爲一切衆生心清淨故已住決定衆生勸修三學如經爲調伏一切衆生故已住三學衆生令得涅槃如經發願爲一切衆生令入大

涅槃故此九種救苦中初二句爲救未來餘句爲救現在亦救未來是名不住道修行勝次説不住道修行勝果有四種相一攝功德勝二修行勝三教化衆生勝四起隨順世間智勝云何攝功德勝攝聞戒智勝故

經曰是菩薩住此第五菩薩難勝地已名爲念者不忘諸法故名爲意者善決定智慧故名爲去者知經書意次第故名爲有慚愧者自護護彼故名爲堅心者不捨持戒行故名爲覺者善思惟是處非處故名爲隨智者不隨他故名爲隨慧者善分別諸法章句是義非義故名爲得神通者善修禪定故名爲善方便者隨世間法行故

論曰攝聞勝者攝聞思修慧勝故云何慧勝如經名爲念者不忘諸法故名爲意者善決定智慧故名爲去者如經書意次第故是中念者聞慧勝故意者思慧勝故去者修慧勝故此諸句次第復有異釋聞持勝故名爲念者法智甚深勝故名爲意者意甚深智勝故名爲去者此略説成就二種善巧法善巧義善巧故戒攝勝者有二種忍辱柔和勝及戒無缺勝如經名爲有慚愧者自護護彼故名爲堅心者不捨持戒行故攝智勝者有五種一者因緣集智無因顛倒因邪見對治如經名爲覺者善思惟是處非處故二者證智魔事對治如經名爲隨智者不隨他故三者知忘説智異説對治善知是句義非句義雜句義如經名爲隨慧者善分别諸法章句是義非義故四者神力智邪歸依行對治如經名爲得神通者善修禪定故五者化衆生智方

便攝取故如經名爲善方便者隨世間法行故是名攝功德勝云何修行勝

經曰名爲無猒足者善集功德行助道故名爲不休息精進者常求智慧行助道故名爲無疲倦者集大慈悲行助道故名爲常念佛法者求佛十力四無所畏十八不共佛法故名爲善念修行者起莊嚴佛國故名爲具足修行種種善業者集三十二相八十種好故名爲常行精進者求莊嚴佛身口意故名爲樂大恭敬法者親近供養一切菩薩及法師故名爲善起願自在者大方便善入世間故名爲日夜遠離餘心者常樂教化一切衆生故

論曰是中修行勝有十種一增長因行如經名爲無猒足者善集功德行助道故二依止因行如經名爲不休息精進者常求智慧行助道故三化衆生不疲倦行如經名爲無疲倦者集大慈悲行助道故四起佛法行如經名爲常念佛法者求佛十力四無所畏十八不共佛法故五起淨佛國土行如經名爲善念修行者起莊嚴佛國故云何莊嚴無煩惱染得堅固智慧衆生住在其中及佛法莊嚴故六依佛法身起行如經名爲具足修行種種善業者集三十二相八十種好故七依佛所作起行如經名爲常行精進者求莊嚴佛身口意故八敬重法行如經名爲樂大恭敬法者親近供養一切菩薩及法師故九願取有行如經名爲善起願自在者大方便善入世間故十離小乘心行如經名爲日夜遠離餘心者常樂教化一切衆生故是名修行勝

云何教化衆生勝

經曰是菩薩成就如是行時以布施教化衆生又以愛語利益同事教化衆生又以色身示現教化衆生又以說法教化衆生又廣示菩薩行神通事教化衆生又說諸佛大事教化衆生又示世間過惡教化衆生又說諸佛智慧利益教化衆生又現大神通莊嚴相亦說種種行教化衆生是菩薩如是教化衆生方便成就身心常趣佛智而不退失諸善根行常勤修行轉勝道故

論曰是中教化衆生勝者以四攝法教化如經是菩薩成就如是行時以布施教化衆生又以愛語利益同事教化衆生故爲同事隨順衆生應化自在如經又以色身示現教化衆生故爲疑惑衆生可說法成就如經又以說法教化衆生故爲於菩提無方便衆生如經又廣示菩薩行神通事教化衆生故爲於大乘疲倦衆生如經又說諸佛大事教化衆生故爲樂世間衆生如經又示世間過惡教化衆生故爲不信大乘衆生如經又說諸佛智慧利益教化衆生故爲無智衆生現神通莊嚴示種種行以一身示無量身如是等事令生決定信如經又現大神通莊嚴相亦說種種行教化衆生故是菩薩如是教化衆生方便成就者如前說身心常趣佛智者爲教化衆生求勝力故而不退失諸善根行者隨所得功德智慧皆不退失故常勤修行轉勝道者彼所修諸行欲令增勝故是名教化衆生勝云何起隨順世間智勝染障對治

經曰是菩薩爲利益衆生故善知世間所有

書論印筭數石性等論治諸病方所謂治乾枯病治顛狂病治鬼著病治蠱毒病等損害衆生者皆悉能治謂呪藥等作論經書妓樂戲笑歡娛等事國土城邑聚落室宅河泉池流園觀華果藥草林樹等金銀瑠璃摩尼真珠珊瑚琥珀硨磲碼碯諸寶性等日月星宿地動夢想吉凶入等遍身諸相持戒行處禪定神通四無量心四無色定凡諸不惱衆生事能利益安樂衆生事憐愍衆生故出漸令信入無上佛法故

論曰隨順世間智者染障對治如經是菩薩爲利益衆生故善知世間所有一切書論等是中書等有四種障對治四種障者一所用事中忘障取與寄付鬭法思義作不作事已作未作事應作不應作事此對治故書二邪見輭智障以因論聲論對治此二故論三所取物不守護障此對治故印四取與生疑障此對治故筭數數者一一爲二二二爲四如是等筭者一縱十横如是等石性等論者貧事障對治故治諸病方者四大不調衆生毒相病障對治故乾枯顛狂病者四大不調相故鬼著病等是衆生相蠱毒病者亦四大不調亦衆生相病因及死因此對治謂呪藥等日月星宿地動夢想吉凶入等遍身諸相者是中唯有日月等相見故日等曜等攝故入者入八業果故遍身諸相者愛不愛果行故持戒行處等者是中持戒行處禪定神通四無量心四無色定等如是次第破戒染貪欲染邪歸依染妄行功德染妄修解脫染如是次第說如經石性等論乃至呪藥等故作論

經書妓樂戲笑歡娛等者憂惱障對治故國土城邑乃至藥草林樹等者此不喜樂障對治故金銀瑠璃乃至諸寶性等者繫閉等障此對治故日月星宿乃至遍身諸相等者所得報分過作惡因障此對治故持戒行處乃至無色定者五種染對治何者五種染破戒染乃至妄修解脫染故此起世間智具四種相一異障中無障故如經凡諸不惱衆生事故二與無過樂如經能利益安樂衆生事故三發起清淨如經憐愍衆生故出四所用清淨如經漸令信入無上佛法故

經曰諸佛子是菩薩住此菩薩難勝地已多見諸佛以大神通力大願力故見多百佛多千佛多百千佛多百千那由他佛多億佛多百億佛多千億佛多百千億佛多百千萬億那由他佛以大神通力大願力故是菩薩見諸佛時以上心深心供養恭敬尊重讃歎衣服飲食卧具湯藥一切供具悉以奉施以諸菩薩上妙樂具供養衆僧以此善根皆願迴向阿耨多羅三藐三菩提於諸佛所生上恭敬專心聽法聞已受持隨力修行於佛法中出家得出家已於諸佛所聽受經法而爲法師說法利益得轉勝多聞陀羅尼成就法師是菩薩爾時住此菩薩難勝地中無量百劫彼諸善根轉勝明淨無量千劫無量百千劫無量百千那由他劫無量億劫無量百億劫無量千億劫無量百千億劫無量百千萬億那由他劫彼諸善根轉勝明淨是菩薩成就如是教化衆生法諸佛子譬如本眞金以硨磲磨瑩光色轉勝明淨諸佛子菩薩住此菩

薩難勝地中彼諸善根以方便智思量力故轉勝明淨彼智慧善根成就不退思量轉勝下地善根所不能及諸佛子譬如日月星宿諸天宫殿光輪圓滿成就不壞風不能動如是諸佛子菩薩住此菩薩難勝地中彼諸善根以方便智思量力故成就不退一切聲聞辟支佛世間善根所不能及是菩薩十波羅蜜中禪波羅蜜增上餘波羅蜜非不修習隨力隨分諸佛子是名略説菩薩第五菩薩難勝地若菩薩住此地中多作兜率陀天王所作自在摧伏一切外道邪見能令衆生住實諦中所作善業布施愛語利益同事是諸福德皆不離念佛念法念僧念菩薩念菩薩行念波羅蜜念十地念不壞力念無畏念不共佛法乃至不離念一切種一切智智常生是心我當於一切衆生中爲首爲勝爲大爲妙爲微妙爲上爲無上爲導爲將爲師爲尊乃至爲一切智依止者復從是念發精進行以精進力故於一念間得千億三昧見千億佛知千億佛神力能動千億佛世界能入千億佛世界能照千億佛世界能化千億佛世界衆生能住壽千億劫能知過去未來世各千億劫事能善入千億法門能變身爲千億於一一身能示千億菩薩以爲眷屬若以願力自在勝上菩薩願力過於此數示種種神通或身或光明或神通或眼或境界或音聲或行或莊嚴或加或信或業是諸神通乃至無量百千萬億那由他劫不可數知

論曰得轉勝多聞陀羅尼成就法師者非得義陀羅尼以平等清淨心甚難得故又樂出

世間智現世間智最難故得聞持陀羅尼此地智光明眞如事示現如經諸佛子譬如本眞金乃至下地善根所不能及故日月光輪者依阿含增長智慧光明勝於前地智故如經諸佛子譬如日月星宿乃至世間善根所不能及故

十地經論卷第七

十地經論卷第八

天　親　菩　薩　造

元魏三藏法師菩提留支奉　詔譯

現前地第六

論曰如五地中三分差別勝慢對治不住道行勝及彼果勝第六地亦如是應知轉勝故云何勝第四地中已說衆生我慢解法慢對治第五地中已說身淨分別慢對治今第六地中說取染淨法分別慢對治以十平等法故

經曰爾時金剛藏菩薩言諸佛子若菩薩已善具足第五地道欲入第六菩薩地當以十平等法得入第六地何等爲十一者一切法無相平等故二者一切法無想平等故三者一切法無生平等故四一切法無成平等故五一切法寂靜平等故六一切法本淨平等故七一切法無戲論平等故八一切法無取捨平等故九一切法如幻夢影響水中月鏡中像焰化平等故十一切法有無不二平等故是菩薩如是觀一切法相除垢故隨順無分別故得入第六菩薩現前地得明利順忍未得無生法忍

論曰取染淨法分別慢對治者謂十平等法是中一切法無相乃至一切有無不二平等故是十二入一切法自性無相平等故復次相分別對治有九種一十二入自相想如經一一切法無想平等故二念展轉行相如經一切法無生平等故三生展轉行相如經一切法無成平等故四染相如經一切法寂靜平等故五淨相如經一切法本淨平等故六分

別相如經一切法無戲論平等故七出没相如經一切法無取捨平等故八我非有相如經一切法如幻夢影響水中月鏡中像焰化平等故九成壞相如經一切法有無不二平等故除垢者遠離障垢故隨順者隨順平等眞如法故無分別者不生分別相故明利者微細慢對治故前二地中麤中慢對治故得煗中忍順者隨順無生法忍故未得無生法忍者此忍順無生法忍非即無生忍故是名取染淨法分別慢對治云何不住道行勝

經曰是菩薩如是觀一切法相隨順得至復以勝大悲爲首故大悲增上故令大悲滿足故觀世間生滅故

論曰是菩薩如是觀一切法相隨順得至者得至不住道行勝故不住道行勝者不捨衆生過去現在未來大悲攝勝故一切所知法中智淨故一切種微細因緣集觀故不住世間涅槃故如經復以大悲爲首乃至觀世間生滅故

經曰是菩薩觀世間生滅已作是念世間所有受身生處差别皆以貪著我故若離著我則無世間生處菩薩復作是念此諸凡夫愚癡所盲貪著於我無智闇障常求有無恒隨邪念妄行邪道集起妄行罪行福行不動行以是行故起心種子有漏有取想故起未來生老死身復生後有業爲地無明覆蔽愛水爲潤我心溉灌種種見網令得增長生名色芽生已增長名色增長已成諸根諸根成已迭互相對生觸觸相對生受受後所希生愛以有愛故生取取增長已生有有成已生五

陰身五陰身增長已於五道中漸漸衰變名爲老衰老變滅名爲死死後生諸熱惱因熱惱故生一切憂悲苦惱聚是因緣集無有集者自然而集無有滅者自然而滅是菩薩如是隨順觀因緣集

論曰是中世間所有受身生處差別者五道中所有生死差別是名世間所有差別此因緣集有三種觀門應知一成答相差別二第一義諦差別三世諦差別云何成差別初明唯因緣集釋無我義成一切世間所有受身生處皆以貪著我故若離著我則無世間生處即無我義成若第一義中實有我相者著我之心即是第一義智不應在世間受身生處生又復若第一義中實有我相者若離著我則應常生世間顯示此義如經世間所有受身生處差別皆以貪著我故若離著我則無世間生處故云何答差別若實無我云何著我此中應有是難即自答言愚癡所盲貪著於我此示現如經菩薩復作是念此諸凡夫愚癡所盲貪著於我故如是實無我有何次第貪著於我得有世間受身生處成此示現如經無智暗障常求有無故如是答難差別是中無智有無者希求常斷此示無明有愛是二有支根本故恒隨邪念妄行邪道集起妄行罪行福行不動行恒隨邪念者示無明因故妄行邪道者示於解脫處不正行故集起妄行者示菩薩勝義故菩薩雖行於有不名妄行以是行故起心種子有漏有取想乃至隨順觀因緣集是中起心種子者示生老死體性復生後有者隨順攝取成就罪福

等行業爲地故前說無智暗障無明覆蔽故常求有無愛水爲潤故如是住如是生心我是我所我想是慢我生不生如是等種種見網自然而滅者自性滅故非智緣滅如是答難因緣集釋無我義成已云何相差別若因緣無我以何相住因緣集行

經曰是菩薩復作是念不如實知諸諦第一義故名爲無明無明所作業果是名爲行依行有初心識與識共生有四受陰名爲名色名色增長有六入根塵識三事和合生有漏觸觸共生故有受受染著故名愛愛增長故名取從取起有漏業名有有業有果報名生生陰增長衰變名爲老老已陰壞名爲死死別離時愚人貪著心熱名爲憂發聲啼哭名爲悲五根相對名爲苦意根相對名爲憂憂苦轉多名爲惱如是但有苦對增長無有作者菩薩作是念若有作者則有作事若無作者則無作事第一義中無有作者無有作事

論曰是中無明所作業果者所謂名色於中識者彼依止故名色與識共生故識名色迭互相依故若無作者於中分別作事亦無此說因緣集有分自體無作事故是名有分次第因緣集觀應知云何第一義諦差別如是證第一義諦則得解脫彼觀故

經曰是菩薩作是念三界虛妄但是一心作

論曰但是一心作者一切三界唯心轉故云何世諦差別隨順觀世諦即入第一義諦此觀有六種一何者是染染依止觀二因觀三攝過觀四護過觀五不猒猒觀六染觀是中染依止觀者因緣有分依止一心故

經曰如來所説十二因緣分皆依一心所以者何隨事貪欲共心生即是識事即是行行誑心故名無明無明共心生名名色名色增長名六入六入分名觸觸共生名受受已無猒足名愛愛攝不捨名取此有分和合生有有所起名生生變熟名老老壞名死

論曰此是二諦差別一心雜染和合因緣集觀因觀者有二種一他因觀二自因觀云何他因觀

經曰是中無明有二種作一者緣中癡令衆生惑二者與行作因行亦有二種作一者生未來世果報二者與識作因識亦有二種作一者能令有相續二者與名色作因名色亦有二種作一者互相助成二者與六入作因六入亦有二種作一者能緣六塵二者與觸作因觸亦有二種作一者能觸所緣二者與受作因受亦有二種作一者覺增愛等事二者與愛作因愛亦有二種作一者於可染中生貪心二者與取作因取亦有二種作一者增長煩惱染縛二者與有作因有亦有二種作一者能於餘道中生二者與生作因生亦有二種作一者增長五陰二者與老作因老亦有二種作一者念諸根熟二者與死作因死亦有二種作一者壞五陰身二者以不見知故而令相續不絶

論曰是中壞五陰身以不見知而令相續不絶者壞五陰能作後生因以不見知故能作後生因是名他因觀云何自因觀無明等自因生因觀緣事故何者是無明等因緣行不斷助成故

經曰是中無明緣行者無明因緣令行不斷助成行故行緣識者行因緣令識不斷助成識故識緣名色者識因緣令名色不斷助成名色故名色緣六入者名色因緣令六入不斷助成六入故六入緣觸者六入因緣令觸不斷助成觸故觸緣受者觸因緣令受不斷助成受故受緣愛者受因緣令愛不斷助成愛故愛緣取者愛因緣令取不斷助成取故取緣有者取因緣令有不斷助成有故有緣生者有因緣令生不斷助成生故生緣老死者生因緣令老死不斷助成老死故無明滅故則行滅無明因緣無行滅不助成故行滅故則識滅行因緣無識滅不助成故識滅故則名色滅識因緣無名色滅不助成故名色滅故則六入滅名色因緣無六入滅不助成故六入滅故則觸滅六入因緣無觸滅不助成故觸滅故則受滅觸因緣無受滅不助成故受滅故則愛滅受因緣無愛滅不助成故愛滅故則取滅愛因緣無取滅不助成故取滅故則有滅取因緣無有滅不助成故有滅故則生滅有因緣無生滅不助成故生滅故則老死滅生因緣無老死滅不助成故

論曰是中無明緣行無明因緣令行不斷助成行故者無明有二種一子時二果時是中子時者令行不斷有二種義故緣事示現如是餘因緣分自生因二種義緣事應知自因觀者不相捨離觀故離前支無後支觀故不離無明則成行觀若不離無明有行者不應言無明緣行若離無明有行成者異則不成是故偈言

衆緣所生法　是則不即因　亦復不異因
非斷亦非常
自生因緣觀如前說無明有二種一子時二果時行乃至老死亦如是先際後際滅中際亦無是故不說云何攝過觀所謂三道攝苦因苦果故
經曰是中無明愛取三分不斷是煩惱道行有二分不斷是業道餘因緣分不斷是苦道先際後際相續不斷故是三道不斷如是三道離我我所但有生滅故猶如束竹
論曰云何護過觀若言因緣生者分別有三種過一者一切身一時生過何以故無異因故二者自業無受報過何以故無作者故三者失業過何以故未受果業已滅故此三種過以見過去世等異因答故受生報等差別故
經曰無明緣行者是見過去世事識名色六入觸受是見現在世事愛取有生老死是見未來世事於是見有三世轉無明滅故諸行滅名爲斷因緣相續說
論曰無明緣行即是見過去世事者現在生是過去作故現在果即是當來即是見過去世因義識乃至受是見現在世事者過去世中隨所有業彼業得現在識等果報復能得未來果報愛取有是見未來世事者復有生一往定故於是見有三世轉者復有後世生轉故此說何義有三種義故過去業不得報或有未作或已作未得報或得對治斷故是中無明緣行是作示現行緣識乃至觸受此作已得報示現愛取有不斷此不得對治示

現若斷愛取雖有作業則無明緣行不能生有是故諸業有已作未作有得果未得果有已斷未斷若如是則無一切身一時生過若爾非一切業即當來受亦非不受亦非一時若自作業果報不失非他身受故若如是則無自業不受報過他不作故離彼三事業定得果不失若如是則無失業過是名護三種過示現云何不猒猒觀猒種種微苦分別所有受皆是苦故及猒種種麤苦故

經曰十二因緣分說名三苦是中無明行識名色六入名爲行苦觸受名爲苦苦餘因緣分名爲壞苦無明滅故行滅乃至生滅故老死滅名爲斷三苦相續說

論曰云何深觀

經曰無明因緣行生因緣能生行餘亦如是無明滅行滅行無餘亦如是無明因緣行是生縛說餘亦如是無明滅行滅是滅縛說餘亦如是無明因緣行是隨順有觀說餘亦如是無明滅行滅是隨順無所有盡觀說餘亦如是

論曰深觀者有四種一者有分非他作自因生故二者非自作緣生故如經無明因緣行生因緣能生行餘亦如是無明滅行滅行無餘亦如是故三者非二作但隨順生故無知者故作時不住故如經無明因緣行是生縛說餘亦如是無明滅行滅是滅縛說餘亦如是故四者非無因作隨順有故如經無明因緣行是隨順有觀說餘亦如是無明滅行滅是隨順無所有盡觀說餘亦如是故若無因生生應常生非不生以無定因故亦可恒不

生何以故無因生故此非佛法所樂若爾隨順有觀有因非無因故若無因不得言隨順有是名十種因緣集觀相諦差別觀已說

經曰是菩薩如是十種逆順觀因緣集法所謂因緣分次第故一心所攝故自業成故不相捨離故三道不斷故觀先後際故三苦集故因緣生故因緣生滅縛故隨順有盡觀故

論曰復有二種異觀一大悲隨順觀二一切相智分別觀大悲隨順觀者有四種一愚癡顛倒二餘處求解脫三異道求解脫四求異解脫云何愚癡顛倒隨所著處愚癡及顛倒此事觀故以著我故一切處受生遠離我故則無有生云何愚癡無明暗故如經是菩薩觀世間生滅已作是念世間所有受身生處差別皆以貪著我故若離著我則無世間生處故愚癡所盲貪著於我如是顛倒及有相支中疑惑顛倒如經菩薩復作是念此諸凡夫愚癡所盲貪著於我無智暗障常求有無如是等故云何餘處求解脫是凡夫如是愚癡顛倒常應於阿棃耶識及阿陀那識中求解脫乃於餘處我我所中求解脫此對治如經是菩薩作是念三界虛妄但是一心作乃至老壞名死故云何異道求解脫於顛倒因中求解脫顛倒因有三種性因自在天因苦行因及無因不應如是求何以故因緣有支二種業能起因緣事故如經是中無明有二種作一者緣中癡令衆生成二者與行作因如是等故自生因故如經是中無明緣行者無明因緣令行不斷助成行故如是等故煩惱業妄想因故非樂因故如經是中無明愛

取三分不斷是煩惱道如是等故先中際因故及中後際因故中際前後二際故如經是中無明因緣行者是見過去世事如是等故若無如是事則種種衆生亦無云何求異解脱眞解脱者有四種相離一切苦相無爲相遠離染相出世間相彼諸行苦事隨逐乃至無色有縛如經十二因緣分說名三苦無明行乃至六入名爲行苦如是等故如是因緣生故如經是中無明因緣行因緣能生行餘亦如是等故如是復染生縛如經是中無明緣行是生縛說餘亦如是等故如是隨順有求無色有解脱如經無明因緣行隨順有觀說餘亦如是等故如是大悲隨順觀因緣集已說一切相智分別觀者是中有九種一染淨分別觀著我慢離我慢染淨故如經是菩薩觀世間生滅已作是念世間所有受身生處差別皆以貪著我故若離著我則無世間生處故二依止觀此因緣集依何等法如經是菩薩復作是念不如實知諸諦第一義故名爲無明如是等故三方便觀因緣有支二種業能起因緣事故如經是中無明有二種作一者緣中癡令衆生惑二者與行作因如是等故四因緣相觀有支無作故如經是中無明緣行無明因緣令行不斷助成行故如是等故五入諦觀三道苦集諦故如經是中無明愛取三分不斷是煩惱道行有二分不斷是業道餘因緣分不斷是苦道故六力無力信入依觀先中後際化勝故如經無明緣行者是見過去世事如是等故七增上慢非增上慢信入觀不如實知微苦我慢故如經

是中無明行乃至六入名爲行苦如是等故入無始觀中際因緣生故後際生隨順縛故如經無明因緣行因緣能生行餘亦如是無明因緣行是生縛說餘亦如是故九種種觀隨順有觀故欲色無色愛等如經無明因緣行隨順有觀說餘亦如是故如是不住道行勝已說次說彼果勝有五種相一得對治行勝及離障勝二得修行勝三得三昧勝四得不壞心勝五得自在力勝云何得對治行勝謂三解脫門

經曰是菩薩如是十種觀因緣集已無我無壽命無衆生自性空離作者受者如是觀時空解脫門現前生是菩薩觀彼有支自性滅故常解脫現前見因緣處無少法相可生如是不見少法相故無相解脫門現前生是菩薩如是入空入無相不生願樂唯除大悲爲首教化衆生如是無願解脫門現前生是菩薩修行是三解脫門離彼我相離作者受者相離有無相

論曰是中空解脫門有三種相說一見衆生無我二見法無我三彼二作無見無作者故如經是菩薩如是十種觀因緣集已無我無壽命無衆生自性空離作者受者如是觀時空解脫門現前生故見衆生無我者無我無壽命無衆生此句示現見法無我者自性空此句示現彼二作無者見衆生及法無作事等以無作者作事亦無不見作者故離作者受者此句示現無相解脫門亦三種相說一滅障二得對治三念相不行如經是菩薩觀彼有支自性滅故常解脫現前見因緣處無

少法相可生如是不見少法相故無相解脫門現前生是中滅障者觀彼有支自性滅故此句示現得對治者常解脫現前此句示現念相不行者見因緣處無少法相可生此句示現無願解脫門亦三種相說一依止二體三勝如經是菩薩如是入空入無相不生願樂唯除大悲爲首教化衆生如是無願解脫門現前生故是中入空入無相是名依止以依止入空入無相故能成無願不生願樂不生願樂是名無願體大悲爲首教化衆生者是名爲勝聲聞亦有不生願樂無願體遠離大悲不樂教化衆生故滅障勝者離三種相故如經是菩薩修行是三解脫門離彼我相離作者受者相離有無相故如是次第於五地中遠離平等染淨心故四地中遠離出没等相此六地中遠離法平等故云何得修行勝

經曰是菩薩大悲轉增以重悲故勤行精進未滿助菩提分法欲令滿足菩薩作是念有爲和合故行離和合故不行衆緣具故行不具故不行唯我知有爲法多過不應具和合因緣亦不畢竟滅有爲法爲教化衆生故諸佛子菩薩如是知有爲法多過離自性不生不滅自性觀是菩薩作如是觀已起大悲故不捨一切衆生故即時得無障礙智門現前名般若波羅蜜行光明現前是菩薩成就如是般若波羅蜜行光明現前照已爲滿助菩提分法因緣而不與有爲法共住觀有爲法性寂滅相亦不住其中欲具足無上菩提分法故

論曰得修行勝者有二種修行一發勇猛修行二起丈夫志修行發勇猛修行者知有爲法多過遠離生業煩惱因縛作勝利益衆生如經是菩薩大悲轉增以重悲故勤行精進未滿助菩提分法欲令滿足菩薩作是念有爲和合故行離和合故不行衆緣具故行不具故不行唯我知有爲法多過不應具和合因緣亦不畢竟滅有爲法爲教化衆生故起丈夫志修行者猒對觀見多過觀故滅對故自性同相無觀故如經諸佛子菩薩如是知有爲法多過離自性不生不滅自性觀故修行勝者智及大悲勝隨順故依不住道行無障礙智門現前般若波羅蜜行光明現前知有爲法及涅槃平等證故彼不共住故彼助道行不滿故如經是菩薩作如是觀已起大悲故不捨一切衆生故即時得無障礙智門現前名般若波羅蜜行光明現前是菩薩成就如是般若波羅蜜行光明現前照已爲滿助菩提分法因緣而不與有爲法共住觀有爲法性寂滅相亦不住其中欲具足無上菩提分法故無障礙智者謂如來智然此未成就名爲光明現前云何得三昧勝有十空三昧門同爲上首及彼眷屬故

經曰是菩薩住此菩薩現前地中得信空三昧性空三昧第一義空三昧第一空三昧大空三昧合空三昧起空三昧如實不分別空三昧不捨空三昧得離不離空三昧是菩薩得如是等十空三昧門上首百千萬空三昧門現在前如是十無相三昧門上首百千萬無相三昧門現在前如是十無願三昧門上

首百千萬無願三昧門現在前
論曰此空三昧有四種差别一觀二不放逸三得增上四因事除第四三昧有五三昧是名爲觀一觀衆生無我如經得信空三昧故二觀法無我如經性空三昧故三取彼空觀如經第一義空三昧故四依彼阿棃耶識觀如經大空三昧故五觀轉識如經合空三昧故不放逸者第四三昧分别善修行故修行無猒足故如經第一空三昧故得增上者第七三昧得增上功德如經起空三昧故因事者餘三種三昧智障淨因事如經如實不分别空三昧故教化衆生因事如經不捨空三昧故願取有因事如經得離不離空三昧故如是願取有遠離煩惱染而隨順諸有故名離不離云何得不壞心勝

經曰是菩薩住菩薩現前地中復轉滿足不壞心決定心眞心深心不退轉心不休息心淨心無邊心求智心滿足方便智行心
論曰不壞心者堅固不退故是不壞心有九種一信觀不壞如經決定心故二堪受調柔不壞如經眞心故三於密處不驚怖不壞如經深心故四自乘不動不壞如經不退轉心故五發精進不壞如經不休息心故六離嫉妬破戒垢不壞如經淨心故七廣利益衆生不壞如經無邊心故八求上勝解不壞如經求智心故九化衆生行不壞如經滿足方便智行心故云何得自在力勝
經曰是菩薩此諸菩薩心隨順成就趣向阿耨多羅三藐三菩提不退轉精進成一切外道異論不能動故隨順成入諸智地故遠離

成轉聲聞辟支佛地故一向成決定趣佛智故不退成一切諸魔煩惱不能壞故堅住成善住菩薩智慧明故正住成善修空無相無願法行故助正行成方便智觀故不捨行成集助菩提分法故是菩薩住菩薩現前地中般若波羅蜜行增上成就得第三利順忍隨順如實法無有違逆故

論曰是菩薩此諸菩薩心隨順成就趣向阿耨多羅三藐三菩提者得般若波羅蜜行力勝能深入故是中力勝有九種一能降伏他力如經不退轉精進成一切外道異論不能動故二能斷疑力如經隨順成入諸智地故三自乘不動力如經遠離成轉聲聞辟支佛地故四密處決定信力如經一向成決定趣佛智故五不散壞力如經不退成一切諸魔煩惱不能壞故六依煩惱障淨對治堅固力如經堅住成善住菩薩智慧明故七廣對治力如經正住成善修空無相無願法行故八化衆生力如經助正行成方便智觀故九智障淨力如經不捨行成集助菩提分法故是菩薩住菩薩現前地中般若波羅蜜行增上成就得第三利順忍隨順如實法無有違逆是諸法者如上所說力勝所攝故

經曰諸佛子是菩薩住此菩薩現前地已多見諸佛以大神通力大願力故見多百佛多千佛多百千佛多百千那由他佛多億佛多百億佛多千億佛多百千億佛多百千萬億那由他佛以大神通力大願力故是菩薩見諸佛時以上心深心供養恭敬尊重讚嘆衣服飲食卧具湯藥一切供具悉以奉施以諸

菩薩上妙樂具供養衆僧以此善根皆願迴向阿耨多羅三藐三菩提於諸佛所生上恭敬專心聽法聞已受持聞受持已得如實三昧智慧光明隨順修行行已憶持是菩薩智慧轉勝復得諸佛法藏是菩薩住此菩薩現前地中於無量百劫彼諸善根轉勝明淨無量千劫無量百千劫無量百千那由他劫無量億劫無量百億劫無量千億劫無量百千億劫無量百千億那由他劫彼諸善根轉勝明淨諸佛子譬如本眞金以瑠璃磨瑩光色轉勝明淨諸佛子菩薩如是住此菩薩現前地中彼諸善根方便智觀轉勝明淨轉轉寂滅成就不壞諸佛子譬如月光明輪照衆生身令得清涼四種風吹所不能壞諸佛子菩薩如是住此菩薩現前地中彼諸善根能滅無量百千萬億那由他衆生煩惱之火四種魔道所不能壞是菩薩十波羅蜜中般若波羅蜜增上餘波羅蜜非不修習隨力隨分諸佛子是名略說諸菩薩第六菩薩現前地若菩薩住此地中多作化樂天王所作自在善巧滅除衆生我慢善轉衆生我慢法心所作善業布施愛語利益同事是諸福德皆不離念佛念法念僧念菩薩念菩薩行念波羅蜜念十地念不壞力念無畏念不共佛法乃至不離念一切種一切智智常生是心我當於一切衆生中爲首爲勝爲大爲妙爲微妙爲上爲無上爲導爲將爲師爲尊乃至爲一切智智依止者復從是念發精進行以精進力故於一念間得百千億三昧見百千億佛知百千億佛神力能動百千億佛世界能入百

千億佛世界能照百千億佛世界能教化百千億佛世界衆生能住壽百千億劫能知過去未來世各有千億劫事能善入百千億法門能變身爲百千億於一一身能示百千億菩薩以爲眷屬若以願力自在勝上菩薩願力過於此數示種種神通或身或光明或神通或眼或境界或音聲或行或莊嚴或加或信或業是諸神通乃至無量百千萬億那由他劫不可數知

論曰聞受持已得如實三昧智慧光明隨順修行者得義陀羅尼此句示現因彼事故說依勝三昧得奢摩他毘婆舍那光明勝行行已憶持者能持彼行故是菩薩智慧轉勝乃至彼諸善根轉勝明淨者解脫彼障證彼義故瑠璃磨瑩眞金喻者於此地中出世間智增上光明轉勝示現如經諸佛子譬如本眞金以瑠璃磨瑩光色轉勝明淨乃至以方便智觀轉勝明淨故以無障礙智現前般若波羅蜜行光明現前故名爲現前地方便智觀者不住道行所攝明智故月光明輪喻者勝前地智示現輪小光明大如經諸佛子譬如月光明輪乃至四種魔道所不能壞故魔道者隨順魔事魔行故餘如前說

十地經論卷第八

十地經論卷第九

天親菩薩造

元魏三藏法師菩提留支奉　詔譯

遠行地第七

論曰第七地中有五種相差別一樂無作行對治差別二彼障對治差別三雙行差別四前上地勝差別五彼果差別云何樂無作行對治差別

經曰爾時金剛藏菩薩言諸佛子若菩薩善具足六地行已欲入第七菩薩地者是菩薩當以十種方便智發起殊勝行入何等爲十所謂善修空無相無願而集大功德助道入諸法無我無壽命無衆生而不捨起四無量趣功德法作增上波羅蜜行而無法可取得遠離三界而能應化起莊嚴三界行畢竟寂滅諸煩惱焰而能爲一切衆生起滅貪瞋癡煩惱焰行隨順幻夢影響化水中月鏡中像自性不二而起作業無量差別心善知一切國土道如虛空而起莊嚴淨佛國土行知諸佛法身自性無身而起色身相好莊嚴行知諸佛音聲無聲本來寂滅不可說相而隨一切衆生起種種差別莊嚴音聲行入諸佛於一念頃通達三世事而能分別種種相劫數修行隨一切衆生心差別觀故諸佛子是菩薩如是十種方便智發起殊勝行具足六地行已得入第七菩薩地諸佛子是菩薩此十種方便智發起殊勝行現前行名入第七菩薩地

論曰樂無作行對治者方便智發起十種殊勝行如經諸佛子若菩薩善具足六地行已

欲入第七菩薩地者是菩薩當以十種方便智發起殊勝行入彼菩薩無障礙智現前般若波羅蜜行現前時即於無作行中生樂心非起增上行彼樂對治此十種法差别示現方便智者不捨衆生法無我智對治攝取增上行發起殊勝行此勝行於出世間及世間增上行更無勝者有四種功德故一財及身勝因事隨所須隨意取得財及身勝因功德集故如經所謂善修空無相無願而集大功德助道故二護惡行因事如是得勝無量修行於一切衆生中不起妄行故如經入諸法無我無壽命無衆生而不捨起四無量故三護善根因事得彼勝因增上故功德法增上行以波羅蜜行故如經起功德法作增上波羅蜜行而無法可取故四攝衆生因事於中有七種門一願力取生作上首教化餘衆生故上首者衆生隨逐故如經得遠離三界乃能應化起莊嚴三界行故二說對治故爲滅煩惱染及隨煩惱使常自寂滅故如經畢竟寂滅諸煩惱焰而能爲一切衆生起滅貪瞋癡煩惱焰行故三爲滅諸障故障有四種如五地中說如經隨順幻夢影響化水中月鏡中像自性不二而起作業無量差别心故四於大法衆會集故如經善知一切國土道如虛空而起莊嚴淨佛國土行故五見聞親近供養修行生福德故如經知諸佛法身自性無身而起色身相好莊嚴行故六轉法輪故如經知諸佛音聲無聲本來寂滅不可說相而隨一切衆生起種種差别莊嚴音聲行故七所問善釋故如經入諸佛於一念頃通達

三世事而能分別種種相劫數修行隨一切衆生心差別觀故此十種發起殊勝行共對攝取對治攝取善修行空無相無願等入一切法無我無壽命無衆生等如是次第應知此十種法現前得住第七地如經諸佛子是菩薩此十種方便智發起殊勝行現前行名入第七菩薩地故如是樂無作行對治差別七地已說次說彼障對治有二種相一修行無量種二修行無功用行

經曰是菩薩住第七菩薩地中入無量衆生界入諸佛無量教化衆生業入無量世界網入諸佛無量清淨國土入無量諸法差別入無量諸佛智得無上道入無量劫數入無量諸佛通達三世事入無量衆生信樂勝事差別入無量諸佛名色身種種示現入無量衆生心行根信種種差別入無量諸佛音聲語言令衆生歡喜入無量衆生心心所行種種差別入無量諸佛隨智慧行入乘無量聲聞乘信解入諸佛無量說道令衆生信解入無量辟支佛乘集成入諸佛無量深智慧門入所說入諸菩薩無量所行道入諸佛無量所說大乘集成事令菩薩得入

論曰修行無量種者隨所作利益何等衆生衆生住何處以何等智慧以何等心以何等行置何等乘以此差別有十種修行是中隨所作利益何等衆生者於無量衆生以無量業教化故如經是菩薩住第七菩薩地中入無量衆生界入諸佛無量教化衆生業故衆生住何處者於無量世界中令依清淨佛國土故如經入無量世界網入諸佛無量清淨

國土故以何等智慧者無量種種法界智慧覺故如經入無量諸法差別入無量諸佛智得無上道故無量劫數通達三世亦入智慧覺如經入無量劫數入無量諸佛通達三世事故以何等心者有三種事一有衆生信種種天身心隨同行隨彼信說故如經入無量衆生信樂勝事差別入無量諸佛名色身種種示現故二知過去心習輭中利根如應說法如經入無量衆生心行根信種種差別入無量諸佛音聲語言令衆生歡喜故三以何等行者隨衆生心說對治故如經入無量衆生心心所行種種差別入無量諸佛隨智慧行故置何等乘者於三乘中置聲聞乘中者如經入乘無量聲聞乘信解入諸佛無量說道令衆生信解故置辟支佛乘中者如經入無量辟支佛乘集成入諸佛無量深智慧門入所說故置大乘中者如經入諸菩薩無量所行道入諸佛無量所說大乘集成事令菩薩得入故如是彼障對治無量種差別修行十種已說次說修行無功用行

經曰是菩薩作如是念是諸佛世尊有無量無邊境界是境界不可以若干百億劫千億劫百千億劫乃至復過此數無量百千萬億那由他劫不可算數如是諸佛境界我皆應集自然不以分別得成以不分別不取相故成是菩薩如是善觀智通日夜常修方便智勳發起殊勝行善住堅固以不動法故

論曰是中自然者自性勝無分別故如經自然不以分別得成以不分別不取相故成此句示現是菩薩如是善觀智通日夜常修方

便智勳發起殊勝行善住堅固以不動法故者彼障對治故如是彼障對治差別此地已說次說雙行分有四種相一二行雙無間二信勝三能作大義四菩提分法差別

經曰是菩薩起於道時一念心不捨是菩薩修行智慧來時亦起去時亦起住時亦起坐時亦起卧時亦起乃至睡夢皆能起道離諸陰蓋住諸威儀常不離如是相念是菩薩於念念中具足菩薩十波羅蜜何以故如是菩薩起一切心於念念中以大悲爲首修習一切佛法皆迴向如來智故是菩薩求佛道時所修善根捨與一切衆生是檀波羅蜜能滅一切煩惱熱是尸波羅蜜慈悲爲首能忍一切衆生是羼提波羅蜜求轉勝善根心無猒足是毘梨耶波羅蜜所修諸行心不馳散常向一切智智是禪波羅蜜現忍諸法自性不生是般若波羅蜜能起無量智門是方便波羅蜜期上上勝智是願波羅蜜一切外道邪論及諸魔衆不能沮壞菩薩道是力波羅蜜如實觀知一切法相是智波羅蜜如是諸佛子是菩薩住此菩薩遠行地中念念具足十波羅蜜亦具足四攝法亦具足四家三十七助菩提分法三解脫門略說乃至一切助菩提分法於念念中皆悉具足

論曰是中一念中奢摩他毗婆舍那二行雙現前故住諸威儀者一切行中彼修行時無間不斷不息行故如經是菩薩起於道時一念心不捨乃至住諸威儀故遠離一切煩惱蓋故信勝者彼無量智中殊異義莊嚴相現前專念故如經常不離如是相念故能作大

義者念念具足十波羅蜜大義故如經是菩薩於念念中具足菩薩十波羅蜜乃至智波羅蜜故是中方便波羅蜜者起無量智事以是智故起布施等無量行願力攝故願波羅蜜者起上上智以是智故起布施等上上行生攝取勝故力波羅蜜者一切異論及諸魔衆不能壞行以是行故遠離布施等障故智波羅蜜者如實觀知一切法相以是智故布施等一切種差別知爲化衆生故菩提分差別者有四種相一依大乘行波羅蜜故如經如是諸佛子是菩薩住此菩薩遠行地中念念具足十波羅蜜故二依教化衆生行四攝法故如經亦具足四攝法故三依煩惱障增上淨故家菩提分解脫門者何處住以何等門修行得清淨如經亦具足四家三十七助

菩提分法三解脫門故家者般若家諦家捨煩惱家苦清淨家故四依智障清淨如經略說一切助菩提分法於念念中皆悉具足故如是雙行差別已說次說前上地勝差別下地增上方便行滿足故七地中說

經曰爾時解脫月菩薩問金剛藏菩薩言佛子菩薩但於第七菩薩地中具足一切助菩提分法爲當一切菩薩諸地中亦皆具足金剛藏菩薩言佛子菩薩於十菩薩地中悉具足一切助菩提分法但第七地勝故得名何以故佛子是菩薩此菩薩地中方便行具足得入智慧神通行故佛子菩薩於初地中發願觀一切佛法故具足助菩提分法第二地中除心惡垢故具足助菩提分法第三地中願轉增長得法明故具足助菩提分法第四

地中入道故具足助菩提分法第五地中隨順行世間法故具足助菩提分法第六地中入甚深法門故具足助菩提分法此第七菩薩地中起一切佛法故具足一切助菩提分法

論曰云何下地增上方便行滿足以滿足故入大智通行如經金剛藏菩薩言佛子菩薩於十菩薩地中悉具足一切菩提分法但第七地勝故得名何以故佛子是菩薩此菩薩地中方便行具足得入智慧神通行故是中通有五神通智者如前說云何此地中方便行滿足彼餘世間出世間行中更起殊勝行是故此七地中起一切佛法故能具足助菩提分法如經佛子菩薩於初地中發願觀一切佛法故具足助菩提分法乃至此第七菩薩地中起一切佛法故具足一切助菩提分法故如是前上地勝差别下地增上方便行滿足已說云何上地增上修行智慧方便菩提分功用行滿足故

經曰何以故佛子菩薩從初地來乃至七地得諸智慧所行道以是力故從第八菩薩地乃至第十地無功用行自然滿足佛子譬如二世界一染淨世界二純淨世界是二中間難可得過欲過此界當以大神通力佛子菩薩如是行於染淨菩薩道難可得過當以大願力大方便智力大神通力故乃可得過解脱月菩薩言佛子七菩薩地爲是染行爲是淨行金剛藏菩薩言佛子從初地來菩薩所行皆離煩惱染業何以故迴向阿耨多羅三藐三菩提故隨道所行如分平等故不名爲

過七地煩惱行佛子譬如轉輪聖王乘上寶象遊四天下知有貧窮困苦染過之人而不爲彼過所染然王未免人身若捨人身生於梵世住梵天宮現行千世界示梵王光明威力爾時不名爲人佛子菩薩亦如是從初地來乘諸波羅蜜乘行一切世間亦知世間煩惱染過而不爲煩惱過之所染以乘正道故而不名爲過七地煩惱染若菩薩捨一切功用行從七地入第八地爾時名爲乘菩薩清淨乘行一切世間如實知一切煩惱染過而不爲煩惱過之所染以得過故佛子菩薩住是第七菩薩地過多貪欲等諸煩惱衆是菩薩住此菩薩遠行地中不名有煩惱者不名無煩惱者何以故一切煩惱不行故不名有煩惱者貪求如來智慧未滿足故不名無煩惱者

論曰云何上地增上智慧方便行菩提分功用滿足故如經何以故佛子菩薩從初地來乃至七地得諸智慧所行道乃至當以大願力大方便智力大神通力乃可得過故從初地來遠離一切煩惱示現如是此地名爲染淨非染行如分行平等道故彼菩薩此地中隨力分捨功用道如轉輪王譬第八地中自然得報行過煩惱染過示現如生梵世捨轉輪王人身如經諸佛子譬如轉輪聖王乃至是第七菩薩地過多貪欲等諸煩惱衆者未至報地故是故此地不名離煩惱行有功用故菩薩住此遠行地中不名有煩惱者乃至未滿足故不名無煩惱者如是前上地勝差

别分已說次說雙行果差别此有四種相一業清淨二得勝三昧三過地四得勝行云何業清淨

經曰是菩薩住此第七菩薩遠行地中畢竟成就深淨身業畢竟成就深淨口業畢竟成就深淨意業是菩薩所有不善業道諸佛所呵皆已捨離所有善業道諸佛所嘆是則常行世間所有經書技術如五地中說自然而行是菩薩於三千大千世界中得爲大師唯除諸佛及八地菩薩無有衆生深心妙行能與等者是菩薩所有禪定三昧三摩跋提神通解脫一切現前修行門中非善成就報力如第八菩薩地是菩薩住此第七菩薩遠行地於念念中具足修集方便智力及一切助菩提分法得轉勝具足

論曰業清淨者有四種相一戒淨勝如經是菩薩住此第七菩薩遠行地中畢竟成就深淨身業乃至是則常行故二世間智清淨勝如經世間所有經書技術乃至自然而行故三得自身勝心行二平等無與等者如經是菩薩於三千大千世界中乃至深心妙行無與等者故四得勝力禪等現前勝如經是菩薩所有禪定三昧乃至得轉勝具足故是中依禪起三昧三摩跋提神通解脫爲教化衆生故寂滅樂行故滅定三摩跋提如是次第如是雙行果業清淨四種相已說次說得勝三昧

經曰是菩薩住此第七菩薩遠行地中入名善擇智菩薩三昧善思義三昧益意三昧分別義藏三昧擇一切義三昧善住堅根三昧

智神通門三昧法界業三昧如來利益三昧入名種種義藏世間涅槃門菩薩三昧菩薩如是大智通門滿足上首十三昧能入百千菩薩三昧門淨治此地

論曰得勝三昧者有十種相一依未觀義二依已觀義如經是菩薩住此第七菩薩遠行地中入名善擇智菩薩三昧故善思義三昧故三依一句無量義勝四依一義說無量名如經益意三昧故分別義藏三昧故五依通一切五明處智如經擇一切義三昧故六依煩惱障淨眞如觀堅根故如經善住堅根三昧故七依智障淨有四種障淨故一勝功德障此對治如經智神通門三昧故二無障礙智障此對治如經法界業三昧故三於深上佛法怯弱障此對治如經如來利益三昧故四不住行障此對治如經入名種種義藏世間涅槃門菩薩三昧故種種義藏者種種善根故如是大智通門滿足上首十三昧能入百千萬菩薩三昧門淨治此地故已說得勝三昧次說過地

經曰是菩薩得是三昧智慧方便善清淨故得大悲力故過聲聞辟支佛地現前思量趣智慧地

論曰過聲聞辟支佛地者有二種相一修行方便智力二大悲力故現前者能入法流水思量智慧地者八地智慧應知但觀奢摩他毗婆舍那道彼處成就故復次過者業勝故示現

經曰是菩薩住此第七菩薩遠行地中無量身業無相行無量口業無相行無量意業無

相行是菩薩善清淨行故得無生法忍光明解脱月菩薩言佛子菩薩住菩薩初地有無量身業無量口業無量意業已過一切聲聞辟支佛行成金剛藏菩薩言佛子觀大法故過非過自智行力此第七菩薩地得自智行力觀故一切聲聞辟支佛所不能壞佛子譬如王子生在王家具足王相勝一切臣衆以豪尊力故非自智行力故若身長大自具智力所作事成過一切臣衆如是佛子菩薩初發心時已勝一切聲聞辟支佛以深心大故今住此第七菩薩地中自智行住故過一切聲聞辟支佛事

論曰無量三業無相行者入定遠離相是無量聲聞縁覺亦有淨業遠離相非無量相不能利益一切衆生故復次此無量勝餘下地事故善清淨行者修方便行滿足故無生法忍光明者相現前故王子喻者此地中勝過示現修方便行滿足故自智行住者方便行盡念觀住故如經佛子譬如王子生在王家乃至自智行住故過一切聲聞辟支佛事故無量身等勝業已説非但多無量神力亦無量示勝義故

經曰諸佛子是菩薩住此第七菩薩遠行地得甚深遠離無行身口意業轉求勝行而不捨離

論曰甚深者遠入故遠離者彼障滅故無行者彼餘出世間世間地不能行故身口意業轉求勝行而不捨離者聲聞辟支佛雖離彼相業不如是得少爲足不求上行故如是雙行果過二乘地已説云何得勝行

經曰解脱月菩薩言佛子菩薩從何地來能入寂滅定金剛藏菩薩言佛子菩薩從第六地來能入寂滅定今住此第七菩薩地於念念中能入寂滅定而不證寂滅定是菩薩畢竟成就不可思議身口意業佛子是諸菩薩行實際行而不證寂滅定佛子譬如有人乘大船舫入於大海善知行船善知水相不爲大海水難所害如是佛子菩薩住此第七菩薩地中乘諸波羅蜜船行實際行而不證寂滅定

論曰行實際行而不證寂滅定以不捨有故如經金剛藏菩薩言佛子菩薩摩訶薩從第六地來能入寂滅定乃至而不證寂滅定故如是三摩跋提勝行已說次說發起勝行

經曰菩薩如是通達三昧智力修行起大方便智力故現身世間門深心涅槃雖眷屬圍遶而心常遠離以願力受生三界而不爲世間所染心常寂滅以方便力而還熾然雖然不燒隨順佛智轉聲聞辟支佛地通達諸佛境界藏現魔境界過四魔道現行魔境界現諸外道行而深心不捨佛濟通達一切世間事心常在出世間道法所有莊嚴之事勝諸天龍夜叉乾闥婆阿修羅迦樓羅緊那羅摩睺羅伽人非人四天王釋提桓因梵天王而不捨樂法念

論曰發起殊勝行者有八種行共對治攝一起功德行隨順世間門如經菩薩如是通達三昧智力修行起大方便智力故現身世間門深心涅槃故二上首攝餘行如經雖眷屬圍遶而心常遠離故三願取有行如經以願

力受生三界而不爲世間所染故四家不斷行遠離貪欲隨煩惱使而示貪欲行事如經心常寂滅以方便力而還熾然雖然不燒故五入行如經隨順佛智轉聲聞辟支佛地故六資生行飲食睡夢等魔境界故如經通達諸佛境界藏現魔境界故七退行示老病死此三魔境界故如經過四魔道現行魔境界故八轉行有三種轉一見貪轉如經現諸外道行而深心不捨佛濟故二障礙轉如經通達一切世間事而心常在出世間道法故三貪轉天龍等尊重心攝取轉彼貪心故如經所有莊嚴之事勝諸天龍乃至而不捨樂法念故

經曰菩薩成就如是智慧住此菩薩遠行地已多見諸佛以大神通力大願力故見多百佛多千佛多百千佛多百千那由他佛多億佛多百億佛多千億佛多百千億佛多百千億那由他佛以大神通力大願力故是菩薩見諸佛時以上心深心供養恭敬尊重讚嘆衣服飲食卧具湯藥一切供具悉以奉施以諸菩薩上妙樂具供養衆僧以此善根皆願迴向阿耨多羅三藐三菩提於諸佛所生上恭敬專心聽法聞已受持聞受持已得如實三昧智慧光明隨順修行行已憶持守護諸佛正法一切聲聞辟支佛智慧問難所不能壞是菩薩復能利益衆生故法忍轉淨是菩薩住此菩薩遠行地中於無量劫彼諸善根轉勝明淨調柔成就復轉盡成就無量百劫無量千劫無量百千劫無量百千那由他劫無量億劫無量百億劫無量千億劫無量百

千億劫無量百千億那由他劫彼諸善根轉勝明淨調柔成就復轉盡成就佛子譬如本真金以一切衆寶具足莊嚴光色轉勝明淨餘莊嚴具所不能及如是佛子菩薩住此第七菩薩遠行地中彼諸善根從方便智起轉勝明淨一切聲聞辟支佛所不能壞佛子譬如日光一切星宿月光所不能壞閻浮提内所有泥水悉能乾竭如是佛子菩薩住此第七菩薩遠行地中彼諸善根一切聲聞辟支佛所不能壞又能乾竭一切衆生煩惱淤泥是菩薩十波羅蜜中方便波羅蜜增上餘波羅蜜非不修習隨力隨分諸佛子是名略說菩薩第七菩薩遠行地若菩薩住此地中多作他化自在天王所作自在善令衆生發生正智亦令衆生度煩惱海所作善業布施愛語利益同事是諸福德皆不離念佛念法念僧念菩薩念菩薩行念波羅蜜念十地念不壞力念無畏念不共佛法乃至不離念一切種一切智智常生是心我當於一切衆生中爲首爲勝爲大爲妙爲微妙爲上爲無上爲導爲將爲師爲尊乃至爲一切智智依止者從是念發精進行以精進力故於一念間得百千億那由他三昧見百千億那由他佛知百千億那由他佛神力能動百千億那由他佛世界能入百千億那由他佛世界能照百千億那由他佛世界能化百千億那由他佛世界衆生能住壽百千億那由他劫能知過去未來世各百千億那由他劫事能善入百千億那由他法門能變身爲百千億那由他身於一一身能示百千億那由他菩薩以爲

眷屬若以願力自在勝上菩薩願力過於此數示種種神通或身或光明或神通或眼或境界或音聲或行或莊嚴或加或信或業是諸神通乃至無量百千萬億那由他劫不可數知

論曰守護諸佛正法者於三千大千世界中得爲大師故修方便行滿足故彼守護上首故利益衆生故法忍轉顯此地釋名應知如經是菩薩復能利益衆生故法忍轉淨故修行功用盡至故名爲遠行地一切衆寶具足莊嚴眞金喻者示現一切菩提分别方便行功用滿足故此地中諸善根轉勝明淨示現如經譬如本眞金乃至一切聲聞辟支佛所不能壞故日光喻者如前地説此地勝故如經佛子譬如日光乃至又能乾竭一切衆生煩惱淤泥故餘如前説

十地經論卷第九

十地經論卷第十

天　親　菩　薩　造

元魏三藏法師菩提留支奉　詔譯

不動地第八

論曰第八地中有七種相差別一總明方便作集地分二得淨忍分三得勝行分四淨佛國土分五得自在分六大勝分七釋名分云何總明方便作集地分

經曰爾時金剛藏菩薩言諸佛子若菩薩於七地中善集慧方便善清淨諸行善集助道法善起大願力善加如來力加自善根力得力故常念隨順如來力無畏不共佛法故善淨深心覺故成就功德智力故大慈悲等不捨一切衆生行故通達無量智道故

論曰總明方便作集地分者七地總故同相及別相云何同相同相有三種一者二種無我上上證故二者不住道清淨故三者彼方便智行所攝滿足助菩提分法故如經諸佛子若菩薩於七地中善集慧方便故善清淨諸行故善集助道法故云何別相善起大願力等初地等諸地如經善起大願力故第二地中是故我應等行十善業道修行一切種令清淨具足彼處如來力故如經善加如來力加故第三地中猒得不退禪定等自善根力得通達故如經自善根力得力故第四地中所說法分別智教化智障淨勝念通達佛法如經常念隨順如來力無畏不共佛法故第五地中深淨心平等善淨深心等如經善淨深心覺故第六地中大悲自在爲首增上觀因緣集成就福德智力如經成就福德智

力故第七地中方便智慧發起殊勝道不捨一切衆生行如經大慈悲等不捨一切衆生行故以無量衆生界故入無量智道如經通達無量智道故如是第八地總明方便作集地分已說云何得淨忍分得無生法忍故彼清淨自然無功用行應知

經曰入一切法本來無生無成無相無出不失無盡不行非有有性初中後平等眞如無分別入一切智智是菩薩遠離一切心意識憶想分別無所貪著如虛空平等入一切法如虛空性是名得無生法忍

論曰復次彼忍於四種無生中應知四種無生者一事無生二自性無生三數差別無生四作業差別無生是中事無生者實有七種事一淨分法中本有實此對治如經入一切法本來無生故二新新生實此對治如經無成故三者相實此對治如經無相故四後際實此對治如經無出故五先際實染分中煩惱障故此對治如經不失故六盡實諸衆生此對治如經無盡故七雜染實淨分中此對治如經不行故自性無生者是法無我彼法無我自體無性故如經非有有性故彼觀事故是此忍不得言無所有觀法無我無二相故數差別無生者於三時中染淨法不增減故如經初中後平等故作業差別無生者於眞如中淨無分別佛智故如經眞如無分別入一切智智故如是無生法忍觀示現次示現行遠離報分別境界想攝受分別性想故如經是菩薩遠離一切心意識憶想分別故想者遠離障法想非無治法想彼治想於下

地中有三種勝事一無功用自然行如經無所貪著故二徧一切法想如經如虛空平等故三入眞如不動自然行故如經入一切法如虛空性是名得無生法忍故如是八地得淨忍分已說次說得勝行分

經曰又佛子如是成就法忍菩薩即時得是第八菩薩不動地得爲深行菩薩難可得知無能分別離一切相離一切想一切貪著無量無邊一切聲聞辟支佛所不能壞寂靜一切寂靜而現在前佛子譬如比丘得具足神通即得自在次第入滅盡定一切動心憶想分別皆悉盡滅佛子菩薩亦如是住是第八菩薩不動地即離一切有功用行及諸憶想念得無功用法離身口意務住報行成佛子譬如有人夢中見身墮在大河是人爾時發大勇猛施大方便欲出此河發勇猛時忽然便寤寤已即離一切勇猛方便據事佛子菩薩亦如是從初已來見諸衆生墮四大河發大精進力廣修行道至不動地即離一切想有功用行是菩薩一切不行二心諸所憶想不復現前佛子譬如生在梵天欲界煩惱一切不行如是佛子菩薩住此菩薩不動地一切心意識等不行一切佛心菩提心菩薩心涅槃心不行何況當行世間心

論曰是中得勝行者得深行故深行有七種一難入深如經又佛子如是成就法忍菩薩即時得是第八菩薩不動地得爲深行菩薩難可得知故二同行深諸淨地菩薩同故如經無能分別故三境界深能取可取不現前故如經離一切相離一切想一切貪著故護

一切障想故言離一切貪著四修行深自利利他行故如經無量無邊故五不退深如經一切聲聞辟支佛所不能壞故六離障深如經寂靜故七對治現前深如經一切寂靜而現在前故眞如一切寂靜故滅盡定喻者示彼行寂滅故如經佛子譬如比丘乃至離身口意務住報行成故一切動心憶想分別皆悉盡滅者無彼依心故即離一切有功用行者過功用行地故得無功用法者得彼對治法故以得無功用法自然行故住報行成示現得有功用行相違法故復住報行成者善住阿梨耶識眞如法中故夢寤喻者示此行中護彼過想有正智想此行寂滅故如經佛子譬如有人夢中見身乃至諸所憶想不復現前故是中依清淨世間涅槃二心不行故

依境界受用念想不行故生梵天喻者於下地心一向不能得報地故此說遠離勝如經佛子譬如生在梵天乃至何況當行世間心故是中順行不順行二分心等佛等不行故大乘小乘差別故大乘小乘中衆生法差別故無學學差別佛等涅槃差別說應知是中順行者順行分中心等不行故如經一切心意識等不行故是中不順行者不順行分中佛等不行故如經佛心乃至涅槃心不行故大乘小乘差別大乘中差別者佛菩薩涅槃差別故小乘中差別者聲聞涅槃阿羅漢等差別故大乘中衆生法差別者佛菩薩差別故法差別者菩提涅槃差別故小乘中無學學衆生差別是中法差別者涅槃差別無學差別者阿羅漢差別有學差別者阿那含等

差別如是等行皆悉不行故

經曰佛子是菩薩得此不動地已本願力住故諸佛爾時彼法流水門中與如來智慧復作是言善哉善哉善男子汝得此究竟忍順一切諸佛法故善男子我等所有十力四無所畏十八不共佛法成就汝今未得當爲成就諸佛法故勤求精進亦莫捨此忍門

論曰此與如來智慧力轉彼深行樂足心故嘆得上法故不得修教授故若不捨此忍行不得成就一切佛法故依彼有力能作故如經佛子是菩薩得此不動地已本願力住乃至亦莫捨此忍門故

經曰復次善男子汝雖得是寂滅解脱此凡夫衆生不善不寂滅常在種種煩惱集中爲種種異念覺觀所害汝當愍念如是衆生

論曰依彼衆生無大利益事現起煩惱使在家出家分中深著煩惱衆生轉故如經善男子汝雖得是寂滅解脱乃至汝當愍念如是衆生故不善者現起煩惱染故不寂滅者不遠離彼使故常在種種煩惱集中者於在家分中故爲種種異念覺觀所害者於出家分中故

經曰復次善男子汝應念本所願欲大利益衆生欲得不可思議智慧門

論曰依願教化衆生智行廣能轉故如經復次善男子汝應念本所願乃至欲得不可思議智慧門故

經曰復次善男子此一切法中法性有佛無佛法界常住諸如來不以得此法故説名爲佛聲聞辟支佛亦得此無分別法

論曰依不共義功行疲倦彼垢轉故如經復次善男子此一切法中法性乃至亦得此無分別法故

經曰復次善男子汝觀我等無量淨身無量智慧無量佛國土無量光輪無量起智無量淨音汝今應起如是等事

論曰無量淨身等彼佛法成就有力示現依利益衆生故此利益衆生事以何事身如經復次善男子汝觀我等無量淨身故以何等智世諦智第一義諦智如經無量智慧故以何等出清淨國土如經無量佛國土故以何等攝伏如經無量光輪故隨所度衆生行智慧如經無量起智故隨所言說如經無量淨音故如來作無量利益衆生汝今應起如是等事示現

經曰復次善男子汝今適得此一法明所謂一切法寂滅無分別法明如是善男子如來法明無量入無量作無量轉汝爲得彼故應起此法

論曰復示諸佛無量勝行如經復次善男子汝今適得此一法明乃至應起此法故無量者法門差別故無量作者作事差別故無量轉者依上上不斷差別故

經曰復次善男子汝觀十方無量國土無量衆生無量法差別汝應如是盡通達彼事如是佛子諸佛與此菩薩如是等無量無邊起智慧門以此無量智慧門故是菩薩能起無量智差別業皆悉成就

論曰復少作在隨所見無量世界衆生法差別少分觀即能成就轉故如經復次善男子

汝觀十方無量國土乃至皆悉成就故
經曰金剛藏菩薩語解脫月菩薩言佛子若諸佛不與此菩薩起智門轉者是菩薩爾時即入涅槃棄捨利益一切衆生以諸佛與此菩薩無量無邊起智門故於一念中所起智業比從初發心以來乃至竟第七地百分不及一千分百千分百千那由他分億分百億分千億分百千億分百千億那由他分不及一乃至無量無邊阿僧祇分亦不及一乃至非算數譬喻之所能及所以者何佛子先以一身起行起故今此菩薩地中得菩薩無量身差別故集無量行力故無量音聲起故無量智慧起故無量生起故無量清淨國土故教化無量衆生故供養恭敬無量諸佛故隨順覺無量法故得無量神通力起故無量衆會差別故無量身口意業集一切菩薩行力以不動法故佛子譬如乘船欲入大海未至大海多用功力若至大海不復用力但以風力而去若於大海一日所行比本功力至於百歲不能得及如是佛子菩薩善集善根資粮乘大乘船到菩薩所行大智慧海於一念間無功用智能入一切智智處本有功用行若一劫若百千萬劫不能得及
論曰是中即入涅槃者與智慧示現如經以諸佛與此菩薩無量無邊起智門故乃至以不動法故以諸佛與此菩薩無量無邊起智門者彼行中攝功德因勝同作教授說故乃至算數等次第解釋應知數分者一一爲二二二爲四如是等喻亦不及一是事不分喻比故無量身差別者一切菩薩身信解如自

身故如是無量音聲起等亦無量應知此十句依教化衆生依集助道行依障清淨應知隨身住隨所說隨依智隨所取正隨何國土得教化衆生隨集功德助道集智慧助道供養恭敬無量諸佛故隨順覺無量法故隨神通障正覺障清淨故此一切處隨順無量身口意業應知以不動法者無間不斷集故佛子譬如乘船乃至百千萬劫不能得及者船喻彼行速疾知因勝示現善集善根資粮者於七地中修菩薩行故乘大乘船到菩薩所行大智慧海者八地智慧海應知如是八地得勝行分已說次說淨佛國土此淨佛國土有三種自在行一器世間自在行二衆生世間自在行三智正覺自在行云何器世間自在行

經曰佛子是菩薩得菩薩第八地從大方便慧起無功用心在菩薩道觀一切智智力所謂觀世界成觀世界壞是菩薩隨世間成彼如實知隨世間壞彼如實知隨業因緣集故世間成彼亦知隨業因緣盡故世間壞彼亦知隨世間幾時成彼亦知隨世間幾時壞彼亦知隨世間幾時成住彼亦知隨世間幾時壞住彼亦知是菩薩知地界小相知地界大相知地界無量相知地界差別相是菩薩知水界小相知水界大相知水界無量相知水界差別相是菩薩知火界小相知火界大相知火界無量相知火界差別相是菩薩知風界小相知風界大相知風界無量相知風界差別相是菩薩知微塵細相麤相無量相知差別相隨何世界中所有微塵集散微塵差

別皆悉能知隨何世界中所有地界若干微塵皆悉能知所有水界若干微塵皆悉能知所有火界若干微塵皆悉能知所有風界若干微塵皆悉能知所有衆生身若干微塵皆悉能知所有國土身若干微塵皆悉能知是菩薩知諸衆生麤身細身差別若干微塵成知地獄身依若干微塵成知畜生身依若干微塵成知餓鬼身依若干微塵成知阿脩羅身依若干微塵成知天身依若干微塵成知人身依若干微塵成是菩薩通達入如是分別微塵智已知欲界成知色界成知無色界成知欲界壞知色界壞知無色界壞知欲界小相知欲界大相知欲界無量相知欲界差別相知色界小相知色界大相知色界無量相知色界差別相知無色界小相知無色界大相知無色界無量相知無色界差別相如是入思量三界智中是菩薩復善起智明善知衆生身差別善知分別衆生身善觀所應生處是菩薩隨衆生生處隨衆生身集業而爲受身教化衆生故是菩薩現身徧滿三千大千世界隨衆生身各各差別如是隨順生處起現前光明若二三千大千世界若三四五若十二十三十四十五十若百三千大千世界若千若萬若百萬若千萬若百千萬若億萬若百千萬億那由他乃至無量無邊不可說不可說三千大千世界身徧其中隨衆生自身差別信如是生處起現前光明智隨順故是菩薩成就如是智慧於一佛國土身不動搖乃至不可說諸佛國土於衆會中起現前光明故

論曰器世間自在行者有五種自在一隨心所欲彼能現及不現二隨何欲彼能現三隨時欲彼即時現四隨廣狹欲彼能現五隨心幾許欲彼能現如經佛子是菩薩得菩薩第八地從大方便慧起無功用心在菩薩道觀一切智智力乃至隨世間壞彼如實知故此世界成壞等初器世間自在行中隨心所欲彼能現及不現故隨業因緣集故世間成彼亦知隨業因緣盡故世間壞彼亦知業集盡智第二隨何欲彼能現故隨世間幾時成乃至第四句隨世間幾時壞住彼亦知隨世間幾時成等智第三隨幾時欲彼即時現故是菩薩知地界小相乃至知人身依若干微塵成地等相差別智第四隨廣狹欲彼能現故是菩薩入如是分別微塵智中乃至現前光

明成壞智乃至於一佛國土身不動搖第五隨心幾許欲彼能現故是中地界次第境界智相智云何境界智非定地報識境界是名小相定地識境界是名大相如來境界是名無量相云何相智自相同相是名差別相身麤細者色無色等諸衆生如是次第欲界等境界智相智欲界人境界是名小相天境界大相色界覺觀境界小相無覺無觀境界大相無色界佛法中凡夫境界小相聲聞菩薩大相一切如來境界無量相善知衆生身差別善知分別衆生身者善知身不同方便異生同生差別應知諸佛國土於衆會中起現前光明者彼處處去身體示現如是淨佛國土器世間自在行已說云何衆生世間自在行

經曰是菩薩隨衆生身差別信隨決定信差別彼彼佛國土中彼彼大會中如是如是自身示現是菩薩若於沙門衆中示沙門形色婆羅門衆中示婆羅門形色刹利衆中示刹利形色毗舍衆中示毗舍形色首陀衆中示首陀形色居士衆中示居士形色長者衆中示長者形色四天王衆中示四天王形色帝釋衆中示帝釋形色如是餤摩衆中兜率衆中化樂衆中他化自在衆中魔衆中梵天衆中示梵天形色乃至阿迦尼吒天衆中示阿迦尼吒天形色是菩薩應以聲聞身度者示聲聞形色應以辟支佛身度者示辟支佛形色應以菩薩身度者示菩薩形色應以佛身度者示佛身形色佛子如是所有不可說諸佛國土中隨衆生身信樂差別彼彼佛國土中如是自身差別示現

論曰衆生世間自在行者彼調伏自在故彼行化衆生身心自同事自身心等分示現如經是菩薩隨衆生身差別信乃至彼彼佛國土中如是自身差別示現故如是衆生世間自在行已說云何智正覺自在行第一義諦智聖諦智等

經曰是菩薩遠離一切身相分別得身平等是菩薩知衆生身知國土身知業報身知聲聞身知辟支佛身知菩薩身知如來身知智身知法身知虛空身是菩薩如是知衆生深心起樂若以衆生身作自身如是國土身業報身聲聞身辟支佛身菩薩身如來身智身法身虛空身作自身是菩薩如是知衆生深心起樂若以自身作衆生身如是國土身業

報身聲聞身辟支佛身菩薩身如來身智身法身虛空身作衆生身是菩薩如是知衆生深心起樂何等何等身何等何等身中能自在作是菩薩知衆生身集業身報身煩惱身色身知無色身是菩薩知國土身小相大相無量相垢相淨相廣相亂住相倒住相平正相知方網差別相知業報身假名差別聲聞身假名差別辟支佛身假名差別知菩薩身假名差別是菩薩知如來身菩提身願身化身受神力身相好莊嚴身光明身意生身功德身法身知智身是菩薩善知智身善思量相善如實觀相果行所攝相世間出世間差別相三乘差別相共不共相乘不乘相善知學無學相是菩薩知法身平等相知不壞相知轉時假名差別相衆生非衆生法差別相知佛法聖僧法差別相是菩薩知虛空身無量相周徧相無形相不異相無邊相知顯色身別異相

論曰第一義諦智者遠離一切身相分別示得身平等自身他身不分別故如經是菩薩遠離一切身相分別得身平等故此是不同聲聞辟支佛第一義智示現世諦智者善知衆生身等染分淨分不二分善分別知故如經是菩薩知衆生身乃至知虛空身故是中衆生世間器世間彼二生因業煩惱是染分三乘是淨分此三乘隨何智隨何法彼淨顯示虛空是不二分故是菩薩如是知衆生深心起樂若以衆生身作自身乃至以虛空身作自身等是菩薩如是知衆生深心起樂若以自身作衆生身乃至以自身作虛空身等

是中以衆生身作自身者彼自在中所作攝取行種種示現是中衆生身者業生煩惱妄想染差別色無色界差別皆如實知如經是菩薩知衆生身集業身報身煩惱身色身知無色身故國土身者千等世界差別應知淨不淨世界差別皆善分別知廣等世界差別皆善分別知如經是菩薩知國土身乃至知方網差別相故廣相等諸句義如初地說業報聲聞辟支佛菩薩身假名差別者自相同相差別假名分別無我人故如經是菩薩知業報身假名差別乃至知菩薩身假名差別故是菩薩知如來身者示成正覺爲菩提故願生兜率天故所有佛應化故自身舍利住持故所有實報身故所有光明攝伏衆生故所有同不同世間出世間心得自在解脫故所有不共能作廣大利益因故所有如來無漏界故所有無障礙智故是故此智能作一切事彼事差別皆悉能知如經是菩薩知如來身菩提身乃至知智身故是菩薩知智身者聞思智差別修智差別果行智差別世間出世間智差別皆如實知如經是菩薩善知智身乃至知學無學相故是菩薩知法身平等相者無量法門明等一法身故如聞取故隨所化衆生根性相應時說差別故有根無根差別相故知第一相差別皆悉能知如經是菩薩知法身平等相乃至知佛法聖僧法差別相故是菩薩知虛空身者知無盡相徧相不可見相無障礙相無爲相能通受色相因色彼分別皆悉能知如經是菩薩知虛空身無量相乃至知顯色身別異相故如是八

地淨佛國土三自在行已說次說得十自在

經曰是菩薩善知起如是諸身則得命自在不可說不可說劫命住持故得心自在無量阿僧祇三昧入智故得物自在一切世界無量莊嚴嚴飾住持示現故得業自在如現生後時業報住持示現故得生自在一切世界生示現故得願自在隨心所欲佛國土時示成三菩提故得信解自在一切世界中佛滿示現故得如意自在一切佛國土中如意作變事示現故得法自在無邊無中法門明示現故得智自在如來力無畏不共法相好莊嚴三菩提示現故

論曰得自在者是菩薩如是修行器世間衆生世間智正覺世間三種自在行故得十自在如經是菩薩善知起如是諸身則得命自在乃至得智自在故此十自在對治十種怖畏如是次第應知何者是十種怖畏一死怖畏二煩惱垢怖畏三貧窮怖畏四惡業怖畏五惡道怖畏六求不得怖畏七謗法罪業怖畏八追求時縛不活怖畏九云何云何疑怖畏十大衆威德怖畏如是八地得十自在分已說次說大勝分

經曰是菩薩得是菩薩十自在已即時名為不可思議智者無量智者廣智者不可壞智者菩薩如是至已如是智成就常集起清淨身業常集起清淨口業常集起清淨意業智慧為首智隨順轉般若波羅蜜增上大悲為首方便善巧善能分別自起願力善加諸佛所加常不捨利益衆生行徧知無邊世界差別事佛子略說菩薩得此菩薩不動地身口

意業所作皆能集起一切佛法是菩薩得此菩薩不動地善住淨心力中離一切煩惱集故善住深心力中常不離道故善住大悲力中不捨利益衆生故善住大慈力中救一切世間故善住陀羅尼力中不忘法故善住辯才力中智慧善巧分別一切佛法故善住神通力中行無邊世界差別故善住願力中不捨一切菩薩所行故善住波羅蜜力中修集一切佛法故善住如來加力中一切種一切智智現前故是菩薩得如是智力示一切所作一切事中無有過咎故

論曰大勝者有三種大一智大二業大三彼二住功德大云何智大不可思議智者不住世間不住涅槃故如經是菩薩得是菩薩十自在已即時名爲不可思議智者故此不可思議有三種應知一修行盡至不可思議二所知不可思議三除障智不可思議如經無量智者故廣智者故不可壞智者故是名智大菩薩如是至已乃至集起一切佛法故是菩薩如是至巳者如上說如是智成就者亦如上說常集起清淨三業者此是業大彼淨業有四種相一起能起起同時如經智慧爲首故智隨順轉故二智攝不染作利益衆生行等如經般若波羅蜜增上故大悲爲首方便善巧善能分別故三因攝自行他行因等如經善起願力故善加諸佛所加故四作業所持利益衆生淨佛國土成就一切佛法如經常不捨利益衆生行故徧知無邊世界差別事故佛子略說菩薩得此菩薩不動地身口意業所作皆能集起一切佛法故是名業

大彼二住功德大者善住淨心力等示現依七種功德故一善住道功德如經是菩薩得此菩薩不動地善住淨心力中離一切煩惱集故善住深心力中常不離道故善住大悲力中不捨利益衆生故善住大慈力中救一切世間故又善住道功德初二遠離障故對治堅固故次二不捨衆生故二不忘功德如經善住陀羅尼力中不忘法故三成就口業功德如經善住辯才力中智慧善巧分别一切佛法故四心自在成就功德如經善住神通力中行無邊世界差别故五願力成就功德如經善住願力中不捨一切菩薩所行故六修行成就功德如經善住波羅蜜力中集一切佛法故七與智功德如經善住如來加力中一切種一切智智現前故是菩薩得如是智力示一切所作者得無憎愛不分别衆生有煩惱無煩惱平等作業故一切事中無有過咎者以得此七種功德故如是八地大勝分已説次説釋名分

經曰佛子此菩薩智地名爲不動地不可壞故名爲不轉地智慧不退故名爲難得地一切世間難知故名爲王子地無家過故名爲生地隨意自在故名爲成地更不作故名爲究竟地智慧善分别故名爲涅槃地善起大願力故名爲加地他不能動故名爲無功用地善起先道故

論曰釋名有二種一地釋名二智者釋名地釋名者有六種相一染對治此染有二種一下地功用行小乘願諸魔業二煩惱習行此對治如經佛子此菩薩智地名爲不動地不

可壞故名爲不轉地智慧不退故二得甚深故如經名爲難得地一切世間難知故三發行清淨如經名爲王子地無家過故名爲生地隨意自在故是中發淨者如王子一切所作無過故行淨者住生地所欲事自在成就故四世間出世間有作淨勝如經名爲成地更不作故名爲究竟地智慧善分別故是中出世間有作淨勝者以智慧善分別知障淨故五彼二無作淨勝如經名爲涅槃地善起願力故無作淨勝者以本願力不捨利益一切衆生以六菩薩地勝如經名爲加地他不能動故名爲無功用地善起先道故又菩薩地勝者六地七地勝故六地勝者發起殊勝行他事念動故七地有功用此地中善起先道無功用自然行故智者釋名者以何義故菩薩名爲得不動菩薩今說此事應知

經曰佛子菩薩成就如是智慧名爲得入佛性名爲佛功德自照明名爲隨佛威儀行名爲佛境界現前日夜常爲善加諸佛加常爲四天王釋提桓因梵天王等之所奉迎常爲密跡金剛神之所侍衛不捨三昧力常現無量諸身差別一切身行中勢力成就成就大果報神通於無邊三昧中得自在能受無量記隨化世間示成正覺是菩薩如是通達入大乘衆數善思量大乘通日夜常放智光明闚入無障礙法界道善知界道差別能示一切相功德隨意自在善解先際後際通達一切迴轉魔道智入如來智慧境界能於無邊世界中行菩薩道不退轉力故是故菩薩名爲得不動菩薩

論曰彼復有二種義名爲得不動菩薩一一向不動二一體不動佛性隨順因故如經佛子菩薩成就得如是智慧名爲得入佛性等是中佛性者界滿足勝隨順因者三種相示現一攝功德二行三近如經名爲佛功德自照明故名爲隨佛威儀行故名爲佛境界現前故是中自照明者善清淨義故威儀行者名爲正行故現前者近佛境界故是中一向不動者如經日夜常爲善加諸佛加故彼復依五功德應知一供養功德如經常爲四天王釋提桓因梵天王等之所奉迎故二護功德如經常爲密跡金剛神之所侍衛故三依正功德如經不捨三昧力故四國土清淨功德如經常現無量諸身差別故五教化衆生功德復次教化衆生功德有五種示現一願取諸有生如經一切身行勢力成就故二根心使智力如經成就大果報神通故三無量法力轉法輪故如經於無邊三昧中得自在故四受力如經能受無量記故五說力如經隨化世間示成正覺故是菩薩如是通達者一向不動故是中一體不動者入大乘衆數如經是菩薩如是通達入大乘衆數故入大乘衆數者名不破壞義此有九種一智不壞如經善思量大乘通故二說不壞如經日夜常放智光明談故三解脫不壞如經入無障礙法界道故四佛國土清淨不壞如經善知界道差別故五入大乘不壞如經能示一切相功德故六神通不壞如經隨意自在故七能解釋義不壞如經善解先際後際故八坐道場不壞如經通達一切迴轉魔道智故九

正覺不壞如經入如來智慧境界故能於無邊世界中行菩薩道不退轉力故者行無障礙不斷絶故以行無障礙不斷義故名爲得不動菩薩

經曰菩薩得菩薩不動地常不離見無量諸佛善行三昧力故及大願力故見諸佛時而不捨供養恭敬是菩薩於一一劫中一一世界中見無量佛無量百佛無量千佛無量百千佛無量百千那由他佛無量億佛無量百億佛無量千億佛無量百千億佛無量百千萬億那由他佛以大神通力大願力故見諸佛時以上心深心供養恭敬尊重讚嘆衣服飲食卧具湯藥一切供具悉以奉施以諸菩薩上妙樂具供養衆僧以此善根皆願迴向阿耨多羅三藐三菩提親近諸佛從諸佛受

本世界差别等諸法明是菩薩轉深入如來法藏門世界差别事中無能盡者是菩薩彼諸善根無量劫中轉勝明淨無量百劫無量千劫無量百千劫無量百千那由他劫無量億劫無量百億劫無量千億劫無量百千億劫無量百千億那由他劫彼諸善根轉勝明淨佛子譬如本眞金善巧金師作莊嚴具已繫在閻浮提王若頸若項閻浮提人餘寶莊嚴具無能奪者如是佛子菩薩住此不動地彼諸善根一切聲聞辟支佛乃至七地菩薩所不能壞菩薩得是地大智光明滅諸衆生煩惱闇障以善分别智門故佛子譬如千世界主大梵天王能於一時流布慈心滿千世界亦能放光徧照其中如是佛子菩薩住此菩薩不動地中能放身光照十千萬三千大

千世界微塵數世界衆生漸能除滅諸煩惱火令得清涼是菩薩十波羅蜜中願波羅蜜增上餘波羅蜜非不修習隨力隨分佛子是名略説菩薩第八菩薩不動地若廣説者於無量刼數不能盡菩薩住是地中多作大梵天王主千世界自在最勝與諸衆生聲聞辟支佛菩薩波羅蜜道無有窮盡説世間性差別中無能壞者所作善業布施愛語利益同事是諸福德皆不離念佛念法念僧念菩薩念菩薩行念波羅蜜念十地念不壞力念無畏念不共佛法乃至不離念一切種一切智智常生是心我當於一切衆生中爲首爲勝爲大爲妙爲微妙爲上爲無上爲導爲將爲師爲尊乃至爲一切智智依止者復從是念發精進行以精進力故於一念間得百萬三千大千世界微塵數三昧見百萬三千大千世界微塵數諸佛能知百萬三千大千世界微塵數佛神力能動百萬三千大千世界微塵數世界能入百萬三千大千世界微塵數佛世界能照百萬三千大千世界微塵數佛世界能化百萬三千大千世界微塵數佛世界衆生能住壽百萬三千大千世界微塵數刼能知過去未來世各百萬三千大千世界微塵數刼事能善入百萬三千大千世界微塵數法門能變身爲百萬三千大千世界微塵數於一一身能示百萬三千大千世界微塵數菩薩以爲眷屬若以願力自在勝上菩薩願力過於此數示種種神通或身或光明或神通或眼或境界或音聲或行或莊嚴或加或信或業是諸神通乃至無量百千萬億

那由地劫不可數知

論曰從諸佛受本世界差別等諸法明者彼因相故閻浮提王眞金作莊嚴具譬者得清淨地身心勝故善根光明轉更明淨示現如經佛子譬如千世界主大梵天王乃至令得清涼故餘如前說

十地經論卷第十

十地經論卷第十一

天親菩薩造

元魏三藏法師菩提留支奉　詔譯

善慧地第九

論曰第九地中有四分差別一法師方便成就二智成就三入行成就四說成就第八地中但淨佛國土教化衆生此第九地中辯才力故教化衆生成就一切相能教化故此勝彼故云何法師方便成就

經曰爾時金剛藏菩薩言佛子菩薩以如是無量智善思量智更求轉勝深寂滅解脫復轉求如來究竟智慧入如來深密法中思惟選擇不思議大智慧選擇諸陀羅尼三昧及智令清淨故現諸神通廣大行通達世界差別行修如來力無畏不共佛法無障調柔通達如來轉法輪莊嚴事不捨大悲大願力得入第九菩薩地

論曰是中法師方便成就者依他利益自利益一一五三句示現依無色得解脫相可化衆生他利益故如經爾時金剛藏菩薩言佛子菩薩以如是無量智善思量智更求轉勝深寂滅解脫故依未得究竟佛智自利益如經復轉求如來究竟智故依根熟菩薩依邪念修行可化衆生依未知法衆生轉法輪令得知依邪歸依衆生依信生天衆生如是次第五句示利益他行如經入如來深密法中故思惟選擇不思議大智慧故選擇諸陀羅尼三昧及智令清淨故現諸神通廣大行故通達世界差別行故示清淨國土轉信生天衆生令入佛法故依正覺依轉法輪依涅槃

此如是次第三句示自利益行如經修如來力無畏不共佛法無障調柔故通達如來轉法輪莊嚴事故不捨大悲大願力得入第九菩薩地故不捨利益衆生大涅槃示現以得不捨大悲大願力故應知如是九地法師方便成就分已說云何智成就

經曰是菩薩住此菩薩善慧地中如實知善不善無記法行有漏無漏法行世間出世間法行思議不思議法行定不定法行聲聞辟支佛法行菩薩法行如來地法行有爲法行如實知無爲法行

論曰是中智成就者依何等法說法應知彼法淨染不二如經是菩薩住此菩薩善慧地中如實知善不善無記法行故於淨法中有漏無漏如經有漏無漏法行故復無漏法中有世間出世間法行如經世間出世間法行故復彼法有思議不思議如經思議不思議法行故彼思議復有定不定如經定不定法行故彼復於三乘中如經聲聞辟支佛法行故菩薩法行故如來地法行故彼復三乘法中示有爲無爲依順行如經有爲法行如實知無爲法行故如是九地智成就分已說云何入行成就

經曰是菩薩隨順如是智慧如實知衆生心行稠林煩惱行稠林業行稠林根行稠林信行稠林性行稠林深心行稠林使行稠林生行稠林習氣行稠林如實知三聚差別行稠林

論曰是中入行成就者依共依共煩惱業生共染煩惱染淨等依定不定時如經是菩薩

隨順如是智慧如實知衆生心行稠林故乃至三聚差別行稠林故彼復定不定時根等次第根等相似信等如經根行稠林故信行稠林故性行稠林故深心行稠林故使行稠林故生行稠林故習氣行稠林故如實知三聚差別行稠林故稠林者衆多義故難知義故行者不正信義故云何心行稠林差別

經曰是菩薩如實知衆生諸心種種相心雜相心輕轉生相心無形相心無邊一切處衆多相心清淨相心染不染相心縛解相心幻起相心隨道生相乃至無量百千種種心差別相皆如實知

論曰是中心行稠林差別者心種種差別異故如經是菩薩如實知衆生心種種相故彼心種種相有八種一差別相心意識六種差別故如經心雜相故二行相住異生滅行故如經心輕轉生不生相故三第一義相觀彼心離心心身不可得故如經心無形相故四自相順行無量境界取故如經心無邊一切處衆多相故五自性不染相如經心清淨相故六同煩惱不同煩惱相如經心染不染相故七同使不同使相如經心縛解相故八因相諸菩薩以願力生餘衆生自業力生故如經心幻起相故心隨道生相故乃至無量百千種種心差別相皆如實知故以自性清淨心故第六第七心染不染故心縛解故此二何煩惱染示現第八句心隨順道故生染示現云何煩惱行稠林差別

經曰是菩薩如實知諸煩惱深入相行無邊相共生不離相煩惱使一義相心相應不相

應相隨道生處得報相三界中差別相愛無明見箭大過相三種業因不斷相略說乃至如實知八萬四千煩惱行差別相

論曰煩惱行稠林差別者三種事示現一遠入乃至有頂故如經是菩薩如實知煩惱深入相故二難知無量善根等修集行故如經行無邊相故三染業煩惱生染故是中隨所縛以何縛及所縛事此事說煩惱染染事示現如經共生不離相故煩惱使一義相故心相應不相應相故是中道所縛者迭共同事迭共相依共生不離故以何縛者謂使以有使故不得解脫煩惱使一義故所縛事者謂心心相應不相應故不相應者示可得解脫故身事生道界因故生煩惱染示現如經隨道生處得報相故三界中差別相故於三分中業因障解脫故隨順世間身口意業故不斷起因故業煩惱妄想染示現如經愛無明見箭大過相故三種業根本不斷相故乃至如實知八萬四千煩惱行差別相故三分者一愛行欲衆生二無戒衆生三外道衆生云何業行稠林差別

經曰是菩薩如實知諸業善不善無記相有作未作相心共生不離相因自性盡集果不失次第相有報無報相黑業白業黑白業不黑不白業正受業差別相業因無量相聖世間差別相現報生報後報相乘非乘定不定相乃至如實知八萬四千諸業差別相

論曰業行稠林差別者道因差別示現如經是菩薩如實知諸業善不善無記相故自性差別如經有作未作相故方便差別如經心

共生不離相故盡集果差別如經因自性盡集果不失次第相故已受果未受果差別如經有報無報相故對差別如經黑業白業黑白業不黑不白業正受業差別相故因緣差別如經業因無量相故畏集已集差別如經聖世間差別相故定不定報差別如經現報生報後報相故乘非乘定不定相故乃至如實知八萬四千諸業差別相故是中自性差別有二種業一籌量時二作業時方便差別者心共生熏心不別生果故盡集果差別者無始時業自然念念滅壞集不失故有爲作業因盡集故已受果未受果差別者生報後報受不受應知對差別者黑業對白業白業對黑業不黑不白業對二業二業對不黑不白業業集成就差別應知定不定差別者三種時定不定故三種乘定不定故非乘者世間定不定應知云何根行稠林差別

經曰是菩薩如實知諸根燸中上差別相先際後際別異不別異相上中下相煩惱共生不離相乘非乘定不定相淳熟定相隨根網輕轉壞取相相根增上不壞相轉不轉根差別相深入共生種種差別相略說乃至如實知八萬四千諸根差別相是菩薩如實知衆生信燸中利相略說乃至如實知八萬四千信差別相是菩薩如實知諸性燸中上相略說乃至如實知八萬四千諸性差別相是菩薩如實知心燸中上相略說乃至如實知八萬四千心差別相

論曰根行稠林差別有九種一諸器差別如經是菩薩如實知諸根燸中上差別相故二

根轉差別如經先際後際別異不別異相故三性差別如經上中下相故四煩惱染差別如經煩惱共生不離相故五定不定差別如經乘非乘定不定相故淳熟定相故六順行差別如經隨根網輕轉壞取相相故七聲聞淨差別如經根增上不壞相故八菩薩淨差別如經轉不轉根差別相故九示一切根攝差別如經深入共生種種差別相故略說乃至如實知八萬四千諸根差別相故是中根轉差別者前後根前根下增平故性差別者於三乘中性差別故煩惱染差別者喜樂等諸根隨煩惱習使染故定不定差別者於三乘中於世間中定不定熟不熟故是中小乘不定根衆生菩薩令轉向大乘故定根者菩薩令度一一乘中解脫報定者捨順行差別者有三種順行一身依順行迭共相縛六入展轉故二生滅順行輕壞故三觀行取相故聲聞淨差別者行增上障滅能成義故菩薩淨差別者轉不轉地差別故一切根攝差別者始行方便報熟根差別故信性心煗中上等無量差別相皆如實知如經是菩薩如實知衆生信煗中上相乃至如實知八萬四千心差別相故如是性入應知云何使行稠林差別

經曰是菩薩如實知諸使深共生心共生相心相應不相應不離相遠入相無始來不恐怖相一切禪定解脫三昧三摩跋提神通正修相違相堅繫縛三界繫相無始來心相續集相開諸入門集相得對治實相地入隨順不隨順相不異聖道滅動相略說乃至如實

知八萬四千種種使差別相
論曰是中使者隨逐縛義故此使行稠林差別者何處隨逐以何隨逐此事差別示現何處隨逐者報非報心如經是菩薩如實知諸使深共生心共生相故心不離現事故欲色無色上中下差別如經心相應不相應不離相故隨逐乃至有頂如經遠入相故無邊世界唯智怖畏如怨賊未曾有聞思修智是故不滅如經無始來不恐怖相故世間禪定等不能滅心隨順行如經一切禪定解脫三昧三摩跋提神通正修相違相故以何隨逐者有六種隨逐六種隨逐者六句說一者有不斷隨逐以有不斷相似使作縛故如經堅繫縛三界繫相故二遠時隨逐故如經無始來心相續集相故三一身生隨逐故眼等諸入門六種生集識同生隨逐故及阿黎耶勲故隨逐如經開諸入門集相故四不實隨逐對治實義故如經得對治實相故五微細隨逐於九地中六入處煩惱身隨逐故如經地入隨順不隨順相故六離苦隨逐出世間行餘行不能離故如經不異聖道滅動相故略說乃至如實知八萬四千種種使差別相故云何生行稠林差別

經曰是菩薩如實知諸生差別相隨業生相地獄畜生餓鬼阿脩羅人天差別相有色無色生差別相有想無想生差別相業是田愛是水無明是黑闇識是種子後身是生牙相名色共生而不離相有癡求愛相續相欲愛欲生樂衆生相續無際相貪著三界相出相皆如實知

論曰生行稠林差別有八種一身種種如經是菩薩如實知諸生差別相故二業種種如經隨業生相故三住處種種如經地獄畜生餓鬼阿脩羅人天差別相故四色相上下種種如經有色無色生差別相故有想無想生差別相故五同外色因種種如經業是田愛是水無明是黑闇識是種子後身是生牙相故六自相種種如經名色共生而不離相故七本順生因種種如經有癡求愛相續相故八集苦諦種種差別示現如經欲愛欲生樂衆生相續無際相故貪著三界想出相皆如實知故是中欲愛者樂貪共取處處求故欲生者復有樂有衆生愛自身他身心著相往來上下界取著故小大無量無想相出有輪展轉苦諦差別示現云何習氣行稠林差別

經曰是菩薩如實知習氣行不行差別相隨道生處動有習氣隨共衆生行行有習氣隨業煩惱有習氣隨善不善無記法有習氣後有有習氣次第隨逐有習氣深入不斷煩惱牽有習氣有實不實有習氣聲聞辟支佛菩薩如來見聞親近動有習氣皆如實知

論曰習氣行稠林差別有十種一與果現在非現在差別如經是菩薩如實知習氣行不行相故二道動差別如經隨道生處動有習氣故三親近衆生動差別如經隨共衆生行行有習氣故四功業煩惱動差別如經隨業煩惱有習氣故五善業等動差別如經隨善不善無記法有習氣故六中陰動差別如經後有有習氣故七與果次第動差別如經次第隨逐有習氣故八離世間禪因動差別遠

入動不斷煩惱煩惱煩惱牽故如經深入不斷煩惱牽有習氣故九同法異外道行解脫動差別如經有實不實有習氣故十乘動差別示現如經聲聞辟支佛菩薩如來見聞親近熏有習氣皆如實知故云何三聚行稠林差別

經曰是菩薩如實知衆生三聚正定相邪定相離此二不定相正見正定相邪見邪定相離此二不定相五逆邪定相五根正定相離此二不定相八邪邪定相正位正定相更不作故離此二不定相妬恪惡行不轉邪定相修行無上聖道正定相離此二不定相皆如實知佛子菩薩隨順如是智名爲安住菩薩善慧地

論曰衆生三聚行稠林差別有五種一有涅槃法無涅槃法三乘中一向定差別如經是菩薩如實知衆生三聚正定相邪定相離此二不定相故二善行惡行因差別如經正見正定相邪見邪定相離此二不定相故三惡道善道因差別如經五逆邪定相五根正定相離此二不定相故四外道聲聞因差別如經八邪邪定相正位正定相更不作故離此二不定相故五菩薩差別示現如經妬恪惡行不轉邪定相修行無上聖道正定相離此二不定相皆如實知故捨可化衆生名妬不喜施他財名恪過能生他苦惡行不轉菩薩波羅蜜相違邪定菩薩是名法師方便成就智成就入行成就三種事成就此地中善住如經佛子菩薩隨順如是智名爲安住菩薩善慧地故云何說成就與衆生解脫方便故

經曰是菩薩住此菩薩善慧地已如實知衆

生如是諸行差別相隨其解脱而與因緣是菩薩如實知化衆生法如實知度衆生法説聲聞乘法説辟支佛乘法説菩薩乘法如實知説如來地法是菩薩如是知已如實爲衆生説法令得解脱隨心差別隨使差別隨根差別隨信差別隨境界差別種種行習氣隨順一切境界智隨順性行稠林隨生煩惱業習氣轉隨聚差別隨乘信令得解脱而爲説法

論曰説成就者隨其解脱而與因緣如經是菩薩住此菩薩善慧地已如實知衆生如是諸行差別相隨其解脱而與因緣故彼説成就復三種相示現一智成就二口業成就三法師成就智成就者隨所知隨所依此事説應知何者隨所知説解脱器得熟故解脱體正度故解脱差別以三乘差別故如經是菩薩如實知化衆生法乃至如實知説如來地法故何者隨所依説所説法對器故隨應度者授對治法故是義二句説所説法器成隨根隨信而爲説法此義二句説如經是菩薩如是知已如實爲衆生説法令得解脱隨心差別隨使差別隨根差別隨信差別故隨譬喻解器如經隨境界差別種種行習氣故隨種種異行器如經隨順一切境界智故乃至得成就器如經隨順性行稠林故隨辭辯器彼生煩惱業勲同行故如經隨生煩惱業習氣轉故定不定根轉器如經隨聚差別故隨乘因能乘出器如經隨乘信令得解脱而爲説法故云何智業成就

經曰是菩薩住此菩薩善慧地中略説作大

法師住在大法師深妙義中守護諸佛法藏論曰是中說者持者二句示現住在大法師深妙義中者有二十種能作法師事云何能作法師事一者時二者正意三者頓四者相續五者漸六者次七者句義漸次八者示九者喜十者勸十一者具德十二者不毀十三者不亂十四者如法十五者隨衆十六者慈心十七者安隱心十八者憐愍心十九者不著利養名聞二十者不自讃毀他是中時者無八難故如偈說

如王懷憂惱　病恚著諸欲　嶮處無侍衛
讒佞無忠臣　如是八難時　智臣不應語
心王亦如是　非時不應說

正意者正威儀住非不正住此義云何自立他坐不應爲說法如是等如戒經中廣說何以故諸佛菩薩敬重法故以敬法故令他生尊重心聞法恭敬攝心聽故頓者是菩薩正意爲一切衆說一切法離慳法垢故相續者說無休息捨諸法中嫉妬意故漸者如字句次第說故次者如字句次第義亦如是說故句義漸次者說同義法不說不同義法故示者示所應示等故喜者喜所應喜故勸者怯弱衆生助令勇猛故具德者現智比智阿含所證具說故不毀者隨順善道說故不亂者不動不雜正入非稠林故如法者具說四聖諦故隨衆者於四衆八部隨所應聞而爲說法故如是十五種相菩薩隨順利益他說一切法故慈心者於怨衆生中起慈心說法故安隱心者於惡行衆生中起利益心說法故憐愍心者於受苦樂放逸衆生中起憐愍利

樂心說法故不著利養名聞者心不悕望常行遠離故不自讚毀他者離我慢嫉妬隨煩惱爲衆生說法故如是五種相菩薩自心清淨故具此二十事能作法師是名住大法師深妙義中故如是說成就中智成就已說云何口業成就

經曰通達無量智方便四無礙智起菩薩言辭說法是菩薩日夜常不壞四無礙智何等爲四所謂法無礙義無礙辭無礙樂說無礙

論曰口業成就者菩薩以四無礙言音說法如經通達無量智方便乃至樂說無礙故不壞者不動故是中四無礙境界者一法體二法境界體三正得與衆生四正求與無量門是中法體者遠離二邊生法所攝如色礙相如是等法境界體者彼遠離二邊生法所攝中如實智境界菩薩如彼生法所攝智境界中住如色何者是色眼色等虛妄分別如是等正得與衆生者於彼如實智境界中隨他所喜言說正知隨他言說正知而與故正求與無量門者於彼隨他所喜言語正知無量種種義語隨知而與故是四無礙智十種差別一依自相二依同相三行相四說相五智相六無我慢相七小乘大乘相八菩薩地相九如來地相十作住持相後五是淨相云何自相

經曰是菩薩用法無礙智知諸法自相以義無礙智知諸法差別相以辭無礙智知不壞說諸法以樂說無礙智知諸法次第不斷說

論曰是中自相者有四種一生法自相二差別自相三相堅固自相四彼想差別自相如

經是菩薩用法無礙智知諸法自相故以義無礙智知諸法差别相故以辭無礙智知不壞説諸法故以樂説無礙智知諸法次第不斷故是中不壞説者隨所覺諸相隨彼彼衆生種種説法故次第不斷説者次第不息無量衆多異名爲堅固彼義故云何同相經曰復次以法無礙智知諸法無體性以義無礙智知諸法生滅相以辭無礙智知諸法假名而不斷假名法説以樂説無礙智隨假名不壞無邊法説

論曰是中同相有四種一者一切法同相二者一切有爲法同相三者一切法假名同相四者假名假名同相如經復次以法無礙智知諸法無體性故以義無礙智知諸法生滅相故以辭無礙智知諸法假名而不斷假名法説故以樂説無礙智隨假名不壞無邊法説故是中無常門入無我義中第二同相初智境界成是中知諸法假名而不斷假名法者假名法以餘假名法説隨假名不壞無邊法者不壞前假名而能異假名説云何行相

經曰復次以法無礙智知現在諸法差别以義無礙智知過去未來諸法差别以辭無礙智知過去未來現在諸法以不壞説法以樂説無礙智於一一世得無量法明故説法

論曰是中行相者有四種一生行相二巳生未生行相三物假名行相四説事行相如經復次以法無礙智知現在諸法差别故以義無礙智知過去未來諸法差别故以辭無礙智知過去未來現在諸法以不壞説法故以樂説無礙智於一一世得無邊法明故一一

世現在世故過去未來彼彼世間攝受應知見過去未來世知現在世如是彼菩薩智境界成說事行相者不出三世中應知無量法明者異異法明應知云何說相

經曰復次以法無礙智知諸法差別以義無礙智知諸法義差別以辭無礙智隨諸言音而爲說法以樂說無礙智隨所樂解而爲說法

論曰是中說相者有四種一修多羅說相二彼解釋說相三隨順說相四相似說相如經復次以法無礙智知諸法差別故以義無礙智知諸法義差別故以辭無礙智隨諸言音而爲說法故以樂說無礙智隨所樂解而爲說法故是中隨諸言音說者隨彼衆生言音說故隨所樂解說者隨諸衆生所有心念乃至隨所有種種譬喻說云何智相

經曰復次以法無礙智以法智知諸法差別不壞方便以義無礙智以比智如實知諸法差別以辭無礙智以世智正見故說法以樂說無礙智以第一義智方便故說法

論曰是中智相者有四種一現見智二比智三欲得方便智四得智如經復次以法無礙智以法智知諸法差別不壞方便故以義無礙智以比智如實知諸法差別故以辭無礙智以世智正見故說法以樂說無礙智以第一義智方便故說法是中法智者知諦差別不異方便法智差別不壞方便故比智者如此如實分別餘亦如是比智如實諦差別知故第一義智方便者非顛倒異樂說應知云何無我慢相

經曰復次以法無礙智知諸法一相不壞以義無礙智知陰界入諦因緣集方便以辭無礙智知一切世間之所歸敬善妙音聲字句說法以樂說無礙智所說轉勝無量法明說法

論曰是中無我慢相者有四種一第一義諦無我慢相二世諦無我慢相三說美妙無我慢相四說無上無我慢相如經復次以此法無礙智知諸法一相不壞故以義無礙智知陰界入諦因緣集方便故以辭無礙智知一切世間之所歸敬善妙音聲字句說法故以樂說無礙智所說轉勝無量法明說法故是中一相不壞者無我不壞故我知無我我證無我如是等壞陰等方便入無我故是故彼菩薩智境界成一聚積著我二異因著三欲著四作著此對治如是次第陰等方便應知

云何小乘大乘相

經曰復次以法無礙智知諸法無有差別攝在一乘以義無礙智知分別諸乘差別門以辭無礙智能說諸乘不壞以樂說無礙智於一一乘無量法明說

論曰是中小乘大乘相者有四種一觀相二性相三解脫相四念相如經復次以法無礙智知諸法無有差別攝在一乘故以義無礙智知分別諸乘差別門故以辭無礙智能說諸乘不壞故以樂說無礙智於一一乘無量法明說故是中知諸法無有差別攝在一乘者一觀不異應知能說諸乘不壞者依同解脫不懼無量法明說者種種法明分別說故隨可度者依種種念行隨順解脫云何菩薩

地相
經曰復次以法無礙智知一切菩薩行法行智行隨智入以義無礙智知分別說十地義差別入以辭無礙智不壞說與隨順諸地道以樂說無礙智說一一地無量相
論曰是中菩薩地相者有四種一智相二說相三與方便相四入無量門相如經復次以法無礙智知一切菩薩行法行智行隨智入以義無礙智知分別說十地義差別入故以辭無礙智知不壞說與隨順諸地道故以樂說無礙智說一一地無量相故是中一切菩薩行者法行智行示現觀智說故十地差別者謂心說者口言應知不壞說與隨順諸地道者不顛倒教授故云何如來地相
經曰復次以法無礙智知一切佛於一念間得正覺以義無礙智知種種時事相差別以辭無礙智隨正覺差別說以樂說無礙智於一一句法無量劫說而不窮盡
論曰是中如來地相者有四種一法身相二色身相三正覺相四說相如經復次以法無礙智知一切佛於一念間得正覺故以義無礙智知種種時事相差別故以辭無礙智隨正覺差別說故以樂說無礙智於一一句法無量劫說而不窮盡故是中時者隨何劫中成何等佛事者隨以何等佛國土隨何等佛身相者隨名所記可得見聞故隨正覺者依十種佛如正覺應知云何作住持相
經曰復次以法無礙智知一切佛語力無畏不共佛法大悲無礙智行轉法輪隨順一切智智以義無礙智知隨順如來音聲出八萬

四千隨衆生心隨根隨信差別以辭無礙智知一切衆生行以如來音聲不壞說以樂說無礙智以諸佛智行神通圓滿隨信說法

論曰是中作住持相者有四種一覺相二差別相三說相四彼無量相如經復次以法無礙智知一切佛語力無畏不共佛法大悲無礙智行轉法輪隨順一切智智故以義無礙智知隨順如來音聲出八萬四千隨衆生心隨根隨信差別故以辭無礙智知一切衆生行以如來音聲不壞說故以樂說無礙智以諸佛智行神通圓滿隨信說法故是中佛語者能說法故力者能破憍慢衆生故無畏者能降伏外道故不共佛法者不同聲聞辟支佛故大悲者常能說法故無礙智行者依彼說法故轉法輪者隨順說法故此一切事一切智智通達知故隨心者隨心性應知諸佛智行神通圓滿者諸佛法身此行爲利益衆生行不可壞故言圓滿隨彼信故示現菩薩無盡樂說如是口業成就已說云何法師自在成就四種事示現一持成就二說成就三問答成就四受持成就云何持成就

經曰佛子菩薩如是善知無礙智安住第九菩薩地名爲得諸佛法藏能作大法師得衆義陀羅尼衆法陀羅尼起智陀羅尼光明陀羅尼善意陀羅尼衆財陀羅尼威德陀羅尼無障礙門陀羅尼無量陀羅尼得種種義陀羅尼得如是等陀羅尼門滿足十阿僧祇百千陀羅尼門如是十阿僧祇百千音聲方便如是十阿僧祇百千無量信樂門差別說法是菩薩得如是十阿僧祇百千無量陀羅尼

門能於無量諸佛所聽法聞已不忘如所聞法能以無量差別門爲人演說

論曰持成就者有十種陀羅尼一義陀羅尼如經得衆義陀羅尼故二聞法陀羅尼如經得衆法陀羅尼故三智陀羅尼如經起智陀羅尼故四放光陀羅尼如經光明陀羅尼故五降伏他陀羅尼如經善意陀羅尼故六供養如來布施攝取貧窮衆生陀羅尼如經得衆財陀羅尼故七於大乘中狹劣衆生示教利益陀羅尼如經威德陀羅尼故八不斷辯才陀羅尼如經得無障礙門陀羅尼故九無盡樂說陀羅尼如經得無量陀羅尼故十種種義樂說陀羅尼如經得種種義陀羅尼故乃至隨所聞無量差別說如是等餘經文說成就問答成就受持成就如經說應知易解故不釋餘如前說

經曰是菩薩於一佛所以十阿僧祇百千陀羅尼門聽受法如從一佛聽法餘無量無邊諸佛亦復如是是菩薩於禮敬佛時所聞法明門能受非多學聲聞得大陀羅尼力於十萬劫所能受持是菩薩得如是陀羅尼力及無礙智樂說力說法時在於法座遍一切三千大千世界隨衆生心差別說法是菩薩法座唯除諸佛及受職菩薩於一切中最爲殊勝得無量法明是菩薩處於法座或以一音說令一切大衆悉得解了即得解了或以種種音說令一切大衆各得開解即得開解或但放光明說令一切大衆各得解法即得解法或以一切毛孔皆出法音或以三千大千世界所有色物皆出法音或以一音周遍一

切法界皆令得解或以一切音聲法鼚住持或於一切世界歌詠樂音一切音聲皆出法音或於一字聲中一切法字句聲皆差別說或於不可說世界無量地水火風聚細微塵差別一一微塵中不可說法門皆悉能說是菩薩三千大千世界所有衆生於一念間一時問難彼一一衆生以無量音聲差別問難如一人所問餘者異問是菩薩於一念間悉受如是問難但以一音皆令開解如是二三千大千世界若三四五若十二十三十四十五十若百三千大千世界若千三千大千世界若萬十萬百萬若億三千大千世界若十億百千萬億那由他乃至無量無邊不可說不可說三千大千世界滿中衆生於一念間一時問難彼一一衆生以無量音聲差別問難如一人所問餘者異問是菩薩於一念間悉受如是問難但以一音皆令開解是菩薩於不可說不可說世界遍滿其中隨心隨根隨信爲衆生說法得法明故求如來力滿足佛事與一切衆生而作依止是菩薩轉倍精進攝取如是智明若於一一毛頭處有不可說不可說世界微塵數如來大會佛在其中而爲說法一一如來爲不可說不可說世界微塵數衆生說法一一衆生心中有不可說不可說世界微塵數心生如來如是隨衆生心而與法門如一佛一切佛在一一毛頭處亦如是如是一切法界中於是中生大憶念力於一念間從一切佛所受一切法明而不失一句何況所說一切世界中衆生是菩薩住此菩薩善慧地中轉勝晝夜更無餘念入

佛境界常得親近一切諸佛通達甚深菩薩解脱是菩薩隨順如是智常入三昧不離親近諸佛而於一一劫中見無量佛無量百佛無量千佛無量百千佛無量百千那由他佛無量億佛無量百億佛無量千億佛無量百千億佛無量百千億那由他佛以上妙供具供養恭敬尊重讃嘆親近諸佛於諸佛所種種問難通達説法陀羅尼是菩薩彼諸善根轉勝明淨佛子譬如本眞金作莊嚴具已繫在轉輪聖王若頸若頂一切小王四天下人所有一切諸莊嚴具無能及者如是佛子菩薩住此菩薩善慧地中彼諸善根轉勝明淨一切聲聞辟支佛及下地菩薩所不能壞是菩薩善根轉明能照衆生煩惱心稠林處照已還攝佛子譬如大梵天王二千世界中所有一切深稠林處皆悉能照如是佛子菩薩住此菩薩善慧地中彼諸善根光明照諸衆生煩惱心稠林處照已還攝是菩薩十波羅蜜中力波羅蜜增上餘波羅蜜非不修習隨力隨分佛子是名略説菩薩第九菩薩善慧地若廣説者於無量劫説不可盡菩薩住此地中多作大梵天王得大勢力主二千世界於自在中而得自在如實正解最爲殊勝善能宣説聲聞辟支佛菩薩波羅蜜行衆生問難無能窮盡所作善業布施愛語利益同事是諸福德皆不離念佛念法念僧念菩薩念菩薩行念波羅蜜念十地念不壞力念無畏念不共佛法乃至不離念一切種一切智智常生是心我常於一切衆生中爲首爲勝爲大爲妙爲微妙爲上爲無上爲導爲將爲師

爲尊乃至爲一切智智依止者復從是念發精進行以精進力故於一念間得十阿僧祇百千佛國土微塵數三昧見十阿僧祇百千佛國土微塵數佛知十阿僧祇百千佛國土微塵數佛神力能動十阿僧祇百千佛國土微塵數世界能入十阿僧祇百千佛國土微塵數世界能照十阿僧祇百千佛國土微塵數世界能化十阿僧祇百千佛國土微塵數世界衆生能住壽十阿僧祇百千佛國土微塵數劫能知過去未來世各十阿僧祇百千佛國土微塵數劫事能善入十阿僧祇百千佛國土微塵數法門能變身爲十阿僧祇百千佛國土微塵數身於一一身能示十阿僧祇百千佛國土微塵數菩薩以爲眷屬若以願力自在勝上菩薩願力過於此數示種種神通或身或光明或神通或眼或境界或音聲或行或莊嚴或加或信或業是諸神通乃至無量百千萬億那由他劫不可數知 善慧地竟

十地經論卷第十一

音釋

迭 徒結切互也　燸 乃管切舊音釋云合作煗乳兖切　跋 步末切　嶮 虛檢切與險同　讒 鋤銜切譖也　佞 乃定切諂也　悕 許祈切與希同義也

十地經論卷第十二

天親菩薩造

元魏三藏法師菩提留支奉　詔譯

法雲地第十

論曰菩薩於九地中已作淨佛國土及化衆生第十地中修行令智覺滿足此是勝故此地中有八分差別一方便作滿足地分二得三昧滿足分三得受位分四入大盡分五地釋名分六神通力無上有上分七地影像分八地利益分云何方便作滿足地分

經曰爾時金剛藏菩薩言佛子若菩薩如是無量智善觀智乃至第九菩薩地善擇智善滿足清白法集無量助道法善攝大功德智慧廣行增上大悲廣知世界差別深入衆生界稠林行念隨順入如來行境界深入趣向如來力無畏不共佛法名爲得至一切種一切智智受位地

論曰是中地方便作滿足地分者於初地至九地中善擇智業應知如經佛子若菩薩如是無量智善觀智乃至第九菩薩地善擇智故此善擇智有七種相一善修行故有三句如經善滿足清白法集無量助道法善攝大功德智慧故此諸句次第相擇應知二普遍隨順自利利他故如經廣行增上大悲故三令佛土淨如經廣知世界差別故四教化衆生如經深入衆生界稠林行故五善解如經念隨順入如來行境界故如來境界者眞如法故六無猒足如經深入趣向如來力無畏不共佛法故七地盡至入如經名爲得至一切種一切智智受位地故如是十地方便作

滿足地分已說云何得三昧滿足分
經曰佛子菩薩隨順行如是智得入受位地
即得菩薩名離垢三昧而現在前名入法界
差別三昧名莊嚴道場三昧名一切種華光
三昧名海藏三昧名海成就三昧名虛空界
廣三昧名善擇一切法性三昧名隨一切衆
生心行三昧名現一切諸佛現前住菩薩三
昧而現在前如是等上首十阿僧祇百千諸
三昧門皆現在前是菩薩皆悉入此一切三
昧善知三昧方便乃至三昧所作正受此菩
薩乃至十阿僧祇百千三昧最後三昧名一
切智智受勝位菩薩三昧而現在前
論曰得三昧滿足者離垢三昧等共眷屬現
前故離垢三昧者離煩惱垢故而現在前者
不加功力自然現在前故此離垢三昧復有
九種三昧離八種垢應知一入密無垢如經
名入法界差別三昧故二近無垢如經名莊
嚴道場三昧故三放光無垢如經名一切種
華光三昧故四陀羅尼無垢如經名海藏三
昧故五起通無垢如經名海成就三昧故六
清淨佛土無垢有二句無量正觀故如經名
虛空界廣三昧名善擇一切法性三昧故七
化衆生無垢如經名隨一切衆生心行三昧
故八正覺無垢成菩提三昧一切諸佛迭共
現前知故如經名現一切諸佛現前住菩薩
三昧而現在前故乃至名一切智智受勝位
菩薩三昧而現在前者一切智智無分別一
切智智平等受位故善知三昧方便乃至三
昧所作正受者滿足三昧事示現如是十地
得三昧滿足分已說云何得受位分

經曰是三昧現在前時即有大寶蓮華王出周圓如十阿僧祇百千三千大千世界一切衆寶間錯莊嚴過於一切世間境界出世間善根所生行諸法如幻性境界所成光明普照一切法界過一切諸天所有境界大瑠璃摩尼寶爲莖不可量真檀王爲臺大碼碯寶爲鬚閻浮檀金爲葉華身有無量光明一切衆寶間錯其内無量寶網彌覆其上滿十三千大千世界微塵數等蓮華以爲眷屬如是成就具足諸相已爾時菩薩其身姝妙稱可華座是菩薩得一切智智受勝位三昧力故即時身在大寶蓮華王座是菩薩在大寶蓮華王座上坐時爾時大寶蓮華王眷屬蓮華上皆有菩薩一一菩薩皆坐蓮華座上圍遶彼菩薩一一菩薩各得十十百千三昧皆一心恭敬瞻仰大菩薩

論曰是中得受位者隨何等座處隨何等身量隨何等眷屬隨何等相隨何等出處隨所得位隨如是說六事應知是中坐處者有十種相一生相如經是三昧現在前時即有大寶蓮華王出故二量相如經周圓如十阿僧祇百千三千大千世界故三勝相如經一切衆寶間錯莊嚴故四地相如經過於一切世間境界故五因相如經出世間善根所生故六成相如經行諸法如幻性境界所成故七第一義相如經光明普照一切法界故普照者爲名正觀故八功德相過一切諸天故如經過一切諸天所有境界故九體相莖臺等如經大瑠璃摩尼寶爲莖等十莊嚴具足相如經華身有無量光明一切衆寶間錯其内

無量寶網彌覆其上故隨何等身量者身稱華座如經爾時菩薩其身姝妙稱可華座如是等隨何等眷屬者此坐處大寶蓮華王座眷屬菩薩眷屬住在其中如經爾時大寶蓮華王眷屬如是等

經曰是菩薩昇大寶蓮華王座及眷屬菩薩坐蓮華座入三昧已爾時十方一切世界皆大震動一切惡道皆悉休息光明普照一切法界一切世界皆悉嚴淨皆得見聞一切諸佛大會何以故佛子是菩薩坐大寶蓮華座時即時兩足下放十阿僧祇百千光明出已悉照十方無量阿鼻地獄等滅衆生苦惱兩膝放十阿僧祇百千光明出已悉照十方無量畜生滅除苦惱齊輪放十阿僧祇百千光明出已悉照十方無量餓鬼滅除苦惱左右脇放十阿僧祇百千光明出已悉照十方無量人身滅除苦惱兩手放十阿僧祇百千光明出已悉照十方無量諸天阿脩羅宫兩肩放十阿僧祇百千光明出已悉照十方無量聲聞人項背放十阿僧祇百千光明出已悉照十方無量辟支佛身面門放十阿僧祇百千光明出已悉照十方無量從初發心乃至得九地菩薩白毫相放十阿僧祇百千光明出已悉照十方無量得位菩薩身而住一切魔宫隱蔽不現頂上放十阿僧祇百千三千大千世界微塵數光明出已悉照十方一切諸佛大會圍遶一切世界十帀住虛空中成大光明輪網臺名高大光明作大供養供養諸佛如是供養從初發心乃至得九地菩薩所作供養諸佛百分不及一千分不及一百

千分不及一百千那由他分不及一億分不及一百億分不及一千億分不及一百千億分不及一百千億那由他分不及一乃至筭數譬喻所不能及是大光明輪網臺勝十方世界所有華香末香塗香散香華鬘衣服寳幢旛蓋衆寳瓔珞摩尼寳珠供養之具過於一切世間境界以從出世間善根生故一一佛大會上皆雨衆寳猶如大雨若有衆生覺知如是供養者當知皆是必定不退無上大道如是諸光明雨大供養已彼一切光明悉照十方一切諸佛大會圍遶一切世界十帀入諸佛足下爾時彼諸佛及彼大菩薩知其世界中某甲菩薩行如是菩薩道成就菩薩得位地時又佛子即時十方無量無邊菩薩乃至住九地者皆來圍遶設大供養一心瞻仰各得十十百千三昧諸得位地菩薩於功德莊嚴金剛卍字胷出一大光明名壞魔怨有十阿僧祇百千光明以爲眷屬出已悉照十方無量世界示無量神力亦來入是大菩薩功德莊嚴金剛卍字胷此光明滅已是菩薩即時得百千增上大勢力功德智慧而現在前

論曰隨何等相者一切世界動等相如經是菩薩昇大寳蓮華王座乃至皆得見聞一切諸佛大會故隨何等出處者以出光明故復次光明三種業應知一利益業二發覺業三攝伏業如經何以故佛子是菩薩坐大寳蓮華王座即時兩足下放十阿僧祇百千光明乃至功德智慧而現在前故必定不退無上大道於地中決定義故復有異義定不放逸

所作之事決定心故功德莊嚴金剛卍字胷者於菩薩胷中有功德莊嚴金剛卍字相名爲無比

經曰如是佛子爾時諸佛放眉間白毫相光名益一切智通有阿僧祇光明眷屬照於十方一切世界無有遺餘十帀圍遶一切世界示於諸佛大神通力勸發無量百千萬億諸佛一切十方諸佛國土六種震動滅除一切惡道苦惱一切魔宫隱蔽不現示一切諸佛得菩提處示一切諸佛大會神通莊嚴之事照明一切法界際一切虛空界盡一切世界已還來集在一切菩薩大會之上周帀圍遶示大神通光明莊嚴之事是光明入彼大菩薩頂上其諸眷屬光明入諸眷屬蓮華座上菩薩頂上光明入是菩薩身時彼諸菩薩各得先所未得十千百千三昧彼諸光明一時入彼菩薩頂時彼菩薩名爲得位入諸佛境界具佛十力墮在佛數佛子譬如轉輪聖王長子玉女寶所生具足王相轉輪聖王令子在白象寶閻浮檀金座上取四大海水上張羅網寶蓋播華寶幢種種莊嚴手執金鍾香水灌子頂上即名灌頂刹利王數具足轉十善道故得名轉輪聖王如是佛子彼菩薩從諸如來得受位已名得智位具足十力墮在佛數佛子是名菩薩大乘位地菩薩爲是位故受無量百千萬億苦難行事是菩薩得是位已無量功德智慧轉增名爲安住菩薩法雲地

論曰隨所得位者諸如來光明彼菩薩迭互智平等攝受故如經如是佛子爾時諸佛放

眉間白毫相光名益一切智通如是等云何得位如轉輪聖王長子如經譬如轉輪聖王長子如是等此菩薩同得位時名爲善住此地中如經是菩薩得是位已無量功德智慧轉增名爲安住菩薩法雲地如是得受位分已說云何入大盡分入大盡分者有五種一智大二解脫大三三昧大四陀羅尼大五神通大此事依五種義分別應知一依正覺實智義二依心自在義三依發心即成就一切事義四依一切世間隨利益衆生義五依堪能度衆生義云何智成就

經曰佛子是菩薩住此菩薩法雲地如實知欲界集色界集無色界集如實知衆生界集識界集有爲界集無爲界集虛空界集法界集如實知涅槃界集如實知邪見諸煩惱界集世界成壞集聲聞行集辟支佛行集菩薩行集諸佛力無畏不共佛法色身法身集一切種一切智智集得菩提轉法輪示滅度集略說乃至如實知入一切法成智差別集是菩薩以如是智通達勝慧如實知衆生業化煩惱化見作化世界化法界化聲聞化辟支佛化菩薩化如來化如實知一切分別無分別化是菩薩如實知佛力持法持僧持業持煩惱持時持願持供養持行持劫持如實知智持是菩薩如實知諸佛所有細微入智所謂行細微入智退細微入智入胎細微入智生細微入智奮迅細微入智出家細微入智得菩提細微入智轉法輪細微入智持壽命細微入智示涅槃細微入智如實知法久住細微入智是菩薩如實知諸佛所有密處所

謂身密口密意密籌量時非時密與菩薩授記密攝伏衆生密乘種種密一切根行差別密一切信如實所作密如實知行得菩提密是菩薩如實知諸佛所有入劫智所謂一劫入阿僧祇劫阿僧祇劫入一劫有數劫入無數劫無數劫入有數劫一念劫入無量劫無量劫入一念劫劫入非劫非劫入劫有佛劫入無佛劫無佛劫入有佛劫有佛劫入有佛劫無佛劫入無佛劫過去未來劫入現在劫現在劫入過去未來劫未來過去劫入現在劫現在劫入未來過去劫長劫入短劫短劫入長劫短劫入短劫長劫入長劫如實知一切劫相想入是菩薩如實知諸佛所有入智所謂入凡夫道智入微塵智入國土身菩提智入衆生身心菩提智入一切處隨菩提智入亂行示現智入順行示現智入逆行示現智入思議不思議智世間出世間智行示現智入聲聞智辟支佛智菩薩智如實知如來智行智佛子諸佛智慧如是廣大無量無邊菩薩住此地即能得入如是智慧

論曰是中智大復有七種應知一集智大二應化智大三加持智大四入細微智大五密處智大六入劫智大七入道智大是中初依能斷疑力應知第二依彼身起力第三依彼如是如是轉行力第四依彼應化加持善集不二智作故第五依護根未熟衆生不令驚怖第六依命行加持捨自在意故第七依對治意説是中集智者因緣集智應知彼復隨所有分染或淨或滅隨所有三界處隨所有衆生隨染淨等心隨所有有爲法無爲法無

知知故隨所有處虛空等隨所說正不正法隨所證不證謂於涅槃隨所邪見過餘外道等彼不能證隨所有器世間壞成隨所有三乘彼集差別應知如經佛子是菩薩住此菩薩法雲地如實知欲界集乃至如實知入一切法成智差別集故是中應化智者衆生應化等差別應知如經是菩薩以如是智通達勝慧乃至如實知一切分別無分別化故是中煩惱見作化者應化示煩惱染見作故法界化者所說行故彼應化一切分別無分別如實知故是中加持智者如經是菩薩如實知佛力持乃至如實知智持故如經應知是中智持者一切智故此智能作一切事故入細微智者如經是菩薩如實知諸佛所有細微入智乃至如實知法久住細微入智故如經應知是中奮迅者現行七步等應知是中密處智者如經是菩薩如實知諸佛所有密處乃至如實知行得菩提密故如經應知是中入劫智者所謂入劫如經是菩薩如實知諸佛所有入劫智所謂一劫入阿僧祇劫乃至如實知一切劫想相入故如經應知是中入者平等解脫一切劫迭相入故是中入道智者依凡夫地依我慢行者依信求生天者依覺觀者如經是菩薩如實知諸佛所有入智所謂入凡夫道智乃至即能得入如是智慧故如是七種智大已說云何解脫大

經曰佛子是菩薩如是通達此地行得名菩薩不思議解脫門無障礙解脫淨智差別解脫普門光解脫如來藏解脫隨順不退輪解脫入通達三世解脫法界藏解脫解脫光輪

解脱名得菩薩一切境界無餘解脱佛子是菩薩十菩薩解脱門爲首得如是等無量無邊百千萬阿僧祇菩薩解脱門皆於第十菩薩地中得如是乃至無量無邊百千萬阿僧祇三昧無量無邊百千萬阿僧祇陀羅尼無量無邊百千萬阿僧祇神通亦復如是

論曰是中解脱大者一依神通境界如經佛子是菩薩如是通達此地行得名菩薩不思議解脱門故二能至無量世界願知無礙如經無障礙解脱故三知世間出世間有學無學聲聞辟支佛菩薩如來解脱智等如經淨智差別解脱故四隨意轉事如經普門光解脱故五法陀羅尼如經如來藏解脱故六能破他言如經隨順不退轉輪解脱故七三世劫隨意住持如經入通達三世解脱故八一切法一切種因緣集智如經法界藏解脱故九光不離身而能普照如經解脱光輪解脱故十依一時知無量世界諸衆生心如經名得菩薩一切境界無餘解脱故是中三昧大者如經如是乃至無量無邊百千萬阿僧祇三昧故是中陀羅尼大者如經無量無邊百千萬阿僧祇陀羅尼故是中神通大者如經無量無邊百千萬阿僧祇神通亦復如是故如是十地入大盡分已説云何地釋名分

經曰是菩薩通達如是智慧隨順菩薩成就無量念力方便畢竟是菩薩於十方無量佛所無量大法明無量大法照無量大法雨於一念間皆悉能受能堪能思能持佛子譬如娑伽羅雲澍大雨聚餘地處不能受不能堪不能思不能持唯除大海如是佛子一切如

來祕密處所謂大法明大法照大法雨彼一一衆生一切聲聞辟支佛皆不能受不能堪不能思不能持從初地乃至住九地菩薩亦不能受不能堪不能思不能持唯住此法雲地菩薩皆悉能受能堪能思能持佛子譬如大海一大龍王起大雲雨皆悉能受能堪能思能持若二若三四五若十二十三十四十五十若百龍王若千若萬若億若百億若千億若百千億那由他龍王乃至無量無邊不可稱說諸大龍王起大雲雨於一念間一時樹下皆悉能受能堪能思能持所以者何大海是無量廣大器故如是佛子菩薩住此菩薩法雲地中於一佛所大法明大法照大法雨皆悉能受能堪能思能持若二若三四五若十二十三十四十五十若百諸佛若千若萬若億若百億若千億若百千億那由他諸佛乃至無量無邊不可稱說諸所大法明大法照大法雨於一念間皆悉能受能堪能思能持是故此地名爲法雲地解脫月菩薩言佛子菩薩住此法雲地幾許佛所大法明大法照大法雨於一念間皆悉能受能堪能思能持金剛藏菩薩言佛子菩薩住此法雲地於不可數不可說佛所大法明大法照大法雨於一念間皆悉能受能堪能思能持佛子譬如十方所有不可說百千萬億那由他佛國土微塵數等諸世界中所有衆生彼衆生中一衆生得聞持陀羅尼無餘爲佛侍者最大聲聞聞持陀羅尼第一譬如金剛蓮華上佛有名大勝比丘聞持陀羅尼第一其一衆生成就如是聞持陀羅尼力如彼一衆生餘

一切世界所有衆生皆亦如是成就聞持陀羅尼力其一人所受法第二人不重受如是一切各各不同佛子於意云何彼一切衆生所受聞持陀羅尼力寧爲多不解脱月菩薩言佛子彼一切衆生所受聞持陀羅尼力甚多無量金剛藏菩薩言佛子我今當爲汝說是菩薩住此法雲地於一念間於一佛所名三世法界藏大法明大法照大法雨皆悉能受能堪能思能持彼大法明大法照大法雨受持方便上說一切衆生聞持陀羅尼力比此百分不及一乃至百千那由他分不及一億分不及一百億分不及一千億分不及一百千億那由他分不及一乃至筭數譬喻所不能及如一佛所如前所說十方世界微塵數等諸佛所復過此數無量無邊諸佛所名

三世法界藏大法明大法照大法雨於一念間皆悉能受能堪能思能持是故此地名爲法雲地復次佛子是菩薩住此法雲地自從願力起大慈悲雲震大法雷音通明無畏以爲電光大智慧光以爲疾風大福德善根爲厚密雲現種種色身爲雜色雲說正法雨破諸魔怨於一念間如前所說諸世界中所有微塵如是百千萬億那由他世界皆悉遍覆復過此數無量無邊百千億那由他世界亦皆遍覆澍大甘露善根法雨滅除衆生隨心所樂無明所起煩惱塵焰是故此地名爲法雲地復次佛子是菩薩住此菩薩法雲地於一世界中從兜率天退入胎住初生出家得佛道請轉法輪示大涅槃一切佛事隨所度衆生得智自在若三千大千世界乃至如前

微塵數等世界復過此數百千萬億阿僧祇世界從兜率天退乃至示大涅槃一切佛事隨所度衆生得智自在

論曰是中地釋名者有三種一雲法相似以遍覆故此地中聞法相似如虛空身遍覆故二滅塵除垢相似法此法能滅衆生煩惱塵故三度衆生從兜率天退乃至示大涅槃故漸化衆生故如大雲雨生成一切卉物萌芽故是中成就無量念力方便畢竟者近說受持義故如經是菩薩通達如是智慧隨順菩提成就無量念力方便畢竟故復能受持衆多微密速疾持故如經是菩薩於十方無量佛所無量大法明如是等是中無量諸佛無量大法明者說衆多故入如來微密處故一念聞者速疾受故聞法者性故作故二事示現云何性大法光明故聞思智攝受故大法照修慧智攝受故云何作大法雨如大雲與他法雨故於中起信故言受受所說字句故言堪以能取義故言思彼二攝受不失故言持大海亦如是以不濁故言受能受一切水故言堪餘水數入失本名故言思用不可盡故言持應知如經名三世法界藏大法明大法照大法雨皆悉能受能堪能思能持乃至是故此地名爲法雲地故是中名三世法界藏者於法界中三種事藏雷雲電等譬喻相似法應知如經復次佛子是菩薩住此法雲地自從願力乃至是故此地名爲法雲地故是中大智慧光以爲疾風者風相似法現種種色身者隨世間種種身迴轉雜色雲相似法故說正法雨破諸魔怨者雨相似法故如

是此地釋名分已說云何神通力無上有上分

經曰是菩薩住在此地於智慧中得上自在力善擇大智通隨心所念或以狹國爲廣廣國爲狹復隨心念或以垢國爲淨淨國爲垢如是廣大無量亂住倒住正住等一切世界自在力故種種能成是菩薩復隨心念或於一微塵中示一世界所有一切鐵圍山等然彼微塵而不增長若二若三四五若十二十三十四十五十若百若千若萬若億若百億若千億若百千億若百千億那由他世界乃至不可說不可說世界所有一切鐵圍山等入一微塵中然彼微塵亦不增長是菩薩復隨心念或以一世界莊嚴之事示二世界復隨心念或以一世界莊嚴之事乃至示無量不可說不可說世界復隨心念或以二世界莊嚴之事示一世界乃至或以無量不可說不可說世界莊嚴之事示一世界復隨心念乃至或以無量不可說不可說世界衆生置一世界然諸衆生而不恐怖不覺不知復隨心念或以一世界衆生乃至置無量不可說不可說世界中然諸衆生亦不恐怖不覺不知復隨心念或於一毛道示一切佛境界莊嚴之事復隨心念乃至或以無量不可說不可說一切佛境界莊嚴之事示一毛道復隨心念於一念間示現無量不可說不可說世界微塵等身於一一身中示如是等微塵數手以此諸手勤心供養十方諸佛以一一手執恒河沙等華箱以散諸佛如是華箱如是華鬘末香塗香熏香衣服寶蓋旛華寶旛一

切莊嚴事亦復如是於一一身中示如是等微塵數頭於一一頭中示如是等微塵數舌以此諸舌讚嘆諸佛功德之事如是等事於念念中遍滿十方於念念中無量世界示得菩提乃至示大涅槃莊嚴住持於三世中示無量身於自身中示有無量諸佛示無量佛世界莊嚴之事亦示世界成壞之事或於自身一毛孔中出一切風災而不惱衆生復隨心念或以無量無邊世界爲一海水此海水中作大蓮華光明莊嚴遍覆無量無邊世界於中示現大菩提樹莊嚴妙事乃至示一切種一切智智或於自身示十方光明摩尼寶珠電光日月星宿諸光明等乃至一切世界諸光明等皆身中現以口嘘氣能動十方無量世界而不令衆生有驚怖想示十方世界風災劫盡火災劫盡水災劫盡隨一切衆生種種心念應現色身莊嚴成就或以自身作如來身以如來身作自身以如來身作自佛國土以自佛國作如來身如是佛子是菩薩住此菩薩法雲地中神變如是復過於此有餘無量無邊百千萬億那由他神通莊嚴自在示現

論曰是中神通力無上有上者有六種想應知一依内二依外三自相四作住持五令歡喜六大勝是中神通力無上者比餘衆生神通力故有上者比於如來神通力故是中依内者有四種一不思議解脱二三昧三起智陀羅尼四神通如前所説依外者外事地等復有外事自他身等是中自相者有二種一轉外事等二應化自身等是中轉者復有三

種一略廣轉二異事轉三自在轉能作一切衆生種種莊嚴等云何略廣轉如經是菩薩住在此地於智慧中得上自在力善擇大智通隨心所念或以狹國爲廣廣國爲狹故云何異事轉如經復隨心念或以垢國爲淨淨國爲垢乃至一切世界自在力故種種能成故云何自在轉如經是菩薩復隨心念於一微塵中示一世界乃至然諸衆生亦不恐怖不覺不知故云何應化自身等如經復隨心念或於一毛道示一切佛境界莊嚴之事復隨心念乃至或以不可說不可說一切佛境界莊嚴之事示一毛道故是中作住持者供養門等成就集助菩提法故如經復隨心念於一念門示現無量不可說不可說世界微塵等身乃至無量無邊百千萬億那由他莊嚴自在示現故云何令歡喜

經曰爾時會中一切菩薩衆及一切天龍夜叉乾闥婆阿脩羅迦樓羅緊那羅摩睺羅伽四天王釋提桓因梵天王摩醯首羅淨居天等各作是念若菩薩神通智力能如是無量無邊佛復云何爾時解脫月菩薩知諸大衆心所念已問金剛藏菩薩言佛子今諸大衆聞是菩薩神通智力墮在疑網爲斷疑故少示菩薩神通之力莊嚴妙事爾時金剛藏菩薩即入一切佛國體性菩薩三昧解脫月菩薩衆及一切天龍夜叉乾闥婆阿脩羅迦樓羅緊那羅摩睺羅伽四天王釋提桓因梵天王摩醯首羅淨居天等皆自見身入金剛藏菩薩身中於其身內見佛國土彼國土中所有諸相莊嚴妙事於百千萬億劫說不可盡

於中有道場樹其莖周圍十萬三千大千世界高百萬三千大千世界覆蔭三千億三千大千世界稱樹高廣有師子座其座上有佛號一切智通王如來一切大衆咸皆見佛坐於道場樹下師子座上其中諸相莊嚴妙事於百千萬億劫說不可盡金剛藏菩薩示現如是大神力已還令一切諸菩薩衆及一切天龍夜叉乾闥婆阿脩羅迦樓羅緊那羅摩睺羅伽四天王釋提桓因梵天王摩醯首羅淨居天等各在本處爾時一切大衆歡喜踊躍生希有想默然而住觀金剛藏菩薩爾時解脫月菩薩語金剛藏菩薩言佛子甚爲希有此三昧神通莊嚴有大勢力佛子此三昧名爲何等金剛藏菩薩言佛子此三昧名爲一切佛國體性爾時解脫月菩薩問金剛藏菩薩言佛子此三昧境界莊嚴神通妙事爲齊幾許金剛藏菩薩言佛子若菩薩隨心所念善修成此三昧力故能示如是佛國土微塵數等諸佛國土自身中現復過此數佛子菩薩住此菩薩法雲地得如是等無量百千菩薩三昧以是義故此菩薩乃至得位菩薩及住善慧地菩薩不能測知若身身業難可測知若口口業難可測知若意意業難可測知若神通事難可測知若觀三世智難可測知若入三昧境界難可測知若智境界難可測知若遊戲諸解脫難可測知若應化所作若加持所作若神力所作難可測知乃至舉足下足所作乃至得位菩薩及住善慧地菩薩不能測知佛子菩薩法雲地如是無量今已略說若廣說者無量百千阿僧祇劫無量

百千萬無量百千億不能得盡解脱月菩薩問金剛藏菩薩言佛子若菩薩神通行境界力如是無量佛神通行境界力復云何金剛藏菩薩言佛子譬如有人取四天下中二三豆土作如是言無邊世界地界爲多此耶汝所問者我謂如是如來無量智慧云何以菩薩智慧而欲測量佛子如人取四天下中少地界餘在極多如是佛子菩薩法雲地於無量劫説但説一分何況如來地金剛藏菩薩語解脱月菩薩言佛子是諸如來證知我言佛子假使十方於一一方無量世界微塵數等諸佛國土十地菩薩皆滿其中譬如甘蔗竹葦稻麻叢林此諸菩薩於無量劫所修行業功德智慧於如來功德智慧力百分不及一千分不及一百千分不及一百千那由他分不及一億分不及一百億分不及一千億分不及一百千億分不及一百千億那由他分不及一乃至筭數譬喻所不能及如是佛子是菩薩通達如是智慧順如來身口意業不捨菩薩三昧力能見諸佛勤心供養於一一劫中以一切種供具上上供養無量諸佛而能具受諸佛神力所加轉復明勝是菩薩於法界中所有問難無能勝者無量百劫無量千劫無量百千劫無量百千那由他劫無量億劫無量百億劫無量千億劫無量百千億劫無量百千億那由他劫不可窮盡佛子譬如善巧金師善治此金爲莊嚴具以無上摩尼寶珠間錯其中繫在自在天王若頸若頂其餘天莊嚴之具無能及者如是佛子是菩薩住此第十菩薩法雲地中彼菩薩不可

思議智行一切衆生一切聲聞辟支佛從初地乃至住九地菩薩所不能及是菩薩住此地中大智照光明能令一切衆生乃至住一切智智其餘智慧之明所不能壞佛子譬如摩醯首羅天王光明過一切生處衆生光明能令衆生身心清涼如是佛子是菩薩住此第十菩薩法雲地中彼智慧光明一切聲聞辟支佛從初地乃至住九地菩薩所不能及是菩薩住此地中能令一切衆生住一切智智法中佛子是菩薩隨順如是智慧十方諸佛爲說智慧令通達三世行正知法界差别遍覆一切世間界照一切世間界令一切衆生界得證法故略說乃至隨順得一切智智是菩薩十波羅蜜中智波羅蜜增上佛子是名略說菩薩第十菩薩法雲地若廣說者無量無邊阿僧祇劫不可窮盡若菩薩住此地中多作摩醯首羅天王具足自在善受衆生聲聞辟支佛菩薩波羅蜜行於法界中有問難者無能令盡所作善業布施愛語利益同事是諸福德皆不離念佛念法念僧念菩薩念菩薩行念波羅蜜念十地念不壞力念無畏念不共佛法乃至不離念具足一切種一切智智常生是心我當於一切衆生中爲首爲勝爲大爲妙爲微妙爲上爲無上爲導爲將爲師爲尊乃至爲一切智智依止者復從是念發精進行以精進力故於一念間得十不可說百千萬億那由他佛世界微塵數三昧得見十不可說百千萬億那由他佛世界微塵數佛能知十不可說百千萬億那由他佛世界微塵數佛神力能動十不可說百千

萬億那由他佛世界微塵數世界能入十不可說百千萬億那由他佛世界微塵數世界能照十不可說百千萬億那由他佛世界微塵數世界能教化十不可說百千萬億那由他佛世界微塵數世界衆生能住壽十不可說百千萬億那由他佛世界微塵數劫能知過去未來世各十不可說百千萬億那由他佛世界微塵數劫事能善入十不可說百千萬億那由他佛世界微塵數法門能變身爲十不可說百千萬億那由他佛世界微塵數身於一一身示十不可說百千萬億那由他佛世界微塵數菩薩以爲眷屬若以願力自在勝上菩薩願力過於此數示種種神通或身或光明或神通或眼或境界或音聲或行或莊嚴或加或信或業是諸神通乃至無量百千萬億那由他劫不可數知

論曰是中令歡喜者能斷疑故斷疑有二種一切現自神通力二說一切法故云何示現自神通力如經爾時會中一切菩薩衆及一切天龍夜叉如是等如是自力示現斷衆生疑令歡喜故云何說一切法如經如是佛子是菩薩通達如是智慧順如來身口意業乃至轉復明勝是菩薩於法界中所有問難無能勝者如是等是中大勝者有二種一神通力勝二筭數勝此二種事勝一切前地故如經說應知三世智等通故通三種行故一能斷疑行如經佛子是菩薩住此地中隨順如是知十方諸佛爲說智慧令通達三世行等三世行者通義應知二速疾神通行聞說如來祕密法故如經正知法界差別故三等作

助行此有三種應知一作淨佛國土平等爲化衆生故二作法明平等三作正覺平等如經遍覆一切世間界故照一切世間界故令一切衆生界得證法故略說乃至隨順得一切智智如是等如是此地神通力無上有上分已說次說地影像分是中地影像者有四種一池二山三海四摩尼寶珠以況四種功德故一修行功德二上勝功德三難度能度大果功德四轉盡堅固功德云何修行功德經曰佛子是菩薩十地次第順行趣向一切種一切智智佛子譬如從阿耨大池流出四河充滿閻浮提不可窮盡轉復增長乃至充滿大海如是佛子菩薩從菩提心流出善根大願之水以四攝法充滿衆生界不可窮盡轉復增長乃至滿足得一切種一切智智

論曰是中修行功德者依本願力修行以四攝法作利益他行自善根增長乃得菩提自利益行應知如經佛子譬如從阿耨大池流出四河乃至滿足得一切種一切智智故云何上勝功德

經曰佛子是菩薩十地因佛智故而有差別譬如依大地故有十大山王差別何等爲十所謂雪山王香山王毗陀略山王仙聖山王由乾陀羅山王馬耳山王尼民陀羅山王斫迦婆羅山王衆相山王須彌山王佛子譬如雪山王一切藥草集在其中是諸藥草取不可盡如是佛子菩薩住在菩薩歡喜地中一切世間書論伎藝文誦呪術集在其中一切世間書論伎藝文誦呪術不可窮盡佛子譬如香山王一切諸香集在其中一切諸香取

不可盡如是佛子菩薩住在菩薩離垢地中一切菩薩持戒正受行香集在其中一切菩薩持戒正受行香不可窮盡佛子譬如毗陀略山王純淨寶性一切諸寶集在其中一切諸寶取不可盡如是佛子菩薩住在菩薩明地中一切世間禪定神通解脱三昧三摩跋提集在其中一切世間禪定神通解脱三昧三摩跋提問答不可窮盡佛子譬如仙聖山王純淨寶性五通聖人集在其中五通聖人不可窮盡如是佛子菩薩住在菩薩燄地中一切行中殊勝智行集在其中一切行中殊勝智行種種問難不可窮盡佛子譬如由乹陀羅山王純淨寶性一切夜叉諸大鬼神集在其中一切夜叉諸大鬼神不可窮盡如是佛子菩薩住在菩薩難勝地中一切自在如

意神通變化莊嚴集在其中一切自在如意神通變化莊嚴問答不可窮盡佛子譬如馬耳山王純淨寶性一切衆果集在其中一切衆果取不可窮盡如是佛子菩薩住在菩薩現前地中說入因緣集觀集在其中說入因緣集觀聲聞果證問答不可窮盡佛子譬如尼民陀羅山王純淨寶性一切大力龍神集在其中一切大力龍神不可窮盡如是佛子菩薩住在菩薩遠行地中種種方便智集在其中種種方便智說辟支佛果證問答不可窮盡佛子譬如斫迦婆羅山王純淨寶性得自在衆集在其中得自在衆不可窮盡如是佛子菩薩住菩薩不動地中起一切菩薩自在道集在其中起一切菩薩自在道說一切世間界差别問答不可窮盡佛子譬如衆相

山王純淨寶性諸大阿脩羅衆集在其中諸大阿脩羅衆不可窮盡如是佛子菩薩住在善薩善慧地中知一切衆生逆順行集在其中知一切衆生逆順行說一切世間生滅相問答不可窮盡佛子譬如須彌山王純淨寶性諸大天衆集在其中諸大天衆不可窮盡如是佛子菩薩住在菩薩法雲地中如來力無畏不共佛法集在其中如來力無畏不共佛法示現佛事問答不可窮盡佛子此十大寶山王同在大海因大海得名如是佛子菩薩十地同在一切智因一切智得名

論曰是中上勝功德者依一切智增上行十地故如經佛子是菩薩十地因佛智故而有差別譬如依大地故有十地山王差別故是中純淨諸寶山喻者喻八種地獸地善清淨故復次諸山王非衆生數衆生數依故非衆生數者有二種一受用事二守護積聚寶事等是中受用事者有二種一衆生四大增損對治二長養衆生依雪山香山毗陀略山馬耳山此四山非衆生數依故藥草衆香衆寶一切果集在其中一切果者第六山中衆生數者復有六種難對治故六種難者一貧難二死難三險難四不調伏難五惡業難六怨敵難第四山中五通福田對治貧難第五山中夜叉大神神通變化對治死難第七山中諸大龍王對治險難第八山中得自在衆對治不調伏難第九山中阿脩羅說呪對治惡業難第十山中自在四天王對治怨敵難此一切山集在其中者如所說事能生一切物故言集在其中不可窮盡者順行不斷不休

息故彼十大山因大海得名大海亦因大山得名菩薩十地亦復如是同在一切智因一切智得名彼因果相顯故如經佛子此十大寶山王同在大海因大海得名如是佛子菩薩十地同在一切智因一切智得名故云何難度能度大果功德

經曰佛子譬如大海以十相故數名大海無有能壞何等爲十一漸次深二不受死屍三餘水失本名四同一味五無量寶聚六甚深難度七廣大無量八多有大身衆生依住九潮不過限十能受一切大雨無有猒足如是佛子菩薩行以十相故數名菩薩行無有能壞何等爲十所謂菩薩歡喜地中漸次起大願故菩薩離垢地中不共破戒死屍住故菩薩明地中捨諸世間假名數故菩薩焰地中

恭敬三寶得一味不壞故菩薩難勝地中無量方便智起世間所作寶故菩薩現前地中觀甚深因緣集法故菩薩遠行地中以無量方便智善擇諸法故菩薩不動地中示現起大莊嚴事故菩薩善慧地中得甚深解脱通達世間行如實所證不過限故菩薩法雲地中能受一切諸佛大法明雨無有猒足故

論曰是中難度能度大果功德者因果相順故十地如大海難度能度得大菩薩果故大海有八種功德應知一易入功德如經漸次深故二淨功德如經不受死屍故三平等功德如經餘水失本名故四護功德如經同一味故五利益功德如經無量寶聚故六不竭功德謂深廣等如經甚深難度故廣大無量故七住處功德以大衆生依住故如經多有

大身衆生依住故八護世間功德潮不過時受水無猒如經潮不過限故能受一切大雨無有猒足故大海相似法菩薩十地行亦有十種相應如經如是佛子菩薩行以十相故數名菩薩行無有能壞故如是等云何轉盡堅固功德

經曰佛子譬如大摩尼寶珠過十寶性一出大海二巧匠善治三善轉精妙四善清淨五善淨光澤六善攢穿七貫以寶縷八置在瑠璃高幢九放一切光明十隨王意雨衆寶物能與一切衆生一切寶物如是佛子菩薩發薩婆若心過十聖性一初發心布施離慳二善修持戒正行明淨三善修禪定三昧三摩跋提令轉精妙四菩提分善清淨五方便神通善淨光澤六因緣集觀善攢穿七種種方便智縷善貫穿八置於自在神通幢上九觀衆生行放多聞智慧光明十諸佛授智位爾時能爲一切衆生現作佛事即名得薩婆若

論曰是中轉盡堅固功德者大摩尼寶喻如經佛子譬如大摩尼寶珠等故過十寶性者摩尼寶過毗瑠璃等以出故取乃至放一切光明示現此寶有八種功德攝故八種功德者一出功德選擇而取以善觀故二色功德巧匠善治故三形相功德善轉精妙故四無相功德善清淨故五明淨功德善淨光澤故六起行功德善攢穿故貫以寶縷故置在瑠璃高幢故此三句示現七神力功德放一切光明遍照一切處故八不護功德隨王意雨衆寶物能與一切衆生一切寶物正智受位故一切衆生同善根藏故過十聖性者過聲

聞辟支佛等性故聲聞有八種性四行四果差別故辟支佛有二種性行果差別故如是十地影像分已説云何地利益分

經曰佛子是菩薩行善集一切種一切智智功德集法門品若衆生不深種善根者不能得聞解脫月菩薩言佛子此集一切種一切智智功德集法門品若得聞者此人成就幾許功德金剛藏菩薩言佛子隨一切智智所攝觀集諸功德此集一切種一切智智功德集法門品亦復如是此人得聞此法門所得功德亦復如是何以故佛子若非菩薩不得聞此集一切種一切智智功德集法門品何況能信何況能持何況正修行説此經時以佛神力以得法力十方世界十億佛土微塵數等諸佛世界六種十八相動所謂動遍動等遍動踊遍踊等遍踊覺遍覺等遍覺起遍起等遍起震遍震等遍震吼遍吼等遍吼以佛神力以得法力故雨種種天華如雲而下雨天衣雨天寶雨天莊嚴具雨天蓋雨天幢雨天旛雨天妓樂雨天音聲讚嘆一切智地及讚十地殊勝之事如此世界四天下他化自在天中自在天王宮摩尼寶藏殿説十地法如是十方一切世界周遍皆説此十地法以佛神力故十方過十億佛土微塵數等世界有十億佛土微塵數等諸菩薩來集遍滿十方虛空到已皆作是言善哉佛子善説菩薩住諸地相佛子我等一切亦名金剛藏從名金剛勝世界金剛幢佛所來彼一切世界皆承佛神力説此法門衆會亦如是字句亦如是釋名亦如是義趣亦如是不增不減佛

子是故我等承佛神力來到此衆爲證此法佛子如我等來至此衆如是十方一切世界一一世界中四天下上他化自在天中自在天王宮摩尼寶藏殿皆有十億佛土微塵數等菩薩往爲作證爾時金剛藏菩薩摩訶薩承佛神力說此經時如來隨喜彼一切菩薩衆及一切天龍夜叉乾闥婆阿脩羅迦樓羅緊那羅摩睺羅伽四天王釋提桓因梵天王摩醯首羅淨居天衆皆大歡喜佛在他化自在天中成道未久第二七日自在天王宮摩尼寶藏殿金剛藏菩薩說歡喜奉行

論曰是中地利益者有二種一生信功德二供養功德復次此法門中決定信說大利益義示現如經佛子是菩薩行善集一切種一切智智功德集法門品是等解脫月菩薩言如是等金剛藏菩薩言如是等故爲於此經中復生信功德緣生義故以神通力示現六種十八相動如經說此經以佛神力以得法力故如是等是中六種動者一動二踊三上去四起五下去六吼十八相此六種動等相下中上如是次第應知器世間中依四種衆生聚一依不善衆生二依信種種天衆生三依我慢衆生四依呪術衆生爲此衆生下中上次第差别故動乃至吼如是十八句異義應知如是生信功德及緣生義已說是中供養功德者如經雨種種天華如雲而下如是等一切世界說此法門示現爲無量法門利益衆生示現如經此世界四天下 如是等餘者易解

十地經論卷第十二

音釋

齋祖奚切與臍同脇虛業切腋下也卍無販切謂吉祥萬德之所集也澍之戍切霔澍也狹胡夾切隘也葦羽鬼切葭屬縷力主切綫也攢祖官切與鑽同穿也

佛地經論
唐三藏法師玄奘奉詔譯

清刻龍藏佛說法變相圖

佛地經論卷第一

親光等菩薩造

唐三藏法師玄奘奉　詔譯

稽首無上良福田　三身二諦一乘衆
我今隨力造此論　爲法久住濟羣生
覽諸師意我已淨　恐餘劣智未能通
爲令彼淨生勝德　故我略釋牟尼地

論曰佛地經者具一切智一切種智離煩惱障及所知障於一切法一切種相能自開覺亦能開覺一切有情如睡夢覺如蓮華開故名爲佛地謂所依所行所攝即當所說清淨法界大圓鏡智平等性智妙觀察智成所作智受用和合一味事等是佛所依所行所攝故名佛地能貫能攝故名爲經以佛聖教貫穿攝持所應說義所化生故應知此中宣說

佛地饒益有情依所詮義名佛地經如緣起經如集寶論
略説此經所攝義者謂顯世尊佛土圓滿功德圓滿眷屬圓滿安立佛地五法總別受用和合一味事智依淨法界具諸功德三身差別此則次第示現如來居如是處具如是德如是衆俱安立如是地義差別如是處者謂佛淨土即十八種圓滿莊嚴廣大宫殿如是德者謂佛世尊二十一種殊勝功德如是衆者謂無數量諸大聲聞摩訶薩衆成就種種微妙功德地義別者謂大覺地五法總別受用和合一味事等後當廣説於此經中總有三分一教起因緣分二聖教所説分三依教奉行分總顯已聞及教起時別顯教主及教起處教所被機即是教起所因所緣故名教起因緣分正顯聖教所説法門品類差別故名聖教所説分顯彼時衆聞佛聖教歡喜奉行故名依教奉行分
經曰如是我聞一時薄伽梵
論曰如是我聞者謂總顯已聞傳佛教者言如是事我昔曾聞如是總言依四義轉一依譬喻二依教誨三依問答四依許可依譬喻者如有説言如是富貴如毗沙門依教誨者如有説言汝當如是讀誦經論依問答者如有説言如是我聞如是宣説依許可者如有説言我當爲汝如是而思如是而作如是而説或許可言是事如是有義此中唯依許可謂結集時諸菩薩衆咸共請言如汝所聞當如是説傳法菩薩便許彼言如是當説如我所聞又如是言信可審定謂如是法我昔曾

聞此事如是齊此當說定無有異有義此中亦依問答謂有問言汝當所說昔定聞耶故此答言如是我聞有義此中通依四種依譬喻者謂當所說如是文句如我昔聞依教誨者謂告時衆如是當聽我昔所聞餘如前說我謂諸蘊世俗假者聞謂耳根發識聽受廢別就總故說我聞有義如來慈悲本願增上緣力聞者識上文義相生此文義相雖親依自善根力起而就强緣名爲佛說由耳根力自心變現故名我聞有義聞者善根本願增上緣力如來識上文義相生此文義相是佛利他善根而起名爲佛說聞者識心雖不取得然似彼相分明顯現故名我聞應知說此如是我聞意避增減異分過失謂如是法我從佛聞非他展轉顯示聞者有所堪能諸有所聞皆離增減異分過失非如愚夫無所堪能諸有所聞或不能離增減異分結集法時傳佛教者依如來教初說此言爲令衆生恭敬信受言如是法我從佛聞文義決定無所增減是故聞者應正聞已如理思惟當勤修學

言一時者謂說聽時此就刹那相續無斷說聽究竟總名一時者不爾者字名句等說聽時異云何言一時能說者得陀羅尼於一字中一刹那頃能持能說一切法門或能聽者得淨耳根一刹那頃聞一字時於餘一切皆無障礙悉能領受故名一時或相會遇時分無別故名一時即是說聽共相會遇同一時義時者即是有爲法上假立分位或是心上分位影像依色心等總假立故是不相應行

蘊所攝何不別顯如下處等但說一時晝夜時分諸方不定不可別說又義不定或一剎那或復相續不可定說是故總相但說一時

薄伽梵者謂薄伽聲依六義轉一自在義二熾盛義三端嚴義四名稱義五吉祥義六尊貴義如有頌言

自在熾盛與端嚴　名稱吉祥及尊貴

如是六種義差別　應知總名爲薄伽

如是一切如來具有於一切種皆不相離是故如來名薄伽梵其義云何謂諸如來永不繫屬諸煩惱故具自在義炎猛智火所燒鍊故具熾盛義妙三十二大士相等所莊飾故具端嚴義一切殊勝功德圓滿無不知故具名稱義一切世間親近供養咸稱讚故具吉祥義具一切德常起方便利益安樂一切有情無懈廢故具尊貴義或能破壞四魔怨故名薄伽梵四魔怨者謂煩惱魔蘊魔死魔自在天魔佛具十種功德名號何故如來教傳法者一切經首但置如是薄伽梵名謂此一名世咸尊重故諸外道皆稱本師名薄伽梵又此一名總攝衆德餘名不爾是故經首皆置此名薄伽梵德後當廣說

經曰住最勝光曜七寶莊嚴放大光明普照一切無邊世界無量方所妙飾間列周圓無際其量難測超過三界所行之處勝出世間善根所起最極自在淨識爲相如來所都諸大菩薩衆所雲集無量天龍人非人等常所翼從廣大法味喜樂所持作諸衆生一切義利滅諸煩惱災橫纏垢遠離衆魔過諸莊嚴如來莊嚴之所依處大念慧行以爲遊路大

止妙觀以爲所乘大空無相無願解脫爲所入門無量功德衆所莊嚴大寶華王衆所建立大宫殿中

論曰此顯如來住處圓滿謂佛淨土如是淨土復由十八圓滿事故說名圓滿謂顯色圓滿形色圓滿分量圓滿方所圓滿因圓滿果圓滿主圓滿輔翼圓滿眷屬圓滿住持圓滿事業圓滿攝益圓滿無畏圓滿住處圓滿路圓滿乘圓滿門圓滿依持圓滿由十九句如其次第顯示如是十八圓滿即此圓滿所嚴宫殿名佛淨土佛住如是大宫殿中說此契經受用變化二佛土中今此淨土何土所攝說此經佛爲是何身有義此土變化土攝說此經佛是變化身聲聞等衆住此土中現對如來聞說是經歡喜信受而奉行故佛心所現故出三界淨識爲相爲說勝法化此地前諸有情類令其欣樂修行彼因故暫化作清淨佛土殊妙化身神力加衆令暫得見若不爾者聲聞等衆應俱不見有義此土受用土攝說此經佛是受用身此淨土量無邊際故路乘門等是實德故受用如是清淨佛土一向淨妙一向安樂一向無罪一向自在餘處說故解深密說三地已上乃得生故說此經佛具後所說二十一種實功德故說餘經時不列如是佛功德故若暫化作如是淨土如是妙身加衆令見應如餘經分明顯說然不說故是受用土及受用身聲聞等衆是佛化作或諸菩薩現作此身莊嚴佛土說法會故若爾此是地上菩薩所應見聞何故於此化佛土中結集流布傳法菩薩爲欲示現一切

智者及所居處超過一切世間法故如是示現欲令所化生欣樂故爲令發願當生如是清淨佛土見如是佛聞如是法修彼因故爲生廣大勝解有情及諸菩薩勝歡喜故欲令增上意樂勝解界堅牢故結集流布又是法勝於此宜聞煞處非勝化身相麤不可宣說故受用身居受用土爲初地上諸菩薩說令傳法者結集流通若爾何故不但說彼所說法耶若不說處及能說者不知此法何處誰說一切生疑故須具說如實義者釋迦牟尼說此經時地前大衆見變化身居此穢土爲其說法地上大衆見受用身居佛淨土爲其說法所聞雖同所見各別雖俱歡喜信受奉行解有淺深所行各異而傳法者爲令衆生聞勝希願勤修彼因當生淨土證佛功德故就勝者所見結集言薄伽梵住最勝等乃至廣說如來功德

最勝光曜七寶莊嚴者謂大宮殿用最勝光曜七寶莊嚴或大宮殿七寶莊嚴故最勝光曜言七寶者一金二銀三吠瑠璃四牟婆洛揭䑺婆五遏濕摩揭婆六赤眞珠謂赤蟲所出名赤眞珠或珠體赤名赤眞珠七羯雞怛諾迦就此所重且說七寶其實淨土無量妙寶綺飾莊嚴非世所識

放大光明普照一切無邊世界者謂大宮殿放大光明普照一切無邊世界或大宮殿其體周徧無邊界故放大光明普照一切由此二句顯佛淨土顯色圓滿如是淨土顯色圓滿形量云何無量方所妙飾間列謂大宮殿妙飾間列無量方所或大宮殿無量妙飾方

所問列言無量者或數無量或處無量如慧爲先安布間飾是故說名妙飾間列云何佛土淨心爲相非外工具世匠所成而有如是如慧爲先安布間飾謂佛世尊昔菩薩時發巧便慧如是如是加行誓願莊嚴佛土由先加行誓願勢力於果位中雖無如昔戲論覺慧而佛淨識如是變現亦令菩薩識如是變故不相違餘處亦應依此理說如是淨土形色圓滿分量云何周圓無際其量難測謂大宮殿其量周圓無際難測或大宮殿其量無際周圓難測又東方等分齊無故長短等相難可測量有義如來受用身土隨所化生所宜而現或大或小其量無定雖現廣大亦有邊際然就地前菩薩智等說言無際其量難測有義如來受用身土三無數劫所修無邊善根所感周徧法界地上菩薩及諸如來亦不能測其量邊際以無邊故如無始時如實義者受用身土略有二種一自受用謂諸如來三無數劫所修無邊善根所感周徧法界爲自受用大法樂故從初得佛盡未來際相續無變如諸功德諸大菩薩亦不能見但可得聞如是淨土以無量故諸佛雖見亦不能測其量邊際二他受用謂諸如來爲令地上諸菩薩衆受大法樂進修勝行隨宜而現或勝或劣或大或小改轉不定如變化土如是淨土以有邊故地上菩薩及諸如來皆測其量但就地前言不能測由是二種差別故言周圓無際其量難測如是淨土分量圓滿爲三界處爲不爾耶超過三界所行之處謂大宮殿處所方域超過三界所行之處非如三

界自地諸愛執爲已有所緣相應二縛隨增是彼異熟及增上果如是淨土非三界愛所執受故離二縛故非彼異熟增上果故如涅槃等超過三界異熟果地若爾淨土非三界攝便是無漏若是無漏有爲所攝即是道諦便是善性云何得用色聲香等爲其體性以十八界十五有漏八無記等餘處說故有義十八界通有漏無漏皆有善性然據二乘境界麤相相似說言十八界中十五有漏八無記等有義淨土定心所變雖有色等似十界相非十界攝非諸世間五識所得如徧處等所緣青等皆是自在所生色故法界所攝是故淨土雖用色等爲其體性是無漏善亦不相違若爾菩薩五識不緣受用土耶雖依彼力自識變異然相麤妙不相似故非五境攝如來五識可不緣耶佛緣事心作用相似假名五識實非五識恒在定故餘處宣說五識體是自性散亂無有定故若爾不從五根生耶如來五根及色聲等相同根境假名五根及色等境定心變故實是法界自在生色若爾四智應不同時無有一時一類多識一身起故許亦何失如實義者如來身土甚深微妙非有非無非是有漏亦非無漏非善非惡亦非無記非蘊界等法門所攝但隨所宜種種異說餘處說言十八界中十五有漏八無記等但就二乘異生等境麤相分別不就諸佛諸大菩薩甚深境界故餘處說如來非實蘊界處攝所有善等皆是示現乃至廣說如是淨土爲與三界同一處所爲各別耶有義各別有處說在淨居天上有處說在西方等

故有義同處淨土周圓無有邊際徧法界故如實義者實受用土周徧法界無處不有不可說言離三界處亦不可說即三界處若隨菩薩所宜現者或在色界淨居天上或西方等處所不定如是淨土方所圓滿既超三界異熟果地如涅槃等應無有因若有因者應三界攝若言淨土超過三界還有超過三界法因此應當說其相云何勝出世間善根所起謂大宮殿用出世間無分別智後所得智善根爲因而得生起非是無因非大自在天等爲因云何淨土超過三界而用出世無分別智後所得智世間淨法爲異熟因不說與彼爲異熟因然爲餘因彼得生起如苦法智忍品世第一法爲因此用本來無分別智後得無漏善法種子三無數劫修令增廣爲此淨土變現生因無分別智名出世間後得過前說名爲勝用勝出世無漏善根爲此生因或諸聲聞獨覺聖道名出世間如來善根過彼名勝此佛淨土如來識中無漏善根爲因而生有義但是增上緣生以外法故有義亦是因緣而生親能生故若不爾者應無因緣外法相望非因緣故一切外法皆用内法熏習爲因若爾外法既是共有云何有情各別種子共爲因緣合生一果勿以小心測量大法外物豈是極微合成實有體性多因共感但是有情異識各變同處相似不相障礙如衆燈明如多所夢因類是同果相相似處所無別假名爲共實各有異諸佛淨土亦復如是各別識變皆徧法界同處相似說名爲共如是淨土因相圓滿果相云何最極自在淨

識爲相謂大宮殿最極自在佛無漏心以爲體相唯有識故非離識外別有實等即佛淨心如是變現似衆寶等如前已說境界相故如入青等徧處定者識所現相此即如來大圓鏡智相應淨識由昔所修自利無漏淨土種子因緣力故於此一切時徧一切處不待作意任運變現衆寶莊嚴受用佛土與自受用身作所依止處利他無漏淨土種子因緣力故隨他地上菩薩所宜變現淨土或小或大或劣或勝與他受用身作所依止處謂隨初地菩薩所宜現小現劣如是展轉乃至十地最大最勝於地地中初中後等亦復如是如是淨土果相圓滿其主云何宮殿定有主依持故如來所都謂大宮殿諸佛世尊爲主非餘以殊勝故唯屬世尊或唯世尊住持攝受非餘所能自受用土雖徧法界一一自變各自爲主不相障礙他受用土雖諸佛變然一合相亦一相身攝受爲主不相障礙如是淨土主既圓滿應有輔翼主必攝受輔翼者故諸大菩薩衆所雲集謂大宮殿常有無量大菩薩僧共所雲集諸來朝者名爲輔翼既有無數大菩薩僧常來輔翼故無怨敵能爲違害諸聲聞等無如是事謂初地上諸菩薩衆雖不能集諸佛自利受用淨土而能集會諸佛利他受用淨土諸佛慈悲於自識上隨菩薩宜現麤妙土菩薩隨自善根願力於自識上似佛所生淨土相現雖是自心各別變現而同一處形相相似謂爲一土共集其中如是地上菩薩淨土爲是有漏爲是無漏有義無漏謂自心中後得無漏淨土種子願力

資故變生淨土於中受用大乘法樂以初地上諸菩薩衆證眞如理得眞無漏處眞法流住眞淨土常見諸佛故所變土是眞無漏道諦所攝有義有漏謂自心中加行有漏淨土種子願力資故變生淨土於中受用大乘法樂以彼菩薩雖證眞如得眞無漏而七地來煩惱現起乃至十地猶有修斷煩惱種子及所知障第八識體能持彼故現受熏故猶是有漏無記性攝有爲無漏道諦所攝決定是善若十地中第八識體是無漏善應知佛地不能執持有漏種子不應受熏第八識體既是有漏無記性攝所變淨土云何無漏善性所攝又一有性無二實身其身爾時既是有漏所依淨土云何無漏是十地菩薩淨土是妙有漏苦諦所攝如實義者十地菩薩自心所變淨土有二若第八識所變淨土是有漏識相分攝故是有漏身所依處故雖無漏善力所資熏其相淨妙而是有漏苦諦所攝隨加行等所現亦爾若隨後得無漏心變淨土影像是無漏識相分攝故從無漏善種子生故體是無漏道諦所攝如是淨土輔翼圓滿應有眷屬故次說言無量天龍人非人等常所翼從謂大宮殿唯有天等眷屬圍遶無有餘類等者等取藥叉揵達縛阿素洛揭路荼緊捺洛莫呼洛伽等莫呼洛伽即攝大蟒云何淨土超過三界所行之處而有天等以爲眷屬天等皆是三界攝故淨識如是攝受變現爲嚴淨土故不相違或有成熟所化有情示現如是變化種類如爲調伏劫比拏王現化無量轉輪王衆眷屬圍遶或諸菩薩化作

無量天龍等身住淨土中以供養佛或自化身爲天龍等翼從如來故無有過如是淨土眷屬圓滿於中止住以何住持廣大法味喜樂所持謂於此中大乘法味喜樂所持食能令住是住持義已說淨土超過三界所行之處云何有食又無漏法不應名食食能長養三有衆生此斷有故應不名食是住持因故亦名食如汝宗中生色界等入無漏定亦應名食非過去食應名爲食過去無故此亦應爾是住持因故說爲食如有漏法雖障無漏然持有漏得名爲食無漏亦爾雖斷有漏然持無漏云何非食此淨土中諸佛菩薩後得無漏能說能受大乘法味生大喜樂又正體智受眞如味生大喜樂能任持身令不斷壞長養善法故名爲食如是淨土住持圓滿作

何事業作諸衆生一切義利謂於此中自能現作一切有情一切義利或令一切有情自作一切義利現益名義當益名利世間名義出世名利離惡名義攝善名利福德名義智慧名利如是等别雖在寂定由先所修加行願力任運能作一切有情一切義利如是淨土事業圓滿有何攝益滅諸煩惱災横纒垢謂於此中遠離一切煩惱纒垢及諸災横即諸煩惱名爲纒垢如是即名諸災横因煩惱纒垢此中無故所作災横此中亦無又煩惱者謂一百二十八根本煩惱纒者即是無慙愧等垢者即是諂誑憍等災横即是彼所發業及所得果若所知障或諸隨眠名爲煩惱即彼現起說名纒垢本或名纒隨或名垢所知障等名爲災横此中何法名爲攝益即離

煩惱災橫纏垢名爲攝益如世封主雖不攝受但不爲災封戶亦言主攝益我此亦如是又現證得解脫煩惱災橫纏垢殊勝福智故名攝益如是淨土離內災橫攝益圓滿亦應無有外怖畏因故次示現無畏圓滿遠離衆魔謂於此中遠離一切煩惱蘊死及以天魔或能令他遠離四魔如是四種是怖畏因由是能生諸怖畏故此中無彼故無怖畏煩惱魔者謂一百二十八煩惱幷隨煩惱蘊魔者謂五取蘊死魔者謂有漏內法諸無常相天魔者謂欲界第六自在天子如是四種皆能損害諸善法故說名爲魔由是四魔生諸怖畏如來永離四種魔故無諸怖畏初地已上諸大菩薩在淨土中離麤四魔無五怖畏如是淨土無畏圓滿其所住處亦應殊勝故次

復說住處圓滿過諸莊嚴如來莊嚴之所依處謂於此中佛所住處勝過一切菩薩及餘莊嚴住處唯是如來妙飾莊嚴爲所住處由勝一切莊嚴住處是故說名住處圓滿如是淨土住處圓滿有何道路於中往來大念慧行以爲遊路謂於此中大念大慧及以大行爲所行路所遊履故名爲遊路是道異名聞所成慧名爲大念聞已記持無倒義故思所成慧名爲大慧依理審思得決定故修所成慧名爲大行由修習力趣眞理故大者念等緣大乘法而生起故是彼果故彼所攝故履三妙慧淨土往還故名遊路此說菩薩因三妙慧得入淨土故名遊路若諸如來大念即是無分別智由念安住眞如理故大慧即是後所得智分別諸法眞俗相故此二皆有造

作淨土增上業用故俱名行由此二智通生淨土故名遊路或大念行是自利行内攝記故大慧行者是利他行外分别故如其次第通生如來二種淨土故名遊路如是淨土路既圓滿應有所乘御彼所乘行此道路故次説言大止妙觀以爲所乘止謂三摩地觀謂般羅若大義如前此二等運故名所乘乘此止觀隨其所應行前道路路是總位位中止觀别名所乘如是淨土乘既圓滿應有入門從彼入門御此乘入故次説言大空無相無願解脱爲所入門謂大宫殿三解脱門爲所入處解脱即是出離涅槃即大空等名解脱門依從此門而入淨土徧計所執生法無我説名爲空緣此三摩地名空解脱門相謂十相一色二聲三香四味五觸六男七女八生九老十死即是涅槃無此等相故名無相緣此三摩地名無相解脱門願謂求願觀三界苦無所求願故名無願緣此三摩地名無願解脱門由此空等三解脱門得入淨土故名爲門大如前説此淨土中亦應有事路乘門等爲令有情欣樂實德故就行説如是淨土門既圓滿如餘宫殿應有所依故次須説依持圓滿無量功德衆所莊嚴大寶華王衆所建立謂如地等依風輪等或如世間宫殿依地如是淨土無量德衆所嚴大寶紅蓮華王衆所建立謂紅蓮華大寶所成如是大寶無量功德衆善所起於衆寶中勝故名大此寶紅蓮於諸華中最爲殊勝故名華王或此寶華望諸菩薩善根所起紅蓮華衆勝故名大佛是法王是佛最勝善根所起故名華王又

此寶華極難得故名爲大寶華中最勝故名華王此華非一或華葉多故名爲衆世尊住此華衆建立大宮殿中說是契經是故說言大宮殿中若就如來實受用身所依淨土名大宮殿量同法界於中一一佛受用身是能說本名說此經若就如來隨菩薩宜現受用身所依淨土名大宮殿其量不定於中諸佛同現一身正說此經故此宮殿分量方所不可定說

佛地經論卷第一

音釋

鍊（連彥切鍛鍊也）翼（與職切衛也）吠（符廢切）臈（盧合切）分齊（分扶問切齊在詣切分齊限量也）蟒（莫朗切大蛇也）

佛地經論卷第二

親光等菩薩造

唐三藏法師玄奘奉　詔譯

經曰是薄伽梵最清淨覺不二現行趣無相法住於佛住逮逹一切佛平等性到無障處不可轉法所行無礙其所成立不可思議遊於三世平等法性其身流布一切世界於一切法智無疑滯於一切行成就大覺於諸法智無有疑惑凡所現身不可分別一切菩薩正所求智得佛無二住勝彼岸不相間雜如來解脱妙智究竟證無中邊佛地平等極於法界盡虛空性窮未來際

論曰次顯諸佛異餘大師故説世尊功德殊勝又爲其餘生淨信故顯示世尊功德圓滿應知此中二十一種殊勝功德顯薄伽梵最清淨覺謂佛世尊普於一切有爲無爲所應覺境正開覺故又於一切所應覺境淨妙圓滿正開覺故又於一切如所有性盡所有性正開覺故名薄伽梵最清淨覺不二現行者顯示世尊一向無障殊勝功德謂凡夫二乘現行二障世尊無故以諸凡夫現行生死起諸雜染住著生死聲聞獨覺現行涅槃一向棄背利樂他事住著涅槃世尊無彼現行二障是故説名不二現行趣無相法者顯示世尊調化方便殊勝功德謂無相法即是涅槃佛善了知三乘有情隨彼堪能調化方便如實爲説令彼趣證無相法故住於佛住者顯示世尊觀所調化殊勝功德謂住大悲晝夜六時觀世間故逮得一切佛平等性者顯示世尊得一切佛相似事業殊勝功德謂證諸

佛相似事業平等性故到無障處者顯示世尊求斷所治殊勝功德謂已證得解脫一切煩惱所知二障智故及已求斷一切障故不可轉法者顯示世尊降伏外道殊勝功德謂佛正法一切外道不能退轉降伏彼已顯正道故所行無礙者顯示世尊降伏魔怨殊勝功德謂所行者即色等境此所行境擾亂心故障礙善故說名魔怨諸佛世尊心善安定極悅意境亦不能亂所有功德極善成滿一切惡境不能爲礙以能摧伏一切境界一切所行不能拘礙是故說名所行無礙其所成立不可思議者顯示世尊安立法教殊勝功德謂佛安立一切法教超過一切尋思境故遊於三世平等法性者顯示世尊記莂三世殊勝功德謂如現在記莂過去未來世事皆無礙故其身流布一切世界者顯示世尊現從覩史天宮來下殊勝功德謂現化身普於一切世界洲渚同時流下入母胎故於一切法智無疑滯者顯示世尊斷一切疑殊勝功德謂於諸法已得能除一切疑惑決定智故於一切行成就大覺者顯示世尊於一切乘所化有情能隨所應示現自身殊勝功德謂徧了知一切有情性行差別如其所應現自身故於諸法智無有疑惑者顯示世尊妙善了達一切法智能隨所應恒正教誨殊勝功德謂於諸法懷疑惑者無有堪能隨應教誨唯佛世尊證見諸法智善決定能隨所應無倒教誨無休廢故凡所現身不可分別者顯示世尊能正攝受無染自身殊勝功德謂諸佛身非是虛妄分別所起無煩惱業生雜染

故以如來身非是雜染分別起故不可分別一切菩薩正所求智者顯示世尊成就佛種不斷方便殊勝功德謂諸菩薩爲令佛種無斷絶故勤修加行非聲聞等是故佛智唯諸菩薩正所應求得佛無二住勝彼岸者顯示世尊自性身分殊勝功德謂佛法身無差別相故名無二佛無二住即是法身眞如爲體無差別相於中一切二相分別皆不現行緣彼勝定常住其中故名爲住即無二住名勝彼岸佛已窮到故名爲得不相間雜如來解脱如智究竟者顯示世尊受用身分殊勝功德謂受用身不相間雜一切如來受用身體各各別故如來妙智能令一切衆生解脱故名如來解脱妙智佛於此智已得究竟如是即說如來妙智不相間雜於淨佛二現受用身亦不相雜大集會中現種種身與諸菩薩受用法樂亦不相雜如來於此智所現身亦到究竟證無中邊佛地平等者顯示世尊證眞如相殊勝功德謂眞如相無有中邊遠離一切有爲無爲中邊相故遠離方處中邊相故如是眞如即是佛地平等法性證此佛地平等性故徧知一切爲無爲等於中不染極於法界者顯示世尊證得果相殊勝功德謂得窮極清淨法界如是法界是修道果次後二種殊勝功德顯示世尊功德無盡盡虛空性窮未來際者顯示世尊自利利他二德無盡殊勝功德謂如虛空經成壞劫性常無盡如來一切眞實功德亦復如是常無斷盡知未來際無有盡期利他功德亦復如是窮未來際常作一切有情利益安樂事故

復次此中總別顯示世尊殊勝功德初句是總由所餘句開顯其義如是乃名善說法要由二十一殊勝功德是故說名最清淨覺不二現行者顯示世尊於所知境一向無障智轉功德謂聲聞等於諸境界智有障礙極遠時方無邊差別諸佛法中無智轉故如來不爾一切時方無邊差別諸佛法中一切種智無障礙轉於諸法相無知不知二種現行是故說名不二現行由此故名最清淨覺餘句皆應如是配屬趣無法相者顯示世尊能入無二殊勝功德謂自能入永離一切分別自相解脫一切煩惱纏垢離有無相清淨眞如亦令他入住於佛住者顯示世尊任運佛事不休息住殊勝功德謂無功用利有情事無有間斷安住聖天及梵住故逮得一切佛平等性者顯示世尊於法身中所依意樂作業無別殊勝功德謂一切佛眞如淨智一切利益安樂意樂受用變化二利他事無差別故到無障處者顯示世尊已修一切障法對治殊勝功德謂已修習一切煩惱及所知障對治聖道已到解脫一切障處所依所趣故名爲處不可轉法者顯示世尊不爲一切外道所伏殊勝功德謂教證法皆不爲他所退轉故所行無礙者顯示世尊雖生世間世法不礙殊勝功德謂生世間利等八法不能礙故其所成立不可思議者顯示世尊安立正法殊勝功德謂十二分殊勝教法出過一切尋思所行非諸愚夫所能測度宣說一切自相共相故名安立遊於三世平等法性者顯示世尊能正記莂殊勝功德謂於三世流轉句

義曾現當生展轉記莂無顛倒故記莂去來皆如現在分明無倒故名平等其身流布一切世界者顯示世尊同時普於一切世界示現受用及變化身殊勝功德謂於一切無邊世界隨所化宜現瑠璃等妙色身故於一切法智無疑滯者顯示世尊斷一切疑殊勝功德謂自決定乃能令他生決定故於一切行成就大覺者顯示世尊入種種行殊勝功德謂隨所化有情所宜現同類身令彼入故於諸法智無有疑惑者顯示世尊了達當來法生妙智殊勝功德謂於出過聲聞等境微細善種如瓦石中細金種子如是等境無顛倒相皆徧知故凡所現身不可分別者顯示世尊隨其勝解如應示現殊勝功德謂佛世尊雖無分別如末尼珠由諸如來增上力故亦由自身勝解力故見如來身如金色等然諸如來無有分別無異分別廣說如經或同彼類不可分別一切菩薩正所求智者顯示世尊無量所依所化有情調伏方便殊勝功德謂由無量菩薩所依一切有情調伏方便此由如來增上力故得聞正法思修次第獲得妙智異類菩薩攝受付囑展轉相續無間而轉得佛無二住勝彼岸者顯示世尊平等法身波羅蜜多最極成滿殊勝功德謂於佛地無二法身一切施等波羅蜜多平等圓滿不相間雜如來解脫妙智究竟者顯示世尊隨其勝解示現無雜清淨佛土殊勝功德謂觀有情勝解差別示現種種不相間雜金等佛土證無中邊佛地平等者顯示世尊三身方處無有分限殊勝功德謂證平等無初中後

諸佛三身於其佛地佛淨土中無有一切方處分限極於法界者顯示世尊窮生死際常現起作一切有情利益安樂殊勝功德謂此法界善清淨故窮生死際常起等流契經等法爲當來世所化有情如應如時恒現起作利益安樂盡虛空性窮未來際者顯示世尊無盡究竟殊勝功德謂如虛空常無窮盡諸佛法界所起功德亦復如是無窮盡故如未來際無有盡期利樂一切有情加行無休息故諸佛功德爲性是常無盡究竟爲性無常相續不斷無盡究竟不可定說以佛法身清淨法界理性功德性是常故受用變化二身功德雖性無常無斷盡故無盡究竟一切如來本發弘願爲有情故求大菩提若諸有情盡得滅度爾時諸佛有爲功德何不斷滅諸有情界無有一切盡滅度時故佛功德無有斷滅所以者何由法爾故無始時來一切有情有五種性一聲聞種性二獨覺種性三如來種性四不定種性五無有出世功德種性如餘經論廣說其相分別建立前四種性雖無時限然有畢竟得滅度期諸佛慈悲巧方便故第五種性無有出世功德因故畢竟無有得滅度期諸佛但可爲彼方便示現神通說離惡趣生善趣法彼雖依教勤修善因得生人趣乃至非想非非想處必還退下墮諸惡趣諸佛方便復爲現通說法教化彼復修善得生善趣後還退墮受諸苦惱諸佛方便復更拔濟如是展轉窮未來際不能令其畢竟滅度雖餘經中宣說一切有情之類皆有佛性皆當作佛然就眞如法身佛性或就少

分一切有情方便而説爲令不定種性有情決定速趣無上正等菩提果故由此道理諸佛利樂有情功德無有斷盡此利他德依自利德乃得無斷是故如來有爲功德從因生故雖念念滅而無斷盡由佛功德無盡究竟是故成就最清淨覺其餘諸句皆應如是一一配屬何故先説諸佛淨土後説世尊如是功德爲顯如是諸佛功德依淨土故爲顯世尊依淨佛土具如是德説此經故次顯世尊眷屬圓滿謂大聲聞及大菩薩餘經中説調順調順而爲眷屬解脱解脱而爲眷屬是名如來眷屬圓滿此説無量大聲聞衆無量菩薩摩訶薩俱一切調順皆佛子等皆住大乘遊大乘等如其次第聲聞菩薩眷屬圓滿何故此中先説聲聞後説菩薩爲於大乘生疑惑者除彼疑故爲引不定種性菩薩生定信故爲已清淨諸大聲聞捨於自身尊貴慢故謂於衆前大聲聞衆近對世尊親受化故又諸聲聞常隨佛故形同佛故内眷屬故又令菩薩於聲聞衆生恭敬故如契經言菩薩不應於聲聞衆不生恭敬由是讚歎聲聞功德亦令其餘於聲聞衆生淨信故於此會中亦有餘衆結集法者略説二衆以其勝故如經後言世間天人阿素洛等一切大衆聞佛所説皆大歡喜信受奉行前説淨土最極自在淨識爲相云何會中有聲聞等而不相違有何相違諸聲聞等同菩薩見故成相違若聲聞等亦如是見可作是説諸聲聞等雖預此會障見淨妙業所礙故猶如生盲不見如是淨妙境界不可難言既不能見不應在衆以

雖不見如是淨妙而見穢土化身說故雖同一會自業力故所見各異如見眞金謂爲火等如於一處四種衆生各別見等或復如來神力加被令暫得見聞說妙法此是如來不思議力不可難以根地度等化亦無過爲欲莊嚴說法會故或佛化作或諸菩薩之所化作

經曰與無量大聲聞衆俱一切調順皆是佛子心善解脫慧善解脫戒善清淨趣求法樂多聞聞持其聞積集善思所思善說所說善作所作捷慧速慧利慧出慧勝決擇慧大慧廣慧及無等慧慧寶成就具足三明逮得第一現法樂住大淨福田威儀寂靜大忍柔和成就無減已善奉行如來聖教

論曰無量大聲聞衆者其數甚多難可筭計故名無量聞佛言音而入聖道故名聲聞並出家僧故名爲衆一切皆是最極利根波羅蜜多種性聲聞故名爲大有義皆住無學果位故名爲大如實義者皆是不定種性聲聞得小果已趣大菩提故名爲大或衆數多故名爲大如今大衆一切調順者有義有學離見所斷一百一十二種分別麤重煩惱不懭悷故猶如良馬名爲調順有義無學離見修斷一百二十八種煩惱不剛强故猶如眞金名爲調順如實義者皆是迴向菩提種性一切堪能發趣大果隨佛意轉如聰慧象故名調順由佛教力彼聖道生故名佛子如說皆從世尊口生正法生故有義皆是趣大聲聞能紹佛種令不斷絕故名佛子心善解說者離三界貪故如說離貪心得解脫慧善解脫

者已離一切染污無明故如說離於無明慧得解脫戒善清淨者如契經說具足六支名戒善淨謂住淨尸羅善自防守別解律儀軌則所行皆悉具足於微細罪見大怖畏受學學處或復皆得無漏戒故名善清淨如實義者住無學位迴向大乘自分戒淨修菩薩戒故名善淨趣求法樂者求正法時欲趣大樂謂佛菩提不求餘事或求法時爲令他樂無求過意離惡威儀如實義者此大聲聞專求法樂不求名聞利養恭敬無量經典初中後分皆能聽受故名多聞隨所聞義皆能憶持令不忘失故名聞持數習文義令其堅住是故說名其聞積集世間愚夫惡思所思惡說所說惡作所作出世聖者超過彼法與彼相違是故說名善思所思善說所說善作所作

三業清淨隨智慧行於佛所說法毗柰耶速入其義故名捷慧即於此中多入其義故名利速慧能多行者說名速故入微細義故名利慧得能出離生死妙慧故名出慧此慧能爲涅槃了因是故說名勝決擇慧勝決擇故名勝決擇即是涅槃此慧能爲彼了因故依彼立名問答決擇無窮盡故名爲大慧深廣圓滿善通達故名爲廣慧有本復說甚深妙慧謂他不能窮其底故於輭根等諸聲聞衆此慧勝故名無等慧此慧能招最上義故名爲慧寶是諸聲聞具此慧寶是故說名慧寶成就具足三明者謂得無學三種明故云何名爲無學三明一宿住隨念智證通明二死生智證通明三漏盡智證通明無學利根所得三通除染不染三際愚故說有三明有義明

者以慧爲性慧能除闇故説爲明有義無癡善根爲性癡無明故逮得第一現法樂住者證得不退勝靜慮故大淨福田者永離煩惱如世良田速能生長廣大果故威儀寂靜者一切威儀正知住故大忍柔和成就無滅者於苦堪耐易共住故已善奉行如來聖教者諸有所作已圓滿故如來聖教本爲有情出生死苦是諸聲聞位登無學皆出生死故善奉行如來聖教若爾何故復爲説法爲令迴向大菩提故是諸聲聞皆住無學盡此一報必入永滅無餘涅槃寂靜安樂與佛無異如餘論説何故引彼趣大菩提長時受苦變易位中無諸苦受斯有何過行苦有故是爲大過雖經此苦令得如來三身功德大喜大樂故無有過一切大樂不過涅槃彼已證得復何所少更求菩提涅槃雖有寂滅安樂而無受樂三菩提樂斷受樂等無量功德何用行苦有爲樂耶有爲無漏猶如涅槃是無漏故非行苦攝又若成佛能化無量所化有情出生死故已成佛者無此能耶無始時來衆生法爾能化所化種性相屬不相屬者即無化能是故如來種種方便化諸有情令得佛果化彼所化若爾聲聞或除七生或除一生或除上界處處一生餘一切生得非擇滅或一切生皆非擇滅云何更經三無數劫修菩提因而得佛耶雖諸煩惱所潤分段得非擇滅而由願力受變易生三無數劫修菩提因無有過失非擇滅者衆緣不具於此時中畢竟不生非永不生彼雖長時住在生死由定願力資感生因令其功能多時生果即此一身

展轉增勝乃至成佛如延壽法更不受生故論說言問迴向菩提聲聞爲住無餘依涅槃界發趣無上正等菩提爲住有餘依涅槃界耶答唯住有餘依涅槃界中可有此事所以者何以無餘依涅槃界中遠離一切發趣事業一切功用皆悉止息問若唯住有餘依涅槃界中發趣無上正等菩提者云何但由一生便能證得無上正等菩提所以者何阿羅漢等尚當無有所餘一生何況當有多生相續答由彼要當增諸壽行方能成辦世尊多分依此迴向菩提聲聞密意說言若有善修四神足已能住一劫或餘一劫餘一劫者此中意說過於一劫彼雖如是增益壽行發趣無上正等菩提而所修行極成遲鈍樂涅槃故不如初心始業菩薩彼既如是增壽行已

留有根身別作化身同法者前方便示現於無餘依涅槃界中而般涅槃由此因緣皆作是念其名尊者於無餘依涅槃界中已般涅槃彼以所留有根實身即於此界贍部洲中隨其所樂遠離而住一切諸天尚不能覩何況其餘衆生能見彼於涅槃多樂住故於徧遊行彼彼世界親近供養佛菩薩中及於修習菩提資粮諸聖道中若放逸時諸佛菩薩數數覺悟彼覺悟已於所修行能不放逸復次迴向菩提聲聞或於學位即能棄捨求聲聞願或無學位方能棄捨由彼根性有差別故所待衆緣有差別故如是若在無學位中迴向菩提由定願力數數資昔感現身因令於長時生果相續漸漸增勝乃至成佛功能方盡此報雖親有漏因感然由無漏定願資

助名不思議變易生死無漏定願不思議故若有學位迴向菩提或隨煩惱感生勢力感彼生已於最後生伏諸煩惱起定願力資後身因如前道理乃至成佛或迴心已即伏煩惱起定願力資現身因如前道理乃至成佛諸用無漏定願資助非煩惱者皆不思議變易身攝若煩惱力所感異熟分段身攝若說聲聞是化所作不須如是問答分別

經曰復有無量菩薩摩訶薩從諸佛土俱來集會皆住大乘遊大乘法於諸衆生其心平等離諸分別及不分別種種分別摧諸魔怨遠離一切聲聞獨覺繫念分別廣大法味喜樂所持超五怖畏一向趣入不退轉位息諸衆生一切苦惱所逼迫地而現在前妙生菩薩而爲上首

論曰所言菩薩摩訶薩者謂諸薩埵求菩提故此通三乘爲簡取大故須復說摩訶薩言又緣菩提薩埵爲境故名菩薩具足自利利他大願求大菩提利有情故又薩埵者是勇猛義精進勇猛求大菩提故名菩薩此通諸位今取地上諸大菩薩是故復說摩訶薩言何故讚說菩薩功德爲捨衆生輕慢心故有作是言諸聲聞衆久修梵行諸菩薩衆應當敬禮又令衆生起淨信故菩薩尚有如是功德何況如來於此讚說菩薩德中顯諸菩薩有三大事名摩訶薩一者數大以無量故二者德大謂住大乘遊大乘等三者業大謂息衆生諸苦惱故利樂有情是菩薩業從諸佛土俱來集會者謂從十方種種佛土爲聽法故俱來集會亦應有此索訶世界菩薩來集

而結集者但說他方菩薩來集爲欲對治懈怠憍慢不來集會求聞法故如是菩薩從彼方來自求聞法非他所引一切皆具大威神力尚從他界極遠方來何況其餘而不來集前聲聞衆不說來集在此方故今說他方俱來集會故知亦有此方菩薩但略不說就德大中應知略說九種德大一精進大謂皆住大乘由精進力安住大乘拔濟有情令離生死及自發趣無上菩提二因大謂遊大乘法即十地等以聞思修等漸次而遊三所緣大謂於諸衆生其心平等即於一切有情得自他平等以大慈等平等方便故四時大謂離諸分別及不分別種種分別即於一切時猶如一念平等而轉劫名分別以於一切劫與非劫分别斷故以不分别劫與非劫故能長時修行無猒五無染大謂摧諸魔怨以捨一切所攝受故能伏魔怨如說菩薩若於一切所攝受事知不堅實心不貪求即能摧伏一切魔怨六作意大謂遠離一切聲聞獨覺繫念分別即是遠分斷除一切二乘作意七任持大謂廣大法味喜樂所持即用大乘法味喜樂爲食八清淨大謂超五怖畏即三業清淨出諸怖畏無犯戒等諸惡趣等怖畏因故五怖畏者一不活畏二惡名畏三死畏四惡趣畏五怯衆畏如是五畏證得清淨意樂地時皆已遠離九證得大謂一向趣入不退轉位即得一切智記別地時一向不退前七地中猶有加行功用運轉未得不退無功用道其餘諸地得無加行功用運轉一向趣入不退轉地以不退地無功用道一向趣入是故

說名一向趣入不退轉地就業大中息諸衆生一切苦惱所逼迫地而現在前者謂諸菩薩能息一切有情内外苦惱逼迫地位現前此地中有大悲大慈由此二種能息一切内病等苦外貧等惱之所逼迫此二多作有情利樂故得此者名爲業大復次皆住大乘者謂住初地證得遍滿眞法界時初得眞實大乘法故名住大乘遊大乘法者謂第二地修行菩薩三聚戒故大乘行法即三聚戒於諸衆生其心平等者謂第三地得諸勝定發四無量平等利樂諸有情故離諸分別等者謂第四地得三十七菩提分法離諸分別及不分別種種分別諸分別者即見所斷分別我見初地已離不分別者即修所斷俱生我見此地中離即此二種相應諸法名種種分別行解異故雖前後離盡處總說如第四定説離苦樂如第三果離五下分有義此地第七識中俱生煩惱一切遠離有義此地第六識中俱生我見一切遠離非第七識以七地來猶有微細煩惱現行若無第七應無染依應不似五第七細惑若已遠離五六七地六識麤惑應不現行即違瑜伽解深密說又如二乘金剛喻定第七識惑與六識中最細煩惱一時俱斷云何此中先離第七微細煩惱後離六識麤煩惱耶是故四地得無我智滅意識中俱生我見未離第七微細煩惱及六識中餘修斷惑此說伏離非是永滅至第十地金剛心時方頓斷滅修斷種故摧諸魔怨者謂第五地觀四聖諦皆平等性摧伏執取生死涅槃差別魔怨遠離一切聲聞獨覺繫念

分別者謂第六地觀十二支染淨緣起皆平等性遠離二乘猒患雜染欣樂清淨繫念分別廣大法味喜樂所持者謂第七地證無相理於空智中起有勝行受大法樂超五怖畏者謂第八地一切煩惱不復現行離五怖因名超五怖五怖畏果初地已離一向趣入不退轉位者謂第九地決定趣入第十菩薩衆行圓滿不退轉位息諸衆生等者謂第十地得大法身起大悲雲雨大法雨息除一切衆生苦惱所逼迫事復次如是十句經文十到彼岸十大願等亦應配釋以初地上一一地中普攝一切諸地行故妙生菩薩而爲上首者謂能發起圓滿功德諸三摩地名爲妙生菩薩得此三摩地故立妙生號以菩薩名多依法故如慈氏等於此衆中妙生菩薩最第一故名爲上首是故次下唯告妙生發起所說此經略故唯列一名所餘衆會但舉其數結集法者意在略故

佛地經論卷第二

音釋

莂 必列切授記莂也　捷 疾葉切捷疾也　儱悷 儱力董切悷郎計切儱悷多惡不調也　耐 奴代切忍也　怯 詰叶切畏懦也　逼迫 逼彼側切迫博陌切逼迫窘急也

佛地經論卷第三

親光等菩薩造

唐三藏法師玄奘奉　詔譯

經曰爾時世尊告妙生菩薩妙生當知有五種法攝大覺地何等爲五所謂清淨法界大圓鏡智平等性智妙觀察智成所作智

論曰如是已說教起因緣分次當顯示聖教所說分唯告妙生一菩薩者由是最勝教所被故何故不告聲聞衆耶以諸菩薩專意悕求一切智故聞如是法生勝解故生勝解已能趣入故既趣入已能正行故正修行已速成辦故聲聞不能求一切智雖有能求聞如是法不生勝解雖生勝解不能正行雖能正行不速成辦故不告彼若爾何故說此經時預在衆會爲顯時衆最高大故化作此類爲令迴向菩提聲聞發趣大故引令入衆或諸菩薩現作此名故不相違

略由四相安立佛地一由數故二由攝故三由名故四由決擇差別義故今於此中且說數攝及名差別

一由數者謂有五種法後說自相其數自顯何故說數爲決定故唯有五法不增不減法者即是持自相義非與可愛果異熟義

二由攝者謂攝大覺地大覺是佛具三種身一者自性二者受用三者變化後當廣說地謂大覺所依所攝所行境界安立自相所緣差別以一切法爲境界故安立所緣言攝一切安立自相唯攝自體合爲一故大覺地中無邊功德略有二種一者有爲二者無爲無爲功德淨法界攝淨法界者即是眞如無爲

功德皆是眞如體相差別有爲功德四智所攝無漏位中智用彊故以智名顯一切種心心所有法及彼品類若就實義一一智品具攝一切功德法門若就麤相妙觀察智攝四念住觀察一切身等法故平等性智攝四正斷及四無量以四正斷雖用精進爲其自性而由如來平等性智所攝受故無高下相四無量者平等行故此智所攝四如意足以三摩地爲自性故觀察智攝任持一切陀羅尼門三摩地門下經說故如是其餘靜慮解脫等持等至陀羅尼門三摩地門無諍願智通無礙解如來十八不共佛法力無畏等多分攝在妙觀察智神境智通多分攝在成所作智漏盡智通漏盡智力若說漏盡相續中有四智所攝若說彼緣漏盡涅槃多分攝在大圓鏡智平等性智第七遍行行智力者四智所攝慧等諸根慧等諸力多分攝在大圓鏡智平等性智覺支道支多分攝在平等性智苦等十智眞無漏者多分攝在大圓鏡智平等性智無忘失法多分攝在大圓鏡智永斷一切習氣相續多分攝在清淨法界大圓鏡智波羅蜜多若是無漏若似有漏多分攝在後二智中諸相隨好多分攝在成所作智其餘佛法如其所應隨相應攝如是四智具攝一切佛地無漏心及心法若俱有法若所變現品類差別清淨法界攝眞如上諸相功德是故五法具攝一切佛地功德

三由名者謂清淨法界廣說乃至成所作智清淨法界者謂離一切煩惱所知客塵障垢一切有爲無爲等法無倒實性一切聖法生

長依因一切如來眞實自體無始時來自性清淨具足種種過十方界極微塵數性相功德無生無滅猶如虛空遍一切法一切有情平等共有與一切法不一不異非有非無離一切相一切分別一切名言皆不能得唯是清淨聖智所證二空無我所顯眞如爲其自性諸聖分證諸佛圓證如是名爲清淨法界大圓鏡智者謂離一切我我所執一切所取能取分別所緣行相不可了知不愚不忘一切境界不分別知境相差別一切時方無間無斷永離一切煩惱障垢有漏種子一切清淨無漏功德種子圓滿能現能生一切境界諸智影像一切身土影像所依任持一切佛地功德窮未來際無有斷盡如是名爲大圓鏡智平等性智者謂觀自他一切平等大慈大悲恒共相應常無間斷建立佛地無住涅槃隨諸有情所樂示現受用身土種種影像妙觀察智不共所依如是名爲平等性智妙觀察智者謂於一切境界差別常觀無礙攝藏一切陀羅尼門三摩地門諸妙定等於大衆會能現一切自在作用斷一切疑雨大法雨如是名爲妙觀察智成所作智者謂能遍於一切世界隨所應化應熟有情示現種種無量無數不可思議佛變化事方便利樂一切有情常無間斷如是名爲成所作智復次建立如是五法因故果故差別故因者即是清淨法界是能生長聖法因故果謂聖智緣彼生故依止彼故此聖智果差別有四隨起建立謂緣法界住持一切隨聞法故於諸有情證得自他平等性故開示三法勝方便

故利他因故復次建立如是五法佛自體故因故果故佛自體者清淨眞如爲體相故及緣此境無分別智爲體相故因謂無量常無間斷於諸有情平等性智果謂饒益一切有情二殊勝智觀察可化不可化故隨其所宜成所作故復次建立如是五法謂於佛地果位差別即智斷果爲佛地體斷果即是清淨法界於中一切障永斷故智有四種大圓鏡等於佛果地諸心心法分位所現諸功德中智最殊勝以智爲名總攝一切有爲德故復次如是所説法門建立五法總攝佛地一切佛法總攝無爲諸功德故聞熏成熟住持一切佛地所攝諸功德故於諸有情常現起作利益安樂平等事故陀羅尼門三摩地門無邊無量福智莊嚴所隨逐故能成一切利樂有情變化事故復次如是所説四智轉何法得攝大乘説轉識蘊得何故轉心而得心法非得心法四無漏心智相應故假説名智故論説言問正智當言實有當言假有答當言俱有此中智是實有若智眷屬諸心心法亦名爲智説之爲假故有二種此中無漏心心法等智爲主故皆説名智轉識蘊依得四無漏智相應心謂大圓鏡心廣説乃至成所作心轉第八識得大圓鏡智相應心能持一切功德種子能現能生一切身土智影像故轉第七識得平等性智相應心遠離二執自他差別證得一切平等性故轉第六識得妙觀察智相應心能觀一切皆無礙故轉五現識得成所作智相應心能現成辦外所作故復有義者轉第六識得成所作轉五現識得妙

觀察此不應爾非次第故說法除疑周遍觀察非五用故如是轉去生死位中四相應品心及心法轉得佛果四相應品心及心法皆說名智復次如是所說四智相應心品爲何所緣大圓鏡智相應心品若一相說唯緣眞如無分別智非後得智所緣行相不可知故若具相說緣一切法莊嚴論說大圓鏡智普於一切所知境界不愚迷故此經中說如依圓鏡衆像影現如是依止如來智鏡諸處境識衆像影現言諸處者謂內六處言諸境者謂外六境言諸識者謂六種識如是智上有十八界衆像影現故知此智緣一切法由此鏡智於一切時緣一切法故說如來具一切智若不爾者餘智不定知一切法如來不應名一切智如是鏡智內緣自體功德種子外緣一切若眞若俗所知境界現身土等一切影像緣眞義邊名無分別智緣俗義邊名後得智雖緣一切行相微細不可了知如阿賴耶雖緣三境以微細故亦言緣境不可了知故不應以不可了知證此鏡智唯緣眞如無分別智非後得智諸心心法體雖是一義用有多隨用差別分爲二智亦無有過要達眞理方了事俗故雖一心義說先後或似後得名後得智餘亦如是平等性智相應心品有義唯緣大圓鏡智如染汙意緣阿賴耶爲境界故有義唯緣眞如實際緣平等性爲境界故如實義者此智亦緣一切爲境普緣一切平等性故莊嚴論說平等性智緣一切有情自他平等故隨諸有情勝解示現佛影像故此經中說證得十相平等性故此平等性通

眞及俗故緣一切亦無過失若不緣俗即不能隨一切有情勝解示現諸佛影像亦不應以染汙末那類平等智唯緣鏡智凡聖異故違聖教故餘不類故妙觀察智相應心品普觀一切自相共相皆無障礙故緣一切所知境界成所作智相應心品有義唯緣五種現境莊嚴論說如來五根一一皆於五境轉故如實義者成所作智亦緣一切於一切境皆無障故莊嚴論說成所作智於一切界起種種化無有數量不可思議作諸有情一切義利此經中說成所作智起作三業諸變化事決擇衆生八萬四千心行差別宣說對治作四記論受領去來現在等義若不普緣一切境界無此功能又說佛心無障自在一一皆能照一切境但作意力或緣一法或緣一切

且說五根於五境轉不言唯爾故不成證集量論說諸心心法皆證自體名爲現量若不爾者如不曾見不應憶念是故四智相應心品一一亦能照知自體云何不與世法相違刀不自割指端不能觸指端故不見燈等能自照耶云何得知燈等自照現見無闇分明顯現若不自照應有闇障應不現見由此故知燈等自照燈等非闇何須照耶如瓶衣等體雖非闇無燈等照邊有闇障不得現見燈等照時除彼邊闇令得現見說名爲照燈等亦爾自體生時邊闇障除令現得見故名自照諸心心法雖有勝劣皆能外緣内證自體猶如光明既能照他亦能自照非如刀等諸法法爾不可一類此就麤相諸心心法各有相見二分而說集量論中辯心心法皆有三

分一所取分二能取分三自證分如是三分不一不異第一所量第二能量第三量果若細分別要有四分其義方成三分如前更有第四證自證分初二是外後二是内初唯所知餘通二種謂第二分唯知第一或量非量或現或比第三自證能證第二及證第四第四自證能證第三第三第四皆現量攝由此道理雖是一體多分合成不即不離内外並知無無窮過是故經言

衆生心二性　内外一切分　所取能取纒見種種差別

此頌意言衆生心性二分合成若内若外皆有所取能取纒繞見有種種或量非量或現或比多分差別四智心品雖有多分然皆無漏現量所攝此義廣如餘處分別義用分多非體有異如一法上苦無常等種種義別而體是一復次如是所說四智相應心品爲有相分見分等耶定有見分照所照境有自證分通照見分證自證分證自證分照自證分故亦定有若無如是三分差別應無所緣應不名智相分不定有義眞實無漏心品無障礙故親照前境無逐心變似前境相以無漏心說名無相無分別故又說緣境不思議故有義眞實無漏心品亦有相分諸心心法法爾似境顯現名緣非如鉗等動作取物非如燈等舒光照物如明鏡等現影照物由似境現分明照了名無障礙不執不計說名無相亦無分別妙用難測名不思議非不現影若言無相則無相分言無分別應無見分都無相見應如虛空或兔角等應不名智無執計

故言無能取所取等相非無以境緣照義用若無漏心全無相分諸佛不應現身土等種種影像如是則違處處經論轉色蘊依不得色者轉四蘊依應無識等則成大過有義無漏無分別智相應心品無分別故所緣眞如不離體故如照自體無别相分若後得智相應心品有分别故所緣境界或離體故如有漏心似境相現分明緣照若無漏心緣離體境無似彼相而得緣者觀所緣論不應説言五識上無似極微相故非所緣如是境相同無漏心無漏種起雖有相似有漏法者然非有漏如有漏心似無漏相非無漏故且止廣論如是分别但就世俗言説道理非就勝義若就勝義離言絶慮既無相見不可言心及心法等離諸戲論不可思議復次如是所説

四智相應心品有幾心法共相應耶有二十一謂五遍行五各别境十一唯善於一切處常遍行故如來恒樂了所知境欲無減故印境勝解常無減故了曾受境念無減故如來無有不定心故恒決擇故極淨信等常相應故無染汙故無睡眠故無惡作故現證一切無尋伺故有漏心品勝劣不定所緣拘礙心法相應或多或少無漏心品自在無礙心法平等互不相障復次如是所説四智相應心品何位初得何位現行無漏種性無始本有依異熟識生滅相續發心已去由外重習漸漸增長大圓鏡智相應心品金剛喻定現在前時轉滅一切有漏種子異熟識等爾時方得最初現行一切佛果無漏種子圓滿依附盡未來際常無閒斷平等性智相應心品菩

薩初地初現觀時最初現行從此已去後後地中修令增長清淨圓滿無漏觀等現在前時恒常現行若有漏心現在前時則便間斷如是展轉乃至十地最後心時自此已後盡未來際常無間斷如有漏位阿賴耶識恒與末那一識俱起無漏位中大圓鏡智亦應常與平等性智一時而起故平等智亦無間斷妙觀察智相應心品亦在初地初現觀時最初現行從此已後漸修增長若有漏心正現前時或無心時則便間斷如是展轉乃至佛果若入滅定亦不現行成所作智相應心品有說初地已上諸位皆得現行墮法流故如實義者佛果方起以十地中有異熟識所變五根非無漏故能依五識亦非無漏有漏五根發無漏識曾未見故於佛果上此智亦不恒現在前作意起故數數間斷如是四智相應心品種子本有無始法爾不從熏生名本性住種性發心已後外緣熏發漸漸增長名習所成種性初地已上隨其所應乃得現起數復熏習轉增轉勝乃至證得金剛喻定從此已後雖數現行不復熏習更令增長功德圓滿不可增故持種淨識既非無記不可熏故前佛後佛功德多少成過失故如是四智相應心品一向是善一向無漏道諦所攝諸佛無有一切有漏種子法故雖復現化作生死身業煩惱等似苦集諦實是無漏道諦所攝隨世俗相名五十二十八蘊等而實非是蘊處界攝離戲論故離諸相故如是五法皆通假實不待名言此餘根境皆實有故若待名言此餘根境皆假有故又淨法界真如爲

體是實有故依眞建立擇滅等相是假有故
諸心智等青黄色等是實有故不放逸等長
短色等是假有故且止廣論應釋本文
四由決擇差別義中略有三分一者決擇五
法差別二者決釋受用和合一味事智三者
總頌淨法界相具諸功德三身差別五法別
中如其次第一一決擇
經曰妙生當知清淨法界者譬如虛空雖遍
諸色種種相中而不可說有種種相體唯一
味如是如來清淨法界雖復遍至種種相類
所知境界而不可說有種種相體唯一味
論曰次當顯示淨法界相釋難決擇法界差
別謂有難言若諸如來法界爲性法界則用
眞如爲體眞如即是諸法共相諸法既有種
種差別法界隨彼云何無有種種差別法界

若有種種差別云何清淨非頗胝迦種種依
止共相應故無種種相爲釋此難故說最初
太虛空喻譬如虛空雖遍諸色種種相中者
如世虛空雖遍一切有形礙色等不等類差
別相中品類差別故名種種自體集在覺慧
等上分明顯現故名爲相即是行相而不可
說有種種相者而此虛空不可宣說有諸形
礙種種色相由此虛空其性自爾不應說故
名不可說或不能說名不可說謂此虛空其
性如是不可宣說有其種種能表色相亦不
可說有其種種所表色相而見虛空有種種
相及可說有種種相者此見空中種種色相
非見虛空及假說有種種色相如青黄等或
長短等非實是有非假說有則有實事云何
遍在一切色中無種種相體唯一味者非此

虛空由與種種色相應故成種種相不捨自性體唯有一無障礙味無異相故如是如來清淨法界等者如世虛空有體無體雖遍一切形礙色中而不隨成形礙差别亦不可說有諸色相雖亦說有唯假非實由此虛空不捨自相取他相故如雖假說虛空虛空而虛空性實不可說清淨法界亦復如是雖假說言眞空眞空而眞空性實不可說由此虛空先所說因種種依止共相應故如頗胝迦法界應有種種别者有不定過現見虛空雖與種種色相相應而無諸色種種相故如烟霧等共相應故有時見空有種種相由自虛妄分别力故但見烟等有種種相非見虛空以虛空性不可見故如是由自虛妄分别增益力故但見色等有種種相非淨法界淨法界中雖無眞實種種境界言說法教而有種種境界法教差别相轉非由彼有種種相故亦令法界有種種相以淨法界離名言故一切名言皆用分别所起爲境然諸法教亦不唐捐是證法界展轉因故如見字書解所說義由此法教是諸如來大悲所流能展轉說離言說義如以衆彩彩畫虛空甚爲希有若以言說說離言義復過於彼如說海慧譬如有人以種種色彩畫無色無見無對無表虛空如墻壁等甚爲希有諸佛世尊證得甚深離言說法能以言說爲諸有情補特伽羅宣說開示復難於彼如是廣說又頗胝迦法界爲性亦清淨故非同法喻所立因義隨一不成或俱不成

經曰又如虛空雖遍諸色不相捨離而不爲

色過所染汙如是如來清淨法界雖遍一切衆生心性由眞實故不相捨離而不爲彼過所染汙

論曰復有難言若淨法界遍在一切所知境界亦與貪等諸煩惱垢共相應故云何不知所餘有漏心心法品成不清淨爲釋此難故說第二太虛空喻又如虛空雖遍諸色不相捨離者無有別處故名不相捨離遍在內行不見出外故既在內行不見出外不可定言是一是異若有別處是則虛空應有形礙應是無常而不爲色過所染汙者如太虛空雖遍一切形礙色內而不爲色過失所染色過失者謂是生長貪瞋等因非青黃等種種異相又於空中所有雲霧黑影色等能令太虛捨淨相故及能障礙淨見生故名色過失又於心上所增境相名色過失爲順他意故作前說非太虛空爲彼諸色過失所染自性淨故如是如來清淨法界雖遍一切衆生心性由眞實故不相捨離者如佛自心眞實清淨本性光潔本性淨故一切衆生心性亦爾本性眞實本性清淨心本性者即是眞如一切衆生心平等性如說由何說心平等由空性故說心平等如是廣說心本性者即心法性遍在一切衆生心性是故說名心平等性爲辯如是心法性故說由眞實不相捨離由是有情本淨心性雖本性淨復由今時客塵障礙垢雜遠離故安立如來眞心清淨又諸有情心平等性即是眞實是圓成實自性攝故由諸有情心平等性眞實相故表不捨離諸衆生心又是心性眞實相故表不捨離一切

有情心性而轉此意說言由遍轉故不相捨離而不爲彼過所染汙者本性清淨故過謂貪等能令心相成過失故成垢染故雖爲客塵分別所轉非彼體故不可全捨可令清淨依此密意說如是言此心本性清淨光潔心之法性說名爲心非離心法性有異性淨心云何有情心有貪等自分別力所任持故心之顛倒未永斷故此由無明力所起故此義意言譬如虛空本性雖淨而爲眩翳損內眼故顛倒相現似不清淨如是法界本性雖淨由自分別所起貪等衆因緣力無明眩翳損慧眼故顛倒相現似不清淨若一切種清淨慧眼恒不見穢又淨法界若無差別一切種淨則名一切如來法身亦名如來眞實體性於一切時常無變故由此法界一切有情心相續中平等有故說如是言一切有情是如來藏一切有情皆有佛性爲引不定種性有情令心決定趣大乘故就有如來種性有情說如是言一切有情皆當作佛如有說言一切無常一切皆苦如是皆說少分一切非全一切若不爾者便違所說五種種性諸佛功德應當有盡無所度故則違所說如來功德常無斷盡不應無益常住世間本期度生求佛果故此淨法界雖遍一切平等皆有而由自障力所持故如世生盲不見日月如有頌言

衆生罪不現　如月於破器　遍滿諸世間
由法老如日

由此道理如先所說亦與貪等諸煩惱垢共相應故如餘有漏心心法品清淨法界成不

淨者有不定過虛空雖與色垢相應非不淨故心心法品雖與貪等煩惱相應而用清淨法界爲性非不淨故非同法喻如説意樂不清淨者見心不淨隨彼亦説法界不淨由清淨相不顯現故意樂淨者見與貪等垢相應心本性清淨無垢穢故法界常淨彼所立因如前不成由是法界遍一切故譬如虛空非諸有情過所染汙此説法界遍一切者所執法空普皆有故不待成立

經曰又如虛空含容一切身語意業而此虛空無有起作如是如來清淨法界含容一切智所變化利衆生事清淨法界無有起作

論曰復有難言若諸如來清淨法界眞如爲體則無戲論亦無起作云何得容利有情事因緣智生若容智生則有起作云何如來眞如爲相爲釋此難故説第三太虛空喻又如虛空含容一切身語意業者如太虛空雖無作意而能容受有情三業身語二業有形礙故可須容受意業云何非無形質有對礙故須他容受即以此事名爲容受謂彼生時不爲障礙有對礙物亦以生時無障礙故説言虛空之所容受此法亦爾生時無障而得生故亦得説言虛空容受又有對物無對礙時容受餘物得往來故依此法上假立虛空意業亦爾將欲滅時容受餘物令得生起何爲不得依此法上假立虛空若異此者實有虛空遍一切處云何容受若體實有不障礙故餘法得生名容受者一切無色實有體法皆無障礙並能容受應名虛空餘處説言唯色無故名虛空者就世共知麤相而説是故虛

空容受三業亦無過失而此虛空無有起作者非此虛空如是分別我容受此不容受彼雖無作意而能容受日月燈等所有光明亦復如是雖無作意此彼分別法爾生時能照諸色如意寶珠亦復如是雖無作意而能滿足衆生意願所餘亦爾且舉虛空類顯一切如是如來清淨法界含容一切智所變化利衆生事者謂諸如來清淨法界任性而住無有作意安立一切利衆生事一切智者圓鏡智等一切所變化者身語意化一切利衆生事者謂能成辦一切有情勝利樂事清淨法界皆能含容彼法生時爲助因故清淨法界無有起作者作意名起能令其心捨餘境界趣餘緣故心動名作心慮動揺有所作故謂淨法界雖無作意心慮動揺而能容受諸智

變化利有情事復次含容一切智所變化利衆生事者謂淨法界含容一切受用變化二身所作利有情因無窮盡故極廣大故無對礙故雖無分別而增上力能生彼故此總義言如虛空等容色生等作用轉時雖無有我我所作意戲論分別而生法爾力廣作一切差別作用如是如來住無漏界雖無一切我我所等作意戲論種種分別而先所修大願力故能起一切智所變化利衆生事如是如來第一難思安住法身由先願力所任持故一切相好功德莊嚴窮生死際劫量相續雖無分別而作一切智所變化利衆生事如來雖無如是分別我於如是如是事業當作不作而本願力一切能作如先發願或入睡眠或入滅定雖無作意隨所要期覺悟出定如

海慧經作如是說如諸苾芻要期鐘聲而入滅定不聞鐘聲亦無分別由要期力應時出定如是廣說

佛地經論卷第三

音釋

頗胝迦（梵語也此云水玉頗普禾切胝陟離切）眩翳（眩黄絹切目無常主也）

佛地經論卷第四

親光等菩薩造

唐三藏法師玄奘奉詔譯

經曰又如空中種種色相現生現滅而此虛空無生無滅如是如來淨法界中諸智變化利衆生事現生現滅而淨法界無生無滅

論曰復有難言若淨法界徧在一切所知境界不相捨離一向隨轉是則法界應有生滅若無生滅不應徧在所知境界不相捨離一向隨轉爲釋此難故說第四太虛空喻又如空中種種色相現生現滅等者此義意言如太虛空徧在諸色容受色相不相捨離一向隨轉諸色雖復現生現滅而虛空性無生無滅如是如來清淨法界徧一切境含容一切智所變化利衆生事不相捨離一向隨轉智等雖有現生現滅而淨法界無生無滅就此密意契經中說曼殊室利不生不滅故名如來乃至廣說就勝義諦色等諸法亦無生滅就世俗諦施設生滅是故言現此意說言就世俗相現有生滅非勝義體實有生滅淨法界中諸智變化利衆生事亦復如是

經曰又如空中種種色相現增現滅而此虛空無增無減如是如來淨法界中顯示如來甘露聖教有增有減而淨法界無增無減

論曰復有難言若淨法界徧在一切不相捨離如來聖教現見有增後當減滅法界同彼應有增減若爾法界應不清淨爲釋此難故說第五太虛空喻又如空中種種色相現增現減等者如來聖教於諸外道一切世間邪劣教中最爲眞實殊勝清淨猶如醍醐亦如

甘露令得涅槃永不死故如是聖教奉行證聖得無學果千載已前多分有故說佛正法但經千載非佛教法但住千歲又聲聞藏雖佛去世百年已後即分多部而菩薩藏千載已前清淨一味無有乖諍千載已後乃興空有二種異論是故說言如來正法但經千載而淨法界無增無減者如來聖教就世俗理有增有減非就勝義法界爲性無增減故色等亦爾法界爲性無增無減就勝義理猶如虛空無增無減相是故言現謂就世俗識等變現似有增減非就眞性淨法界中色等諸法皆離戲論分別相故

經曰又如空中十方色相無邊無盡是虛空界無邊盡故而此虛空無去無來無動無轉如是如來淨法界中建立十方一切衆生利益安樂種種作用無邊無盡清淨法界無邊盡故而淨法界無去無來無動無轉

論曰復有難言若諸如來法界爲體如來施與一切有情利益安樂或去或來法界與彼不相離故如所餘法應有去來應有生等若爾法界應不清淨法界若無去來等事不應十方施與有情利益安樂爲釋此難故說第六太虛空喻又如空中十方色相無邊無盡等者如虛空界無邊無盡十方世界亦無邊盡是故其中種種色相亦無邊盡無一方邊無諸方盡或就時處是故說名無邊無盡而此虛空無去無來無動無轉者以太虛空含容一切徧一切故無作用故如是如來淨法界中建立十方一切衆生等者利樂作用無邊無盡義如前說清淨法界無邊盡故者以

淨法界無邊盡故雖無行動而增上力能於十方無邊世界無邊有情利樂事轉而淨法界無去無來等者捨此就彼名去捨彼就此名來無動無轉初標後釋法界無者無邊際故無形礙故若有邊際形礙諸法可說異方去來動轉非無邊際形礙法界如虛空等得說去來動轉作業此總義言清淨法界是諸如來勝義自體法界徧在一切有情相續中有彼諸有情自善種子成熟力故由淨法界增上緣力彼識生時如是作用變現而轉說名如來作諸衆生利益安樂除此作用增上緣力更無如來法身能作有情利益安樂事用如契經言善男子如來都無去來等事而言如來去來等者就受用身及變化身無相違過

經曰又如空中三千世界現壞現成而虛空界無壞無成如是如來淨法界中現無量相成等正覺或復示現入大涅槃而淨法界非成等正覺非入寂滅

論曰復有難言若淨法界離去來等云何無有方所去來而得正覺般涅槃等若有去來還得前過為釋此難故說第七太虛空喻又如空中三千世界等者此難不然譬如世界現壞現成而虛空界無成壞故淨法界中雖現有諸佛現成正覺般涅槃等而淨法界眞實無有成等正覺涅槃等事若有此事可為此故有去來等如虛空中現諸世界滅壞生成就世俗理非眞實義彼如太虛皆性空故如是如來清淨法界現無量相成等正覺或復涅槃亦由世俗非眞實義成正覺者入涅槃

者皆無有故緣生諸蘊非我性故若淨法界就眞實義有此二者應非眞實以眞實法不捨自相取餘相故若許法界捨非正覺成等正覺捨非涅槃得般涅槃則非眞實若有意謂即以此義名爲眞實等正覺者曾無有時不等正覺般涅槃者曾無有時不般涅槃是故眞實若爾餘事亦應如是壞劫恒壞無時不壞成劫恒成無時不成瓶等無時不是瓶等如是等事皆應眞實若爾不應修觀行者度熾火等徧滿世界往餘世界應被其中火所燒等獲得增上勝解力者於其地等應無自在轉變作用非得勝定自在力者現等正覺非等正覺般涅槃非般涅槃是故雖有先正覺位今涅槃位而淨眞如不捨自相故淨法界非成等覺非入涅槃此中二種皆是增益爲自相故非眞實有作者作用皆是徧計所執相故俱無所有而言隨覺一切法故名菩提者此是出世無分別智成等正覺此中亦以緣眞如智二種分別不現行故非等正覺非般涅槃即依如是密意說言天子當知以一切法皆無生故諸佛現生無得無證乃至廣說徧計所執無所有故生等分別亦無有故由世俗理施設二故由變化身示現二故隨順所化有情意故如來示現如是二事且舉二事類顯一切

經曰又如依空種種色相壞爛燒燥變異可得而虛空界非彼所變亦無勞弊如是依止如來淨界衆生界內種種學處身語意業毀犯可得而淨法界非彼變異亦無勞弊

論曰復有難言若淨法界徧在一切有情之

類云何有情得有毁犯非法界中有諸毁犯
性清淨故制立學處亦應唐捐以諸有情無
毁犯故若有毁犯應有勞弊應同二乘非極
清淨爲釋此難故説第八太虛空喻又如依
空種種色相等有此難不然如虛空故譬如
依空諸草木等種種色相壞等變異種種可
得而淨虛空不爲彼物之所變異雖在其中
而無變異亦無勞弊無有壞等苦所逼故如
是依止如來淨界衆生界内雖有種種毁犯
可得而淨法界無有變異亦無勞弊雖淨法
界中現見有情自分别起身語意業二種毁
犯謂在家者害父母等種種不善毁犯可得
諸出家者隨其所應亦有種種毁犯可得及
爲遮止制立種種學處可得此皆世俗有所
違犯而淨法界非彼違犯之所變異無異性
故亦無勞弊無逼切故若爲苦逼不堪耐故
則有勞弊如聲聞等非淨法界不能堪耐一
切苦逼故無勞弊猶如虛空又如空中色等
諸法雖有壞等但是世俗而非眞實如是如
來淨法界中雖有毁犯制立學處但假安立
而非實有所以者何身等三業不善等性皆
由相應發起勢力假名建立不由自性非塊
石等由發起故可實建立爲不善等身業亦
爾地等和合所成性故語業亦如鐘鼓聲等
非不善等諸無表業惟以不作爲其性故亦
非實有意業亦由相應勢力立不善等如餘
相應亦非實有因旣非實果亦應爾故法界
中若業若果一切皆是分别所起世俗識等
變現而生如變現相如是建立皆非眞實
經曰又如依空大地大山光明水火帝釋眷

屬乃至日月種種可得而虛空界非彼諸相如是依止如來淨界戒蘊定蘊慧蘊解脫蘊解脫智見諸蘊可得而淨法界非彼諸相

論曰復有難言若淨法界徧一切法應無戒等無漏蘊相不相離故應如法界亦非蘊性爲釋此難故說第九太虛空喻又如依空大地大山光明水火等者此難不然如虛空故譬如依空地等可得非與地等共相應故空成蘊性如是依止如來淨界雖有戒等諸蘊可得而淨法界非戒等蘊當知此中無漏淨戒名爲戒蘊無漏定慧名定慧蘊無學勝解名解脫蘊無學正見名解脫智見蘊前三是因後二是果有說一切皆是無學緣解脫慧名解脫智見餘慧名慧有說一切通學無學學位分得無學圓滿諸佛菩薩皆具五故如是五蘊雖依法界而淨法界不同彼相彼亦不失五蘊自相此中亦應說五取蘊戒等無漏同法界故且略宣說淨法界中雖無戒等諸事功德而有眞理功德法門彼增上緣生長一切有爲功德不同虛空法界眞理功德法門是無爲故非蘊所攝依之生長一切功德有爲生滅是蘊所攝無斷盡故亦說名常非永不滅生必歸滅一向記故蘊所攝故非無爲法有緣慮等作用義故以其勝故且說五蘊法界實是一切三乘功德所依

經曰又如空中種種因緣展轉生起三千大千無量世界周輪可得而虛空界無所起作如是如來淨法界中具無量相諸佛衆會周輪可得而淨法界無所起作

論曰復有難言若一切佛法界爲體應無彼

此受用差別云何得有衆會不同若所受用有差別者云何諸佛法界清淨爲釋此難故説第十太虛空喻又如空中種種因緣展轉生起等者此難不然如虛空故如虛空中因緣生起三千大千界等周帀風輪圍繞可得虛空雖無我所差別分別思慮而能容受種種差別世界周輪如是如來淨法界中自業增上所起種種衆相圓滿得一切智灌頂菩薩同一集會周輪可得別別因緣之所生起非如一佛衆會因緣第二第三亦復如是餘契經中依此故説諸佛淨土種種可得諸佛衆會種種可得而淨法界無我我所受用差別及以造作能取所取分別可得此總義言如來法身雖無差別戲論色像而受用身及變化身由本願力自勝行力生起種種衆相圓滿諸佛淨土諸佛衆會差別可得皆是淨識如是變現種種差別非眞實有如轉輪王由宿願力亦爲饒益諸有情故造作勝行生女寶等諸妙樂具種種差別諸佛亦爾爲欲饒益諸有情故造作勝行自業增上生起種種淨國衆會受用法樂衆具差別但無分別與前有異復次如是已説法界諸相甚深業用甚深處所甚深相甚深者謂離十種不清淨過當知即是十清淨相不清淨過有十種者一差別過二雜染過三有行過四有爲過五增減過六行動過七斷常過八勞弊過九積聚過十攝衆過十清淨相者謂無差別相無雜染相非有行相非有爲相無增減相無行動相非斷常相無勞弊相非積聚相無我所相如其次第業用甚深當知即是變化等

業處所甚深當知即是無有行動衆相圓滿一切如來淨土衆會於一切處皆以虚空爲譬喻者爲顯法界一切麤相同虚空故如契經言乃至所有施設譬喻喻諸如來戒等功德一切皆是謗諸如來唯除一喻謂虚空喻如來戒等無量功德同虚空故乃至廣說

經曰復次妙生大圓鏡智者如依圓鏡衆像影現如是依止如來智鏡諸處境識衆像影現唯以圓鏡爲譬喻者當知圓鏡如來智鏡平等平等是故智鏡名圓鏡智

論曰已建立斷當建立智依此故言復次妙生大圓鏡等應知此中以喻顯示大圓鏡智是能生現諸法影像平等因緣謂諸如來第八淨識能現能生智等影像如大圓鏡能現世間一切影像智相應故假說名智言諸處者謂內六處即是眼等言諸境者謂外六境即是色等此內六處外六境界即十二處緣此十二生三智品心及心法識爲主故總名諸識即此諸識名衆像影種種行相差別現故此後經言大圓鏡智於一切時依諸緣故種種智影相貌生起如是等文皆說能爲智影生因故名鏡智平等性智以緣生事圓鏡智等爲境界故妙觀察智以一切法自相共相爲境界故成所作智應知亦爾如是三智相應心品於內六處外六境界一切所緣所取境上變似一切自相共相種種影像分明顯現如是影像皆因如來大圓鏡智而得生起分明顯了故名爲現此唯如來智等所現如來果位平等智等爲自性故智等生時如自所有行相差別皆能證知唯有如來覺慧

分析說示其相餘無此能大圓鏡智說名能現由此爲緣生彼影像猶如明鏡現諸影故入處境識三事各別處謂六根境謂六塵識謂六識即十八界衆像影現此衆像影隨其所應三智品現妙觀察智等盡所有性如所有性皆能現故如來鏡智相應淨識爲緣生此三智影像故名爲現亦唯如來智等所現廣說乃至唯有如來覺慧分析說示其相餘如前說又十八界皆在如來大圓鏡智相應心品影像顯現以諸如來鏡智生時皆能照了一切境故諸處境識猶如影像在此智中分明顯現由此鏡智攝受彼相而生起故鏡智雖無所取能取一異分別而有一切所知影現如大圓鏡此智生時如是行相爲自性故如來雖無所取能取一異分別而能現證

自心所現自相共相諸法影像由證知故能無顛倒說一切法自相共相由此影像如來成就無忘失法一切所知境界影像於一切時鏡智等上分明顯現無忘失故若不爾者云何如來名一切智無境智等不能恒時於一切法自相共相現證知故若謂相續有堪能故名一切智如有頌言

相續有堪能　如火食一切　如是一切智

非頓知一切

此但虛言他心智等取一事時不取餘事不知餘故非一切智就其相續亦不能取知現在故汝宗一念但知一分諸法共相若爾如來應假名說爲一切智不可假說非一切智爲一切智即成眞實一切智者又以如來鏡智爲緣餘相續中世出世善諸處境識衆像

影現以諸世間世出世善若無鏡智皆不得生彼法生時皆由此力亦能證知此義意言如來鏡智增上緣力一切世間世出世善諸處境識皆得生起如明鏡中衆像影現雖諸有情各有因力而由鏡智爲增上緣乃得生起如雖有種若無地等芽等不生如雖有質若無鏡等衆影不現若爾世尊應同妄見自在天等爲世間因立爲世間一切果生平等因故無此過失以彼生時唯能爲作增上緣故非作者故是無常故於無量劫修集福智二種資糧所生起故一切衆生善及善緣由此得生外道妄見自在天等與諸世間爲能作者其性常住故不相似若無實影圓鏡中生云何爲喻有質有鏡和合爲緣如是相現故得爲喻謂諸有情顛倒執著影像熏習成熟力故鏡面爲緣自識變異似面影現由是世間起增上慢謂我鏡中見其面影以無別影鏡中生故經但說言衆像影現不言生起如是應知一切境相皆是自識變異顯現非別實有以識勝故但言唯識非無心法亦不說言唯有一識以諸有情各有八識及心法故一切色等雖各有種皆是自識變異熏習識上功能差別爲性故變現時還不離識就世俗說別有心法非眞實義以就勝義諸法皆無定別性故乃至眞如雖非識變亦不離識識實性故識上二空無我共相所顯示故此唯識言但遮愚夫橫計一切心心法外定性色等徧計所執不遣不離諸心心法色等諸法依他起性圓成實性非無有故由平等故此二平等是故說言平等平等世間圓鏡

如來鏡智俱無分別皆能現影無有差別由是因緣名圓鏡智

經曰如大圓鏡有樂福人懸高勝處無所動搖諸有去來無量衆生於此觀察自身得失爲欲存得捨諸失故如是如來懸圓鏡智處淨法界無間斷故無所動摇欲令無量無數衆生觀於染淨爲欲取淨捨諸染故

論曰高勝處者所謂高幢或餘勝處淨法界者無垢眞如處謂安處或依或緣無間斷故無動摇者由此鏡智依緣法界窮生死際恒常隨逐相續無斷故無動摇此義意言大圓鏡智永離一切分別動摇一得已後盡未來際相續無斷其餘三智雖無妄計而有無執作意分別證得已後或行不行非不動摇有說滅定平等性智亦不現行論說滅定無第七故又說亦滅一分恒行心心法故若爾論說於三位中皆無第七是則初地已上無漏現行觀時及如來地應無此智即爲大失違經論故然說無者意說無有染汙第七非一切無未得法空無我智來法分別執常現依故如未證得補特伽羅空無我智彼執恒行依此識故決擇分說阿賴耶識定與末那一識俱轉若起意識定與二識一時俱轉若五識中隨起一識定與三識一時俱轉乃至一時若起五識定與七識一時俱轉故知聖道滅定無學亦有無染法分別執平等智俱第七識等行相細故不違滅定由此滅定是無漏道所引發故體無漏故與染汙意我執相違此一分滅非滅一切故平等智於佛果上雖恒現行而十地中證得已後或起煩惱有

漏心時此智不起有間斷故非不動揺其餘二智於佛果上亦不當行故非不動揺何故安處大圓鏡智在淨法界爲令無量無數衆生觀染淨故何故觀彼爲欲取淨捨諸染故染謂煩惱及業生相捨謂伏斷由世間道及出世道暫時畢竟伏斷彼故淨謂諸善能令衆生心清淨故取謂任持安立長養成熟種子隨所願求證解脱故此中意説一切如來昔菩薩位爲欲成辦一切有情一切種相利樂事故一切有情利益安樂意樂常隨依淨法界隨所修集福智資粮迴求相續大圓鏡智方便善巧勤修習故證得此智依緣法界相續無動雖無作意分別戲論而相續轉爲增上緣令諸有情隨所求願安立長養成熟無量善根種子得世間樂出世解脱此由如來大圓鏡智起化生用爲諸有情宣説法要令知染淨取淨捨染即是利樂有情根本

經曰又如圓鏡極善磨瑩鑒淨無垢光明徧照如是如來大圓鏡智於佛智上一切煩惱所知障垢永出離故極善磨瑩爲依止定所攝持故鑒淨無垢作諸衆生利樂事故光明徧照

論曰鑒謂自性極清淨故淨謂差別離客塵故言無垢者總前二種周圓離垢極清淨故光者由鑒明者由淨言徧照者由無垢故於佛智上等者即煩惱障及所知障俱名爲垢究竟斷故名永出離由有永出諸障垢義故説鏡智極善磨瑩又煩惱者謂貪瞋等一切煩惱纏隨眠位若行不行皆有勢力障生聖道障得涅槃亂身心故名煩惱障所知障者

於所知境不染無知障一切智不障涅槃雖有此障見聲聞等得涅槃故即此二障亦名爲垢礙清淨智令不生故染淨智故由得對治客塵障垢畢竟不生名永出離由永離障大圓鏡智恒時極淨是故說爲極善磨瑩爲依止定所攝持故者是所依止故名依止大圓鏡智依此生故依止即定名依止定或智依定名依止定從此無間解脫道生極清淨故所依止定即是殊勝金剛喻定由彼定力障永斷故此智爲彼所依止定力所攝持故名攝持彼定無間此智生故由彼定力最極清淨離諸分別無有分別鏡智生故此智既爲所依止定所攝持故鑒淨無垢自體清淨故名爲鑒離煩惱障故名爲淨離所知障故名無垢作諸衆生利樂事故光明徧照者此智爲定所攝持故亦能起作一切有情諸利樂事由作此故光明徧照自性清淨鑒故名光離煩惱障及所知障如其次第名明徧照此中意說如大圓鏡極善磨瑩鑒淨無垢爲令他見面之得失爲饒益事是故說名光明徧照大圓鏡智自性清淨遠離二障鑒淨無垢雖不可見而起受用及變化身能生諸智成辦衆生諸饒益事是故說名光明徧照

經曰又如圓鏡依緣本質種種影像相貌生起如是如來大圓鏡智於一切時依諸緣故種種智影相貌生起

論曰若圓鏡智是諸有情一切智等影像生因云何影像相有差別云何此智體無差別又一切時常能爲因何不恒時頓生一切衆生及自智等影像釋此難言又如圓鏡依緣

本質種種影像相貌生起非影異故鏡體差別亦非恒時頓生影像待衆緣故如是鏡智於一切時待衆緣故生智等影種種差別非彼異故智成青等種種差別亦非恒時頓生一切衆生及自聖智等影待時待緣乃能生故此中意說大圓鏡智相應淨識有二種用一因緣用謂淨識中具有一切能現能生身土境智淨法種子若遇外緣即便變現身土境界種種影像及能生起平等智等相應心品行相差別二增上緣用謂佛淨識善根願力所生起故若謂衆生自因緣具爾時淨識即便資助令得無障生長成滿是故鏡智體雖是一能現能生諸法影像待外緣故非頓現起

經曰如圓鏡上非一衆多諸影像起而圓鏡上無諸影像而此圓鏡無動無作如是如來圓鏡智上非一衆多諸智影起圓鏡智上無諸智影而此智鏡無動無作

論曰若諸智影於鏡智上先已有體云何鏡智爲緣而生若先無體云何能生諸智影像而無動作不見窯師無有動作而能生起先無甁等釋此難言如圓鏡上非一衆多諸影像等如大圓鏡能起諸影同類數多故名非一異類無數故名衆多觀待同類簡一種故說言非一觀待異類顯無數故說言衆多如是鏡上雖先無影而起多影而無思慮分別動作鏡智亦爾雖先無有智等影像而能生起智等種種諸法影像觀待同類說言非一觀待異類說言衆多雖生如是智等影像而無思慮分別動作此中意言如大圓鏡雖無

分別而能生起種種影像鏡智亦爾雖無我執及我所執所取能取作意分別而能生起種種智等諸法影像

經曰又如圓鏡與衆影像非合非離不聚集故現彼緣故如是如來大圓鏡智與衆智影非合非離不聚集故不散失故

論曰若圓鏡智與諸智等影像和合云何不由彼差別故此成差別若不和合云何爲因不見種等與諸芽等果不和合而能爲因非日光等與石灰等不共和合而相顯照釋此難言又如圓鏡與衆影現非合離等如世圓鏡雖能爲因起衆影像而不與彼影像和合彼未生前由未有體不聚集故非此與彼或俱不俱可名和合圓鏡與影亦非別離現彼緣故即由此義非不和合要由此有彼得有故雖與影像爲現生因而非影像有差別故鏡成差別大圓鏡智亦復如是雖能爲因生智等影而與智等非合非離不聚集故不散失故言非合者彼未生前由未有體不聚集故言非離者要有鏡智智等影生無則不生不散失故離壞無有名爲散失與彼相違名不散失攝生彼故或不忘失所緣境相名不散失由鏡智中顯現一切所知相故三世智等及諸衆生若不徧知鏡智不生要知一切此智乃生是故此智不忘一切所緣境相名不散失不散失故所以非離雖能爲因起智等影而不由彼有差別故此成差別如大圓鏡無差別轉此中意説如世圓鏡雖能爲因起諸影像而非合離差別所觸鏡智亦爾雖能爲因起智等影而非合離差別所觸種等

雖能爲芽等因而亦合離俱不可説光明細分亦非色等共相和合以俱有故令其識上似與色等和合相生以世現見一切因果雖非合離而能爲因是故無有因果二根決定和合

佛地經論卷第四

音釋

熾（昌志切火盛也）燥（先到切乾也）析（先擊切分也）窯（余昭切燒瓦竈也）

佛地經論卷第五

親光等菩薩造

唐三藏法師玄奘奉　詔譯

經曰又如圓鏡周瑩其面於一切處爲諸影像徧起依緣如是如來大圓鏡智不斷無量衆行善瑩爲諸智影徧起依緣謂聲聞乘諸智影像獨一覺乘諸智影像無上大乘諸智影像爲欲令諸聲聞乘人依聲聞乘而出離故獨一覺人依獨覺乘而出離故大乘之人依無上乘而出離故

論曰云何一智於一切時能生三乘一切智等諸法影像釋此難言又如圓鏡周瑩面等如世圓鏡爲徧於中現其面等一切影像種種加行周瑩其面前後兩邊於一切處普能爲緣現一切影鏡智亦爾一切如來爲菩薩時雖有種性而爲障覆未能現起爲徧於中生起三乘一切智等諸法影故精勤修習不斷無量衆行善瑩金剛喻定現在前時離一切障清淨圓滿徧能生起三乘智等一切影像不斷就方無分限故無量就時無量時故此言因位徧一切處於無量時勤修衆行除障善瑩大圓鏡智能生三乘智等影像又即鏡智徧處恒時離諸垢穢種種行德圓滿莊嚴極圓淨故一切處時能起諸影如說殊勝金剛喻定斷一切障證得如來大圓鏡智種種功德圓滿莊嚴於一切處及無量時能起三乘一切影像此中意說各別善根成熟差別勝道生時大圓鏡智或近或遠隨其所應爲作强緣決定種性各依自乘而得出離不定種性或依大乘或依餘乘而得出離言出

離者即是涅槃諸三乘人用自種性以爲因緣如來鏡智爲增上緣精勤方便修集資粮引生聖道除煩惱障及所知障隨其所應名證涅槃決定種性聲聞獨覺住無學位樂寂滅故發業潤生諸煩惱障永滅除故先業煩惱所感身心任運滅已更不受生無所依故一切有漏無漏有爲諸行種子皆隨斷滅唯有轉依無戲論相離垢眞如清淨法界解脫身在名無餘依般涅槃界常住安樂究竟寂滅不墮衆數不可思議同諸如來但無有爲無漏功德所莊嚴故無有更起利益安樂有情事故不同如來不定種性聲聞獨覺住無學位雖無煩惱樂菩提故由定願力留身相續修大乘行乃至獲得金剛喻定一切障滅證佛三身雖有有爲無漏功德而無有漏身心在故證無餘依大涅槃界依謂三界有漏身心若諸菩薩斷二障盡得佛果時即得說名證無餘依大涅槃界是故二乘先入有餘依涅槃界後入無餘依涅槃界菩薩初證如來地時頓證二種大涅槃界一切有漏身心盡故名無餘依猶有變化似有漏相身心在故名有餘依悲智無斷所證得故亦名無住大涅槃界涅槃即是眞如體上障永滅義由無漏慧簡擇諦理斷諸雜染而證得故亦名擇滅如是擇滅於眞如上假施設有無別實物至究竟住說名涅槃無所趣故無臭穢故離編織故離稠林故名爲涅槃聲聞獨覺有所知障習氣未滅云何證得究竟涅槃所知障習是無知故非染汙故障菩提果不障涅槃非煩惱故不能潤生若無願力迴心趣大

至無學位盡其壽量必永寂滅
經曰如圓鏡中大影可得所謂大地大山大樹大宫舍影而是圓鏡不等彼量如是如來圓鏡智上從極喜地乃至佛地智影可得及與一切世出世法智影可得而圓鏡智非彼分量
論曰若圓鏡智能起智影應同彼量差別可得釋此難言如圓鏡中大影可得謂大地等如世圓鏡雖能爲緣起地等影而是圓鏡不等彼量一小鏡中衆多山等大影可得一大鏡中衆多石等小影可得雖有形礙而不同影大小數量鏡智亦爾雖起諸地世出世間諸智影像無形礙故而不同彼一切智影大小數量由是因緣諸佛鏡智名大智藏世出世間智根本故如說世尊成大智藏鏡智能生一切智故應知此中以智名說一切功德由是鏡智相應淨識具足一切自利利他功德種子能爲因緣生自身中智等影像爲增上緣生他身中智等影像由此鏡智能變現身生智說法展轉生他智等影故或悲願力熏修所成任運爲他智等善法增上緣故令他身中智等善法易得生長是故經言一切衆生所有善法及殊勝果皆是如來慈悲願力增上所起
經曰又如圓鏡非處障質影像起緣如是如來大圓鏡智非惡友攝聞不正法障礙衆生智影起緣彼非器故
論曰若圓鏡智爲令三乘得出離故生諸智影又悲願力熏修所成爲增上緣生世出世諸智影者云何世間諸外道等正智不生能

生因緣常和合故諸外道等應無顛倒釋此難言又如圓鏡非處障質影像緣等如世圓鏡雖能爲緣現諸影像而非處在壁障等質影像起緣如來鏡智亦復如是雖能爲緣生智影像而非處在惡知識攝愛樂聽聞邪法障者智影生緣以彼非是可加被器聞正法器是故外道聖道不生常懷顛倒善法種子被損伏故惡法種子遇生緣故一切衆生無始時來習善時少造惡時多是故善法雖遇强緣亦難生長惡法雖遇少小外緣則便熾盛

經曰又如圓鏡非處闇質影像起緣如是如來大圓鏡智非處樂惡愚昧衆生智影起緣彼非器故

論曰如外緣障智影不生如是內緣宿習樂惡無明闇障智影不起諸樂惡者雖貪瞋等一切煩惱悉皆熾盛而癡偏重以不了知善惡因果勝劣事故世間現有諸佛正法利益安樂一切衆生三寶良田生長一切世出世間無量福聚不欲聽受不樂歸依而反聽受無利無樂外道邪法歸依生長能感衆苦無量惡業種種邪神豈非無明癡闇障力是故障善無明最重當勤修習智慧光明無明重者非善器故

經曰又如圓鏡非處遠質影像起緣如是如來大圓鏡智非處不淨感匱法業不信衆生智影起緣彼非器故

論曰如是內外二緣障力智影不生一由先世感匱法業令於多時不聞正法謂於前生誹毀正法由此業障經無量劫不聞佛法即

此不聞諸佛正法是彼業果障彼智影令不得生不聞正法其體是無云何得名謗正法果云何能障可生智影不即說彼不聞正法爲果爲障然說由彼感匱法業所得不能聽受正法不具根等愚鈍身心爲果爲障二由不信謂無種性無涅槃法不樂涅槃無有出世聖道種子於證眞如有畢竟障闕出世法都不信受畢竟不得三乘涅槃如是一切身心相續不清淨故非聖法器暫時畢竟不生出世功德智影如濁穢水不能發生月等影像鏡智亦爾於彼不能生智影像如是略說大圓鏡智有九種相勝所餘智謂訓詞相無分別相障清淨相依上因緣生智影相無有我所無攝受相不忘一切所知境相徧處恒時生智影相能生一切智根本相於非法器不能生相此有三種非聖法器一者親近不善知識聞不正法暫時有障非聖法器二者煩惱癡障所障非聖法器三者極重業障所障及無出世聖道種子久時畢竟非聖法器如是三種總名第九於非法器不能生相

經曰復次妙生平等性智者由十種相圓滿成就

論曰平等性智由十種相圓滿成就應知即是十地修果一一地中略說各證一平等性修習圓滿成就佛地平等性智是故說言平等性智由十種相圓滿成就若廣說者一一地中各證無量平等法性修習圓滿成就佛地平等性智

經曰證得諸相增上喜愛平等法性圓滿成故

論曰諸相者謂諸大士相及諸隨好相差別故皆名爲相如是諸相遠離徧計所執自性説名平等故契經言諸大士相如來即説以爲非相是故説名諸大士相增上者謂富貴自在色等諸蘊各別皆非富貴自在和合亦非富貴自在即別性故諸法合時不捨自性離此無實補特伽羅是故一切富貴自在遠離徧計所執自性説名平等故契經言世尊我今解了一切以無我故無貧無富喜愛者謂所有喜愛由徧計力於順彼法發生歡喜於違彼法發生憂慼徧計所執諸法無故於彼一切徧計所執喜愛亦無説名平等達解如是所説諸相增上喜愛平等法性故名證得初地菩薩最初證得後後地中漸漸方便修令增長最後佛地圓滿成就從此已後更無增長由此證得圓滿成故平等性智圓滿成就應知此中圓滿成故於第三處説第五轉一切應説由圓滿成義類相似言詞便故作如是説

經曰證得一切領受緣起平等法性圓滿成故

論曰緣起有二謂内及外内緣起者謂無明等十二有支外緣起者謂種芽等一切外物内者應以雜染清淨二分行相順逆觀察外者應以此有故彼有此生故彼生行相觀察謂種等有故種等生故芽等得有芽等得生此二緣起一切皆由因有故果有因生故果生無作用義是緣起義空無我義無補特伽羅義是緣起義如是等義緣起自相是所領受故名領受或假有情能領受故名爲領受

緣起諸法是所領受如是一切領受緣起無作用故空無我故無補特伽羅故遠離徧計所執自性說名平等達解如是所說一切領受緣起平等法性故名證得由此證得如前修習圓滿成故平等性智圓滿成就如是緣起平等法性即一切法平等法性如說梵志一切法性即是緣生緣起法性悟解此故名爲菩提如佛所見一切法性如此即是緣起法性又契經言不見少法離緣起性此中緣起平等法性名緣起性依此密意說如是言若見緣起即見法性若見法性即見諸佛緣起實性即勝義法勝義佛故平等法性於一切處皆無差別故作是說

經曰證得遠離異相非相平等法性圓滿成故

論曰色等諸法變壞等相不相似故名爲異相遠離如是各別異相即是共相如是共相以何爲相非相爲相如契經言一切法性惟有一相所謂非相非相即是平等法性達解如是徧計所執一切法性畢竟求無平等法性故名證得由此證得如前修習圓滿成故平等性智圓滿成就復有說者遠離異相即無有相遠離非相即無無相無有無無明平等性餘如前說

經曰弘濟大慈平等法性圓滿成故

論曰慈有三種一有情緣二者法緣三者無緣初發心位諸菩薩等多分修習有情緣慈多是有漏以世俗有爲境界故修正行位諸菩薩等多分修習法緣之慈亦多有漏大乘教法爲境界故得無生忍諸菩薩等多分修

習無緣之慈雖有所緣緣法界故譬如眼等異熟諸法無有分別不作加行任運轉故說名無緣平等性智相應大慈或有說者唯緣法界所緣分別永無有故不緣有情及諸法故名無緣慈復有說者亦緣諸法如實義者亦緣有情但無分別平等行相了知一切假立有情性平等故緣生等法性平等故無我眞如性平等故名平等智此智相應就所緣境得具三慈但無分別平等行故說名無緣如來地中平等性智相應大慈衆相成滿恒常現行如來既有無緣大慈餘二不說自然成就如來由此三種慈故平等救濟一切有情非但於彼少分與樂普於一切有情諸法無我眞如平等性轉恒常現行救度一切故名大慈非如聲聞及異生等暫時少分與樂行轉不能救度一切有情以勝一切聲聞等故救度一切諸有情故長時積集福慧資粮所成滿故說名弘濟如是所說弘濟大慈徧一切處無差別轉故名平等即此平等說名法性或即所說弘濟大慈平等法性爲所緣故就境說名平等法性由此大慈如前修習圓滿成故平等性智圓滿成就

經曰無待大悲平等法性圓滿成故

論曰聲聞等悲不能拔濟一切有情唯緣欲界分少行相暫時而轉如來大悲普能拔濟一切有情通緣三界徧滿行相恒時而轉言無待者無所觀待恒救不捨謂無所待隨其所應拔濟三苦所苦有情恒轉不捨猶如長者憐愛一子於諸有情平等而轉以有情界無邊際故成熟有情時無暫廢成熟有情曾

不過時如來常與大悲相應不可說言暫起暫轉如經言善男子不應說言諸佛世尊所有大悲於諸有情暫起暫轉何以故恒常轉故諸佛世尊乃至大悲無根未立終不證得無上菩提如來證得大菩提已恒作是念我當安立一切有情諸善根本若有未悟一切法者我當開悟如來如是於諸有情常起大悲乃至廣說如契經說如來晝夜恒於六時觀察世間云何今言大悲恒轉此說作用六時相續恒無間斷故不相違大慈大悲無瞋不害無癡善根以爲自性與樂拔苦行相有異俱有三種有情緣等慈是無瞋悲是不害慈緣無樂欲與其樂悲緣有苦欲拔其苦無待大悲無差別轉故名平等此即法性或緣平等法性爲境由此大悲如前修習圓滿成故平等性智圓滿成就

經曰隨諸衆生所樂示現平等法性圓滿成故

論曰隨諸有情樂見如來色身差別如來示現如是色身如來雖居無戲論位由平等智增上力故大圓鏡智相應淨識現瑠璃等微妙色身令諸有情善根成熟自心變以如是身相謂自心外見如來身如契經言由諸如來慈善根力有所示現令天人等自心變異見如來身如金色等又如經言若所應化無量有情宜見瑠璃末尼寶色如來即能無礙示現種種瑠璃末尼寶色令彼自心亦如是變乃至廣說如是示現一切如來形相平等如是平等即是法性是故說名平等法性謂諸如來隨同所化有情樂見色身形相即各

示現同處同時同類形相令彼自心如是變現作利樂事如諸有情阿賴耶識共相種熟各各變現世界等相同處相似不相妨礙此亦如是如色身相餘事亦爾由此示現如前修習圓滿成故平等性智圓滿成就

經曰一切衆生敬受所說平等法性圓滿成故

論曰若有如是種類語業能令有情善根成熟聞生歡喜得淨信樂如來便現如是語業令彼得聞如來雖無戲論分別由悲願力如是示現所化有情自勝解力如是變異謂自心外聞佛音聲如來所出一切語言稱機宜故諸人天等皆無違逆故名敬受若不稱機則不示現故說諸佛語不唐捐雖有衆生不順佛語此是化作或當有益後必信受就總爲語故言一切敬受所說如是語言由前道理諸佛同現故名平等如是平等即名法性由此示現如前修習圓滿成故平等性智圓滿成就

經曰世間寂靜皆同一味平等法性圓滿成故

論曰有漏五蘊說名世間念念對治二種壞故即彼息滅名爲寂靜由此於此而寂靜故即是聖道及以涅槃依他起性世間寂靜同歸眞如圓成實性故名一味又世間者徧計所執此本性無說名寂靜如是寂靜所顯眞如無差別故名爲一味此即名爲平等法性由此一味如前修習圓滿成故平等性智圓滿成就

經曰世間諸法苦樂一味平等法性圓滿成

故

論曰世間諸法略有八種一利二衰三毀四譽五稱六譏七苦八樂得可意事名利失可意事名衰不現誹撥名毀不現讚美名譽現前讚美名稱現前誹撥名譏逼惱身心名苦適悅身心名樂如是八種總有二品四違名苦四順名樂生欣慼故或復此中略說最後苦樂一對聖者居中恒常一味得利不高遇衰不下如是乃至樂而無愛苦而無恚如契經言聖處世間平等一味猶如虛空凡愚在世計有差別由彼遠離徧計所執世間八法於一切處皆同一味即此說名平等法性由此一味如前修習圓滿成故平等性智圓滿成就

經曰修植無量功德究竟平等法性圓滿成故

論曰功德即是菩提分等諸功德法熏種長養成熟解脫說名修植平等性智雖無分別由佛菩薩智增上力如如意珠令異身中功德生長成熟解脫言究竟者能得三乘般涅槃故既令解脫令得世樂不說自成如是智名平等法性遠離徧計所執性故或諸菩薩修植無量菩提分法等殊勝功德乃至究竟即此名爲平等法性由此功德如前修習圓滿成故平等性智圓滿成就

經曰復次妙生妙觀察智者

論曰依十種因應知分別妙觀察智十種因者一建立因二生起因三歡喜因四分別因五受用因六趣差別因七界差別因八雨大法雨因九降伏怨敵因十斷一切疑因

經曰譬如世界持衆生界如是如來妙觀察智任持一切陀羅尼門三摩地門無礙辯說諸佛妙法

論曰此中顯示建立因相譬如世界持衆生界者如諸有情自心所變下風輪等諸世界相能持自心所變眼等諸有情界如是如來妙觀察智能持一切陀羅尼門廣說乃至諸佛妙法與彼相應及能引故陀羅尼者增上念慧能總任持無量佛法令不忘失於一法中持一切法於一文中持一切文於一義中持一切義攝藏無量諸功德故名無盡藏此陀羅尼略有四種一法陀羅尼二義陀羅尼三呪陀羅尼四能得菩薩忍陀羅尼如瑜伽論廣說其相云何唯於一法等中普能任持一切法等謂佛菩薩增上念慧不思議力自心相分一法相中現一切法文義亦爾又能示現無量無盡功德法門見分自體亦具無邊勝功能故任持一切令不忘失如是念慧不思議力名陀羅尼三摩地者謂增上定即健行等諸三摩地能勝一切世出世間諸三摩地餘不能勝故名健行又佛菩薩健士所行故名健行唯第十地菩薩及佛得此定故餘三摩地隨經所說應釋其名即陀羅尼及三摩地俱說名門如空無願無相三門以能通生無量同類異類得故無礙辯說即四無礙法義詞辯由此四種能爲衆生辯說妙法故名辯說諸佛妙法即是如來力無畏等無量佛法一切之言一一應說妙觀察智轉意識得作用寬廣故能任持一切功德此智相應第六意識普與一切功德相應及能引發

諸功德故說能任持

經曰又如世界是諸衆生頓起一切種種無量相識因緣如是如來妙觀察智能爲頓起一切所知無礙妙智種種無量相識因緣

論曰此中顯示生起因相妙觀察智能作頓起一切所知相識因故世界即是諸器世間如器世間能爲衆生種種地上無量空中相識生因如是如來妙觀察智一時頓於一切境界猶如虛空能了無礙能爲一切種種世間無量出世所緣境界相識生因此義意言一切如來妙觀察智能頓了知一切境界似所知境有衆多相如彩畫色有種種相見分智體能爲如是相識生因此能現彼說爲生因非親生因從種生故此即緣因說名因緣由見起相或體起用雖無異體由不一故亦得爲因如從相分生見分等此亦如是

經曰又如世界種種可玩園林池等之所莊嚴甚可愛樂如是如來妙觀察智種種可玩波羅蜜多菩提分法十力無畏不共佛法之所莊嚴甚可愛樂

論曰此中顯示歡喜因相如器世間種種可玩園林池等綺飾間列威光熾盛令諸有情歡喜愛樂如是如來妙觀察智種種可玩波羅蜜多菩提分等綺飾間列威光熾盛令諸菩薩歡喜愛樂波羅蜜多略有六種謂布施等或開爲十更足方便善巧等四或復開爲八萬四千如經廣說若別分別其數無量菩提分法略三十七廣亦無量言十力者謂處非處智力等如來身中慧根所攝及具知根言無畏者謂四無畏五根所攝及具知根即

信等五不共佛法有十八種如經廣說如是功德多分此智所攝相應及能引發是故一切莊嚴此智

經曰又如世界洲渚日月四天王天三十三天及夜摩天覩史多天樂變化天他化自在天梵身天等妙飾間列如是如來妙觀察智世及出世衰盛因果聲聞獨覺菩薩圓證無餘觀察妙飾間列

論曰此中顯示分別因相如器世間無量洲等妙飾間列不相雜亂洲謂四大洲則贍部洲等渚謂八小渚則遮末囉等略舉日月攝諸星宿四天王天謂妙高山第四層級四面各住三十三天謂此山頂四面各有八大天王帝釋居中故有此數夜摩天者謂此天中隨時受樂故名時分覩史多天後身菩薩於中教化多修喜足故名喜足樂變化天樂自變化作諸樂具以自娛樂他化自在樂令他化作諸樂具顯已自在梵身天者離欲寂靜故名爲梵身者衆也等者等取此上諸天如是如來妙觀察智普能觀察世及出世衰盛因果三乘圓證妙飾間列不相雜亂惡趣因果名世間衰善趣因果名世間盛又世間壞及世間成如其次第名爲衰盛又損減名衰增長名盛三乘因果名出世衰大乘因果名出世盛又退名衰進名爲盛言圓證者即是果位前三乘名顯其因位又圓證者唯說佛果妙觀察智觀此諸法法相異故智如其境行相不雜分明顯現是故說名妙飾間列

佛地經論卷第五

音釋

瑩 烏定切絜也 匱 求位切乏也 譽 羊茹切美稱也 綺飾 綺去倚切綺麗也飾設職切粧飾也

佛地經論卷第六

親光等菩薩造

唐三藏法師玄奘奉　詔譯

經曰又如世界爲諸衆生廣大受用如是如來妙觀察智示現一切諸佛衆會雨大法雨爲令衆生受大法樂

論曰此中顯示受用因相如器世間隨有情業增上力故阿賴耶識共相種子變生種種共相資具爲令有情廣大受用如是如來妙觀察智助平等智爲增上緣擊發鏡智相應淨識現受用身種種衆會威德熾盛雨大法雨爲令地上諸大菩薩受大法樂亦助如來成所作智爲增上緣擊發鏡智相應淨識現變化身種種衆會威德熾盛雨正法雨爲令地前所化有情受用法樂

經曰如世界中五趣可得所謂地獄餓鬼畜生人趣天趣如是如來觀察智上無邊因果五趣差別具足顯現

論曰此中顯示趣差別因相如世界中隨有情業增上力故阿賴耶識不共相種變生種種五趣因果差別可得如是如來妙觀察智五趣因果爲境界故似其五趣因果二相差別顯現非生五趣諸阿素洛種類不定或天或鬼或復傍生故不別說五趣因者謂中有身以與五趣爲方便故趣是所趣中有能趣故非趣攝就生類別建立四生是故中有亦生所攝有義中有趣方便故說在趣中此言因者業煩惱等果即五趣

經曰如世界中欲色無色諸界可得如是如來觀察智上無邊因果三界差別具足顯現

論曰此中顯示界差別因相如世界中隨有情業增上力故阿賴耶識共不共相種子變生三界因果差別可得此中世界通情非情謂有情世界及器世界若不爾者不應於中有無色界以彼唯有定所生色無業生色無方處故於世界中隨其所應建立三界謂器世界中但有欲色情非情界有情界中具有三種唯有情界以器世界通持有情及非情界有情世界惟能任持有情界故如是如來妙觀察智三界因果爲境界故似其三界因果二相差別顯現非生三界因果同前三種分別此中意說妙觀察智普能觀察一切境故徧似一切諸界趣生煩惱業等所感諸行成熟所攝心心法等因果相現謂諸如來大圓鏡智增上所生妙觀察智雖無所取能取執著遠離一切煩惱所知二垢障故觀察一切因果等事及能說故如淨圓鏡現衆影像一切境相皆現其中然無鏡智無差別過大圓鏡智以於一切皆不愚故雖能顯現一切影像任運轉故而無分別此智能現一切境相亦有分別若無分別則不能觀因果等事及爲衆會說法斷疑此文定證無漏心等亦有相分如來智上五趣三界無邊因果具足現故有義如來智明淨故一切境相雖現其中而此境相非智所變不清淨故但是衆生心等所變諸法影像此不應理以是影像若是衆生心等所變云何在佛智上顯現不可他因生他心相違正理故如餘心相此亦應爾然此境相如來無漏心所變現如明鏡中糞穢影像雖似不淨實非不淨心及心法緣

境法爾若緣他境非如鉗燈無動作故但如明鏡性本淨故變似境相而能緣慮若諸境相非心上現彼雖有力生心心法如五根等不名所緣如餘處說無分別智亦定爾耶所緣眞如不離智體不可定爾後得俗智雖不緣眞有分別故不證眞體但自變作眞相而離故不可難如諸異生心緣無漏心上所有無漏境相雖似無漏實是有漏此亦應爾唯識道理決定如是心所變相雖相似有而實無體若不爾者應有色等如心心法不成唯識若彼實有但不離識名唯識者心及心法亦不離彼色等諸相應名唯境便成大過

經曰如世界中蘇迷盧等大寶山王顯現可得如是如來觀察智上諸佛菩薩威神所引廣大甚深教法可得

論曰此中顯示雨大法雨因相如器世間由諸衆生業增上力起諸寶山如是如來妙觀察智由諸有情感正法業增上力故起佛菩薩威神所引深大教法此教開示諸佛菩薩自在威神亦能引發彼威神力是故說名諸佛菩薩威神所引此說如來妙觀察智能發鏡智相應識上教法影像或自能現教法影像由此爲緣善根成熟所化有情自心變現

經曰如世界中廣大甚深不可傾動大海可得如是如來觀察智上一切天魔外道異論所不傾動甚深法界教法可得

論曰此中顯示降伏怨敵因相如器世間由諸衆生業增上力起諸大海不可傾動如是如來妙觀察智由諸有情感正法業增上力故起法界教不可傾動法界則是空無相理

說法界理名法界教諸外道等皆依諸見法界空理對治諸見離諸見趣是故空教彼不能測不能傾動前威神教威神高廣故喻寶山此法界教法界甚深故喻大海妙觀察智是能顯照一切境因故能起說一切法教略說勝者是故契經說佛世尊名大智日普能照了一切法故

經曰又如世界大小輪山之所圍遶如是如來妙觀察智不愚一切自相共相之所圍遶

論曰此中顯示斷一切疑因相如器世界一妙高山七大金山八大海水四大洲等總於其外有小輪山周帀圍遶如是爲一積數至千復總於外有次輪山周帀圍遶名小千界如是爲一復數至千更總於外有次輪山周帀圍遶名中千界如是爲一復數至千總於其外有大輪山周帀圍遶有大風輪總持其下名爲三千大千世界如是名爲大小輪山之所圍遶如是如來妙觀察智徧知一切自相共相能斷世間一切疑惑自共相愚是疑惑因知自共相無此愚故自無疑惑能斷他疑大圓鏡智永離二障不愚一切自相共相能生此智攝護此智故名圍遶鏡智雖能知一切法自相共相無分別故不能爲他說法斷疑此智能知有分別故能爲一切說法斷疑又此智體能知諸法自相共相二種行相之所圍遶自相行相如小輪山共相行相如大輪山鏡智能持如風持下如來淨智現量所攝云何能知諸法共相若共相境現量所知云何二量依二相立有義二量在散心位依二相立不說定位若在定心緣一切相皆

現量攝有義定心唯緣自相然由共相方便所引緣諸共相所顯理者就方便說名知共相不如是者名知自相由此道理或說真如名空無我諸法共相或說真如二空所顯非是共相如實說者彼因明論立自共相與此少異彼說一切法上實義皆名自相以諸法上自相共相各附己體不共他故若分別心立一種類能詮所詮通在諸法如縷貫華名爲共相此要散心分別假立是比量境一切定心離此分別皆名現量雖緣諸法苦無常等亦一一法各別有故名爲自相真如雖是共相所顯以是諸法自實性故自有相故亦非共相不可以其與一切法不一不異即名共相自相亦與一切共相不一異故是故彼論說諸法上所有實義皆名自相此經不爾故無相違

經曰復次妙生成所作智者

論曰成所作智應知成立如來化身此復三種一者身化二者語化三者意化第一身化復有三種一現神通化二現受生化三現業果化第二語化亦有三種一慶慰語化二方便語化三辯揚語化第三意化復有四種一決擇意化二造作意化三發起意化四受領意化成所作智能起如是三業化用此化三業即是化身應知此中以用顯體非此三業即是智體但是智上所現相分成所作智增上緣力擊發鏡智相應淨識令現如是三業化用自亦能現當知四智一一能起一切作用就强多分說平等智起受用身成所作智起變化身妙觀察智觀察一切自相共相陀

羅尼門三摩地等大圓鏡智能現一切諸法影像如一一根取一切境非無强用此亦如是此中經文定證三業心心法等皆有變化如來智上現此麤相心心法等一切功德令諸下位能現了知若不爾者二乘異生云何能知如來所有心心法等功德差别云何如來久已成佛復能現作具貪瞋等種種化身餘經亦說化無量類皆令有心又說化身亦名有心亦名無心有依他心無自依心故謂化心等依實心現但實心上相分似有緣慮等用如鏡中火無别自體隨衆緣生如餘心等餘處雖說無化心等以無實用如實心等變化色等有實作用如實色等故偏說有由化心等麤相顯現易了知故乃至猿猴知如來心若佛實心諸大菩薩亦不能了

經曰如諸衆生勤勵身業由是衆生趣求種種徇利務農勤王等事如是如來成所作智勤身化業由是如來示現種種工巧等處摧伏諸技憿慢衆生以是善巧方便力故引諸衆生令入聖教成熟解脱

論曰此中顯示現神通化化身業相令心勇悍故名勤勵於善性中兼取精進餘但作意由此發起勤勵身業就因爲名由此身業世間有情作三正事等者等取其餘雜事成所作智精進相應起化身業由此化業爲菩薩時示現種種陶師等類工巧等處此是智上身業相現爲欲摧伏技術憿慢故現斯事善巧方便即是悲慧平等運道先現神通初令生信故名引生令入聖教如現神通度迦葉等次令調順有所堪能故名成熟引令長養

諸善根故後令解脱三界惡趣有性無性如其次第故名解脱由教化力有種性者令生聖道解脱三界無種性者令修世善當生善趣令彼善根爲説正法令脱三界放光息苦安立善趣又令彼生聞思修慧次第三句又令彼生順解脱分順決擇分及生聖道次第三句又令彼入見道修道及無學道次第三句如是等釋應隨相説彼亦如是

經曰又如衆生受用身業由是衆生受用種種色等境界如是如來成所作智受身化業由是如來往諸衆生種種生處示同類生而居尊位由其示現同類生故攝伏一切異類衆生以是善巧方便力故引諸衆生令入聖教成熟解脱

論曰此中顯示現受生化化身業相世間有情於諸生處諸根領納色等境界故名受用身有運轉故名身業成所作智一切生處同時現生受用境界謂現化身於天人中一切生處示同類生居刹帝利婆羅門種伏諸下類令得利樂此亦智上身業相現或擊鏡智或目顯現餘例應爾

經曰又如衆生領受身業由是衆生領受所作善惡業果如是如來成所作智領身化業由是如來示現領受本事本生難修諸行以是善巧方便力故引諸衆生令入聖教成熟解脱

論曰此中顯示現業果化化身業相身即是業故名身業先業果故果説因名或身領受先業果時有運轉用故名身業由此身業領受先業愛非愛果成所作智現似化身領受

化業由此業故示受一切本事本生難修諸行先世相應所有餘事名爲本事先世所受生類差別名爲本生如毗濕飯怛囉等一切本生事依此本生先所修行種種苦行名難修行或於今世依變化身先修苦行後捨彼行修處中行方得菩提名難修行謂諸衆生計修苦行止惡起善方得菩提爲化彼故先示同彼修諸苦行爲顯非但持戒得淨要由定慧方得淨故現捨苦行修處中行方得菩提有契經說如來先世迦葉佛時作是駡言何處沙門剃鬚髮者有大菩提無上菩提極難得故由彼惡業令受如是難行苦果此言亦是爲止惡行現化所作若不爾者何有繫屬一生菩薩已曾親事無量如來植諸善本性憶宿命更起如是重語惡行當知此言爲欲化度宜聞此言而得度者令於佛所離此言故

經曰又如衆生慶慰語業由是衆生展轉談論遞相慶慰如是如來成所作智慶語化業由是如來宣暢種種隨所樂法文義巧妙小智衆生初聞尚信以是善巧方便力故引諸衆生令入聖教成熟解脫

論曰此中顯示慶慰語化化語業相慶慰即是喜悅差別語能生彼故名慶慰聞此語言展轉發生大歡喜故謂諸有情由發語心增上力故各別識上語業相現爲增上緣令餘識變似語業相各謂聞他語言生喜成所作智化作語業應知亦爾自現妙音令他心變謂聞佛語生歡喜故隨所樂法者隨彼因力所應樂聞人天三乘諸差別法文巧妙者字

句顯美令樂聞故義巧妙者理趣分明易解了故小智衆生初聞尚信者謂佛言音具六十德諸凡愚慧暫時得聞尚生信解何况其餘聰敏者慧成所作智名慶慰者能現化語宣說一切巧妙文義生諸有情歡喜心故亦能加被善現等輩以佛言音宣說甚深難測量法如是此智能加被他一切論者一切色類乃至虛空亦能發起化語說法當知此事不可思議

經曰又如衆生方便語業由是衆生展轉指授務專所作毀惡讚善更相召命如是如來成所作智所起方便語變化業由是如來立正學處毀諸放逸賛不放逸又復建立隨信行人隨法行等以是善巧方便力故引諸衆生令入聖教成熟解脱

論曰此中顯示方便語化化語業相如諸世間方便語業更相教示諸所應作不應作事利益親友放逸衆生加行起作故名方便如是如來由大悲故爲諸有情安立學處令伏諸惡修世間善安立聖道分位差别令入正道出離三界成所作智能發化語成辦斯事謂息諸惡發起諸善是此語用

經曰又如衆生辯揚語業由是衆生展轉開示所不了義宣諷諸論如是如來成所作智辯語化業由是如來斷諸衆生無量疑惑以是善巧方便力故引諸衆生令入聖教成熟解脱

論曰此中顯示辯揚語化化語業指成所作智隨諸衆生意樂差别現化語業說種種義斷諸疑惑謂發一音表一切義令諸有情隨

類獲益如契經言佛以一音演說諸法衆生隨類各得開解或有怖畏或有歡喜或生猒離或復斷疑此是如來本願所引不思議力所發化語一音能斷一切衆疑若作化身亦令衆生一質異見利樂事成
經曰又如衆生決擇意業由是衆生決擇可作及不可作如是如來成所作智決擇意化業由是如來決擇衆生八萬四千心行差別以是善巧方便力故引諸衆生令入聖教成熟解脫
論曰此中顯示決擇意化化意業相成所作智相應意業能起化故名化意業此能決擇所化衆生八萬四千心行差別或復此智相分中現變化意業似能決擇衆生八萬四千心行令彼了知得勝義利云何八萬四千心行謂諸有情八萬四千諸垢塵勞心行差別此能障礙八萬四千波羅蜜多陀羅尼門三摩地等如賢劫經廣說其相所謂最初修習法行波羅蜜多乃至最後分布佛身波羅蜜多三百五十一一皆具六到彼岸如是總有二千一百對治貪瞋癡及等分有情心行八千四百除四大種及六無義所生過失十轉合數八萬四千修習此故復得成就八萬四千陀羅尼門三摩地等此猶略說廣則無量
經曰又如衆生造作意業由是衆生造作種種諸所起業如是如來成所作智造意化業由是如來觀諸衆生所行之行行與不行若得若失爲令取捨造作對治以是善巧方便力故引諸衆生令入聖教成熟解脫
論曰此中顯示造作意化化意業相隨所觀

察一切有情所行之行若諸惡行不行有得行即有失若諸善行行即有得不行有失如是觀察爲欲令彼取得捨失於得造作任持對治於失造作遠離對治成所作智相應意業能起化故名化意業雖諸如來於一切事無有功用而令衆生心等變現似有造作故名造作或復此智相分中現變化意業似能觀察一切有情諸行得失令彼了知得勝義利

經曰又如衆生發起意業由是衆生發起諸業如是如來成所作智發意化業由是如來爲欲宣說彼對治故顯彼所樂名句字身以是善巧方便力故引諸衆生令入聖教成熟解脱

論曰此中顯示發起意化化意業相成所作智相應意業能發身語二種業故就用說名發起意業或此意業由智發起是故說名發起意業能起化故或智相分現似彼故此化意業爲欲宣說彼對治者爲說有情諸行對治此所說法名句字身以爲自性是故顯示名句字身如來隨彼有情所樂說名身等令起愛樂發生對治是則如來成所作智相分中現變化意業發名身等宣說有情諸行對治由此力故令諸有情自心變似佛所說法深生愛樂發起對治是故說名發起意業

經曰又如衆生受領意業由是衆生受領苦樂如是如來成所作智受意化業由是如來於定不定反問置記爲記別故隨其所應受領去來現在等義以是善巧方便力故引諸衆生令入聖教成熟解脱

論曰此中顯示受領意化化意業相受相應思能動其心令受苦樂是故說名受領意業成所作智受相應思能起化故名化意業或相分中現化意業名化意業於四記問爲記別故隨其所應如實了知一切問已領三世等無量法義如實了知一一自體如實知已隨其所應一一記別無有顛倒言四記者一一向記二分別記三反問記四黙置記一向記者如有問言一切生者決定滅耶佛法僧寶良福田耶如是等問應一向記此義決定分別記者如有問言一切滅者定更生耶佛法僧寶唯有一耶如是等問應分別記此義不定反問記者如有問言菩薩十地爲上爲下佛法僧寶爲勝爲劣如是等問應反問記汝望何問黙置記者如有問言實有性我爲善爲惡石女兒色爲黑爲白如是等問應黙置記不應記故長戲論故應知此中身語化業或自身相應或他身相應或不相應意化業唯自他相應由此即釋三種神變謂神通教誡記說神變此佛化業於一切種恒時隨逐不可思議作用數量國土差別不可思議故利有情用無休息轉不思議故一切如來三種化業爲欲成熟有情爲先說名第一方便善巧是故契經說佛世尊名大智藥能療一切煩惱病故

經曰爾時妙生菩薩摩訶薩白佛言世尊爲獨如來於淨法界受用和合一味事智而諸菩薩亦能如是佛告妙生菩薩亦能受用和合一味事智

論曰今依受用和合一味事智爲問前辯佛

地但說如來清淨法界體唯一味佛鏡智等於中受用和合一味無動無作妙生菩薩意疑此事爲唯如來亦通菩薩故作此問或前但說有五種法攝大覺地清淨法界體唯一味鏡智依此緣此而生無分別故亦唯一相平等性智通緣眞如離二分別亦唯一相其餘二智爲饒益他亦依眞如無異分別亦唯一相如是唯佛受用和合一味事智應不通餘爲欲審定故作此問此中既言於淨法界受用和合一味事智證智於餘無有受用和合一味事智能受用所應受用和合一味眞如境界故名受用共同一事故名爲和雖同一事或復離別爲顯於中常不離別故復言合所緣能緣平等平等畢竟和合不離別故味者堅實即所受用所緣法界眞如一味事謂事用智者即是能受用智正取鏡智平等性智兼取餘二多緣眞故或一味者能受用智無分別故事者是果緣淨法界而生起故或能受用即是捨受無苦無樂平等一類故名一味事者果也即此相應圓鏡智等由彼力生故名彼果或是行捨無功用相於一切處一味而轉能受用智說名事智或智自能領受巳體故名受用自他二種分別無故說名一味事者果也從衆因緣遠離二想恒時轉故菩薩亦能等者此中意說受用和合一味事智非獨如來若諸菩薩亦能如是云何但言有五種法攝大覺地此中意說佛地唯是五法所攝不說五法唯攝佛地亦能攝諸菩薩地故

經曰妙生菩薩復白佛言何等菩薩受用和

合一味事智佛告妙生證得無生法忍菩薩由彼菩薩無生法中得忍解時對治二想由遣自他二種想故得平等心從此已上彼諸菩薩自他異想不復現前受用和合一味事智

論曰為顯未得大乘無生法忍菩薩或住功用有加行道菩薩未有受用和合一味事智故復問言何等菩薩受用和合一味事智證得無生法忍菩薩謂從初地已上菩薩證得二空所顯眞如觀一切法徧計所執本性無生亦無有滅本來寂靜自性涅槃受用和合一味事智非如二乘見道現觀但證生空所顯眞如未證法空所顯眞理未能現觀諸法平等受用和合一味事智地前菩薩亦未能證未見眞如和合一味平等性智未現行故有說初地已上菩薩復有三種一初發心謂在初地已入見道正性離生眞無漏心創現行故二已修行謂上六地已得修道進修行故三不退轉謂上三地修道已滿離諸功用無加行道任運現前一切煩惱畢竟不起念念勝進無退轉故此中唯取八地已上觀一切法本來無生今亦不起得上品忍一向清淨恒起無漏任運而轉由得此故說名證得無生法忍如契經言八地已上諸菩薩衆離法想故無我我所觀一切法非常無常無生無起自他平等乃至廣說由得任運二想對治於一切處得平等心從此已上離二想故離諸功用及加行故一向無漏極清淨故無分別智已得自在任運轉故方得說名受用和合一味事智初地菩薩雖已證得自他平

等而有功用加行作意未清淨故而未建立
經曰妙生菩薩復白佛言惟願如來廣說譬喻令諸菩薩悟甚深義隨所化緣廣宣流布令諸衆生聞已疾悟無生法忍
論曰妙生菩薩爲令上義因譬喻門明了易見諸菩薩等聞是法已悟甚深義悟無生忍故復請問
經曰佛告妙生譬如三十三天未入雜林終不能於若事若受無我我所和合受用若入雜林即無分別隨意受用由此雜林有如是德能令諸天入此林者天諸果報若事若受無所思惟和合受用如是菩薩若未證得無生法忍終不能得平等之心平等之捨乃與一切聲聞獨覺無有差別有二想故彼不能住受用和合一味事智若已證得無生法忍遣二想故得平等心遂與聲聞獨覺差別由平等心而能住捨受用和合一味事智
論曰三十三天有一雜林諸天和合福力所感令諸天衆不在此林宮殿等事若樂等受勝劣有異有我我所差別受用若在此林若事若受都無勝劣皆同上妙無我我所和合受用能令平等和合受用故名雜林此由諸天各修平等和合福業增上力故令彼諸天阿賴耶識變現此林同處同時同一相狀由此雜林增上力故令彼轉識亦同變現雖各受用而謂無別如是地前菩薩二乘未證二空所顯眞如無生法忍有見道斷差別執故未離自他差別二想未得無漏平等性智相應之心平等受捨或復行捨故不能住受用和合一味事智有義七地已下菩薩猶有功

用有加行道猶有微細煩惱現行未清淨故未得任運無生法忍妙觀察智相應平等若心若捨故不能住受用和合一味事智

經曰復次妙生譬如種種大小衆流未入大海各別所依異水少水水有增減隨其水業所作各異少分依持水族生命若入大海無別所依水無差別水無限量水無增減所作業一廣大依持水族生命如是菩薩若未證入如來清淨法界大海各別所依異智少智智有增減隨其智業所作各異少分衆生成熟善根之所依止若已證入如來清淨法界大海無別所依智無差別智無限量智無增減受用和合一味事智無量衆生成熟善根之所依止

論曰大衆流者謂殑伽等四種大河小衆流者謂餘小河未入大海各別所依者種種地方爲所依故異水者清濁灰美水差別故少水者望大海故水有增減者少雨多雨時差別故隨其水業所作各異者種種氣味勢力成熟有差別故少分依持水族生命者少數少量水族有情所依持故若入大海無別所依等者與前所說一切相違應知其相廣大依持者此依數廣量大而說如是菩薩未證如來法界大海者未證諸佛清淨法界各別所依者別別如來爲所依故異智者各別勝解所修成故少智者望佛智故智有增減者諸地相望有勝劣故及定相望有勝劣故隨其智業所作各異者諸菩薩定數量別故所作各異隨諸菩薩勝解勢力緣有情界能有所作過此不轉是故各異劣分衆生等者少

數少量成熟善根所依止故由諸菩薩增上力故隨分令他善根成熟諸菩薩定望如來定數量少故化諸有情利樂亦少若證如來法界大海者已證諸佛清淨法界無別所依者清淨眞如爲所依故無漏界中不可建立諸佛有異何況菩薩智無差別者圓鏡智等皆相似故無有自他分别異故智無限量者了達無邊所知境故智無增減者等清淨故徧知境界無少多故受用和合一味事智者平等智等一切所作皆相似故無量衆生等者若數若量皆無量故福德智慧無盡資粮皆平等故由得法身窮生死際一切有情成熟善根所依止故前後二喻有差别者有義前喻説諸菩薩未入已入或歡喜地或不動地後大海喻説諸菩薩未入已入或不動地或如來地有義二喻同説菩薩未得已得無生法忍前説菩薩功德稠密喻如雜林後説菩薩功德無盡喻如大海

佛地經論卷第六

佛地經論卷第七

親光等菩薩造
唐三藏法師玄奘奉　詔譯

經曰爾時世尊而說頌曰

論曰當說四頌總攝上義略顯佛地淨法界相如來地中一切有爲無爲功德皆是清淨法界攝持皆是清淨法界之相所相能相俱名相故於四頌中前三頌半別顯其相後半總結別顯相中有義此中初半顯示清淨法界次半顯示大圓鏡智次半顯示平等性智次半顯示妙觀察智次半顯示成所作智次半顯示四智所攝眷屬功德後半顯示五法所成三身差別復有義者此中顯示清淨法界有六種相總攝一切佛地功德謂自性相因相果相若作業相若相應相若差別相如其次第初有一頌餘各半頌

經曰

一切法眞如　二障淸淨相

論曰有義此顯淸淨法界謂一切法空無我性所顯眞如永離二障本性淸淨今復離染能爲一切善法所依是故說名淸淨法界一切法者謂世出世有漏無漏蘊界處等眞如即是諸法實性無顚倒性與一切法不一不異體唯一味隨相分多或說二種謂生空無我法空無我眞如實非空無我性離分別故絶戲論故但由修習空無我觀滅障眞如我我所執而證得故名空無我或說三種謂善不善無記眞如是此三法眞實性故或說四種謂三界繫不繫眞如是此四法眞實性故或說五種謂心眞如廣說乃至無爲眞如亦

是五法眞實性故或說六種謂色眞如廣說乃至無爲眞如五藴無爲眞實性故或說七種一流轉眞如謂一切行無始世來流轉實性二實相眞如謂一切法二空無我所顯實性三唯識眞如謂一切法唯識實性四安立眞如謂有漏法苦諦實性五邪行眞如謂業煩惱集諦實性六清淨眞如謂善無爲滅諦實性七正行眞如謂諸有爲無漏善法道諦實性或說八種謂不生不滅不斷不常不一不異不來不去八遣相門所顯眞如或說九種謂九品道除九品障所顯眞如或說十種謂於十地除十無明所顯眞如即十法界如攝大乘廣辯名相如是增數乃至窮盡一切法門皆是眞如差別之相而眞如體非一非多分別言說皆不能辯由離一切虛妄顚倒假名眞如能爲一切善法所依假名法界離損減謗假名實有離增益謗假名空無分析推求諸法虛假極至於此更不可度唯此是眞假名實際是無分別最勝聖智所證境界假名勝義如是廣說言二障者一煩惱障二所知障惱亂身心令不寂靜名煩惱障覆所知境無顚倒性令不顯現名所知障煩惱障者謂執實我薩迦耶見以爲上首百二十八根本煩惱及隨煩惱若所發業若所得果皆攝在中皆以煩惱爲根本故所知障者謂執遍計所執諸法薩迦耶見以爲上首所有無明法愛恚等諸心心法及所發業并所得果皆攝在中皆以法執及無明等爲根本故有義法執及無明等遍在一切善惡無記有漏心品及與二乘無漏心品皆不了達法無我

故皆似相分見分起故有義唯在不善無記有漏心品瑜伽師地說諸無明但有二種一者不善二者無記復有二種一者染汙二不染汙不言有善不可非善善心相應性相違故又善心品必與無癡善根相應癡即無明不可一心癡無癡並如貪無貪瞋無瞋等不相應故不可法執不與癡俱若無無明無倒執故如執有我定無明俱此亦應爾又諸善心性無迷執皆信等俱順無我解與二空觀爲前方便不可法執導法空觀我執未曾見此事故是故有漏無漏善心決定不與二執無明愛等相應違教理故一切異熟無記心品亦無法執及無明等分別力劣不能執故若有倒執成法我見有無明等阿賴耶識不應唯與五法相應見無明等慧等攝故又若此識有法執者無所熏故應念念失不須對治則成大過煩惱障中無此事故又法空觀初現前時此識應斷障治相違不俱行故若爾所餘有漏種子應無所依所修功德應無熏習無所熏故不可說言熏習鏡智相應淨識非無記故猶未得故阿賴耶識既無法執餘轉識中異熟果者亦應如是性類同故於五識中亦無法執無有猛利分別用故不推求故攝大乘說能遍計心唯是意識故知五識不緣遍計所執自性如無分別無推求見不能計我故亦不能計度諸法然由意識計我計法起愛恚等引五識中非見所攝愛恚等起雖無有見而有愛恚無明等法二障所攝是故二執分別推求唯在第六第七意識若愛恚等非見所攝不推求者亦在五識諸

我執等煩惱障體唯在不善有覆無記二心中有若法執等所知障體亦在無覆無記心中二乘無學亦現行故無學位中無有不善有覆無記此就二乘名爲無覆若望菩薩是染汙故亦名有覆故所知障亦名無覆亦名有覆一體二名所望別故煩惱障中有所知障是所依故必執有法而計我故體雖無二而用有別如一識體取境用多由此熏生一種子體亦有多用起時雖俱而漸次斷聖道勢力有分齊故若所知障就二乘說無覆無記四無記中何無記攝異熟生攝以從異熟識生起故若爾何者非異熟生如增上緣餘所不攝皆此攝故威儀等心不堅執故非普遍故無二障體若善無覆無記心中無法執者云何不能了達法空亦無我執云何不能了達生空此既由與第七識中我執俱故不達生空亦應由與第七識中法執俱故不達法空既似相分見分而起云何不名法執所攝諸佛菩薩無漏智等亦有二分云何非執是故緣生相分見分依他起攝若於此上妄計心外或定性有方名爲執故所知障在第七者遍與六識三性心俱非相應品且止廣諍應釋本文清淨相者謂此眞如本性清淨二障所覆如淨虛空烟雲等障相似不淨得出世間證眞如道漸除二障所有種子猶如大風吹烟雲等金剛喻定現在前時滅離一切障種子盡得淨法界究竟轉依名清淨相如是已顯前五法中清淨法界有義此顯自性一分法界淨相即六相中自性一分文同前釋

經曰

法智彼所緣　自在無盡相

論曰有義此顯大圓鏡智法者即是依他起性緣法鏡智名爲法智大圓鏡智亦緣世俗依他起性現彼影故不迷彼故彼所緣者彼謂眞如非彼法智雖復隔句義勢相應故無有過法智用彼爲所緣故名彼所緣非謂法智是彼所緣大圓鏡智亦緣勝義圓成實性窮生死際內證彼故此說鏡智緣一切法自相共相依他起性圓成實性俱爲境故遍計所執但是凡愚妄心所計非聖智境故不說緣如論中說遍計所執唯凡智境圓成實性唯聖智境依他起性亦凡智境亦聖智境遍計所執以無體故非聖所證若爾聖智不知一切彼既是無智何所知若知爲有則成顚倒若知爲無則非遍計所執自性心所現無依他起攝眞如理無圓成實攝是故聖智雖知有無而不緣彼遍計所執自性爲境言自在者大圓鏡智六到彼岸所修成故具十自在妙用無礙無盡相者窮生死際無間無斷相續常故相謂所相或復能相表自體故如是總顯前五法中大圓鏡智有義此顯自性一分佛果四智即六相中自性一分有爲功德法者即是大圓鏡智由對治力轉去一切麤重所依阿賴耶識轉得清淨依他起性遠離一切心麤分別所緣能緣平等平等不可宣說緣生法性不增不減內證行相能現一切諸法影像於一切境普能照了無分別故總說名法智者即是平等性智由對治力轉去執著衆生及法第七末那轉得清淨依他

起性緣鏡智等及淨法界平等平等內證行相故名爲智彼所緣者即餘二智由對治力轉去世間分別六識轉得清淨依他起性或出世間或世出世彼後所得緣上眞如及法智等依他起性以爲境界無執分別似所緣現分別自內所證能證用彼上說眞如法智爲所緣故名彼所緣如是四智妙用無礙故名自在窮生死際常用不息故名無盡大圓鏡智平等性智常無間斷故名無盡妙觀察智成所作智雖有間斷而暫作意即能現前數起無窮亦名無盡相謂體相皆從緣生說名清淨依他起性皆無顚倒說名清淨圓成實性皆有內證照境作用似境顯現說名爲智如是等義能表自體故名爲相

經曰

普遍眞如智　修習證圓滿

論曰有義此顯平等性智謂初地中初現觀時得此平等無分別智觀眞如等一切平等於後諸地漸次修習轉勝轉淨乃至佛地證得圓滿究竟清淨證法界等一切理事皆悉平等如是顯示前五法中平等性智有義此顯六中因相謂初地中無分別智觀初法界見道三心斷見道斷百一十二根本煩惱及隨煩惱并滅見斷不染無明分別法執最麤一分顯初法界智種增長從此以後於一切地修道位中無分別智觀餘法界如如於彼一切法門聞思修等加行智等方便等位漸次修習如是如是隨其所應漸伏修斷十六煩惱及隨煩惱并隨所應漸滅修斷不染無明俱生法執所餘諸分顯餘法界智種增長

由此爲因乃至佛地證得法界四智圓滿

經曰

安立衆生二　諸種無盡果

論曰有義此顯妙觀察智謂此妙智能爲衆生說妙法等安立衆生利益安樂故名爲二即此二種有多品類故名諸種如是二事窮生死際常作不絕故言無盡此即名果是智果故如是顯示前五法中妙觀察智有義此顯六中果相謂淨法界及四妙智皆能安立一切衆生利益安樂令修善因名爲利益令得樂果名爲安樂又令離惡名爲利益令其攝善名爲安樂又拔其苦名爲利益施與其樂名爲安樂此世他世世出世等應知亦爾品類衆多故名諸種窮未來際故名無盡如是二事諸種無盡是淨法界及四智果由此起故

經曰

身語及心化　善巧方便業

論曰有義此顯成所作智謂智能起身語心化稱順機宜故名善巧加行不絕故名方便此即名業或復此智善巧方便能起身語心三化業如是顯示前五法中成所作智有義此顯六中業相謂淨法界及四妙智能起身語心三化業及與善巧并方便業成所作智起身語心三種化業妙觀察智起善巧業觀機宜等極巧便故其餘二智及淨法界起方便業以能任運與一切業爲方便故身化三種一自身相應謂化自身爲輪王等種種形類及現種種諸本生事二他身相應謂化魔王爲佛身等變舍利子爲天女等寄他身上

亦現種種變化形類三非身相應謂現大地
爲七寶等或現無量佛化身等或放光明照
無邊界如是等類離自他身別現化作情非
情色種種形類動地放光風香等事皆爲利
樂諸有情故一切皆名佛化身業如是語化
亦有三種一自身相應謂佛自身化現梵音
遍告無邊諸世界等種種語業二他身相應
謂令聲聞大弟子等以佛梵音宣說大乘甚
深法等是故聲聞諸菩薩等說非已分甚深
妙法皆是如來變化所作非彼自力三非身
相應謂化山海草木等類乃至虛空亦出音
聲說大法等如是皆名變化語業心化唯二
一自身相應謂自心上化現種種心及心法
影像差別二他身相應謂令他心亦現種種
心及心法影像差別此並相分似見分現有

義定力能令自心解非分法名化自心加被
有情令愚昧者解深細法令失念者得正憶
念名化他心然心無化無形質故如論說言
心無形故不可變化又說化身無心心法此
就二乘及諸異生定力而說彼定力劣不能
化現無形質法諸佛菩薩不思議定皆能化
現若不爾者云何如來現貪瞋等云何聲聞
及傍生等知如來心云何經說化無量類皆
令有心云何上說諸化意業云何經說有依
他心但諸化色同實色同化根及心但有相
現不同實用又就下類故作是說若爾云何
不化非情令心相現非情已是心等相分云
何復令有心相現若心相現則名有情非非
情攝是故化心但說二種如前已說妙觀察
智能觀自證陀羅尼門三摩地等能觀有情

根欲性等說妙法藥名善巧業其餘二智及淨法界與諸功德爲所依止能起種種利有情事名方便業

經曰

定及總持門　無邊二成就

論曰有義此顯四智所攝眷屬功德有義此顯六種相中相應之相定門即是八萬四千三摩地門總持門者八萬四千陀羅尼門如是二種通生一切有爲功德通顯一切無爲功德通引一切神力作用利衆生事故名爲門無邊二者福德智慧二種莊嚴於中差別有無量種八萬四千福德智慧或無量劫修所成故說名無邊前五波羅蜜多名爲福德後一波羅蜜多名爲智慧或隨所應自性眷屬一一具二如是二門二種莊嚴四智品中一一具足恒共相應亦復依止清淨法界與淨法界不相捨離故名成就

經曰

自性法受用　變化差別轉

論曰有義此顯五法所成三身差別有義此顯六種相中差別之相雖諸如來所依清淨法界體性無有差別而有三身種種相異轉變不同故名差別自性法者即是如來初自性身體常不變故名自性力無畏等諸功德法所依止故亦名法身受用即是次受用身能令自他受用種種大法樂故變化即是後變化身爲欲利益安樂衆生示現種種變化事故體義依義衆德聚義總名爲身如是略釋三身名義

又法身者究竟轉依眞如爲相一切佛法平

等所依能起一切自在作用一切白法增上所顯一切如來平等自性微妙難測滅諸分别絶諸戲論故契經言諸佛法身不應尋思非尋思境超過一切尋思戲論受用身者一切功德圓满爲相一切佛法共所集成能起一切自在作用一切白法增上所起一切如來各别自體微妙難測居純淨土任運湛然盡未來際自受法樂現種種形説種種法令大菩薩亦受法樂變化身者一切神變圓满爲相一切化用共所集成示現一切自在作用一切白法增上所引一切如來各别化用微妙難測居淨穢土現種種形説種種法成熟下位菩薩二乘及異生衆令入大地出離三界脱諸惡趣如是略釋三身相用

又前五法攝三身者有義前二攝自性身中間二種攝受用身成所作智攝變化身經説眞如是法身故論説轉去阿賴耶識得自性身大圓鏡智轉第八得故知前二攝自性身此經中説成所作智起諸化業莊嚴論説成所作智於一切界發起種種無量難思諸變化事故知後一攝變化身平等性智如餘論説能於淨土隨諸菩薩所樂示現種種佛身妙觀察智亦如論説於大集會能現一切自在作用説法斷疑又説轉去諸轉識故得受用身故知中二攝受用身又佛三身皆十義中智殊勝攝故知三身皆得有智有義初一攝自性身四智自性相應共有及爲地上菩薩所現一分細相攝受用身若爲地前諸菩薩等所現一分麤相化用攝變化身諸經皆説清淨眞如爲法身故讃佛論説如來法身

無生滅故莊嚴論說佛自性身本性常故能斷金剛般若論說受持演說彼經功德於佛法身爲證得因於餘二身爲生因故諸經論說究竟轉依以爲法身轉依即是清淨眞如非對治道故知法身唯淨法界眞如爲性莊嚴論說大圓鏡智是受用佛攝大乘說轉諸轉識得受用身然說轉去阿賴耶識得法身者此說轉去第八識中二障種子顯得清淨轉依法身非說鏡智以說鏡智是受用故又受用身略有二種一自受用三無數劫修所成故二他受用爲諸菩薩受法樂故是故四智相應共有及一分化爲受用身經論皆說化身爲他地前衆生現種種相既是地前衆生境界故知非是眞實功德但是化用經論唯說成所作智能起化業非即化身雖三種身智殊勝攝法身是智所依證故化身是智所起用故似智現故假說爲智亦無有過如是三身受用變化既有生滅云何經說諸佛身常由二所依法身常故又受用身及變化身雖有生滅以恒受用種種法樂無休廢故於十方界數數現化無斷絶故如常受樂如常施食故說名常莊嚴論說常有三種一本性常謂自性身此身本來性常住故二不斷常謂受用身恒受法樂無間斷故三相續常謂變化身沒已復現化無盡故如是法身雖離一切分別戲論而無生滅故說名常二身雖有念念生滅而依常身無間斷故恒相續故說名爲常經說如來色受等法一切常住依此道理非無生滅無漏種子修習增長所生起故生者皆滅一向說故色心皆見是無

常故常住色心曾不見故
如是三身云何形量法身清淨眞如爲體眞如即是諸法實性法無邊際法身亦爾遍一切法無處不有猶如虛空不可說其形量大小就相而言遍一切處受用身者有色非色非色諸法無形質故亦不可說形量大小若就依身及所知境亦得說言遍一切處色有二種一者實色二者化色言實色者三無數劫修感色身相好等業轉五根等有漏色身得佛無漏五根等色無量相好莊嚴其身周遍法界稱實淨土於生死中業有分限阿賴耶識所變身形大小不定且如此界贍部洲人善業最劣所得色身極長四肘東勝身洲善業次勝身長八肘如是善業漸漸增勝所得色身形量漸大乃至色界色究竟天感色業中最殊勝故所得色身一萬六千踰繕那量十地菩薩無漏善根所資薰故身形轉大如經廣說金剛喻定現在前時滅一切障善根勢力量無邊故所得色身充滿法界遍實淨土大圓鏡智相應淨識所變身土無限量故諸佛識變同處同時其相相似不相障礙盡未來際無間無斷依此能令諸佛受用廣大喜樂是故說名受用身土如是身土唯佛乃知非諸菩薩五根所證一一色根能證一切所受境界無障礙故是故諸佛無見頂相無邊法音一切色根作用無限以遍滿故言化色者由悲願力爲入大地諸菩薩衆現種種身種種相好種種言音依種種土形量不定變化身者亦悲願力爲化地前諸有情故現變化身通色非色非色即是變化意業力

無畏等諸功德相無形質故無有形量色者
變化身語業等隨時隨處隨衆所宜所現身
形其量不定如經廣說
如是三身一切如來爲有差別爲無差別法
身實性一切如來皆共有故無有差別就能
證因有差別故假說差別其餘二身各別因
感各別自性實有差別但無別執同處相似
利樂意樂事業平等說無差別是故說言一
切諸佛由所依上意樂事業於三種身如其
次第說無差別所依法界無差別故利樂意
樂無差別故共作事業無差別故
如是三身爲有各別諸功德不如來法身清
淨眞如轉依爲相眞實善有本性清淨遠離
一切雜染法故一切功德所依止故一切功
德眞實性故說名具足一切功德無有色心
差別功德佛受用身具足一切色心等法眞
實功德及爲他現化相功德佛變化身唯具
一切現色心等化相功德是故三身皆說具
有過殑伽沙數量功德
一切如來所化有情爲共不共有義皆共以
一一佛皆能化度一切有情福德智慧一切
平等三無數劫勤修行願同爲拔濟一切有
情求菩提故如說一佛所化有情即一切佛
有義不共以佛所化諸有情類本相屬故是
故如來底沙佛時曾與慈氏同爲弟子佛觀
釋迦所化有情善根先熟慈氏所化善根後
熟又觀慈氏因行先滿釋迦後滿遂於一處
入火光定令釋迦見七日七夜不下一足一
頌讃歎令超慈氏在前成佛又佛將欲入涅
槃時作如是言我所應度皆已度訖又契經

說佛涅槃時觀一所化現在非想非非想處當生此間應受佛化留一化身潛住此界先所受身現入涅槃彼從非想非非想沒來生此間佛所留化爲說妙法成阿羅漢爾時化身方沒不現又諸經中處處宣說能化所化相屬決定是故諸佛所化不共如實義者有共不共無始時來種性法爾更相繫屬或多屬一或一屬多菩薩因時成熟有情亦不決定或共不共故成佛已或共化度或別化度若所化生一向共者何須多佛一佛能化一切生故唯應一佛常住世間教化衆生餘佛皆應入永寂滅佛亦不應化餘衆生令趣大乘以無用故但應化彼令得三乘入永寂滅以易得故誰有智者捨易就難然燈助日是故所化非一向共若所化生一向不共菩薩不應發弘誓願歷事諸佛修學大乘蘇達那等亦不應事多善知識諸佛不應以已所化付囑後佛如是等事皆悉相違是故不應一向不共雖一一佛有化一切有情功能然諸有情於無緣佛不肯受化亦不見聞雖一一佛盡未來際常住世間教化無量諸有情類而隨所宜現種種化或現等覺或現涅槃或名釋迦或慈氏等隨一化相所度有情言皆度訖生非想者宜見釋迦化相得度故留化待亦不相違若諸如來同一所化何佛現前而化彼耶諸佛皆有悲願力故不可一化餘皆止息但有緣佛同處同時後得智上各現一化其狀相似不相障礙更相和雜爲增上緣令所化生識如是變謂見一佛爲現神通爲說正法如是等事不可思議非唯識理不

可解了
又自性身寂滅安樂正屬自利功德所攝爲增上緣益衆生故兼屬利他又與二身俱利功德爲所依故二利所攝受用身者具有二分一自受法樂分謂三無數劫修自利行滿足所證色等實身令自受用微妙喜樂二他受法樂分謂三無數劫修利他行滿足所證色等化身爲入大地諸菩薩衆現種種形說種種法令諸菩薩受大法樂由此二分或說此身唯自利攝或說此身唯利他攝或說俱攝皆不相違變化身者唯爲利他現諸化相故利他攝
如是三身有四分故得爲四句一受用非變化謂自利分實受用身二變化非受用謂變化身爲化地前雜類生故或麤或妙或令歡喜或令怖畏改轉不定但名變化不名受用不必令受現法樂故三亦受用亦變化謂爲地上菩薩所現種種化身令諸菩薩受法樂故隨時改轉不決定故
或處說佛有二種身一者生身二者法身若自性身若實受用俱名生身諸功德法所依止故諸功德法所集成故若變化身若他受用俱名生身隨衆所宜數現生故
又餘經說有十種佛一現等覺佛二弘誓願佛三業異熟佛四住持佛五變化佛六法界佛七心佛八定佛九本性佛十隨樂佛前五世俗後五勝義隨其所應三身所攝如是等類隨相應知
經曰
如是淨法界　諸佛之所說

論曰如是如來清淨法界諸佛同說具足佛地五種功德三身差别或自性等六句義相由此四頌略說佛地一切功德及前廣說應知總名聖教所說

經曰時薄伽梵說是經已妙生菩薩摩訶薩等諸大聲聞世間天人阿素洛等一切大衆聞佛所說皆大歡喜信受奉行

論曰此中顯示聞法衆會依教奉行由佛淨識悲願所引變以契經增上緣力時衆自心喜根成熟似彼相現謂聞佛說皆生歡喜信受奉行諸聲聞等或現化作或是眞實受用變化二土同處聽法徒衆所聞雖同所見各異不相障礙上亦見下下不見上各各利益安樂事成

佛地甚深諸句義　我今隨分已略釋
功德普施諸羣生　願速等成無上果
諸有書寫所生福　後後勝善等流果
願此相續盡未來　利益安樂諸含識

佛地經論卷第七

三具足經優波提舍
元魏天竺三藏法師毗目智仙等譯

清刻龍藏佛說法變相圖

三具足經優波提舍翻譯記

施戒開三備攝衆行是以如來説名具足法門深邃淺識未窺天親菩薩慈心開示唯顯經義弗釋章句是故名爲優波提舍昔出中國今現魏都三藏法師毗目智仙婆羅門人瞿曇流支愛敬法人沙門曇林於鄴城内在金華寺興和三年歲次辛酉月建在戌朔次庚午十三日譯千百十言

驃騎大将軍開府儀同三司御史中尉勃海高仲密啓請供養守護流通

三具足經優波提舍

天親菩薩造

元魏天竺三藏法師毗目智仙等譯

如是我聞一時婆伽婆住毗舍離大林精舍與大比丘僧大菩薩衆俱爾時世尊告無垢威德大力士言善男子菩薩有三具足何等爲三一者施具足二者戒具足三者聞具足善男子此是菩薩三種具足世尊說已無垢威德大力士聞心生歡喜又彼比丘彼諸菩薩聞世尊說皆悉讚歎如是菩薩二種具足我今解釋以何義故彼無垢勝無量具足勤進正出相好嚴身過百千日光明世尊而說是經偈言

無量種具足　出身三界主　第一勝相集
超日光牟尼　何所饒益故　說此修多羅

世尊何故遊毗舍離大林精舍以何義故名爲世尊何故世尊遊毗舍離大林精舍不於餘處爲善男子說此菩薩三種具足以何因緣而說如是三種具足不多不少又復云何菩薩爲當惟有如是三種具足爲當更有餘法具足若此說三大海慧經云何相避彼說菩薩四十具足所謂菩薩布施具足乃至菩薩方便具足彌勒解說修多羅中言善男子菩薩滿足無量具足更有大乘修多羅中彼處世尊爲菩薩說無量具足彼云何避又復聖者龍樹已說偈言

淨道皆具足　餘人不能說　佛無量智慧
故能說具足　佛無邊功德　具足是善根
若如是菩提　有無量具足

若餘處說菩薩則有無量具足此修多羅云

何相避善男子者是種性義何故菩薩名爲種性此義須説以何義故名爲具足施具足者何故名施有幾種施戒具足者何故名戒有幾種戒聞具足者何故名聞有幾種聞又復施戒二具足漏聞具足者則是不漏以何因緣以漏不漏二種具足得一切智不漏之法此義須説又施具足幾種因緣戒聞具足幾種因緣又復世尊説三具足何故初施中戒後聞此意須説以要言之世尊示現云何施具足云何戒具足云何聞具足此皆作難我今解釋何故世尊施戒聞等無量無垢不可稱量布施具足身如虛空住無垢法而説是經彼義今説偈言

第一施戒聞　寂正行苦身　如空勝法持
具足善光明　人天禮牟尼　第一世間覺
無垢除三苦　何義説此經

此義今説發菩提心學菩薩業相應饒益一切智人示現此義菩薩既發菩提心已次滿施等三種具足此菩提業非唯發心而能證得阿耨多羅三藐三菩提偈言

若發菩提心　悲衆生苦惱　彼相應善業
佛説此勝經

又復何義佛説此經爲怯弱者除怯弱故爲彼始行菩薩行者聞修無量種種法故爾乃獲得阿耨多羅三藐三菩提生怯弱心佛知彼意爲除怯弱饒益彼故而説是經言善男子菩薩唯有三種具足世尊示言汝勿怯弱若我廣説過不可數菩薩具足以要言之三具足攝偈言

若有諸佛子　畏經無量劫　怯弱於善法

久遠得菩提　如來自然智　安慰饒益彼
是故第一覺　說此修多羅
又復何義佛說此經菩薩欲得趣一切智第
一勝舍須資糧乘及道方便示現此義大導
師言若汝欲得趣一切智第一勝舍須道資
糧取施具足若須所乘取戒具足知道方便
取聞具足示現此義偈言
佛子若欲趣　一切智勝舍　彼人樂相應
道資糧等覺　世尊饒益彼　說此修多羅
又復何義佛說此經菩薩希望境界生智三
種具足不解其因覺因饒益世尊已示若汝
欲得境界生智非唯希望汝應修滿三種具
足若施具足當得境界若戒具足汝當得生
若聞具足汝當得智偈言
菩薩若希望　善微妙境界　欲勝生不劣
第一增上智　示現因饒益　世尊說是經
又復何義佛說此經菩薩欲得過五怖畏不
解其因覺因饒益何等爲五一者不活畏二
者惡名聞畏三者死畏四者惡道畏五者大
衆威德畏世尊已示若汝欲得過五怖畏應
當修滿三種具足若施具足離不活畏惡名
聞畏若戒具足則離死畏離惡道畏若聞具
足則離大衆威德怖畏偈言
第一善逝子　欲離種種畏　智慧人覺示
第一廣勝因　是故牟尼尊　說此修多羅
又復何義佛說此經爲彼疑者斷疑義故彼
大衆中有人有天有阿脩羅有龍夜叉鳩槃
荼等見聞世尊勝身口意不可思議生如是
心不知世尊幾種具足獲得此三不可思議
是故世尊爲斷此疑已說是經言善男子菩

薩修行三種具足此已示現世尊往昔發菩提心三具足滿是故得三不可思議偈言

若人天脩羅　龍鵄槃荼等　聞佛勝功德
而不解其因　牟尼斷彼疑　故為説是經

又復何義佛説此經菩薩生於如來種性法種性中相應示現世尊已示若人得生婆羅門姓若刹利姓如是之人法性相應若離法種是則卑劣彼人若生如來種性不離法性若生法性如來種性以滿施等三種具足若不滿足是則卑劣是故如來如是教言汝滿具足莫後卑劣偈言

若生善逝性　離過大富樂　天人所禮讚
牟尼王令彼　不離自法義　説此無垢經

又復何義佛説此經若人自謂行於大乘第一堅固是大衆生唯口教言欲護世間一切衆生學菩薩行修諸功德而無眞實彼如是人如説如行相應饒益是故如來爲説此經令彼人知修一切行如來世尊爲彼人説非此菩提唯言語得多種苦行乃得成就我云何得我於往昔爲取菩提一切行智希望利益一切衆生彼彼生處種種苦行及種種舍所謂種種美味飲食種種騎乘坐卧等處園林池水戲樂之處堂舍田業城邑聚落寶莊嚴具冠髻眞珠及毗瑠璃金寶瓔珞衆寶金剛諸莊嚴具白象牛馬水牛犛犢莊嚴之具并及所乘諸牛馬等僮僕導從皆以捨施過去久遠我爾時作一切莊嚴見王身時城邑聚落國土山川海畔大地并及人民一切樹林種種苗稼及諸藥草無量華果鮮淨妙寶種種莊嚴諸粟豆等滿藏財寶布施貧窮又

復本作善牙童子我於爾時所愛妻子捨施不悋又復往昔作善王時滿宮婇女有十千數捨施不悋又復往作寶髻王時直閻浮提上身寶髻妙莊嚴冠脫施不悋又復往作迦施王時上身愛分捨施不悋又復往作無怨勝王捨身耳鼻施而不悋又復往作月光王時如青蓮華無垢平滿廣長好眼蓮華面上自手挑施又復往作華德王時白淨無垢猶如雪皁及君陀華乳色齒鬘挑施不悋又復往作善面王時廣妙長薄清淨無垢如蓮華葉口中舌根自手拔施又復往作給求者王一切世間貧窮乞人憶念我者念彼心喜以一切珠金等珍寶巧作自身寶手用施又復往作知足王時以手足施又復往昔曾作光金閻浮提王捨手足指以用布施又復往昔

作求善語大富王時以愛法故用手足爪挑自身肉捨以布施又復往昔作示一切饒益王子自捨身血給與病人又復往作利益仙王割肉截足捨以布施又復往作居素摩王童子之時破自身骨脂髓布施又復往昔作尼羅拏童子之時捨心布施又復往作降惡王時捨大小腸乳肚肝肺胞腎胃膽脾腦頭腦以用布施又復往作淨藏王時捨自身皮以用布施又復往作金脇鹿王捨身皮施又復往作光明王時一切身分分分捨施又復往作成就一切饒益導主一切愛物皆悉捨施臨被殺者復捨自身而救濟之又復往昔身作僕使捨身供給一切衆生又復往昔作求善語大富王時高千肘山在上捨身投大火聚爲善說句法因緣故又復往作一切施

王盡割身肉秤用施與爲救怖畏來歸我者又復往作不悋王時於彼殺者自捨已身救護饒益又復往作大悲長者若入城内獄中繫者放令得脱又復往昔作象王時自身作橋度諸衆生又復往作魚龜瞿陀受一切苦自身忍耐又復往作師子鹿王不惜筋脉拔濟大衆不護自身救怨家命又復往作悲心仙時然自身臂失道衆生作明示道又復往作說忍仙時臠臠割我我救彼怨又復往作不休息堅等住菩薩他入我舍侵我妻婦有自在力能忍不瞋又復往作羆身時畏失命人來至我所我皆安慰自捨愛身又復往昔作上仙時心愛正法以正法儉無法渴法愛正法故破身取皮取血取骨書寫法言又復往作者王童子爲病人故自捨已命與作第一難得之藥而施與之又復往作勝福德王於破亂世財物傾盡近怨家所自縛已身以利益他饒益安樂又復往作摩那婆時在深山中見有餓虎睡寤飢急自捨已身施令飽滿又復往作精進比丘發勤精進一切智智求相應行衆生淳熟護正法故一切苦惱種種欺陵能忍不瞋又復往昔作堅甲時一正遍知正像法中勤苦持戒如是八萬四千之身如是阿僧祇那由他百千苦惱我皆作來我以希求一切智智爲欲利益一切衆生然我不曾退菩提心不墮大乘不捨本願不緩大甲於菩薩業不生怯弱不曾捨離檀波羅蜜不曾捨離尸波羅蜜不曾退墮羼提波羅蜜不曾破壞毗梨耶波羅蜜不曾放捨禪波羅蜜不疲倦修般若波羅蜜不捨攝法修行

一切菩薩之道具足清淨不錯不謬堅住一切菩薩之地不倦一切菩薩三昧三摩跋提教諸衆生發菩提心不生疲倦聚集一切菩提分法非不得恩發行一切菩薩之行堅住不退心當欲滿一切菩薩諸願法門不生畏懼聚集修行一切功德不生怯弱何以故一切世間最勝之處一切所有學與無學辟支佛智所不能證所不能入不能觀察此佛法名彼不易得若小功德和集修行則不能得小善根者不能得故如是若人有此宗願我當成佛是故翹勤修行精進如功德法聚集修行我於此處希望欲得如是義故佛說此經以何義故名世尊者彼義今說言世尊者供養義故復有餘義如菩提心優波提舍彼說應知

何故世尊遊毗舍離大林精舍不餘處者彼義今說如是難者則不相應隨在何處彼一切處皆有此難若在餘處不離此難更有餘義如菩提心優波提舍彼說應知

以何因緣而說如是三種具足不多少者彼義今說以有三分相對義故以此三種對治貪嫉破戒愚癡以施具足對治貪嫉以戒具足對治破戒以聞具足對治愚癡又貪瞋癡以三對治以施具足對治貪心以戒具足對治瞋心以聞具足對治癡心又復示現三種福德施具足者示施福德戒具足者正行福德聞具足者示修福德又復有義一切衆生隨順淳熟施戒具足一切衆生既淳熟已然後能聞聞已觀察相應淳熟如是隨順一切衆生淳熟相應是故說三又復有義二種具

足一切佛法聚集住處得不亂法依止不亂則聞具足如法正覺一切佛法皆具足得如是一切佛法聚集住處如是因緣是故說三爲當唯有三種具足爲當更有餘法具足彼義今說如是三種總攝具足若佛廣說無量具足皆此中攝若大海慧修多羅中彼言世尊菩薩所有一切具足福德具足智具足攝應如是知何以故世尊菩薩若修福德具足以是因緣尊勝富貴復能令他尊勝富貴智具足故口說善語一切衆生聞者歡喜彼施與戒福德具足聞智具足如是無違何故菩薩名種姓者彼義今說有師說言有四種家如來生處如偈說言

諦捨寂靜慧　此四眞勝家　正徧知家生

師說言種姓

又善方便是菩薩父般若波羅蜜是菩薩母如彼無垢名稱經說般若菩薩母方便以爲父一切衆導師無不由是生菩薩般若波羅蜜者持故如母方便生者如父生子如父母故說言種性如是種性父母二種相似義故又奢摩他毗婆舍那如是種性生正徧知一切性中此門第一一切善法是性是門如經中說佛正法中二法雙行彼奢摩他父毗婆舍那母彼二法種性偈言

毗婆舍那母　奢摩他爲父　生一切菩薩

因毗婆舍那　奢摩他等故　有一切正覺

又復有義諸佛菩薩現前正住三昧大悲此二法是如來種性因此二法生於如來諸佛菩薩現前正住三昧爲父大悲爲母又復如是此佛菩薩現前正住三昧爲父忍菩薩母

此是種性偈言
佛菩薩現前　正住三昧父　若大悲戒忍
是菩薩之母
此偈明何義說菩薩種性之義
以何義故名具足者彼義今說推覓衆物處處將來舉掌積聚計校備辦增益和集故名具足又復多法和集之義故名具足又復有義荷擔菩提故名具足如外道齋大會具足初取羊等將來營辦如是菩提如前具足後菩提覺又復多法說名具足如藥和集乃得成散如是具足又復有義前種性法堅持不失復向彼岸如大船舶先和集已後向寶洲又復有義正負非邪如觀察耳如是之義故名具足又復常修一切勝行故名具足又具足者欲得出過荷負重擔出到度義荷負重擔不懈怠義三界過義故名具足
又具足者平等集修平等負修平等行修平等起修平等作修平等持修平等住修平等養修故名具足平等養修者於諸衆生猶如醫師消息病者療治衆病等負修者六波羅蜜如乘船舶等行修者如大乘說等起修者菩薩修學如學射等先正足住等作修者巧作一切菩薩諸業如巧作師等持修者常無常等如秤平等等住修者一切菩薩能住法舍如堂麤柱等集修者一切白法如蜜蜂集如是等義故名具足
又自由義若和合義若或多義若别異義若或廣義若寬博義若或勝義若堅固義若牢固義若和集義若和合義若或物義若或財義若或取義若積聚義若或束義若或媿義

故名具足

何故名施彼義今說若破貪貧得大富樂福德具足是故名施施有幾種彼義今說略有三種何等爲三一者資生施二者無畏施三者法施資生施者謂飲食等種種捨施彼資生施色香味勝淨潔如法遠離貪垢無匱悋垢離貪垢者心不陿小如是捨施自手多施無悋垢者不存富樂如是捨施無畏施者謂能救濟師子虎黿王賊水等如是諸畏何者法施倒說法者爲之正說次第學句教彼正取廣說則有無量種種聖無盡意說不可量菩薩施業所謂菩薩須食與食即是布施一切衆生色力壽命安樂辯才

又菩薩施心濁等過皆悉遠離彼濁心施有十四種一者心濁二者先妬三者嫉心四者慢心五者不減慢六者瞋心七者揀擇八者疑心九者惱害十者亂心十一者名十二者依准上法選日時等次第行施十三者懈怠十四者先爲報力如是等法能染心故名爲濁心心體有濁故名爲濁先妬施者得富樂少眷屬不愛先嫉施者雖得富樂不樂勝報唯喜下劣坐卧牀敷止宿等處食飲富樂貪著不離先慢施者雖得富樂生下劣姓心不正直先不減慢而布施者後受報時依他得活如事王人技兒使卒誑惑之人防邏戍護種種驅使平准市官當門守戶放牧畜獸承事太子下賤官人恐嚇他等博戲等人捔力相撲如是種種廣設方便强力取物復有勇躍劫賊之人如是等業以自利益先瞋施者後得大力畜生等身師子虎豹虵蟒熊羆玃

等中生揀擇施者後得報時治生田業作子林子若種林人作林等人得少果報以自存活先疑施者後得果報富樂不常先惱施者雖得富樂生夷人中若隘陋處若灾蘖地邊地生等亂心施者得富樂少或不得果先名施者雖得富樂得財富已而復喜失依准上法選日時等次第施者雖受富樂勤苦難得懈怠施者後受富樂雖得不常先爲報施後雖得報難得而少如是初過菩薩如是皆悉觀察既觀察已自心清淨淨心生已遠離濁心離濁心已正信相應悲愍等功德相應和合自手施與先信布施得好方處種性力色受勝富樂眷屬自在名聞辯才安樂色命他不欺陵爲人讚歎第一自在勝坐卧處止宿等處堂舍莊嚴飲食衣服塗香衆香色聲味觸得如是等富樂住處

何故名戒彼義今說若能寂靜非法律儀惡不善法能生善道能得三昧如是名戒戒有幾種彼義今說略有三種謂律儀戒攝善法戒攝衆生戒彼所謂戒律儀戒者菩薩正取七種律儀所謂比丘比丘尼式叉摩那沙彌沙彌尼優婆塞優婆夷戒出家在家如是次第皆律儀攝

何者菩薩攝善法戒菩薩所有善法及戒皆正取已然後修集大菩提善若身若口若意等善如是略說攝善法戒又復菩薩何所依止依戒住戒然後修聞次修思惟後奢摩他毗婆舍那專一樂行如尊長前正面言語先禮拜已後起合掌時時常爾如是時時如是尊長敬重供給常於病者悲心供給若聞善

語讚言善哉於功德人說實功德生如是心普爲十方如彼十方一切衆生一切福德勸心隨喜喜心生已然後口說於他一切犯觸已者皆能忍受一切所修身口意善皆悉願取阿耨多羅三藐三菩提時時種種供養三寶一切種種設供養已口發正願相應精進常護善分身不放逸口誦學句意念發行藏護根門食唯知足初夜後夜寤寤相應親近善人依善知識自識已錯犯過識知見已知改犯佛菩薩諸福德人盡心懺悔如是等分攝取善法得善法已守護增長若如是戒是名菩薩攝善法戒

何者菩薩攝衆生戒彼要略說有十一種此義應知何等十一一者種種饒益衆生種種因緣同事相應二者衆生病不病等種種諸苦供給伴等三者世間出世間義如彼法說先示方便先示道理四者報衆生恩不忘恩報隨所宜護隨報供給五者師子虎王水火賊等種種畏處護諸衆生六者諸親善友亡失富樂憂悲殃罪能爲除遣七者貧窮苦惱乞匃衆生一切所須皆悉給與行善之人依正捨法功德攝取八者先語問訊後語問訊應時而往九者若他呼喚取食飲等世間饒益彼此往來以要言之一切所有不饒益事不可愛行皆悉捨離心隨順轉十者自實功德心生歡喜公白正取畢竟唱說以潤益心若治若擯若罰若黜或時驅遣諸如是等不善處擯令住善處相應饒益十一者以神通力示地獄等毀呰不善令是佛法教化衆生令其歡喜得未曾有又復聖者無盡意說六

十七種謂於一切諸衆生所不起惱害如是等故又菩薩藏修多羅中廣説無量如來戒故又復此戒無量無邊功德和集如是功德今説少分所謂戒名出家人戒如大富人身少喜樂於善法中增長如母於惡法中能護如父如在俗人有財物故一切饒益皆悉成就出家人戒亦復如是正導如是如人正行則無衰損如善人所報恩具足如世間人愛惜身命又如勝智世所讚歎如順王語求解脱人護戒亦爾欲求解脱當歸依佛欲生善道當歸依戒安身之本戒是第一知識遇惡善友不捨戒亦如是欲自利益至死不捨如汝慚愧世人莊嚴如人勝行不諂爲最如梵行中見柔和勝如欲大貴不幻爲本如不放逸多饒功德欲證勝法依觀察得如近善友

初中後時希望學人時節如海不可得過如諸衆生依地而住依戒住持一切勝法如水能潤一切種子戒能津潤善法種子如火成根如風能令分分開張如行住物空爲無障欲證果人戒如堅瓶戒如寶藏如隨所欲犁得之牛如食資糧如人因杖得行住等如息依命如命慧勝如國有王人所依止如軍有勇將功德軍衆戒是統將如婦女人一切樂行皆因夫主如行道人所有資糧若行天道戒是資糧如曠野行主將善導行善法者戒是前導如大海船若人方便度生死海以戒爲船如病人藥煩惱病者戒爲良藥如戰鬭處所有器仗共魔王戰以戒遮防如潤親友不可得捨戒是賢聖如大闇中燈爲照明未來大闇以戒爲燈如過度河等因橋而度出

三惡道諸方便中戒最爲大如清涼舍能離大熱煩惱大熱戒能清涼如怖畏者歸依健兒執刀仗者畏惡道人戒是歸依菩薩之人如住實家善凡夫人如自己物菩薩之人如住捨家行道之人如所行道菩薩之人如住家家得果之人能爲他說菩薩之人如住慧家不動之人平坦清淨如諂捨直如貪捨施如嫉心人捨不嫉心如幻僞人心不觀察如沉審人捨離髙心如謹愼人捨放逸過如王有眼無明闇人非其境界八聖道分解脫相應不觀察人去之甚遠如阿羅漢愛涅槃法如人自愛如佛出世次第善轉如住正法則住果證如佛世尊利益自他如僕事主物時方處皆須相應如人獲得須陀洹果則心安隱如得良時造作不悔如菩薩願終得解脫如良善田種善種子生長廣收如時方財因緣具足智色愛樂自多受用如善根熟則有勢力如自善行自心歡喜如人無罪此世來世則無所畏如勇健人所依正行戒如正行善喜自修如修慈者善心安樂如修喜者心常慶悅如修悲者心則正信如修捨者心常隨順四種正法如實諦信如世間法障礙寂靜隨順樂行如因聞故則得辯才如巧語人則無所畏如智明人則有名稱如善語人不可破壞如法隨法能成就證得明解脫正覺之人正道如幢如有智人則能修禪如伴修道如健因緣則無所畏如山饒寶饒功德寶如海住處多饒希有如來弟子戒如大海是入道行如信得果如覺知者依道理行雖曰無水猶能洗浴無根莖葉而生香物不穿不

瑩非金非寶非是真珠而是莊嚴雖非境界而能生於後世樂報世間人天脩羅魔梵一切沙門婆羅門等之所讃歎非因他樂是得天道涅槃方便如濟不邪無有泥溺離石礓石如是可度度信河濟如財物等離種種過如離過道資糧柴薪水及水泉正直不迴不高不下惡蟲蛇蠍青蠅蚊子寒熱賊等惡物離道如不須犁不種不熟饒種種田雖無種樹無藥無林而得美果味如甘露不在高原不下濕生非餘人作又無人取常新華鬘不乾不燥如善泠水淋灌却熱雖不防護不噐仗鬪不與財物不令怖畏而得樂具常得富樂離諍鬪處如大寶山價直無量不出於海過大衆畏命畏罰畏不活畏惡道等畏如影隨身此世後世常與身俱此如是等種種功德戒相應故

何故名聞彼義今説謂不善法寂靜相應若不能爾則非義語修多羅等十二部經言語説法是故名聞聖者無盡意説八十種謂欲修行順心行等

以何義故漏與不漏二種具足得一切智不漏法者彼義今説智慧觀察唯一味故如蜜蜂王譬如蜂王種種異物皆作一味菩薩亦爾漏與不漏二種具足以智慧力皆爲一味又願方便令漏不漏二種具足得一切智不漏之法如寶積經佛言迦葉譬如諸方四維等處所有大河并及眷屬一切水聚入大海已彼一切水平等一味所謂鹹味如是迦葉菩薩如是以種種門集諸善根願菩提故一切一味所謂皆是一切智味

施戒聞等幾因緣者彼義今說施具足者二種因緣一離貧窮二得大富戒具足者二種因緣一離惡道二生善道聞具足者二種因緣謂離愚癡得大智慧

又復菩薩三種具足自他利益施攝衆生攝衆生已令住戒聞如是具足他利益行自利成就阿耨多羅三藐三菩提如是具足自利益行

說三具足何故初施中戒後聞彼義今說依漸次義示現佛法如彼大海譬如大海次第漸深佛法亦爾初說布施中戒後聞又復有義在家菩薩食等施已彼後時聞出家功德聞已深信捨家出家既出家已方得淨戒以住戒故離世間業得無上聞是故在後說聞具足又復有義上生次第菩薩最初自他饒益是故行施彼布施已次行何者如是思惟世尊說戒及持戒人復有何者次第相應此則說聞以要言之施具足者世尊示現檀波羅蜜戒具足者尸波羅蜜聞具足者忍進禪慧波羅蜜示又復有義施戒示現福德具足聞智具足又復有義施戒具足示障礙道聞具足者示無礙道

三具足經優波提舍

音釋

胞匹交切與脬同水府也
腎時忍切水藏也
脾頻彌切土藏也
肘陟柳切臂節也
筋脈筋擧欣切骨絡也脈莫白切血脈也
臠力兗切塊切肉也
翹祈堯切企也
舶旁陌切大船也
捔古岳切挍也
玃居縛切大猿也
隘陿隘烏懈切陿胡夾切
孽魚傑切怪孽也
黜尺律切貶斥也
𣫭古候切取牛乳也
礓居良切礫石也
蠍許謁切毒蟲也

成唯識論
唐三藏法師玄奘奉　詔譯

清刻龍藏佛說法變相圖

成唯識論卷第一

護法等菩薩造

唐三藏法師玄奘奉詔譯

稽首唯識性　滿分清淨者　我今釋彼說　利樂諸有情

今造此論爲於二空有迷謬者生正解故生解爲斷二重障故由我法執二障具生若證二空彼障隨斷斷障爲得二勝果故由斷續生煩惱障故證眞解脫由斷礙解所知障故得大菩提又爲開示謬執我法迷唯識者令達二空於唯識理如實知故復有迷謬唯識理者或執外境如識非無或執内識如境非有或執諸識用別體同或執離心無別心所爲遮此等種種異執令於唯識深妙理中得如實解故作斯論若唯有識云何世間及諸聖教說有我法頌曰

由假說我法　有種種相轉　彼依識所變
此能變唯三　謂異熟思量　及了別境識
論曰世間聖教說有我法但由假立非實有性我謂主宰法謂軌持彼二俱有種種相轉我種種相謂有情命者等預流一來等法種種相謂實德業等蘊處界等轉謂隨緣施設有異如是諸相若由假說依何得成彼相皆依識所轉變而假施設識謂了別此中識言亦攝心所定相應故變謂識體轉似二分相見俱依自證起故依斯二分施設我法彼二離此無所依故或復內識轉似外境我法分別熏習力故諸識生時變似我法此我法相雖在內識而由分別似外境現諸有情類無始時來緣此執爲實我實法如患夢者患夢力故心似種種外境相現緣此執爲實有外境愚夫所計實我實法都無所有但隨妄情而施設故說之爲假內識所變似我似法雖有而非實我法性然似彼現故說爲假外境隨情而施設故非有如識內識必依因緣生故非無如境由此便遮增減二執境依內識而假立故唯世俗有識是假境所依事故亦勝義有

云何應知實無外境唯有內識似外境生實我實法不可得故如何實我不可得耶諸所執我略有三種一者執我體常周遍量同虛空隨處造業受苦樂故二者執我其體雖常而量不定隨身大小有卷舒故三者執我體常至細如一極微潛轉身中作事業故初且非理所以者何執我常遍量同虛空應不隨身受苦樂等又常遍故應無動轉如何隨身

能造諸業

又所執我一切有情爲同爲異若言同者一作業時一切應作一受果時一切應受一得解脱時一切應解脱便成大過若言異者諸有情我更相遍故體應相雜又一作業一受果時與一切我處無別故應名一切所作所受若謂作受各有所屬無斯過者理亦不然業果及身與諸我合屬此非彼不應理故一解脱時一切應解脱所修證法一切我合故中亦非理所以者何我體常住不應隨身而有舒卷既有舒卷如橐籥風應非常住

又我隨身應可分析如何可執我體一耶故彼所言如童豎戲後亦非理所以者何我量至小如一極微如何能令大身遍動若謂雖小而速巡身如旋火輪似遍動者則所執我非一非常諸有往來非常一故又所執我復有三種一者即蘊二者離蘊三者與蘊非即非離初即蘊我理且不然我應如蘊非常一故又内諸色定非實我如外諸色有質礙故心心所法亦非實我不恒相續待衆縁故餘行餘色亦非實我如虚空等非覺性故中離蘊我理亦不然應如虚空無作受故後俱非我理亦不然許依蘊立非即離蘊應如瓶等非實我故又既不可説有爲無爲亦應不可説是我非我故彼所執實我不成

又諸所執實有我體爲有思慮爲無思慮若有思慮應是無常非一切時有思慮故若無思慮應如虚空不能作業亦不受果故所執我理俱不成

又諸所執實有我體爲有作用爲無作用若

有作用如手足等應是無常若無作用如兔角等應非實我故所執我二俱不成

又諸所執實有我體爲是我見所緣境不若非我見所緣境者汝等云何知實有我若是我見所緣境者應有我見非顛倒攝如實知故若爾如何執有我者所信至教皆毀我見稱讚無我言無我見能證涅槃執著我見沉淪生死豈有邪見能證涅槃正見翻令沉淪生死

又諸我見不緣實我有所緣故如緣餘心我見所緣定非實我是所緣故如所餘法是故我見不緣實我但緣內識變現諸蘊隨自妄情種種計度然諸我執略有二種一者俱生二者分別俱生我執無始時來虛妄熏習內因力故恒與身俱不待邪教及邪分別任運而轉故名俱生此復二種一常相續在第七識緣第八識起自心相執爲實我二有間斷在第六識緣識所變五取蘊相或總或別起自心相執爲實我此二我執細故難斷後修道中數數修習勝生空觀方能除滅分別我執亦由現在外緣力故非與身俱要待邪教及邪分別然後方起故名分別唯在第六意識中有此亦二種一緣邪教所說蘊相起自心相分別計度執爲實我二緣邪教所說我相起自心相分別計度執爲實我此二我執麤故易斷初見道時觀一切法生空眞如即能除滅如是所說一切我執自心外蘊或有或無自心內蘊一切皆有是故我執皆緣無常五取蘊相妄執爲我然諸蘊相從緣生故是如幻有妄所執我橫計度故決定非有故

契經說苾芻當知世間沙門婆羅門等所有我見一切皆緣五取蘊起實我若無云何得有憶識誦習恩怨等事所執實我既常無變後應如前是事非有前應如後是事非無以後與前體無別故若謂我用前後變易非我體者理亦不然用不離體應常有故體不離用應非常故然諸有情各有本識一類相續任持種子與一切法更互爲因熏習力故得有如是憶識等事故所設難於汝有失非於我宗

若無實我誰能造業誰受果耶所執實我既無變易猶如虛空如何可能造業受果若有變易應是無常然諸有情心心所法因緣力故相續無斷造業受果於理無違

我若實無誰於生死輪迴諸趣誰復猒苦求趣涅槃所執實我既無生滅如何可說生死輪迴常如虛空非苦所惱何爲猒捨求趣涅槃故彼所言常爲自害然有情類身心相續煩惱業力輪迴諸趣猒患苦故求趣涅槃由此故知定無實我但有諸識無始時來前滅後生因果相續由妄熏習似我相現愚者於中妄執爲我

如何識外實有諸法不可得耶外道餘乘所執外法理非有故外道所執云何非有且數論者執我是思受用薩埵剌闍答摩所成大等二十三法然大等法三事合成是實非假現量所得彼執非理所以者何大等諸法多事成故如軍林等應假非實如何可說現量得耶

又大等法若是實有應如本事非三合成薩

埵等三即大等故應如大等亦三合成轉變非常爲例亦爾又三本事各多功能體亦應多能體一故三體既遍一處變時餘亦應爾體無別故許此三事體相各別如何和合共成一相不應合時變爲一相與未合時體無別故若謂三事體異相同便違已宗體相是一體應如相冥然是一相應如體顯然有三故不應言三合成一又三是別大等是總總別一故應非一三此三變時若不和合成一相者應如未變如何現見是一色等若三和合成一相者應失本別相體亦應隨失不可說三各有二相一總二別總即別故總亦應三如何見一若謂三體各有三相和雜難知故見一者既有三相寧見爲一復如何知三事有異若彼一一皆具三相應一一事能成

色等何所闕少待三和合體亦應各三以體即相故又大等法皆三合成展轉相望應無差別是則因果唯量諸大諸根差別皆不得成若爾一根應得一切境或應一境一切根所得世間現見情與非情淨穢等物現比量等皆應無異便爲大失故彼所執實法不成但是妄情計度爲有勝論所執實等句義多實有性現量所得彼執非理所以者何諸句義中且常住者若能生果應是無常有作用故如所生果若不生果應非離識實有自性如兔角等諸無常者若有質礙便有方分應可分析如軍林等非實有性若無質礙如心心所應非離此有實自性

又彼所執地水火風應非有礙實句義攝身根所觸故如堅濕煖動即彼所執堅濕煖等

應非無礙德句義攝身根所觸故如地水火風地水火三對青色等俱眼所見准此應責故知無實地水火風與堅濕等各別有性亦非眼見實地水火風又彼所執實句義中有礙常者皆有礙故如麤地等應是無常諸句義中色根所取無質礙法應皆有礙許色根取故如地水火風又彼所執非實德等應非離識有別自性非實攝故如石女兒非有實等應非離識有別自性非有攝故如空華等彼所執有應離實等無別自性許非無故如實德等若離實等應非有性許異實等故如畢竟無等如有非無無別有性如何實等有別有性若離有法有別有性應離無法有別無性彼既不然此云何爾故彼有性唯妄計度又彼所執實德業性異實德業理定不然勿此亦非實德業性異實等故如德業等又應實等非實等攝異實等性故如德業實等地等諸性對地等體更相徵詰准此應知如實性等無別實等性實等亦應無別實性等若離實等有實等性應離非實等有非實等性彼既不爾此云何然故同異性唯假施設又彼所執和合句義定非實有非有實等諸法攝故如畢竟無彼許實等現量所得以理推徵尚非實有況彼自許和合句義非現量得而可實有設執和合是現量境由前理故亦非實有然彼實等非緣離識實有自體現量所得許所知故如龜毛等又緣實智非緣離識實句自體現量智攝假合生故如德智等廣說乃至緣和合智非緣離識和合自

體現量智攝假合生故如實智等故勝論者實等句義亦是隨情妄所施設有執有一大自在天體實遍常能生諸法彼執非理所以者何若法能生必非常故諸非常者必不遍故諸不遍者非眞實故體既常遍具諸功能應一切處時頓生一切法待欲或緣方能生者違一因論或欲及緣亦應頓起因常有故餘執有一大梵時方本際自然虛空我等常住實有具諸功能生一切法皆同此破有餘偏執明論聲常能爲定量表詮諸法有執一切聲皆是常待緣顯發方有詮表彼俱非理所以者何且明論聲許能詮故應非常住如所餘聲餘聲亦應非常聲體如瓶衣等待衆緣故有外道執地水火風極微實常能生麤色所生麤色不越因量雖是無常而體實有彼亦非理所以者何所執極微若有方分如蟻行等體應非實若無方分如心心所應不共聚生麤果色既能生果如彼所生如何可說極微常住又所生果不越因量應如極微不名麤色則此果色應非眼等色根所取便違自執若謂果色量德合故非麤似麤色根所能取所執果色既同因量應如極微無麤德合或應極微亦麤德合如麤果色處無別故若謂果色遍在自因因非一故可名麤者則此果色體應非一如所在因處各別故既爾此果還不成麤由此亦非色根所取若果多分合故成麤多因極微合應非細足成根境何用果爲既多分成應非實有則汝所執前後相違又果與因俱有質礙應不同處如二極微若

謂果因體相受入如沙受水藥入鎔銅誰許
沙銅體受水藥或應離變非一非常又麤色
果體若是一得一分時應得一切彼此一故
彼應如此
不許違理許便違事故彼所執進退不成但
是隨情虛妄計度然諸外道品類雖多所執
有法不過四種一執有法與有等性其體定
一如數論等彼執非理所以者何勿一切法
即有性故皆如有性體無差別便違三德我
等體異亦違世間諸法差別又若色等即色
等性色等應無青黃等異二執有法與有等
性其體定異如勝論等彼執非理所以者何
勿一切法非有性故如已滅無體不可得便
違實等自體非無亦違世間現見有物又若
色等非色等性應如聲等非眼等境三執有
法與有等性亦一亦異如無慚等彼執非理
所以者何一異同前一異過故二相相違體
應別故一異體同俱不成故勿一切法皆同
一體或應一異是假非實而執爲實理定不
成四執有法與有等性非一非異如邪命等
彼執非理所以者何非一異執同異一故非
一異言爲遮爲表
若唯是表應不雙非若但是遮應無所執亦
遮亦表應互相違非表非遮應成戲論又非
一異違世共知有一異物亦違自宗色等有
法決定實有是故彼言唯矯避過諸有智者
勿謬許之餘乘所執離識實有色等諸法如
何非有彼所執色不相應行及諸無爲理非
有故且所執色總有二種一者有對極微所
成二者無對非極微成彼有對色定非實有

能成極微非實有故謂諸極微若有質礙應如瓶等是假非實若無質礙應如非色如何可集成瓶衣等又諸極微若有方分必可分析便非實有若無方分則如非色云何和合承光發影日輪纔舉照柱等時東西兩邊光影各現承光發影處既不同所執極微定有方分

又若見觸壁等物時唯得此邊不得彼分既和合物即諸極微故此極微必有方分

又諸極微隨所住處必有上下四方差別不爾便無共和集義或相涉入應不成麤由此極微定有方分執有對色即諸極微若無方分應無障隔若爾便非障礙有對是故汝等所執極微必有方分有方分故便可分析定非實有故有對色實有不成五識豈無所依緣色

雖非無色而是識變謂識生時内因緣力變似眼等色等相現即以此相爲所依緣然眼等根非現量得以能發識比知是有此但功能非外所造外有對色理既不成故應但是内識變現發眼等識名眼等根此爲所依生眼等識此眼等識外所緣緣理非有故決定應許自識所變爲所緣緣謂能引生似自識者汝執彼是此所緣緣非但能生勿因緣等亦名此識所緣緣故眼等五識了色等時但緣和合似彼相故非和合相異諸極微有實自體分析彼時似彼相識定不生故彼和合相既非實有故不可說是五識緣勿第二月等能生五識故非諸極微共和合位可與五識各作所緣此識上無極微相故非

諸極微有和合相不和合時無此相故非和合位與不合時此諸極微體相有異故和合位如不合時色等極微非五識境有執色等一一極微不和集時非五識境共和集位展轉相資有麤相生為此識境彼相實有為此所緣

彼執不然共和集位與未集時體相一故瓶甌等物極微等者緣彼相識應無別故共和集位一一極微各各應捨微圓相故非麤相識緣細相境勿餘境識緣餘境故一識應緣一切境故許有極微尚致此失況無識外真實極微由此定知自識所變似色等相為所緣緣

見託彼生帶彼相故然識變時隨量大小頓現一相非別變作眾多極微合成一物為執麤色有實體者佛說極微令其除析非謂諸色實有極微諸瑜伽師以假想慧於麤色相漸次除析至不可析假說極微雖此極微猶有方分而不可析若更析之便似空現不名為色故說極微是色邊際由此應知諸有對色皆識變現非極微成餘無對色是此類故亦非實有或無對故如心心所定非實色諸有對色現有色相以理推究離識尚無況無對色現無色相而可說為真實色法表無表色豈非實有此非實有所以者何且身表色若是實有以何為性若言是形便非實有可分析故長等極微不可得故若言是動亦非實有纔生即滅無動義故有為法滅不待因故滅若待因應非滅故若言有色非顯非形心所引生能動手等名身表業理亦不然此

若是動義如前破若是動因應即風界風無表示不應名表

又觸不應通善惡性非顯香味類觸應知故身表業定非實有然心爲因令識所變手等色相生滅相續轉趣餘方似有動作表示心故假名身表語表亦非實有聲性一刹那聲無詮表故多念相續便非實故外有對色前已破故然因心故識變似聲生滅相續似有表示假名語表於理無違表既實無無表寧實然依思願善惡分限假立無表理亦無違謂此或依發勝身語善惡思種增長位立或依定中止身語惡現行思立故是假有世尊經中說有三業撥身語業豈不違經不撥爲無但言非色能動身思說名身業能發語思說名語業審決二思意相應故作動意故說名意業起身語思有所造作說名爲業是審決思所遊履故通生苦樂異熟果故亦名爲道故前七業道亦思爲自性或身語表由思發故假說爲業思所履故說名業道由此應知實無外色唯有內識變似色生不相應行亦非實有所以者何得非得等非如色心及諸心所體相可得非異色心及諸心所作用可得由此故知定非實有但依色等分位假立此定非異色心心所有實體用如色心等許蘊攝故或心心所及色無爲所不攝故如畢竟無定非實有或餘實法所不攝故如餘假法非實有體且彼如何知得非得異色心等有實體用契經說故如說如是補特伽羅成就善惡聖者成就十無學法又說異生不成就聖法諸阿羅漢不成就煩惱成不成言

顯得非得經不說此異色心等有實體用爲證不成亦說輪王成就七寶豈即成就他身非情若謂於寶有自在力假說成就於善惡法何不許然而執實得若謂七寶在現在故可假說成寧知所成善惡等法離現在有離現實法理非有故現在必有善種等故又得於法有何勝用若言能起應起無爲一切非情應永不起未得已失應永不生若俱生得爲因起者所執二生便爲無用又具善惡無記得者善惡無記應頓現前若待餘因得便無用若得於法是不失因有情由此成就彼故諸可成法不離有情若離有情實不可得故得於法俱爲無用得實無故非得亦無然依有情可成諸法分位假立三種成就一種子成就二自在成就三現行成就翻此假立不成就名此類雖多而於三界見所斷種未永害位假立非得名異生性於諸聖法未成就故復如何知異色心等有實同分契經說故如契經說此天同分此人同分乃至廣說此經不說異色心等有實同分爲證不成若同智言因斯起故知實有者則草木等應有同分又於同分起同智言同分復應有別同分彼既不爾此云何然若謂爲因起同事欲知實有者理亦不然宿習爲因起同事欲何要別執有實同分然依有情身心相似分位差別假立同分復如何知異色心等有實命根契經說故如契經說壽煖識三應知命根說名爲壽此經不說異色心等有實壽體爲證不成

又先已成色不異識應比離識無別命根又

若命根異識實有應如受等非實命根若爾如何經說三法義別說三如四正斷住無心位壽煖應無豈不經說識不離身既爾如何名無心位彼滅轉識非阿賴耶有此識因後當廣說此識足為界趣生體是遍恒續異熟果故無勞別執有實命根然依親生此識種子由業所引功能差別住時決定假立命根復如何知二無心定無想異熟異色心等有實自性若無實性應不能遮心心所法令不現起若無心位有別實法異色心等能遮於心名無心定應無色時有別實法異色心等能礙於色名無色定彼既不爾此云何然又遮礙心何須實法如堤塘等假亦能遮謂修定時於定加行猒患麤動心心所故發勝期願遮心心所令心心所漸細漸微微微心時熏異熟識成極增上猒心等種由此損伏心等種故麤動心等暫不現行依此分位假立二定此種善故定亦名善無想定前求無想果故所熏成種招彼異熟識依之麤動想等不行於此分位假立無想依異熟立得異熟名故此三法亦非實有

成唯識論卷第一

音釋

謬 眉救切誤也　軌 居洧切軌則也　槖籥 槖他各切籥弋灼切槖籥鞴囊也

豎 臣庾切童僕未冠者曰豎　徵詰 詰契吉切問也　鎔 餘封切銷融也

矯 舉夭切詐也　析 先的切分也　堤 都黎切岸也

成唯識論卷第二

護法等菩薩造

唐三藏法師玄奘奉詔譯

復如何知諸有爲相異色心等有實自性契經說故如契經說有三有爲之有爲相乃至廣說此經不說異色心等有實自性爲證不成非第六聲便表異體色心之體即色心故非能相體定異所相勿堅相等異地等故若有爲相異所相體無爲相體應異所相又生等相若體俱有應一切時齊興作用若相違故用不頓與體亦相違如何俱有又住異滅用不應俱能相所相體俱本有用亦應然無別性故若謂彼用更待因緣所待因緣應非本有又執生等便爲無用所相恒有而生等合應無爲法亦有生等彼此異因不可得故又去來世非現非常應似空華非實有性生名爲有寧在未來滅名爲無應非現在滅若非無生應非有又滅違住寧執同時住不違生何容異世故彼所執進退非理然有爲法因緣力故本無今有暫有還無表異無爲假立四相本無今有有位名生生位暫停即說爲住住別前後復立異名暫有還無無時名滅前三有故同在現在後一是無故在過去如何無法與有爲相表此後無爲相何失生表有法先非有滅表有法後是無異表此法非凝然住表此法暫有用故此四相於有爲法雖俱名表而表有異此依刹那假立四相一期分位亦得假立初有名生後無名滅生已相似相續名住即此相續轉變名異是故四相皆是假立復如何知異色心等有實詮

表名句文身契經說故如契經說佛得希有名句文身此經不說異色心等有實名等爲證不成若名句文異聲實有應如色等非實能詮謂聲能生名句文者此聲必有音韻屈曲此足能詮何用名等若謂聲上音韻屈曲即名句文異聲實有所見色上形量屈曲應異色處別有實體若謂聲上音韻屈曲如絃管聲非能詮者此應如彼聲不別生名等又誰說彼定不能詮聲若能詮風鈴聲等應有詮用此應如彼不別生實名句文身若唯語聲能生名等如何不許唯語能詮何理定知能詮即語寧知異語別有能詮語不異能詮人天共了執能詮異語天愛非餘然依語聲分位差別而假建立名句文身名詮自性句詮差別文即是字爲二所依此三離聲雖無別體而假實異亦不即聲由此法詞二無礙解境有差別聲與名等蘊處界攝亦各有異且依此土說名句文依聲假立非謂一切諸餘佛土亦依光明妙香味等假立三故有執隨眠異心心所是不相應行蘊所攝彼亦非理名貪等故如現貪等非不相應執別有餘不相應行准前理趣皆應遮止

諸無爲法離色心等決定實有理不可得且定有法略有三種一現所知法如色心等二現受用法如瓶衣等如是二法世共知有不待因成三有作用法如眼耳等由彼彼用證知是有無爲非世共知定有又無作用如眼耳等設許有用應是無常故不可執無爲定有然諸無爲所知性故或色心等所顯性故如色心等不應執爲離色心等實無爲性又

虛空等爲一爲多若體是一遍一切處虛空容受色等法故隨能合法體應成多一所合處餘不合故不爾諸法應互相遍若謂虛空不與法合應非容受如餘無爲又色等中有虛空不有應相雜無應不遍一部一品結法斷時應得餘部餘品擇滅一法緣闕得不生時應於一切得非擇滅執彼體一理應爾故若體是多便有品類應如色等非實無爲虛空又應非遍容受餘部所執離心心所實有無爲准前應破又諸無爲許無因果故應如兔角非異心等有然契經說有虛空等諸無爲法略有二種一依識變假施設有謂曾聞說虛空等名隨分別有虛空等相數習力故心等生時似虛空等無爲相現此所現相前後相似無有變易假說爲常二依法性假施設有謂空無我所顯眞如有無俱非心言路絶與一切法非一異等是法眞理故名法性離諸障礙故名虛空由簡擇力滅諸雜染究竟證會故名擇滅不由擇力本性清淨或緣闕所顯故名非擇滅苦樂受滅故名不動想受不行名想受滅此五皆依眞如假立眞如亦是假施設名遮撥爲無故說爲有遮執爲有故說爲空勿謂虛幻故說爲實理非妄倒故名眞如不同餘宗離色心等有實常法名曰眞如故諸無爲非定實有

外道餘乘所執諸法異心心所非實有性是所取故如心心所能取彼覺亦不緣彼是能取故如緣此覺諸心心所依他起故亦如幻事非眞實有爲遣妄執心心所外實有境故說唯有識若執唯識眞實有者如執外境亦

是法執然諸法執略有二種一者俱生二者分別俱生法執無始時來虚妄熏習内因力故恒與身俱不待邪教及邪分別任運而轉故名俱生此復二種一常相續在第七識緣第八識起自心相執爲實法二有間斷在第六識緣識所變蘊處界相或總或別起自心相執爲實法此二法執細故難斷後十地中數數修習勝法空觀方能除滅分別法執亦由現在外緣力故非與身俱要待邪教及邪分別然後方起故名分別唯在第六意識中有此亦二種一緣邪教所説蘊處界相起自心相分別計度執爲實法二緣邪教所説自性等相起自心相分別計度執爲實法此二法執麤故易斷入初地時觀一切法法空真如即能除滅如是所説一切法執自心外法或有或無自心内法一切皆有是故法執皆緣自心所現似法執爲實有然似法相從緣生故是如幻有所執實法妄計度故決定非有故世尊説慈氏當知諸識所緣唯識所現依他起性如幻事等如是外道餘乘所執離識我法皆非實有故心心所決定不用外色等法爲所緣緣緣用必依實有體故現在彼聚心心所法非此聚識親所緣緣如非所緣他聚攝故同聚心所亦非親所緣自體異故如餘非所取由此應知實無外境唯有内識似外境生是故契經伽他中説

如愚所分別　外境實皆無　習氣擾濁心　故似彼而轉

有作是難若無離識實我法者假亦應無謂假必依真事似事共法而立如有真火有似火人有猛赤法乃可假説此人爲火

假說牛等應知亦然我法若無依何假說無假說故似亦不成如何說心似外境轉彼難非理離識我法前已破故依類依實假說火等俱不成故依類假說理且不成猛赤等德非類有故若無共德而假說彼應亦於水等假說火等名若謂猛等雖非類德而不相離故可假說此亦不然人類猛等現見亦有互相離故類既無德又互相離然有於人假說火等故知假說不依類成依實假說理亦不成猛赤等德非共有故謂猛赤等在火在人其體各別所依異故無共假說有過同前若謂人火德相似故可假說者理亦不然說火在人非在德故由此假說不依實成又假必依眞事立者亦不應理眞謂自相假智及詮俱非境故謂假智詮不得自相唯於諸法共相而轉亦非離此有別方便施設自相爲假所依然假智詮必依聲起聲不及處此便不轉能詮所詮俱非自相故知假說不依眞事由此但依似事而轉似謂增益非實有相聲依增益似相而轉故不可說假必依眞是故彼難不應正理然依識變對遣妄執眞實我法說假似言由此契經伽他中說

爲對遣愚夫　所執實我法　故於識所變
假說我法名

識所變相雖無量種而能變識類別唯三一謂異熟即第八識多異熟性故二謂思量即第七識恒審思量故三謂了境即前六識了境相麤故及言顯六合爲一種此三皆名能變識者能變有二種一因能變謂第八識中等流異熟二因習氣等流習氣由七識中善

惡無記熏令生長異熟習氣由六識中有漏善惡熏令生長二果能變謂前二種習氣力故有八識生現種種相等流習氣爲因緣故八識體相差别而生名等流果果似因故異熟習氣爲增上緣感第八識酬引業力恒相續故立異熟名感前六識酬滿業者從異熟起名異熟生不名異熟有間斷故即前異熟及異熟生名異熟果果異因故此中且説我愛執藏持雜染種能變果識名爲異熟非謂一切雖已略説能變三名而未廣辯能變三相且初能變其相云何頌曰

初阿賴耶識　異熟一切種　不可知執受處了常與觸　作意受想思　相應唯捨受是無覆無記　觸等亦如是　恒轉如暴流阿羅漢位捨

論曰初能變識大小乘教名阿賴耶此識具有能藏所藏執藏義故謂與雜染互爲緣故有情執爲自内我故此即顯示初能變識所有自相攝持因果爲自相故此識自相分位雖多藏初過重是故偏説此是能引諸界趣生善不善業異熟果故説名異熟離此命根衆同分等恒時相續勝異熟果不可得故此即顯示初能變識所有果相此識果相雖多位多種異熟寬不共故偏説之此能執持諸法種子令不失故名一切種離此餘法能遍執持諸法種子不可得故此即顯示初能變識所有因相此識因相雖有多種持種不共是故偏説初能變識體相雖多略説唯有如是三相

一切種相應更分别此中何法名爲種子謂

本識中親生自果功能差別此與本識及所生果不一不異體用因果理應爾故雖非一異而是實有假法如無非因緣故此與諸法既非一異應如瓶等是假非實若爾眞如應是假有許則便無眞勝義諦然諸種子唯依世俗說爲實有不同眞如種子雖依第八識體而是此識相分非餘見分恒取此爲境故諸有漏種與異熟識體無別故無記性攝因果俱有善等性故亦名善等諸無漏種非異熟識性所攝故因果俱是善性攝故唯名爲善若爾何故決擇分說二十二根一切皆有異熟種子皆異熟生雖名異熟而非無記依異熟故名異熟種異性相依如眼等識或無漏種由熏習力轉變成熟立異熟名非無記性所攝異熟此中有義一切種子皆本性有不從熏生由熏習力但可增長如契經說一切有情無始時來有種種界如惡叉聚法爾而有界即種子差別名故又契經說無始時來界一切法等依界是因義瑜伽亦說諸種子體無始時來性雖本有而由染淨新所熏發諸有情類無始時來若般涅槃法者一切種子皆悉具足不般涅槃法者便闕三種菩提種子如是等文誠證非一又諸有情既說本有五種性別故應定有法尒種子不由熏生又瑜伽說地獄成就三無漏根是種非現又從無始展轉傳來法爾所得本性住性由此等證無漏種子法爾本有不從熏生有漏亦應法爾有種由熏增長不別熏生如是建立因果不亂有義種子皆熏故生所熏能熏俱無始有故諸種子無始成就種子既是習

氣異名習氣必由熏習而有如麻香氣華熏故生如契經說諸有情心染淨諸法所熏習故無量種子之所積集論說内種定有熏習外種熏習或有或無又名言等三種熏習總攝一切有漏法種彼三旣由熏習而有故有漏種必藉熏生無漏種生亦由熏習說聞熏習聞淨法界等流正法而熏起故是出世心種子性故有情本來種性差別不由無漏種子有無但依有障無障建立如瑜伽說於眞如境若有畢竟二障種者立爲不般涅槃法性若有畢竟所知障種非煩惱者一分立爲聲聞種性一分立爲獨覺種性若無畢竟二障種者即立彼爲如來種性故知本來種性差別依障建立非無漏種所說成就無漏種言依當可生非已有體有義種子各有二類

一者本有謂無始來異熟識中法爾而有生蘊處界功能差別世尊依此說諸有情無始時來有種種界如惡叉聚法爾而有餘所引證廣說如初此即名爲本性住種二者始起謂無始來數數現行熏習而有世尊依此說有情心染淨諸法所熏習故無量種子之所積集諸論亦說染淨種子由染淨法熏習故生此即名爲習所成種若唯本有轉識不應與阿賴耶爲因緣性如契經說

諸法於識藏　識於法亦爾　更互爲果性

亦常爲因性

此頌意言阿賴耶識與諸轉識於一切時展轉相生互爲因果攝大乘說阿賴耶識與雜染法互爲因緣如炷與焰展轉生燒又如束

蘆互相依住唯依此二建立因緣所餘因緣不可得故若諸種子不由熏生如何轉識與阿頼耶有因緣義非熏令長可名因緣匆善惡業與異熟果爲因緣故又諸聖教說有種子由熏習生皆違彼義故唯本有理教相違若唯始起有爲無漏無因緣故應不得生有漏不應爲無漏種匆無漏種生有漏故許應諸佛有漏復生善等應爲不善等種分別論者雖作是說心性本淨客塵煩惱所染汙故名爲雜染離煩惱時轉成無漏故無漏法非無因生而心性言彼說何義若說空理空非心因常法定非諸法種子以體前後無轉變故若即說心應同數論相雖轉變而體常一惡無記心又應是善許則應與信等相應不許便應非善心體尚不名善況是無漏有漏善心既稱雜染如惡心等性非無漏故不應與無漏爲因匆善惡等互爲因故若有漏心性是無漏應無漏心性是有漏差别因緣不可得故又異生心若是無漏則異生位無漏現行應名聖者若異生心性雖無漏而相有染不名無漏無斯過者則心種子亦非無漏何故汝論說有異生唯得成就無漏種子種子現行性相同故然契經說心性淨者說心空理所顯眞如眞如是心眞實性故或說心體非煩惱故名性本淨非有漏心性是無漏故名本淨

由此應信有諸有情無始時來有無漏種不由熏習法爾成就後勝進位熏令增長無漏法起以此爲因無漏起時復熏成種有漏法種類此應知諸聖教中雖說內種定有熏習

而不定説一切種子皆熏故生寧全撥無本有種子然本有種亦由熏習令其增盛方能得果故説内種定有熏習其聞熏習非唯有漏聞正法時亦熏本有無漏種子令漸增盛展轉乃至生出世心故亦説此名聞熏習聞熏習中有漏性者是修所斷感勝異熟爲出世法勝增上緣無漏性者非所斷攝與出世法正爲因緣此正因緣微隱難了有寄麤顯勝增上緣方便説爲出世心種依障建立種性別者意顯無漏種子有無謂若全無無漏種者彼二障種永不可害即立彼爲非涅槃法若唯有二乘無漏種者彼所知障種永不可害一分立爲聲聞種性一分立爲獨覺種性若亦有佛無漏種者彼二障種俱可永害即立彼爲如來種性故由無漏種子有無障有可斷不可斷義然無漏種微隱難知故約彼障顯性差別不爾彼障有何別因而有可害不可害者若謂法爾有此障別無漏法種寧不許然若本全無無漏法種則諸聖道永不得生誰當能害二障種子而説依障立種性別既彼聖道必無生義説當可生亦定非理然諸聖教處處説有本有種子皆違彼義故唯始起理教相違由此應知諸法種子各有本有始起二類然種子義略有六種一剎那滅謂體纔生無間必滅有勝功力方成種子此遮常法常無轉變不可説有能生用故二果俱有謂與所生現行果法俱現和合方成種子此遮前後及定相離現種異類互不相違一身俱時有能生用非如種子自類相生前後相違必不俱有雖因與果有俱不俱

而現在時可有因用未生已滅無自體故依生現果立種子名不依引生自類名種故但應説與果俱有三恒隨轉謂要長時一類相續至究竟位方成種子此遮轉識轉易間斷與種子法不相應故此顯種子自類相生四性決定謂隨因力生善惡等功能決定方成種子此遮餘部執異性因生異性果有因緣義五待衆緣謂此要待自衆緣合功能殊勝方成種子此遮外道執自然因不待衆緣恒頓生果或遮餘部緣恒非無顯所待緣非恒有性故種於果非恒頓生六引自果謂於别别色心等果各各引生方成種子此遮外道執唯一因生一切果或遮餘部執色心等互爲因緣唯本識中功能差别具斯六義成種非餘外穀麥等識所變故假立種名非實種子此種勢力生近正果名曰生因引遠殘果令不頓絶即名引因内種必由熏習生長親能生果是因緣性外種熏習或有或無爲增上緣辦所生果必以内種爲彼因緣是共相種所生果故依何等義立熏習名所熏能熏各具四義令種生長故名熏習何等名爲所熏四義一堅住性若法始終一類相續能持習氣乃是所熏此遮轉識及聲風等性不堅住故非所熏二無記性若法平等無所違逆能容習氣乃是所熏此遮善染勢力强盛無所容納故非所熏由此如來第八淨識唯帶舊種非新受熏三可熏性若法自在性非堅密能受習氣乃是所熏此遮心所及無爲法依他堅密故非所熏四與能熏共和合性若與能熏同時同處不即不離乃是所熏此遮

他身剎那前後無和合義故非所熏唯異熟識具此四義可是所熏非心所等何等名爲能熏四義一有生滅若法非常能有作用生長習氣乃是能熏此遮無爲前後不變無生長用故非能熏二有勝用若有生滅勢力增盛能引習氣乃是能熏此遮異熟心心所等勢力羸劣故非能熏三有增減若有勝用可增可減攝植習氣乃是能熏此遮佛果圓滿善法無增無減故非能熏彼若能熏便非圓滿前後佛果應有勝劣四與所熏和合而轉若與所熏同時同處不即不離乃是能熏此遮他身剎那前後無和合義故非能熏唯七轉識及彼心所有勝勢用而增減者具此四義可是能熏如是能熏與所熏識俱生俱滅熏習義成令所熏中種子生長如熏苣藤故

名熏習能熏識等從種生時即能爲因復熏成種三法展轉因果同時如炷生焰焰生燋炷亦如蘆束更互相依因果俱時理不傾動能熏生種種起現行如俱有因得士用果種子前後自類相生如同類因引等流果此二於果是因緣性除此餘法皆非因緣設名因緣應知假說是謂略說一切種相此識行相所緣云何謂不可知執受處了了謂了別即是行相識以了別爲行相故處謂處所即器世間是諸有情所依處故執受有二謂諸種子及有根身諸種子者謂諸相名分別習氣有根身者謂諸色根及根依處此二皆是識所執受攝爲自體同安危故執受及處俱是所緣阿賴耶識因緣力故自體生時內變爲種及有根身外變爲器即以所變爲自所緣

行相仗之而得起故此中了者謂異熟識於自所緣有了別用此了別用見分所攝然有漏識自體生時皆似所緣能緣相現彼相應法應知亦爾似所緣相說名相分似能緣相說名見分若心心所無所緣相應不能緣自所緣境或應一一能緣一切自境如餘餘如自故若心心所無能緣相應不能緣如虛空等或虛空等亦是能緣故心心所必有二相如契經說

一切唯有覺　所覺義皆無　能覺所覺分各自然而轉

執有離識所緣境者彼說外境是所緣相分名行相見分名事是心心所自體相故心與心所同所依緣行相相似事雖數等而相各異識受想等相各別故達無離識所緣境者則說相分是所緣見分名行相相見所依自體名事即自證分此若無者應不自憶心心所法如不曾更境必不能憶故心與心所同所依根所緣相似行相各別了別領納等作用各異故事雖數等而相各異識受等體有差別故然心心所一一生時以理推徵各有三分所量能量量果別故相見必有所依體故如集量論伽他中說

似境相所量　能取相自證　即能量及果彼三體無別

又心心所若細分別應有四分三分如前復有第四證自證分此若無者誰證第三心分既同應皆證故又自證分應無有果諸能量者必有果故不應見分是第三果見分或時非量攝故由此見分不證第三證自體者必

現量故此四分中前二是外後二是内初唯所緣後三通二謂第二分但緣第一或量非量或現或比第三能緣第二第四證自證分唯緣第三非第二者以無用故第三第四皆現量攝故心心所四分合成具所能緣無無窮過非即非離唯識理成是故契經伽他中說

衆生心二性　内外一切分　所取能取纏見種種差别

此頌意說衆生心性二分合成若内若外皆有所取能取纏縛見有種種或量非量或現或比多分差别此中見者是見分故如是四分或攝爲三第四攝入自證分故或攝爲二後三俱是能緣性故皆見分攝此言見者是能緣義或攝爲一體無别故如入楞伽伽他中說

由自心執著　心似外境轉　彼所見非有是故說唯心

如是處處說唯一心此一心言亦攝心所故識行相即是了别了别即是識之見分所言處者謂異熟識由共相種成熟力故變似色等器世間相即外大種及所造色雖諸有情所變各别而相相似處所無異如衆燈明各遍似一誰異熟識變爲此相有義一切所以者何如契經說一切有情業增上力共所起故有義若爾諸佛菩薩應實變爲此雜穢土諸異生等應實變爲他方此界諸淨妙土又諸聖者猒離有色生無色界必不下生變爲此土復何所用是故現居及當生者彼異熟識變爲此界經依少分說一切言諸業同者

皆共變故有義若爾器將壞時旣無現居及當生者誰異熟識變爲此界

又諸異生猒離有色生無色界現無色身預變爲土此復何用設有色身與異地器麤細懸隔不相依持此變爲彼亦何所益然所變土本爲色身依持受用故若於身可有持用便變爲彼由是設生他方自地彼識亦得變爲此土故器世界將壞初成雖無有情而亦現有此說一切共受用者若別受用准此應知鬼人天等所見異故諸種子者謂異熟識所持一切有漏法種此識性攝故是所緣無漏法種雖依附此識而非此性攝故非所緣雖非所緣而不相離如眞如性不違唯識有根身者謂異熟識不共相種成熟力故變似色根及根依處卽內大種及所造色有共相種成熟力故於他身處亦變似彼不爾應無受用他義

此中有義亦變似根辯中邊說似自他身五根現故有義唯能變似依處他根於已非所用故似自他身五根現者說自他識各自變義故生他地或般涅槃彼餘尸骸猶見相續

前來且說業力所變外器內身界地差別若定等力所變器身界地自他則不決定所變身器多恒相續變聲光等多分暫時隨現緣力擊發起故略說此識所變境者謂有漏種十有色處及墮法處所現實色何故此識不能變似心心所等爲所緣耶有漏識變略有二種一隨因緣勢力故變二隨分別勢力故變初必有用後但爲境異熟識變但隨因緣所變色等必有實用若變心等便無實用相

分心等不能緣故須彼實用別從此生變無爲等亦無實用故異熟識不緣心等至無漏位勝慧相應雖無分別而澄淨故設無實用亦現彼影不爾諸佛應非遍智故有漏位此異熟識但緣器身及有漏種在欲色界具三所緣無色界中緣有漏種猒離色故無業果色有定果色於理無違彼識亦緣此色爲境不可知者謂此行相極微細故難可了知或此所緣內執受境亦微細故外器世間量難測故名不可知云何是識取所緣境行相難知如滅定中不離身識應信爲有然必應許滅定有識有情攝故如有心時無想等位當知亦爾

成唯識論卷第二

音釋

擾而沼切亂也 烓之成切燈烓也 羸劣羸力追切劣力惙切羸劣瘦弱也 苣藤苣臼許切藤詩證切苣藤胡麻也 骸雄皆切骸骨也

成唯識論卷第三

護法等菩薩造

唐三藏法師玄奘奉詔譯

此識與幾心所相應常與觸作意受想思相應阿賴耶識無始時來乃至未轉於一切位恒與此五心所相應以是遍行心所攝故觸謂三和分別變異令心心所觸境爲性受想思等所依爲業謂根境識更相隨順故名三和觸依彼生令彼和合故說爲彼三和合位皆有順生心所功能說名變異觸似彼起故名分別根變異力引觸起時勝彼識境故集論等但說分別根之變異和合一切心及心所令同觸境是觸自性既似順起心所功能故以受等所依爲業起盡經說受想行蘊一切皆以觸爲緣故由斯故說識觸受等因二三四和合而生瑜伽但說與受想思爲所依者思於行蘊爲主勝故舉此攝餘集論等說爲受依者以觸生受近而勝故謂觸所取可意等相與受所取順益等相極相隣近引發勝故然觸自性是實非假六六法中心所性故是食攝故能爲緣故如受等性非即三和作意謂能警心爲性於所緣境引心爲業謂此警覺應起心種引令趣境故名作意雖此亦能引起心所心是主故但說引心有說令心迴趣異境或於一境持心令住故名作意彼俱非理應非遍行不異定故受謂領納順違俱非境相爲性起愛爲業能起合離非二欲故有作是說受有二種一境界受謂領所緣二自性受謂領俱觸唯自性受是受自相以境界受共餘相故彼說非理受定不緣俱

生觸故若似觸生名領觸者似因之果應皆受性又既受因應名因受何名自性若謂如王食諸國邑受能領觸所生受體名自性受理亦不然違自所執不自證故若不捨自性名自性受應一切法皆是受自性故彼所說但誘嬰兒然境界受非共餘相領順等相定屬已者名境界受不共餘故想謂於境取像爲性施設種種名言爲業謂要安立境分齊相方能隨起種種名言思謂令心造作爲性於善品等役心爲業謂能取境正因等相驅役自心令造善等此五既是遍行所攝故與藏識決定相應其遍行相後當廣釋此觸等五與異熟識行相雖異而時依同所緣事等故名相應此識行相極不明了不能分別違順境相微細一類相續而轉是故唯與捨受相應又此相應受唯是異熟隨先引業轉不待現緣任善惡業勢力轉故唯是捨受苦樂二受是異熟生非眞異熟待現緣故非此相應

又由此識常無轉變有情恒執爲自內我若與苦樂二受相應便有轉變寧執爲我故此但與捨受相應若爾如何此識亦是惡業異熟既許善業能招捨受此亦應然捨受不違苦樂品故如無記法善惡俱招如何此識非別境等心所相應互相違故謂欲希望所樂事轉此識任業無所希望勝解印持決定事轉此識瞢昧無所印持念唯明記曾習事轉此識昧劣不能明記定能令心專注一境此識任運剎那別緣慧唯簡擇德等事轉此識微昧不能簡擇故此不與別境相應此識唯

是異熟性故善染汙等亦不相應惡作等四無記性者有間斷故定非異熟
法有四種謂善不善有覆無記無覆無記阿賴耶識何法攝耶此識唯是無覆無記異熟性故異熟若是善染汙者流轉還滅應不得成又此識是善染依故若善染者互相違故應不與二俱作所依又此識是所熏性故若善染者如極香臭應不受熏無熏習故染淨因果俱不成立故此唯是無覆無記覆謂染法障聖道故又能蔽心令不淨故此識非染故名無覆無記謂善惡有愛非愛果及殊勝自體可記別故此非善惡故名無記
觸等亦如是者謂如阿賴耶識唯是無覆無記性攝觸作意受想思亦爾諸相應法必同性故又觸等五如阿賴耶亦是異熟所緣行相俱不可知緣三種境五法相應無覆無記故說觸等亦如是言有義觸等如阿賴耶亦是異熟及一切種廣說乃至無覆無記亦如是言無簡別故彼說非理所以者何觸等依識不自在故如貪信等不能受熏如何同識能持種子
又若觸等亦能受熏應一有情有六種體若爾果起從何種生理不應言從六種起未見多種生一芽故若說果生唯從一種則餘五種便為無用亦不可說次第生果熏習同時勢力等故又不可說六果頓生勿一有情一剎那頃六眼識等俱時生故誰言觸等亦能受熏持諸種子不爾如何觸等如識名一切種謂觸等五有似種相名一切種觸等與識所緣等故無色觸等有所緣故親所緣緣定

應有故此似種相不爲因緣生現識等如觸得上似眼根等非識所依亦如似火無能燒用彼救非理觸等所緣似種等相後執受處方應與識而相例故由此前說一切種言定自受熏能持種義不爾本頌有重言失

又彼所說亦如是言無簡別故咸相例者定不成證勿觸等五亦能了別觸等亦與觸等相應由此故知亦如是者隨所應說非謂一切阿賴耶識爲斷爲常非斷非常以恒轉故恒謂此識無始時來一類相續常無間斷是界趣生施設本故性堅持種令不失故轉謂此識無始時來念念生滅前後變異因滅果生非常一故可爲轉識熏成種故恒言遮斷轉表非常猶如暴流因果法爾如暴流水非斷非常相續長時有所漂溺此識亦爾從無始來生滅相續非常非斷漂溺有情令不出離又如暴流雖風等擊起諸波浪而流不斷此識亦爾雖遇衆緣起眼識等而恒相續又如暴流漂水上下魚草等物隨流不捨此識亦爾與内習氣外觸等法恒相隨轉如是法喻意顯此識無始因果非斷常義謂此識性無始時來刹那刹那果生因滅果生故非斷因滅故非常非斷非常是緣起理故說此識恒轉如流過去未來既非實有非常可爾非斷如何斷豈得成緣起正理過去未來若是實有可許非斷如何非常常亦不成緣起正理豈斥他過巳義便成若不摧邪難以顯正前因滅位後果即生如稱兩頭低昂時等如是因果相續如流何假去來方成非斷因現有位後果未生因是誰因果現有時前因巳

滅果是誰果既無因果誰離斷常若有因時已有後果果既本有何待前因因義既無果義寧有無因無果豈離斷常因果義成依法作用故所詰難非預我宗體既本有用亦應然所待因緣亦本有故由斯汝義因果定無應信大乘緣起正理謂此正理深妙離言因果等言皆假施設觀現在法有引後用假立當果對說現因觀現在法有酬前相假立曾因對說現果假謂現識似彼相現如是因果理趣顯然遠離二邊契會中道諸有智者應順修學有餘部說雖無去來而有因果恒相續義謂現在法極迅速者猶有初後生滅二時生時酬因滅時引果時雖有二而體是一前因正滅後果正生體相雖殊而俱是有如是因果非假施設然離斷常又無前難誰有智者捨此信餘彼有虚言都無實義何容一念而有二時生滅相違寧同現在滅若現在生應未來有故名生既是現在無故名滅寧非過去滅若非無生應非有生既現有滅應現無又二相違如何體一非苦樂等見有是事生滅若一時應無二生滅若異寧說體同故生滅時俱現在有同依一體理必不成經部師等因果相續理亦不成彼不許有阿賴耶識能持種故由此應信大乘所說因果相續緣起正理

此識無始恒轉如流乃至何位當究竟捨阿羅漢位方究竟捨謂諸聖者斷煩惱障究竟盡時名阿羅漢爾時此識煩惱麤重永遠離故說之爲捨此中所說阿羅漢者通攝三乘無學果位皆已永害煩惱賊故應受世間妙

供養故永不復受分段生故云何知然決擇分說諸阿羅漢獨覺如來皆不成就阿賴耶故集論復說若諸菩薩得菩提時頓斷煩惱及所知障成阿羅漢及如來故若爾菩薩煩惱種子未永斷盡非阿羅漢應皆成就阿賴耶識何故即彼決擇分說不退菩薩亦不成就阿賴耶識彼說二乘無學果位迴心趣向大菩提者必不退起煩惱障故趣菩提故即復轉名不退菩薩彼不成就阿賴耶識即攝在此阿羅漢中故彼論文不違此義又不動地以上菩薩一切煩惱永不行故法駛流中任運轉故能諸行中起諸行故剎那剎那轉增進故此位方名不退菩薩然此菩薩雖未斷盡異熟識中煩惱種子而緣此識我見愛等不復執藏爲自內我由斯永捨阿賴耶名故說不成阿賴耶識此亦說彼名阿羅漢有義初地以上菩薩已證二空所顯理故已得二種殊勝智故已斷分別二種障故能一行中起諸行故雖爲利益起諸煩惱而彼不作煩惱過失故此亦名不退菩薩然此菩薩雖未斷盡俱生煩惱而緣此識所有分別我見愛等不復執藏爲自內我由斯亦捨阿賴耶名故說不成阿賴耶識此亦說彼名阿羅漢故集論中作如是說十地菩薩雖未永斷一切煩惱然此煩惱猶如呪藥所伏諸毒不起一切煩惱過失一切地中如阿羅漢已斷煩惱故亦說彼名阿羅漢彼說非理七地已前猶有俱生我見愛等執藏此識爲自內我如何已捨阿賴耶名若彼分別我見愛等不復執藏說名爲捨則預流等諸有學位亦應已

捨阿賴耶名許便違害諸論所說地上菩薩所起煩惱皆由正知不爲過失非預流等得有斯事寧可以彼例此菩薩彼六識中所起煩惱雖由正知不爲過失而第七識有漏心位任運現行執藏此識寧不與彼預流等同由此故知彼說非理然阿羅漢斷此識中煩惱麤重究竟盡故不復執藏阿賴耶識爲自內我由斯永失阿賴耶名說之爲捨非捨一切第八識體勿阿羅漢無識持種爾時便入無餘涅槃然第八識雖諸有情皆悉成就而隨義別立種種名謂或名心由種種法熏習種子所積集故或名阿陀那執持種子及諸色根令不壞故或名所知依能與染淨所知諸法爲依止故或名種子識能遍任持世出世間諸種子故此等諸名通一切位或名阿賴耶攝藏一切雜染品法令不失故我見愛等執藏以爲自內我故此名唯在異生有學非無學位不退菩薩有雜染法執藏義故或名異熟識能引生死善不善業異熟果故此名唯在異生二乘諸菩薩位非如來地猶有異熟無記法故或名無垢識最極清淨諸無漏法所依止故此名唯在如來地有菩薩二乘及異生位持有漏種可受熏習未得善淨第八識故如契經說

如來無垢識　是淨無漏界　解脫一切障
圓鏡智相應

阿賴耶名過失重故最初捨故此中偏說異熟識體菩薩將得菩提時捨聲聞獨覺入無餘依涅槃時捨無垢識體無有捨時利樂有情無盡時故心等通故隨義應說然第八識

總有二位一有漏位無記性攝唯與觸等五法相應但緣前說執受處境二無漏位唯善性攝與二十一心所相應謂遍行別境各五善十一與一切心恒相應故常樂證知所觀境故於所觀境恒印持故於曾受境恒明記故世尊無有不定心故於一切法常決擇故極淨信等常相應故無染汙故無散動故此亦唯與捨受相應任運恒時平等轉故以一切法爲所緣境鏡智遍緣一切法故云何應知此第八識離眼等識有別自體聖教正理爲定量故謂有大乘阿毗達磨契經中說

無始時來界　一切法等依　由此有諸趣
及涅槃證得

此第八識自性微細故以作用而顯示之頌中初半顯第八識爲因緣用後半顯與流轉還滅作依持用界是因義即種子識無始時來展轉相續親生諸法故名爲因依是緣義即執持識無始時來與一切法等爲依止故名爲緣謂能執持諸種子故與現行法爲所依故即變爲彼及爲彼依變爲彼者謂變爲器及有根身爲彼依者謂與轉識作所依止以能執受五色根故眼等五識依之而轉又與末那爲依止故第六意識依之而轉末那意識轉識攝故如眼等識依俱有根第八理應是識性故亦以第七爲俱有依是謂此識爲因緣用由此有者由有此識有諸趣者有善惡趣謂由有此第八識故執持一切順流轉法令諸有情流轉生死雖惑業生皆是流轉而趣是果勝故偏說或諸趣言通能所趣諸趣資具亦得趣名諸惑業生皆依此識是

與流轉作依持用及涅槃證得者由有此識故有涅槃證得謂由有此第八識故執持一切順還滅法令修行者證得涅槃此中但說能證得道涅槃不依此識有故或此但說所證涅槃是修行者正所求故或此雙說涅槃與道俱是還滅品類攝故謂涅槃言顯所證滅後證得言顯能得道由能斷道斷所斷惑究竟盡位證得涅槃能所斷證皆依此識是與還滅作依持用又此頌中初句顯示此識自性無始恒有後三顯與雜染清淨二法總别爲所依止雜染法者謂苦集諦即所能趣生及業惑清淨法者謂滅道諦即所能證涅槃及道彼二皆依此識而有依轉識等理不成故或復初句顯此識體無始相續後三顯與三種自性爲所依止謂依他起遍計所執圓成實性如次應知今此頌中諸所說義離第八識皆不得有即彼經中復作是說

由攝藏諸法　一切種子識　故名阿賴耶
勝者我開示

由此本識具諸種子故能攝藏諸雜染法依斯建立阿賴耶名非如勝性轉爲大等種子與果體非一故能依所依俱生滅故與雜染法互相攝藏亦爲有情執藏爲我故說此識名阿賴耶已入見道諸菩薩衆得眞現觀名爲勝者彼能證解阿賴耶識故我世尊正爲開示或諸菩薩皆名勝者雖見道前未能證解阿賴耶識而能信解求彼轉依故亦爲說非諸轉識有如是義解深密經亦作是說

阿陀那識甚深細　一切種子如暴流
我於凡愚不開演　恐彼分别執爲我

以能執持諸法種子及能執受色根依處亦能執取結生相續故說此識名阿陀那無性有情不能窮底故說甚深趣寂種性不能通達故名甚細是一切法眞實種子緣擊便生轉識波浪恒無間斷猶如瀑流凡即無性愚即趣寂恐彼於此起分別執墮諸惡趣障生聖道故我世尊不爲開演唯第八識有如是相入楞伽經亦作是說

如海遇風緣　起種種波浪　現前作用轉
無有間斷時　藏識海亦然　境等風所擊
恒起諸識浪　現前作用轉

眼等諸識無如大海恒相續轉起諸識浪故知別有第八識性此等無量大乘經中皆別說有此第八識諸大乘經皆順無我違數取趣棄背流轉趣向還滅讚佛法僧毀諸外道表蘊等法遮勝性等樂大乘者許能顯示無顛倒理契經攝故如增壹等至教量攝又聖慈氏以七種因證大乘經眞是佛說一先不記故若大乘經佛滅度後有餘爲壞正法故說何故世尊非如當起諸可怖事先預記別二本俱行故大小乘教本來俱行寧知大乘獨非佛說三非餘境故大乘所說廣大甚深非外道等思量境界彼經論中曾所未說設爲彼說亦不信受故大乘經非非佛說四應極成故若謂大乘是餘佛說非今佛語則大乘教是佛所說其理極成五有無有故若有大乘即應信此諸大乘教是佛所說離此大乘不可得故若無大乘聲聞乘教亦應非有以離大乘決定無有得成佛義誰出於世說聲聞乘故聲聞乘是佛所說非大乘教不應

正理六能對治故依大乘經勤修行者皆能引得無分别智能正對治一切煩惱故應信此是佛所說七義異文故大乘所說意趣甚深不可隨文而取其義便生誹謗謂非佛語是故大乘眞是佛說如莊嚴論頌此義言

先不記俱行　非餘所行境　極成有無有

對治異文故

餘部經中亦密意說阿賴耶識有别自性謂大衆部阿笈摩中密意說此名根本識是眼識等所依止故譬如樹根是莖等本非眼等識有如是義上坐部經分别論者俱密說此名有分識有謂三有分是因義唯此恒遍爲三有因化地部說此名窮生死蘊離第八識無别蘊法窮生死際無間斷時謂無色界諸色間斷無想天等餘心等滅不相應行離色心等無别自體已極成故唯此識名窮生死蘊說一切有部增一經中亦密意說此名阿賴耶謂愛阿賴耶樂阿賴耶欣阿賴耶喜阿賴耶謂阿賴耶識是貪總别三世境故立此四名有情執爲眞自内我乃至未斷恒生愛著故阿賴耶識是眞愛著處不應執餘五取蘊等謂生一向苦受處者於餘取蘊不生愛著彼恒猒逆餘五取蘊念我何時當捨此命此衆同分此苦身心令我自在受快樂故五欲亦非眞愛著處謂離欲者於五妙欲雖不貪著而愛我故樂受亦非眞愛著處謂離第三靜慮染者雖猒樂受而愛我故身見亦非眞愛著處謂非無學信無我者雖於身見不生貪著而於内我猶生愛故轉識等亦非眞愛著處謂非無學求滅心者雖猒轉識等而

愛我故色身亦非眞愛著處離色染者雖猒色身而愛我故不相應行離色心等無別自體是故亦非眞愛著處異生有學起我愛時雖於餘蘊有愛非愛而於此識我愛定生故唯此是眞愛著處由是彼說阿賴耶名定唯顯此阿賴耶識

已引聖教當顯正理謂契經說雜染清淨諸法種子之所集起故名爲心若無此識彼持種心不應有故謂諸轉識在滅定等有間斷故根境作意善等類別易脫起故如電光等不堅住故非可熏習不能持種非染淨種所集起心此識一類恒無間斷如苣藤等堅住可熏當彼契經所說心義若不許有能持種心非但違經亦違正理謂諸所起染淨品法無所熏故不熏成種則應所起唐捐其功染淨起時旣無因種應同外道執自然生色不相應非心性故如聲光等理非染淨內法所熏豈能持種

又彼離識無實自性寧可執爲內種依止轉識相應諸心所法如識間斷易脫起故不自在故非心性故不能持種亦不受熏故持種心理應別有有說六識無始時來依根境等前後分位事雖轉變而類無別是所熏習能持種子由斯染淨因果皆成何要執有第八識性彼言無義所以者何執類是實則同外道許類是假便無勝用應不能持內法實種又執識類何性所攝若是善惡應不受熏許有記故猶如擇滅若是無記善惡心時無無記心此類應斷非事善惡類可無記別類必同別事性故又無心位此類定無旣有間斷

性非堅住如何可執持種受熏又阿羅漢或異生心識類同故應爲諸染無漏法熏許便有失又眼等根或所餘法與眼等識根法類同應互相熏然汝不許故不應執識類受熏又六識身若事若類前後二念既不俱有如隔念者非互相熏能熏所熏必俱時故執唯六識俱時轉者由前理趣既非所熏故彼亦無能持種義有執色心自類無間前爲後種因果義立故先所說爲證不成彼執非理無熏習故謂彼自類既無熏習如何可執前爲後種又間斷者應不更生二乘無學應無後蘊死位色心爲後種故亦不應執色心展轉互爲種生轉識色等非所熏習前已說故有說三世諸法皆有因果感赴無不皆成何勞執有能持種識然經說心爲種子者起染淨法勢用强故彼說非理過去未來非常非現如空華等非實有故又無作用不可執爲因緣性故若無能持染淨種識一切因果皆不得成有執大乘遣相空理爲究竟者依似比量撥無此識及一切法彼特違害前所引經智斷證修染淨因果皆執非實成大邪見外道毁謗染淨因果亦不謂全無但執非實故若一切法皆非實有菩薩不應爲捨生死精勤修集菩提資粮誰有智者爲除幻敵求石女兒用爲軍旅故應信有能持種心依之建立染淨因果彼心即是此第八識

又契經說有異熟心善惡業感若無此識彼異熟心不應有故謂眼等識有間斷故非一切時是業果故如電光等非異熟心異熟不應斷已更續彼命根等無斯事故眼等六識

業所感者猶如聲等非恒續故是異熟生非眞異熟定應許有眞異熟心酬牽引業遍而無斷變爲身器作有情依身器離心理非有故不相應法無實體故諸轉識等非恒有故若無此心誰變身器復依何法恒立有情又在定中或不在定有別思慮無思慮時理有衆多身受生起此若無者不應後時身有怡適或復勞損若不恒有眞異熟心彼位如何有此身受非佛起餘善心等位必應現起眞異熟心如許起彼時非佛有情故由是恒有眞異熟心彼心即是此第八識

又契經說有情流轉五趣四生若無此識彼趣生體不應有故謂要實有恒遍無雜彼法可立正實趣生非異熟法趣生雜亂住此起餘趣生法故諸異熟色及五識中業所感者不遍趣生無色界中全無彼故諸生得善及意識中業所感者雖遍趣生起無雜亂而不恒有不相應行無實自體皆不可立正實趣生唯異熟心及彼心所實恒遍無雜是正實趣生此心若無生無色界起善等位應非趣生設許趣生攝諸有漏生無色界起無漏心應非趣生便違正理勿有前過及有此失故唯異熟法是正實趣生由是如來非趣生攝佛無異熟無記法故亦非界攝非有漏故世尊已捨苦集諦故諸戲論種已永斷故正實趣生既唯異熟心及心所彼心心所離第八識理不得成故知別有此第八識

又契經說有色根身是有執受若無此識彼能執受不應有故謂五色根及彼依處唯現在世是有執受彼定由有能執受心唯異熟

心先業所引非善染等一類能遍相續執受有色根身眼等轉識無如是義此言意顯眼等轉識皆無一類能遍相續執受自內有色根身非顯能執受唯異熟心勿諸佛色身無執受故然能執受有漏色身唯異熟心故作是說謂諸轉識現緣起故如聲風等彼善染等非業引故如非擇滅異熟生者非異熟故非遍依故不相續故如電光等不能執受有漏色身諸心識言亦攝心所定相應故如唯識言非諸色相不相應行可能執受有色根身無所緣故如虛空等故應別有能執受心彼心即是此第八識

又契經說壽煖識三更互依持得相續住若無此識能持壽煖令久住識不應有故謂諸轉識有間有轉如聲風等無恒持用不可立爲持壽煖識唯異熟識無間無轉猶如壽煖有恒持用故可立爲持壽煖識經說三法更互依持而壽與煖一類相續唯識不然豈符正理雖說三法更互依持而許唯煖不遍三界何不許識獨有間轉此於前理非爲過難謂若是處具有三法無間轉者可恒相持不爾便無恒相持用前以此理顯三法中所說識言非詮轉識舉煖不遍豈壞前理故前所說其理極成又三法中壽煖二種既唯有漏故知彼識如壽與煖定非無漏生無色界起無漏心爾時何識能持彼壽由此故知有異熟識一類恒遍能持壽煖彼識即是此第八識

又契經說諸有情類受生命終必住散心非無心定若無此識生死時心不應有故謂生

死時身心惛昧如睡無夢極悶絶時明了轉識必不現起又此位中六種轉識行相所緣不可知故如無心位必不現行六種轉識行相所緣有必可知如餘時故眞異熟識極微細故行相所緣俱不可了是引業果一期相續恒無轉變是散有心名生死心不違正理有說五識此位定無意識取境或因五識或因他教或定爲因生位諸因既不可得故受生位意識亦無若爾有情生無色界後時意識應永不生定心必由散意識引五識他教彼界必無引定散心無由起故若謂彼定由串習力後時率爾能現在前彼初生時寧不現起又欲色界初受生時串習意識亦應現起若由惛昧初未現前此即前因何勞別說有餘部執生死等位別有一類微細意識行相所緣俱不可了應知即是此第八識極成意識不如是故又將死時由善惡業下上身分冷觸漸起若無此識彼事不成轉識不能執受身故眼等五識各別依故或不行故第六意識不住身故境不定故遍寄身中恒相續故不應冷觸由彼漸生唯異熟心由先業力恒遍相續執受身分捨執受處冷觸便生壽煖識三不相離故冷觸起處即是非情雖變亦緣而不執受故知定有此第八識

又契經說識緣名色名色緣識如是二法展轉相依譬如蘆束俱時而轉若無此識彼識自體不應有故謂彼經中自作是釋名謂非色四蘊色謂羯邏藍等此二與識相依而住如二蘆束更互爲緣恒俱時轉不相捨離眼等轉識攝在名中此識若無說誰爲識亦不

可說名中識蘊謂五識身識謂第六羯邏藍
時無五識故又諸轉識有間轉故無力恒時
執持名色寧說恒與名色爲緣故彼識言顯
第八識

成唯識論卷第三

音釋

警（居影切戒也）誘（與久切引也）駈役（駈豈俱切駈逐也）瞢（亘切不明也）臭（尺救切腐氣也）漂溺（漂紕招切浮也溺奴歷切沒也）駛（爽士切疾也）誹謗（誹數尾切非議也謗補曠切訕也）莖（何耕切枝柱也）惛（呼昆切心不明了也）串（古患切與慣同）

成唯識論卷第四

護法等菩薩造
唐三藏法師玄奘奉詔譯

又契經說一切有情皆依食住若無此識彼識食體不應有故謂契經說食有四種一者段食變壞爲相謂欲界繫香味觸三於變壞時能爲食事由此色處非段食攝以變壞時色無用故二者觸食觸境爲相謂有漏觸纔取境時攝受喜等能爲食事此觸雖與諸識相應屬六識者食義偏勝觸麤顯境攝受喜樂及順益捨資養勝故三意思食希望爲相謂有漏思與欲俱轉希可愛境能爲食事此思雖與諸識相應屬意識者食義偏勝意識於境希望勝故四者識食執持爲相謂有漏識由段觸思勢力增長能爲食事此識雖通諸識自體而第八識食義偏勝一類相續執持勝故由是集論說此四食三蘊五處十一界攝此四能持有情身命令不壞斷故名爲食段食唯於欲界有用觸意思食雖遍三界而依識轉隨識有無眼等轉識有間有轉非遍恒時能持身命謂無心定熟眠悶絕無想天中有間斷故設有心位隨所依緣性界地等有轉易故於持身命非遍非恒諸有執無第八識者依何等食經作是言一切有情皆依食住非無心位過去未來識等爲食彼非現常如空華等無體用故設有體用非現在攝如虛空等非食性故亦不可說入定心等與無心位有情爲食住無心時彼已滅故過去非食已極成故又不可說無想定等不相應行即爲彼食段等四食所不攝故不相應

法非實有故有執滅定等猶有第六識於彼有情能爲食事彼執非理後當廣破又彼應說生上二界無漏心時以何爲食無漏識等破壞有故於彼身命不可爲食亦不可執無漏識中有有漏種能爲彼食無漏識等猶如涅槃不能執持有漏種故復不可說上界有情身命相持即互爲食四食不攝彼身命故又無色無身命無能持故衆同分等無實體故由此定知異諸轉識有異熟識一類恒遍執持身命令不壞斷世尊依此故作是言一切有情皆依食住唯依取蘊建立有情佛無有漏非有情攝說爲有情依食住者當知皆依示現而說既異熟識是勝食性彼識即是此第八識

又契經說住滅定者身語心行無不皆滅而壽不滅亦不離煖根無變壞識不離身若無此識住滅定者不離身識不應有故謂眼等識行相麤動於所緣境起必勞慮厭患彼故暫求止息漸次伏除至都盡位依此位立住滅定者故此定中彼識皆滅若不許有微細一類恒遍執持壽等識在依何而說識不離身若謂後時彼識還起如隔日瘧名不離身是則不應說心行滅識與想等起滅同故壽煖諸根應亦如識便成大過故應許識如壽煖等實不離身又此位中若全無識應如瓦礫非有情數豈得說爲住滅定者又異熟識此位若無誰能執持諸根壽煖無執持故皆應壞滅猶如死屍便無壽等既爾後識必不還生說不離身彼何所屬諸異熟識捨此身已離託餘身無重生故又若此位無持種識

後識無種如何得生過去未來不相應法非實有體已極成故諸色等法離識皆無受熏持種亦已遮故然滅定等無心位中如有心位定實有識具根壽煖有情攝故由斯理趣住滅定者決定有識實不離身若謂此位有第六識名不離身亦不應理此定亦名無心定故若無五識名無心者應一切定皆名無心諸定皆無五識身故意識攝在六轉識中如五識身滅定非有或此位識行相所緣不可知故如壽煖等非第六識若此位有行相所緣可知識者應如餘位非此位攝本爲止息行相所緣可了知識入此定故又若此位有第六識彼心所法爲有爲無若有心所經不應言住此定者心行皆滅又不應名滅受想定此定加行但猒受想故此定中唯受想滅受想二法資助心强諸心所中獨名心行說心行滅何所相違無想定中應唯想滅但猒想故然汝不許既唯受想資助心强此二滅時心亦應滅如身行滅而身猶在寧要責心令同行滅若爾語行尋伺滅時語應不滅而非所許然行於法有遍非遍遍行滅時法定隨滅非遍行滅法或猶在非遍行者謂入出息見息滅時身猶在故尋伺於語是遍行攝彼若滅時語定無故受想於心亦遍行攝許如思等大地法故受想滅時心定隨滅如何可說彼滅心在又許思等是大地法滅受想時彼亦應滅既爾信等此位亦無非遍行滅餘可在故如何可言有餘心所既許思等此位非無受想應然大地法故又此定中若有思等亦應有觸餘心所法無不皆依觸力

生故若許有觸亦應有受觸緣受故既許有受想亦應生不相離故如受緣愛非一切受皆能起愛故觸緣受非一切觸皆能生受由斯所難其理不成彼救不然有差别故謂佛自簡唯無明觸所生諸受爲緣生愛曾無有處簡觸生受故若有觸必有受生受與想俱其理決定或應如餘位受想亦不滅執此位中有思等故許便違害心行滅言亦不得成滅受想定若無心所識亦應無不見餘心離心所故餘遍行滅法隨滅故受等應非大地法故此識應非相應法故許則應無所依緣等如色等法亦非心故又契經説意法爲緣生於意識三和合觸與觸俱起有受想思若此定中有意識者三和合故必應有觸觸既定與受想思俱如何有識而無心所若謂餘時三和有力成觸生觸能起受等由此定前猒患心所故在定位三事無能不成生觸亦無受等若爾應名滅心所定如何但説滅受想耶若謂猒時唯猒受想此二滅故心所皆滅依前所猒以立定名既爾此中心亦應滅所猒俱故如餘心所不爾如何名無心定又此定位意識是何不應是染或無記性諸善定中無此事故餘染無記心必有心所故不應猒善起染等故非求寂靜翻起散故若謂是善相應善故應無貪等善根相應此心不應是自性善或勝義善違自宗故非善根等及涅槃故若謂此心是等起善加行善根所引發故理亦不然違自宗故如餘善心非等起故善心無間起三性心如何善心由前等起故心是善由相應力既爾必與善根相應

寧說此心獨無心所故無心所心亦應無如是推徵眼等轉識於滅定位非不離身故契經言不離身者彼識卽是此第八識入滅定時不爲止息此極寂靜執持識故無想等位類此應知

又契經說心雜染故有情雜染心清淨故有情清淨若無此識彼染淨心不應有故謂染淨法以心爲本因心而生依心住故心受彼熏持彼種故然雜染法略有三種煩惱業果種類別故若無此識持煩惱種界地往還無染心後諸煩惱起皆應無因餘法不能持彼種故過去未來非實有故若諸煩惱無因而生則無三乘學無學果諸已斷者皆應起故若無此識持業果種界地往還異類法後諸業果起亦應無因餘種餘因前已遮故若諸業果無因而生入無餘依涅槃界已三界業果還復應生煩惱亦應無因生故又行緣識應不得成轉識受熏前已遮故結生染識非行感故應說名色行爲緣故時分懸隔無緣義故此不成故後亦不成諸清淨法亦有三種世出世道斷果別故若無此識持世出世清淨道種異類心後起彼淨法皆應無因所執餘因前已破故若二淨道無因而生入無餘依涅槃界已彼二淨道還復應生所依亦應無因生故又出世道初不應生無法持彼法爾種故有漏類別非彼因故無因而生非識種故初不生故後亦不生是則應無三乘道果若無此識持煩惱種轉依斷果亦不得成謂道起時現行煩惱及彼種子俱非有故染淨二心不俱起故道相應心不持彼種自

性相違如涅槃故去來得等非實有故餘法持種理不成故既無所斷能斷亦無依誰由誰而立斷果若由道力後惑不生立斷果者則初道起應成無學後諸煩惱皆已無因永不生故許有此識一切皆成唯此能持染淨種故證此識有理趣無邊恐猒繁文略述綱要別有此識教理顯然諸有智人應深信受如是已說初能變相第二能變其相云何頌曰

次第二能變　是識名末那　依彼轉緣彼
思量爲性相　四煩惱常俱　謂我癡我見
并我慢我愛　及餘觸等俱　有覆無記攝
隨所生所繫　阿羅漢滅定　出世道無有

論曰次初異熟能變識後應辯思量能變識相是識聖教別名末那恒審思量勝餘識故此名何異第六意識此持業釋如藏識名識即意故彼依主釋如眼識等識異意故然諸聖教恐此濫彼故於第七但立意名又標意名爲簡心識積集了別劣餘識故或欲顯此與彼意識爲近所依故但名意依彼轉者顯此所依彼謂即前初能變識聖說此識依藏識故有義此意以彼識種而爲所依非彼現識此無間斷不假現識爲俱有依方得生故有義此意以彼識種及彼現識俱爲所依雖無間斷而有轉易名轉識故必假現識爲俱有依方得生故轉謂流轉顯示此識恒依彼識取所緣故諸心心所皆有所依然彼所依總有三種一因緣依謂自種子諸有爲法皆託此依離自因緣必不生故二增上緣依謂內六處諸心心所皆託此依離俱有根必不

轉故三等無間緣依謂前滅意諸心心所皆託此依離開導根必不起故唯心心所具三所依名有所依非所餘法初種子依有作是說要種滅已現果方生無種已生集論說故種與芽等不俱有故有義彼說為證不成彼依引生後種說故種生芽等非勝義故種滅芽生非極成故焰炷同時互為因故然種自類因果不俱種現相生決定俱有故瑜伽說無常法與他性為因亦與後念自性為因是因緣義自性言顯種子自類前為後因他性言顯種與現行互為因義攝大乘論亦作是說藏識染法互為因緣猶如束蘆俱時而有又說種子與果必俱故種子依定非前後設有處說種果前後應知皆是隨轉理門如是八識及諸心所定各別有種子所依次俱有依有作是說眼等五識意識為依此現起時必有彼故無別眼等為俱有依眼等五根即種子故二十唯識伽他中言

識從自種生　似境相而轉　為成內外處
佛說彼為十

彼頌意說世尊為成十二處故說五識種為眼等根五識相分為色等境故眼等根即五識種觀所緣論亦作是說

識上色功能　名五根應理　功能與境色
無始互為因

彼頌意言異熟識上能生眼等色識種子名色功能說為五根無別眼等種與色識常互為因能熏與種遞為因故第七八識無別此依恒相續轉自力勝故第六意識別有此依要託末那而得起故有義彼說理教相違若

五色根即五識種十八界種應成雜亂然十八界各別有種諸聖教中處處說故又五識種各有能生相見分異為執何等名眼等根若見分種應識蘊攝若相分種應外處攝便違聖教眼等五根皆是色蘊內處所攝又若五根即五識種五根應是五識因緣不應說為增上緣攝又鼻舌根即二識種則應鼻舌唯欲界繫或應二識通色界繫許便俱與聖教相違眼耳身根即三識種二地五地為難亦然

又五識種既通善惡應五色根非唯無記又五識種無執受攝五根亦應非有執受又五色根若五識種應意識種即是末那彼以五根為同法故又瑜伽論說眼等識皆具三依若五色根即五識種依但應二又諸聖教說眼等根皆通現種執唯是種便與一切聖教相違有避如前所說過難朋附彼執復轉救言異熟識中能感五識增上業種名五色根非作因緣生五識種妙符二頌善順瑜伽彼有虛言都無實義應五色根非無記故又彼應非唯有執受唯色蘊攝唯內處故鼻舌唯應欲界繫故三根不應五地繫故感意識業應末那故眼等不應通現種故又應眼等非色根故

又若五識皆業所感則應一向無記性攝善等五識既非業感應無眼等為俱有依故彼所言非為善救又諸聖教處處皆說阿賴耶識變似色根及根依處器世間等如何汝等撥無色根許眼等識變似色等不許眼等藏識所變如斯迷謬深違教理然伽他說種子

功能名五根者爲破離識實有色根於識所變似眼根等以有發生五識用故假名種子及色功能非謂色根即識業種又緣五境明了意識應以五識爲俱有依以彼必與五識俱故若彼不依眼等識者彼應不與五識爲依彼此相依勢力等故又第七識雖無間斷而見道等既有轉易應如六識有俱有依不爾彼應非轉識攝便違聖教轉識有七故應許彼有俱有依此即現行第八識攝如瑜伽說有藏識故得有末那末那爲依意識得轉彼論意言現行藏識爲依止故得有末那非由彼種不爾應說有藏識故意識得轉由此彼說理教相違是故應言前五轉識一一定有二俱有依謂五色根同時意識第六轉識決定恒有一俱有依謂第七識若與五識俱時起者亦以五識爲俱有依第七轉識決定唯有一俱有依謂第八識唯第八識恒無轉變自能立故無俱有依有義此說猶未盡理第八類餘既同識性如何不許有俱有依第七八識既恒俱轉更互爲依斯有何失許現起識以種爲依識種亦應許依現識能熏異熟爲生長住依識種離彼不生長住故

又異熟識有色界中能執持身依色根轉如契經說阿賴耶識業風所飄遍依諸根恒相續轉瑜伽亦說眼等六識各別依故不能執受有色根身若異熟識不遍依止有色諸根應如六識非能執受或所立因有不定失是故藏識若現起者定有一依謂第七識在有色界亦依色根若識種子定有一依謂異熟識初熏習位亦依能熏餘如前說有義前說

皆不應理未了所依與依別故依謂一切有生滅法仗因託緣而得生住諸所仗託皆說爲依如王與臣互相依等若法決定有境爲主令心心所取自所緣乃是所依即内六處餘非有境定爲主故此但如王非如臣等故諸聖教唯心心所名有所依非色等法無所緣故但說心所心爲所依不說心所爲心所依彼非主故然有處說依爲所依或所依爲依皆隨宜假說由此五識俱有所依定有四種謂五色根六七八識隨闕一種必不轉故同境分別染淨根本所依別故聖教唯說依五根者以不共故又必同境近相順故第六意識俱有所依唯有二種謂七八識隨闕一種必不轉故雖五識俱取境明了而不定有故非所依聖教唯說依第七者染淨依故同轉識攝近相順故第七意識俱有所依但有一種謂第八識藏識若無定不轉故如伽他說

阿賴耶爲依　故有末那轉　依止心及意

餘轉識得生

阿賴耶識俱有所依亦但一種謂第七識彼識若無定不轉故論說藏識恒與末那俱時轉故又說藏識恒依染汙此即末那而說三位無末那者依有覆說如言四位無阿賴耶非無第八此亦應爾雖有色界亦依五根而不定有非所依攝識種不能現取自境可有依義而無所依心所所依隨識應說復各加自相應之心若作是說妙符理教後開導依有義五識自他前後不相續故必第六識所引生故唯第六識爲開導依第六意識自相

續故亦由五識所引生故以前六識爲開導依第七八識自相續故不假他識所引生故但以自類爲開導依有義前説未有究理且前五識未自在位遇非勝境可如所説若自在位如諸佛等於境自在諸根互用任運決定不假尋求彼五識身寧不相續等流五識既爲決定染淨作意勢力引生專注所緣未能捨頃如何不許多念相續故瑜伽説決定心後方有染淨此後乃有等流眼識善不善轉而彼不由自分別力乃至此意不趣餘境經爾所時眼意二識或善或染相續而轉如眼識生乃至身識應知亦爾彼意定顯經爾所時眼意二識俱相續轉既眼識時非無意識故非二識互相續生若增盛境相續現前逼奪身心不能暫捨時五識身理必相續如

熱地獄戲忘天等故瑜伽言若此六識爲彼六識等無間緣即施設此名爲意根若五識前後定唯有意識彼論應言若此一識爲彼六識等無間緣或彼應言若此六識爲彼一識等無間緣既不如是故知五識有相續義五識起時必有意識能引後念意識令起何假五識爲開導依無心睡眠悶絶等位意識斷已後復起時藏識末那既恒相續亦應與彼爲開導依若彼用前自類開導五識自類何不許然此既不然彼云何爾平等性智相應末那初起必由第六意識亦應用彼爲開導依圓鏡智俱第八淨識初必六七方便引生又異熟心依染汙意或依悲願相應善心既爾必應許第八識亦以六七爲開導依由此彼言都未究理應説五識前六識内隨用

何識爲開導依第六意識用前自類或第七八爲開導依第七末那用前自類或第六識爲開導依阿陀那識用前自類及第六七爲開導依皆不違理由前說故有義此說亦不應理開導依者謂有緣法爲主能作等無間緣此於後生心心所法開避引導名開導依此但屬心非心所等若此與彼無俱起義說此於彼有開導力一身八識旣容俱起如何異類爲開導依若許爲依應不俱起便同異部心不並生

又一身中諸識俱起多少不定若容互作等無間緣色等應爾便違聖說等無間緣唯心心所然攝大乘說色亦容有等無間緣者是縱奪言謂假縱小乘色心前後有等無間緣奪因緣故不爾等言應成無用若謂等言非遮多少但表同類便違汝執異類識作等無間緣是故八識各唯自類爲開導依深契教理自類必無俱起義故心所此依應隨識說雖心心所異類並生而互相應和合似一定俱生滅事業必同一開導時餘亦開導故展轉作等無間緣諸識不然不應爲例然諸心所非開導依於所引生無主義故若心心所等無間緣各唯自類第七八識初轉依時相應信等此緣便闕則違聖說諸心心所皆四緣生無心睡眠悶絶等位意識雖斷而後起時彼開導依即前自類間斷五識應知亦然無異類心於中爲隔名無間故彼先滅時已於今識爲開導故何煩異類爲開導依然聖教中說前六識互相引起或第七八依六七生皆依殊勝增上緣說非等無間故不相違

瑜伽論説若此識無間諸識決定生説此爲彼等無間緣又此六識爲彼六識等無間緣即施設此名意根者言總意別亦不相違故自類依深契教理傍論已了應辯正論此能變識雖具三所依而依彼轉言但顯前二爲顯此識依緣同故又前二依有勝用故或開導依易了知故

如是已説此識所依所緣云何謂即緣彼彼謂即前此所依識聖説此識緣藏識故有義此意緣彼識體及相應法論説末那我我所執恒相應故謂緣彼體及相應法如次執爲我及我所然諸心所不離識故如唯識言無違教失有義彼説理不應然曾無處言緣觸等故應言此意但緣彼識見及相分如次執爲我及我所相見俱以識爲體故不違聖説

有義此説亦不應理五色根境非識蘊故應同五識亦緣外故應如意識緣共境故應生無色者不執我所故猒色生彼不變色故應説此意但緣藏識及彼種子如次執爲我及我所以種即是彼識功能非實有物不違聖教有義前説皆不應理色等種子非識蘊故論説種子是實有故假應如無非因緣故又此識俱薩迦耶見任運一類恒相續生何容別執有我我所無一心中有斷常等二境別執俱轉義故亦不應説二執前後此無始來一味轉故應知此意但緣藏識見分非餘彼無始來一類相續似常一故恒與諸法爲所依故此唯執彼爲自内我乘語勢故説我所言或此執彼是我之我故於一見義説二言若作是説善順教理多處唯言有我見故我

我所執不俱起故未轉依位唯緣藏識既轉依巳亦緣眞如及餘諸法平等性智證得十種平等性故知諸有情勝解差別示現種種佛影像故此中且說未轉依時故但說此緣彼藏識悟迷通局理應爾故無我我境遍不遍故如何此識緣自所依如有後識即緣前意彼既極成此亦何咎頌言思量爲性相者雙顯此識自性行相意以思量爲自性故即復用彼爲行相故由斯兼釋所立別名能審思量名末那故未轉依位恒審思量所執我相巳轉依位亦審思量無我相故

此意相應有幾心所且與四種煩惱常俱此中俱言顯相應義謂從無始至未轉依此意任運恒緣藏識與四根本煩惱相應其四者何謂我癡我見并我慢我愛是名四種我癡者謂無明愚於我相迷無我理故名我癡我見者謂我執於非我法妄計爲我故名我見我慢者謂踞傲恃所執我令心高舉故名我慢我愛者謂我貪於所執我深生躭著故名我愛并表慢愛有見慢俱遮餘部執無相應義此四常起擾濁內心令外轉識恒成雜染有情由此生死輪迴不能出離故名煩惱彼有十種此何唯四有我見故餘見不生無一心中有二慧故如何此識要有我見二取邪見但分別生唯見所斷此俱煩惱唯是俱生修所斷故我所邊見依我見生此相應見不依彼起恒內執有我故要有我見由見審決疑無容起愛著我故瞋不得生故此識俱煩惱唯四見慢愛三如何俱起行相無違俱起何失

瑜伽論說貪令心下慢令心舉寧不相違分別俱生外境內境所陵所恃麤細有殊故彼此文義無乖返此意心所唯有四耶不爾及餘觸等俱故有義此意心所唯九前四及餘觸等五法即觸作意受想與思意與遍行定相應故前說觸等異熟識俱恐謂同前亦是無覆顯此異彼故置餘言及是集義前四後五合與末那恒相應故此意何故無餘心所謂欲希望未遂合事此識任運緣遂合境無所希望故無有欲勝解印持曾未定境此識無始恒緣定事經所印持故無勝解念唯記憶曾所習事此識恒緣現所受境無所記憶故無有念定唯繫心專注一境此識任運剎那別緣既不專一故無有定慧即我見故不別說善是淨故非此識俱隨煩惱生必依煩惱前後分位差別建立此識恒與四煩惱俱前後一類分位無別故此識俱無隨煩惱惡作追悔先所造業此識任運恒緣現境非悔先業故無惡作睡眠必依身心重昧外衆緣力有時暫起此識無始一類內執不假外緣故彼非有尋伺俱依外門而轉淺深推度麤細發言此識唯依內門而轉一類執我故非彼俱有義彼釋餘義非理頌別說此有覆攝故又闕意俱隨煩惱故煩惱必與隨煩惱俱故此餘言顯隨煩惱此中有義五隨煩惱遍與一切染心相應如集論說惛沉掉舉不信懈怠放逸於一切染汙品中恒共相應若離無堪任性等染汙性成無是處故煩惱起時心既染汙故染心位必有彼五煩惱若起必由無堪任囂動不信懈怠放逸故掉舉雖遍

一切涤心而貪位增但說貪分如眠與悔雖遍三性心而癡位增但說爲癡分雖餘處說有隨煩惱或六或十遍諸涤心而彼俱依別義說遍非彼實遍一切涤心謂依二十隨煩惱中解通麤細無記不善通障定慧相顯說六依二十二隨煩惱中解通麤細二性說十故此彼說非互相違然此意俱心所十五謂前九法五隨煩惱并別境慧我見雖是別境慧攝而五十一心所法中義有差別故開爲二何緣此意無餘心所謂忿等十行相麤動此識審細故非彼俱無慚無愧唯是不善此無記故非彼相應散亂令心馳流外境此恒內執一類境生不外馳流故彼非有不正知者謂起外門身語意行違越軌則此唯內執故非彼俱無餘心所義如前說有義應說六隨煩惱遍與一切涤心相應瑜伽論說不信懈怠放逸忘念散亂惡慧一切涤心皆相應故忘念散亂惡慧若無心必不能起諸煩惱要緣曾受境界種類發起忘念及邪簡擇方起貪等諸煩惱故煩惱起時心必流蕩皆由於境起散亂故惛沉掉舉行相互違非諸涤心皆能遍起論說五法遍涤心者解通麤細違唯善法純隨煩惱通二性故說十遍言義如前說然此意俱心所十九謂前九法六隨煩惱并念定慧及加惛沉此別說念准前慧釋并有定者專注一類所執我境曾不捨故加惛沉者謂此識俱無明尤重心惛沉故無掉舉者此相違故無餘心所如上應知有義復說十隨煩惱遍與一切涤心相應瑜伽論說放逸掉舉惛沉不信懈怠邪欲邪

勝解邪念散亂不正知此十一切染汙心起通一切處三界繫故若無邪欲邪勝解時心必不能起諸煩惱於所受境要樂合離印持事相方起貪等諸煩惱故諸疑理者於色等事必無猶豫故疑相應亦有勝解於所緣事亦猶豫者非煩惱疑如疑人杌餘處不說此二遍者緣非愛事疑相應心邪欲勝解非麤煩故餘互有無義如前說此意心所有二十四謂前九法十隨煩惱加別境五准前理釋無餘心所如上應知有義前說皆未盡理且疑他世爲有爲無於彼有何欲勝解相煩惱起位若無惛沉應不定有無堪任性掉舉若無應無囂動便如善等非染汙位若染心中無散亂者應非流蕩非染汙心若無失念不正知者如何能起煩惱現前故染汙心決定皆與八隨煩惱相應而生謂惛沉掉舉不信懈怠放逸忘念散亂不正知忘念不正知念慧爲性者不遍染心非諸染心皆緣曾受有簡擇故若以無明爲自性者遍染心起由前說故然此意俱心所十八謂前九法八隨煩惱并別境慧無餘心所及論三文准前應釋若作是說不違理教

成唯識論卷第四

音釋

瘧 魚約切瘧病也 礫 郎擊切小石也 繁 符袁切多也 濫 盧瞰切汎濫也

焰烓 焰以贍切火光也 烓之戌切燈烓也 囂 許嬌切喧也 杌 五骨切木無枝也

成唯識論卷第五

護法等菩薩造

唐三藏法師玄奘奉詔譯

此染汙意何受相應有義此俱唯有喜受恒內執我生喜愛故有義不然應許喜受乃至有頂違聖言故應說此意四受相應謂生惡趣憂受相應緣不善業所引果故生人欲天初二靜慮喜受相應緣有喜地善業果故第三靜慮樂受相應緣有樂地善業果故第四靜慮乃至有頂捨受相應緣唯捨地善業果故有義彼說亦不應理此無始來任運一類緣內執我恒無轉易與變異受不相應故又此末那與前藏識義有異者皆別說之若四受俱亦應別說既不別說定與彼同故此相應唯有捨受未轉依位與前所說心所相應已轉依位唯二十一心所俱起謂遍行別境各五善十一如第八識已轉依位唯捨受俱任運轉故恒於所緣平等轉故末那心所何性所攝有覆無記所攝非餘此意相應四煩惱等是染法故障礙聖道隱蔽自心說名有覆非善不善故名無記如上二界諸煩惱等定力攝藏是無記攝此俱染法所依細故任運轉故亦無記攝若已轉依唯是善性末那心所何地繫耶隨彼所生彼地所繫謂生欲界現行末那相應心所即欲界繫乃至有頂應知亦然任運恒緣自地藏識執爲內我非他地故若起彼地異熟藏識現在前者名生彼地染汙末那緣彼執我即繫屬彼名彼所繫或爲彼地諸煩惱等之所繫縛名彼所繫若已轉依即非所繫

此染汙意無始相續何位永斷或暫斷耶阿羅漢滅定出世道無有阿羅漢者總顯三乘無學果位此位染意種及現行俱永斷滅故說無有學位滅定出世道中俱暫伏滅故說無有謂染汙意無始時來微細一類任運而轉諸有漏道不能伏滅三乘聖道有伏滅義眞無我解違我執故後得無漏現在前時是彼等流亦違此意眞無我解及後所得俱無漏故名出世道滅定既是聖道等流極寂靜故此亦非有由未永斷此種子故從滅盡定聖道起已此復現行乃至未滅然此染意相應煩惱是俱生故非見所斷是染汙故非非所斷極微細故所有種子與有頂地下下煩惱一時頓斷勢力等故金剛喻定現在前時頓斷此種成阿羅漢故無學位永不復起二乘無學迴趣大乘從初發心至未成佛雖實是菩薩亦名阿羅漢應義等故不別說之此中有義末那唯有煩惱障俱聖教皆言三位無故又說四惑恒相應故又說爲識雜染依故有義彼說教理相違出世末那經說有故無染意識如有染時定有俱生不共依故論說藏識決定恒與一識俱轉所謂末那意識起時則二俱轉所謂意識及與末那若五識中隨起一識則三俱轉乃至或時頓起五識則七俱轉若住滅定無第七識爾時藏識應無識俱便非恒定一識俱轉住聖道時若無第七爾時藏識應一識俱如何可言若起意識爾時藏識定二俱轉顯揚論說末那恒與四煩惱相應或翻彼相應恃舉爲行成平等行故知此意通染不染若由論說阿羅漢位

無染意故便無第七應由論說阿羅漢位捨藏識故便無第八彼既不爾此云何然又諸論言轉第七識得平等智彼如餘智定有所依相應淨識此識無者彼智應無非離所依有能依故不可說彼依六轉識許佛恒行如鏡智故又無學位若無第七識彼第八識應無俱有依然必有此依如餘識性故又如未證補特伽羅無我者彼我執恒行亦應未證法無我者法我執恒行此識若無彼依何識非依第八彼無慧故由此應信二乘聖道滅定無學此識恒行彼未證得法無我故又諸論中以五同云證有第七爲第六依聖道起時及無學位若無第七爲第六依所立宗因便俱有失或應五識亦有無依五恒有依六亦應爾是故定有無染汙意於上三位恒起現前言彼無有者依染意說如說四位無阿賴耶非無第八此亦應爾

此意差別略有三種一補特伽羅我見相應二法我見相應三平等性智相應初通一切異生相續二乘有學七地以前一類菩薩有漏心位彼緣阿賴耶識起補特伽羅我見次通一切異生聲聞獨覺相續一切菩薩法空智果不現前位彼緣異熟識起法我見後通一切如來相續菩薩見道及修道中法空智果現在前位彼緣無垢異熟識等起平等性智補特伽羅我見起位彼法我見亦必現前我執必依法執而起如夜迷杌等方謂人等故我法二見用雖有別而不相違同依一慧如眼識等體雖是一而有了別青等多用不相違故此亦應然二乘有學聖道滅定現在

前時頓悟菩薩於修道位有學漸悟生空智果現在前時皆唯起法執我執已伏故二乘無學及此漸悟法空智果不現前時亦唯起法執我執已斷故八地以上一切菩薩所有我執皆永不行或已永斷或永伏故法空智果不現前時猶起法執不相違故如有經說八地以上一切煩惱不復現行唯有所依所知障在此所知障是現非種不爾煩惱亦應在故法執俱意於二乘等雖名不染於諸菩薩亦名爲染障彼智故由此亦名有覆無記於二乘等說名無覆不障彼智故是異熟生攝從異熟識恒時生故名異熟生非異熟果此名通故如增上緣餘不攝者皆入此攝

云何應知此第七識離眼等識有別自體聖教正理爲定量故謂薄伽梵處處經中說心意識三種別義集起名心思量名意了別名識是三別義如是三義雖通八識而隨勝顯第八名心集諸法種起諸法故第七名意緣藏識等恒審思量爲我等故餘六名識於六別境麤動間斷了別轉故如入楞伽伽他中說

藏識說名心　思量性名意　能了諸境相
是說名爲識

又大乘經處處別說有第七識故此別有諸大乘經是至教量前已廣說故不重成解脫經中亦別說有此第七識如彼頌言

染汙意恒時　諸惑俱生滅　若解脫諸惑
非曾非當有

彼經自釋此頌義言有染汙意從無始來與四煩惱恒俱生滅謂我見我愛及我慢我癡

對治道生斷煩惱已此意從彼便得解脫爾時此意相應煩惱非唯現無亦無現在過去未來無自性故如是等教諸部皆有恐厭廣文故不繁述

已引聖教當顯正理謂契經說不共無明微細恒行覆蔽眞實若無此識彼應非有謂諸異生於一切分恒起迷理不共無明覆眞實義障聖慧眼如伽他說

眞義心當生　常能爲障礙　俱行一切分
謂不共無明

是故契經說異生類恒處長夜無明所盲惛醉纏心曾無醒覺若異生位有暫不起此無明時便違經義俱異生位迷理無明有行不行不應理故此依六識皆不得成應此間斷彼恒染故許有末那便無此失染意恒與四惑相應此俱無明何名不共有義此俱我見慢愛非根本煩惱名不共何失有義彼說理教相違純隨煩惱中不說此三故此三中十煩惱攝故處處皆說染汙末那與四煩惱恒相應故應說四中無明是主雖三俱起亦名不共從無始際恒內惛迷曾不省察癡增上故此俱見等應名相應若爲主時應名不共如無明故許亦無失有義此癡名不共者如不共佛法唯此識有故若爾餘識相應煩惱此識中無應名不共依殊勝義立不共名非互所無皆名不共謂第七識相應無明無始恒行障眞義智如是勝用餘識所無唯此識有故名不共既爾此俱三亦應名不共無明是主獨得此名或許餘三亦名不共對餘癡故且說無明不共無明總有二種一恒行不

共餘識所無二獨行不共此識非有故瑜伽説無明有二若貪等俱者名相應無明非貪等俱者名獨行無明是主獨行唯見所斷如契經説諸聖有學不共無明已永斷故不造新業非主獨行亦修所斷忿等皆通見所斷故恒行不共餘部所無獨行不共此彼俱有

又契經説眼色爲緣生於眼識廣説乃至意法爲緣生於意識若無此識彼意非有謂如五識必有眼等增上不共俱有所依意識既是六識中攝理應許有如是所依此識若無彼依寧有不可説色爲彼所依意非色故意識應無隨念計度二分别故亦不可説五識無有俱有所依彼與五根俱時而轉如互影故又識與根既必同境如心心所決定俱時由此理趣極成意識如眼等識必有不共顯自名處等無間不攝增上生所依極成六識隨一攝故

又契經説思量名意若無此識彼應非有謂若意識現在前時等無間意已滅非有過去未來理非有故彼思量用定不得成既爾如何説名爲意若謂假説理亦不然無正思量假依何立若謂現在曾有思量爾時名識寧説爲意故知别有第七末那恒審思量正名爲意已滅依此假立意名又契經説無想滅定染意若無彼應無别謂彼二定俱滅六識及彼心所體數無異若無染意於二定中一有一無彼二何别若謂加行界地依等有差别者理亦不然彼差别因由此有故此若無者彼因亦無是故定應别有此意又契經説無想有情一期生中心心所滅若無此識彼

應無染謂彼長時無六轉識若無此意我執便無非於餘處有具縛者一期生中都無我執彼無我執應如涅槃便非聖賢同所訶猒初後有故無如是失中間長時無故有過去來有故無如是失彼非現常無故有過所得無故能得亦無不相應法前已遮破藏識無故熏習亦無餘法受熏已辯非理故應別有染汙末那於無想天恒起我執由斯賢聖同訶猒彼

又契經說異生善染無記心時恒帶我執若無此識彼不應有謂異生類三性心時雖外起諸業而內恒執我由執我故令六識中所起施等不能亡相故瑜伽說染汙末那為識依止彼未滅時相了別縛不得解脫末那滅已相縛解脫言相縛者謂於境相不能了達如幻事等由斯見分相分所拘不得自在故名相縛依如是義有伽他言

如是染汙意　是識之所依　此意未滅時
識縛終不脫

又善無覆無記心時若無我執應非有漏自相續中六識煩惱與彼善等不俱起故去來緣縛理非有故非由他惑成有漏故勿由他解成無漏故又不可說別有隨眠是不相應現相續起由斯善等成有漏法彼非實有已極成故亦不可說從有漏種生彼善等故成有漏彼種先無因可成有漏故非由漏種彼成有漏勿學無漏心亦成有漏故雖由煩惱引施等業而不俱起故非有漏正因以有漏言表漏俱故又無記業非煩惱引彼復如何得成有漏然諸有漏由與自身現行煩惱俱

生俱滅互相增益方成有漏由此熏成有漏法種後時現起有漏義成異生既然有學亦爾無學有漏雖非漏俱而從先時有漏種起故成有漏於理無違由有末那恒起我執令善等法有漏義成此意若無彼定非有故知別有此第七識證有此識理趣甚多隨攝大乘略述六種諸有智者應隨信學然有經中說六識者應知彼是隨轉理門或隨所依六根說六而識類別實有八種如是已說第二能變第三能變其相云何頌曰

次第三能變　差別有六種　了境為性相
善不善俱非

論曰次中思量能變識後應辯了境能變識相此識差別總有六種隨六根境種類異故謂名眼識乃至意識隨根立名具五義故五謂依發屬助如根雖六識身皆依意轉然隨不共立意識名如五識身無相濫過或唯依意故名意識辯識得名心意非例或名色識乃至法識隨境立名順識義故謂於六境了別名識色等五識唯了色等法識通能了一切法或能了別法獨得法識名故六識名無相濫失此後隨境立六識名依五色根未自在說若得自在諸根互用一根發識緣一切境但可隨根無相濫失莊嚴論說如來五根一一皆於五境轉者且依麤顯同類境說佛地經說成所作智決擇有情心行差別起三業化作四記等若不遍緣無此能故然六轉識所依所緣麤顯極成故此不說前隨義便已說所依此所緣境義便當說次言了境為性相者雙顯六識自性行相識以了境為自

性故即復用彼爲行相故由斯兼釋所立別名能了別境名爲識故如契經說眼識云何謂依眼根了別諸色廣說乃至意識云何謂依意根了別諸法彼經且說不共所依未轉依立見分所了餘所依了如前已說此六轉識何性攝耶謂善不善俱非性攝俱非者謂無記非善不善故名俱非能爲此世他世順益故名爲善人天樂果雖於此世能爲順益非於他世故不名善能爲此世他世違損故名不善惡趣苦果雖於此世能爲違損非於他世故非不善於善不善益損義中不可記別故名無記此六轉識若與信等十一相應是善性攝與無慚等十法相應不善性攝俱不相應無記性攝有義六識三性不俱同外門轉互相違故五識必由意識導引俱生同境成善染故若許五識三性俱行意識爾時應通三性便違正理故定不俱瑜伽等說藏識一時與轉識相應三性俱起者彼依多念如說一心非一生滅無相違過有義六識三性容俱率爾等流眼等五識或多或少容俱起故五識與意雖定俱生而善性等不必同故前所設難於此唐捐故瑜伽說若遇聲緣從定起者與定相應意識俱轉餘耳識生非唯彼定相應意識能取此聲若不爾者於此音聲不領受故不應出定非取聲時即便出定領受聲已若有希望後時方出在定耳識率爾聞聲理應非善未轉依者率爾墮心定無記故由此誠證五俱意識非定與五善等性同諸處但言五俱意識亦緣五境不說同性雜集論說等引位中五識無者依多分說

若五識中三性俱轉意隨偏注與彼性同無偏注者便無記性故六轉識三性容俱得自在位唯善性攝佛色心等道諦攝故已永滅除戲論種故六識與幾心所相應頌曰

此心所遍行　別境善煩惱　隨煩惱不定

三受共相應

論曰此六轉識總與六位心所相應謂遍行等恒依心起與心相應繫屬於心故名心所如屬我物立我所名心於所緣唯取總相心所於彼亦取別相助成心事得心所名如畫師資作模填彩故瑜伽說識能了別事之總相作意了此所未了相即諸心所取所別相觸能了此可意等相受能了此攝受等相想能了此言說因相思能了此正因等相故作意等名心所法此表心所亦緣總相餘處復說欲亦能了可樂事相勝解亦了決定事相念亦能了串習事相定慧亦了得失等相由此於境起善染等諸心所法皆於所緣兼取別相

雖諸心所名義無異而有六位種類差別謂遍行有五別境亦五善有十一煩惱有六隨煩惱有二十不定有四如是六位合五十一一切心中定可得故緣別別境而得生故唯善心中可得生故性是根本煩惱攝故唯是煩惱等流性故於善染等皆不定故然瑜伽論合六爲五煩惱隨煩惱俱是染故復以四一切辯五差別謂一切性及地時俱五中遍行具四一切別境唯有初二一切善唯有一謂一切地染四皆無不定唯一謂一切性由此五位種類差別此六轉識易脫不定故皆

容與三受相應皆領順違非二相故領順境相適悅身心說名樂受領違境相逼迫身心說名苦受領中容境相於身於心非逼非悅名不苦樂受如是三受或各分二五識相應說名身受別依身故意識相應說名心受唯依心故又三皆通有漏無漏苦受亦由無漏起故或各分三謂見所斷修所斷非所斷又學無學非二爲三或總分四謂善不善有覆無覆二無記受有義三受容各分四五識俱起任運貪癡純苦趣中任運煩惱不發業者是無記故彼皆容與苦根相應瑜伽論說若任運生一切煩惱皆於三受現行可得若通一切識身者遍與一切根相應不通一切識身者意地一切根相應雜集論說若欲界繫任運煩惱發惡行者亦是不善所餘皆是

有覆無記故知三受各容有四或總分五謂苦樂憂喜捨三中苦樂各分二者逼悅身心相各異故由無分別有分別故尤重輕微有差別故不苦不樂不分二者非逼非悅相無異故無分別故平等轉故諸適悅受五識相應恒名爲樂意識相應若在欲界初二靜慮近分名喜但悅心故若在初二靜慮根本名樂名喜悅身心故若在第三靜慮近分根本名樂安靜尤重無分別故諸逼迫受五識相應恒名爲苦意識俱者有義唯憂逼迫心故諸聖教說意地慼受名憂根故瑜伽論說生地獄中諸有情類異熟無間有異熟生苦憂相續又說地獄尋伺憂俱一分鬼趣傍生亦爾故知意地尤重慼受尚名爲憂況餘輕者有義通二人天中者恒名爲憂非尤重故傍

生鬼界名憂名苦雜受純受有輕重故捺落迦中唯名爲苦純受尤重無分別故瑜伽論說若任運生一切煩惱皆於三受現行可得廣說如前又說俱生薩迦耶見唯無記性彼邊執見應知亦爾此俱苦受非憂根攝論說憂根非無記故又瑜伽說地獄諸根餘三現行定不成就純苦鬼界傍生亦爾餘三定是樂喜憂根以彼必成現行捨故豈不容捨彼定不成寧知彼文唯說容受應不說彼定成意根彼六容識有時無故不應彼論唯說容受通說意根無異因故又若彼論依容受說如何說彼定成八根若謂五識不相續故定說憂根爲第八者死生悶絕寧有憂根有執苦根爲第八者亦同此破設執一形爲第八者理亦不然形不定故彼惡業招容無形故彼由惡業令五根門恒受苦故定成眼等必有一形於彼何用非於無間大地獄中可有希求婬欲事故由斯第八定是捨根第七八識捨相應故如極樂地意悅名樂無有喜根故極苦處意迫名苦無有憂根故餘三言定憂喜樂餘處說彼有等流樂應知彼依隨轉理說或彼通說餘雜受處無異熟樂名純苦故然諸聖教意地感受名憂根者依多分說或隨轉門無相違過瑜伽論說生地獄中諸有情類異熟無間有異熟生苦憂相續又說地獄尋伺憂俱一分鬼趣傍生亦爾者亦依隨轉門

又彼苦根意識俱者是餘憂類假說爲憂或彼苦根損身心故雖苦根攝而亦名憂如近分喜益身心故雖是喜根而亦名樂顯揚論

等具顯此義然未至地定無樂根說彼唯有十一根故由此應知意地感受純受苦處亦苦根攝此等聖教差別多門恐文增廣故不繁述有義六識三受不俱皆外門轉互相違故五俱意識同五所縁五三受俱意亦應爾便違正理故必不俱瑜伽等說藏識一時與轉識相應三受俱起者彼依多念如說一心非一生滅無相違過有義六識三受容俱順違中境容俱受故意不定與五受同故於偏注境起一受故無偏注者便起捨故由斯六識三受容俱得自在位唯樂喜捨諸佛已斷憂苦事故前所略標六位心所今應廣顯彼差別相且初二位其相云何頌曰

初遍行觸等　次別境謂欲　勝解念定慧

所縁事不同

論曰六位中初遍行心所即觸等五如前廣說此遍行相云何應知由教及理爲定量故此中教者如契經言眼色爲縁生於眼識三和合觸與觸俱生有受想思乃至廣說由斯觸等四是遍行

又契經說若根不壞境界現前作意正起方能生識餘經復言若復於此作意即於此了別若於此了別即於此作意是故此二恒共和合乃至廣說由此作意亦是遍行此等聖教誠證非一理謂識起必有三和彼定生觸必由觸有若無觸者心心所法應不和合觸一境故作意引心令趣自境此若無者心應無故受能領納順違中境令心等起歡慼捨相無心起時無隨一故想能安立自境分齊若心起時無此想者應不能取境分齊相思

令心取正因等相造作善等無心起位無此隨一故必有思由此證知觸等五法心起必有故是遍行餘非遍行義至當說次别境者謂欲至慧所緣境事多分不同於六位中次初説故云何爲欲於所樂境希望爲性勤依爲業有義所樂謂可欣境於可欣事欲見聞等有希望故於可猒事希彼不合望彼别離豈非有欲此但求彼不合離時可欣自體非可猒事故於可猒及中容境一向無欲緣可欣事若不希望亦無欲起有義所樂謂所求境於可欣猒求合離等有希望故於中容境一向無欲緣欣猒事若不希求亦無欲起有義所樂謂欲觀境於一切事欲觀察者有希望故若不欲觀隨因境勢任運緣者即全無欲由斯理趣欲非遍行有説要由希望境力諸心心所方取所緣故經説欲爲諸法本彼説不然心等取境由作意故諸聖教説作意現前能生識故曾無處説由欲能生心心所故如説諸法愛爲根本豈心心所皆由愛生故説爲欲諸法本者説欲所起一切事業或説善欲能發正勤由彼助成一切善事故論説此勤依爲業云何勝解於決定境印持爲性不可引轉爲業謂邪正等教理證力於所取境審決印持由此異緣不能引轉故猶豫境勝解全無非審決心亦無勝解由斯勝解非遍行攝有説心等取自境時無拘礙故皆有勝解彼説非理所以者何能不礙者即諸法故所不礙者即心等故勝發起者根作意故若由此故彼勝發起此應復待餘便有無窮失云何爲念於曾習境令心明記不忘爲

性定依爲業謂數憶持曾所受境令不忘失能引定故於曾未受體類境中全不起念設曾所受不能明記念亦不生故念必非遍行所攝有說心起必與念俱能爲後時憶念因故彼說非理勿於後時有癡信等前亦有故前心心所或想勢力足爲後時憶念因故云何爲定於所觀境令心專注不散爲性智依爲業謂觀得失俱非境中由定令心專注不散依斯便有決擇智生心專注言顯所欲住即便能住非唯一境不爾見道歷觀諸諦前後境别應無等持若不繫心專注境位便無定起故非遍行有說爾時亦有定起但相微隱應說誠言若定能令心等和合同趣一境故是遍行理亦不然是觸用故若謂此定令剎那頃心不易緣故遍行攝亦不應理一剎那心自於所緣無易義故若言由定心取所緣故遍行攝彼亦非理作意令心取所緣故有說此定體即是心經說爲心學心一境性故彼非誠證依定攝心令心一境說彼言故根力覺支道支等攝如念慧等非即心故云何爲慧於所觀境簡擇爲性斷疑爲業謂觀得失俱非境中由慧推求得決定故於非觀境愚昧心中無簡擇故非遍行攝有說爾時亦有慧起但相微隱大受寧知對法說爲大地法故諸部對法展轉相違汝等如何執爲定量唯觸等五經說遍行說十非經不應固執然欲等五非觸等故定非遍行如信貪等有義此五定互相資隨一起時必有餘四有義不定瑜伽說此四一切中無後二故又說此五緣四境生所緣能緣非定俱故應說

此五或時起一謂於所樂唯起希望或於決定唯起印解或於曾習唯起憶念或於所觀唯起專注謂愚昧類爲止散心雖專注所緣而不能簡擇世共知彼有定無慧彼加行位少有聞思故說等持緣所觀境或依多分故說是言如戲忘天專注一境起貪瞋等有定無慧諸如是等其類實繁或於所觀唯起簡擇謂不專注馳散推求或時起二謂於所樂決定境中起欲勝解或於所樂曾習境中起欲及念如是乃至於所觀境起定及慧合有十二或時起三謂於所樂決定曾習起欲解念如是乃至於曾所觀起念定慧合有十三或時起四謂於所樂決定曾習所觀境中起前四種如是乃至於定曾習所觀境中起後四種合有五四或時起五謂於所樂決定曾習所觀境中具起五種如是於四起欲等五總別合有三十一句或有心位五皆不起如非四境率爾墮心及藏識俱此類非一第七八識此別境五隨位有無如前已說第六意識諸位容俱依轉未轉皆不遮故有義五識此五皆無緣已得境無希望故不能審決無印持故恒取新境無追憶故自性散動無專注故不能推度無簡擇故有義五識容有此五雖無於境增上希望而有微劣樂境義故於境雖無增上審決而有微劣印境義故雖無明記曾習境體而有微劣念境類故雖不作意繫念一境而有微劣專注義故遮等引故說性散動非遮等持故容有定雖於所緣不能推度而有微劣簡擇義故由此聖教說眼耳通是眼耳識相應智性餘三准此有慧

無失未自在位此五或無得自在時此五定有樂觀諸境欲無減故印境勝解常無減故憶習曾受念無減故又佛五識緣三世故如來無有不定心故五識皆有作事智故此別境五何受相應有義欲三除憂苦受以彼二境非所樂故餘四通四唯除苦受以審決等五識無故有義一切五受相應論說憂根於無上法思慕愁慼求欲證故純受苦處希求解脫意有苦根前已說故論說貪愛憂苦相應此貪愛俱必有欲故苦根既有意識相應審決等四苦俱何咎又五識俱亦有微細印境等四義如前說由斯欲等五受相應此五復依性界學等諸門分別如理應思

成唯識論卷第五

音釋

補特伽羅 梵語也此云數取趣謂數數往來諸趣也特敵德切伽丘迦切

楞伽 梵語也此云不可往楞盧登切

慼 倉歷切憂也

伺 息利切察也

成唯識論卷第六

護法等菩薩造

唐三藏法師玄奘奉詔譯

已說遍行別境二位善位心所其相云何頌曰

善謂信慚愧　無貪等三根　勤安不放逸　行捨及不害

論曰唯善心俱名善心所謂信慚等定有十一云何爲信於實德能深忍樂欲心淨爲性對治不信樂善爲業然信差別略有三種一信實有謂於諸法實事理中深信忍故二信有德謂於三寶眞淨德中深信樂故三信有能謂於一切世出世善深信有力能得能成起希望故由斯對治不信彼心愛樂證修世出世善忍謂勝解此即信因樂欲謂欲即是信果確陳此信自相是何豈不適言心淨爲性此猶未了彼心淨言若淨即心應非心所若令心淨慚等何別心俱淨法爲難亦然此性澄清能淨心等以心勝故立心淨名如水清珠能清濁水慚等雖善非淨爲相此淨爲相無濫彼失又諸染法各別有相唯有不信自相渾濁復能渾濁餘心心所如極穢物自穢穢他信正翻彼故淨爲相有說信者愛樂爲相應通三性體應即欲又應苦集非信所緣有執信者隨順爲相應通三性即勝解欲若印順者即勝解故若樂順者即是欲故離彼二體無順相故由此應知心淨是信云何爲慚依自法力崇重賢善爲性對治無慚止息惡行爲業謂依自法尊貴增上崇重賢善羞恥過惡對治無慚息諸惡行云何爲愧依

世間力輕拒暴惡爲性對治無愧止息惡行爲業謂依世間訶猒增上輕拒暴惡羞恥過罪對治無愧息諸惡業羞恥過惡是二通相故諸聖教假說爲體若執羞恥爲二別相應慚與愧體無差別則此二法定不相應非受想等有此義故若待自他立二別者應非實有便違聖教若許慚愧實而別起復違論說十遍善心崇重輕拒若二別相所緣有異應不俱生二失旣同何乃偏責誰言二法所緣有異不爾如何善心起時隨緣何境皆有崇重善及輕拒惡義故慚與愧俱遍善心所緣無別豈不我說亦有此義汝執慚愧自相旣同何理能遮前所設難然聖教說顧自他者自法名自世間名他或即此中崇拒善惡於已益損名自他故無貪等者等無瞋癡此二名根生善勝故三不善根近對治故云何無貪於有有具無著爲性對治貪著作善爲業云何無瞋於苦苦具無恚爲性對治瞋恚作善爲業善心起時隨緣何境皆於有等無著無恚觀有等立非要緣彼如前慚愧觀善惡立故此二種俱遍善心云何無癡於諸理事明解爲性對治愚癡作善爲業有義無癡即慧爲性集論說此報教證智決擇爲體生得聞思修所生慧如次皆是決擇性故此雖即慧爲顯善品有勝功能如煩惱見故復別說有義無癡非即是慧別有自性正對無明如無貪瞋善根攝故論說大悲無瞋癡攝非根攝故若彼無癡以慧爲性大悲如力等應慧等根攝又若無癡無別自性如不害等應非實物便違論說十一善中三世俗有餘皆是

實然集論説慧爲體者舉彼因果顯此自性如以忍樂表信自體理必應爾以貪瞋癡六識相應正煩惱攝起惡勝故立不善根斷彼必由通別對治通唯善慧別即三根由此無癡必應別有勤謂精進於善惡品修斷事中勇悍爲性對治懈怠滿善爲業勇表勝進簡諸染法悍表精純簡淨無記即顯精進唯善性攝此相差別略有五種所謂被甲加行無下無退無足即經所説有勢有勤有勇堅猛不捨善軛如次應知此五別者謂初發心自分勝進自分行中三品別故或初發心長時無間殷重無餘修差別故或資粮等五道別故二乘究竟道欣大菩提故諸佛究竟道樂利樂他故或二加行無間解脱勝進別故安謂輕安遠離麤重調暢身心堪任爲性對治惛沉轉依爲業謂此伏除能障定法令所依止轉安適故不放逸者精進三根於所斷修防修爲性對治放逸成滿一切世出世間善事爲業謂即四法於斷修事皆能防修名不放逸非別有體無異相故於防惡事修善事中離四功能無別用故雖信慚等亦有此能而方彼四勢用微劣非根遍策故非此依豈不防修是此相用防修何異精進三根彼要待此方有作用此應復待餘便有無窮失勤唯遍策根但爲依如何説彼有防修用汝防修用其相云何若普依持即無貪等若遍策録不異精進止惡進善即總四法令不散亂應是等持令同取境與觸何別令不忘失即應是念如是推尋不放逸用離無貪等竟不可得故不放逸定無別體云何行捨精進三

根令心平等正直無功用住爲性對治掉舉靜住爲業謂即四法令心遠離掉舉等障靜住名捨平等正直無功用住初中後位辯捨差別由不放逸先除雜染捨復令心寂靜而住此無別體如不放逸離彼四法無相用故能令寂靜即四法故所令寂靜即心等故云何不害於諸有情不爲損惱無瞋爲性能對治害悲愍爲業謂即無瞋於有情所不爲損惱假名不害無瞋翻對斷物命瞋不害正違損惱物害無瞋與樂不害拔苦是謂此二麤相差別理實無瞋實有自體不害依彼一分假立爲顯慈悲二相別故利樂有情彼二勝故有說不害非即無瞋別有自體謂賢善性此相云何謂不損惱無瞋亦爾寧別有性謂於有情不爲損惱慈悲賢善是無瞋故及顯

十一義別心所謂欣猒等善心所法雖義有別說種種名而體無異故不別立欣謂欲俱無瞋一分於所欣境不憎恚故不忿恨惱嫉等亦然隨應正翻瞋一分故猒謂慧俱無貪一分於所猒境不染著故不慳憍等當知亦然隨應正翻貪一分故不覆誑諂無貪癡一分隨應正翻貪癡一分故有義不覆唯無癡一分無處說覆亦貪一分故有義不慢信一分攝謂若信彼不慢彼故有義不慢捨一分攝心平等者不高慢故有義不慢慚一分攝若崇重彼不慢彼故有義不疑即信所攝謂若信彼無猶豫故有義不疑即正勝解以決定者無猶豫故有義不疑即正慧攝以正見者無猶豫故不散亂體即正定攝正見正知俱善慧攝不忘念者即是正念悔眠尋伺通

染不染如觸欲等無別翻對何緣諸染所翻善中有別建立有不爾者相用別者便別立之餘善不然故不應責

又諸染法遍六識者勝故翻之別立善法慢等忿等唯意識俱害雖亦然而數現起損惱他故障無上乘勝因悲故爲了知彼增上過失翻立不害失念散亂及不正知翻入別境善中不說染淨相翻淨寧少染淨勝染劣少敵多故又解理通說多同體迷情事局隨相分多故於染淨不應齊責此十一法三是假有謂不放逸捨及不害義如前說餘八實有相用別故有義十一四遍善心精進三根遍善品故餘七不定推尋事理未決定時不生信故慚愧同類依處各別隨起一時第二無故要世間道斷煩惱時有輕安故不放逸捨無漏道時方得起故悲愍有情時乃有不害故論說十一六位中起謂決定位有信相應止息染時有慚愧起顧自他故於善品位有精進三根世間道時有輕安起於出世道有捨不放逸攝衆生時有不害故有義彼說未爲應理推尋事理未決定心信若不生應非是善如染心等無淨信故慚愧類異依別境同俱遍善心前已說故若出世道輕安不生應此覺支非無漏故若世間道無捨不放逸應非寂靜防惡修善故又應不伏掉放逸故有漏善心既具四法如出世道應有二故善心起時皆不損物違能損法有不害故論說六位起十一者依彼彼增作此此說故彼所說定非應理應說信等十一法中十遍善心輕安不遍要在定位方有輕安調暢身心餘

位無故決擇分說十善心所定不定地皆遍善心定地心中增輕安故有義定加行亦得定地名彼亦微有調暢義故由斯欲界亦有輕安不爾便違本地分說信等十一通一切地有義輕安唯在定有由定滋養有調暢故論說欲界諸心心所由闕輕安名不定地說一切地有十一者通有尋伺等三地皆有故此十一種前已具說第七八識隨位有無第六識中定位皆具若非定位唯闕輕安有義五識唯有十種自性散動無輕安故有義五識亦有輕安定所引善者亦有調暢故成所作智俱必有輕安故此善十一何受相應十五相應一除憂苦有逼迫受無調暢故此與別境皆得相應信等欲等不相違故十一唯善輕安非欲餘通三界皆學等三非見所斷瑜伽論說信等六根唯修所斷非見所斷餘門分別如理應思如是已說善位心所煩惱心所其相云何頌曰

煩惱謂貪瞋　癡慢疑惡見

論曰此貪等六性是根本煩惱攝故得煩惱名云何爲貪於有有具染著爲性能障無貪生苦爲業謂由愛力取蘊生故云何爲瞋於苦苦具憎恚爲性能障無瞋不安隱性惡行所依爲業謂瞋必令身心熱惱起諸惡業不善性故云何爲癡於諸理事迷闇爲性能障無癡一切雜染所依爲業謂由無明起疑邪見貪等煩惱隨煩惱業能招後生雜染法故云何爲慢恃己於他高舉爲性能障不慢生苦爲業謂若有慢於德有德心不謙下由此生死輪轉無窮受諸苦故此慢差別有七九

種謂於三品我德處生一切皆通見修所斷聖位我慢既得現行慢類由斯起亦無失云何為疑於諸諦理猶豫為性能障不疑善品為業謂猶豫者善不生故有義此疑以慧為體猶豫簡擇說為疑故毗助末底是疑義故末底般若義無異故有義此疑別有自體令慧不決非即慧故瑜伽論說六煩惱中見世俗有即慧分故餘是實有別有性故毗助末底執慧為疑毗助若南智應為識非由助力義便轉變是故此疑非慧為體云何惡見於諸諦理顛倒推求染慧為性能障善見招苦為業謂惡見者多受苦故此見行相差別有五一薩迦耶見謂於五取蘊執我我所一切見趣所依為業此見差別有二十句六十五等分別起攝二邊執見謂即於彼隨執斷常

障處中行出離為業此見差別諸見趣中有執前際四遍常論一分常論及計後際有想十六無想俱非各有八論七斷滅論等分別趣攝三邪見謂謗因果作用實事及非四見諸餘邪執如增上緣名義遍故此見差別諸見趣中有執前際二無因論四有邊等不死矯亂及計後際五現涅槃或計自在世主釋梵及餘物類常恒不易或計自在等是一切物因或有橫計諸邪解脫或有妄執非道為道諸如是等皆邪見攝四見取謂於諸見及所依蘊執為最勝能得清淨一切鬬諍所依為業五戒禁取謂於隨順諸見戒禁及所依蘊執為最勝能得清淨無利勤苦所依為業然有處說執為最勝名為見取執能得淨名戒取者是影略說或隨轉門不爾如何非滅

計滅非道計道說爲邪見非二取攝如是總別十煩惱中六通俱生及分別起任運思察俱得生故疑後三見唯分別起要由惡友及邪教力自審思察方得生故邊執見中通俱生者有義唯斷常見相麤惡友等力方引生故瑜伽等說何邊執見是俱生耶謂斷見攝學現觀者起如是怖今者我我何所在耶故禽獸等若遇違緣皆恐我斷而起驚怖有義彼論依麤相說理實俱生亦通常見謂禽獸等執我常存熾然造集長時資具故顯揚等諸論皆說於五取蘊執斷計常或是俱生或分別起此十煩惱誰幾相應貪與瞋癡定不俱起愛憎二境必不同故於境不決無染著故貪與慢見或得相應所愛所陵境非一故說不俱起所染所恃境可同故說得相應於五見境皆可愛故貪與五見相應無失瞋與慢疑或得俱起所瞋所恃境非一故說不相應所蔑所憎境可同故說得俱起初猶豫時未憎彼故說不俱起久思不決便憤發故說得相應疑順違事隨應亦爾瞋與二取必不相應執爲勝道不憎彼故此與三見或得相應於有樂蘊起身常見不生憎故說不相應於有苦蘊起身常見生憎恚故說得俱起斷見翻此說瞋有無邪見誹撥惡事好事如次說瞋或無或有慢於境定疑則不然故慢與疑無相應義慢與五見皆容俱起行相展轉不相違故然與斷見必不俱生執我斷時無陵恃故與身邪見一分亦爾疑不審決與見相違故疑與見定不俱起五見展轉必不相應非一心中有多慧故癡與九種皆

定相應諸煩惱生必由癡故此十煩惱何識相應藏識全無末那有四意識具十五識唯三謂貪瞋癡無分別故由稱量等起慢等故此十煩惱何受相應貪瞋癡三俱生分別一切容與五受相應貪會違緣憂苦俱故瞋遇順境喜樂俱故有義俱生分別起慢容與非苦四受相應恃苦劣蘊憂相應故有義俱生亦苦俱起意有苦受前已說故分別慢等純苦趣無彼無邪師邪教等故然彼不造引惡趣業要分別起能發彼故疑後三見容四受俱欲疑無苦等亦喜受俱故二取若緣憂俱見等爾時得與憂相應故有義俱生身邊二見但與喜樂捨受相應非五識俱唯無記故分別二見容四受俱執苦俱蘊為我我所常斷見翻此與憂相應故有義二見若俱生者亦苦受俱純受苦處緣極苦蘊苦相應故論說俱生一切煩惱皆於三受現行可得廣說如前餘如前說此依實義隨麤相者貪慢四見樂喜捨俱瞋唯苦憂捨受俱起癡與五受皆得相應邪見及疑四俱除苦貪癡俱樂通下四地餘七俱樂除欲通三疑獨行癡欲唯憂捨餘受俱起如理應知此與別境幾互相應貪瞋癡慢容五俱起專注一境得有定故疑及五見各容四俱疑除勝解不決定故見非慧俱不異慧故此十煩惱何性所攝瞋唯不善損自他故餘九通二上二界者唯無記攝定所伏故若欲界繫分別起者唯不善攝發惡行故若是俱生發惡行者亦不善攝損自他故餘無記攝細不障善非極損惱自他處故當知俱生身邊二見唯無記攝不發惡

業雖數現起不障善故此十煩惱何界繫耶瞋唯在欲餘通三界生在下地未離下染上地煩惱不現在前要得彼地根本定者彼地煩惱容現前故諸有漏道雖不能伏分別起惑及細俱生而能伏除俱生麤惑漸次證得上根本定彼但迷事依外門轉散亂麤動正障定故得彼定已彼地分別俱生諸惑皆容現前生在上地下地諸惑分別俱生皆容現起生第四定中有中者由謗解脫生地獄故身在上地將生下時起下潤生俱生愛故而言生上不起下者依多分說或隨轉門下地煩惱亦緣上地瑜伽等說欲界繫貪求上地生味上定故既說瞋恚憎嫉滅道亦應憎嫉離欲地故總緣諸行執我我所斷常慢者得緣上故餘五緣上其理極成而有處言貪瞋

慢等不緣上者依麤相說或依別緣不見世間執他地法為我等故邊見必依身見起故上地煩惱亦緣下地說生上者於下有情恃己勝德而陵彼故總緣諸行執我我所斷常愛者得緣下故疑後三見如理應思而說上惑不緣下者彼依多分或別緣說此十煩惱學等何攝非學無學彼唯善故此十煩惱何所斷耶非非所斷彼非染故分別起者唯見所斷麤易斷故若俱生者唯修所斷細難斷故見所斷十實俱頓斷以真見道總緣諦故然迷諦相有總有別總謂十種皆迷四諦苦集是彼因依處故滅道是彼怖畏處故別謂別迷四諦相起二唯迷苦八通迷四身邊二見唯果處起別空非我屬苦諦故謂疑三見親迷苦理二取執彼三見戒禁及所依蘊為

勝能淨於自他見及彼眷屬如次隨應起貪恚慢相應無明與九同迷不共無明親迷苦理疑及邪見親迷集等二取貪等准苦應知然瞋亦能親迷滅道由怖畏彼生憎嫉故迷諦親疎麤相如是委細說者貪瞋慢三見疑俱生隨應如彼俱生二見及彼相應愛慢無明雖迷苦諦細難斷故修道方斷瞋餘愛等迷別事生不違諦觀故修所斷雖諸煩惱皆有相分而所仗質或有或無名緣有事無事煩惱彼親所緣雖皆有漏而所仗質亦通無漏名緣有漏無漏煩惱緣自地者相分似質名緣分別所起事境緣滅道諦及他地者相分與質不相似故名緣分別所起名境餘門分別如理應思已說根本六煩惱相諸隨煩惱其相云何頌曰

隨煩惱謂忿　恨覆惱嫉慳　誑諂與害憍
無慚及無愧　掉舉與惛沉　不信并懈怠
放逸及失念　散亂不正知

論曰唯是煩惱分位差別等流性故名隨煩惱此二十種類別有三謂忿等十各別起故名小隨煩惱無慚等二遍不善故名中隨煩惱掉舉等八遍染心故名大隨煩惱云何爲忿依對現前不饒益境憤發爲性能障不忿執仗爲業謂懷忿者多發暴惡身表業故此即瞋恚一分爲體離瞋無別忿相用故云何爲恨由忿爲先懷惡不捨結怨爲性能障不恨熱惱爲業謂結恨者不能含忍恒熱惱故此亦瞋恚一分爲體離瞋無別恨相用故云何爲覆於自作罪恐失利譽隱藏爲性能障不覆悔惱爲業謂覆罪者後必悔惱不安隱

故有義此覆癡一分攝論唯說此癡一分故不懼當苦覆自罪故有義此覆貪癡一分攝亦恐失利譽覆自罪故論據麤顯唯說癡分如說掉舉是貪分故然說掉舉遍諸染心不可執為唯是貪分云何為惱忿恨為先追觸暴熱很戾為性能障不惱蛆螫為業謂追往惡觸現違緣心便很戾多發囂暴凶鄙麤言蛆螫他故此亦瞋恚一分為體離瞋無別惱相用故云何為嫉殉自名利不耐他榮妬忌為性能障不嫉憂慼為業謂嫉妬者聞見他榮深懷憂慼不安隱故此亦瞋恚一分為體離瞋無別嫉相用故云何為慳耽著財法不能惠捨祕悋為性能障不慳鄙畜為業謂慳悋者心多鄙澁畜積財法不能捨故此即貪愛一分為體離貪無別慳相用故云何為誑為獲利譽矯現有德詭詐為性能障不誑邪命為業謂矯誑者心懷異謀多現不實邪命事故此即貪癡一分為體離二無別誑相用故云何為諂為罔他故矯設異儀險曲為性能障不諂教誨為業謂諂曲者為罔冒他曲順時宜矯設方便為取他意或藏已失不任師友正教誨故此亦貪癡一分為體離二無別諂相用故云何為害於諸有情心無悲愍損惱為性能障不害逼惱為業謂有害者逼惱他故此亦瞋恚一分為體離瞋無別害相用故瞋害別相准善應說云何為憍於自盛事深生染著醉傲為性能障不憍染依為業謂憍醉者生長一切雜染法故此亦貪愛一分為體離貪無別憍相用故云何無慚不顧自法輕拒賢善為性能障礙慚生長惡行為

業謂於自法無所顧者輕拒賢善不恥過惡障慚生長諸惡行故云何無愧不顧世間崇重暴惡爲性能障礙愧生長惡行爲業謂於世間無所顧者崇重暴惡不恥過罪障愧生長諸惡行故不恥過惡是二通相故諸聖教假說爲體若執不恥爲二別相則應此二體無差別由斯二法應不俱生非受想等有此義故若待自他立二別者應非實有便違聖教若許此二實而別起復違論說俱遍惡心不善心時隨緣何境皆有輕拒善及崇重惡義故此二法俱遍惡心所緣不異無別起失然諸聖教說不顧自他者自法名自世間名他或即此中拒善崇惡於已益損名自他故而論說爲貪等分者是彼等流非即彼性云何掉舉令心於境不寂靜爲性能障行捨奢摩他爲業有義掉舉貪一分攝論唯說此是貪分故此由憶昔樂事生故有義掉舉非唯貪攝論說掉舉遍染心故又掉舉相謂不寂靜說是煩惱共相攝故掉舉離此無別相故雖依一切煩惱假立而貪位增說爲貪分有義掉舉別有自性遍諸染心如不信等非說他分體便非實勿不信等亦假有故而論說爲世俗有者如睡眠等隨他相說掉舉別相謂即囂動令俱生法不寂靜故若離煩惱無別此相不應別說障奢摩他故不寂靜非此別相云何惛沉令心於境無堪任爲性能障輕安毗鉢舍那爲業有義惛沉癡一分攝論唯說此是癡分故惛昧沉重是癡相故有義惛沉非但癡攝謂無堪任是惛沉相一切煩惱皆無堪任離此無別惛沉相故雖依一切

煩惱假立而癡相增但說癡分有義惛沉別有自性雖名癡分而是等流如不信等非即癡攝隨他相說名世俗有如睡眠等是實有性惛沉別相謂即瞢董令俱生法無堪任故若離煩惱無別惛沉相不應別說障毗鉢舍那故無堪任非此別相此與癡相有差別者謂癡於境迷闇爲相正障無癡而非瞢董惛沉於境瞢董爲相正障輕安而非迷闇云何不信於實德能不忍樂欲心穢爲性能障淨信墮依爲業謂不信者多懈怠故不信三相翻信應知然諸染法各有別相唯此不信自相渾濁復能渾濁餘心心所如極穢物自穢穢他是故說此心穢爲性由不信故於實德能不忍樂欲非別有性若於餘事邪忍樂欲是此因果非此自性云何懈怠於善惡品修斷事中懶墮爲性能障精進增染爲業謂懈怠者滋長染故於諸染事而策勤者亦名懈怠退善法故於無記事而策勤者於諸善品無進退故是欲勝解非別有性如於無記忍可樂欲非淨非染無信不信云何放逸於染淨品不能防修縱蕩爲性障不放逸增惡損善所依爲業謂由懈怠及貪瞋癡不能防修染淨品法總名放逸非別有體雖慢疑等亦有此能而方彼四勢用微劣障三善根遍策法故推究此相如不放逸云何失念於諸所緣不能明記爲性能障正念散亂所依爲業謂失念者心散亂故有義失念念一分攝說是煩惱相應念故有義失念癡一分攝瑜伽說此是癡分故癡令念失故名失念有義失念俱一分攝由前二文影略說故論復說此

遍染心故云何散亂於諸所緣令心流蕩爲性能障正定惡慧所依爲業謂散亂者發惡慧故有義散亂癡一分攝瑜伽說此是癡分故有義散亂貪瞋癡攝集論等說是三分故說癡分者遍染心故謂貪瞋癡令心流蕩勝餘法故說爲散亂有義散亂別有自體說三分者是彼等流如無慚等非即彼攝隨他相說名世俗有散亂別相謂即躁擾令俱生法皆流蕩故若離彼三無別自體不應別說障三摩地掉舉散亂二用何別彼令易解此令易緣雖一刹那解緣無易而於相續有易義故染汙心時由掉亂力常應念念易解易緣或由念等力所制伏如繫猨猴有暫時住故掉與亂俱遍染心云何不正知於所觀境謬解爲性能障正知毀犯爲業謂不正知者多所毀犯故有義不正知慧一分攝說是煩惱相應慧故有義不正知癡一分攝瑜伽說此是癡分故令知不正名不正知有義不正知俱一分攝由前二文影略說故論復說此遍染心故與并及言顯隨煩惱非唯二十雜事等說貪等多種隨煩惱故隨煩惱名亦攝煩惱是前煩惱等流性故煩惱同類餘染汙法但名隨煩惱非煩惱攝故唯說二十隨煩惱者謂非煩惱唯染麤故此餘染法或此分位或此等流皆此所攝隨其類別如理應知如是二十隨煩惱中小十大三定是假有無慚無愧不信懈怠定是實有教理成故掉舉惛沉散亂三種有義是假有義是實所引理教如前應知二十皆通俱生分別隨二煩惱勢力起故此二十中小十展轉定不俱起互相

違故行相麤猛各為主故中二一切不善心俱隨應皆得小大俱起論說大八遍諸染心展轉小中皆容俱起有處說六遍染心者惛掉增時不俱起故有處但說五遍染者以惛掉等違唯善故此唯染故非第八俱第七識中唯有大八取捨差別如上應知第六識俱容有一切小十麤猛五識中無中大相通五識容有由斯中大五受相應有義小十除三忿等唯喜憂捨三受相應諂誑憍三四俱除苦

有義忿等四俱除樂諂誑憍三五受俱起意有苦受前已說故此受俱相如煩惱說實義如是若隨麤相忿恨惱嫉害憂捨俱覆慳喜捨餘三增樂中大隨麤亦如實義如是二十與別境五皆容俱起不相違故染念染慧雖非念慧俱而癡分者亦得相應故念亦緣現曾習類境忿亦得緣剎那過去故忿與念亦得相應染定起時心亦躁擾故亂與定相應無失中二大八十煩惱俱小十定非見疑俱起此相麤動彼審細故忿等五法容慢癡俱非貪恚並是瞋分故慳癡慢俱非貪瞋並是貪分故憍唯癡俱與慢解別是貪分故覆誑與諂貪癡慢俱行相無違貪癡分故小七中二唯不善攝小三大八亦通無記小七中二唯欲界攝誑諂欲色餘通三界生在下地容起上十一躭定於他起憍誑諂故若生上地起下後十邪見愛俱容起彼故小十生上無由起下非正潤生及謗滅故中二大八下亦緣上上緣貪等相應起故

有義小十下不緣上行相麤近不遠取故有

義嫉等亦得緣上於勝地法生嫉等故大八
諂誑上亦緣下下緣慢等相應起故梵於釋
子起諂誑故憍不緣下非所恃故二十皆非
學無學攝此但是染彼唯淨故後十唯通見
修所斷與二煩惱相應起故見所斷者隨迷
諦相或總或別煩惱俱生故隨所應皆通四
部迷諦親疎等皆如煩惱說前十有義唯修
所斷緣麤事境任運生故
有義亦通見修所斷依二煩惱勢力起故緣
他見等生忿等故見所斷者隨所應緣總別
惑力皆通四部此中有義忿等但緣迷諦惑
生非親迷諦行相麤淺不深取故
有義嫉等亦親迷諦於滅道等生嫉等故然
忿等十但緣有事要託本質方得生故緣有
漏等准上應知

成唯識論卷第六

音釋

確 苦角切堅也
悍 侯旰切强很也
調暢 調田聊切和也暢丑亮切通也
闇 烏紺切不明也
蔑 莫結切輕易也
很戾 很胡懇切戾郎計切很戾不聽
殉 松閏切求也從也
慳悋 慳苦閑切悋良刃切
蛆螫 蛆知列切螫施隻切並蟲行毒也
鄙澁 鄙補靡切嗇也澁色立切
躁擾 躁則到切急動也擾而沼切亂也

成唯識論卷第七

護法等菩薩造

唐三藏法師玄奘奉詔譯

已說二十隨煩惱相不定有四其相云何頌曰

不定謂悔眠　尋伺二各二

論曰悔眠尋伺於善染等皆不定故非如觸等定遍心故非如欲等定遍地故立不定名悔謂惡作惡所作業追悔為性障止為業此即於果假立因名先惡所作業後方追悔故悔先不作亦惡作攝如追悔言我先不作如是事業是我惡作眠謂睡眠令身不自在昧略為性障觀為業謂睡眠位身不自在心極闇劣一門轉故昧簡在定略別寤時令顯睡眠非無體用有無心位假立此名如餘蓋纏心相應故有義此二唯癡為體說隨煩惱及癡分故有義不然亦通善故應說此二染癡為體淨即無癡論依染分說隨煩惱及癡分攝有義此說亦不應理無記非癡無癡性故應說惡作思慧為體明了思擇所作業故睡眠合用思想為體思想種種夢境相故論俱說為世俗有故彼染汙者是癡等流如不信等說為癡分有義彼說理亦不然非思慧想纏彼性故應說此二各別有體與餘心所行相別故隨癡相說名世俗有尋謂尋求令心忽遽於意言境麤轉為性伺謂伺察令心忽遽於意言境細轉為性此二俱以安不安住身心分位所依為業並用思慧一分為體於意言境不深推度及深推度義類別故若離思慧尋伺二種體類差別不可得故二各二

者有義尋伺各有染淨二類差別有義此釋不應正理悔眠亦有染淨二故應說如前諸染心所有是煩惱隨煩惱性此二各有不善無記或復各有纏及隨眠有義彼釋亦不應理不定四後有此言故應言二者顯二種二一謂悔眠二謂尋伺此二二種種類各別故一二言顯二二種此各有二謂染不染非如善染各唯一故或唯簡染故說此言有亦說爲隨煩惱故爲顯不定義說二各二言故置此言深爲有用

四中尋伺定是假有思慧合成聖所說故悔眠有義亦是假有瑜伽說爲世俗有故有義此二是實物有唯後二種說假有故世俗有言隨他相說非顯前二定是假有又如内種體雖是實而論亦說世俗有故四中尋伺定不相應體類是同麤細異故依於尋伺有染離染立三地別不依彼種現起有無故無雜亂俱與前二容互相應前二亦有互相應義四皆不與第七八俱義如前說悔眠唯與第六識俱非五法故有義尋伺亦五識俱論說五識有尋伺故又說尋伺即七分別謂有相等雜集復言任運分別謂五識故有義尋伺唯意識俱論說尋求伺察等法皆是意識不共法故又說尋伺憂喜相應曾不說與苦樂俱故捨受遍故可不待說何緣不說與苦樂俱雖初靜慮有意地樂而不離喜總說喜名雖純苦處有意地苦而似憂故總說爲憂又說尋伺以名身等義爲所緣非五識身以名身等義爲境故然說五識有尋伺者顯多由彼起非說彼相應雜集所言任運分別謂五

識者彼與瑜伽所說分別義各有異彼說任運即是五識瑜伽說此是五識俱分別意識相應尋伺故彼所引為證不成由此五識定無尋伺有義惡作憂捨相應唯感行轉通無記故睡眠喜憂捨受俱起行通歡感中庸轉故尋伺憂喜捨樂相應初靜慮中意樂俱故有義此四亦苦受俱純苦趣中意若俱故四皆容與五別境俱行相所緣不相違故悔眠但與十善容俱此唯在欲無輕安故尋伺容與十一善俱初靜慮中輕安俱故悔但容與無明相應此行相麤貪等細故睡眠尋伺十煩惱俱此彼展轉不相違故悔與中大隨惑容俱非忿等十各為主故睡眠尋伺二十容俱眠等位中皆起彼故此四皆通善等三性於無記業亦追悔故有義初二唯生得善行相麤鄙及昧略故後二亦通加行善攝聞所成等有尋伺故有義初二亦加行善聞思位中有悔眠故後三皆通染淨無記惡作非染解麤猛故四無記中悔唯中二行相麤猛非定果故眠除第四非定引生異熟生心亦得眠故尋伺除初彼解微劣不能尋察名等義故惡作睡眠唯欲界有尋伺在欲及初靜慮餘界地法皆妙靜故悔眠生上必不現起尋伺上下亦起下上下上尋伺能緣上下有義悔眠不能緣上行相麤近極昧略故有義此二亦緣上境有邪見者悔修定故夢能普緣所更事故悔非無學離欲捨故睡眠尋伺皆通三種求解脫者有為善法皆名學故學究竟者有為善法皆無學故悔眠唯通見修所斷亦邪見等勢力起故非無漏道親所引生

故亦非如憂深求解脱故若已斷故名非所斷則無學眼非所斷攝尋伺雖非眞無漏道而能引彼從彼引生故通見修非所斷攝有義尋伺非所斷者於五法中唯分别攝瑜伽說彼是分别故有義此二亦正智攝說正思惟是無漏故彼能令心尋求等故又說彼是言說因故未究竟位於藥病等未能遍知後得智中為他說法必假尋伺非如佛地無功用說故此二種亦通無漏雖說尋伺必是分别而不定說唯屬第三後得正智中亦有分别故餘門准上如理應思

如是六位諸心所法為離心體有别自性為即是心分位差别設爾何失二俱有過若離心體有别自性如何聖教說唯有識又如何說心遠獨行染淨由心士夫六界莊嚴論說

復云何通如彼頌言

許心似二現　如是似貪等　或似於信等

無别染善法

若即是心分位差别如何聖教說心相應他性相應非自性故又如何說心與心所俱時而起如日與光瑜伽論說復云何通彼說心所非即心故如彼頌言

五種性不成　分位差過失　因緣無别故

與聖教相違

應說離心有别自性以心勝故說唯識等心所依心勢力生故說似彼現非彼即心又識心言亦攝心所恒相應故唯識等言及現似彼皆無有失此依世俗若依勝義心所與心非離非即諸識相望應知亦然是謂大乘眞俗妙理已說六識心所相應云何應知現起

分位頌曰

依止根本識　五識隨緣現　或俱或不俱
如濤波依水　意識常現起　除生無想天
及無心二定　睡眠與悶絶

論曰根本識者阿陀那識染淨諸識生根本故依止者謂前六轉識以根本識爲共親依五識者謂前五轉識種類相似故總說之隨緣現言顯非常起緣謂作意根境等緣謂五識身内依本識外隨作意五根境等衆緣和合方得現前由此或俱或不俱起外緣合者有頓漸故如水濤波隨緣多少此等法喻廣說如經由五轉識行相麤動所籍衆緣時多不具故起時少不起時多第六意識雖亦麤動而所籍緣無時不具由違緣故有時不起第七八識行相微細所籍衆緣一切時有故無緣礙令總不行又五識身不能思慮唯外門轉起籍多緣故斷時多現行時少第六意識自能思慮内外門轉不籍多緣唯除五位常能現起故斷時少現起時多由斯不說此隨緣現五位者何生無想等無想天者謂修彼定猒麤想力生彼天中違不恒行心及心所想滅爲首名無想天故六轉識於彼皆斷有義彼天常無六識聖教說彼無轉識故說彼唯有有色支故又說彼爲無心地故有義彼天將命終位要起轉識然後命終彼必起下潤生愛故瑜伽論說後想生已是諸有情從彼没故然說彼無轉識等者依長時說非謂全無有義生時亦有轉識彼中有必起潤生煩惱故如餘本有初必有轉識故瑜伽論說若生於彼唯入不起其想若生從彼没故

彼本有初若無轉識如何名入先有後無乃名入故決擇分言所有生得心心所滅名無想故此言意顯彼本有初有異熟生轉識暫起宿因緣力後不復生由斯引起異熟無記分位差別說名無想如善引生二定名善不爾轉識一切不行如何可言唯生得滅故彼初位轉識暫起彼天唯在第四靜慮下想麤動難可斷故上無無想異熟處故即能引發無想定思能感彼天異熟果故及無心二定者謂無想滅盡定俱無六識故名無心無想定者謂有異生伏遍淨貪未伏上染由出離想作意爲先令不恒行心心所滅想滅爲首立無想名令身安和故亦名定修習此定品別有三下品修者現法必退不能速疾還引現前後生彼天不甚光淨形色廣大定當中夭中品修者現不必退設退速疾還引現前後生彼天雖甚光淨形色廣大而不最極雖有中夭而不決定上品修者現必不退後生彼天最極光淨形色廣大必無中夭窮滿壽量後方殞沒此定唯屬第四靜慮又唯是善彼所引故下上地無由前說故四業通三除順現受有義此定唯欲界起由諸外道說力起故人中慧解極猛利故有義欲界先修習已後生色界能引現前除無想天至究竟故此由猒想欣彼果入故唯有漏非聖所起滅盡定者謂有無學或有學聖已伏或離無所有貪上貪不定由止息想作意爲先令不恒行恒行染汙心心所滅立滅盡名令身安和故亦名定由偏猒受想亦名滅彼定修習此定品別有三下品修者現法必退不能速疾

還引現前中品修者現不必退設退速疾還引現前上品修者畢竟不退此定初修必依有頂遊觀無漏爲加行入次第定中最居後故雖屬有頂而無漏攝若修此定已得自在餘地心後亦得現前雖屬道諦而是非學非無學攝似涅槃故此定初起唯在人中佛及弟子說力起故人中慧解極猛利故後上二界亦得現前鄔陁夷經是此誠證無色亦名意成天故於藏識教未信受者若生無色不起此定恐無色心成斷滅故已信生彼亦得現前知有藏識不斷滅故要斷三界見所斷惑方起此定異生不能伏滅有頂心心所故此定微妙要證二空隨應後得所引發故有義下八地修所斷惑中要全斷欲餘伏或斷然後方能初起此定欲界惑種二性繁雜障定強故唯說不還三乘無學及諸菩薩得此定故彼隨所應生上八地皆得後起有義要斷下之四地修所斷惑餘伏或斷然後方能初起此定變異受俱煩惱種子障定強故彼隨所應生上五地皆得後起若伏下惑能起此定後不斷退生上地者豈生上已却斷下惑斷亦無失如生上者斷下末那俱生惑故然不還者對治力強正潤生位不起煩惱但由惑種潤上地生雖所伏惑有退不退而無伏下生上地義故無生上却斷下失若諸菩薩先二乘位已得滅定後迴心者一切位中能起此定若不爾者或有乃至七地滿心方能永伏一切煩惱雖未永斷欲界修惑而如已斷能起此定論說已入遠地菩薩方能現起滅盡定故有從初地即能永伏一切煩惱

如阿羅漢彼十地中皆起此定經說菩薩前六地中亦能現起滅盡定故無心睡眠與悶絕者謂有極重睡眠悶絕令前六識皆不現行疲極等緣所引身位違前六識故名極重睡眠此睡眠時雖無彼體而由彼似彼故假說彼名風熱等緣所引身位亦違六識故名極重悶絕或此俱是觸處少分除斯五位意識恒起正死生時亦無意識何故但說五位不行有義死生及與言顯彼說非理所以者何但說六時名無心故謂前五位及無餘依應說死生即悶絕攝彼是最極悶絕位故說及與言顯五無雜此顯六識斷已後時依本識中自種還起由此不說入無餘依此五位中異生有四除在滅定聖唯後三於中如來自在菩薩唯得存一無睡悶故是故八識一切有情心與末那二恒俱轉若起第六則三俱轉餘隨緣合起一至五則四俱轉乃至八俱是謂略說識俱轉義若一有情多識俱轉如何說彼是一有情若立有情依識多少汝無心位應非有情又他分心現在前位如何可說自分有情然立有情依命根數或異熟識俱不違理彼俱恒時唯有一故一身唯一等無間緣如何俱時有多識轉既許此一引多心所寧不許此能引多心又誰定言此緣唯一說多識俱者許此緣多故又欲一時取多境者多境現前寧不頓取諸根境等和合力齊識前後生不應理故又心所性雖無差別而類別者許多俱生寧不許心異類俱起又如浪像依一起多故依一心多識俱轉又若不許意與五俱取彼所緣應不明了如散

意識緣久滅故如何五俱唯一意識於色等境取一或多如眼等識各於自境取一或多此亦何失相見俱有種種相故何故諸識同類不俱於自所緣若可了者一已能了餘無用故若爾五識已了自境何用俱起意識了爲五俱意識助五令起非專爲了五識所緣又於彼所緣能明了取異於眼等識故非無用由此聖教說彼意識名有分別五識不爾多識俱轉何不相應非同境故設同境者彼此所依體數異故如五根識互不相應八識自性不可言定一行相所依緣相應異故又一滅時餘不滅故能所熏等相各異故亦非定異經說八識如水波等無差別故定異應非因果性故如幻事等無定性故如前所說識差別相依理世俗非眞勝義眞勝義中心言絕故如伽他說

心意識八種　俗故相有別　眞故相無別
相所相無故

已廣分別三能變相爲自所變二分所依云何應知依識所變假說我法非別實有由斯一切唯有識耶頌曰

是諸識轉變　分別所分別　由此彼皆無
故一切唯識

論曰是諸識者謂前所說三能變識及彼心所皆能變似見相二分立轉變名所變見分說名分別能取相故所變相分名所分別見所取故由此正理彼實我法離識所變皆定非有離能所取無別物故非有實物離二相故是故一切有爲無爲若實若假皆不離識唯言爲遮離識實物非不離識心所法等或

轉變者謂諸内識轉似我法外境相現此能轉變即名分別虛妄分別爲自性故謂即三界心及心所此所執境名所分別即所妄執實我法性由此分別變似外境假我法相彼所分別實我法性決定皆無前引教理已廣破故是故一切皆唯有識虛妄分別有極成故唯既不遮不離識法故眞空等亦是有性由斯遠離增減二邊唯識義成契會中道由何教理唯識義成豈不已說雖說未了非破他義已義便成應更確陳成此教理如契經說三界唯心又說所緣唯識所現又說諸法皆不離心又說有情隨心垢淨又說成就四智菩薩能隨悟入唯識無境一相違識相智謂於一處鬼人天等隨業差別所見各異境若實有此云何成二無所緣識智謂緣過未夢境像等非實有境識現可得彼境既無餘亦應爾三自應無倒智謂愚夫智若得實境彼應自然成無顛倒不由功用應得解脫四隨三智轉智一隨自在者智轉智謂已證得心自在者隨欲轉變地等皆成境若實有如何可變二隨觀察者智轉智謂得勝定修法觀者隨觀一境衆相現前境若是眞寧隨心轉三隨無分別智轉智謂起證實無分別智一切境相皆不現前境若是實何容不現菩薩成就四智者於唯識理決定悟入又伽他說

心意識所緣　皆非離自性　故我說一切
唯有識無餘

此等聖教誠證非一極成眼等識五隨一故如餘不親緣離自色等餘識識故如眼識等

亦不親縁離自諸法此識所縁定非離此二
隨一故如彼能縁所縁法故如相應法決定
不離心及心所此等正理誠證非一故於唯
識應深信受我法非有空識非無離有離無
故契中道慈尊依此說二頌言
虛妄分別有　於此二都無　此中唯有空
於彼亦有此　故說一切法　非空非不空
有無及有故　是則契中道
此頌且依染依他說理實亦有淨分依他若
唯內識似外境起寧見世間情非情物處時
身用定不定轉如夢境等應釋此疑何縁世
尊說十二處依識所變非別實有爲入我空
說六二法如遮斷見說續有情爲入法空復
說唯識令知外法亦非有故此唯識性豈不
亦空不爾如何非所執故謂依識變妄執實
法理不可得說爲法空非無離言正智所證
唯識性故說爲法空此識若無便無俗諦俗
諦無故眞諦亦無眞俗相依而建立故撥無
二諦是惡取空諸佛說爲不可治者應知諸
法有空不空由此慈尊說前二頌若諸色處
亦識爲體何縁乃似色相顯現一類堅住相
續而轉名言熏習勢力起故與染淨法爲依
處故謂此若無應無顛倒便無雜染亦無淨
法是故諸識亦似色現如有頌言
亂相及亂體　應許爲色識　及與非色識
若無餘亦無
色等外境分明見證現量所得寧撥爲無現
量證時不執爲外後意分別妄生外想故現
量境是自相分識所變故亦說爲有意識所
執外實色等妄計有故說彼爲無又色等境

非色似色非外似外如夢所緣不可執爲是實外色若覺時色皆如夢境不離識者如從夢覺知彼唯心何故覺時於自色境不知唯識如夢未覺不能自知要至覺時方能追覺覺時境色應知亦爾未真覺位不能自知至真覺時亦能追覺未得真覺恒處夢中故佛說爲生死長夜由斯未了色境唯識外色實無可非内識境他心實有寧非自所緣誰說他心非自識境但不說彼是親所緣謂識生時無實作用非如手等親執外物日等舒光親照外境但如鏡等似外境現名了他心非親能了親所了者謂自所變故契經言無有少法能取餘法但識生時似彼相現名取彼物如緣他心色等亦爾既有異境何名唯識奇哉固執觸處生疑豈唯識教但說一識不爾如何汝應諦聽若唯一識寧有十方凡聖尊卑因果等別誰爲誰說何法何求故唯識言有深意趣識言總顯一切有情各有八識六位心所所變相見分位差別及彼空理所顯真如識自相故識相應故二所變故三分位故四實性故如是諸法皆不離識總立識名唯言但遮愚夫所執定離諸識實有色等若如是知唯識教意便能無倒善備資糧速入法空證無上覺救拔含識生死輪迴非全撥無惡取空者違背教理能成是事故定應信一切唯識若唯有識都無外緣由何而生種種分別頌曰

由一切種識　如是如是變　以展轉力故
彼彼分別生

論曰一切種識謂本識中能生自果功能差

別此生等流異熟士用增上果故名一切種除離繫者非種生故彼雖可證而非種果要現起道斷結得故有展轉義非此所說此說能生分別種故此識爲體故立識名種離本識無別性故種識二言簡非種識有識非種種非識故又種識言顯識中種非持種識後當說故此識中種餘緣助故即便如是如是轉變謂從生位轉至熟時顯變種多重言如是謂一切種攝三熏習共不共等識種盡故展轉力者謂八現識及彼相應相見分等彼皆互有相助力故即現識等總名分別虛妄分別爲自性故分別類多故言彼彼此頌意說雖無外緣由本識中有一切種轉變差別及以現行八種識等展轉力故彼彼分別而亦得生何假外緣方起分別諸淨法起應知亦然淨種現行爲緣生故所說種現緣生分別云何應知此緣生相緣且有四一因緣謂有爲法親辦自果此體有二一種子二現行種子者謂本識中善染無記諸界地等功能差別能引次後自類功能及起同時自類現果此唯望彼是因緣性現行者謂七轉識及彼相應所變相見性界地等除佛果善極劣無記餘熏本識生自類種此唯望彼是因緣性第八心品無所熏故非簡所依獨能熏故極微圓故不熏成種現行同類展轉相望皆非因緣自種生故一切異類展轉相望亦非因緣不親生故有說異類同類現行展轉相望爲因緣者應知假說或隨轉門有唯說種是因緣性彼依顯勝非盡理說聖說轉識與阿賴耶展轉相望爲因緣故二等無間緣謂

八現識及彼心所前聚於後自類無間等而開導令彼定生多同類種俱時轉故如不相應非此緣攝由斯八識非互爲緣心所與心雖恒俱轉而相應故和合似一不可施設離別殊異故得互作等無間緣入無餘心最極微劣無開導用又無當起等無間法故非此緣云何知然論有誠說若此識等無間彼識等決定生即說此是彼等無間緣故即依此義應作是說阿陀那識三界九地皆容互作等無間緣下上死生相開等故有漏無間有無漏生無漏定無生有漏者鏡智起已必無斷故善與無記相望亦然此何界後引生無漏或從色界或欲界後謂諸異生求佛果者定色界後引生無漏後必生在淨居天上大自在宮得菩提故二乘迴趣大菩提者定欲界後引生無漏迴趣留身唯欲界故彼雖必往大自在宮方得成佛而本願力所留生身是欲界故有義色界亦有聲聞迴趣大乘願留身者既與教理俱不相違是故聲聞第八無漏色界心後亦得現前然五淨居無迴趣者經不說彼發大心故第七轉識三界九地亦容互作等無間緣隨第八識生處繫故有漏無漏容互相生十地位中得相引故善與無記相望亦然於無記中染與不染亦相開導生空智果前後位中得相引故此欲色界有漏得與無漏相生非無色界地上菩薩不生彼故第六轉識三界九地有漏無漏善不善等各容互作等無間緣潤生位等更相引故初起無漏唯色界後決擇分善唯色界故眼耳身識二界二地鼻舌兩識一界一地自

類互作等無間緣善等相望應知亦爾有義五識有漏無漏自類互作等無間緣未成佛時容互起故有義無漏有漏後起非無漏後容起有漏無漏五識非佛無故彼五色根定有漏故是異熟識相分攝故有漏不共必俱同境根發無漏識理不相應故此二於境明昧異故三所緣緣謂若有法是帶已相心或相應所慮所託此體有二一親二踈若與能緣體不相離是見分等內所慮託應知彼是親所緣緣若與能緣體雖相離為質能起內所慮託應知彼是踈所緣緣親所緣緣能緣皆有離內所慮託必不生故踈所緣緣能緣或有離外所慮託亦得生故第八心品有義唯有親所緣緣隨業因力任運變故有義亦定有踈所緣緣要仗他變質自方變故有義二說俱不應理自他身土可互受用他所變者為自質故自種於他無受用理他變為此不應理故非諸有情種皆等故應說此品踈所緣緣一切位中有無不定第七心品未轉依位是俱生故必仗外質故亦定有踈所緣緣已轉依位此非定有緣真如等無外質故第六心品行相猛利於一切位能自在轉所仗外質或有或無踈所緣緣有無不定前五心品未轉依位麤鈍劣故必仗外質故亦定有踈所緣緣已轉依位此非定有緣過未等無外質故四增上緣謂若有法有勝勢用能於餘法或順或違雖前三緣亦是增上而今第四除彼取餘為顯諸緣差別相故此順違用於四處轉生住成得四事別故然增上用隨事雖多而勝顯者唯二十二應知即是二

十二根前五色根以本識等所變眼等淨色爲性男女二根身根所攝故即以彼少分爲性命根但依本識親種分位假立非别有性意根總以八識爲性五受根如應各自受爲性信等五根即以信等及善念等而爲自性未知當知根體位有三種一根本位謂在見道除後刹那無所未知可當知故二加行位謂煖頂忍世第一法近能引發根本位故三資糧位謂從爲得諦現觀故發起決定勝善法欲乃至未得順決擇分所有善根名資糧位能遠資生根本位故於此三位信等五根意喜樂捨爲此根性加行等位於後勝法求證愁慼亦有憂根非正善根故多不説前三無色有此根者有勝見道傍修得故或二乘位迴趣大者爲證法空地前亦起九地所攝生空無漏彼皆菩薩此根攝故菩薩見道亦有此根但説地前以時促故始從見道最後刹那乃至金剛喻定所有信等無漏九根皆是已知根性未離欲者於上解脱求證愁慼亦有憂根非正善根故多不説諸無學位無漏九根一切皆是具知根性有頂雖有遊觀無漏而不明利非後三根二十二根自性如是諸餘門義如論應知

成唯識論卷第七

音釋

濤（徒刀切大波也）籍（慈夜切借也）中夭（夭於兆切短折也）殞（羽敏切終也）疲（蒲糜切勞也）撥（北末切絶也）鈍（徒困切不利也）

成唯識論卷第八

護法等菩薩造

唐三藏法師玄奘奉　詔譯

如是四緣依十五處義差別故立為十因云何此依十五處立一語依處謂法名想所起語性即依此處立隨說因謂依此語隨見聞等說諸義故此即能說為所說因有論說此是名想見由如名字取相執著隨起說故若依彼說便顯此因是語依處二領受依處謂所觀待能所受性即依此處立觀待因謂觀待此令彼諸事或生或住或成或得此是彼觀待因三習氣依處謂內外種未成熟位即依此處立牽引因謂能牽引遠自果故四有潤種子依處謂內外種已成熟位即依此處立生起因謂能生起近自果故五無間滅依處謂心心所等無間緣六境界依處謂心心所所緣緣七根依處謂心心所所依六根八作用依處謂於所作業作具作用即除種子餘助現緣九士用依處謂於所作業作者作用即除種子餘作現緣十真實見依處謂無漏見除引自種於無漏法能助引證總依此六立攝受因謂攝受五辯有漏法具攝受六辯無漏故十一隨順依處謂無記染善現種諸行能隨順同類勝品諸法即依此處立引發因謂能引起同類勝行及能引得無為法故十二差別功能依處謂有為法各於自果有能起證差別勢力即依此處立定異因謂各能生自界等果及各能得自界果故十三和合依處謂從領受乃至差別功能依處於所生住成得果中有和合力即依此處立同

事因謂從觀待乃至定異皆同生等一事業故十四障礙依處謂於生住成得事中能障礙法即依此處立相違因謂彼能違生等事故十五不障礙依處謂於生住成得事中不障礙法即依此處立不相違因謂彼不違生等事故如是十因二因所攝一能生二方便菩薩地説牽引種子生起種子名能生因所餘諸因方便因攝此説牽引生起引發定異同事不相違中諸因緣種未成熟位名牽引種已成熟位名生起種彼六因中諸因緣種皆攝在此二位中故雖有現起是能生因如四因中生自種者而多間斷此略不説或親辦果亦立種名如説現行穀麥等種所餘因謂初二五九及六因中非因緣法皆是生熟因緣種餘故總説爲方便因攝非此二種唯屬彼二因餘四因中有因緣種故非唯彼八名所餘因彼二因亦有非因緣種故有尋等地説生起因是能生因餘方便攝此文意説六因中現種是因緣者皆名生起因能親生起自類果故此所餘因皆方便攝非此生起唯屬彼因餘五因中有因緣故非唯彼九名所餘因彼生起因中有非因緣故或菩薩地所説牽引生起種子即彼二因所餘諸因即彼餘八雖二因内有非能生因而因緣種勝顯故偏説雖餘因内有非方便因而增上者多顯故偏説有尋等地説生起因是能生因餘方便者生起即是彼生起因餘因應知即彼餘九雖生起中有非因緣種而去果近親顯故偏説雖牽引中亦有因緣種而去果遠踈隱故不説餘方便攝准上應知所説四緣

依何處立復如何攝十因二因論說因緣依種子立依無間滅立等無間依境界立所緣依所餘立增上此中種子即是三四十一十二十三十五六依處中因緣種攝雖現四處亦有因緣而多間斷此略不說或彼亦能親辦自果如外麥等亦立種名或種子言唯屬第四親踈隱顯取捨如前言無間滅境界處者應知總顯二緣依處非唯五六餘依處中亦有中間二緣義故或唯五六餘處雖有而少隱故略不說之論說因緣能生因攝增上緣性即方便因中間二緣攝受因攝雖方便內具後三緣而增上多故此偏說餘因亦有中間二緣然攝受中顯故偏說初能生攝進退如前所說因緣必應有果此果有幾依何處得果有五種一者異熟謂有漏善及不善法所招自相續異熟生無記二者等流謂習善等所引同類或似先業後果隨轉三者離繫謂無漏道斷障所證善無爲法四者士用謂諸作者假諸作具所辦事業五者增上謂除前四餘所得果瑜伽等說習氣依處得異熟果隨順依處得等流果眞見依處得離繫果士用依處得士用果所餘依處得增上果習氣處言顯諸依處感異熟果一切功能隨順處言顯諸依處引等流果一切功能眞見處言顯諸依處證離繫果一切功能士用處言顯諸依處招士用果一切功能所餘處言顯諸依處得增上果一切功能不爾便應太寬太狹或習氣者唯屬第三雖異熟因餘處亦有此處亦有非異熟因而異熟因去果相遠習氣亦爾故此偏說隨順唯屬第十一處

雖等流果餘處亦得此處亦得非等流果而此因招勝行相顯隨順亦爾故偏說之真見處言唯詮第十雖證離繫餘處亦能此處亦能得非離繫而此證離繫相顯故偏說士用處言唯詮第九雖士用果餘處亦招此處亦能招增上等而名相顯是故偏說所餘唯屬餘十一處雖十一處亦得餘果招增上果餘處亦能而此十一多招增上餘已顯餘故此偏說如是即說此五果中若異熟果牽引生起定異同事不相違因增上緣得若等流果牽引生起攝受引發定異同事不相違因初後緣得若離繫果攝受引發定異同事不相違因增上緣得若士用果有義觀待攝受同事不相違因增上緣得有義觀待牽引生起攝受引發定異同事不相違因除所緣緣餘

三緣得若增上果十因四緣一切容得傍論已了應辨正論

本識中種容作三緣生現分別除等無間謂各親種是彼因緣爲所緣緣於能緣者若種於彼有能助力或不障礙是增上緣生淨現行應知亦爾現起分別展轉相望容作三緣無因緣故謂有情類自他展轉容作二緣除等無間自八識聚展轉相望定有增上緣必無等無間所緣緣義或無或有八於七有七於八無餘七非八所仗質故第七於六五無一有餘六於彼一切皆無第六於五無餘五於彼有五識唯託第八相故自類前後第六容三餘除所緣取現境故許五後見緣前相者五七前後亦有三緣前七於八所緣容有能熏成彼相見種故同聚異體展轉相望唯

有增上諸相應法所仗質同不相緣故或依見分說不相緣依相分說有相緣義謂諸相分互為質起如識中種為觸等相質不爾無色彼應無境故設許變色亦定緣種勿見分境不同質故同體相分為見二緣見分於彼但有增上見與自證相望亦爾餘二展轉俱作二緣此中不依種相分說但說現起互為緣故淨八識聚自他展轉皆有所緣能遍緣故唯除見分非相所緣相分理無能緣用故既現分別緣種現生種亦理應緣現種起現種於種能作幾緣種必不由中二緣起得心心所立彼二故現於親種具作二緣與非親種但為增上種望親種亦具二緣於非親種亦但增上依斯內識互為緣起分別因果理教皆成所執外緣設有無用況違理教何固執為雖分別言總顯三界心及心所而隨勝者諸聖教中多門顯示或說為二三四五等如餘論中具廣分別雖有內識而無外緣由何有情生死相續頌曰

由諸業習氣　二取習氣俱　前異熟既盡
復生餘異熟

論曰諸業謂福非福不動即有漏善不善思業業之眷屬亦立業名同招引滿異熟果故此雖纔起無間即滅無義能招當異熟果而熏本識起自功能即此功能說為習氣是業氣分熏習所成簡曾現業故名習氣如是習氣展轉相續至成熟時招異熟果此顯當果勝增上緣相見名色心及心所本末彼取皆二取攝彼所熏發親能生彼本識上功能名二取習氣此顯來世異熟果心及彼相應諸

因緣種俱謂業種二取種俱是踈親緣互相助義業招生顯故頌先説前異熟者謂前前生業異熟果餘異熟者謂後後生業異熟果雖二取種受果無窮而業習氣受果有盡由異熟果性别難招等流增上性同易感由感餘生業等種熟前異熟果受用盡時復别能生餘異熟果由斯生死輪轉無窮何假外緣方得相續此頌意説由業二取生死輪迴皆不離識心心所法爲彼性故

復次生死相續由諸習氣然諸習氣總有三種一名言習氣謂有爲法各别親種名言有二一表義名言即能詮義音聲差别二顯境名言即能了境心心所法隨二名言所熏成種作有爲法各别因緣二我執習氣謂虛妄執我我所種我執有二一俱生我執即修所斷我我所執二分别我執即見所斷我我所執隨二我執所熏成種令有情等自他差别三有支習氣謂招三界異熟業種有支有二一有漏善即是能招可愛果業二諸不善即是能招非愛果業隨二有支所熏成種令異熟果善惡趣别應知我執有支習氣於差别果是增上緣此頌所言業習氣者應知即是有支習氣二取習氣應知即是我執名言二種習氣取我我所及取名言而熏成故皆説名取俱等餘文義如前釋

復次生死相續由惑業苦發業潤生煩惱名惑能感後有諸業名業業所引生衆苦名苦惑業苦種皆名習氣前二習氣與生死苦爲增上緣助生苦故第三習氣望生死苦能作因緣親生苦故頌三習氣如應當知惑苦名

取能所取故取是著義業不得名俱等餘文義如前釋此惑業苦應知總攝十二有支謂從無明乃至老死如論廣釋然十二支略攝爲四一能引支謂無明行能引識等五果種故此中無明唯取能發正感後世善惡業者即彼所發乃名爲行由此一切順現受業別助當業皆非行支二所引支謂本識內親生當來異熟果攝識等五種是前二支所引發故此中識種謂本識因除後三因餘因皆是名色種攝後之三因如名次第即後三種或名色種總攝五因於中隨勝立餘四種六處與識總別亦然

集論說識亦是能引識中業種名識支故異熟識種名色攝故經說識支通能所引業種識種俱名識故識是名色依非名色攝故識等五種由業熏發雖實同時而依主伴總別勝劣因果相異故諸聖教假說前後或依當來現起分位有次第故說有前後由斯識等亦說現行因時定無現行義故復由此說生引同時潤未潤時必不俱故三能生支謂愛取有近生當來生老死故謂緣迷內異熟果愚發正能招後有諸業爲緣引發親生當來生老死位五果種已復依迷外增上果愚緣境界受發起貪愛緣愛復生欲等四取愛取合潤能引業種及所引因轉名爲有俱能近有後有果故有處唯說業種名有此能正感異熟果故復有唯說五種名有親生當來識等種故四所生支謂生老死是愛取有近所生故謂從中有至本有中未衰變來皆生支攝諸衰變位總名爲老身壞命終乃名爲死

老非定有附死立支病何非支不遍定故老雖不定遍故立支諸界趣生除中夭者將終皆有衰朽行故名色不遍何故立支定故立支胎卵濕生者六處未滿定有名色故又名色支亦是遍有有色化生初受生位雖具五根而未有用爾時未名六處支故初生無色雖定有意根而不明了未名意處故由斯論說十二有支一切一分上二界有愛非遍有寧別立支生惡趣者不愛彼故定故別立不求無有生善趣者定有愛故不還潤生愛雖不起然如彼取定有種故又愛亦遍生惡趣者於現我境亦有愛故依無希求惡趣身愛經說非有非彼全無何緣所生立生老死所引別立識等五支因位難知差別相故依當果位別立五支謂續生時因識相顯次根未滿名色相增次根滿時六處明盛依斯發觸因觸起受爾時乃名受果究竟依此果位立因爲五果位易了差別相故總立二支以顯三苦然所生果若在未來爲生猒故說生老死若至現在爲令了知分位相生說識等五何緣發業總立無明潤業位中別立愛取雖諸煩惱皆能發潤而發業位無明力增以具十一殊勝事故謂所緣等廣如經說於潤業位愛力偏增說愛如水能沃潤故要數漑灌方生有芽且依初後分愛取二無重發義立一無明雖取支中攝諸煩惱而愛潤勝說是愛增諸緣起支皆依自地有所發行依他無明如下無明發上地行不爾初伏下地染者所起上定應非行支彼地無明猶未起故從上下地生下上者彼緣何受而起愛支彼愛

亦緣當生地受若現若種於理無違此十二支十因二果定不同世因中前七與愛取有或異或同若二三七各定同世如是十二一重因果足顯輪轉及離斷常施設兩重實為無用或應過此便致無窮此十二支義門別者九實三假已潤六支合為有故即識等五三相位別名生等故五是一事謂無明識觸受愛五餘非一事三唯是染煩惱性故七唯不染異熟果故七分位中容起染故假說通二餘通二種無明愛取說名獨相不與餘支相交雜故餘是雜相六唯非色謂無明識觸受愛取餘通二種皆是有漏唯有為攝無漏無為非有支故無明愛取唯通不善有覆無記行唯善惡有通善惡無覆無記餘七唯是無覆無記七分位中亦起善染雖皆通三界而有分有全上地行支能伏下地即麤苦等六種行相有求上生而起彼故一切皆唯非學無學聖者所起有漏善業明為緣故違有支故非有支攝由此應知聖必不造感後有業於後苦果不迷求故雜修靜慮資下故業生淨居等於理無違有義無明唯見所斷要迷諦理能發行故聖必不造後有業故愛取二支唯修所斷貪求當有而潤生故九種命終心俱生愛俱故餘九皆通見修所斷有義一切皆通二斷論說預流果已斷一切一分有支無全斷者故若無明支唯見所斷寧說預流無全斷者若愛取支唯修所斷寧說彼已斷一切支一分又說全界一切煩惱皆能結生往惡趣行唯分別起煩惱能發不言潤生唯修所斷謂感後有行皆見所斷發由此

故知無明愛取三支亦通見修所斷然無明支正發行者唯見所斷助者不定愛取二支正潤生者唯修所斷助者不定又染汙法自性應斷對治起時彼永斷故一切有漏不染汙法非性應斷不違道故然有二義說之爲斷一離縛故謂斷緣彼雜彼煩惱二不生故謂斷彼依令永不起依離縛斷說有漏善無覆無記唯修所斷依不生斷說諸惡趣無想定等唯見所斷說十二支通二斷者於前諸斷如應當知十樂捨俱受不與受共相應故老死位中多分無樂及容捨故十一苦俱非受俱故十一少分壞苦所攝老死位中多無樂受依樂立壞故不說之十二少分苦苦所攝一切支中有苦受故十二全分行苦所攝諸有漏法皆行苦故依捨受說十一少分除老死支如壞苦說實義如是諸聖教中隨彼相增所說不定皆苦諦攝取蘊性故五亦集諦攝業煩惱性故諸支相望增上定有餘之三緣有無不定契經依定唯說有一愛望於取有望於生有因緣義若說識支是業種者行望於識亦作因緣餘支相望無因緣義而集論說無明望行有因緣者依無明時業習氣說無明俱故假說無明實是行種

瑜伽論說諸支相望無因緣者依現愛取唯業有說無明望行愛望於取生望老死有餘二緣有望於生受望於愛無等無間有所緣緣餘支相望二俱非有此中且依隣近順次不相雜亂實緣起說異此相望爲緣不定諸聰慧者如理應思惑業苦三攝十二者無明愛取是惑所攝行有一分是業所攝七有一

分是苦所攝有處說業全攝有者應知彼依業有說故有處說識業所攝者彼說業種爲識支故感業所招獨名苦者唯苦諦攝爲生猒故由惑業苦即十二支故此能令生死相續復次生死相續由內因緣不待外緣故唯有識因謂有漏無漏二業正感生死故說爲因緣謂煩惱所知二障助感生死故說爲緣所以者何生死有二一分段生死謂諸有漏善不善業由煩惱障緣助勢力所感三界麤異熟果身命短長隨因緣力有定齊限故名分段二不思議變易生死謂諸無漏有分別業由所知障緣助勢力所感殊勝細異熟果由悲願力改轉身命無定齊限故名變易無漏定願正所資感妙用難測名不思議或名意成身隨意願成故如契經說如取爲緣有漏業因續後有者而生三有如是無明習地爲緣無漏業因有阿羅漢獨覺已得自在菩薩生三種意成身亦名變化身無漏定力轉令異本如變化故如有論說聲聞無學永盡後有云何能證無上菩提依變化身證無上覺非業報身故不違理若所知障助無漏業能感生死二乘定性應不永入無餘涅槃如諸異生拘煩惱故如何道諦實能感苦誰言實感不爾如何無漏定願資有漏業令所得果相續長時展轉增勝假說名感如是感時由所知障爲緣助力非獨能感然所知障不障解脫無能發業潤生用故何用資感生死苦爲自證菩提利樂他故謂不定性獨覺聲聞及得自在大願菩薩已永斷伏煩惱障故無容復受當分段身恐廢長時修菩薩行遂

以無漏勝定願力如延壽法資現身因令彼長時與果不絕數數如是定願資助乃至證得無上菩提彼復何須所知障助既未圓證無相大悲不執菩提有情實有無由發起猛利悲願又所知障障大菩提爲永斷除留身久住

又所知障爲有漏依此障若無彼定非有故於身住有大助力若所留身有漏定願所資助者分段身攝二乘異生所知境故無漏定願所資助者變易身攝非彼境故由此應知變易生死性是有漏異熟果攝於無漏業是增上果有聖教中說爲無漏出三界者隨助因說頌中所言諸業習氣即前所說二業種子二取習氣即前所說二障種子俱執著故俱等餘文義如前釋變易生死雖無分段前後異熟別盡別生而數資助前後改轉亦有前盡餘復生義雖亦由現生死相續而種定有須偏說之或爲顯示眞異熟因果皆不離本識故不說現現異熟因不即與果轉識間斷非異熟故前中後際生死輪迴不待外緣既由內識淨法相續應知亦然謂無始來依附本識有無漏種由轉識等數數熏發漸漸增勝乃至究竟得成佛時轉捨本來雜染識種轉得始起清淨種識任持一切功德種子由本願力盡未來際起諸妙用相續無窮由此應知唯有內識若唯有識何故世尊處處經中說有三性應知三性亦不離識所以者何頌曰

由彼彼遍計　遍計種種物　此遍計所執
自性無所有　依他起自性　分別緣所生

圓成實於彼　常遠離前性　故此與依他
非異非不異　如無常等性　非不見此彼
論曰周遍計度故名遍計品類衆多說爲彼
彼謂能遍計虛妄分別即由彼彼虛妄分別
遍計種種所遍計物謂所妄執蘊處界等若
法若我自性差別此所妄執自性差別總名
遍計所執自性如是自性都無所有理教推
徵不可得故或初句顯能遍計識第二句示
所遍計境後半方申遍計所執若我若法自
性非有已廣顯彼不可得故初能遍計自性
云何有義八識及諸心所有漏攝者皆能遍
計虛妄分別爲自性故皆似所取能取現故
說阿賴耶以遍計所執自性妄執種爲所緣
故有義第六第七心品執我法者是能遍計
唯說意識能遍計故意及意識名意識故計
度分別能遍計故執我法者必是慧故二執
必與無明俱故不說無明有善性故癡無癡
等不相應故不見有執導空智故執有執無
不俱起故曾無有執非能熏故有漏心等不
證實故一切皆名虛妄分別雖似所取能取
相現而非一切能遍計攝勿無漏心亦有執
故如來後得應有執故經說佛智現身土等
種種影像如鏡等故若無緣用應非智等雖
說藏識緣遍計種而不說唯故非誠證由斯
理趣唯於第六第七心品有能遍計識品雖
二而有二三四五六七八九十等遍計不同
故言彼彼次所遍計自性云何攝大乘說是
依他起遍計心等所緣緣故圓成實性寧非
彼境眞非妄執所緣境故依展轉說亦所遍
計遍計所執雖是彼境而非所緣緣故非所

遍計遍計所執其相云何與依他起復有何別有義三界心及心所由無始來虛妄熏習雖各體一而似二生謂見相分即能所取如是二分情有理無此相說爲遍計所執二所依體實託緣生此性非無名依他起虛妄分別緣所生故云何知然諸聖教說虛妄分別是依他起二取名爲遍計所執有義一切心及心所由熏習力所變二分從緣生故亦依他起遍計依斯妄執定實有無一異俱不俱等此二方名遍計所執諸聖教說唯量唯二種種皆名依他起故又相等四法十一識等論皆說爲依他起攝故不爾無漏後得智品二分應名遍計所執許應聖智不緣彼生緣彼智品應非道諦不許應知有漏亦爾又若二分是遍計所執應如兔角等非所緣緣遍計所執體非有故又應二分不熏成種後識等生應無二分又諸習氣是相分攝豈非有法能作因緣若緣所生內相見分非依他起二所依體例亦應然無異因故由斯理趣衆緣所生心心所體及相見分有漏無漏皆依他起依他衆緣而得起故頌言分別緣所生者應知且說染分依他淨分依他亦圓成故或諸染淨心心所法皆名分別能緣慮故是則一切染淨依他皆是此中依他起攝二空所顯圓滿成就諸法實性名圓成實顯此遍常體非虛謬簡自共相虛空我等無漏有爲離倒究竟勝用周遍亦得此名然今頌中說初非後此即於彼依他起上常遠離前遍計所執二空所顯眞如爲性說於彼言顯圓成實與依他起不即不離常遠離言顯妄所執

能所取性理恒非有前言義顯不空依他性顯二空非圓成實眞如離有離無性故由前理故此圓成實與彼依他起非異非不異異應眞如非彼實性不異此性應是無常彼此俱應淨非淨境則本後智用應無别云何二性非異非一如彼無常無我等法無常等性與行等法異應彼法非無常等不異此應非彼共相由斯喻顯此圓成實與彼依他非一非異法與法性理必應然勝義世俗相待有故非不證見此圓成實而能見彼依他起性未達遍計所執性空不如實知依他有故無分别智證眞如已後得智中方能了達依他起性如幻事等雖無始來心心所法已能緣自相見分等而我法執恒俱行故不如實知衆緣所引自心心所虛妄變現猶如幻事陽燄夢境鏡像光影谷響水月變化所成非有似有依如是義故有頌言

非不見眞如　而能了諸行　皆如幻事等
雖有而非眞

此中意說三種自性皆不遠離心心所法謂心心所及所變現衆緣生故如幻事等非有似有誑惑愚夫一切皆名依他起性愚夫於此橫執我法有無一異俱不俱等如空華等性相都無一切皆名遍計所執依他起上彼所妄執我法俱空此空所顯識等眞性名圓成實是故此三不離心等虛空擇滅非擇滅等何性攝耶三皆容攝心等變似虛空等相隨心生故依他起攝愚夫於中妄執實有此即遍計所執性攝若於眞如假施設有虛空等義圓成實攝有漏心等定屬依他無漏心

等容二性攝衆緣生故攝屬依他無顛倒故圓成實攝如是三性與七眞如云何相攝七眞如者一流轉眞如謂有爲法流轉實性二實相眞如謂二無我所顯實性三唯識眞如謂染淨法唯識實性四安立眞如謂苦實性五邪行眞如謂集實性六清淨眞如謂滅實性七正行眞如謂道實性此七實性圓成實攝根本後得二智境故隨相攝者流轉苦集三前二性攝妄執雜染故餘四皆是圓成實攝三性六法相攝云何彼六法中皆具三性色受想行識及無爲皆有妄執緣生理故三性五事相攝云何諸聖教說相攝不定謂或有處說依他起攝彼相名分別正智圓成實性攝彼眞如遍計所執不攝五事彼說有漏心心所法變似所詮說名爲相似能詮現施設爲名能變心等立爲分別無漏心等離戲論故但總名正智不說能所詮四從緣生皆依他攝或復有處說依他起攝相分別遍計所執唯攝彼名正智眞如圓成實攝彼說有漏心及心所相分名相餘名分別遍計所執都無體故爲顯非有假說爲名二無倒故圓成實攝或有處說依他起性唯攝分別遍計所執攝彼相名正智眞如圓成實攝彼說有漏心及心所相見分等總名分別虛妄分別爲自性故遍計所執能詮所詮隨情立爲名相二事復有處說名屬依他起性義屬遍計所執彼說有漏心心所法相見分等由名勢力成所遍計故說爲名遍計所執隨名橫計體實非有假立義名諸聖教中所說五事文雖有異而義無違然初所說不相雜亂如瑜

伽論廣說應知又聖教中說有五相與此三性相攝云何所詮能詮各具三性謂妄所計屬初性攝相名分別隨其所應所詮能詮屬依他起眞如正智隨其所應所詮能詮屬圓成實後得變似能詮相故二相屬相唯初性攝妄執義名定相屬故被執著相唯依他起虛妄分別爲自性故不執著相唯圓成實無漏智等爲自性故又聖教中說四眞實與此三性相攝云何世間道理所成眞實依他起攝三事攝故二障淨智所行眞實圓成實攝二事攝故辯中邊論說初眞實唯初性攝共所執故第二眞實通屬三性理通執無執雜染清淨故後二眞實唯屬第三三性四諦相攝云何四中一一皆具三性且苦諦中無常等四各有三性無常三者一無性無常性常無故二起盡無常有生滅故三垢淨無常位轉變故苦有三者一所取苦我法二執所依取故二事相苦三苦相故三和合苦苦和合故空有三者一無性空性非有故二異性空與妄所執自性異故三自性空二空所顯爲自性故無我三者一無相無我我相無故二異相無我與妄所執我相異故三自相無我無我所顯爲自相故集諦三者一習氣集謂遍計所執自性執習氣執彼習氣假立彼名二等起集謂業煩惱三未離繫集謂未離障眞如滅諦三者一自性滅自性不生故二二取滅謂擇滅二取不生故三本性滅謂眞如故道諦三者一遍知道能知遍計所執故二永斷道能斷依他起故三作證道能證圓成實故然遍知道亦通後二七三三性如次配

釋今於此中所配三性或假或實如理應知三解脫門所行境界與此三性相攝云何理實皆通隨相各一空無願相如次應知緣此復生三無生忍一本性無生忍二自然無生忍三惑苦無生忍如次此三是彼境故此三云何攝彼二諦應知世俗具此三種勝義唯是圓成實性世俗有三一假世俗二行世俗三顯了世俗如次應知即此三性勝義有三一義勝義謂眞如勝之義故二得勝義謂涅槃勝即義故三行勝義謂聖道勝爲義故無變無倒隨其所應故皆攝在圓成實性如是三性何智所行遍計所執都非智所行以無自性非所緣緣故愚夫執有聖者達無亦得說爲凡聖智境依他起性二智所行圓成實性唯聖智境此三性中幾假幾實遍計所執妄安立故可說爲假無體相故非假非實依他起性有實有假聚集相續分位性故說爲假有心心所色從緣生故說爲實有若無實法假法亦無假依實因而施設故圓成實性唯是實有不依他緣而施設故此三爲異爲不異耶應說俱非無別體故妄執緣起眞義別故如是三性義類無邊恐猒繁文略示綱要

成唯識論卷第八

成唯識論卷第九

護法等菩薩造

唐三藏法師玄奘奉詔譯

若有三性如何世尊說一切法皆無自性頌曰

即依此三性　立彼三無性　故佛密意說
一切法無性　初即相無性　次無自然性
後由遠離前　所執我法性　此諸法勝義
亦即是眞如　常如其性故　即唯識實性

論曰即依此前所說三性立彼後說三種無性謂即相生勝義無性故佛密意說一切法皆無自性非性全無說密意言顯非了義謂後二性雖體非無而有愚夫於彼增益妄執實有我法自性此即名爲遍計所執爲除此執故佛世尊於有及無總說無性云何依此而立彼三謂依此初遍計所執立相無性由此體相畢竟非有如空華故依次依他立生無性此如幻事託衆緣生無如妄執自然性故假說無性非性全無依後圓成實立勝義無性謂即勝義由遠離前遍計所執我法性故假說無性非性全無如太虛空雖遍衆色而是衆色無性所顯雖依他起非勝義故亦得說爲勝義無性而濫第二故此不說此性即是諸法勝義是一切法勝義諦故然勝義諦略有四種一世間勝義謂蘊處界等二道理勝義謂苦等四諦三證得勝義謂二空眞如四勝義勝義謂一眞法界此中勝義依最後說是最勝道所行義故爲簡前三故作是說此諸法勝義亦即是眞如眞謂眞實顯非虛妄如謂如常表無變易謂此眞實於一切

位常如其性故曰眞如即是湛然不虛妄義亦言顯此復有多名謂名法界及實際等如餘論中隨義廣釋此性即是唯識實性謂唯識性略有二種一者虛妄謂遍計所執二者眞實謂圓成實性爲簡虛妄說實性言復有二性一者世俗謂依他起二者勝義謂圓成實爲簡世俗故說實性三頌總顯諸契經中說無性言非極了義諸有智者不應依之總撥諸法都無自性

如是所成唯識相性誰於幾位如何悟入謂具大乘二種性者略於五位漸次悟入何謂大乘二種種性一本性住種性謂無始來依附本識法爾所得無漏法因二習所成種性謂聞法界等流法已聞所成等熏習所成要具大乘此二種性方能漸次悟入唯識何謂悟入唯識五位一資糧位謂修大乘順解脫分二加行位謂修大乘順決擇分三通達位謂諸菩薩所住見道四修習位謂諸菩薩所住修道五究竟位謂住無上正等菩提云何漸次悟入唯識謂諸菩薩於識相性資糧位中能深信解在加行位能漸伏除所取能取引發眞見在通達位如實通達修習位中如所見理數數修習伏斷餘障至究竟位出障圓明能盡未來化有情類復令悟入唯識相性初資糧位其相云何頌曰

乃至未起識　求住唯識性　於二取隨眠
猶未能伏滅

論曰從發深固大菩提心乃至未起順決擇識求住唯識眞勝義性齊此皆是資糧位攝爲趣無上正等菩提修習種種勝資糧故爲

有情故勤求解脫由此亦名順解脫分此位菩薩依因善友作意資糧四勝力故於唯識義雖深信解而未能了能所取空多住外門修菩薩行故於二取所引隨眠猶未有能伏滅功力令彼不起二取現行此二取言顯二取取執取能取所取性故二取習氣名彼隨眠隨逐有情眠伏藏識或隨增過故名隨眠即是所知煩惱障種煩惱障者謂執遍計所執實我薩迦耶見而爲上首百二十八根本煩惱及彼等流諸隨煩惱此皆擾惱有情身心能障涅槃名煩惱障所知障者謂執遍計所執實法薩迦耶見而爲上首見疑無明愛恚慢等覆所知境無顛倒性能障菩提名所知障此所知障決定不與異熟識俱彼微劣故不與無明慧相應故法空智品與俱起故

七轉識內隨其所應或少或多如煩惱說眼等五識無分別故法見疑等定不相應餘由意力皆容引起此障但與不善無記二心相應論說無明唯通不善無記性故癡無癡等不相應故煩惱障中此障必有彼定用此爲所依故體雖無異而用有別故二隨眠隨聖道用有勝有劣斷惑前後此於無覆無記性中是異熟生非餘三種彼威儀等勢用薄弱非覆所知障菩提故此名無覆望二乘說若望菩薩亦是有覆若所知障有見疑等如何此種契經說爲無明住地無明增故總名無明非無見等如煩惱種立見一處欲色有愛四住地名豈彼更無慢無明等如是二障分別起者見所斷攝任運起者修所斷攝二乘但能斷煩惱障菩薩俱斷永斷二種唯聖道

能伏二現行通有漏道菩薩住此資糧位中二麤現行雖有伏者而於細者及二隨眠止觀力微未能伏滅此位未證唯識眞如依勝解力修諸勝行應知亦是解行地攝所修勝行其相云何略有二種謂福及智諸勝行中慧爲性者皆名爲智餘名爲福且依六種波羅蜜多通相皆二別相前五說爲福德第六智慧或復前三唯福德攝後一唯智餘通二種復有二種謂利自他所修勝行隨意樂力一切皆通自他利行依別相說六到彼岸菩提分等自利行攝四種攝事四無量等一切皆是利他行攝如是等行差別無邊皆是此中所修勝行此位二障雖未伏除修勝行時有三退屈而能三事練磨其心於所證修勇猛不退一聞無上正等菩提廣大深遠心便退屈引他已證大菩提者練磨自心勇猛不退二聞施等波羅蜜多甚難可修心便退屈省已意樂能修施等練磨自心勇猛不退三聞諸佛圓滿轉依極難可證心便退屈引他麤善況已妙因練磨自心勇猛不退由斯三事練磨其心堅固熾然修諸勝行次加行位其相云何頌曰

現前立少物　謂是唯識性　以有所得故
非實住唯識

論曰菩薩先於初無數劫善備福德智慧資糧順解脫分既圓滿已爲入見道住唯識性復修加行伏除二取謂煗頂忍世第一法此四總名順決擇分順趣眞實決擇分故近見道故立加行名非前資糧無加行義煗等四法依四尋思四如實智初後位立四尋思者

尋思名義自性差別假有實無如實遍知此四離識及識非有名如實智名義相異故別尋求二二相同故合思察依明得定發下尋思觀無所取立爲煖位謂此位中創觀所取名等四法皆自心變假施設有實不可得初獲慧日前行相故立明得名即此所獲道火前相故亦名煖依明增定發上尋思觀無所取立爲頂位謂此位中重觀所取名等四法皆自心變假施設有實不可得明相轉盛故名明增尋思位極故復名頂依印順定發下如實智於無所取決定印持無能取中亦順樂忍既無實境離能取識寧有實識離所取境所取能取相待立故印順忍時總立爲忍印前順後立印順名忍境識空故亦名忍依無間定發上如實智印二取空立世第一法謂前上忍唯印能取空今世第一法二空雙印從此無間必入見道故立無間名異生法中此最勝故名世第一法如是煖頂依能取識觀所取空下忍起時印境空相中忍轉位於能取識如境是空順樂忍可上忍起位印能取空世第一法雙印空相皆帶相故未能證實故說菩薩此四位中猶於現前安立少物謂是唯識眞勝義性以彼空有二相未除帶相觀心有所得故非實安住眞唯識理彼相滅已方實安住依如是義故有頌言

菩薩於定位　觀影唯是心　義想既滅除
審觀唯自想　如是住內心　知所取非有
次能取亦無　後觸無所得

此加行位未遣相縛於麤重縛亦未能斷唯能伏除分別二取違見道故於俱生者及二

隨眠有漏觀心有所得故有分別故未全伏除全未能滅此位菩薩於安立諦非安立諦俱學觀察爲引當來二種見故及伏分別二種障故非安立諦是正所觀非如二乘唯觀安立菩薩起此煗等善根雖方便時通諸靜慮而依第四方得成滿託最勝依入見道故唯依欲界善趣身起餘慧猒心非殊勝故此位亦是解行地攝未證唯識眞勝義故次通達位其相云何頌曰

若時於所緣　智都無所得　爾時住唯識

離二取相故

論曰若時菩薩於所緣境無分別智都無所得不取種種戲論相故爾時乃名實住唯識眞勝義性即證眞如智與眞如平等平等俱離能取所取相故能所取相俱是分別有所得心戲論現故有義此智二分俱無說無所取能取相故有義此智相見俱有帶彼相起名緣彼故若無彼相名緣彼者應色智等名聲等智若無見分應不能緣寧可說爲緣眞如智勿眞如性亦名能緣故應許此定有見分有義此智見有相無說無相取不取相故雖有見分而無分別說非能取非取全無雖無相分而可說此帶如相起不離如故如自證分緣見分時不變而緣此亦應爾變而緣者便非親證如後得智應有分別故應許此有見無相加行無間此智生時體會眞如名通達位初照理故亦名見道然此見道略說有二一眞見道謂即所說無分別智實證二空所顯眞理實斷二障分別隨眠雖多剎那事方究竟而相等故總說一心有義此中二

空二障漸證漸斷以有淺深麤細異故有義此中二空二障頓證頓斷由意樂力有堪能故二相見道此復有二一觀非安立諦有三品心一內遣有情假緣智能除輭品分別隨眠二內遣諸法假緣智能除中品分別隨眠三徧遣一切有情諸法假緣智能除一切分別隨眠前二名法智各別緣故第三名類智總合緣故法真見道二空見分自所斷障無間解脫別總建立名相見道有義此三是真見道以相見道緣四諦故有義此三是相見道以真見道不別緣故二緣安立諦有十六心此復有二一者依觀所取能取別立法類十六種心謂於苦諦有四種心一苦法智忍謂觀三界苦諦真如正斷三界見苦所斷二十八種分別隨眠二苦法智謂忍無間觀前真如證前所斷煩惱解脫三苦類智忍謂智無間無漏慧生於法忍智各別內證言後聖法皆是此類四苦類智謂此無間無漏智生審定印可苦類智忍如於苦諦有四種心集滅道諦應知亦爾此十六心八觀真如八觀正智法真見道無間解脫見自證分差別建立名相見道二者依觀下上諦境別立法類十六種心謂觀現前不現前界苦等四諦各有二心一現觀忍二現觀智如其所應法真見道無間解脫見分觀諦斷見所斷百一十二分別隨眠名相見道若依廣布聖教道理說相見道有九種心此即依前緣安立諦二十六種止觀別立謂法類品忍智合說各有四觀即爲八心八相應止總說爲一雖見道中止觀雙運而於見義觀順非止故此觀止

開合不同由此九心名相見道諸相見道依眞假說世第一法無間而生及斷隨眠非實如是眞見道後方得生故非安立後起安立故分別隨眠眞已斷故前眞見道證唯識性後相見道證唯識相二中初勝故頌偏說前眞見道根本智攝後相見道後得智攝諸後得智有二分耶有義俱無離二取故有義此智見有相無說此智品有分別故聖智皆能親照境故不執著故說離二取有義此智二分俱有說此思惟似眞如相不見眞實眞如性故又說此智分別諸法自共相等觀諸有情根性差別而爲說故又說此智現身土等爲諸有情說正法故若不變現似色聲等寧有現身說法等事轉色蘊依不現色者轉四蘊依應無受等又若此智不變似境離自體法應非所緣緣色等時應緣聲等又緣無法等應無所緣緣彼體非實無緣用故由斯後智二分俱有此二見道與六現觀相攝云何六現觀者一思現觀謂最上品喜受相應思所成慧此能觀察諸法共相引生煗等加行道中觀察諸法此用最猛偏立現觀煗等不能廣分別法又未證理故非現觀二信現觀謂緣三寶世出世間決定淨信此助現觀令不退轉立現觀名三戒現觀謂無漏戒除破戒垢令觀增明亦名現觀四現觀智諦現觀謂一切種緣非安立根本後得無分別智五現觀邊智諦現觀謂現觀智諦現觀後諸緣安立世出世智六究竟現觀謂盡智等究竟位智此眞見道攝彼第四現觀少分此相見道攝彼第五少分彼第二三雖此俱起

而非自性故不相攝菩薩得此二見道時生如來家住極喜地善達法界得諸平等常生諸佛大集會中於多百門已得自在自知不久證大菩提能盡未來利樂一切次修習位其相云何頌曰

無得不思議　是出世間智　捨二麤重故便證得轉依

論曰菩薩從前見道起已爲斷餘障證得轉依復數修習無分別智此智遠離所取能取故說無得及不思議或離戲論說爲無得妙用難測名不思議是出世間無分別智斷世間故名出世間二取隨眠是世間本唯此能斷獨得出名或出世名依二義立謂體無漏及證眞如此智具斯二種義故獨名出世餘智不然即十地中無分別智數修此故捨二麤重二障種子立麤重名性無堪任違細輕故令彼永滅故說爲捨此能捨彼二麤重故便能證得廣大轉依依謂所依即依他起與染淨法爲所依故染謂虛妄遍計所執淨謂眞實圓成實性轉謂二分轉捨轉得由數修習無分別智斷本識中二障麤重故能轉捨依他起上遍計所執及能轉得依他起中圓成實性由轉煩惱得大涅槃轉所知障證無上覺成立唯識意爲有情證得如斯二轉依果或依即是唯識眞如生死涅槃之所依故愚夫顛倒迷此眞如故無始來受生死苦聖者離倒悟此眞如便得涅槃畢究安樂由數修習無分別智斷本識中二障麤重故能轉滅依如生死及能轉證依如涅槃此即眞如離雜染性如雖性淨而相雜染故離染時假

說新淨即此新淨說爲轉依修習位中斷障證得雖於此位亦得菩提而非此中須意所顯頌意但顯轉唯識性二乘滿位名解脫身在大牟尼名法身故

云何證得二種轉依謂十地中修十勝行斷十重障證十真如二種轉依由斯證得言十地者一極喜地初獲聖性具證二空能益自他生大喜故二離垢地具淨尸羅遠離能起微細毀犯煩惱垢故三發光地成就勝定大法總持能發無邊妙慧光故四焰慧地安住最勝菩提分法燒煩惱薪慧焰增故五極難勝地真俗兩智行相互違合令相應極難勝故六現前地住緣起智引無分別最勝般若令現前故七遠行地至無相住功用後邊出過世間二乘道故八不動地無分別智任運相續相用煩惱不能動故九善慧地成就微妙四無礙解能遍十方善說法故十法雲地大法智雲含衆德水蔭蔽一切如空麤重充滿法身故如是十地總攝有爲無爲功德以爲自性與所修行爲勝依持令得生長故名爲地

十勝行者即是十種波羅蜜多施有三種謂財施無畏施法施戒有三種謂律儀戒攝善法戒饒益有情戒忍有三種謂耐怨害忍安受苦忍諦察法忍精進有三種謂被甲精進攝善精進利樂精進靜慮有三種安住靜慮引發靜慮辦事靜慮般若有三種謂生空無分別慧法空無分別慧俱空無分別慧方便善巧有二種謂迴向方便善巧拔濟方便善巧願有二種謂求菩提願利樂他願力有二

種謂思擇力修習力智有二種謂受用法樂智成熟有情智此十性者施以無貪及彼所起三業爲性戒以受學菩薩戒時三業爲性忍以無瞋精進審慧及彼所起三業爲性精進以勤及彼所起三業爲性靜慮但以等持爲性後五皆以擇法爲性說是根本後得智故有義第八以欲勝解及信爲性願以此三爲自性故此說自性若并眷屬一一皆以一切俱行功德爲性此十相者要七最勝之所攝受方可建立波羅蜜多一安住最勝謂要安住菩薩種性二依止最勝謂要依止大菩提心三意樂最勝謂要悲愍一切有情四事業最勝謂要具行一切事業五巧便最勝謂要無相智所攝受六迴向最勝謂要迴向無上菩提七清淨最勝謂要不爲二障間雜若

非此七所攝受者所行施等非到彼岸由斯施等十對波羅蜜多一一皆應四句分別此但有十不增減者謂十地中對治十障證十眞如無增減故復次前六不增減者爲除六種相違障故漸次修行諸佛法故漸次成熟諸有情故此如餘論廣說應知又施等三增上生道感大財體及眷屬故精進等三決定勝道能伏煩惱成熟有情及佛法故諸菩薩道唯有此二又前三種饒益有情施彼資財不損惱彼堪忍彼惱而饒益故精進等三對治煩惱雖未伏滅而能精勤修對治彼諸善加行永伏永滅諸煩惱故又由施等不住涅槃及由後三不住生死爲無住處涅槃資糧由此前六不增不減後唯四者爲助前六令修滿足不增減故方便善巧助施等三願助

精進力助靜慮智助般若令修滿故如解深密廣說應知十次第者謂由前前引發後後及由後後持淨前前又前前麤後後細故易難修習次第如是釋總別名如餘處說此十修者有五種修一依止任持修二依止作意修三依止意樂修四依止方便修五依止自在修依此五修修習十種波羅蜜多皆得圓滿如集論等廣說其相此十攝者謂十一一皆攝一切波羅蜜多互相順故依修前行而引後者前攝於後必待前故後不攝前不待後故依修後行持淨前者後攝於前持淨前故前不攝後非持淨故若依純雜而修習者展轉相望應作四句此實有十而說六者應知後四第六所攝開為十者第六唯攝無分別智後四皆是後得智攝緣世俗故此十果者有漏有四除離繫果無漏有四除異熟果而有處說具五果者或互相資或二合說十與三學互相攝者戒學有三一律儀戒謂正遠離所應離法二攝善法戒謂正修證應修證法三饒益有情戒謂正利樂一切有情此與二乘有共不共甚深廣大如餘處說定學有四一大乘光明定謂此能發照了大乘理教行果智光明故二集福王定謂此自在集無邊福如王勢力無等雙故三賢守定謂此能守世出世間賢善法故四健行定謂佛菩薩大健有情之所行故此四所緣對治堪能引發作業如餘處說慧學有三一加行無分別慧二根本無分別慧三後得無分別慧此三自性所依因緣所緣行等如餘處說如是三慧初二位中種具有三現唯加行於通達

位現二種三見道位中無加行故於修習位七地已前若種若現俱通三種八地以去現二種三無功用道違加行故所有進趣皆用後得無漏觀中任運趣故究竟位中現種俱二加行現種俱已捨故若自性攝戒唯攝戒定攝靜慮慧攝後五若并助伴皆具相攝若隨用攝戒攝前三資糧自體眷屬性故定攝靜慮慧攝後五精進三攝遍策三故若隨顯攝戒攝前四前三如前及守護故定攝靜慮慧攝後五此十位者五位皆具修習位中其相最顯然初二位頓悟菩薩種通二種現唯有漏漸悟菩薩若種若現俱通二種已得生空無漏觀故通達位中種通二種現唯無漏於修習位七地已前種現俱通有漏無漏八地以去種通二種現唯無漏究竟位中若現若種俱唯無漏此十因位有三種名一名波羅蜜多謂初無數劫爾時施等勢力尚微被煩惱伏未能伏彼由斯煩惱不覺現行二名近波羅蜜多謂第二無數劫爾時施等勢力漸增非煩惱伏而能伏彼由斯煩惱故意方行三名大波羅蜜多謂第三無數劫爾時施等勢力轉增能畢竟伏一切煩惱由斯煩惱永不現行猶有所知微細現種及煩惱種故未究竟此十義類差別無邊恐猒繁文略示綱要十於十地雖實皆修而隨相增地地修一雖十地行有無量門而皆攝在十到彼岸十重障者一異生性障謂二障中分別起者依彼種立異生性故二乘見道現在前時唯斷一種名得聖性菩薩見道現在前時具斷二種名得聖性二真見道現在前時彼二障

種必不成就猶明與闇定不俱生如秤兩頭低昂時等諸相違法理必應然是故二性無俱成失無間道時已無惑種何用復起解脫道爲斷惑證滅期心別故爲捨彼品麤重性故無間道時雖無惑種而未捨彼無堪任性爲捨此故起解脫道及證此品擇滅無爲雖見道生亦斷惡趣諸業果等而今且說能起煩惱是根本故由斯初地說斷二愚及彼麤重一執著我法愚即是此中異生性障二惡趣雜染愚即是惡趣諸業果等應知愚品總說爲愚後准此釋或彼唯說利鈍障品俱起二愚彼麤重言顯彼二種或二所起無堪任性如入二定說斷苦根所斷苦根雖非現種而名麤重此亦應然後麤重言例此應釋雖初地所斷實通二障而異生性障意取所知說十無明非染汙故無明即是十障品愚二乘亦能斷煩惱障彼是共故非此所說又十無明不染汙者唯依十地修所斷說雖此位中亦伏煩惱斷彼麤重而非正意不斷隨眠故此不說理實初地修道位中亦斷俱生所知一分然今且說最初斷者後九地斷准此應知住滿地中時既淹久理應進斷所應斷障不爾三時道應無別故說菩薩得現觀已復於十地修道位中唯修永滅所知障道留煩惱障助願受生非如二乘速趣圓寂故修道位不斷煩惱將成佛時方頓斷故二邪行障謂所知障中俱生一分及彼所起悞犯三業彼障二地極淨尸羅入二地時便能永斷由斯二地說斷二愚及彼麤重一微細悞犯愚即是此中俱生一分二種種業趣愚即彼

所起悞犯三業或唯起業不了業愚三闇鈍障謂所知障中俱生一分令所聞思修法忘失彼障三地勝定總持及彼所發殊勝三慧入三地時便能永斷由斯三地說斷二愚及彼麤重一欲貪愚即是此中能障勝定及修慧者彼昔多與欲貪俱故名欲貪愚今得勝定及修所成彼既永斷欲貪隨伏此無始來依彼轉故二圓滿聞持陀羅尼愚即是此中能障總持聞思慧者四微細煩惱現行障謂所知障中俱生一分第六識俱身見等攝最下品故不作意緣故遠隨現行故說名微細彼障四地菩提分法入四地時便能永斷彼昔多與第六識中任運而生執我見等同體起故說煩惱名今四地中既得無漏菩提分法彼便永滅此我見等亦永不行初二三地行施戒修相同世間四地修得菩提分法方名出世故能永害此身見等寧知此與第六識俱第七識俱執我見等與無漏道性相違故八地以去方永不行七地已來猶得現起與餘煩惱爲依持故此麤彼細伏有前後故此但與第六相應身見等言亦攝無始所知障攝定愛法愛彼定法愛三地尚增入四地時方能永斷菩提分法特違彼故由斯四地說斷二愚及彼麤重一等至愛愚即是此中定愛俱者二法愛愚即是此中法愛俱者所知障攝二愚斷故煩惱二愛亦永不行五於下乘般涅槃障謂所知障中俱生一分令厭生死樂趣涅槃同下二乘厭苦欣滅彼障五地無差別道入五地時便能永斷由斯五地說斷二愚及彼麤重一純作意背生死愚即

是此中猒生死者二純作意向涅槃愚即是此中樂涅槃者六麤相現行障謂所知障中俱生一分執有染淨麤相現行彼障六地無染淨道入六地時便能永斷由斯六地說斷二愚及彼麤重一現觀察行流轉愚即是此中執有染者諸行流轉染分攝故二相多現行愚即是此中執有淨者取淨相故相觀多行未能多時住無相觀七細相現行障謂所知障中俱生一分執有生滅細相現行彼障七地妙無相道入七地時便能永斷由斯七地說斷二愚及彼麤重一細相現行愚即是此中執有生者猶取流轉細生相故二純作意求無相愚即是此中執有滅者尚取還滅細滅相故純於無相作意勤求未能空中起有勝行八無相中作加行障謂所知障中俱生一分令無相觀不任運起前之五地有相觀多無相觀少於第六地有相觀少無相觀多第七地中純無相觀雖恒相續而有加行由無相中有加行故未能任運現相及土如是加行障八地中無功用道故若得入第八地時便能永斷彼永斷故得二自在由斯八地說斷二愚及彼麤重一於無相作功用愚二於相中不自在愚令於相中不自在故此亦攝土相一分故八地以上純無漏道任運起故三界煩惱永不現行第七識中細所知障猶可現起生空智果不違彼故九利他中不欲行障謂所知障中俱生一分令於利樂有情事中不欲勤行樂修已利彼障九地四無礙解入九地時便能永斷由斯九地說斷二愚及彼麤重一於無量所說法無量名句

字後後慧辯陀羅尼自在愚於無量所說法陀羅尼自在者謂義無礙解即於所詮總持自在於一義中現一切義故於無量名句字陀羅尼自在者謂法無礙解即於能詮總持自在於一名句字中現一切名句字故於後後慧辯陀羅尼自在者謂詞無礙解即於言音展轉訓釋總持自在於一音聲中現一切音聲故二辯才自在愚辯才自在者謂辯無礙解善達機宜巧爲說故愚能障此四種自在皆是此中第九障攝十於諸法中未得自在障謂所知障中俱生一分令於諸法不得自在彼障十地大法智雲及所含藏所起事業入十地時便能永斷由斯十地說斷二愚及彼麤重一大神通愚即是此中障所起事業者二悟入微細祕密愚即是此中障大法智雲及所含藏者此地於法雖得自在而有餘障未名最極謂有俱生微所知障及有任運煩惱障種金剛喻定現在前時彼皆頓斷入如來地由斯佛地說斷二愚及彼麤重一於一切所知境極微細著愚即是此中微所知障二極微細礙愚即是此中一切任運煩惱障種故集論說得菩提時頓斷煩惱及所知障成阿羅漢及成如來證大涅槃大菩提故

成唯識論卷第九

音釋

練郎甸切精練也　煗乃管切溫也　創初亮切始也　輭而兗切弱也

耐奴代切忍也

成唯識論卷第十

護法等菩薩造

唐三藏法師玄奘奉詔譯

此十一障二障所攝煩惱障中見所斷種於極喜地見道初斷彼障現起地前已伏修所斷種金剛喻定現在前時一切頓斷彼障現起地前漸伏初地以上能頓伏盡令永不行如阿羅漢由故意力前七地中雖暫現起而不爲失八地以上畢竟不行所知障中見所斷種於極喜地見道初斷彼障現起地前已伏修所斷種於十地中漸次斷滅金剛喻定現在前時方永斷盡彼障現起地前漸伏乃至十地方永伏盡八地以上六識俱者不復現行無漏觀心及果相續能違彼故第七俱者猶可現行法空智果起位方伏前五轉識設未轉依無漏伏故障不現起雖於修道十地位中皆不斷滅煩惱障種而彼麤重亦漸斷滅由斯故說二障麤重一一皆有三位斷義雖諸位中皆斷麤重而三位顯是故偏說斷二障種漸頓云何第七識俱煩惱障種三乘將得無學果時一刹那中三界頓斷所知障種將成佛時一刹那中一切頓斷任運內起無麤細故餘六識俱煩惱障種見所斷者三乘見位眞見道中一切頓斷修所斷者隨其所應一類二乘三界九地一一漸次九品別斷一類二乘三界九地合爲一聚九品別斷菩薩要起金剛喻定一刹那中三界頓斷所知障種初地初心頓斷一切見所斷者修所斷者後於十地修道位中漸次而斷乃至正起金剛喻定一刹那中方皆斷盡通緣內

外麤細境生品類差別有衆多故二乘根鈍漸斷障時必各別起無間解脫加行勝進或別或總菩薩利根漸斷障位非要別起無間解脫剎那剎那能斷證故加行等四剎那剎那前後相望皆容具有

十眞如者一遍行眞如謂此眞如二空所顯無有一法而不在故二最勝眞如謂此眞如具無邊德於一切法最爲勝故三勝流眞如謂此眞如所流教法於餘教法極爲勝故四無攝受眞如謂此眞如無所繫屬非我執等所依取故五類無別眞如謂此眞如類無差別非如眼等類有異故六無染淨眞如謂此眞如本性無染亦不可說後方淨故七法無別眞如謂此眞如雖多教法種種安立而無異故八不增減眞如謂此眞如離增減執不隨淨染有增減故即此亦名相土自在所依眞如謂若證得此眞如已現相現土俱自在故九智自在所依眞如謂若證得此眞如已於無礙解得自在故十業自在等所依眞如謂若證得此眞如已普於一切神通作業總持定門皆自在故雖眞如性實無差別而隨勝德假立十種雖初地中已達一切而能證行猶未圓滿爲令圓滿後後建立

如是菩薩於十地中勇猛修行十種勝行斷十重障證十眞如於二轉依便能證得轉依位別略有六種一損力益能轉謂初二位由習勝解及慚愧故損本識中染種勢力益本識內淨種功能雖未斷障種實證轉依而漸伏現行亦名爲轉二通達轉謂通達位由見道力通達眞如斷分別生二障麤重證得一

分眞實轉依三修習轉謂修習位由數修習十地行故漸斷俱生二障麤重漸次證得眞實轉依攝大乘中說通達轉在前六地有無相觀通達眞俗間雜現前令眞非眞現不現故說修習轉在後四地純無相觀長時現前勇猛修習斷餘麤重多令非眞不顯現故四果圓滿轉謂究竟位由三大劫阿僧企耶修習無邊難行勝行金剛喻定現在前時永斷本來一切麤重頓證佛果圓滿轉依窮未來際利樂無盡五下劣轉謂二乘位專求自利猒苦欣寂唯能通達生空眞如斷煩惱種證眞擇滅無勝堪能名下劣轉六廣大轉謂大乘位爲利他故趣大菩提生死涅槃俱無欣猒具能通達二空眞如雙斷所知煩惱障種頓證無上菩提涅槃有勝堪能名廣大轉此

中意說廣大轉依捨二麤重而證得故轉依義別略有四種一能轉道此復有二一能伏道謂伏二障隨眠勢力令不引起二障現行此通有漏無漏二道加行根本後得三智隨其所應漸頓伏彼二能斷道謂能永斷二障隨眠此道定非有漏加行有漏曾習相執所引未泯相故加行趣求所證所引未成辦故有義根本無分別智親證二空所顯眞理無境相故能斷隨眠後得不然故非斷道有義後得無分別智雖不親證二空眞理無力能斷迷理隨眠而於安立非安立相明了現前無倒證故亦能永斷迷事隨眠故瑜伽說修道位中有出世斷道世出世斷道無純世間道能永害隨眠是曾習故相執引故由斯理趣諸見所斷及修所斷迷理隨眠唯有根本

無分別智親證理故能正斷彼餘修所斷迷事隨眠根本後得俱能正斷二所轉依此復有二一持種依謂根本識由此能持染淨法種與染淨法俱爲所依聖道轉令捨染得淨餘依他起性雖亦是依而不能持種故此不說二迷悟依謂眞如由此能作迷悟根本諸染淨法依之得生聖道轉令捨染得淨餘雖亦作迷悟法依而非根本故此不說三所轉捨此復有二一所斷捨謂二障種眞無間道現在前時障治相違彼便斷滅永不成就說之爲捨彼種斷故不復現行妄執我法所執我法不對妄情亦說爲捨由此名捨遍計所執二所棄捨謂餘有漏劣無漏種金剛喻定現在前時引極圓明純淨本識非彼依故皆永棄捨彼種捨已現有漏法及劣無漏畢竟不生既永不生亦說爲捨由此名捨生死劣法有義所餘有漏法種及劣無漏金剛喻定現在前時皆已棄捨與二障種俱時捨故有義爾時猶未捨彼與無間道不相違故菩薩應無生死法故此位應無所熏識故住無間道應名佛故後解脫道應無用故由此應知餘有漏等解脫道起方棄捨之第八淨識非彼依故四所轉得此復有二一所顯得謂大涅槃此雖本來自性清淨而由客障覆令不顯眞聖道生斷彼障故令其相顯名得涅槃此依眞如離障施設故體即是清淨法界涅槃義別略有四種一本來自性清淨涅槃謂一切法相眞如理雖有客染而本性淨具無數量微妙功德無生無滅湛若虛空一切有情平等共有與一切法不一不異離一切相

一切分別尋思路絶名言道斷唯眞聖者自内所證其性本寂故名涅槃二有餘依涅槃謂即眞如出煩惱障雖有微苦所依未滅而障永寂故名涅槃三無餘依涅槃謂即眞如出生死苦煩惱既盡餘依亦滅衆苦永寂故名涅槃四無住處涅槃謂即眞如出所知障大悲般若常所輔翼由斯不住生死涅槃利樂有情窮未來際用而常寂故名涅槃一切有情皆有初一二乘無學容有前三唯我世尊可言具四如何善逝有有餘依雖無實依而現似有或苦依盡説無餘依非苦依在説有餘依是故世尊可言具四若聲聞等有無餘依如何有處説彼非有有處説彼都無涅槃豈有餘依彼亦非有然聲聞等身智在時有所知障苦依未盡圓寂義隱説無涅槃非彼實無煩惱障盡所顯眞理有餘涅槃爾時未證無餘圓寂故亦説彼無無餘依非彼後時滅身智巳無苦依盡無餘涅槃或説二乘無涅槃者依無住處不依前三又説彼無無餘依者依不定性二乘而説彼纔證得有餘涅槃決定迴心求無上覺由定願力留身久住非如一類入無餘依謂有二乘深樂圓寂得生空觀親證眞如永滅感生煩惱障盡顯依眞理有餘涅槃彼能感生煩惱盡故後有異熟無由更生現苦所依任運滅位餘有爲法既無所依與彼苦依同時頓捨顯依眞理無餘涅槃爾時雖無二乘身智而由彼證可説彼有此位唯有清淨眞如離相湛然寂滅安樂依斯説彼與佛無差但無菩提利樂他業故復説彼與佛有異諸所知障既不感生

如何斷彼得無住處彼能隱覆法空眞如令不發生大悲般若窮未來際利樂有情故斷彼時顯法空理此理即是無住涅槃令於二邊俱不住故若所知障亦障涅槃如何斷彼不得擇滅擇滅離縛彼非縛故既爾斷彼寧得涅槃非諸涅槃皆擇滅攝不爾性淨應非涅槃能縛有情住生死者斷此說得擇滅無爲諸所知障不感生死非如煩惱能縛有情故斷彼時不得擇滅然斷彼故法空理顯此理相寂說爲涅槃非此涅槃擇滅爲性故四圓寂諸無爲中初後即眞如中二擇滅攝若唯斷縛得擇滅者不動等二四中誰攝非擇滅攝說暫離故擇滅無爲唯究竟滅有非擇滅非永滅故或無住處亦擇滅攝由眞擇力滅障得故擇滅有二一滅縛得謂斷感生煩惱得者二滅障得謂斷餘障而證得者故四圓寂諸無爲中初一即眞如後三皆擇滅不動等二暫伏滅者非擇滅攝究竟滅者擇滅所攝既所知障亦障涅槃如何但說是菩提障說煩惱障但障涅槃豈彼不能爲菩提障應知聖教依勝用說理實俱能通障二果如是所說四涅槃中唯後三種名所顯得二所生得謂大菩提此雖本來有能生種而所知障礙故不生由聖道力斷彼障故令從種起名得菩提起已相續窮未來際此即四智相應心品

云何四智相應心品一大圓鏡智相應心品謂此心品離諸分別所緣行相微細難知不妄不愚一切境相性相清淨離諸雜染純淨圓德現種依持能現能生身土智影無間無

斷窮未來際如大圓鏡現衆色像二平等性智相應心品謂此心品觀一切法自他有情悉皆平等大慈悲等恒共相應隨諸有情所樂示現受用身土影像差別妙觀察智不共所依無住涅槃之所建立一味相續窮未來際三妙觀察智相應心品謂此心品善觀諸法自相共相無礙而轉攝觀無量總持之門及所發生功德珍寶於大衆會能現無邊作用差別皆得自在雨大法雨斷一切疑令諸有情皆獲利樂四成所作智相應心品謂此心品爲欲利樂諸有情故普於十方示現種種變化三業成本願力所應作事如是四智相應心品雖各定有二十二法能變所變種現俱生而智用增以智名顯故此四品總攝佛地一切有爲功德皆盡此轉有漏八七六

五識相應品如次而得智雖非識而依識轉識爲主故說轉識得又有漏位智劣識強無漏位中智強識劣爲勸有情依智捨識故說轉八識而得此四智大圓鏡智相應心品有義菩薩金剛喻定現在前時即初現起異熟識種與極微細所知障種俱時捨故若圓鏡智爾時未起便無能持淨種識故有義此品解脫道時初成佛故乃得初起異熟識種金剛喻定見在前時猶未頓捨與無間道不相違故非障有漏劣無漏法但與佛果定相違故金剛喻定無所熏識無漏不增應成佛故由斯此品從初成佛盡未來際相續不斷持無漏種令不失故平等性智相應心品菩薩見道初現前位違二執故方得初起後十地中執未斷故有漏等位或有間斷法雲地後

與淨第八相依相續盡未來際妙觀察智相應心品生空觀品二乘見位亦得初起此後展轉至無學位或至菩薩解行地終或至上位若非有漏或無心時皆容現起法空觀品菩薩見位方得初起此後展轉乃至上位若非有漏生空智果或無心時皆容現起成所作智相應心品有義菩薩修道位中後得引故亦得初起有義成佛方得初起以十地中依異熟識所變眼等非無漏故有漏不共必俱同境根發無漏識理不相應故此二於境明昧異故由斯此品要得成佛依無漏根方容現起而數間斷作意起故此四種性雖皆本有而要熏發方得現行因位漸增佛果圓滿不增不減盡未來際但從種生不熏成種勿前佛德勝後佛故大圓鏡智相應心品有義但緣真如為境是無分別非後得智行相所緣不可知故有義此品緣一切法莊嚴論說大圓鏡智於一切境不愚迷故佛地經說如來鏡智諸處境識衆像現故又此決定緣無漏種及身土等諸影像故行緣微細說不可知如阿賴耶亦緣俗故緣真如故是無分別緣餘境故後得智攝其體是一隨用分二了俗由證真故說為後得餘一分二准此應知平等性智相應心品有義但緣第八淨識如涤第七緣藏識故有義但緣真如為境緣一切法平等性故有義遍緣真俗為境佛地經說平等性智證得十種平等性故莊嚴論說緣諸有情自他平等隨他勝解示現無邊佛影像故由斯此品通緣真俗二智所攝於理無違妙觀察智相應心品緣一切法自相

共相皆無障礙二智所攝成所作智相應心品有義但緣五種現境莊嚴論說如來五根一一皆於五境轉故有義此品亦能徧緣三世諸法不違正理佛地經說成所作智起作三業諸變化事決擇有情心行差別領受去來現在等義若不徧緣無此能故然此心品隨意樂力或緣一法或二、或多且說五根於五境轉不言唯爾故不相違隨作意生緣事相境起化業故後得智攝此四心品雖皆徧能緣一切法而用有異謂鏡智品現自受用身淨土相持無漏種平等智品現他受用身淨土相成事智品能現變化身及土相觀察智品觀察自他功能過失雨大法雨破諸疑網利樂有情如是等門差別多種此四心品名所生得此所生得總名菩提及前涅槃名所轉得雖轉依義總有四種而今但取二所轉得頌說證得轉依言故此修習位說能證得非已證得因位攝故後究竟位其相云何

頌曰

此即無漏界　不思議善常　安樂解脫身
大牟尼名法

論曰前修習位所得轉依應知即是究竟位相此謂此前二轉依果即是究竟無漏界攝諸漏永盡非漏隨增性淨圓明故名無漏界是藏義此中含容無邊希有大功德故或是因義能生五乘世出世間利樂事故清淨法界可唯無漏攝四智心品如何唯無漏道諦攝故唯無漏攝謂佛功德及身土等皆是無漏種性所生有漏法種已永捨故雖有示現作生死身業煩惱等似苦集諦而實無漏道

諦所攝集論等説十五界等唯是有漏如來豈無五根五識五外界等有義如來功德身土甚深微妙非有非無離諸分別絶諸戲論非界處等法門所攝故與彼説理不相違有義如來五根五境妙定生故法界色攝非佛五識雖依此變然麤細異非五境攝如來五識非五識界經説佛心恒在定故論説五識性散亂故成所作智何識相應第六相應起化用故與觀察智性有何別彼觀諸法自共相等此唯起化故有差別此二智品應不並生一類二識不俱起故許不並起於理無違同體用分俱亦非失或與第七淨識相應依眼等根緣色等境是平等智作用差別謂淨第七起他受用身土相者平等品攝起變化者成事品攝豈不此品攝五識得非轉彼得

體即是彼如轉生死言得涅槃不可涅槃同生死攝是故於此不應爲難有義如來功德身土如應攝在蘊處界中彼三皆通有漏無漏集論等説十五界等唯有漏者彼依二乘麤淺境説非説一切謂餘成就十八界中唯有後三通無漏攝佛成就者雖皆無漏而非二乘所知境攝然餘處説佛功德等非界等者不同二乘劣智所知界等相故理必應爾所以者何説有爲法皆蘊攝故説一切法界處攝故十九界等聖所遮故若絶戲論便非界等亦不應説即無漏界善常安樂解脱身等又處處説轉無常蘊獲得常蘊界處亦然寧説如來非蘊處界故言非者是密意説又説五識性散亂者説餘成者非佛所成故佛身中十八界等皆悉具足而純無漏此轉依

果又不思議超過尋思言議道故微妙甚深自內證故非諸世間喻所喻故此又是善白法性故清淨法界遠離生滅極安隱故四智心品妙用無方極巧便故二種皆有順益相故違不善故俱說為善論說處等不唯無記如來豈無五根三境此中三釋廣說如前一切如來身土等法皆滅道攝故唯是善聖說滅道唯善性故說佛土等非苦集故佛識所變有漏不善無記相等皆從無漏善種所生無漏善攝此又是常無盡期故清淨法界無生無滅性無變易故說為常四智心品所依常故無斷盡故亦說為常非自性常從因生故生者歸滅一向說故不見色心非無常故然四智品由本願力所化有情無盡期故窮未來際無斷無盡此又安樂無逼惱故清淨法界衆相寂靜故名安樂四智心品永離體害故名安樂此二自性皆無逼惱及能安樂一切有情故二轉依俱名安樂二乘所得二轉依果唯永遠離煩惱障縛無殊勝法故但名解脫身大覺世尊成就無上寂默法故名大牟尼此牟尼尊所得二果永離二障亦名法身無量無邊力無畏等大功德法所莊嚴故體依聚義總說名身故此法身五法為性非淨法界獨名法身二轉依果皆此攝故如是法身有三相別一自性身謂諸如來真淨法界受用變化平等所依離相寂然絕諸戲論具無邊際真常功德是一切法平等實性即此自性亦名法身大功德法所依止故二受用身此有二種一自受用謂諸如來三無數劫修集無量福慧資糧所起無邊真實功

德及極圓淨常遍色身相續湛然盡未來際恒自受用廣大法樂二他受用謂諸如來由平等智示現微妙淨功德身居純淨土爲住十地諸菩薩衆現大神通轉正法輪決衆疑網令彼受用大乘法樂合此二種名受用身三變化身謂諸如來由成事智變現無量隨類化身居淨穢土爲未登地諸菩薩衆二乘異生稱彼機宜現通説法令各獲得諸利樂事以五法性攝三身者有義初二攝自性身經説眞如是法身故論説轉去阿賴耶識得自性身圓鏡智品轉去藏識而證得故中二智品攝受用身説平等智於純淨土爲諸菩薩現佛身故説觀察智大集會中説法斷疑現自在故説轉諸轉識得受用身故後一智品攝變化身説成事智於十方土現無量種難思化故

又智殊勝具攝三身故知三身皆有實智有義初一攝自性身説自性身本性常故説佛法身無生滅故説證因得非生因故又説法身諸佛共有遍一切法猶若虚空無相無爲非色心故然説轉去藏識得者謂由轉滅第八識中二障麤重顯法身故智殊勝中説法身者是彼依止彼實性故自性法身雖有眞實無邊功德而無爲故不可説爲色心等物四智品中眞實功德鏡智所起常遍色身攝自受用平等智品所現佛身攝他受用成事智品所現隨類種種身相攝變化身説圓鏡智是受用佛轉諸轉識得受用故雖轉藏識亦得受用然説轉彼顯法身故於得受用略不説之又説法身無生無滅唯證因得非色

心等圓鏡智品與此相違若非受用屬何身攝又受用身攝佛不共有爲實德故四智品實有色心皆受用攝又他受用及變化身皆爲化他方便示現故不可說實智爲體雖說化身智殊勝攝而似智現或智所起假說智名體實非智但說平等成所作智能現受用三業化身不說二身即是二智故此二智自受用攝然變化身及他受用雖無眞實心及心所而有化現心心所法無上覺者神力難思故能化現無形質法若不爾者云何如來現貪瞋等久已斷故云何聲聞及傍生等知如來心如來實心等覺菩薩尚不知故由此經說化無量類皆令有心又說如來成所作智化作三業又說變化有依他心依他實心相分現故雖說變化無根心等而依餘說不依如來又化色根心心所法無根等用故不說有如是三身雖皆具足無邊功德而各有異謂自性身唯有眞實常樂我淨離諸雜染衆善所依無爲功德無色心等差別相用自受用身具無量種妙色心等眞實功德若他受用及變化身唯具無邊似色心等利樂他用化相功德又自性身正自利攝寂靜安樂無動作故亦兼利他爲增上緣令諸有情得利樂故又與受用及變化身爲所依止故俱利攝自受用身唯屬自利若他受用及變化身唯屬利他爲他現故又自性身依法性土雖此身土體無差別而屬佛法相性異故此佛身土俱非色攝雖不可說形量小大然隨事相其量無邊譬如虛空遍一切處自受用身還依自土謂圓鏡智相應淨識由昔所修

自利無漏純淨佛土因緣成熟從初成佛盡未來際相續變爲純淨佛土周圓無際衆寶莊嚴自受用身常依而住如淨土量身量亦爾諸根相好一一無邊無限善根所引生故功德智慧既非色法雖不可說形量大小而依所證及所依身亦可說言遍一切處他受用身亦依自土謂平等智大慈悲力由昔所修利他無漏純淨佛土因緣成熟隨住十地菩薩所宜變爲淨土或小或大或劣或勝前後改轉他受用身依之而住能依身量亦無定限若變化身依變化土謂成事智大慈悲力由昔所修利他無漏淨穢佛土因緣成熟隨未登地有情所宜化爲佛土或淨或穢或小或大前後改轉佛變化身依之而住能依身量亦無定限自性身土一切如來同所證

故體無差別自受用身及所依土雖一切佛各變不同而皆無邊不相障礙餘二身土隨諸如來所化有情有共不共所化共者同處同時諸佛各變爲身爲土形狀相似不相障礙展轉相雜爲增上緣令所化生自識變現謂於一土有一佛身爲現神通說法饒益於不共者唯一佛變諸有情類無始時來種性法爾更相繫屬或多屬一或一屬多故所化生有共不共不爾多佛久住世間各事劬勞實爲無益一佛能益一切生故此諸身土若淨若穢無漏識上所變現者同能變識俱善無漏純善無漏因緣所生是道諦攝非苦集故蘊等識相不必皆同三法因緣雜引生故有漏識上所變現者同能變識皆是有漏純從有漏因緣所生是苦集攝非滅道故善等

識相不必皆同三性因緣雜引生故藴等同
異類此應知不爾應無五十二等然相分等
依識變現非如識性依他中實不爾唯識理
應不成許識内境俱實有故或識相見等從
緣生俱依他起虚實如識唯言遣外不遮内
境不爾眞如亦應非實内境與識既並非虚
如何但言唯識非境識唯内有境亦通外恐
濫外故但言唯識或諸愚夫迷執於境起煩
惱業生死沉淪不解觀心勤求出離哀愍彼
故說唯識言令自觀心解脱生死非謂内境
如外都無或相分等皆識爲性由熏習力似
多分生眞如亦是識之實性故除識性無别
有法此中識言亦攝心所心與心所定相應
故此論三分成立唯識是故說爲成唯識論
亦說此論名淨唯識顯唯識理極明淨故此

本論名唯識三十由三十頌顯唯識理乃得
圓滿非增減故

已依聖教及正理　分别唯識性相義
所獲功德施群生　願共速登無上覺

成唯識論卷第十

成唯識論後序

吳興　沈　玄　明　撰

原夫覺海澂圓涵萬流而濬宗極神機闡妙被衆象而凝至真朗慧日而鏡六幽洩慈雲而溥八寓演一音而懸解逸三乘以遐騖體陳如之半器津有有於鹿園照善現之滿機繹空空於鷲嶺雖絕塵於常斷詎遺筌於有空顯無上之靈宗凝中道於兹教逮金河滅景泒淳源而不追玉牒霏華緒澆風而競扇於是二十八見迷喪應於五天一十六師亂牛雲於四主半千將聖兹惟世親實賢劫之應真睟生知以提化飛光毓彩誕暎資靈曜常明於八蘊藻初情於六足秀談芝於俱舍摽說有之餘宗攡玄波於大乘賁研空之至理化方昇而照極湛冲一於斯頌唯識三十偈者世親歸根之遺製也理韜㘝海泛浮境於榮河義鬱烟飈麗虹章於玄圃言含萬象字苞千訓妙旨天逸邃彩星華幽緒未宣冥神絕境孤明斂暎祕思潛津後有護法安慧等十大菩薩韞玄珠於八藏聳層搆於四圖宅照二因捿清三觀升暉十地澄智水以潤賢林隣幾七覺皎行月而開重夜優柔芳烈景躅前修箭涌泉言風飛寶思咸觀本頌各裁斯釋名曰成唯識論或名淨唯識論空心外之二取息滯有之迷塗有識內之一心遣歸空之妄執晦斯心境苦海所以長淪悟彼有空覺岸於焉高蹈九十外道亂風轍而靡星旗十八小乘軔𨍏軒而扶龍轂窮神體妙詣賾探機精貫十支洞該九分顧十翼而摶仙羽頫九流以濬瓊波盡邃理之希微闡法

王之興典稱謂雙絕筌象兼忘曜靈景於西申闕虹光於震旦濟物弘道眇歸宗德粵若大和上三藏法師玄奘體睿含真履仁翔慧九門禪宴證靜於融山八萬玄津騰流於委海疊金牆而月曜峻玉宇而霞騫軼芳粹於澄蘭孕風華於龍翼悼微言之匿彩嗟大義之淪暉用啓誓之肆茲遥踐泳祥河之輟水攀寶樹之低枝循鏤杠以神遊躙雲峯而安步昇紫階而證道瞰玄影以嚴因採輿觀奇從蒼龍於二紀緘檀篆真旋白馬於三秦我大唐慶表金輪禎資樞電奄大千而光宅御六辯以天飛神化潛通九仙賛寶玄猷旁闡百靈聳職凝旒邃拱杳通夢於霄暉掞組摛華煥騰文以幽賛玄奉綸旨溥令翻譯敕尚書左僕射燕國公于志寧中書令高陽公許

敬宗等潤色沙門釋神泰等證義沙門釋靖邁等質文肇自貞觀十九年終于顯慶之末部將六十卷出一千韜軼蓬萊池湟環瀲載隆法寶大啓群迷頌德序經並紆宸藻玄風之盛未之前聞粵以顯慶四年龍棲叶洽玄英應序厥閏惟陽粹茲十釋四千五百頌彙聚群分各遵其本合爲一部勒成十卷月窮于紀銓綜云畢精括詁訓研詳夷夏調驚韶律藻掞天庭白鳳甄奇紫微呈瑞遂使文同義異若一師之製焉斯則古聖今賢其揆一也三藏弟子基鼎族高門玉田華胄壯年味道綺日參玄業峻林遠識清雲鏡閑儀玉瑩凌道邃而澄明逸韻蘭芳掩法汰而飛辯緒僊音於八梵舞霄鶴以翔禎摛麗範於九章影桐鸞而絢藻昇光譯侶俯潛叡而融暉登

彩義徒顧猷暢而高視秀初昕之琁景晉燭玄儒矯彌天之絶輪騰邁眞俗親承四辯言獎三明疏發戶牖液導津涉績功資素通理寄神綜其網領甄其品第兼撰義疏傳之後學教蟠黄陸跨合璧於龜疇祥浮紫宮掩連珠於麟籀式罄庸謏叙其宗致云

音釋

泯弭盡切滅也 輔翼輔奉甫切助也翼與職切扶也 瀓持陵切與澄同 涵胡男切包容也 濬須閏切疏瀹也 洩先結切散也 寓王矩切與宇同天地四方曰宇 鶩亡遇切馳也 繹夷益切紬繹也 澆堅堯切薄也 毓余六切養也 賁彼義切飾也 囦么玄切與淵同 躅厨玉切迹也 軔而振切止輪木也 羬巨淹切羊八尺爲羬 頫他弔切俯首聽也 閟彼義切閉也 粵于伐切與越同發語詞 軼弋質切超過也 躝良仍切蹂也 霙於京切雪霰也 瞰苦濫切俯視也 賮慈忍切會禮之財也 旒力求切晃旒也 掞舒瞻切舒也 組總古切綬屬 摛抽之切布也 潡蒲沒切與

渤同 糅女九切雜也 彙于貴切類也 銓逡緣切次也 綜子宋切綂理也 詁姑五切訓詁也 輸河干切與輸同羽翰也 籀直又切史籀人名始作大篆者 謏先了切小聞也

廣百論釋論
唐三藏法師玄奘奉　制譯

清刻龍藏佛說法變相圖

廣百論釋論卷第一

聖天菩薩本

護法菩薩釋

唐三藏法師玄奘奉　制譯

破常品第一

稽首妙慧如日輪　垂光破闇開淨眼
遠布微言廣百論　百聖隨行我當釋

論曰爲顯邪執我我所事性相皆空方便開示三解脫門故造斯論執見事性爲方便故起相分別隨取事相爲依止故生邪願樂既顯事空二即非有其我所事略有二種謂常無常常住事勝寂靜安樂衆生聞樂清曠無爲多生欣樂無常事劣能引諸苦衆生見苦熾火所燒多生猒離由是論初先破常事故說頌曰

一切爲果生　所以無常性　故除佛無有
如實號如來
論曰諸有世間鄙執他論所説種種常住句
義多越現量所行境界以能生果比量安立
既能生果亦應比度從緣而生如麤色等若
非緣生無勝體用應不能生如空華等若許
彼義從緣而生即定滅壞如所生果所以佛
説諸行無常從緣生滅如苦樂等是故唯佛
無顛倒説得名如來見一切境無罣礙故若
爾所餘無生果用此應是常既不生果不可
比度從緣生故雖爾既無能生果用如來滅
無應比非有爲顯此言其義決定故復頌曰
無有時方物　有性非緣生　故無時方物
有性而常住
論曰諸有性法定從緣生如苦樂等若非緣
生定無有性如空華等此若有性應從緣生
若從緣生滅必隨逐無容常住如是説已或
復諸法必依緣生方知有性如現在法若非
緣生即非有性如未來法爲辯此義故説無
有時方等言比顯所説其理決定若時若方
若物差別徧一切處皆無諍論如説菩薩住
循法觀於諸法中不見少法出緣生外又彼
非處方便慇懃何以故頌曰
非無因有性
論曰彼雖方便慇懃立常而竟不能説有道
理如是句義所立能立一分所依不極成故
既不許有餘同類義同喻闕故比量不成設
復強説終成非理何以故頌曰
有因即非常
論曰縱彼強説常性有因既許有因即非常

性如苦熾火相應所生此因便能違害根本雖無生因而有了因有因總故即爲極成復次有執一切性皆是常若立一切皆無常性俱闕同喻比量不成此亦不然同前過故又彼雖立隱性爲常而立顯相有其生滅由比足能顯無常性遮破常性彼論遮破顯相是常及非有故若說顯相亦無生滅前位無滅後位無增諸造論者何所爲耶何所造耶若謂諸法雖有隱顯而無生滅此亦不然前後兩位若無差別便無增減有何隱顯又離體外無別有位位有隱顯體亦應然汝雖不欲體有生滅理所遍故必應信受如是所立前後兩位隱顯非常爲同法喻由此我立不與汝同立常同喻定非有故又所立義必須有因非唯起心即可成立故次頌曰

故無因欲成　眞見說非有

論曰諸有比量能成立他所不許義乃名能立若離正因但有言說虛陳自意義終不成有言無因義得成者諸有所立一切應成縱一切成仁今何恡我亦無恡彼自不成一切皆成汝亦不許復次有餘偏執明論聲常初不待緣後無壞滅性自能顯越諸根義爲決定量曾不差違現比等量依士夫見士夫有失見是疑因故能依量皆難信受此亦不然與前所說非愛過咎不相離故若所依止士夫及見皆有過故能依諸量亦有失者汝及汝師見及言論既有過失云何可信汝所發言便成自害若汝意謂汝及汝師所發言詞亦是定量餘聲非者無有比量但愛自宗亦復自違所立宗義又以比量立明論聲非士

夫造體是常住因及同喻應更須成設復能成則爲自害又明論聲與所餘聲同是聲性云何但說此聲是常餘聲無常亦不可說餘人自許聲是無常由士夫造故非是常今則不許故是常住法性決定豈隨論者許與不許成常無常不可說言一切法性隨見差別其體轉變一物同時有多體相更互相違非道理故若法隨人情計轉者應捨自宗取所餘見又立常者所說道理唯依異法無同法故所立不成或捨自意是故彼宗不任推檢喻唯構虛言都無實義復次有餘執言唯異法喻即名能立異法徧故比量本爲遮餘義故現見遮相所雜糅緣能顯義故爲定此義復作是言諸所作者旣是無常故知非作理應常住此言爲顯異法決定此亦不然隨自意語不能如實顯正理故所以者何唯顯異義所遮事境名爲同喻其異法喻二分俱行可名爲遍若無同喻何所遍耶不可說言自體自徧又諸比量欲遮餘義要有同法然後方成同法若是無異法應非有離其同異二聚法外更不許有餘句義故由此即破現見遮相所雜糅緣能顯於義又以不見所作爲因欲成有常終無是義以一切處未曾見有故說頌曰

見所作無常　謂非作常住　旣見無常有應言常性無

論曰見所作者皆是無常謂非作者皆是常住旣見所作無常性有應言非作常住性無諸所作者旣許有體非所作者應許無體以非作因於樂等有曾所未見龜毛等無皆可

得故如是非作違害能立所依自相非正能立爲不爾耶諸相違因若不遮礙自共所許乃於自境能立相違自相差別今此所依共許爲有若不共許無容依此競常無常故非作因不能違害所依自相有釋此言我今不許聚極微外有散極微故此違因無自害失此釋不然彼依總相建立一切常法爲有豈勞分別聚散有無如是釋者空等無爲都不許有不可爲難色等極微雖依世俗許其爲有而是所作故非所作因義不成若於如是不成因上作相違過亦不得成頌中應言常性無者正破所依空等性有兼辯能依常住性無若言空等無實有性所依無故因義不成何能違害有法自相此亦不然但說遮違餘有類物爲此因故因有三種一有體法如所作等二無體法如非作等三通二法如所知等今所立因唯遮所作不言別有非作自性此因同類色等上無於其異類龜毛等有是故違害有法自相又說頌曰

愚夫妄分別　謂空等爲常

論曰隨有所見皆無諦實知不清白故名愚夫於尋思地恒自安處推求分別諸法性相於中或有知見猛利虛妄計度越路而行各恃所知皆自憍舉互興異論擅立師資俱未斷除分別見網無明昏睡纏覆其心如在夢中所緣皆妄非如夢智所計空等常住實有而可信依復次有餘釋子執虛空等實有常住故契經言虛空無色無見無對當何所依然藉光明虛空顯了此經義說實有虛空常住無色無見無對無復所依因光明顯或有

疑難佛既不說別有所依如風輪等如是虛空應無體相爲釋此難故說虛空容受有對光明等色以果顯因有實體相又說虛空風所依止非無體相能作所依此亦不然非經義故若謂虛空是有果法應有生滅生滅隨故體則無常如色心等若無生滅應無體相如龜毛等爲顯風輪離同類聚無別所依如地輪等所以經說風輪依空不遮風輪前念現在同類同聚生起所依故作是說爲顯虛空無有同異生起所依如過去等無別實有常住體相故復經說虛空無色無見無對當何所依不見實有色受等物無有同異生起所依又顯虛空因光明等依世俗諦假施設有如因色等假立瓶等是故復說然藉光明虛空顯了不可依此即說虛空離光明等實有體相雖因影闇亦立虛空然影闇中眼有障礙或有除此更無所見不能辯了餘物有無所以不說然藉影闇虛空顯了於光明中眼無障礙若見無有餘障礙物即便依此假立虛空勿謗虛空假亦非有是故不說無有虛空又若虛空實有體相藉諸光明而顯了者應如青等有色有見有對有依經不應說無色無見無對無依世俗假有無此過失依無礙色假立虛空質礙等性不相應故又此虛空四謗不攝雖執實有然必應許有分別智之所了知除五識身所引意識其餘有漏不定外門分別意識決定不能緣實有境故說頌曰

智者依世間　亦不見此義

論曰諸有智者依止世間隨分別識於虛空

等雖復專精願求實義乃至少分亦不可得唯見依名所起分別似虛空等種種影像復次爲破如前所執空等由徧滿故體實有常故說頌曰

非唯一有分　徧滿一切分　故知一一分各別有有分

論曰時方物類各有差別所以言分空等與彼諸分相應故名有分非一有分常住眞實與一切分周徧相應勿復令此所相應分一一徧與一切相應故此有分隨所相應諸分差別成無量分即此諸分不待餘依說名虛空或餘物類故汝所說實有常住空等遍滿因義不成若言空等亦由分別假立方分故無過者此亦不然實無方分不離如前所說過故瓶等亦應假立方分依第一義方分實無此因但於異法上有同法既闕與義相違又虛空等差別名言唯依諸分和合而立分別假立有方分故如唯依彼色等和合立宮殿等種種名言此意顯示虛空等聲唯依世俗境界而立又若可說有方分者應如青等不可說爲常徧實有虛空等性是則所立能立一分所依不成復次或有執時眞實常住以見種等衆緣和合有時生果有時不生時有作用或舒或卷令枝條等隨其榮顇此所說因具有離合由是決定知實有時時所待因都不可見不見因故所以無生以無生故即知無滅無生無滅故復言常爲破彼執故說頌曰

若有體實有　卷舒用可得　此定從他生故成所生果

論曰時用卷舒待他方立故此用時隨緣而轉體相若無取捨差別諸有作用興廢不成又時作用依他而轉如地色等定是無常即以此事爲其同法用所依時何容常住故善時者作如是言業風所引大種差別自類爲因展轉相續循環遞代終而復始隨緣不同冷煖觸異分位差別說名爲時時雖具有因緣生滅相似相續隱覆難知豈以不知言無因等復次有執時體亦常亦遍攝藏無量差別功能外緣擊發起諸作用芽莖等果隨用生成此亦不然所依時體若無遷變能依功能豈可擊發不見所依種等無變而有生長芽等功能即此擊發功能因緣足有生成芽等作用何須妄計無用時耶又說頌曰

若離所生果　無有能生因　是故能生因

皆成所生果

論曰諸法要待自所生果有勝體用方得名因所生若無能生詎有由是所執能生之因必待餘法成別因故如苦樂等定是無常豈不因法先有體用後果生時因名方顯如外衆緣先有體用果法生已乃得緣名時亦如是其體常徧具含種種生長功能諸果生時名用方顯又未生果亦得因名待當果故如稻麥種汝所立時其體常徧具含種種生長功能諸能與體旣許無異能應同體一一徧常是則起用生一果時於一果處應生一切如是便成因果雜亂我立功能望所生果時處決定故無此失汝立功能一一常徧不應輙許時處決定若言論主所立功能同斯過者此亦不然我立功能依因緣有種種差別

非徧非常隨自因緣種種差別所生諸果時處決定故無起用生一果時於一果處徧生一切所以因果不相雜亂不同汝立時與功能皆是徧常前後不異是故唯汝有雜亂失

又說頌曰

諸法必變異　方作餘生因　如是變異因豈得名常住

論曰世間共許功能所依種子等法必捨前位而取後位體相轉變方爲芽等所生果因如是因性理無差失所立常因應亦同此體相轉變方能爲因既許轉變無容常住豈不世間亦許種等果未生位體相未轉雖無作用而得名因不爾世間雖假名說而實種等將至滅位正能生果方得名因種等爾時必有變異爲不根塵不滅無變而有作用生諸識耶此亦將滅體相轉變能生諸識故不相違有餘師說根塵望識如種芽等生滅道理一切因果法不同時此難於彼便成踈遠復次有餘外道執自然因體常無有生滅變異自然爲因生一切果爲破彼執故說頌曰

若本無今有　自然常爲因　既許有自然因則爲妄立

論曰若一切法本無今有計有自然常住爲因法應自然本無今有何用妄立自然常因既許自然不待因故又體自然常無變易果未生位既未能生果法生位應亦如是前後一故因義不成計自然常便失二事謂失攝受決定因緣能生自果及失見有所生麤果證有自許微細常因若謂自然要待和合衆緣資助方能生果衆緣雖別然和合時資助

自然令起總用此一總用本無今有是故自然體雖常有先不生果後方能生是亦不然自然常有云何不令衆緣常合衆緣合時其性雖别然互相助共生一果除此更無總用可得又自然性雖處衆緣共和合位亦不能生體無别故如未生位又常住法體相凝然不可改轉緣何能助若許自然從緣故轉如所生果應是無常是故唯有無常諸緣互相資助起勝體用異於前位能生其果非所立常能離前失復次有諸外道建立常因時無改變能生於果此亦應以用相違因爲喻遮遣又說頌曰

云何依常性　而起於無常　因果相不同世所未曾見

論曰諸行生起必似自因故不可言生異類果豈不現見從月愛珠引出清流因果異類我亦不說從因生果所有體相一切皆同但言因果相生義中不相離相決定相似以於世間曾未見有如是因果不同相故世間共見麤無常果無不從彼無常因生類知細果是無常故猶如麤果因定無常是故色等因果性法與無常相定不相離爲決此義復作是言一切細果所因色等定是無常果無常故譬如麤果所因色等復次有作是見空等徧常若於一分衆緣合時即依此分發生聲等若徧所依發聲等者住極遠境根亦應知爲破彼見故說頌曰

若一分是因　餘分非因者　即應成種種種種故非常

論曰若謂空等衆緣合時一分有用發生自

果餘分無用自果不生空等即應分分差別分分體用有差別故應如聲等定是無常又此空等體恒周偏能爲種種自果所依是種種相所依止故如錦繡等可證非常又如前說常法凝然不可改轉緣何能助所計空等應亦如是體既常住雖衆緣合何能發生聲等自果復次有作是見一分起時但從一物大等諸果展轉變異差別增長大等諸果變故無常一物自性不變故常此亦不然義相違故大等皆用自性爲體大等變時自性應變由此自性應是無常體無異故猶如大等又此自性其體周偏一分變時餘無量分體無異故應亦隨變是則一分一法起時餘分餘法皆應同起如是舉體有作用故如大等果應是無常又以前頌兼破此執由彼所計

自性最勝三分合成所謂薩埵刺闍答摩第一薩埵其性明白第二刺闍其性躁動第三答摩其性闇昧此三一一相用衆多皆是神我所受用事我以思爲性思所受用時刺闍性躁警薩埵等令起種種轉變功能三法和同隨於一分變成大等轉名最勝譬如大海其水湛然隨於一分風等所擊變成種種駭浪奔濤如是所執自性最勝一分有用變成大等餘分無能無所轉變是即自體應成種種成種種故定是非常如大等果相非常住又三自性一一皆有明躁昧等衆多作用自性作用既許體同以性隨用應成多體自性最勝無差別故是則最勝體亦應多自性最勝體成多故應如大等定是無常復次有執極微是常是實和合相助有所生成自體無

虧而起諸果此亦不然義不成故若許和合必有方分既有方分定是無常若言極微徧體和合無方分者此亦不然何以故頌曰

在因微圓相　於果則非有　是故諸極微
非徧體和合

論曰若諸極微徧體和合無方分故非少分合是則諸微應同一處實果應與自因徧合無別處故應亦微圓若爾應許一切句義皆越諸根所了知境由見所依餘可知故是則違害世間自宗若言實果雖與自因徧體和合無別處所然由量德積集力故令其實果亦可得見謂諸實果雖無住處方分差別然由量德積集殊勝令所依實非大似大方分差別分明可見此但有言都無實義我先難汝所生實果與諸極微既無別處應如極微越諸根境汝不能救何事餘言若所依實如是相現應捨實體同彼能依既成他相應捨自相亦不可說如頗胝迦不捨前相而現餘相其體無常前後異故此若同彼應捨實體德依於實實體既無德亦非有無實無德誰現誰相故不可說所生實果不捨自相而現他相如是即應唯德可見所有實性皆越根境此亦違汝自所立宗復次有說極微有其形質更相礙故居處不同是則極微住雖隣次而處各別應不和合若許和合處同不同即違自執及有分過有說極微生處各異雖復無間而不相觸各據一方相避而住積集差別似有方分無間處生似有流轉剎那前後展轉相續有因有果非斷非常為兼破彼故復頌曰

於一極微處　既不許有餘　是故亦不應
許因果等量
論曰如是所說諸極微相竟不能遮有方分
失何以故頌曰
微若有東方　必有東方分　極微若有分
如何是極微
論曰是諸極微既有質礙日輪纔舉舒光觸
時東西兩邊光影各現逐日光移隨光影轉
承光發影處既不同故知極微定有方分既
有方分便失極微如是極微即可分析應如
麤物非實非常違汝論宗極微無方分常住
實有造世間萬物復次所執極微定有方分
行所依故如能行者凡所遊行必有方分若
無方分則無所行何以故頌曰
要取前捨後　方得說爲行

論曰進所欣處名爲取前退所猒處名爲捨
後要依前後方分差別起取捨用乃名爲行
離方分行所未曾見極微既是行用所依故
知極微定有方分若無所行行用差別是則
應撥行者爲無故說頌曰
此二若是無　行者應非有
論曰依前後方起取捨用方若非有用亦應
無若爾雖行應如不動若汝撥無行處行用
是則所依行者亦無執此極微便著邪見又
諸極微若無行用則不能造有方分果若無
所造有方分果即諸天眼亦無所見是則所
立一切句義越諸根境頓絕名言云何自立
句義差別復次若執極微無初中後即淨眼
根亦不能見應如空華都無所有爲顯此義
故說頌曰

極微　無初分　中後分亦無　是則一切眼
皆所不能見
論曰若執極微是常是一無生住滅三種時
分無前中後三種方分應似空華都無實物
是則極微越諸根境不爲一切眼所覩見自
他推檢都不可得是故不應計爲實有此中
正破外道所執極微是常無有方分越諸根
境非眼所見兼顯極微無常有分非越根境
淨眼所見復次爲破極微因果同處及顯因
體定是無常故說頌曰
若因爲果壞　是因即非常　或許果與因
二體不同處
論曰諸有礙物餘礙逼時若不移處必當變
壞如是極微果所侵逼或相受入異體同居
如以細流溉麤沙聚或復入中令其轉變如
妙藥汁注赤鎔銅若許如前則有諸分旣相
受入諸分支離如相離物不共生果是則應
無一切麤物又若同彼有諸細分即應如彼
體是無常若許如後自說極微體有變壞何
待微難若並不許應許極微互相障隔因果
別處以有礙物處必不同如非因果諸有礙
物又說頌曰
不見有諸法　常而是有對　故極微是常
諸佛未曾說
論曰現見石等於自住處對礙餘物旣是無
常極微亦爾云何常住對礙與常互相違反
二法同體理所不然復有別釋餘物共合變
壞生因名爲有對不爾極微皆有對礙礙證
無常其義明了若謂極微障礙餘物他不全
許故須別立餘物共合變壞生因比度極微

是無常者是則但應以能生義證極微性定是無常何以頌中說爲有對故知此言是有礙義雖不全許而因義成彼許極微礙餘物故旣破極微方亦隨壞因極微果證實有方極微旣無果則非有何緣而立方實常耶又方不定待緣而立假施設有非實非常由上所說諸因緣故極微是常佛未曾說但言諸行皆是無常唯我大師獨稱覺者於一切境智見無礙所說無倒眞號如來愍彼邪徒不能歸信諸行無常誠哉佛說無爲非行何廢常耶然所立常無過二種一有所作二無所作若有所作非謂無爲若無所作但有名想故契經說去來及我虛空涅槃是五種法但有名想都無實義

廣百論釋論卷第一

音釋

悋良刃切惜也　搆占候切造也　糅女救切雜也　顇秦醉切萎也　鎔余封切銷也　躁則到切急疾也　駭侯揩胡買二切驚也　溉古代切灌也

廣百論釋論卷第二

聖天菩薩本

護法菩薩釋

唐三藏法師玄奘奉　制譯

破常品第一之餘

復次有執涅槃實有常樂如契經說苾芻當知有涅槃界無生無滅無相無爲究竟安樂此亦依前理教應破又說頌曰

離縛所縛因　更無眞解脫　生成用闕故
設有亦名無

論曰前已具說諸有句義越現量境於諍論時必以生果比量安立非涅槃界能有所生云何比知實有常樂若許能生則違自論涅槃無果違諸行故是故涅槃體非實有設許實有於自依身無成勝用何名解脫若令已身蕭然自在永離繫縛可名解脫此於已身無如是用是故設有於身無益何黨如是無用法爲若許有用則同有爲旣許無用便同兔角諸有智者定應不許有用無爲無用實有故知涅槃體非實有此中煩惱及隨煩惱順生後受諸決定業總名爲縛由此勢力令諸有情久處生死廣大牢獄受諸劇苦不解脫故諸縛所招五取蘊果總名所縛所生苦果繫屬集因不自在故所有能除諸縛聖道總名爲因由此永斷煩惱隨眠不引諸業不招後苦證得離繫解脫果故此解脫果非離能縛所縛及因別有實體謂從能縛得解脫時非能縛外別證解脫如實證見分位別故即彼不生名爲解脫所縛亦爾離煩惱縛蕭然自在分位差別名爲解脫無別有法因亦

如是作用差別離諸煩惱名爲解脱離聖道外無別有法是故離此縛所縛因無別實有涅槃解脱復次涅槃若有必有所依此所依者若蘊若我般涅槃時俱不可得故説頌曰

究竟涅槃時　無蘊亦無我　不見涅槃者
依何有涅槃

論曰住無餘依般涅槃位前蘊永滅後蘊不生其中都無諸蘊相續既不見有般涅槃者依何説有眞實涅槃若於爾時亦許施設有其眞實補特伽羅便墮如來滅後定有見處過失若於爾時不施設有補特伽羅還同前過般涅槃者既不可得是故決定無實涅槃以於世間都未曾見無貪等者有貪等故設復計有涅槃所依是則涅槃有所依故應如貪等其性無常又若涅槃體是有者則有緣相而可了知應如色等不出生死如説世尊若求涅槃體實有者不出生死所以者何言涅槃者永滅衆相離諸散動此經義言一切世間散動妄見皆求離故彼所發起所取能取相永滅故證得涅槃是故涅槃決定非是一切有執所依緣處有説二句知其次第涅槃永滅所緣衆相永離一切能緣散動涅槃既絶衆相散動不可以有而取涅槃然經説有涅槃界等爲破撥無涅槃者見有執生死無始無終決定無有般涅槃界故佛説有煩惱衆苦熾火永滅般涅槃界無生無滅無相無爲究竟安樂此立道理顯生死火非常相續永無滅期從衆緣生有損惱故猶如世間山林熾火謂生死苦雖無始來依衆緣生相續無斷若遇善友聞法修行無漏聖道現在

前時滅諸煩惱不起諸業後苦不續名曰涅槃譬如世間薪盡火滅然此涅槃聖道所證究竟寂滅離諸性相永絶一切分別戲論所以契經種種宣説皆爲方便除妄見執諸有智者應正覺知勿謂涅槃是有無等若於生死起諸分別易作方便令其斷除若於涅槃起諸分別其病深固難可救療是故不應執有無等復次數論外道作如是言因果散壞希望止息唯有思我離繫獨存爾時名爲涅槃解脱爲破彼執故説頌曰

我時捨諸德　離愛有何思

論曰隨所現境分別受用汝説名思即執爲我此必不離根境和合如是二事不離希望爲滿希望根境和合隨所現境思即受用般涅槃時希望止息因果散壞何得有思既無有思我亦非有云何汝説唯有思我離繫獨存爾時名爲涅槃解脱若汝復謂般涅槃時雖無有思而有我在此亦不然故説頌曰

若有我無思　便同無所有

論曰汝宗計我思爲性相般涅槃時思既非有性相俱滅更無所有復依何物而説有我若謂爾時雖無思用而有種子我體猶存譬如眼根見色爲用有時用滅而眼體在此亦不然若有所依可有是事所以者何功能差別名爲種子如是種子必依於他既無所依何有種子先世諸行功能差別所引識上能生眼識差別功能説名爲眼如是眼根必定依止阿賴耶識及四大種無餘依中因果散壞希望思慮悉皆滅盡都無所依而計有我體是種子理不應然又若執我即是種子由

此發思差别作用此我即應最勝所攝有勝功德起諸法故又若執我是種所依由此爲因能生思果便失自宗思即是我及失思我其性懈惰唯是受者而非作者若所執我非即是思汝今應説如是我相若不説相而我成者則應一切妄執皆成又説頌曰

無餘有我種　則定能生思　要無我無思　諸有乃無有

論曰若無餘依般涅槃界有我種子不永拔者則應決定生現起思我無異故猶如前位思若現起則有一切何名解脱生死繫縛若言此中雖有我種衆具闕故思不得生此亦不然我無異故應如前位衆具無闕又汝所執我體周徧與他衆具恒共相應無别處故猶如已有云何而言衆具有闕若言衆具各屬自我雖他衆具恒共相應不屬已故言有闕者此亦不然處無别故恒共相應何不屬已如是所執後當廣破若説此位究竟寂滅本無有我今復無思一切種子無所依故即便永滅不生後有如無外種芽等不生如是即名究竟解脱非空非有非斷非常非苦非樂非我無我非染非淨絶諸戲論爲正邪見撥無涅槃故説具有常樂我淨此方便言不應定執既不執有亦不撥無如是乃名正知解脱復次勝論外道作如是言若能永拔苦樂等本棄捨一切唯我獨存蕭然自在無所爲作常住安樂名曰涅槃如是涅槃決定應許若唯苦滅無有我者便爲斷壞何謂涅槃又此涅槃離諸繫縛自在爲相智者欣樂體若都無何所欣樂此有虚言而無實義爲破

彼執故次頌曰

若離苦有我　則定無涅槃　是故涅槃中

我等皆永滅

論曰汝執一切苦樂等法皆是我德乃至未滅恒常隨逐自所依我云何此中與我相離我無異故應如前位與彼相應又苦樂等無餘依中應不永離自所依我是我德故猶如數等如汝所執一德徧德是我德故常與我合苦等亦然云何相離如是此我於無餘依般涅槃界理所逼故亦與苦等諸德相應是則涅槃決定無有我恒被縛不解脫故生死唯有衆苦聚集因緣力故無始輪迴無明所迷妄生我執謂我恒爲苦火焚燒恐失我故不求解脫設求解脫亦不能證妄執我故衆苦熾盛諸有智者依眞善友無倒了知如是事已爲欲息滅熾然大苦精勤方便如救頭然得聖慧水數數灌注如所燒薪熾然永滅寂靜安樂名曰涅槃如是生死純大苦聚熾然永滅安樂涅槃諸有智人誰不欣樂誰有智者身嬰重病恐身斷故欣樂此疾唯有愚人能爲是事如地獄中諸有情類雖爲種種猛焰焚燒大苦煎迫時無暫廢而於自身深愛著者皆是所作惡業勢力無明妄見鬼魅所纏未拔我見煩惱根本令彼有情怖畏斷滅智者觀見諸行相續空無有我純大苦聚永斷滅時何所怖畏是故若能離於我見必定欣樂永滅涅槃由此亦能捨於斷見以見我斷名爲斷見非唯苦斷名爲斷見故契經說見我世間永斷壞故名爲斷見言世間者顯我所事執我我所眞實有體聞彼斷時便

生斷見若無所執則無斷見唯依所執我我所事所起顛倒斷常兩見無上大師立邊執見由此妄見繫發生死大苦熾火令其增廣逼迫無量無智有情是故世尊稱讚求滅離欲寂靜最勝安樂令其可化深心欣樂如是涅槃非無非有妙智所證名爲勝義又諸義中最爲勝故過此更無所求義故名爲勝義復次有作是說常法定有以勝義諦無生無滅眞實善有能爲所緣生聖智故此亦不然非勝義故若勝義諦是實有者應如色等從衆緣生若非緣生應如兎角體非實有又無同喻有因不成設許因成則非常住又勝義諦體若是有應如瓶等非聖智境若眞聖智緣有爲境應如餘智非眞聖智不斷煩惱不證涅槃勝義諦理非空非有非常無常欲於其中求少有性定不可得爲顯此義故次頌曰

寧在世間求　非求於勝義　以世間少有
於勝義都無

論曰世間有法畧有三種一現所知法如色聲等二現受用法如瓶衣等如是二法世共知有不待成立三有作用法如眼耳等由彼彼用證知是有如此三法是入世俗所了受境世間復有三種無法謂究竟無及隨三有前後際無爲簡此無故說少有又簡妄見所立諸法故言少有如是世俗三有三無依勝義說皆非眞實以勝義諦非有非無分別語言皆不能及寧在世間虛僞事內欲求有性少易可得於勝義諦眞實理中欲求有性究竟難得以此世間少分有性於彼尚無況餘

有性若爾寧樂如是少有世間不須如是都無勝義以於世間雖有種種灾患過失而有少法可得受用勝義諦中無有少法何所受用不爾世間勝義有苦無苦可欣猒故誰有智者知水不消成重病苦更求多飲哀哉世間愚癡顛倒欣讃生死衆苦熾然猒毁勝義寂靜安樂如此癡言何煩聽受是故智者當勤精進觀諸法空於生死苦應除邪願於勝義樂應修正願如是具足三解脱門雖復久居生死大海而非生死過失所染蕭然解脱利樂有情由此善通契經句義方便善巧證法空者雖處猛焰而不焚燒雖現死生而常解脱

破我品第二之一

復次勝論外道作如是言前說無餘般涅槃位無藴無我依誰而說有涅槃者其理不然我定有故若無我者依緣何法而起我見我見若無我執我所見亦不得有若異生等從無始來不起如是我我所見應如永滅薩迦耶見不受三界生死衆苦又不應說緣心根身發生我見以心根身世間說爲我所有故又我我所決定有異所屬能屬言所詮故如天授等所乘車等又緣他身我見無故若許我見緣心根身爲境生者應如天授德授等見亦緣他身爲境生起亦不應說自他心等有差別故我見不緣無始時來自心根等剎那展轉前後各異而許俱緣生我見故又此我見不緣現在自心爲境與世現見事相違故亦不得緣過去未來心等爲境彼無體故如空華等不生我見現見有我非曾當故又

於一身二心不並故不可說緣現自心而生我見又心念念異滅異生若無我者云何得有憶識習誦恩怨等事又心根等決定不爲我見所緣男女等相此中無故如瓶盆等是故決定有眞實我由此爲緣發生我見因斯謂我是大丈夫如是所說雖有虛言而無實義所以者何我若是有應如色等從緣而生定歸滅則非常住若非緣生應如兎角無勝體用何名爲我又雖立我是有是常而竟不能立因立喻非無因喻所立得成若唯立宗則得成者一切所立皆應得成設復方便矯立因喻即所立我其體非常一切有因皆非常故又所立我定非實有常住我性是所知故是所說故如瓶盆等又所立我若是實有應非顛倒我見所緣若稱實見是顛倒者一切聖智皆應顛倒一切聖智稱境而見既非顛倒我見亦爾應非顛倒若爾我見應如聖智非無始來生死根本若此我見稱實而知而無始來引生死者聖智亦應引諸生死則應究竟不得涅槃是故異生愚癡顛倒於五取蘊無我法中妄執有我因執我所由此妄執我我所見不稱實境成顛倒故能引三界生死衆苦若於無我五取蘊中起聖智見通達無我及無我所永斷生死證得涅槃是故定應信受無我又汝所言以心根身世間說爲我所有故不應緣彼生我見者我亦不應是我見境世間亦說我所有我有如是相是故不應以世間說爲我所故非我見境我我所事相望不定或有別物或無別物又汝所言所屬能屬言所詮故如天授等我與我

所定有異者此因不定世間亦説如是飲食所有香味特異於常豈離香味別有飲食我所見雖俱緣蘊而或別執一蘊爲我餘蘊爲所或復總執内蘊爲我外蘊爲所故所立宗有相符過又汝所言以緣他身我見無故心等非是我見境者我亦應非我見所緣由於他我我見無故若緣他我不起我見而緣自我生我見者唯緣他身不起我見何妨我見緣自心等無智有情不了平等空無我理唯於諸行無始數習我我所見於自於他諸蘊相續執自爲我異我爲他其中都無我之實性又汝所言亦不應説自他心等有差別故我見不緣無始時來自心根等刹那展轉前後各異而許俱緣生我見者此亦不然自身前後因果相續自望於他因果斷故如汝

所執我體是一前後無異他我相別我見自緣已身中我力用斯盡不緣他我我亦如是自身前後雖念念別而無始來因果不斷如燈河等相續假一無智有情謂爲一我而生我見他身於自因果斷故我見不緣及汝計我自他相似皆徧皆常無所繫屬我見何緣緣此非彼若汝計我有所繫屬或有所生此彼差別應如色等其性無常是故當知有爲因果相續各異故令我見如是差別又汝所説我見不緣現在自心爲境等難皆不應理所以者何緣自身中前後因果相續假一生我見故無緣現在自心等過又一身中有多心品因果相屬名一有情異心品中發起我見緣異心品計我何失汝等所計我是實者我見見我應如正見即非妄見若不見我應

如邪見則非我見又汝所言心等念念異滅異生若無我者云何得有憶識習誦恩怨等者此亦不然有情身中一一各有阿賴耶識一類相續任持諸法種子不失與一切法互爲因果熏習力故得有如是憶識習誦恩怨等事汝所計我常無變易後位如前應無是事有應常有無應常無我體一故不可說言我用轉變用不離體我亦應變若爾此我應如色等體用俱變則是無常若言心等皆屬於我心等轉變有如是事故所屬我亦得其名若爾心等應從我起能生果故我應非常若我於心無生長用云何得言心屬於我我既是常不能任持心等種子云何得有憶識等事又汝所言此心根等決定不爲我見所緣男女等相此中無故如瓶等者此因不成男女等相身現有故又所計我亦應不爲我見所緣男女等相我中無故即所立因便爲不定爲顯此義故次頌曰

內我實非男　非女非非二　但由無智故
謂我爲丈夫

論曰依止身相有差別故世俗說爲男女非二此身別相內我中無以所計我體是一故又男等相生生改易亦見此生有轉變者捨別異相取所餘相汝所執我常無變易無捨無取故無此相亦不可說男女等相雖非我體而是我德我與德合說爲男等所以者何樂等德中所不說故我不共德畧有九種一樂二苦三貪四瞋五勤勇六法七非法八行九智男女等相九所不攝云何而言此是我德又樂等德徧諸所依男女等相所依不徧

云何得說此爲我德又不可說男女等相同異性攝由同異性亦得說我爲男女等所以者何同異性者所依決定常徧所依我旣是常男女等相常應不捨應一切時常有三相又男等相徧表一切我及身等云何唯我同異性攝又同異性所依各別設許唯我同異性攝云何一我有三同異不見一依有多同異亦不可說如波羅奢一樹之上有三同異波羅奢性樹性實性我亦如是一我體上有三同異男性女性非男女性所以者何波羅奢性徧波羅奢樹性徧樹實性徧實此三所依互有寬狹我上三性皆唯徧我所依無別云何爲喻是故唯依無始數習妄想分別所起假相世俗道中說爲男等非有實我有男等相但由無明憍逸妄想愚夫自謂我是丈夫亦有自謂爲女非二頌中略故且說丈夫以身中有男女等相所執我體男等相無故汝比量因有不成不定過失若汝復言我及身等雖復皆有男女等相然我是實身等是假此亦不然若男等相二處皆有云何得知一假一實應立量言我見決定不緣實我男女等相所雜糅故如緣身等起男等相所雜糅心又我見等不緣實我有所緣故如餘心等又我見境非是實我男等相心之所緣故猶如身等故汝所言虛無實義復次順世外道作如是言諸法及我大種爲性四大種外無別有物即四大種和合爲我及身心等內外諸法現世是有前後世無有情數法如浮泡等皆從現在衆緣而生非前世來不往後世身根和合安立差別爲緣發起男女等心

受用所依與我和合令我體有男等相現緣此我境復起我見謂我是男女及非二令應問彼汝說大種和合變異為身根等如是成內大種自性為是男等非男等耶彼答言非內外大種性無異故雖大種性內外無異然有安立形相差別如是世間所知形相所有男等自性差別皆是自心分別所起非實物中有如是性若爾頌曰

若諸大種中　無男女非二　云何諸大種
有男等相生

論曰若四大種本性無有男女非二云何得有男等相生男女等心何緣而起受用所依雖與我合云何令我男女等相現若我無有男女等相云何我見謂我是男女及非二若本性無雖與他合終不能令轉成餘相亦不能令生餘相心如鮮白物雖合餘色不成餘相不起餘心頗胝迦等餘色合時前滅後生不可為喻是故決定無有實我大種為性經久時住有男等相我見所緣復次記論外道作如是言諸法及我一切皆與三相和合由此三相皆能發起三種心聲何謂三相一者男相能生諸法二者女相能滅諸法三者非二相能守本位此亦不然諸法及我體非三相云何能起三種心聲亦不可說與他合故轉成三相前所說過不相離故若法及我體非三相三相合故轉成三相三相更無餘三相合故此三相應非三相應不能起三種心聲又此三相與非相合能使非相轉成相者諸法及我與相合時應令三相轉成非相是則畢竟應不能起三種心聲又此三相功能

差别更互相違必應不並云何一物得有三聲如角等物男女非二三聲所呼世共知故又一物上三相功能更互相違而得並者應一切物皆具三相不應現見聲有差別又此三相若實有者唯應依止有法非無是則三聲應不周徧云何現見諸方言音有法上無無法上有現見境界不可誹謗若無三相而有三聲則一切處皆應如是又此三相配生住滅理不應然男死女生非二生死世現見故又此三相無別實體後當廣辯是故但隨世俗言路説有男等三聲差别非別實有如是三相外道執有如是三相依附實我我見所緣是顛倒智内道不執故無顛倒汝不應依有顛倒智與無倒者正決擇時立爲定量以我見緣證實有我又此我見爲隨我相執有我耶爲隨自覺執有我耶若隨我相應名正見若隨自覺應不緣我又若初者頌曰

汝我餘非我　故我無定相

論曰若汝身中我之自相諸餘身中我亦同有隨我自相而起我見云何一見不緣一切既無一見緣一切我故知我見不隨我相若汝身中我自相異餘身中我自相復別汝以爲我餘則爲非餘以爲我汝則爲非是則此我相不決定既無定相便無定性性相不定非實非常云何執我眞實常住又立量言自身我見不隨自我自相而起不緣餘我自相生故如所餘緣所有心等又自身我應不爲緣發自我見汝許我故如他身我又諸我見定不緣我自他境相互有無故如青黄等能緣之心又一切我非我見境諸餘有法所不

攝故猶如一切兔角等無又一切我非實我性是所知故如一切法是故我見不緣實我諸所計我無實性相一切智者皆非所見唯諸愚人恒深樂著如病眼境定非實有故不可以我見所緣證立此我實有常住若第二者頌曰

豈不於無常　妄分別爲我

論曰若隨自覺執有我者豈不但緣無常身等虛妄分別執爲實我所以者何現見世間但緣身等前後隨緣分位差別虛妄計度我肥我瘦我勝我劣我明我闇我苦我樂身等無常可有是事常住實我無此差別由此比知一切我見皆無實我以爲境界唯緣虛妄身等爲境隨自妄想覺慧生故如緣闇繩顛倒蛇執又如世間虛妄分別執有空華第二月等必由先見世間少事然後方執有如是事我見執我亦復如是先緣生滅五取蘊事後方決定執有實我又如夢中虛妄境界隨先所見和合計度我見境界亦復如是先緣諸蘊然後和合虛妄計度又諸我見略有二種一者俱生二者分別俱生我見由無始來內因力故恒與身俱不待邪教及邪分別任運而起故名俱生此復二種一常相續在第七識緣第八識起自心相即執爲我名爲我見二有間斷在第六識緣五取蘊或總或別起自心相即執爲我名爲我見如是二種俱生我見微細難斷數數修習勝無我觀方能除滅分別我見由現在世外緣力故非與身俱要待邪教及邪分別然後方起故名分別此亦二種一緣邪教所說蘊相起自心相分

別爲我名爲我見二緣邪教所說我相起自心相分別爲我名爲我見如是二種分別我見麤重易斷聖諦現觀初現行時即便除滅如是所說一切我見心外蘊境或有或無心內蘊境一切皆有是故我見皆緣無常諸蘊行相妄執爲我諸蘊行相從緣生故是虛幻有妄所執我非緣生故決定非有故契經說苾芻當知世間沙門婆羅門等所有我見一切皆緣五取蘊起復次今應審問諸瞖盲徒空無我理有何所失而强分別固執我耶若一切法空無我者生死涅槃二事俱失所以者何由有我故諸無智者樂著生死先造能招善不善業後受所感愛非愛果諸有智者欣樂涅槃先觀生死苦火煎逼發心猒離後方捨惡勤修諸善得正解脫如是一切皆由

我成我爲作者我爲受者我爲苦逼發心猒離捨惡修善證得涅槃若爾頌曰

我即同於身　生生有變易　故離身有我

常住理不然

論曰若我先造種種行業後方領受種種果報是則此我體應轉變因必有轉變果有差別故無有道理因不轉變而果衆多及非恒有謂所執我那落迦等諸趣諸界生差別中若能造受種種業果則應同身生生變易非天授等身無變易先能造作善惡二業後能領受苦樂兩果是故我體同所依身能造受故生生變易有變易故則有生滅生滅相應豈得常住又所執我不離身業有情數攝體非常故如所依身是故執我常住離身能爲作者及爲受者生死輪迴皆不應理以離身

等無别用故復次云何此我能造諸業若謂與身合故能造由此内我有勤勇德因此德故與身和合起諸作業此德作業雖待依身而屬於我如以金石投於樹枝重德相應故有摇動是德作用雖待樹枝而屬金石此亦不然有觸對物可有如是動摇作用汝我不爾云何身合能造諸業所以者何頌曰

若法無觸對　則無有動摇　是故身作業
非命者能造

論曰一切能起動摇作業決定不離有觸對我物無觸對雖與身合云何能作動摇業因如所執時無有觸對雖與身合不能作業心及心法唯能生風風與身合方能造業故所立因無不定過此説近因非展轉故又可合者必有方分兩物相觸無間名合所執我等既無方分云何與身合故造業不可假説我有方分既有實起作業功能勿以假名説水爲火即有實火焚燒作用由能説人假説諸法非能説人有差别故令所説法其性轉變法性决定前已具論於本頌中無觸對者顯無有分無動摇者顯無合義又自有動方能動他如金石等要自有動方能爲因令樹枝動我既無動無形礙故何能爲因令所依動如金石等不動轉位無觸對者顯無形礙無形礙故自無有動無動摇者顯非動因如是所執無動神我尚無能動一毫之力況能造業得名作者既不造業即無有果若不受果何名受者復次如汝所言我爲苦逼發心猒離捨惡修善得解脱者此亦不然何以故頌曰

我常非所害　豈煩修護因　誰恐食金剛
執仗防衆蠹
論曰汝所計我既無變易如太虛空其體常住一切灾苦皆不能害豈煩精進修防護因有變壞身苦所逼害罪所塗染理須防護誰有智者了知金剛物無能壞而恐侵食率侶執仗防諸蠹蟲唯有愚人或爲是事可變壞物應加守衛若汝意謂命可害故我亦隨害此亦不然我既是常不應隨害又汝計命三事和合謂身我意前已遮破我與身合無方分故如汝所計色等諸德無和合義又和合者無別有性唯有方分無間而生既無別體復何所害此設可害必隨所依所依既常云何可害設復害命於我何惱以汝所計我常無礙如太虛空寒暑風雨霜雹無損如是我性若何所惱又所執我其性凝然前後無變設離衆惡復何所增而名解脫豈不此位善法增耶我性既常善增何益所執我體常無改變餘法雖生亦無增損如是解脫於我無用是故執我常住無變生死涅槃二事俱失若空無我二事俱成

廣百論釋論卷第二

音釋

劇（奇逆切甚也）撥（北末切絶也）療（力嶠切治疾也）竝（部迥切併也）矯（居夭切强也詐也）狹（胡夾切隘也）數數（並所角切頻也）蠹（當故切蛀蟲也）雹（蒲角切雨水也）

廣百論釋論卷第三

聖天菩薩本

護法菩薩釋

唐三藏法師玄奘奉　制譯

破我品第二之餘

復次有作是言若無我者心等生已無間即滅宿生念智憶昔某名即是今我此不應有所以者何今昔異故世間不見憶昔他身謂爲今我是故定有常住句義緣之生念言彼即我此亦不然我先已說因果雖殊相續假一緣此假一言昔是今又說頌曰

若有宿生念　便謂我爲常　既見昔時痕
身亦應常住

論曰若宿生念依相似相見昔似今謂今爲昔便謂有我是一是常既見今身依相似相瘡痕似昔謂昔爲今身亦應許是常是一此顯共知有差別物依相續假亦謂無異故不可以謂無異相比知有我是一是常又憶昔身苦樂等事謂今是昔而是無常亦應比知雖謂今昔我無有異而非常住又雖今昔其體有異然由昔智了受所緣有勝功能熏在宅識隨緣覺發念力相應似昔所緣境界相現如是名爲憶宿生事雖無有我是一是常而有憶念宿生事智世間現見服仙藥等服之經久藥體雖無然有所引勝功能在後時成熟除疾益壽然無有我此亦如是若唯有念誰爲念者亦不可言念爲念者以有二種俱無過故設復有我誰爲念者亦不可言我爲念者以所執我非智相故若言我體雖非智相與思合故能有思念是則此我與思合

時於自他相應有取捨若有取捨便是無常若無取捨不異前故與思念時亦無思念是則此我亦非念者又說頌曰

若我與思合　轉成思念者　思亦應非思故我非常住

論曰若所執我本性非思與思合故轉成思念如頗胝迦體非青等青等合故變成青等是則此思與非思我而共合故應成非思若思雖與非思我合不捨本性不成非思我亦應爾雖與思合不捨本性不成思念頗胝迦寶青等合時舉體別生故見異色非即本性變成餘相以頗胝迦其體清潤餘色合故舉體別生形相同前謂爲本質實非本性變成餘色又頗胝迦前後異體相差別故如青黃等我亦應爾云何是常又應同此非實我性由此即破彼論異說謂有說言頗胝迦寶其性清淨不障眼目餘色合時各別處住不捨本相不取餘相若有作意或不作意還見本相及近彼色復有說言頗胝迦寶其性明徹猶如明鏡餘色合時影現其內見者目亂謂成餘色而實此寶不變如前此皆非理違比量故爲眼所見如電如燈云何前後體相無變又所執我思生前後其相有無不決定故則應同思念念生滅又我思合轉成思者與苦樂合應成苦樂若不爾者雖苦樂合不捨前位猶如虛空雨火無變應非受者故說頌曰

我與樂等合　種種如樂等　我如樂等故非一亦非常

論曰樂等性相更互相違故有種種我與彼

合應如樂等成種種相故此我性應如樂等身身各別非一非常亦如樂等非眞我性是故離思別有我體與思合故同於思相名爲合者不應道理即念自性似所念境相狀生時雖無主宰似有作用假名念者記別分明說名爲念一法義分無無二過復次數論外道作如是言思即是我其性常住如是思我離心心法別有體相難可了知所以者何思我體相非現量境以其自相非諸世間所共知故非比量境以其思相唯在於我不共餘故夫比量者比知共相以果等總相比因等總有所立思我由不共故無同法喻同法喻既無異法亦非有無待對故由是思我理實爲無設許有我以思爲性應當徵問如是我性爲由他力得成思耶爲由自力得成思耶若由他力得成思者應是無常如眼識等若由自力得成思者應不待緣如虛空等爲顯此義又說頌曰

若謂我思常　緣助成邪執　如言火常住
則不緣薪等

論曰如法已生自相安住終不更藉因及衆緣不可生已復更生故我亦應爾思體既常自相安住不依他立云何復待轉變衆緣資助思我令其轉變受用種種所受用具若不依他而轉變者則無緣助有所受用若可轉變應是無常如世間火其性無常若以酥油灌薪草等投其火中便增熾盛若不爾者火勢衰微薪等若無火則非有既緣薪等火豈是常我既藉緣寧容常住若汝復言我論中說如是思我其體雖常然藉根塵和合顯了

如瓶甕等由光明顯所以者何思我不能自然觀察要待轉變因果相應方得顯了故雖藉緣而我常住如是救義其過彌增所以者何不見瓶等爲緣所顯而體是常眞如涅槃雖可顯了然依世俗非據勝義非勝義中有常無常了不了等分別戲論所執思我緣所顯故應如瓶等其性非常若汝復謂隱時思我雖無思慮而有功能如是功能不異思慮既無思慮何有功能又思功能必依思體體既非有能何所依又隱時我以思爲性思既非有我則是無云何而言隱時思我雖無思慮而有功能設言隱時我非思者汝今應說我相如何若不說相而我成者則應一切妄執皆成如是推徵前已具說又汝所執諸有功能與功能者其性爲一是則能者非能所依性是一故又於此位無能者故不可說言能即依能自於自用理相違故亦不可說能無所依勿有最勝亦無過失所以者何若思功能無所依止而自立者轉變功能亦應自立何須最勝又汝所執思我功能隨所受用有無量種既許能多如何體一汝宗定執體能一故世間未有一法體上不同一時能生多果不同時者顯於一時一法體上能生多果時若不同其體必異云何汝執一我前後有多功能起多思慮又此思我云何一時不起一切受果思慮若言思慮必待轉變方得起者此亦不然云何最勝具諸功能而不頓起一切轉變最勝功能無障礙故設許最勝於一時間頓起一切轉變作用是即最勝體應斷滅舉體皆變失本性故如最勝體我亦

應然其性皆常具諸能故如是汝執隱時思我具諸功能而無思慮有多過失終不能免復次有餘方便救此義言我是思者思爲我用非用滅時用者隨滅現見眼等雖無能照色等作用而有其體是故隱時雖無思用而有思者我體非無此亦不然隱時我相應與思别還同前過豈不作用與作用者體不異故無别相耶汝言正似癡象沐浴意避輕垢翻招重穢思用我體既無别異思用滅時我體應滅是則思我皆定無常便害自宗何名救義又汝所言現見眼等雖無能照色等作用而有其體我亦爾者此亦不然故次頌曰

如至滅動物　作用彼無有

論曰如能照了色等作用乃至滅來恒隨了别自境界識由此作用即是識體作用若滅識體則無眼等諸根至相續斷常無此用自性異故所以者何眼等自性非能照等故彼滅時此不隨滅眼等所造淨色爲性汝我離思無别有體不可用滅而體獨存豈不説我思者爲相云何乃言離思無體汝前雖説然不應理所以者何思者思用既不同滅應有别體我體非思過如前説用無别體先難復來又思思者相待而立俱有方成闕一不可思與思者若一若異定觸如前所説兩過如是釋已復有别釋如他眼等乃至滅來常有作用能生别物非汝所執我思作用許爲如此别物所依照色等用即是眼等各於自境生識功能眼等諸根隨所生識種種自相差别顯現雖離因識無别有體而離果識别有自相汝執有我能生於思不許離思别有自

相是故不可引爲同喻故說頌曰

故有我無思　其理不成就

論曰有別相者不同體故可得說言一滅一在思用思者既無別相思若滅時思者亦滅是故汝執有我無思所立道理定不成就復次有執離思別有實我其體周徧一分生思謂我一分先與智合別起能生殊勝思行後時一分意合生思故無如前所說過失此不應理故說頌曰

餘方起思界　別處見於思

論曰方處若異因果不成未見世間種與芽等各住遠處因果得成汝執能生殊勝思行先於遠處我與智合習誦經書工巧等事令其善巧熏在我中後於異方若無障礙我與意合生起現思是則分明因果異處豈不行思所合我體不別異故無此過耶若爾一切行等因果悉與我合處應皆同便失汝宗我體周徧一分智合引起思行一分意合生起現思若汝復謂如鎔鐵鋌其鋌一頭先與火合餘頭雖復不與火合由體一故亦漸鎔銷行思亦然生處雖別我體一故因果成者此亦不然故次頌曰

如鐵鋌鎔銷　我體應變壞

論曰如鎔鐵鋌其鋌一頭先與火合當即銷鎔於後展轉熱勢相及餘離火處皆復銷鎔如是我體先於一分與智和合變生思界於後展轉勢力相通異處意合變生思果是則我體應非常住如何妄立我是常耶又汝執我唯依少分能生於思說名思者此亦不然故次頌曰

思如意量小　我似虛空大　唯應觀自相
則不見於思
論曰汝執我體一分意合能生於思說名思者餘分我體不與意合不生思故不名思者意有質礙細似極微我性虛通廣如空界少分意合能發於思餘分無邊皆無思慮故應從多觀是我相不應就少見爲思者夫於自體假立名言或依多相而表於體或爲他染以彰其相如此二事我上皆無故我不應說名思者若汝復言思非我相思是德我是實此實德業三種自性不相雜亂何爲不可以汝不能離思別顯我之自相是爲不可若不別顯我之自相終不能立我有實體自相畢竟不可說故汝所立我則爲無我又汝所立我非思者便失我相非思者故如色等法非我非思又思爲先所造諸業應不屬我則成相違與自他思俱不合故我無思慮與彼所求因果事物非意相遇應如烏鵲戹多羅果由如是等衆多過失我便散壞終不得成復次有餘茍避如是過網不許我體少分起用執能依德徧所依我此亦不然德若徧我根等和合便爲無用無根等處有樂等故若言不爾由我一分與根等合遍生樂等如在一處炷等行力發起燈光明徧多處若爾頌曰
我德若周徧　何爲他不受
論曰若我與德體俱徧者一人樂等應徧諸我何爲餘我皆不受耶寧許一分我與意合即於是處生苦樂等我能領受無此過失若汝復言我所有物唯屬於我我能領納一人樂等雖徧諸我然唯屬一不繫餘人云何令

他受我苦樂世間現見所有財物唯主能受非他所用若處有別是事可然既是同居何妨共受諸同處物若不屬已雖無取捨自在受用見觸受用誰復能遮現見世間非屬已物若同一處見觸無遮令苦樂等無形質故唯能見觸不可取捨是故汝言不成救義若言餘我於他苦樂由有闇障不能領受如世間物雖復同居眼無障者能有所見眼若有障即無所觀我亦如是於自苦樂無闇障故便能領受於他苦樂雖復同居有闇障故不能領受若爾闇障少分轉耶彼言不也周徧轉故此障彼我處不同耶復言不也處無別故若爾頌曰

能障既言通　不應唯障一

論曰一闇障處有無量我處既無別一我被障餘則不然誰能信解闇相無別我相是同能障所障處復無別所受樂等其義亦然是則有障及以無障受與不受一切應同不見世間有諸外闇如汝所計內闇差別前雖執德不徧所依而我體徧與他德合應亦能受過同此言我豈不說樂等與意其處要同方能領受故無受他樂等過失汝等外道隨自意言非隨意言能契正理非可照物處燈明中而此燈明不能照了我亦應爾云何不受若汝復言雖一切我體皆同徧而自樂等不共於他何以故樂等諸德由行勢力而得生故此行勢力依法非法而能受果故此義成如是方便於理無益過失同前不成救義如是論者依理推徵邪觀爲先立我常徧能作能受義不得成復次有說薩埵剌闍答摩三

德非思而爲作者我思非作而能領受爲破此義故次頌曰

若德並非思　何能造一切　彼應與狂亂俱癡無所成

論曰所執三德體若非思何能爲我造化萬物若本無思而有所造彼與狂亂何事不同設復如狂斯有何失若如狂者爲我造立所受用事應不得成未見世間癡狂僕隸能爲主等辦如意物又彼諸德於所作事若無善巧應似愚人於雕畫等不能成辦於所作事若有善巧云何不能即自受用爲顯此義故復頌曰

若德能善解　造舍等諸物　而不知受用非理寧過此

論曰若言諸德如工巧者於難作事能善施爲內外所須無不成辦而於受用易見事中不善了達一何非理除守自愚誰明此見如是三德於受用中亦有善巧爲彼體故如於善巧諸所作事此顯作受者俱依三德成故不須別立我思爲受者若言勝性雖體非思然隨緣勢造化萬物爲令思我自在受用如草木等雖無所思而依業力生華果等種種不同爲人受用若爾勝性所作無思應同華果受已不絕諸有思惟而生果者受用足已果便休廢勝性非思如外草木又常不壞我受用已所作便息其理不然若言三德其性黠慧凡所施爲無不善巧我爲神主能善思惟令彼造作自在領受謂彼三德了知神我意有所須方起覺慧隨起作用造化萬物於是思我自在受用汝此言說但述自宗於諍

義中都無所用又汝所立我有思惟德有覺慧如是二種俱能領納了别自境性相差别難可了知是故不應虛妄分别覺慧屬德思惟在我又德應失覺慧自相無思惟故猶如色等汝言三德了知神我意有所須方起覺慧起作用等此則不然自性位中無覺慧用誰能知我意有所須若於爾時覺慧已起何待知我意欲方起若於爾時覺慧未起云何三德初起於大若無覺慧大體自起一切萬物亦應自起故此覺慧於變異果自性因中都無所用有餘復立比量救言覺慧非思是無常故諸無常者皆非思慮猶如色等如是自言違害自意思惟分别得覺慧名若不思惟便非覺慧云何而說覺慧非思又先已說覺慧思惟俱了自境性相無别云何覺慧無

有思惟是故汝言有自違過又無常因有不成過就生滅義自宗不許隱顯義釋他宗不成若言因義不應分别但就總說此亦不然若别俱成可就總說如其别見總顯爲因别既不成總依何立又依作用說有隱顯依此立爲無常因義汝立我思亦有作用故有因義不定過失又汝欲立覺慧體外别有我思或我思外别有覺慧皆不得成如是種類非共所許由此汝立無得成義是故所說我思能受三德能作其義不成復次有執我體常徧無礙能造萬物名爲作者此亦不然義相違故若汝執我有動作用名爲作者即有無常及有質礙不徧過失現見無常不徧有礙方有動作常徧無礙有動作用曾未見故若所執我無有動作云何得名能造作者是故

必應許有動作若爾應許我體無常有礙不徧爲顯此義故次頌曰

有動作無常　虚通無動作

論曰風界勢力能生動作謂由風界諸行流轉於異處生相續不絶依世俗理說名動作依此動作說爲作者此必不越有礙無常有礙無常即非周徧汝宗亦許極微動作有礙不徧前已遮違執爲常者顯是無常是故比量無不定過若言我宗不許内我體有動作因不成者此亦不然必應許故若無動作何名作者汝雖不許業句動作而有作者言依動作如說火焰來去等言又必應許我有作用若全不許我有作用我則爲無同兎角等爲顯此義故次頌曰

無用同無性

論曰若汝所執我有作用可爲作者名言所依若無作用則同非有依何說我以爲作者既無作用應不名有若謂有言不依作用但依同性及彼相應此亦不然世間智者依有用體說有名言若無有用則無有體無用無體名依誰立云何而言有作者我若汝不了有言所依但應受持默不語法何須强說我有作者有言依止有用之體世智共許汝必應隨若汝定執我無作用應如共許畢竟無法由此比量我即爲無何不愛樂空無我理爲顯此義故次頌曰

何不欣無我

論曰如過去法既無能生諸法作用即無自體由此同法我亦應然無世共許焰行等用亦無自許往來等用應無自體如是我性都

無所有非唯順理亦稱汝心何不欣求空無我理計不信者正爲無明所起邪勢力强故耳若汝謂我雖無別用而能爲境生我見心故名作者此亦有失前已廣破今復重來又我不能爲我見境無作用故猶如兎角此我見等亦不緣我有所緣故如緣色心若實有我能生我見此我云何如善幻術隨其所願現種種相誑惑世間令起種種我見差別爲顯此義故次頌曰

或觀我周偏　或見量同身　或執如極微

論曰一類外道執我周徧於一切處受苦樂故我無形質亦無動作不可隨身往來生死故知内我徧於一切一類外道作如是言我若周徧如虛空者不應隨身受諸苦樂應如空界無所往來其性湛然非作受者是故我性應如色等隨所依身形量不定雖無形礙而有所依轉變隨身受諸苦樂雖依形質有卷有舒而我體性無生無滅如油滴水隨水廣狹雖有卷舒而無增減一類外道復作是言若我體性隨形量者即應如身有分有變又汝執我隨所依身似水依堤如油逐水是則此我如彼水油既變既多非常非一引此爲喻而言我體爲常爲一與理相違是故我體住於身内形量極細如一極微不可分析體常無變動慮動身能作能受此亦不然以違理故衆微聚積成極大身我住其中形量甚小云何小我能轉大身舉體同時皆見動作若汝意謂我量雖小而於身中往來擊發漸次周帀如旋火輪以速疾故謂言俱動若爾我體巡歷身中應有生滅及成衆分但是

遷流至餘處者定歸生滅必有衆分既言我
轉所至非恒如彼燈光豈有常一常必非動
動即非常我動而常深違正理又所執我有
住有行何得說爲是常是一若行時我不捨
住性應如住位則無所行若行時我捨其住
性別體即生常一何在如是等類我執無邊
以理推徵皆不成立爲顯此義故次頌曰

智者達非有

論曰若有實我性相皆同等以爲緣生我見
者如是我見不應得有種種差別更互相違
以此知無常住實我但由久習虛妄我見熏
在識中功能成熟如身逐業緣變不同我見
隨因緣別亦爾唯有心相變現衆多於中都
無一我實體故諸賢聖積無倒因方便勤求
證我非有復次諸有說我能證解脫但順愚
心終違正理所以者何故次頌曰

常法非可惱　何捨惱解脫　是故計我常
證解脫非理

論曰若計我常無有變易雖遭衆苦霜雹等
灾如太虛空都無所損不應知者觀諸世間
衆苦所逼發心猒離方便正勤以證解脫此
顯我常不可惱故雖觸衆苦應不覺知若不
覺知則無猒離若無猒離則不正勤若不正
勤則無解脫哀哉外道狂亂無知譬如有人
懼諸霜雹疾風暴雨水火等灾損害虛空勤
加守護既執有我無惱湛然詎勞自苦妄求
解脫誰有心者顧此癡狂無緣自苦不深悲
愍外道經中咸作是說著我生死離我涅槃
既讚捨我令欣解脫如何固執有實我耶爲
顯此義故復頌曰

我若實有性　不應讃離我

論曰我若實有緣生我見即是眞實不應勸捨爲證實我應更慇懃勸修我見令其堅固云何勸捨眞實我見令修虚妄無我見耶又諸外道或隨師教或自尋思起諸我見種種諍論互相違反云何執此爲實見耶於一我上競執紛紜乍可生疑如何執實若無我見不稱實我汝不應説能證涅槃不稱實見證涅槃者知眞趣脫此説應虚爲顯斯義故次頌曰

定知眞實者　趣解脫應虚

論曰有我若實無我我所解脫方便見應成虚有我我所違逆涅槃隨順生死見應是實若顚倒見隨順涅槃無顚倒見隨順生死云何汝論作如是言定知實者能趣解脫以此定知空無我見得涅槃故所證非虚我我所見涅槃時捨應如餘見是其顚倒又汝論説我見無倒在聞思位至修位中我見既捨復成顚倒以其我相略有二種一有二無有順生死無順涅槃故有我見入聖時捨汝此狂論爲世所嗤審察即無如何實有如繩在闇乍見言蛇及至諦觀乃知非實外道亦爾無明闇中見無常身謂有常我若得聖智諦觀此身達空無我而證解脫知有我見初實後虚確言稱境有信無智既許我見初實後虚得涅槃時應許無我後若無者前亦應無爲顯此義故次頌曰

解脫中若無　前亦應非有

論曰此中意顯如解脫位我無有相未解脫時亦應非有性無別故或復身等於解脫時

既無有我未解脱位亦應無我相無别故諸外道等無智睡眠眯覆慧目不了諸行相續道中微細差别妄執有我是一是常不可以其無智雜見謂證眞理要依無雜清淨智見方證眞理爲顯此義故次頌曰

無雜時所見　彼眞性應知

論曰以不雜火自有水相知雜火時暖非水體身等自相應知亦爾得解脱時空無我故雜我見位亦無有我或復我體應知亦然無雜位中既無有相雜我見位有相亦無是故應知無雜所見稱法實性雜見不然復次諸外道等咸設難言若一切法空無我者是心根身云何不斷無常諸行空無我者悉皆斷滅如燈火聲此亦不然故次頌曰

若無常皆斷　草等何不然

論曰雖諸草等無我無常然有因緣相續不斷心根身等應知亦然故所立因有不定過又立因喻證心根身皆有斷滅此言未了爲一念生無間即滅更不相續名爲斷耶爲經多時相續不絶後要當盡名爲斷耶若言初者關於同法燈等隨因多時起故若言第二我亦許然無餘涅槃生死斷故爲破前因復說頌曰

此理設爲眞　無明亦非有

論曰無明自性非我非常應亦如燈自然斷滅若如是者無明所生貪等惑障應自然斷若爾即應生死繫縛不由功用自然解脱此二半頌俱顯前因有不定失内外爲異復次諸外道等有作是說色等諸法雖是無常然依我故相續無斷此亦不然違解脱故若色

等法依我生者我既是常前後無異即應畢竟不證解脱若言諸法雖依我生然由緣助故無此失若爾諸法唯應由彼衆緣而生我復何用能生衆緣與所生果更相隨順同有同無我既是常一切時有果則不爾豈藉彼生我用難知緣力共了如何黨我不信衆緣爲顯此義故次頌曰

現見色等行　從緣生住滅　故知汝執我雖有而無用

論曰色等諸行生住滅時現見從緣不依於我汝執我體既非緣生即無作用如前已説又色等法生住滅相種類及時皆不同故何得依一常住我緣如燒煑等依緣别故熟德色類亦有差别如是差别不依一緣謂無始來色等諸法名言熏習種類不同及先所造諸有趣業種種差别功能轉變隨所遇緣成熟發起變生色等生等差别所言緣者謂精血等是其生緣衣食定等是其住緣毒藥灾横四大亂等是其滅緣諸所計我無此别用外道愚癡强立爲有爲顯此義復説頌曰

如緣成芽等　緣成種等生　故無常諸法皆無常所起

論曰如外種等依自因緣功能差别而得生起復待餘緣助發功力變生自類芽等諸果内身心等應知不然諸行相續同類異類隨所遇緣生果差别此則顯示内身心法體無常故如外芽等必從自類無常因生我於身心無能生用非緣生故如龜毛等從次爲顯諸法雖無有我而非斷常二過所及故於品後復説頌曰

以法從緣生　故體而無斷　以法從緣滅
故體亦非常
論曰諸法展轉從無始來依同類因生等流
果起後後果續前前因於中無間所以不斷
若前因滅後果不生於中有間可名爲斷由
對治生前因力滅後果不續所以非常若法
凝然不捨前相其體無變可名爲常又前因
滅所以非常後果續生所以非斷又因生故
所以非常能生果故所以非斷又念念別所
以非常相似相續所以非斷又法非有所以
非常亦復非無所以非斷有即爲常無便斷
故如是佛子遠離二邊悟入緣生處中妙理
正觀一切非有非無法尚性空我豈爲有薩
迦耶見及以隨眠并此所生於斯永滅復觀
諸行平等性空彼此俱亡自他想滅徧於一
切所化有情起無緣慈澍妙法雨窮未來際
極大虛空利樂有情勝用無盡此勇猛者空
觀所持衆苦熾然皆不能觸見大生死如空
宅中妄想所牽衆多憂苦譬如猛火騰焰震
烈焚燒無量無智有情悲願纏心無所怯憚
投身沒命而拔濟之此大慧者觀空無倒我
想既除離我所執二愛盡故不復樂觀貪等
煩惱所依止事爲饒益他常處生死於中不
染即大涅槃雖處塵勞無邊苦海恒受勝樂
過二涅槃

廣百論釋論卷第三

音釋

甕烏貢切罌也 錠徒鼎切鐵朴也 黠胡戛切慧也 渧都計切滴也

紛紜紛撫文切紜王分切紛紜物多也 嗤亦脂切笑也 確苦角切堅也

眯莫禮切物蔽目不明也

怯憚怯去劫切憚徒案切怯憚畏難也

廣百論釋論卷第四

聖天菩薩本
護法菩薩釋
唐三藏法師玄奘奉　制譯

破時品第三之一

復次有作是言如說已滅未生無體其理不然諸有爲法前後兩際作用雖無而體恒有分位別故三世不同無必不生有定無滅爲破此義故次頌曰

瓶等在未來　即非有過現

論曰色等諸法在未來世過去現在二世皆空後遇因緣二相方起云何汝說無必不生未來世相在過現無云何而言有定無滅若執未來有二世相此不應理故次頌曰

未來過現有　便是未來無

論曰若在未來有過現相應如後位便失未來一法一時實有多相互相違反其義不成即由此理言一一世皆有多相亦不成立復次若謂色等有未來體流趣二世說有過現爲破此執復說頌曰

未來若已謝　而有未來體　此則恒未來
云何成過現

論曰若色等法有未來體是即應無過現二世以不可說異相法中有別異相如苦樂等又若一法流轉三時說三世者便成雜亂又色等法流轉三時若不異者應無三世若有異者是則異相本無而生有已還滅一切有爲應亦如是便爲退失說常有宗又說頌曰

法若在未來　現有未來相　應即爲現在
如何名未來

論曰若色等法未來現有應如現在便失未來未來既無二世非有彼爲先故一切應無復次有說諸法體雖常有然唯能取等流果用說名現在如是一用現在徧有去來定無不雜亂故餘用不爾爲破此言故次頌曰

去來如現有　取果用何無

論曰過去未來色等諸法既如現在常有體性爲同類因取等流果此用何故非常有耶此取果用所待衆緣於一切時亦常有故如是諸法體用常有應一切時名現在世恒名現在義亦不成要待去來立現在故又未來果如現在法已有體故不應復取又諸果法因緣合時若無所生則不名果所生若有此即本無從緣而生體亦應爾是則一切本無而生有已還滅應同前過謂便退失說常有宗若言其用或有或無法體常存故無此失亦不應理故次頌曰

若體恒非無　何爲不常住

論曰恒有名常色等諸法體既恒有云何非常設許有爲體皆常者便違經說諸行無常若言諸行體雖恒有有爲相合故是無常此亦不然體既常有與彼相合復何所成豈不能成取自果用用不離體體亦應成若用須成體不成者用可生滅體應是常若色等體常用無常者即虛空等體用應無常又若體常用無常故亦令此體成無常者用雖無常由體常故即令此用應亦是常又此體用應别諦攝以常無常義不同故又若色等體不藉緣而與有爲諸相合者大虛空等體亦應然彼既不然此云何爾復次過去世言爲簡

別相總詮一切過去義耶爲簡總相別詮一類過去義耶若爾何失若簡別相總詮一切過去義者其理不成故次頌曰

過去若過去　如何成過去

論曰若過去法一切體相悉皆過去是則一切都無所有如何汝說過去是有依是體相汝意說爲過去有者亦無有故又過去者名爲已滅若過去世亦過去者是則過去亦應已滅若過去世亦已滅者如何汝今執有過去如彼未來現在已滅不名未來現在世故若依正理應如是說過去世言無別實義簡去實有差別名相依止世俗假立名相總說過去非有別義若汝意謂如名飲油雖不飲油而假名說世間共許別目一事此過去言亦復如是簡於總相別詮一類過去義者理亦不然故次頌曰

過去不過去　如何成過去

論曰若過去法一切體相非悉過去如何汝今執爲過去汝說過去色等諸法體無闕故又過去者名爲已滅若過去世不過去者是則過去體非已滅若過去體非已滅者如何汝今執爲過去如彼未來及現在世自體不滅非過去故豈不前說如世假名簡於總相別詮一物過去世法其體雖在取果用無故名過去汝說此用即所依體如何體在而用滅無若體與用不相隨逐應如別物不成體用又但用滅說名過去唯汝獨立非世共知云何得引飲法爲喻世間共許不可推徵獨所立者應詰問故若說諸法其體常有三世不成唯於現在實有體上假立名故非於現

在實有體上假立二名即失現體是故所執過去不成如彼過去未來亦爾未來若未來如何成未來未來不未來如何成未來總別徵難皆同前説復次未來世法爲藉衆緣已有生耶未有生耶若爾何過若藉衆緣已有生者其理不成故次頌曰

未來若有生　如何非現在

論曰若未來法已從緣生及有體性應名現在有性及生是現在相非離現在而可了知言雖方便令成現在而意正爲破有未來又顯未來非現在故應如過去決定無生若言未來未有生者理亦不成故次頌曰

未來若無生　如何非常住

論曰若未來法未從緣生而有體性以無生故如虚空等體應常住此亦方便令成常住而意正爲破有未來如是徵難過去未來體若實有無滅無生應如空等失無常性便違經説去來無常如説過去未來色等尚是無常何況現在是故過去未來諸法並非實有現在無爲所不攝故如龜毛等不可説言世所攝故應如現在體是實有現在非唯是實有故同喻不成因或不定或相違故復次往來論者作如是言不善我宗妄説此過所以者何我宗中説諸行四相展轉相依三世往來不相捨離由生等合故成無常法性不壞故説恒有是故恒有不廢無常符順契經稱當正理此前已破體既恒有應如太虚非生等合又以能生色等諸行説爲生相如是能生諸行作用未來未有要藉因緣和合資助然後方有若不然者因緣和合便成無用若

許生用本無今有有已還無則一切行同有爲故皆亦應爾云何而說體雖恒有而是無常往來論者爲避如是所說過失復作是言若色等行與生等合有此過者今有爲法三世往來有世壞相應是無常以滅壞相是無常故世間共許一切無常滅壞爲相謂有爲法未來世壞入於現在現在世壞復入過去

若爾頌曰

若未來無生　壞故非常者　過去既無壞何不謂爲常

論曰過去世體最居後故更無餘世可令轉入既守自位恒無壞滅應如空等體非無常如是便違契經所說若言過去雖恒有體更無滅壞而從現在壞已轉入故得有生生滅二種是無常相隨具不具並表無常去來各一現在具二是故三世皆是無常此不應理生無有故汝宗自執生在未來過去現在都無生用云何今說過去有生汝執過現已從緣生更不藉緣生如何有若執過去定有生者生必歸滅一向記故如現未故復應有滅世間亦許未來諸法可藉緣生非過現世又過去世非現未故應如空等定無有生是故能相及所相法應如帝釋并但策迦一時並入常無常火以位如體體如位故復次如說過去未來色等尚是無常何況現在汝等雖誦如是經文而不知義所以者何汝執一法往來三世體無生滅云何無常又汝所執現在法體即是去來云何相況不可一法自爲比況世間不見如是事故亦不可言體雖無異位差別故得爲比況所以者何位若即體

體無異故位亦無別位若離體位可無常體應常住又體如位世所攝故是有爲故應有差別又汝所執三世實有不相因待皆與生等有爲相合前後無異現在無常有何勝相異彼去來而說過去未來色等尚是無常何況現在若言諸法前後位別三時轉變故是無常未來居前無生有滅過去居後無滅有生現在居中有生有滅過未各一尚是無常何況現在具有二種而非無常此亦不然未來無生應如空等云何有滅過去有生應如現在云何無滅又汝宗說未來有生現在有滅過去無二云何今者作異說耶又現在世亦無實體從前世來轉入後世如何依此建立生滅既無生滅豈是無常所以者何故次頌曰

現在世無常　非由過去等　除斯二所趣更無有第三

論曰現在世法非前世來不往後世云何無常汝說現在由餘世故轉成異相說爲無常餘世謂去來異相謂生滅現在不可餘世轉成亦復不可轉成餘世云何現在建立生滅頌言非由過去等者等取未來現在世法不往未來非從過去汝宗自許然過去世非現所往以世別故譬如未來其未來世非現所從以世別故猶如過去既無餘世往來轉變云何現在生滅無常若說現在從過去來往未來世亦同此破故契經說有爲諸法非前際來不往後際故破此執其理決定順聖教故又現在法若餘世來往餘世者應往來時不捨前相不成餘相世間現見提婆達多餘

方往來相無異故如是三世位雖許別相無異故便成雜亂由位與相若一若異皆有過失不可免故汝等所宗往來論者亦不忍許世相雜亂是故汝今如此安立往來生滅不成救義如是現在雖許往來其無常性亦不成立於往來時相無異故應似空華非無常性汝亦不許空華異相有及無常現在若爾即違自宗及契經說若汝復言三世體相雖無別異然觀諸行麤位差別開發覺慧故於一法自心分別安立分位由此自心安立分位有差別故說此一法以爲無常此亦不然自心分別所見境界即是自心但隨衆緣諸行種熟自心變作種種分位自心所變無實體相何爲精勤安立異法但應信受諸法唯心又覺慧等諸心心法非隨實有諸法轉變但隨串習成熟種子及心所現衆緣勢力變生種種境界差別故外道等隨其自心變生種種諸法性相若法性相是實有者豈可如是隨心轉變諸有智者不應許彼所執現在實法有生以必不從去來二世更有第三可從生故滅必隨生生既非有滅亦定無以必不往去來二世更無第三可往彼故如是以理推檢汝宗三世無常都不可見有何現在殊勝無常而契經言何况現在汝立一法經歷諸位雖生等隨而無變易相及所依前後無異有何改轉而說無常亦不可言隨三世位有差別故說爲無常體既無變位如何別位體若異位自無常體應常住如虛空等是故三世但世俗有於中都無一法眞實然於如是世俗法中現在諸行所有生滅由與身

俱世間現見是故現在無常義勝依之假立去來無常以彼去來無別有體但依現在曽當假立故依現在現見無常假立去來曽當生滅去來無常依現在故現在無常勝去來世欲使有情知去來世不現見法尚是無常何況現在現與身俱現見生滅而非無常由是契經作如是說現在世法現有無常過去未來曽當生滅是故有情於三世事當觀無常應深猒離爲顯諸行本無而生先無定體故復頌曰

若後生諸行　先已有定體　說有定性人
應非是邪執

論曰如是外道起邪執言諸行本來決定相屬轉變時分不可改易不由期願及以人功汝等亦應同彼所見所以者何由說因果安立差別本來相屬不可迴轉未來諸法四事決定所謂因果所依所緣如本定相而後生故若爾不應待因緣生既因緣生云何本有爲顯未來諸行有體因緣無用故次頌曰

若法因緣生　即非先有體　先有而生者
生已復應生

論曰諸行本有與生相違如法已生不復生故無常諸行若無生者雖遇因緣亦無變易則應退失無常行性以無生故譬如空華若有生者如取果用於生位前應未有體頌言生已復應生者以說過門顯異法喻謂有爲行非先有性從緣生故如取果用諸先有者不從緣生如已生法若汝復言我說諸行雖本有體不待因緣然取果用本無而有待因緣者此亦不然取自果用不離體故應如其

體亦先有性或諸行體不離用故應如其用非先有性汝等所執本有諸行如頑鐵鋌都無勝用因果道理皆不相應以有定性常無變故執常有論有多過失謂違世間誹謗世間一切共知因果理故又違自宗誹謗一切諸因諸緣生果理故又違自言立法本有從緣生故又違比量如取果用非常有故又違現量現見色等非常有故由有多過應捨此見應知去來非離現在別有實性世所攝故如現在世但依現在心變異相假施設有現在亦非勝義諦有從緣生故如幻事等又三世行皆相待立如長短等何有實性又一切行皆悉無常有生有滅非有非無若定是無如兔角等應定不生若定是有如所執空應定不滅若無生滅如龜毛等豈是無常誰有智人知一切行皆有生滅而言常有依行立世世豈是眞現在尚非眞去來何有實若去來世實非有者宿住死生通何所見應知二通見曾當有既現是無無無差別通力所見分限應無是則異生三乘聖衆知去來世劫數應同汝執去來皆現是有亦同此過故次頌曰

若見去來有　如何不見無

論曰去來亦有無量因果展轉隔絕中間非有故說爲無又汝亦說過去未來無取果等種種作用過去未來既有有無二義差別何故二通唯見其有而不見無若不見無諸得通者不應照見過去未來經爾所劫空無有佛爾所劫中空無物等是故不應唯見其有去來現無曾當是有以現無故不同現在曾

當有故爲境差別若同現無則無遠近時差別者汝執去來俱是現有同在一世應如現在無有遠近時分差別是則諸通應不能照去來遠近時劫差別過失既同何得爲難若言去來雖同現有然由行世時有前後遠近差別故異生等見近非遠無無遠近其過不同此亦不然故次頌曰

既現有去來　應不說爲遠

論曰過去未來既同現有應如現在是近非遠若言去來雖現有體而無同故說爲遠者此亦不然用不離體過同前說又此思言去來色等既同現有同一世故應如現在無有前後遠近差別過去未來既無遠近諸得通者皆應無礙等見一切過去未來是則如來所知無量餘二乘等所知有量此等差別一切應無是故去來雖現非有而曾當有因果不同展轉相續時分決定由此曾當有爲方便或久修習智見猛利復由種性法爾殊勝極前後際展轉相續如其所欲皆能照知或有習性與此相違隨其所應但知少分此顯去來非現有性但得通者自因緣力勝劣不同方便作意有差別故自心變似曾當有法體相不同遠近有異依此立有過去未來時劫不同通力勝劣非謂實有過去未來緣之起通照知遠近爲破未來法非法等法有體性故說頌曰

未作法若有　修戒等唐捐

論曰若在未來未作福行先已有者現在加行修施戒等則爲唐捐又若未來先有法者非法亦有不可斷壞爲捨惡戒勤修加行徒

自苦身都無所益如是執有未來論者諸有所爲皆空無果是故應捨如是惡見信受未來非先有性復次執未來有小乘人言諸行未來雖先有性然猶未有取果功能爲欲引起取果功能勤修加行不空無果數論外道亦作是言於自性中雖有種種諸法自體而相猶隱爲欲令彼法相顯現勤修加行不空無果即彼異論復作是言於自性中雖有種種諸法功能而未有體爲成其體勤修加行不空無果爲破此三故說頌曰

若少有所爲　果則先非有

論曰若先無用加行令生先未有顯方便令有先未有體令有體者則不應言果先是有用顯及體由加行成可名爲果體隱功能本來有故不應名果又用顯體與體隱能不相離故體隱功能應同用等本無今有是則一切皆從緣生汝等不應說果先有或用顯體應同體等本來是有則應一切不從緣生皆不名果汝等執有未來論者便爲謗果常有非果不相離故又若汝等矯設方便作如是言法雖先有然由因故少起異相說名果者但此異相由因所成可名爲果體既本有不應名果然此異相本無今有如何汝等言果先有若汝復言相雖今起然不離體體先有故亦說果相是先有者相體既一俱應本有因則無用便同謗因外道過失復次若執果性一切時有便違經說諸行無常所以者何故次頌曰

諸行既無常　果則非恒有　若有初有後
世共許非常

論曰性非恒有故名無常一切無常定有生滅生名爲初滅名爲後有初有後是無常義若執果性一切時有無初無後豈是無常彼經復言有生滅者以世共知麤無常相示現三世細無常理世間現見從緣所生内外諸行初生後滅不知念念生滅無常故以初後生滅爲因用燈光等爲同法喻顯彼念念皆有生滅本無而有有已還無非一切時恒有果性恒有論者過去未來諸行常有無生無滅現在諸行生滅亦無便違自經說無常義若言諸行體雖恒有而無常相恒共相應名無常者此亦不然前已略非後當廣破此頌義中正破異部兼破數論二種異説謂隱體能雖復恒有而顯相體或有或無就隱體能說果先有據顯相體說爲無常果若無常則

非先有以諸無常定有初後初生後滅是無常義隱體功能既無初後無生無滅豈是無常即以此義亦應非果不相離故還同前破又彼説言聲等樂等雖有種種分位差別然其因果皆不相離同依一體而建立故此意若説聲等自性前後無異言因與果不相離者即無所諍以許聲等前念爲因能生後念等流果故若説聲等因果位一是則因果應無差別或言聲等因位有果亦無違諍以許一時望後望前爲因果故若言聲等因果位別而體一者是則相違體一時異不應理故時分不同體必異故時雖有別體無異者是則不可說爲無常又一體法於一時中決定無有隱顯二義既許隱顯時有差別是則分明許所依體亦有差別是故不可說言聲等

分位差別建立因果其體無異復次爲欲示現說常有論有違宗過故復頌曰
應非勤解脱　解脱無去來
論曰若能求斷諸煩惱縛無倒聖見未來現有應如現在能斷煩惱能證涅槃是則一切不由功用從本已來自然解脱便違自宗要勤方便修生聖道方得解脱若許修道得解脱者則應無有過去未來有煩惱縛及所招苦而得解脱不應正理若解脱者無煩惱苦則違自宗說去來有又說頌曰
或許有去來　貪應離貪者
論曰前理所逼定無去來或彼守愚確執爲有假縱其執故置或言得解脱時去來二世貪等若有在解脱位無貪等者應離所依而有貪等世間未見無所者物而有者等此亦應爾豈不諸行如是生時實無作用及作用者但假安立二種差別故契經言唯有諸法唯有因果都無作用理實如是然解脱時貪等求滅依貪等上假立作用亦不可得無用無者如空華等而言是有理不得成若解脱時猶有貪等如未解脱應名惡人應造諸惡應不解脱若言爾時雖有貪等而不成就故名解脱既是貪等煩惱所攝應如前位非不成就又此去來貪等若有應如現在能有作用若爾脱者應造諸惡應名惡人又此去來貪等煩惱若有作用應名現在若無作用應似空華云何而言有體無用是故智者不應信受過去未來現有實體復次未生已有違世共知所以者何故次頌曰
若執果先有　造宮舍嚴具　柱等則唐捐

論曰若宮舍等色等諸行於未生欲已有體者世間現見爲造彼物勤加功力則爲虛棄諸有或言先雖有體而未有用先有隱體未有顯相先雖有能而未有體爲令有用及顯體故勤加功力亦不唐捐此亦不然用顯相體與體隱能不相離故皆應先有已如前說如是邪執世間相違又一切法皆先有者爲脫衆苦設教度生如是等事皆不成立此則亦與自宗相違復次因說執果先有者過先無果執其過易了爲略破之故復頌曰

果先無亦爾

論曰如是所執亦違世間自宗所許果先定無世間自宗皆不可故有作是言此頌義意總破一切因果別執若因與果別有體相云何異法能生異法未見香味別體相生此說不然若體相異因果理隔或相違損可不相生若有諸行體相雖別然相隨順現爲因果如何難言因果若異如香味別應不相生世間自宗皆許父子業果體異而得相生是故因果非定不異如是說者此政爲破定說因中無果者論食未齊者作如是言種等不能親生芽等但由種等引彼芽等同類極微令其聚集如如所引同類極微如是如是合生麤麤果此義不然彼諸極微與麤麥等種類體相皆有差別云何同類又是常故應無勝用亦不應令常法有用云何而言由種等力引彼芽等同類極微令其和合生麤芽等又彼外道計離色等別有實果衣瓶等物此類先無由何因造爲求此果勤加功力造作縷等皆應無用以彼不許如是縷等能作親因造

同類果若彼不許從異類因生異類果是則麤果定應不生先無體故又實極微應不能造麤同類果汝計常故如虛空等所依實果既無所有能依色等行等德業皆不得成是則都無諸根境界便爲損壞一切所立是故不應定執異類因中無果世間亦見從異類因能生種種異類果故因果道理最爲微細非定一異非先有無若於其中執一執異先有先無皆失正理所以者何因果若一因應如果是果非因果應如因是因非果如是因果便成雜亂又若因果定是一者即無能生所生差別無能生故不名爲因因既是無果亦非有無所生故不名爲果果既是無因亦非有因果二種相待立故因果若無誰爲一故知因果非定是一因果若異應從自因生於他果與彼異故猶如自果亦應自果從他因生與彼異故猶如自因是則一因應生一切果亦應一果從一切因生又應從自因不生自果與彼異故猶如他果亦應自果不從自因生與彼異故猶如他因則一切因應不生果應一切果不從因生現見自因唯生自果不生他果現見自果從自因生非他因生故知因果亦非定異若於因中先定有果果則如因應不更生若於因中先定無果則如非果應不可生現見從因更可生果故知其果非先有無如是因果非定一異非先有無其理決定傍論已了應復正論復次數論外道作如是言果實不生其體本有由轉變故立有時分因果差別爲破彼執故復頌曰

諸法有轉變　慧者未曾知　唯除無智人

妄分別爲有
論曰諸妙慧者能知一切障外極遠深細法義未曾知有如是諸法轉變時分因果差別唯除外道如陰暗夜有眩瞖人妄有所見自不能了而爲他說言一切法實無生滅但有時分因果轉變所謂聲等或復樂等不捨自體轉成餘相時分不同名爲轉變於轉變時以時分相有差別故說有生滅汝今計何以爲轉變爲時體耶爲時相耶且不應說時體轉變以轉變時汝先自執不捨自體如前位故亦不應言時相轉變汝執時相有生滅故前後各別何名轉變又若時體不可轉變但可時相有轉變者應離時體別有時相若言體相非定一異更互爲依相從而說相由體故前後非異體由相故前故非一體相相資俱名轉變若爾則應體由相故有生有滅相由體故無轉無變體有生滅則同幻事非實非常相無轉變則似空華非因非果便失自宗亦不應言體相性一實無因果由義異故得有因果性若是一義云何異一異不同應有別物既有因果分位不同先後各異應非轉變電光燈焰無轉變故若言因果分位差別轉變有異未必先後一體一時有唯量等種種分位轉變異故此有虛言而無實義一法一時有生住滅更互相違成大過故世間不見一法一時有生住滅唯見異法異時有三又不應言時體常有雖無生滅而有轉變勿汝所執常住思我雖無生滅亦不轉變設許思我亦有轉變應如樂等非思我性又許時體有轉變者時體即是樂等自性如是自

性舉體應變若爾則應失自宗義最勝定無全體轉變若全轉變即是無常又汝時分樂等三法和合共成應如林等體非實有因果亦爾若言即用樂等爲性故是實有此亦不然時等唯一樂等有三一三不同如何相即若必相即樂等如時應唯有一時如樂等應有其三又如樂等徧一切時此一一時應徧一切如是時分應成雜亂時既一一不徧一切樂等亦應不徧一切如是樂等與無量時爲自性故應成無量又如樂等隱時亦有此一一時應亦如是則應無有隱顯差別以一切時有一切故由此不應決定相即既不相即應許爲假或應不許樂等爲性如推時分因果亦然又諸因果或劣或勝或淨或穢云何同以一樂苦癡三法爲性若必爾者汝等外道無始時來無所不作同以樂等爲自性故汝等今者雖得人身而應即是狗等下類所食甘饌應即糞穢誰有智者無縁執此外道邪宗而自毀辱是故汝說果實不生其體本有由轉變故立有時分因果差別正理相違不任推究哀哉外道宿習癡狂寶愛邪宗憎背正法盲無慧目不了是非隨順迷徒種種妄執如是已說時體是常相有轉變不應正理諸有智人審觀應捨

廣百論釋論卷第四

音釋

詰 苦吉切咨問也

怛策迦 上丁達切龍王名昔有仙人曾呪此龍令其入火龍王憂怖遂投帝釋遠座而住仙人知已便呪帝釋與龍俱墜帝釋求哀得免龍遂死矣

縷 力主切

眩瞖 眩黃絹切瞖於計切眩瞖目無常主也

廣百論釋論卷第五

聖天菩薩本
護法菩薩釋
唐三藏法師玄奘奉　制譯

破時品第三之餘

復次有諸異部於無常法說有刹那暫時住體即依住體立有實時爲破彼言故說頌曰

無常何有住　住無有何體

論曰自相經停故名爲住有爲諸法無常所遷不能暫停如何有住既無住體依何立時所以者何言無常者或即法滅或法滅因一切有爲無常所逼暫生即滅何容有住住位住依無常隨逼應如後位不得少留若謂無常雖居住位爾時住力能制無常扶巳所依令其暫住此亦非理故次頌曰

初若有住者　後應無變衰

論曰生滅相續不捨自類後異相起名曰變衰後位住相與前住體既無差別何有變衰亦不應言由後法起令前住相而有變衰住體如前相無變故豈非後起前住變耶云何餘生餘法名變現見餘生餘亦名變如酪既生說乳爲變麤雖似變細則不然所以者何世間乳酪同類相續別相難知不悟其中有細生滅謂前乳變由後酪生微細理中即前住體變由後起其義難知復次要自審察知有住體方可爲他說有住相然無方便可審住體知其定有能住於法所以者何故次頌曰

譬如無一識　能了於二義　如是無一義
二識所能知

論曰所識諸境要由能識前觀後察方知是有若有一身同類二識於一現境前觀後察知境相不異於前爾乃可言現法有住既無一身同類二識於一現境前觀後察汝等云何能知現法刹那有住依此立時汝不可言前念意識觀未來法後念意識察現在法知有住體以未來世法未有故亦不可言前念意識觀現在法後念意識察過去法知有住體以過去世法已滅故縱許去來法是有者時移世易不可名住又不可言色等諸法於現在世住經多時心等諸法無常迅速故二念心同緣現在前觀後察知其有住既同有爲如何不等色等諸法非久時住是有爲故猶如心等有餘執色有住非心此亦應以心爲喻破一有情身同類二識定不共緣現在一法一身同類前後識故如緣前後青黃二心亦不可說五識所觀意識能審知其有住汝等不許二識俱生意識生時境已滅故設許一身多識並起各緣別境非能審知雖許意識知五識境然各自變同現量攝俱受新境非重審知由是故說無有一義二識能知復次亦無一識審知二義皆實有體所以者何若欲作意審知前有後境未生審知後有前境已滅尚無有能審一實有況能知二現在二境雖俱可了皆新受故非重審知緣餘境識不能審知餘境實有帶餘相故猶如各別緣二境心又審察心不能審察外境實有帶餘相故如新了受現在境心又數論者作如是說若立慧體念念各異知諸法者是則不應先求後證先受後憶先疑後決所以

者何不見天授先求受疑後時祠授能證憶決由是當知唯有一慧常能照了一切境界故立量言知青等慧決定不離知黃等慧是慧體故如黃等慧是故一慧知一切義此亦不然常法轉變皆先已破不應重執又汝云何知此一慧其體是常知一切義非不審察所知慧相可言此慧知一切境非即此慧能自審知色等法中曾不見故此慧必有別慧能知是所知故猶如色等又青等慧其性各別所知異故如自他慧此中意明無有一慧能重審知二境實有不言一慧不知多法勿一念心不了多境又明慧體不能自審不言慧體不能自照勿心心所不能自證若爾不應後時自憶若言照境是用非體體非照故不隨境別照用隨緣乃有無量有多用故無如上失此亦不然體若非照應如色等不名爲慧若言照用不離體故無斯過者此亦不然用不離體照應成一不離體故猶如慧體體不離用慧應成多不離用故猶如照用用隨體一違前比量體隨用多違自所立若用隨體無差別者總緣別緣希求證得領受憶念猶豫決定如是等用差別應無若體隨用有差別者汝所立慧應念念別亦應無有先求後證先受後憶先疑後決是則汝言翻成自害又汝若言慧體雖一然用隨緣變成多種故無失者此亦不然慧用隨緣變成多故應如樂等其性非一世間不見有色等物體常是一用變成多世俗事中假立體用容可施設體一用多勝義理中無如是義如何一物實有一多又汝所言慧體念念各別異故

如異身慧應無先求後證等者因義不成自宗不許前後兩慧體有異故又許照用雖念念別而有先求後證等事故所立因有不定失又樂等異別慧所緣彼此俱許即爲同喻由此比知緣別境識別慧緣故體應有異謂青等識其體各異別慧緣故猶如樂等豈不樂等於轉變時合成色等其相無異爾時復爲一慧所緣所立同喻便闕能立此非眞過我說別慧所緣爲因證體有異不言唯爲別慧所緣斯有何失然彼樂等其性各異必應許有別慧所緣是故決定無有一慧其體是常知一切義故無一識審知二義皆實有體其理成立爲釋頌文起斯傍諍今應且止辯正所論復次今應詰問有住論者如是住體爲待餘住能住於法爲不爾耶若爾何過若待餘住能住法者應如所住不名能住若不待餘能住法者所住亦爾應不待餘爲顯此義故次頌曰

時若有餘住　住則不成時

論曰自性不能助成自性故無同類同時相待諸有爲法必待異類相助而成如慧與心地與水等如是若執住別有住此住則應先於住體待餘住故如所住法頌中時者是住別名此正應言住有餘住住不成住成文故爾由此生等亦無同類故所立量無不定失又次頌曰

時若餘住無　後滅應非有

論曰時者謂住餘住若無如所住法不能自住既不自住豈能住他如是則應不名能住能住無故諸有爲法何能暫住經一刹那初

住既爲無後滅如何有初住後滅相待立故又若此住不待餘住自能住者法亦應爾自力能住不待餘住住既是無滅亦非有云何汝執初住後滅又住滅等互爲助伴能起作用住相既空亦無滅等是則諸法應無後滅無後滅者何謂無常復次諸有爲法與無常相爲一爲異若爾何失若言是異應非無常若言是一應無有住爲顯此義故復頌曰

法與無常異　法則非無常

論曰色等諸法名無常者無常相合說爲無常色受想等其相各别自性有異故非無常若爾色等異無常故應如空等體非無常若言色等雖有差别而用無常以爲共相如是共相若離色等色等異彼還同前過若言色等與彼共相體不相離是則色等無異性故應失自相若言諸法各有二相謂自及共不相捨離如是二種一通一别相不同故應非一體如無常相非即色等如是色等亦非無常相既有異雖共和合而體不同猶如色味若謂色等實非無常無常合故假說無常如執杖人說名爲杖故無色等非無常過若爾修習無常觀者於其色等非無常法自心增益立爲無常此無常觀應成顛倒若爾不應能斷煩惱是故無常應即色等若即色等復失自相如是諸法自相共相世俗道中相待假立不可定執爲一爲異於勝義理都不可

論已說無常與法異過爲顯一過復說頌曰

法與無常一　法應非有住

論曰無常與住性相相違云何一法具有二種如苦與樂性相相違尚不相應况同一體

若色等法與無常一是則決定無暫住義如何依住立有實時復次有作是說如上所言諸法無常何有住者此不應理所以者何諸法自性雖復同時然其作用前後差別如四大種爲俱有因體必同時用有先後如是三相體雖俱有而彼作用時分不同先生相用次住後滅住相用時雖有無常而無勝用住有用故能住所依住相用說無常得次復起勝用滅所依法此亦不然生住滅相自性作用皆互相違如苦樂等必不並起云何體俱用有先後自性相違而許並起何不許彼作用同時用既不俱體亦應爾四大種喻理未必然用不同時體亦應爾又住無常體若俱有不應作用先後不同若謂住強無常劣故住先起用無常後起此亦不然故次頌曰

無常初既劣　住力定應強　此二復何緣
後見成顛倒

論曰體既同時用有先後故不可說二相力齊定應住勝無常是劣若爾何緣後時復見無常力勝摧伏住力滅壞所依及住相等後時住力應制無常以力強故猶如初位於此中間無別方便可令住相力用損減及令無常力用增盛若言住相作用已訖故於此時其力損減彼無常相先未作用故於此時其力增盛此亦不然理相違故住與無常先後體一何緣力用盛衰不同住相爾時體無虧減何緣力用欻有衰損又住相用齊何當止若言住用唯一刹那何緣此住極爲知定若住相力唯有爾所謂能住法經一刹那若爾無常今復何用住力既盡所住諸法自然不

住何用滅爲如是住相初後體同所作事業亦無有異有時起用有時不起此義難了智者應思又於後時無常力勝能滅住相彼此同知由是亦應住無常力前位已勝能摧住相若爾住相常應無用何執如是無用住爲是故智者應住無住既無有住時依何立又執無常初劣後勝并執住相初勝後劣皆不應理故復頌曰

若徧諸法體　無常力初劣　應都無有住
或一切皆常

論曰若無常相初時力劣不能滅法法自然住何緣執此無用住耶是則住相應本無有以無用故猶如兔角若言住相初時力勝能伏無常則一切時皆應得勝體無異故若爾有爲常應不滅便違經說諸行無常復次今應詰問貪住相人諸有爲法爲無常相決定俱生爲作用時無常始起初且不然故次頌曰

無常若恒有　住相應常無

論曰有爲諸法無常所遷不能暫停先已具辯此無常相損害有爲如極暴惡怨家債主常隨遷逼不令暫住是故若說一切有爲恒有無常則常無住後亦不然故復頌曰

或彼法無常　後乃非常住

論曰若剎那終無常始起此無常相前位應無爾時彼法應成常住無無常故如虛空等非常住名如無常體別有少法但由遠離無常相故立常住名由此色等失有爲性若言後時必當滅故無斯過者此亦不然無爲法中曾未見故如虛空等初離無常後決定無

可滅壞義有爲諸法應亦如是如何後時必當壞滅又初色等與後無異應如後位無常所隨復次爲攝上義故復頌曰

若法無常俱　而言有住者　無常相應妄或住相應虛

論曰若有爲法無常相俱而言有爲有住相者如是二相性相相違是則定應一虛一實所以者何若言住相有勝力用任持有爲令暫不滅住力既盡諸有爲法自然滅壞若爾滅相復何所爲或後住相應如前位有勝力用伏彼無常令其無力滅所依法若爾何緣執無常相若言無常雖有力用能滅諸法而法初時勢力微劣未爲强敵故無常相權時放捨令暫得住若爾住相復何所爲或前無常應如後位滅所依法令不暫停若爾何緣執有住相復次有作是言前說無住有何體者此說不然住體雖無然有不住諸法自體不可撥無應作是言諸行生滅展轉相續無間滅時有刹那頃無住法體所以者何無常力用遷流不住立之爲滅法體無者滅何所依若說法外有無常相爲法滅因亦同此難我亦不撥諸法皆無但言汝等所執眞實時所依體皆不可得所以者何執有住體與時爲依前已廣破執有生滅與時爲依亦不應理所以者何本無今有假說名生本有今無假說名滅如是生滅既非實有云何依此執有實時復云何知生滅是假本無今有名生本有今無名滅生之與滅皆二合成如舍如林豈名眞實又生與滅二分所成半有半無如何定有又本無分不名爲生體非有故如

龜毛等其今有分亦不名生體非無故如涅槃等又本有分不名爲滅體非無故如虛空等其今無分亦不名滅體非有故如免角等一一别分既非生滅二種和合豈是生滅假名諸法是事可然眞實法中無如是義又於生滅各二分中本無未來今無過去去來二際已滅未生其體既無非實生滅今有本有俱現在攝豈一刹那生滅並有不可現在有二刹那初名爲生後名爲滅時既有别世云何同若必爾者世應雜亂生時滅未有應名未來滅時生已無應名過去又滅滅法今無入過去滅在現在說名有生既生法今有入現在生應未來說名無又本無時名爲未來於今有時名爲現在於本有時名爲現在其今無時名爲過去云何二世合成一時而言此時決定實有如是推徵生滅非實不應依此立有實時若有爲法無實生滅如何上言無常所遷暫生即滅何容有住無常既無何能遷法我上所言皆爲破執隨他意語非自意然彼執無常復執有住爲破彼住且許無常今住既無無常亦破不應謂我定許無常我如良醫應病與藥諸有所說皆隨所宜故所發言不應定執若色等法實有住者容可審知是有爲性既無有住復非無爲是故不應執爲實有既色等法非定實有云何汝等依此立時世俗可然非爲勝義復次有作是說若離有爲别立住體能住於法既言有過即有爲法前前刹那能生後後名住何失此亦不然最後刹那諸有爲法不生後果應無住相既無住相應名無爲若爾已前諸有爲

法與此同類應非有爲若有爲法後後刹那續前前故名住相者此亦不然後念生時若與前念爲住相者生相應無若爾有爲應無四相若後生時望前爲住當位名生二相俱有是即說生以爲住相名雖有異用應無别如是四相既無别用何須立此無用相爲最後刹那既無後念續此而生應無住相是故即法住相亦無復次有作是言今有爲法於將滅時能生後果是住相用由此用故諸有爲法雖不暫停而有住相此亦不然最後刹那不生後果應無住相過同前說若謂爾時亦能生後餘緣闕故後果不生既彼後果畢竟不生云何知前有能生用若見前時同類有用比知最後亦有用者此亦不然現見異故前時諸行有後果生最後諸行後果不續

得果既别爲因豈同若同爲因應俱有果若爾最後刹那不成又汝不應前後諸行以同類故更相比決謂皆爲因勿後無果例前亦爾或前有果例後亦然又前諸行亦非一向於將滅時能生後果入滅定等最後念心不能生後等流果故亦不應言望後色行爲同類因種類别故勿阿羅漢入無餘心緣生他識或無識身名同類因取等流果若爾應無求滅度義若言後心緣生他識或無識身非因緣故無有過者此亦不然入滅定等最後念心望後色行亦非因緣云何生彼名住相力若言色行望彼後心以同性故是等流果後心與彼爲同類因是因緣故名住力者入無餘心望他身識及無識身汝宗亦許有同性義云何非彼同類因耶失因緣者自類熏

習生果功能非餘法也是故汝立住相不成非一切法生同類故又因緣者世俗假立如何依彼立實住相又汝五因取果與果皆許因緣云何但說一同類因取果一用爲住相力又未來世無實有體云何望彼爲同類因過去未來非現在世及無爲攝同兔角等非實有性是故因時果未有故如望兔角非彼實因果現前時因已無故如從龜毛非彼實果因果尚非眞實有體依立住相豈得實有既無住相時何所依是故定無實有時體復次云何定知諸法有體而依法體執有實時若由現見知法有體此亦不然見非實故所以者何故次頌曰

無所見見無　迴心緣妄境　是故唯虛假

有憶念名生

論曰一切所見皆識所爲離識無有一法是實謂無始來數習諸見隨所習見隨所遇緣隨自種子成熟差別變似種種法相而生猶如夢中所見事等皆虛妄現都無一實一切皆是心識所爲云何定知諸法有體外境若無內識應有猶如夢等無境有心云何復起如是妄執境既是無識如何有識體定有亦不可知自體不能知自體故汝等不許識並生故設復許有諸識並生亦無展轉親相緣義云何能知識體定有若爾大乘應如夢啞撥一切法皆悉是虛不能辯說一切世間出世間法自性差別或復不如諸夢啞者彼能分別種種境界但闕語緣不能辯說今此不能分別諸法亦不能說是大苦哉我等不能隨喜如是大乘所立虛假法義以一切法皆

可現見不可撥無現見法故奇哉可愍薄福愚人不能信解大乘法義若有能見可見所見能見既無誰見所見以諸能見不能自審知自有體亦不審他於審察時能見所見皆無所有不可審察是故不應執現見法決定有體以迴心時諸所緣境皆虛假故所以者何起憶念時實無見等種種境界但隨因緣自心變似見等種種境相而生以所憶念非眞實故唯有虛假憶念名生如所曾更諸法體相迴心追憶故名為念當憶念時曾所更境皆無有故能念亦無而名念者隨順串習顚倒諸見假名施設由此念故世間有情妄起種種分別諍論競執諸法自性差別沒惡見泥不能自出若無所見亦無所聞是則一切都無所有云何今時編石為橛諸有行願復何所為隨順世俗所見所聞强假施設不應為難勝義理中二俱不許一切分別戲論絕故非諸如來有法可說亦無有法少有所得故契經言如來昔在燃燈佛所無有少法可說可取若爾精進則為唐捐應棄如來甘露聖教為欲方便除倒見執施設二事俱無有過既言一切所見能見皆無所有云何無過雖無眞實所見能見而諸愚夫顚倒謂有為欲除彼增上慢見隨順世間施設無過若能隨此聖教修行隨俗說為眞佛弟子世俗愚夫隨自心變顚倒境相而起見心佛非其境於彼無用云何說為如來弟子由佛願行為增上緣起彼見心故亦無失謂佛世尊在昔因位為欲利樂一切有情發起無邊功用願行由此證得無分別慧因此慧力發起無

量利樂有情作用無盡諸有情類用佛願行所得妙慧爲增上緣自心變現能順世間最勝生道及順出世決定勝道諸佛形相及所說法緣自心相起增上慢謂我見佛聞說法音信順修行世出世行是故說爲如來弟子若爾應從顛倒願行生無分別無倒見慧以本願行見有利樂一切有情而生起故設許如是有何相違因果異類豈不相違又一一因應生一切隨因勢用生異類果彼此俱許有何相違如從有漏發生無漏非根生根非識生識不可見此能生異類即令一一皆生一切同見同知不應爲難彼此俱有非愛過故又世俗法力用難思不可一一難令齊等現見世間末達那果及餘能發風病等物若有如量如時服者除風病等餘無病因羯羅那等則不如是是故異類雖得相生而非一因生一切果又本願行亦非顛倒以能了知諸法實義於一切法無所執著能爲無上妙果生因雖復發心起諸勝行求無上果利樂有情然似幻師起諸幻事都無所執故非顛倒復次如前應問云何定知諸法有體而依法體執有實時若彼答言由隨法體起現見心後重審察能自了知我昔曾更如是境界若無法體起現見心後時不應如是審察是故定知諸法有體復應問彼重審察時爲有法體可現見不彼言不也所以者何生已即滅彼於今時無所現見謂無所見而生於見又應問彼重審察時前現見心爲可迴返憶我昔見如是境耶彼言不也所以者何過去諸法不可迴返故無迴心謂無有能迴過去

心來至現在若爾今時由誰審察能決定知諸法有體彼言由念所以者何要依現見後方有念非無法體可有現見是故定知諸法有體此但有言而無實義所以者何一切憶念但緣有名無實境起由此憶念唯緣妄境是故唯有世俗虛假憶念名生謂於非有虛妄境界如對目前分明記憶故名憶念實無用體顛倒相現故名非有虛妄境界是故不應隨虛妄見計度諸法謂實有體復次汝上所言要依現見後方有念非無法體有現見者此亦不然前已略說見非實故所見能見皆無所有是故不可以其現見諸法有體前雖略說而未廣辯云何定知諸法非有諸所執有略有二種一者無爲二者有爲無爲是常先已廣破謂若有用能生諸法應如有爲非無爲體若無有用不能生法應如兔角其體是無有爲有二謂過未有及現在有過去未來如前已辯謂曾當有非現有體若現有體應名現在若言無用故非現在既現有體云何無用若言其用必藉緣故非恒有者用可無常體不藉緣應是常住若言此體能起於用用非常故體亦無常是則此體能起於用用暫有故體非恒有又若有爲體恒是有而能起用故非無爲虛空等體亦許恒有何不起用說名有爲無爲恒有而不起用有爲起用如何恒有又過去體定非現有名已滅故過去攝故如過去用未來世體亦非現有名未生故未來攝故如未來用若言去來體雖是有不名現有非現在故所立比量便立已成此理不然汝立三世體非本無今有亦

非本有今無一切非有如所執空故名現有非現世攝名爲現有我今遮破恒現前有是故比量非立已成若汝不許去來二世其體現有則應如用先後是無體非常有是則一切有爲之法若體若用皆待衆緣本無今有本有今無便失汝宗法體常有若言去來體是現有世所攝故猶如現在理亦不成汝許去來用非現有是世所攝則所立量有不定失若言去來體是實有世所攝故如現在者理亦不然若依勝義我宗現在亦非實有則無同喻若依世俗用瓶甕等是世所攝而非實有則所立量有不定過若言去來體是實有餘非實有所不攝故如共所知實有法者此亦不然若依勝義無同法喻若依世俗便立已成我宗亦許去來曾當是實有故又如共知世俗實法餘非實有所不攝故應非去來體現實有如是等類有多相違又去來體非現實有餘實有法所不攝故如共所知非實有法如是等類比量無邊是故去來非現有體但依現在假名建立謂現在心緣曾當法似彼相現假說去來實非過未由此去來共所許法非離現在别有實體自宗所許世所攝故猶如現在諸立過去未來有體如現在者皆同數論外道所計自性體常用有起謝彼既有過此亦應然是故自稱佛弟子者應捨此執現在諸法雖世俗有而非勝義所以者何若勝義有應不藉緣既待緣生猶如幻事如何可說是眞實有又現在法有生有滅猶如幻化云何實有若現在法是實有者應如所執虛空等性無生無滅豈名現在又

現在法已生未滅二分合成已生待未來未滅待過去相待立故非實有體如麤細等攬非實法和合而成如樹林等云何實有又於現在一一法上有多種性如何實有謂一一法皆有蘊性處性界性有漏無漏世出世間色心等性有無量種於諸性中誰實誰假不可説言如是等性是義差别同依一體除此諸性更有何體亦不可言一性是體餘性是義同名爲性無有差别云何一體餘皆是義亦不可言如是等性是名差别其義是一若爾不應生别行解亦不可言差别行解但緣其名苦無常等種種行解皆緣義故是故一一有爲法體皆用無量性相合成如舍林等非眞實有但依世俗説有實體若言諸性皆是共相以可説故如軍林等是假非實比量所得自相是實現量所得既言是實其相如何現量所得云何可説若不可説如何言實若可言實即應可説云何自相是不可説若言自相假説爲實非是眞實是則一切若假若實皆依世俗假相施設云何汝等定執諸法皆有實體若一切法皆非實有如何現前分明可見鏡像水月健達縛城夢境幻事第二月等分明可見豈實有耶世間所見皆無有實云何以見證法是實覺時所見一切非眞是識所緣如夢所見夢心所見決定非眞亂識所緣如第二月如是雖無眞實法體而能爲境生現見心因斯展轉發生憶念前後俱緣非眞有境是故不可以生憶念證法是眞法既非眞時如何實若緣妄境生於倒見境可是虛見應是實境既是虛見云何實如

在夢中謂眼等識緣色等境覺時知彼二事俱無妄境倒心亦復如是愚夫謂有聖者知無有倒心境二種皆虛無倒境心俱應是實世俗可爾勝義不然以勝義中心言絶故若於勝義心言絶者云何數説心境是虛爲破實執故且言虛實執若除虛亦不有若實若虛皆爲遣執依世俗説非就勝義勝義諦言亦是假立爲翻世俗非有定詮現見心境可言是無憶念境心云何非有現見尚無憶念豈有若一切法都非實有如何世間現造善惡若無善惡苦樂亦無是則撥無一切因果若撥因果則爲邪見豈不怖此邪見罪耶奇哉世間愚癡難悟唯知怖罪不識罪因一切善惡苦樂因果並世俗有勝義中無我依勝義言不可得不撥世俗何成邪見於世俗中執勝義有不稱正理是爲邪見今於此中爲破時執略説諸法俗有眞無其義虛實研究是非於後品中當廣分別已略成立遠離二邊中道實義諸有聰慧樂勝義人當勤修學謂常無常二邊邪執如其次第略破應知

廣百論釋論卷第五

音釋

欻許勿切忽也　串古患切習也　瓫蒲奔切盎也

[illegible]

[illegible]

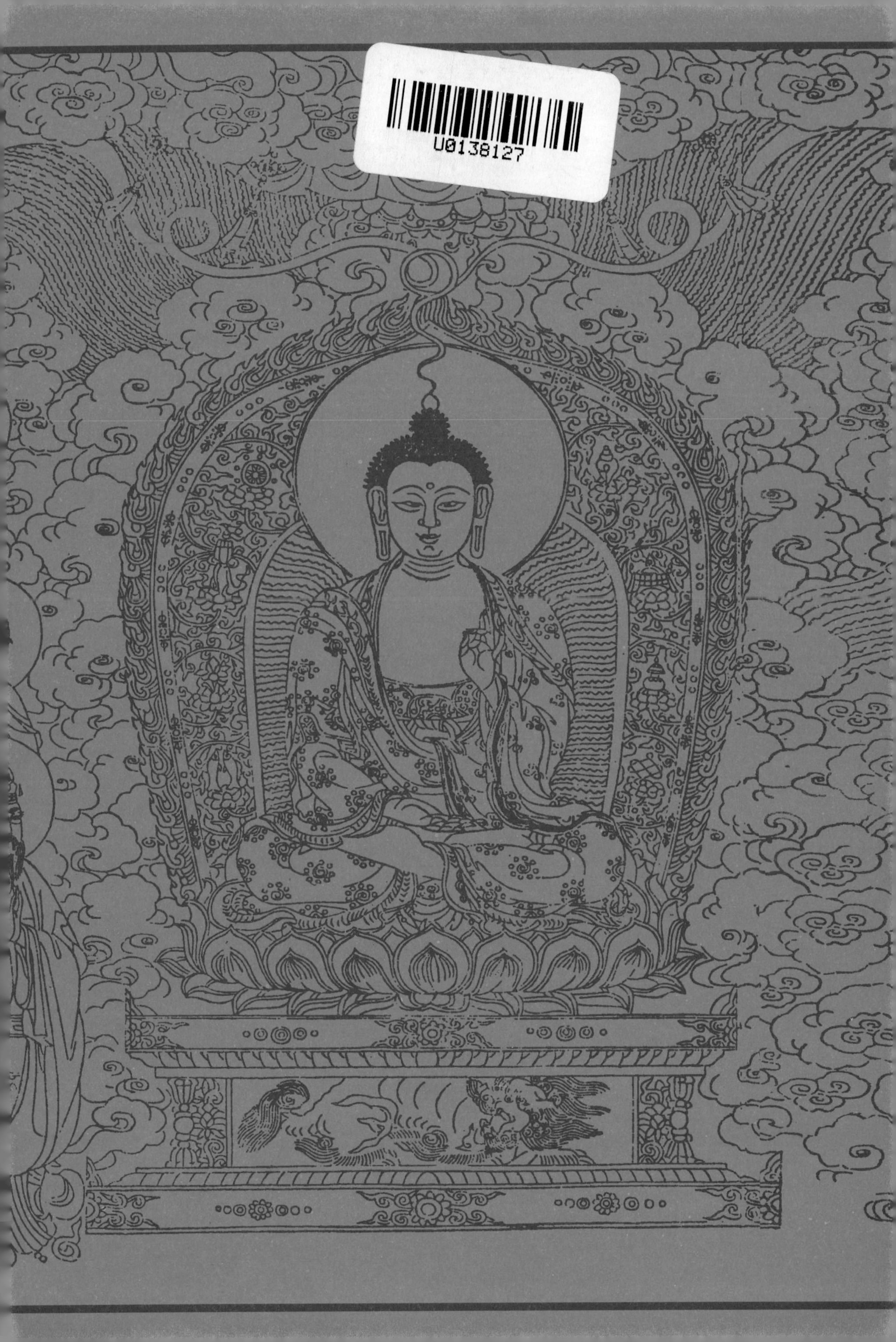